KB163208

발화

發火

下

박현배 장편소설

동아

발화

發火

下

초판 1쇄 인쇄일 | 2022년 01월 28일
초판 1쇄 발행일 | 2022년 02월 11일

지은이 | 박현배
펴낸이 | 박성면
펴낸곳 | (주)동아

출판등록 | 제406-3960100251002007000071호
주소 | 경기도 파주시 문발로 115, 세종대학교출판부 206호
전화 | (031)8071-5201
팩스 | (031)8071-5204
E-mail | bear6370@hanmail.net

정가 | 12,800원

ISBN 979-11-5641-186-4 (04810)
      979-11-5641-184-0 (set)

發火

발화

박현배 장편소설

동아

목   차

제5장 下

　허허벌판인 주차장에 들어서자마자 안대영은 브레이크를 콱 밟았다. 급브레이크를 잡는 순간 보닛에 매달려 기어오르던 악귀가 충격에 떨어져나가 굴렀다. 사이드미러에 올라서서 기회를 노리던 악귀는 충격을 받자 전방 유리에 딱 달라붙어 침을 질질 흘렸다.

　벨트를 휙 풀어내고 시야를 가리는 볼캡부터 벗어 조수석에 두었다. 눌린 머리를 탈탈 헝클인 안대영이 뒷좌석에서 검을 집어 들며 다른 손으론 손도끼를 바투 쥐었다. 일단 차에 거머리처럼 다닥다닥 붙은 것들부터 처리해야 한다. 그 짧은 새에 수가 더 늘었다.

　악마. 편하게 저승 식으로 악귀라 통칭하였지만, 엄연히 구분하자면 이것들은 하늘의 악마였다. 안대영의 입장에서는 어차피 죽여야 할 대상은 똑같으니 뭉뚱그려 악귀라고 불렀을 뿐이지. 그것들이 산사태처럼 우수수 쏟아져 내렸다. 정은규의 집에서 보았던 뱀 떼는 애교에 불과했다.

두두둑, 후진 기어에 불이 들어갔다. 급브레이크를 잡았을 때처럼 갑작스럽게 후진하자 덜컹거리며 둔탁한 파열음이 났다. 어느덧 전방 유리는 달라붙은 악귀로 시야가 원천 차단된 수준이었다. 컴컴한 차 안에서 핸들을 끝까지 돌린 안대영이 기어를 바꾸어 액셀을 콱 밟는다.

콰앙ㅡ!

기둥과 차 사이에 낀 악귀들이 꽤액 비명을 지르며 두 동강 난 몸으로 바닥을 긴다. 덕분에 틈이 생겨 차 안에도 형광등 빛이 들었다.

다시 들러붙기 전에 운전석에서 내린 안대영이 문을 채 닫지도 않았는데 달려드는 악귀의 머리통을 도끼로 갈랐다. 퍼억ㅡ! 퍽ㅡ! 수박이라도 깨지는 듯 터진 소리가 연달아서 이어졌다. 순식간에 도끼를 비롯해 안대영까지 피 범벅이 되었다.

피 냄새가 평범한 악귀와 질이 달랐다. 오래 묵힌 포도주에서나 날 법한 시큼한 냄새였다. 끈적끈적하긴 얼마나 끈적거리는지, 잼처럼 점도 있는 핏줄기가 얼굴을 타고 꾸덕꾸덕 흘렀다. 이런 피는 잘 지워지지도 않는다. 아이, 씨발……. 짜증이 솟구쳤다.

「끄아아아악ㅡ!」

그러다 안대영은 보았다. 제 팔에 독니를 박아 넣으려 호기롭게 달려든 악귀를 말이다. 검의 사정거리에 들어서자마자 왼손에 들고 있던 도끼를 내던지고 머리에 달린 뿔을 붙들었다.

지ㅡ이익ㅡ. 목이 고깃덩어리처럼 짓이겨 잘린 악귀가 혀를 길게 빼고 피를 뿜었다. 얼굴뿐만 아니라 팔 전체가 더러워졌다.

내던진 머리통이 통, 통, 통, 굴러가 기둥을 맞고 움직임을 멈추었다. 그 머리에서 연기가 피어오르더니 소멸할 줄 알았던 악귀는 토막 난 십자가가 되었다. 성수를 제조할 때나 쓰는 쇳덩이리 십자가였다. 사이즈는 손가락 하나만큼 작았다.

좀비도 아니고 머리를 잘라야 죽는다……. 도로에서 빌빌거리며 기어 다니던 것은 머리를 자르지 않았기 때문인가. 그렇다면 이것들은 누군가에 의해 조종되고 있다는 뜻이었다. 저 많은 성수 재료를 창고에 쌓아 두고 활용할 자는 이 나라에 단 한 명뿐이다.

베드로. 국내에서 성수를 제조할 줄 아는 단 하나의 신부. 그로 인해 이 많은 악귀를 누가 보냈는지 명확히 밝혀졌다.

그때 죽었어야 했는데. 기가 막히기 짝이 없다.

겁도 없이 달려드는 악귀는 검 대신 커다란 손으로 머리와 몸통을 구분해 찢어 발겼다. 껍데기가 가죽처럼 질기다.

"하."

검이 쉬지 않고 악귀를 베었다. 한번 그을 때마다 족히 대여섯 마리의 목이 잘려 나갔다. 수많은 죽음은 쇳덩어리가 되어 후두둑 떨어졌다.

만들어진 악귀를 상대로 힘을 뺄 필요가 있나. 무심한 눈이 주차장을 훑었다. 주차된 차는 어림잡아 50대 안팎. 뭐, 이 정도면 할 만한데. 개중에 몇 대는 내 차겠고.

불을 질러 사태를 일단락 시킬 생각을 했을 때는 바다처럼 밀려드는 악귀의 3분의 1이 쇠 무덤으로 변해 있었다.

팟, 하고 안대영의 눈 속에 불씨가 화르륵 솟았다.

딱一! 손가락 스냅 한 번에 주차장 형광등이 일제히 퍼엉, 터져 암흑을 만들어 냈다. 어둠에 휩싸이자 청각이 더욱 곤두섰다.

「끼약!」

「크르르릉. 크윽, 크아악!」

「끄아악一!」

검을 휘두를 때마다 손 안은 거죽을 가르고 헤집는 감각이 가득 찼다. 저 귀를 찢어 버릴 듯한 울음만 아니었다면 손맛은 나쁘지 않다. 시끄러워 뒤지겠네. 날을 세워 안면에 검을 꽂아 빼자 피가 팍 튀었다. 쓰러지기 전에 목을 베었다.

퉤, 하고 입 안에 들어온 피를 침과 함께 곧바로 뱉어 냈다. 피 맛 또한 포도주와 같았다. 예수가 자다가 뛰쳐나오겠군. 농락도 가지가지다. 이런 짓을 벌이는 참이면서 용서를 바랐다고? 이제 보니 위선자가 아니라 그냥 개좆보다 못한 씨발 새끼가 아니던가.

대강 바지 뒷주머니에 쑤셔 넣었던 핸드폰이 징- 진동을 울렸다. 이 시점에 전화 걸 만한 인물은 정은규밖에 없다. 안대영은 불 질러 휩쓸어 버리려던 행동을 멈추었다. 발신자는 역시나 '우리 은규'였다. 카메라로 지켜보기라도 하는 양 기가 막힌 타이밍이다.

"어, 은규야. 일어났어?"

정은규에게 전화가 걸려오기 전까지 미친놈처럼 실실 웃던 안대영은 피칠갑을 한 그대로 핸드폰을 귀와 어깨 사이에 꼈다. 때문에 움직임이 제한되었지만, 악귀의 목을 잡아 뜯듯이 베는 검은 여전히 흉포했다. 전파를 타고 흐르는 목소리에 집중하느라 몸과 정신이 따로 놀았다.

차 안의 케이크와 고깔이 아니었으면 진작 불을 내고도 남았다. 이 꼴로 돌아가면 정은규는 놀라서 엉덩방아를 찧으려나. 거지같은 꼴이라 잡아 주지도 못하겠는데.

─······그보다 이 소리는 뭡니까, 괜찮아요?

"괜찮아. 그리고 이번엔 부탁이 아니라 명령이야. 나오지 마."

수화기너머로 인터폰이 연달아 울렸다. 잠시도 끊어지지 않는다. 게다가 쾅쾅, 무언가를 두드리는 소음까지 기민하게 낚아채었다.

정은규가 위협받고 있다. 그래······. 목적이 나일 리가 없지. 나만 쑤실 리가 없다.

끄아아악! 괴성을 내지르며 죽은 시체를 걷어찬 안대영이 끈적끈적한 눈 위를 옷깃으로 대강 닦아 냈다.

-……귀신입니까.

이럴 때마저도 무덤덤한 목소리를 내는 네가 귀엽다고 느껴지면 난 얼마나 답이 없는 거야. 흘리는 말에 절로 웃음이 섞였다.

"걔네랑 결이 좀 달라. 금방 올라갈 테니까 기다려. 볶음밥이나 만들든지."

이딴 상황에 웃음이 나오느냐고 속으로 생각했겠지. 안 봐도 뻔하다.

끊긴 핸드폰은 원래의 흰색을 잃었을 것이다. 어차피 이 이상 쓸 필요가 없기에 바닥에 떨어트리고 콱직 밟아 부수어 버렸다. 튄 액정 조각이 발목을 긁어 얇은 핏줄기가 비쳤다. 무수히 많은 악마를 소탕하였으나 안대영은 숨찬 기색이 없었다.

상황이 대강 정리되는 듯했다. 조금 더 빨리 움직여 볼까.

안대영의 집 안은 이승에서 가장 안전한 곳이다. 신조차 허락 없이 육신을 들이지 못했다. 고로 정은규는 안전할 수밖에 없다. 그래도 방심은 금물이었다.

발돋움 해 공중에 뛰어오른 안대영이 유려한 몸짓으로 검을 휘둘렀다. 가로로 획을 그은 깔끔한 살의의 행동이 군더더기 없었다.

피 때문에 눈이 따갑다. 닦아 내어도 머리에서부터 타고 흘러 도로 아미타불이었다. 쌍꺼풀이 두겹져 부릅떠졌다. 개좆같은 새끼가 쇳덩이로 만들 거였으면, 피도 안 나오게 만들어야 할 것 아냐.

한참이나 검을 쥔 채 날뛰던 몸짓에 드디어 제동이 걸렸다. 더는 달려드는 악귀가 없었기 때문이었다. 그제야 안대영은 핏물이 맺혀 흐르는 검을 대충 털어 내었다.

그렇게 시끄럽게 굴더니 삽시간에 고요가 찾아왔다. 텅 빈 어둠의 터널에 갇힌 듯하였다.

저벅, 저벅. 조수석에서 얌전히 기다리고 있는 물건들을 챙겨 문을 쾅 닫았다. 악귀도 무섭다며 울고 갈 꼴로 어둠 속의 주차장을 나서는 몸집이 커다랗다. 바깥의 입구에서 빛이 쏟아진다. 천국의 문으로 향하는 듯한 착각이 일어 안대영이 인상을 찡그렸다.

그가 등진 주차장 한복판은 토막 난 쇳덩어리 십자가가 쌓이고 쌓여 무덤처럼 보였다. 그리고 이내 목도한 광경은 주차장과 비슷하면서 다른 것이었다.

"······."

안대영은 주변을 무던히 훑었다.

하늘을 뒤덮은 천사와 악마의 전쟁, 정수리부터 검 끝의 핏방울까지 모조리 씻어 낼 기세로 쏟아지는 비, 베란다 문을 꼬옥 붙잡고 선 정은규까지. 집 밖으로 나오지 말라는 명령을 지키려는 건지 창은 닫혀 있었다.

케이크 박스와 고깔 위로 빗줄기가 떨어져 축축이 젖어 들어갔다. 종이로 만들어졌으니 곧 너덜너덜해져 찢길 것이다.

「무저갱의 영 왕자님. 인사가 늦었습니다.」

악귀와 치열한 전투를 벌이는 수호신들은 마리아의 정예 군단이었다. 안대영에게 인사한 수호신은 정예 군단의 대장인 미카엘이다. 다른 수호신들보다 몇 배는 탐스러운 날개를 얌전히 접은 미카엘이 허리를 깊게 숙여 보였다.

그런 그에게 눈길조차 주지 않은 안대영이 아직도 입 안에 남은 시큼한 피의 잔재를 탁 뱉었다. 악귀가 소멸하면서 떨어지는 쇳조각을 부리나케 주워 없앤 천사들이 안대영을 지나쳐 주차장으로 우르르 몰려갔다.

안대영은 쏟아지는 빗물을 혀로 훔쳐 맛보았다. 맛이 더럽게 없는 성수였다. 심지어 미처 뱉어 내지 못한 피와 상극된 반응이라도 일으켰는지 탄산처럼 입 안을 쏘았다. 좆같은 것투성이다.

"이 비, 마리아가 내렸어?"

인사는커녕 마리아에게 붙이던 존칭조차 떼어 버렸다. 안대영을 잠시 바라본 미카엘이 흉흉한 눈길에 서둘러 눈을 내리깔았다.

「아닙니다. 비는 마리아 님의 축복을 받은 분께서 내리셨습니다. 영 왕자님이 익히 아끼는 이무기께서요.」

백 퍼센트의 인간이었다면 설마 했던 예감이 맞아 떨어졌을 때 이런 기분을 느꼈을까. 정은규에게 쏟아진 은혜와 축복이 안대영에게는 목을 조르는 올무 같았다.

"다친 곳은."

「저는 괜찮습니다.」

"너 말고."

「……아. 죄송합니다. 이무기를 말씀하시는 거라면 무탈하십니다. 무 엇보다 이무기를 보호하는 점이 최우선이었기에 미처 도움을 드리지 못 했습니다. 이 점 양해해 주십시오.」

"야. 혓바닥이 왜 그렇게 길어. 일부러 안 왔다고 티 내?"

「겨, 결코 그렇지 않습니다.」

"내 여긴 네가 거짓말한다고 말하는데."

머리를 톡톡 쳐 보이는 안대영의 시선을 피한 미카엘이 결국엔 토로 하고 말았다.

「……마리아 님께서 잠시 이무기와 대화를 나누길 원하셨습니다.」

적어도 마리아라면 정은규에게 헛소리를 하지는 않았을 테다. 정은규 의 안전이 보장된다면 나의 불은 수천 번 꺼져 버려도 좋다는 걸 아는 분이었으니까.

"어차피 들킬 거 거짓말은 왜 해. 그것도 하늘에 산다는 새끼가."

미카엘을 벌레 보듯 훑고 지나친 안대영이 젖어서 달라붙는 머리칼 을 신경질적으로 넘겼다.

저 애가 불안에 떨지 않길 바란다. 자작하게 깔린 절박함을 벗어던질 수 있다면야 비든 물보라든 상관없다. 나는 기꺼이 뒤집어써도 괜찮다. 그게 내가 너를 살리려는 이유였으니까.

강해지라고 강요하지 않을게. 그건 널 지켜야 하는 내 몫이다. 너는 조금만 더 단단해져. 그 어떤 새끼도 널 우습게 여기지 못하도록 내가 만들어.

괴수의 형상처럼 뒤집어 쓴 피가 지나가는 발끝마다 작은 웅덩이를 만들어 냈다. 그의 등에서 피어오르는 오라도 웅덩이의 색처럼 붉다. 얼굴엔 표정을 찾아볼 수 없었다.

* * *

위급한 상황이 들이닥치자 몸의 둔통이 감쪽같이 사라졌다. 아니, 아픔을 등한시해 버렸다는 표현이 옳겠다.

작은 방 문을 벌컥 열고 들어가 잘 정리된 잡동사니를 빠르게 훑은 정은규가 총을 집었다가 내려놓았다. 내구성이 별로라던 안대영의 말이 떠올라서였고, 무엇보다 조작법을 몰랐다. 애초에 총은 드라마와 영화에서 본 게 다였다. 이것 말고 그럼 뭐가 있지.

안대영이 단도를 찾을 때처럼 서랍을 콱콱 여닫아 가며 무기를 찾았다. 그러나 정은규의 기준에서는 쓸 만한 게 없었다.

단도는 거리가 가까워야 찔러 버릴 수 있는데……. 그럼 현관문을 열어야 한다. 겁도 없이 그랬다가는 머리카락 하나 남김없이 저들에게 잡아먹히고 말 것이다. 소리를 듣기만 해도 수가 엄청나게 많다. 정은규 혼자 대적하기엔 턱도 없었다.

방 한가운데에 서서 고민하던 정은규는 결심을 끝내고 빈손으로 거실에 나왔다. 다룰 줄 모르는 무기를 가지고 함부로 날뛰면 결국 민폐만 끼치게 될 거다. 현관문과 창밖은 여전히 소란스럽다. 아랫입술을 짓

씹으면서 최선의 방법을 찾는 정은규의 눈길이 이쪽에서 저쪽으로 수도 없이 왔다갔다 움직였다.

대영 씨처럼 불을 쓸 줄 알았다면 모조리 태워 버렸을 텐데.

정은규는 자기 주제를 정확히 알았다. 내가 나약한 게 아니다. 저들이 현재로서 나에 비해 강한 상대일 뿐이다. 무력함보다 초조함이 앞섰다.

……아니, 잠깐만.

'어쩐지 비가 돼지게 오더라니, 성수잖아. 마리아가 교수님에게 축복을 내렸구먼.'

김현수의 몸에 들어갔던 뱀에게 칼을 꽂았을 때. 세차게 내린 비에 정은규를 제외한 전부가 젖었다. 직접 확인 사살까지 하지 않았는가.

결연한 고개가 창밖을 향했다. 시험해서 나쁠 건 없었다.

그런데 어떻게 해야 하는 거지. 매뉴얼이 없어 비를 부르는 방법을 몰랐다. 어머니는 산이 오래 마르면 기우제를 지냈다. 조촐한 제사상을 차려놓고 자신이 알아듣지 못할 무가와 함께 절을 올렸다. 그러면 이삼 일 후 땅이 흠씬 젖도록 비가 내렸다.

그렇다고 내가 그걸 할 수는 없잖아. 무엇보다 굿을 할 때는 필히 숨어 있으라 하여 뒷문으로 나가 쪼그려 앉아 있었던 시간이 훨씬 길었다. 때문에 흉내조차 낼 수 없었다.

……모르겠어. 단지 저것들을 모조리 해치우고 싶다.

나는 대영 씨가 위험하지 않기를 바란다. 내가 안전하면 대영 씨가 다칠 일도 없다.

'내 건데 죽게 못 두지.'

나는 비록 당신을 지킬 만큼 강하진 못하나, 그럼에도 부탁이 있다면 다치지 말아요. 그러면 내 마음이 아픕니다. 나 때문에 당신이 다치지 않았으면 좋겠어.

툭. 툭. 창문에 빗방울이 하나둘 떨어졌다. 귀가 쫑긋 섰다.

툭툭 내리던 빗방울이 투두둑 흐르다 이내 시원한 빗줄기로 변하였다. 정은규는 찰나의 비를 잘못 본 줄 알고 자기도 모르게 한 걸음 뒤로 물러났다.

「끼야아악!」

쏴아아― 내리는 비에 당장 결계를 뚫을 것처럼 달려들던 악마들이 몸을 비틀며 아우성을 내질렀다. 괴로운 몸부림이었다. 비가 닿는 살갗에 연기가 피어오르고 그것들은 서서히 액체로 녹아 납빛을 띠었다. 참혹하다고밖에 표현할 방법이 없는 광경이었다.

「크아아!」

「끼약! 크아악! 흐아아악!」

성수라고 했었다. 성수. 베드로 신부가 뱀을 물리치라며 주었던 바둑알 형태의 물. 그것을 던지면 뱀은 괴상한 소리를 내지르며 연기로 변해 죽었다. 같은 원리일까. 뱀과 다른 점이라면, 이것들은 쉬이 죽지 않고 더욱 악에 받쳐 결계에 몸을 마구 부딪쳤다.

쾅쾅쾅!

현관문은 여전히 부술 듯 두드려진다. 실내에도 비를 내릴 수 있는 방법은 없을까. 정은규는 빨리 뛰는 가슴을 쓸어내리며 진정하려고 노력해 본다. 쉽지는 않았다.

그때였다. 단숨에 몰려온 흰 구름이 먹구름 낀 하늘을 덮었다. 자세히 보니 구름이 아닌 날개였다. 진료실에서 습격을 받았을 때 본 적 있었다. 저들은 악마에 대항하는 반대파였다.

보통 악마의 반대는 천사로 불린다. 눈앞에 보이는 천사들은 대개 곱슬곱슬한 헤어스타일에 흰 천을 옷처럼 두른 자들이었다. 귀여운 모습이지만 등에 매달고 있는 통에서 화살을 꺼내 시위를 당겨 일어선 팔 근육이 우락부락했다.

뿌우우- 나팔 소리가 신호가 된 듯 화살 비가 쏟아졌다.

화살촉이 악마의 머리에 푸슉 꽂히자 그대로 넘어간다. 악마의 이마에 화살이 박혀 끈적끈적한 피가 흘렀다. 한 발로 죽지 않자 연발이 쏟아졌다.

비는 이제 두 종류가 되었다. 하늘에서 내리는 성수, 그리고 화살 비.

버티다 못한 악마들이 조그만 쇳덩이로 변해 떨어졌다. 저걸 맞고 사람이 다치기라도 하면……! 잰걸음으로 베란다 코앞까지 다다른 정은규가 창의 문고리를 잡은 채 아득한 아래를 내려다보았다.

쏜살같이 내려간 천사가 바구니에 녹은 아이스크림처럼 모양이 뭉개진 쇳덩이를 받는다. 부리나케 움직이는 천사의 수가 꽤 되었다.

사람은커녕 개미 새끼 한 마리도 없는 우중충한 싸움터였다. 오로지 치열하게 싸우는 악마와 천사만 공존하는 세상에 갇힌 듯했다.

콰콰콰쾅!

때마침 천둥이 요란하게 쳤다. 어느새 문을 부술 듯 쾅쾅 두드리던 소음은 멎고 그 자리에 아비규환의 현장이 자리 잡았다. 드디어 꺼진 인터폰 화면 대신 끔찍한 비명이 청각을 자극시켰다.

아수라장이다. 이럴 때 아무 소식 없는 안대영이 떠오른다. 전화를 걸어 보아도 전원이 꺼져 받을 수 없다는 무상한 음원만이 되돌아왔다.

「걱정하지 마. 영은 무사해. 설마 걔가 다칠 거라고 생각한 거야?」

어디선가 목소리가 들린다. 핸드폰을 귀에서 내리며 주위를 둘러보았다. 꺼진 인터폰에 다시금 화면이 나타났다. 목소리는 인터폰에 딸린 스피커에서 흘러나오고 있었다. 여자 목소리다.

「비를 부를 줄 알게 되었구나. 눈치 챘겠지만, 성수인 만큼 네가 위험할 때만 쓰도록 해. 때가 되면 어렵게 알려 주려고 했더니 영과 도깨비가 먼저 눈치를 챘지 뭐야. 김새게.」

"누구십니까."

「이 비를 너에게 내려 준 은인이라고 하면 되려나?」

"제가 아직 승천하지도 않았는데 어째서 그게 가능합니까."

「보통 이런 걸 보고 은혜라고 해. 어차피 받을 건데 미리 주면 좋잖아.」

'이 산에 마지막으로 남은 무당이 있었어. 임신한 채로 신의 부름을 받고 터를 잡아 아이를 낳은 후 살해당했지. 아, 놀라지 마. 지금은 하늘에서 호의호식하며 잘 지내고 있으니까. 원래대로라면 삼도천 유람선 줄을 섰어야 하는데 마리아가 친히 내려와서 데려갔거든.'

회상과 동시에 떠오른 장면이다. 어머니는 내가 죽인 것도 아니었고, 지옥이 아닌 하늘에 올라갔다고. '마리아'에 의해서.

「그래, 그게 나야. 근데 이 싸가지가 이제 님 자도 안 붙이네? 진짜 저런 놈 뭐가 예쁘다고.」

"현수 선배가 저를 위협하려고 들 때도 비가 내렸습니다. 그때도 그럼 제가 부른 건가요."

「하하하. 아가. 똑똑한 아가답게 궁금한 것도 참 많네.」

……아가? 질문에 대한 대답에 앞서 해괴한 호칭이 과연 저를 부른 것인가 잠시 의심했다. 마리아는 그것조차 간파한 듯이 깔깔 웃었다.

「그런 거 따져 물을 때가 아닐 텐데? 너는 시간이 금인 상황이야. 그리고 나는 매우 바쁘지. 진정 묻고 싶은 게 그것이라면 대답해 주고.」

"……겁니까."

「음?」

"저것들. 베드로 신부님이 보낸 겁니까. 날 죽이기 위해서요."

묻고서도 정은규는 대답을 기대하지 않았다. 남은 것은 마리아의 확답뿐이었으니까.

「시몬에게 가지 말라고 해도 가게 될 테니 하나만 말하마. 무얼 보아도 놀라지 마라. 또한 실망지도 마라. 네가 아는 베드로 신부는 존재하지 않아. 어쩌면 처음부터 말이야.」

티끌 같았던 절망은 바다가 되어 분노의 파도를 불러일으켰다.

「부디 내 말뜻을 잘 알아듣길 바란다.」

팟! 화면이 새까매졌다. 그것이 스위치가 된 듯 때려 부수는 소음이 없었던 일처럼 조용해졌다. 피 튀기던 전장 속 흰 구름 같은 날개들이 거둬진다. 숨어 있던 해가 고개를 내밀었다.

"⋯⋯."

정은규는 시시각각 변하는 사위를 둘러본다.

현관문을 뚫어 버릴 듯 가득했던 손자국의 형상이 하나둘 사라진다. 포도주의 냄새와 색을 닮은 핏물이 썰물처럼 밖으로 빠져나갔다. 정은규의 마른 발바닥이 장판을 쓸 듯이 걸었다. 이윽고 다다른 현관에서 센서 등이 머리 위를 내리쬐었다.

마치 대낮에 꿈이라도 꾼 것 같다. 그러나 기이한 현실이다.

삐삑. 삑. 비밀번호가 하나씩 눌렸다. 문 밖에서 작은 욕설이 들렸다. 대강 '씨발 존나 어쩌구' 하는 특유의 욕설.

삑. 삑. 마지막 번호가 눌리자 띠링, 하고 도어 록이 해제되었다.

한 손에는 우그러진 케이크 박스와 찢어진 종이 고깔을, 다른 손에는 검과 도끼를 든 채 쫄딱 젖은 안대영이 있다. 정은규는 군데군데 핏자국이 만연한 안대영을 보자마자 심장이 발밑으로 뚝 떨어졌다. 한눈에 보아도 처참한 꼴이었다.

"낭만을 몰라, 개새끼들이. 이럴 때 쳐들어오게."

정은규의 목울대가 일렁였다.

"아, 아프, ⋯⋯아파요?"

생전 말을 더듬어 본 적도 없다. 그런데 지금은 사시나무처럼 떨렸다. 안대영은 정은규를 안심시키려는지 씨익 웃었다.

"놀랐어? 안 아파. 그러는 은규 넌."

"저는, 저는 괜찮습니다. 괜찮아요."

만약 안대영이 잘못되었다면 정은규는 주방 칼꽂이에서 식칼이라도 뽑아 죽도록 싸웠을 거다. 스스로를 통제하고 제어해 온 방어벽이 모조리 무너졌으리라.

"엄청 놀랐나 본데. 더듬고, 두 번씩 말하고."

말을 끝내기도 전에 몸이 뒤로 슬쩍 밀려난 안대영이 순간적으로 이맛살을 찌푸렸다. 그리고 익숙한 머리카락의 감촉이 어깨에 닿자마자 양손에 힘을 풀었다. 무겁게 떨어진 짐이 현관에 나뒹굴었다. 이런 격한 반응이 나오리라곤 몰랐는데……. 와락 껴안아 온 정은규의 등을 어정쩡하게 둘러 안은 안대영이 밀어를 속삭였다.

"나한테서 구린 냄새 나지 않아?"

"……피 냄새 납니다."

"씻고 올게."

"괜찮으니까 잠깐만 이대로 있어요. 잠깐만."

명부에서 이런 비슷한 대화를 나누었던 적이 있다. 그때 영 왕자는 피 냄새가 난다는 이무기의 한마디를 듣자마자 일어나 못에 제 몸을 빠트렸다.

"물비린내는 안 나?"

부러 우스갯소리로 물었다. 정은규가 품 안에서 웅얼거렸다.

"납니다."

아, 널 어쩌면 좋을까. 우리가 하는 게 연애라는 걸 확실히 인지하는 대답이었다. 느껴 본 적 없는 감격이 젖은 옷 안의 살갗을 간지럽혔다. 정은규를 으스러질 듯 껴안은 안대영이 그의 목덜미에 코와 입술을 파묻고 체향을 힘껏 들이마셨다.

"정 교수 용감하던데. 나오지 말라는 말도 잘 듣고. 잘했어."

칭찬 삼아 엉덩이도 두드려 주었다. 다른 때라면 질색하고 손을 쳐냈을 텐데 정은규는 순종적으로 굴었다.

"다치지 말아요. 나는 대영 씨가 다치지 않았으면 좋겠다는 생각을 했을 뿐입니다."

"안 다친다니까 몇 번을 말해. 아프지도 않아."

안대영에게 '다친다'의 의미는 목숨이 위태로울 경우에나 해당했다. 적어도 어디 한 군데는 찔리고 썰려야 다쳤다고 여겼다. 그러나 이 사실을 정은규가 알 리 없었다.

"그리고 이 판국에 미안한데……."

신부님을 만나러 가야겠습니다. 차마 말을 잇지 못하고 얼버무리는 정은규의 마음이야 진작 알고 있다. 안대영이 정은규의 옷 안으로 젖은 손을 넣어 이곳저곳을 더듬었다. 손바닥 안에 잡히는 매끈한 피부에 생채기 하나가 없음을 확인한 후에야 미약하게나마 묻어 있던 싸늘함을 지웠다.

"그 새끼 멱살 잡을 마음 생겼어?"

덤덤한 물음에 침잠한 대답이 이어졌다.

"예."

영원히 안고 살 것만 같았던 안대영이 정은규를 놓아주었다. 그 바람에 꺼진 센서 등이 껌벅 켜졌다.

"일단 씻고. 저거 개시도 해야 돼. 네가 가진 시간 다 나한테 달라고 했잖아. 내 거니까 내 말 들어."

정은규의 눈이 현관에 내팽개친 짐을 훑었다. 박스 생김새로 보아 케이크 같은데 먹을 수나 있을까. 엉망진창으로 엎어졌잖아. 입으로 들어가면 다 똑같다고 해도 당신은 모양까지 꽤 까다롭게 여기지 않았나. 하지만 그것에 앞서.

"……같이."

"응?"

"같이 씻을까요. 대영 씨 안고 있어서 저도 젖었는데."

정은규가 티를 훌렁 벗는다. 정전기가 일어난 머리카락이 민들레 홀씨처럼 공중에 떠 있다가 점차 가라앉았다. 상체는 여기저기 깨물린 흔적이 낭자했다.

안대영은 사양하지 않고 허물 벗듯 옷가지를 벗어 던졌다. 오히려 요령 없는 유혹이라면 언제나 환영이었다. 그래서 전라의 상태로 제 몸 곳곳을 꼼꼼히 훑어보는 정은규를 모른 척하며 기다려 주었다.

"자지는 왜 그렇게 빤히 봐. 빨아 주게?"

"……밤에 많이 빨아 줬던 것 같은데 모자랐어요? ……됐습니다. 씻으러 들어가요."

그가 안심할 때까지, 꽤 오랫동안.

* * *

케이크는 차라리 엉망진창이라고 표현이라도 되었으면 좋은 수준이었다. 이리저리 쏠리고 무너져 개떡이 따로 없었기에 박스 안에서 꺼내다가 무심코 도로 집어 처넣을 뻔했다. 애새끼가 토하면 딱 이렇게 생겼겠는데. 비위 상해서 먹을 수나 있을까.

여차저차 접시에 옮겨 놓고 냉장고에서 재료를 집히는 대로 꺼냈다. 방 안은 드라이기 소음이 위잉 울렸다.

칼도마를 쓰기 귀찮아서 가위로 자른 채소를 볶다가 즉석 밥 세 개를 뜯어 고루 섞었다. 옆에 불 켜진 팬에는 두꺼운 계란이 포슬포슬 익어 간다. 볶은 밥을 계란 위에 올려 접시에 반절 접어서 올릴 때 드라이기도 멎었다. 완성된 접시를 식탁에 내려놓은 안대영이 냉장고 문짝에서 케첩을 꺼내 거꾸로 한번 세게 흔들자 아래 깔려 있던 빨간 액체가 입구로 확 쏠렸다.

"뭐 해요?"

부슬부슬한 생머리로 나타난 정은규가 접시 앞에서 온 집중을 쏟아부어 케첩 아트를 하는 안대영을 빼꼼 살폈다.

저렇게 큰 손으로 무얼 하는가 싶었는데 계란 위에 하트를 그리고 있었다. 어찌나 크게도 그리는지 계란을 벗어나 접시 안쪽까지 침범한 하트였다. 상황에 걸맞지 않게 웃음이 터졌다.

"별도 그려 줘요."

"말 시키지 마. 집중하잖아."

"별 싫으면 달."

"둘 다 싫어."

"그럼 구름은 어때요."

"아, 말 시키지 말라니까. 조졌네."

"처음부터 망한 거 아닙니까. 계란 위에만 그렸어야죠."

"이딴 걸 해 봤어야 알지. 앉기나 해."

마주 앉아서 쟁반 수준의 접시에 담긴 오므라이스를 나누어 먹었다. 숟가락이 부딪치면 아무렇지 않게 한 명이 뒤로 물려 다른 곳을 푹 떠 갔다. 성심껏 그린 케첩 하트는 흔적도 없이 사라졌다. 간이 싱거워서 접시 한쪽에 케첩 산을 쌓다시피 하는 정은규를 괴상하게 쳐다본 안대영이 숟가락을 내려놓았다.

"싱거워?"

"밥을 병원에서만 먹으니까 배달 음식에 길들여져서요. 자극적으로 먹게 됐습니다."

"근데 왜 이렇게 말랐어."

"글쎄요. 입이 짧아서 그런가 보죠. 먹다가 콜 오는 경우가 꽤 있어서 많이 먹으면 불편합니다. 그래서 적게 먹는 습관이 들기도 했고."

말과 달리 양 볼이 쉴 새 없이 우물거린다. 접시를 밀어 준 안대영은 턱을 괸 채 야금야금 잘 먹는 정은규를 담배 말리는 표정으로 바라보았다.

얼마 먹지도 않았으면서 배가 부르다며 숟가락을 놓은 정은규가 괴상망측한 케이크를 가리켰다.

"이건 뭡니까. 아, 아까 그 케이크인가요?"

"안 먹는 게 나을 것 같은데."

"맛있게 생겼는데요."

"대체 어디가. 저번부터 의사 양반 미적 감각이 왜 이래? 나 말고 제대로 볼 줄 아는 게 하나도 없어."

"날 위해서 사 온 것 아닙니까. 모양은 신경 안 써요. 고맙습니다, 잘 먹을게요."

어쩐지 대단히 자존심 상한 표정을 짓기에 구태여 이유를 묻진 않았다. 적당히 느끼하고 적당히 달달한 치즈 케이크가 입 안에서 녹아 없어졌다.

"저걸 썼어야 하는데."

영 아쉽다는 듯 입맛을 다신다. 정은규는 종이와 고무줄이 분리되어 쓰레기통에 처박힌 고깔의 잔재를 보며 피식 웃었다.

"제 취향 아닙니다."

"그래서 아쉽다는 거야. 교수님 괴롭히는 맛이 좀 좋아야지."

포크 대신 젓가락으로 케이크를 서너 번 헤집고는 깔끔하게 손을 뗐다. 이 정도면 많이 먹었다.

여태 크리스마스 당직은 정은규가 나서서 했었다. 날짜가 날짜인지라 솔로가 아닌 이상 다들 바쁜 날이니 할 일 없는 정은규가 그들과 바꿔 주곤 했다. 언제나 생일 때마다 악몽을 꾸었기에 쉬는 것보다 일로 몸을 혹사시키는 쪽이 백 번 나았다.

부지런히 일하다 보면 어떻게 알았는지 아래애들이 깜짝 파티랍시고 가져온 케이크가 있었는데, 대부분 병원 1층의 프랜차이즈 베이커리나 사거리 앞 카페의 완제품이었다. 한 입 이상은 도저히 못 먹겠는 단맛들.

생일이 대수라고. 초 꽂아 가져온 케이크와 생일 축하 노래를 불러 주는 애들을 둘러보면 자기 일도 아닌데 웃고 있었다. 근무로 찌든 와중 잠시나마 해맑은 애들 앞에서 이런 짓 하지 말라고 잘라 버릴 싸가지까지는 못 됐다. 그래서 고맙다는 말과 함께 일렁이는 촛불을 얼른 훅 꺼 버렸었다.

정은규가 고마웠던 건 바쁜 와중에도 잊지 않고 챙겨 준 '정성'이지, 생일 그 자체가 아니기 때문이었다. 매 해 생일 때마다 이 세상에 12월 25일이 사라졌으면 하고 얼마나 빌었던가. 하느님은 그 간절한 소원을 단 한 번도 들어준 적이 없다.

하긴, 그날이 나만 생일이겠는가. 돌이켜 보면 이기적인 생각으로 인한 우스운 일은 시도 때도 없이 일어나곤 했다.

"은규 세례 안 받았다고 했지."

"예. 못 받은 쪽이라고 봐야 하죠. 교리 과정조차 못 끝냈거든요."

"남들 다 받는 걸 왜 너만 못 받아? 별것도 아닌 벌레들이 따지는 건 더럽게 많네. 대놓고 너 따돌린 건데 위에 있는 새끼 얼굴이나 보자고 그러지."

"저는 대영 씨가 아니라서 그럴 포부까진 없었습니다."

"하여튼 간에…… 천주교에서는 세례식 때 성체를 준다고 하더라. 예수가 포도주는 자신의 피, 빵은 자신의 살이라고 하면서."

'포도주'를 말할 때 머그컵을, '빵'을 말할 때 케이크 접시를 손가락으로 톡 내려친다.

"아까 그 새끼들 피 봤지."

"예. 오래 묵힌 포도주 냄새가 났습니다."

"죽었을 때도 봤고?"

"조그만…… 쇳덩이로 변하던데요."

"잘 봤네. 원래 그걸 녹여서 성수를 만들거든. 인간 중에서는 베드로가 유일하게 성수를 제조할 줄 알았어. 근데 그 새끼가 성수 재료를 가져다 악마를 만들었네? 그리고 은규는 성수 비를 내릴 줄 알게 되었지. 이게 전부 뭘 의미할까."

설거지거리를 착착 쌓아 싱크대 앞에 선 안대영이 수도를 틀기 전 정은규를 돌아보았다. 뜻밖에도 담담하고 초연한 모습이다.

"신부님께서 성수를 만들지 못하게 되신 겁니까."

"정답. 덧붙이자면 저 위에 높으신 놈들께서 드디어 그 새끼를 버렸다는 거야. 그리고 우리는 버림받은 신부를 만나러 가야 하지."

긴가민가했었던 마리아의 뜻을 알아차렸다. 제가 아는 베드로 신부는 없다고.

신부는 악마에게 잡아 먹혔다. 힘을 합친다는 명목 하에 스스로 악마가 되었다. 그리하여 당신이 키운 나를 잡아먹고자 수많은 악귀를 보내었다. 한때는 위험할 때 쓰라며 직접 성수를 쥐여 주었던 자가 이제 그것을 만들지 못해 대신 악을 탄생시켰다.

정은규는 자라면서 많은 종류의 부조리를 겪어 보았다. 모순 가득한 세상에 청렴결백한 사람은 있을 수 없다. 그 세상에서 꿋꿋이 버텨 왔다. 온갖 부조리와 핍박 속에서도 자신을 잃고 싶지 않아 위태로운 줄타기를 계속 해 왔다는 뜻이다.

내가 살아남기 위해 삶의 줄타기를 이어 오는 동안, 누군가의 줄은 조금씩 끊어지고 있었다고.

"괜찮겠어?"

처음이자 마지막으로 안대영이 물었다. 네가 어떤 결정을 내려도 난 널 반드시 지켜. 말로 하지 않아도 몸의 여러 군데에서 깨우쳤다. 정은규는 안대영의 붉어진 오라를 응시하며 짧게 대답했다.

"괜찮습니다."

수돗물이 콸콸 흘렀다. 수압이 세다. 안대영은 정은규에게서 고개를 돌린 채 한참을 생각에 잠겼다. 그러다 흐르는 물줄기가 회오리쳐 하수구로 빨려 들어갈 무렵, 마찬가지로 짤막하게 대꾸했다.

"준비해."

제6장

　명부가 뒤집어졌다. 시왕의 극악무도한 행실이 담긴 영상이 첫 번째 지옥에서 주인이 부재한 열한 번째 지옥까지 모조리 퍼졌기 때문이었다. 인트라넷 작성자는 뻔뻔하게도 익명이 아닌 [김석회]를 달고 있었다.

　세상에나, 이게 무슨 일이람. 이차남은 자세히 보려고 업경을 마구잡이로 늘려 크게 키웠다.

　영상은 흑백이다. 때문에 두루마기의 색을 알아볼 수는 없었으나 뒤태로 보아 변성왕과 태산왕임을 알 수 있었다. 그들은 막 일곱 번째 지옥을 지나치고 있었다. 미행이 따라붙은 듯 앵글은 높이와 거리가 제멋대로 시시각각 바뀌었다. 대체 누가 이걸 어떻게 찍은 거지.

　'죽이실 겁니까.'

　'죽여야지.'

　'영 왕자의 여의주를 삼켰습니다. 이무기들이 그 힘을 받지 않으리라고 장담하십니까.'

'그러니까 그걸 자각하기 전에 죽여야 한다는 거다! 천치 같은 놈아! 이걸 영 왕자가 알게 되면 가만히 있을 것 같냐!'

'어, 어쩝니까.'

관전하던 이차남은 초조함에 손톱을 오도독 씹었다.

'이무기도 두 마리밖에 남지 않았다. 서둘러 죽여야지. 그리고 애초 영 왕자의 여의주를 삼키라 시킨 건 전륜왕이 아니냐. 한 배를 탔는데 아닌 척 꽁지 빼려는 모양새가 도통 참아 줄 수 없어.'

김 책사, 살아 있긴 할까. 아마 각자 지옥의 책사들이 모두 똑같은 생각을 하고 있을 것이다. 조만간 김 책사의 모가지가 삼도천에 둥둥 떠다니겠구나. 영 왕자의 수하로 지내더니 간이 배 밖으로 나와 이런 극악무도한 짓까지 벌인단 말이냐.

그러는 사이 장면이 바뀌었다. 탁자 아래 보이는 발이 여러 개다. 낮은 포복으로 찍었는지 거리는 제법 멀었으나 대화는 두런두런 들렸다.

'악귀는 누구랍니까.'

'하늘의 소속이요. 선악과를 베어 물어 팔다리가 잘려 뱀으로 살아갔다 하지요. 수도 없이 죽음과 환생을 번복했다고 합니다.'

'쯧쯧. 그런데도 마리아는 살려 두었답니까?'

'모르지요. 그쪽 방침은 명부와 다르니까요.'

'그래서 하고자 하는 말이 뭡니까!'

'진광왕. 목소리 낮춰요. 누구 들으라고 떠벌리시나.'

영상에 찍힌 다리를 세어 보았다. 여덟 짝이었다. 이 또한 다른 책사들도 이차남처럼 세고 있을 테였다. 과연 저 회동에 빠진 둘은 누구인가.

'우리의 최종 목표는 영 왕자의 힘을 무력화시켜 죽인 후 염라를 몰아내는 겁니다. 균등하게 열 곳으로 나뉜 지옥에서 대왕의 칭호를 달고 있거늘, 어째서 서열을 나눈단 말입니까. 여기가 이승입니까! 더구나 열한 번째 지옥은 당최 왜 만들어져서는!'

'맞습니다. 나는 사실 다섯 번째 지옥이 유달리 커다란 것도 마음에 안 들었어요!'

'조심히 움직여야 합니다. 영 왕자가 저번에 일으킨 살육의 밤을 다들 잊지 않으셨을 테지요. 조심하지 않으면 우리 목숨은 모두 끝장입니다.'

이러다 손톱이 남아나질 않겠다. 반대쪽 손톱도 오도독 씹던 이차남은 등 뒤에 시꺼먼 그림자가 지는 것도 모르고 어떡하나, 어떡하나, 저기에 우리 대왕님 목소리라도 들리면 어떡하지 싶어 발만 동동 굴렀다. 현명하신 우리 대왕님은 끼지 않으셨을 텐데, 그래도 책사 된 도리로 불안한 것을 어쩌랴.

"이야. 역시 뒤지려면 뒤질 짓을 해야 하는구먼."

"아이쿠, 깜짝이야!"

"죄 졌느냐? 아니면 이 위대하신 초량 대왕님이 모~옵시 반갑냐? 놀라긴 왜 놀라. 뱀도 없는 놈."

심드렁한 초량은 청룡이 수놓아진 비단 의자 위에 털썩 앉았다.

오는 내내 난리도 아니었다. 김석호가 포탄을 쏘아올린 이후 삼도천이고 도리천이고 죄다 뒤집어져 시끄러운 데다 시왕은 어딜 갔는지 감쪽같이 자취를 감추었다. 문지기들조차 일을 제대로 하지 못하고 망자를 엉뚱한 곳에 보내 버려 혼돈 그 자체였다.

왕자 놈은 나더러 뭘 하라는 건지. 김석호와 차민혁의 면상을 구경이라도 해야 작전을 짤 것 아니냐. 지금은 이차남을 놀리는 것 외에 할 일이 없었다.

'악귀가 이무기 앞에 나타난다면, 영 왕자는 분명히 악귀를 죽이려 들 겁니다.'

'마리아가 가만히 있겠습니까. 미워 죽어도 제자식인 것을요.'

'자칫하면 오히려 영 왕자를 도와주는 꼴이 될 수도 있습니다.'

'현재는 계획 단계입니다. 당장 그러자는 게 아닙니다. 그리고 만약

을 대비해 누명을 씌워야지요.'

'그 자가 누굽니까.'

'영 왕자의 호위무사인 차민혁의 오래된 벗이 있습니다. 일전 이무기를 죽이라 명하였을 때도 불복종을 했었지요. 무사 따위가 건방지게.'

'이보시오들. 영 왕자만 조심할 게 아닙니다. 평등왕 또한 영 왕자의 편입니다.'

어휴. 어휴, 어휴. 평등왕이 저 자리에 없음을 확인한 이차남이 가슴을 부여잡고 숨을 크게 내쉬었다. 하느님이라도 찾을 기세였다. 머저리 같은 놈. 초량은 혀를 차며 이차남의 담뱃대를 제 것처럼 뻐끔뻐끔 피웠다.

"대체 어느 놈이 간도 크게 저런 영상을 몰래 남겨 두었단 말이냐."

짐작 가는 자들이야 있다. 자유 협약을 맺기 전 희생당한 도깨비들. 저런 각도는 둔갑이 아니고서야 나올 수가 없다. 하물며 상대는 허수아비여도 시왕이다. 목숨 걸고 증거를 남겼다는 뜻인데⋯⋯. 도깨비 대왕인 초량에게 발설하지 못했다면 이는 세상에 존재하지 않는다고 보아야 한다.

그들이 맞았다고 치자. 그렇다면 영 왕자의 명령 하에 찍었을까. 초량은 '아니다'에 손을 들었다. 그 시절에는 도깨비들도 자유를 얻기 위하여 고군분투하였다. 때문에 상당한 피를 보았었다. 뭐라도 하나가 절실한 상황이었다.

오히려 이것을 영 왕자에게 전달해 도와달라고 요청했다는 가설이라면 이해할 수 있지. 하지만 그런다고 왕자 놈이 동정심을 발휘할 성질머리는 못 된다.

그런데 그때였다.

'열한 번째 지옥의 영 왕자님⋯⋯ 우리 막내를 살려 주세요. 아이는 죄가 없습니다.'

초량이 돌연 벌떡 일어났다. 영상에서 새어나간 목소리는 부스러질 듯 가냘팠다. 도깨비가 아니었다. 이차남도 어라 싶은 표정으로 초량을 돌아보았다.

"저건 뱀이 아니냐?"

스르륵 뒤로 빠져 물러나는 몸, 간헐적으로 뿌예지는 시야, 그리고 흑백.

영 왕자의 여의주를 삼킨 어미 뱀이었다. 알에서 깨어난 이무기들은 인간의 형체로 살 수 있었지만, 직접 먹어 치웠던 어미는 다른 곳으로 영향을 받은 듯했다. 용의 여의주를 삼킨 뱀은 선례가 없었으니 영향을 어디로 어떻게 받을지는 아무도 몰랐던 점이었다.

뱀은 열한 번째 지옥까지 사력을 다해 기어가 똬리를 틀더니 둘둘 말린 꼬리 끝을 세워 눈 밑으로 쑤욱 집어넣었다. 꼬리가 눈 안으로 파고 들어가는 영상이 어떠한 영화보다 끔찍하다. 저마다 그 장면에서 숨을 흡, 참았다.

그런 뱀 앞에 발목까지 닿은 비단 두루마기가 바람에 펄럭이고 있었다. 흑백임에도 들고 있는 검에 날카로운 귀기가 서려 위압적이었다. 저건 영 왕자였다.

화면이 흔들리다가 암전이 찾아왔다. 명부 곳곳에서 산발적인 비명이 터졌다.

"이무기의 어미로구나. 여의주의 효험이 눈으로 갔나 보구먼."

쯧, 쯔, 쯔. 이차남이 혀를 세 번 찼다. 제가 본 것을 증거로 남기기 위해 눈알을 빼서 바치는 모성애라니.

이어 업경에 공문 형태의 문서가 주르륵 쏟아져 나왔다. 시왕이 저지른 죄를 낱낱이 고하는 보고서였다. 공문의 수는 여덟 장이었으나 뒷받침하는 증거 자료는 책 한 권의 분량으로 두꺼웠다. 저것들은 각 지옥의 벽마다 붙여질 것이었다.

미친놈…… 또라이…… 육시럴 놈…… 우라질 놈…… 또 무슨 욕이 있더라…….

초량은 어떠한 말도 할 수 없었다. 단지 이것을 한 번에 터트린 영 왕자에게 넌덜머리가 나서 뒷목이 찡하게 아파 주무르기만 할 뿐이었다. 명부에 대파란이 휘몰아쳤다.

* * *

챙―!

불시에 들이닥친 공격을 막은 검에서 사악 귀기가 피어올랐다. 차민혁은 벌써 여든 명을 훌쩍 넘긴 암살자를 홀로 상대하고 있었다.

지칠 새도 없이 뛰어 나오는 놈들의 목을 잘라 전시라도 해 두고 싶은 마음이다. 이럴 줄 알았지만, 정말로 공격해 오니 뻔할 뻔 자여서 웃음도 나오지 않았다. 김석호는 차민혁을 바리케이드 삼아 부지런히 할 일을 했다. 벽마다 공문을 다닥다닥 붙여 죄를 낱낱이 까발리는 일이었다.

검이 막 죽인 무사의 기를 뽑아 가리려는 듯 끼이익 곡소리를 내며 필요한 양의 피를 흡수시켰다. 영 왕자가 하사한 검은 귀신의 고혈로 이루어졌다. 날의 손질을 비롯하여 여의주가 박힌 용의 모습까지 전부 영 왕자의 손길에서 창조된 유일무이한 검이다.

이 검을 차민혁에게 하사할 때, 영 왕자는 한마디를 덧붙였다.

'길들여.'

차민혁은 그 명령을 어긴 적이 없다. 검의 기운에 눌리지 않으려 수련하는 동안 어깨가 빠지는 건 일상이요, 수련이 끝나면 매번 탈진하여 쓰러졌다. 영 왕자의 힘이 고스란히 담긴 검이다. 상당히 벅찼다. 솔직히 내던지고 싶을 때도 많았다.

하지만 이것은 영 왕자의 시험이었다. '길들이지 못하면 넌 내 아래에 있을 자격이 없다.'라는. 악바리로 버틴 차민혁은 아주 오랜 시간이 흘러 어깨가 너덜너덜해질 즈음이야 겨우 검을 길들일 수 있었다.

'나를 제외한 그 누구도 네 검에 손대지 못하게 해.'

영 왕자는 차민혁이 능수능란하게 검을 다룰 때에야 이름을 불러 줬다. 그전까지 성조차 부르지 않았다. 정이라곤 코빼기도 없는 주군의 마음을 열기가 얼마나 힘들었는가. 빠진 어깨가 잘 맞춰지지도 않았을 때라 너무 힘이 들어 반항이라는 것도 못했었다. 그저 속으로만 툴툴거렸다. '저도 죽다 살아났는데, 어느 놈이 만질 수 있을까요.'라고.

과거 차민혁을 송장 직전 수준까지 만들었던 검의 컨디션은 좋다 못해 날뛰었다. 반대로 차민혁은 옷에 튄 피를 훌훌 털어 내다가 포기해 버렸다. 옷 버려야겠네. 눈을 까뒤집고 죽은 무사의 머리통을 발로 퍽 차 버린다.

"아우씨. 짜증 나."

"야! 차 장군아! 나 두고 어디 가!"

김석호가 저벅저벅 저쪽으로 가는 차민혁을 불러 세웠다. 안 그래도 목숨을 위협받는 도중인데 절대 떨어지지 말아야 할 차민혁이 제멋대로 구니까 저걸 때릴 수도 없고 초조할 따름이다. 차민혁은 김석호의 말을 듣는 척도 안 하고 몇 걸음 더 가더니 풀숲에 숨은 책사의 뒷덜미를 낚아채었다. 낯빛이 새파랗다.

"흐, 흐아악! 사, 살려 줘!"

"엄마야."

저기 숨어 있는 건 어떻게 알았대. 김석호가 샐쭉한 표정으로 벽에 종이를 퍽퍽 붙였다.

"나, 나는 너희와 손을 잡으려고 온 게다!"

"와. 죽기 싫어서 너네 대왕 뒤통수 까겠다고? 수하라는 게 의리 좆도 없네."

이마를 쥐어박아도 반항은 일절 없다. 조금 전 무사의 목을 벤 것을 똑똑히 보았고 자칫하면 그 꼴이 제가 될 수 있어 겁을 이만큼

집어먹었기 때문이다.

차민혁은 재미있어서 책사의 머리에 연방 꿀밤을 놓았다. 그때 근처에서 또 다른 책사가 벌떡 일어났다. 쟤는 태산왕의 책사다. 두더지 게임이냐? 차민혁이 그놈에게도 꿀밤을 연방 때렸다. 양 손에 한 명씩 쥐어박으니 이렇게 즐거울 수가 없다.

"전부 대왕님의 모략이다! 우리는 시키는 대로 했을 뿐이야!"

"그, 그리고! 그 어미 뱀은! 우리도 안쓰럽다고 생각해서 대왕님 몰래 환생시키고자 평등왕 님께 부탁드렸었다고!"

"야. 우리 왕자님처럼 대답해 줄까? 씨발, 그딴 거 알게 뭐야."

아무래도 차민혁은 안대영의 흉내를 내는 데 맛 들린 듯했다. 저러다 대표님한테 얻어터지지. 김석호는 뒤로 물러나 벽면을 도배하다시피 한 공문을 눈으로 훑었다. 수평은 잘 맞춰졌는지, 어디 겹쳐 붙인 곳은 없는지. 그러다가도 한숨이 포옥 흘러나가는 것이다.

안대영에게 파일을 받을 때부터 꺼림칙하긴 했었다. 헤어지기 직전에 할 말이 있다는 듯 구셨을 때 간파했어야 하는 건데…….

어림짐작으로 어마어마한 게 들어 있을 거라며 막연히 예상하며 열어 봤을 때에는 그만 뒤로 나자빠지고 말았다. 그 누구도 안대영이 영상을 남겼으리라 짐작하지 못했다. 게다가 그 영상을 제공한 자가 살해당한 뱀일 줄도 몰랐고.

이 무서운 것을 어디다가 숨겨 두셨을까. 기억은 언제 떠올리신 걸까. 섭섭한 마음이 요만큼도 없다면 거짓말이다. 절대 배신하지 않을 '같은 편'에게도 꼭꼭 숨겨 두었으니 말이다.

그러나 추후 안대영과의 전화 통화에서 벙긋할 수 없었던 건, 터뜨릴 때까지 비밀 유지를 지켜야 한다고 여겼기 때문이었다. 저한테까지 발설하지 않은 타당한 이유가 있을 것이다. 제 주군은 언제나 한 발짝 앞서 치밀하게 계략을 꾸미지 않았던가.

때문에 차민혁도 영상의 존재를 알지 못했다. 조금 전 영상을 막 터뜨렸을 때도 재미있는 영화 한 편을 감상하듯이 '오…….' 하고 팔짱 낀 채 보다가 '거 봐. 내가 우리 좆될 거라고 했지?'라며 검을 뽑아들고 잠입해 있던 암살자의 목을 칠 뿐이었다. 차민혁은 무사답게 이런 데서 단순했다. 그래서 다행이었다.

평범하던 뱀이 여의주를 삼키며 비범한 능력과 힘을 얻었다. 하나는 기록할 수 있는 능력이요, 둘은 언어를 구사하게 될 줄 알았음이요, 셋은 이무기를 낳았음이라.

그러나 결국 뱀은 죽었다. 정확하게 말하자면 시왕에게 살해당했다. 죽고 나서 환생을 하였든 간에, 저승에서의 존재는 거스러미가 되어 사라진 지 오래다. 그렇다면 어미 뱀이 영 왕자에게 목숨 값으로 바친 '증거'를 오래 보존할 수 있었던 방법은 무엇인가.

김석호는 문득 품 안의 부채를 떠올렸다. 필사적으로 부채를 사수하려 했던 건 두 가지 이유에 의해서였다. 주군이 주신 물건이라는 이유도 있지만 공격력이 없는 김석호에게 이 부채는 목숨이 위험할 경우 무기로 요긴하게 쓰이기 위해 만들어졌다. 마음먹고 팔락이면 자개처럼 조각한 비늘이 칼날처럼 뿜어져 나갈 거라며 영 왕자가 말했었다.

살생의 무기로 만들어진 만큼 철저히 비밀에 부쳤으며 급박하게 내쫓기지 않았다면 제일 먼저 들고 나왔을 것이었다. 발을 동동 구르며 찾지 않았던 건 평등왕이 보관하고 있어서였다. 그러면 부채의 비밀을 알아채도 묵인해 주리라 믿었으니까.

차민혁의 검과 김석호의 부채는 한 세트로 묶인다. 부채는 용의 피부이며, 검은 몸통과 여의주이다. 전부 영 왕자의 몸에서 비롯된 '무기'다.

아, 설마. 정리가 될 듯 말 듯 조각들이 둥둥 떠 다녔다. 여의주가 필요 없다는 영 왕자의 언행이 스쳐지나갔다. 눈알을 빼낸 후 살해당한 뱀, 김석호의 부채, 차민혁의 검.

부채를 조심스레 꺼내 꼼꼼히 훑어보던 김석호는 차민혁을 면밀히 살폈다. 정확히 그가 허리춤에 꽂은 검집을.

당장 승천할 것처럼 생동감 넘치는 용의 몸짓이야 그렇다 치고, 그 입에 문 여의주의 광택이 전과 같지 않았다. 하물며 그것이 영 왕자의 여의주일 리는 없었다. 줄곧 말했다시피 뱀이 삼켰으니까. 그럼 뱀이 제 자식을 지키고자 희생하여 빼낸 눈알은 어디로 간 거지.

……설마.

"뭐 하러 죽이냐? 어차피 왕자 놈이 오면 몰살시켜 버릴 것을."

김석호는 초량이 콧노래를 부르며 나타나자 아무 일 없었다는 듯 부채를 착 접었다. 그리고 서둘러 표정 관리를 하였다. 마른침이 꿀떡 넘어간다.

차민혁이 도깨비를 힐끔 보고 꿀밤 세례를 그만두었다. 나 쟤 싫어. 초량을 피해 바위 위로 뛰어오르는 몸짓이 날렵하다.

"두렵지? 두렵고말고. 아이고, 무서워라, 나라면 오줌 쌌다!"

책사들이 오들오들 떨었다. 이들 말고도 이곳에 숨어서 듣는 자들이 상당할 것이었다. 초량은 일부러 목소리를 키웠다.

"왕자 놈이 그러더라! 25일에 이승의 게이트를 모두 닫아 버린다고! 그러하면 너희는 도망조차 치지 못하고 죽을 테지! 아이고야 무서워서 어쩌나! 아참, 지금도 하나씩 닫히고 있다지?!"

"뭐? 그건 또 무슨 소리야."

아직 게이트 활짝 열려 있을 텐데. 의아해하는 김석호의 어깨를 초량의 손이 꽉 주물렀다 떼었다. 아. 거짓말이구나. 김석호는 인상을 콱 써 보았으나 태생이 발 연기였기에 차라리 등을 돌렸다. 초량이 목통머리에 확성기라도 매달았는지 쩌렁쩌렁 소리쳤다.

"그래도 정보를 가지고 왔으니 내가 이리 말해 주는 게 아니겠냐! 단 한 곳은 열릴 테니 살고자 하면 그리로 가 보아라!"

"그, 그게 어딘데?!"

풀숲에서 숨어 있던 놈들이 불쑥불쑥 솟아났다. 개중에 무사도 더러 섞여 있었다. 차민혁은 혀를 찼다. 자고로 무사라면 모시는 주군이 아무리 개떡 같을지언정 마지막까지 충신으로 남아야 한다. 차라리 아까 호기롭게 덤비던 암살자들처럼 굴었다면 기꺼이 상대해 줄 의향이 있었거늘. 무사 망신은 저것들이 다 시키고 있네.

"북산!"

초량이 이를 드러내고 웃었다.

"부, 북산?! 북산은 열려 있을 거란 말이야?"

"감히 내 말을 의심하는 거냐?! 지금 가 봐야 왕자 놈의 찌끄래기들이 진을 치고 있을 것이니 눈치껏 잘 도망쳐 봐라! 아니면 명부에서 콱 죽든지!"

곧이어 여러 명이 모래바람을 일으키며 뛰어갔다. 가슴을 쫙 펴고 의기양양했던 초량은 셋만 남자 호기로운 표정을 싹 지웠다. 오늘따라 이목구비가 더욱 부리부리하다.

"어디서부터 어디까지가 뻥이야?"

물어보면서 김석호는 옷 안에 숨겨 두었던 무기를 와르르 꺼내 늘어놓았다. 중간 크기의 검이 여러 자루였다. 누가 훔쳐가기라도 할까 봐 무거워도 꿋꿋하게 지니고 다녀서 하루 이틀 새에 근육이 더 붙은 듯했다. 초량이 검을 한데 쓸어 모아 옆구리에 착 꼈다.

"뭘 묻냐? 북산 빼고 전부 다지. 에잉. 무사 놈의 검만 한 질을 기대했는데 평범하잖아. 그리고 대체 왕자 놈은 제정신이 맞긴 하냐?"

차민혁의 검만 한 건 어딜 가도 없을 거다. 영 왕자에 의해 만들어졌으니까.

"대표님의 뜻을 조금이라도 왜곡하려고 들지 마. 우리한테 따지지도 말고. 차 장군아, 가자."

망을 보고 있던 차민혁이 바위에서 훌쩍 뛰어내렸다. 열한 번째 지옥으로 통하는 게이트는 숲 안쪽에 있었다. 붉은 새가 날아다니고 갈 길을 잃은 망자들이 여기저기를 배회했다. 차민혁은 망자가 보이는 족족 검으로 그어 버렸다. 뿐만 아니라 무장한 채 튀어나온 군사들을 베는 역할도 충실히 해내었다.

"개판이네."

열한 번째 지옥의 게이트로 다다를수록 생명의 흔적이 하나둘 사라졌다. 버석한 땅은 열로 지글지글 끓고 있었다. 땅의 곳곳에서 김이 피어올랐다.

그리고 게이트 앞에는 염라가 뒷짐 진 채 서 있었다. 염라는 머리가 땅에 닿도록 고개를 조아린 김석호와 턱짓으로만 까딱이는 차민혁과 허리를 곧추선 초량을 돌아보지도 않았다. 단지 불길이 치솟는 게이트 너머를 지그시 응시할 뿐이었다.

아무 말도 하지 않는 게 선명한 경고보다 두렵다. 김석호의 목젖이 일렁였다.

염라라면 지옥을 뒤집어 놓은 것이 영 왕자의 뜻이든 말든 간에 이자리에서 김석호를 죽이고도 남을 위인이다. 천천히 돌아 그들을 내려다보는 염라의 눈이 매섭고 차갑다. 어쩌면 저리도 영 왕자와 똑 닮았을꼬. 초량이 혀를 찼다. 싸늘한 눈이 가라앉아 있었다.

"너희는 뭍으로 돌아가. 정 돌아오고 싶거들랑 이번엔 그 육신을 죽여 오거라."

모가지가 간당간당 매달린 김석호만이 또다시 꼴깍, 마른침을 삼켰다.

"그, 그럴 순 없습니다."

"그럴 수 없다?"

염라가 당장 김석호의 두터운 목을 조일 듯 굴었다. 초량은 눈을 데구룩 굴리다 차민혁과 눈이 마주치자 왼쪽 눈을 찡끗 감았다가 떴다.

차민혁이 대번에 좆같다는 기색을 드러내었다. 심각한 건 염라에게 목숨을 걸고 덤비는 김석호 혼자였다.

"─왕자님이 돌아오실 때까지 저희는 명부에 머물러야 합니다. 그것이 그분의 명이셨습니다."

"넌 예전부터 대단히 충실한 신하 노릇을 하는군."

"……가, 감사합니다."

칭찬인지 아닌지 구분조차 할 수 없었다. 등을 타고 식은땀이 쪼록 흘렀다.

"헌데 그리 극진히 모시는 네 상관은 육신을 버리려 자결하는구나. 이래도 내 말을 어길 것이냐."

말을 뱉는 동시에 셋의 움직임이 굳었다. 염라는 지글지글 끓는 땅 위의 게이트를 턱짓했다.

"그래도 인간의 몸으로 명부에 남을 것이냐고 물었다."

사고회로가 고장 나 버린 듯했다. 떡 벌어진 김석호의 입이 닫힐 줄 몰랐다.

* * *

"밖에 추워."

코트 차림의 정은규가 우뚝 서서 전신 거울 속 옷차림을 훑어보았다. 캐시미어 코트 안에 밤색 목티와 정장 바지 차림. 그래도 오늘은 따뜻하게 입은 편이다. 대부분 코트 안에 셔츠 차림으로 다녔으니까. 이제 와서 춥다는 말은 어폐가 있다. 오히려 '그렇게 입고 나가면 춥다'는 말은 저 남자의 슈트에나 할 법했다.

"그러는 대영 씨는요. 저보다 얇게 입었잖습니까."

"나는 안 입어도 돼. 패딩 어디 있어."

"없습니다."

"없다고?"

"예. 안 가지고 왔습니다. 웬만하면 입을 일 없거든요. 거치적거려서 싫어하고…… 어차피 병원에서 나갈 일 없으니까."

"감기 걸려."

방에 들어가 발목까지 기장이 떨어지는 롱 패딩과 머플러를 들고 나온다. 정은규는 안대영이 입혀 주는 대로 가만히 서 있었다.

목에 감기는 머플러에서 좋은 냄새가 난다. 패딩은 너무 커서 코트 위에 입었음에도 벙벙해 보였다. 정은규가 아랫입술까지 올라온 머플러를 끄집어 내렸다.

"답답해."

"벗지 마. 지금 애새끼 같아서 존나 귀여워."

"귀엽긴 뭐가 귀엽다는 겁니까. 패딩 입은 남자 처음 봐요? 대영 씨야말로 안과 가 봐요. 그리고 패딩도 너무 커서 바람 다 들어가겠습니다."

"그래서 코트 위에 입혀 드렸잖아요."

"펭귄이 된 기분이야……. 답답하고 더워서 제대로 못 걷겠습니다. 이것만 할게요."

말릴 새도 없이 패딩을 벗어 제자리에 걸어 두고 돌아와 안대영의 손을 그러잡는다. 고작 이런 걸 애교라고 부리고 있다. 아니지, 애교인 줄이나 알까. 곰살맞은 행동을 하면서도 무표정을 짓고 있으니, 포커페이스에 당하면 이런 느낌일까 싶다. 안대영은 뽀뽀라도 할 것처럼 가까운 거리에서 고개를 꺾은 채 정은규를 가만히 들여다보았다.

"일부러 이래?"

"뭘요."

"왜 이 다음은 없어."

"다음이라뇨."

눈앞에 그늘이 진다 싶어졌을 때 쪽, 하고 입술이 맞붙었다 떨어졌다.

"외워. 손 잡고 나서 뽀뽀까지 한 세트야."

"아. 그건 처음 알았어요."

담백한 대꾸와 함께 정은규의 발뒤꿈치가 들렸다. 쪽쪽. 한 번으로 그치지 않고 입술이 들러붙었다.

정은규는 뽀뽀하자마자 립밤을 꺼냈다. 산 지 얼마 안 되어 새것이나 다름없는 립밤을 제 입술 위에 슥슥 부드럽게 롤링해 바른다. 재차 까치발을 들고 반질반질한 입술을 안대영에게 가져가 보았다. 안대영은 앞으로 벌어질 일을 예상이라도 한 듯이 입꼬리를 슬쩍 올린 채였다.

살짝 벌어진 입술을 꾸욱 뭉개듯 포개어 비빈다. 정은규의 바닐라가 안대영에게 옮겨 갔다. 질척한 소리가 입술 새를 비집고 나와 안대영의 팔이 허리를 감으며 혀를 넣으려던 차, 정은규가 가슴을 밀어냈다. 환상적인 타이밍에 끊겼다.

"대영 씨 입술 많이 건조해서요."

"자기야…… 일부러 맞는 것 같은데? 애타 뒤지라고."

"아니라고 해도 안 믿을 거죠. 됐으니까 가요. 저거 들고 가면 됩니까."

널브러진 검과 도끼를 일컬어 묻는다. 입술을 핥아 본 안대영이 정작 혀끝에 맴돈 바닐라 맛은 별로였는지 왼쪽 눈썹을 슬쩍 들었다가 내렸다.

"두고 갈 거야. 자기 단도도 이리 줘."

원래 25일자 망자 명단에 있었던 정은규가 제외되었다고는 하나, 베드로와 마주치면 어떤 변수가 일어날지 모르는 일이다. 안대영은 변수를 최소한으로 줄이고자 하였다.

이럴 줄 알았으면, 염라의 능력을 뜯어 낼 때 미래를 보는 능력까지 내놓으라고 할걸.

그것을 아는지 모르는지 정은규는 코트 자락을 젖히고 목티 아랫부분을 둘둘 올렸다. 뭐 하는 거야. 살펴보던 안대영이 납작한 배와 바지 버클 사이에 세로로 꽂힌 단도를 보고 실소를 터뜨렸다. 정은규는 민망하지도 않은지 살갗과 옷에 틈을 내 단도를 쑥 빼서 내밀었다. 받아든 단도가 체온으로 따뜻하게 달구어져 있었다.

"그걸 주머니 두고 왜 거기다 넣어 놨어. 눌려서 아팠을 건데."

"……혹시 몰라서 숨겼습니다."

"배에 자국 났다."

"어디요. 아, 그러게요. 났네요."

커다란 손이 마른 배를 문질문질 보듬어 주었다. 조금만 옷을 걷어내면 입술로 만든 자국도 드러날 것이다.

"임신하면 딱이겠는데. 섹스 할 때마다 많이 싸 줬잖아. 좋은 소식은 아직이야?"

"헛소리 집어치우고 가죠."

안타깝게도 부끄러워하거나 민망한 기색이 전혀 아니었다. 의학적으로 불가능한 이야기 따위 하지 말라는 일갈이 섞인 목소리였기에 안대영은 '같이 가.' 하며 잠깐 놓았던 손을 도로 잡았다.

"……애기 좋아합니까."

엘리베이터 숫자가 바뀌는 전광판을 올려다보며 정은규가 단순한 질문을 던진다. 질문이 단순한 만큼 깔끔한 대답을 돌려주었다.

"전혀."

"임신 운운하기에 좋아하는 줄 알았습니다."

"싫어해. 하지만 얼마 전에 예쁜 애기는 봤지. 애가 예쁘다고 느낀 건 처음이었어. 걔는 되게 예쁘더라고."

그러면서 정은규의 머리를 어루만지다가 관자놀이에 입술을 꾸욱 찍는다. 머리를 타고 내려온 팔이 어깨를 단단히 감쌌다.

정은규는 입술을 감쳐물었다. 현재와 과거가 부딪쳤던 때가 불현듯 떠오른 탓이었다. 안대영이 지칭하는 대상은 명확했다. 입술이 닿았던 관자놀이를 긁고 싶었다.

둘 사이에 싫지 않은 침묵이 흐른다. 주차장에 도착할 때까지 이어진 대화는 없었다.

성당에 도착하자마자 내리려는 정은규의 몸을 팔로 가로막은 안대영이 바깥을 턱짓했다.

"기다려. 내가 전화하면 나와."

그러나 말하자마자 혀를 찼다. 핸드폰을 스스로 부수었던 것이 떠올라서였다. 정은규는 물끄러미 창밖의 성당을 내다보다가 벨트를 풀었다.

성당은 커다란 감옥이다. 갇혀진 베드로 신부는 탈옥을 앞둔 죄수의 꼴이라고 보아도 무방하다. 그러므로 통제가 쉽지 않으리라.

그러나 이곳은 마리아의 관할이었다. 설사 다친다 하여도 목숨이 위태로워지는 일은 없을 테다. 썩어도 준치라는 말이 괜히 있는 게 아니니까. 뭐, 마리아를 준치에 비교하는 것부터가 어불성설이긴 한데…….

손에는 무기도 뭣도 없다. 까놓고 말해 없어도 된다. 하지만 안대영의 곁에는 정은규가 있다. 악귀의 입장에서 본다면 분명한 목적이 제 발로 걸어 들어온 것이나 다름없다.

시몬 베드로. 저 새끼 따위 불 태워 조지면 그만이라지만 되도록 정은규가 없는 곳에서 실행하고 싶었다. 그건 정제되지 않은 애정에서 비롯된 신념이다.

평소의 안대영이었다면 정반대로 행했으리라. 키워 준 은인이고 나발이고 처참하게 죽여 버린 후 정은규의 기억을 통째로 날려버렸겠지. 사랑 없는 관계였다면 정은규도 죽일까 말까 찰나의 고민이라도 해 보았겠다. 그러나 그럴 수 없었다.

몇 번이고 말했지만…… 난 다 쉬워. 다 쉬운데 유일하게 너만 어렵

단 말이야. 넌 나한테 언제 쉬워져.

머리를 쓸어 넘긴 안대영이 팔꿈치를 차창에 기댄 채 정은규를 지그시 쳐다보았다. 그러다 손을 뻗어 눈물점처럼 붙어 있는 작은 먼지를 떼어 주었다.

"왜 그런 눈으로 봅니까."

"그러게. 내가 너를 왜 이런 눈으로 볼까."

"키스하고 싶어서요?"

도출해 낸 쌩뚱맞은 답에 순간 그런 건가 싶어졌다. 짐짓 멈칫한 안대영은 눈웃음을 쳤다. 아하, 이제는 휘말리기까지.

"하하. 내가 키스하고 싶어 할 때마다 자기를 이런 눈으로 봤어? 거울로 본 적이 없어서 모르겠네."

"다르진 않았습니다."

"뭐, 그것도 틀린 말은 아니야."

조수석 헤드를 붙잡고 쪽 입술을 붙였다 뗀다. 정은규는 도장처럼 폭신하게 누르고 간 입술의 온기를 손가락으로 더듬어 보았다.

"언젠가부터 대영 씨가 내게 스킨십을 해도 과거가 보이지 않습니다."

"네가 누군지 스스로 깨달았는데 시간 아깝게 뭐 하러 보여 줘. 뭐 미처 놓친 부분이 있다면야 나중에 보일 수도 있겠고."

"아."

"새삼스러워?"

"아니요…… 그냥 그랬구나 싶어서요."

"싱겁긴. 내리자."

탁, 탁. 차 문 닫히는 소리가 연달아 이어졌다. 뚜벅뚜벅 엇갈리던 발걸음이 나란히 서게 되면서 박자가 맞는다. 말라비틀어진 줄장미가 두른 벽을 지난 안대영이 바람을 가리고 담뱃불을 붙였다. 한 모금 뱉자마자 희멀건 연기가 바람의 방향을 따라 길게 뻗어져 나갔다.

직전의 로맨스는 흙먼지처럼 사라졌다. 그들은 참혹한 광경을 눈앞에 두고 있었다.

우지끈 나동그라진 아기 예수상과 성모상. 사위에 적막이 감돌았다. 지나치게 조용하다. 코끝에 살상의 기운이 스쳤다. 허울 좋은 감옥은 폭풍의 눈이 머무르는 요새로 탈바꿈되었다.

정은규는 활짝 열린 본당을 응시하다가 아무런 감정이 드러나지 않는 안대영에게로 시선을 옮긴다. 그는 무감각하게 담배만 피울 뿐이었다.

"부탁이 있는데 신부님은 죽이지 말아 주십시오."

감정 없는 얼굴에 연한 표정이 드러났다. 비웃음이었다.

"그 새끼가 널 위협이라도 하면."

"그럴 일은 없을 겁니다."

"근거 있어? 당차게 호언장담하네. 그리고 말했을 텐데. 내 앞에서 감쌀 거면 잘 구분하라고."

담배를 물어 발음이 웅얼거렸다. 그럼에도 얼마나 가시 돋쳤는지 선명히도 와닿았다. 명확히 구분하자면 정은규의 부탁에 의해 발현된 가시가 아니었다. 저 정도 부탁 따위야 들어주지 못할 것도 없었다. 애초 베드로를 죽이려는 목적으로 오지도 않았으니까. 모든 것들은 '만약'을 대비하는 것뿐이다. 겪지 못한 만약을.

주위를 둘러보는 안대영의 얼굴에 사나운 풍랑이 묻어났다. 귀기가 여기저기서 아우성쳤다. 억울하게 살해당한 인간의 영이 제때 거둬지지 못해 서서히 악귀의 단계를 밟는 외침이었다. 이런 씨발, 저것들 수거 안 해 가고 뭐 하는 거야.

"그건 오해예요. 절대로 감싸는 것 아닙니다. 나는."

정은규가 잠시 말을 골랐다. 그는 여러 군데서 안대영의 인내심을 야금야금 좀먹어 갔다. 날카로운 성정을 드러내는 모습은 저 때문이 아니라는 것을 알면서도, 정은규는 짧아지는 담뱃대가 모조리 타들어 가기 전에 덧붙였다.

"……절연하려고 온 겁니다. 뭐가 됐든 마지막 인사는 드리고 싶었어요. 신부님이 날 공격하지 못하리라 장담하는 건 대영 씨가 있고, 또 제가 하늘의 높은 분과 대화한 이상 그분도 가만히 있지 않으리라 확신해서예요."

"그래? 저걸 보고도 그런 예쁜 말이 나와?"

안대영이 턱짓한 곳은 날개가 괴이하게 꺾인 시체가 무더기로 있었다. 개죽음당한 성당의 수호신들이었다. 무엇으로부터 개죽음을 당하였는지 구태여 설명은 필요 없었다.

"……."

정은규의 입매가 굳는다. 안대영은 이 와중에 바람을 타고 너울거리는 정은규의 머리칼이 가라앉기만을 바랐다. 그 모습이 들녘에 피어 위태롭게 흩날리는 꽃모가지 같았다.

"난 언제든 호구 새끼 되어 줄 의향은 있는데 그건 네가 안전하다는 전제 조건이 붙어야 가능해. 적어도 여긴 아니잖아. 정 교수 절절한 마음 잘 알았고 최대한 노력해 볼 테니까 그쯤 하자고."

구두코로 짓이긴 담배 불씨가 소리 없이 튀다가 사그라들었다. 악귀를 지르밟을 때와 다르지 않았다.

그때였다. 저 안쪽에서부터 한 명분의 발걸음이 저벅저벅 사위를 갈랐다. 본당의 주인인 양 베드로 신부가 양 팔을 벌리며 나타났다.

"이야. 언제 오나 했는데 드디어 왔구나."

봐 온 세월 중에 가장 건강해 보였다. 과장 조금 보태 저보다 훨씬 건강해 보이는 베드로 신부의 모습에 정은규는 말간 눈으로 그를 응시했다.

오라가 검다. 마치 산에서 보았던 검은 덩어리들이 뭉치고 뭉쳐 그의 몸 곳곳에 매달린 듯했다.

베드로 신부는 이렇게 검은 오라를 풍기는 사람이 아니었다. 이는 다른 의미의 확신이다.

……없다고. 네가 아는 신부는 어쩌면 처음부터 없었을 거라고. 그 말이 사실이 아니기를 은연중에 바랐나 보다. 정은규는 마침내 멀리 제쳐 두었던 좌절까지 경험하고 말았다.

이러한 정은규의 마음도 모르고 베드로 신부는 오랜만에 만난 친우를 대하는 듯 정은규를 향해 손을 뻗으려들었다. 그때, 잔주름이 자글자글한 손바닥 위로 침이 탁 뱉어졌다. 안경 속의 노란 눈알이 제 손에 침을 뱉은 안대영에게로 확 떠졌다.

"손모가지 잘리고 싶어서 환장했나."

그에 반해 안대영은 살벌한 말과 달리 유들유들한 태도였다. 베드로 신부는 침 묻은 손을 탈탈 털며 다시금 인자한 미소로 정은규를 돌아보았다. 짧게 스쳐지나간 살기는 인간의 것이 아니었다. 검은 오라의 크기도 커졌다. 그 치밀한 간극에 정은규는 소름 돋은 팔뚝을 애써 모른 체하였다.

"은규야. 오느라 고생 많았다. 들어가자."

다정다감하게 불러 주는 이름이 낯설다. 마리아의 말은 빠짐없이 맞았다. 제가 아는 베드로 신부가 아니었다. 걸을 때마다 수단 자락이 휘날린다. 이것이야말로 신성 모독이었다. 베드로의 뒤를 따르는 정은규에게 안대영이 목소리를 낮추었다.

"무서우면 손 잡아 줄까."

"안 무섭습니다."

"센 척은."

"정말이에요."

두렵거나 무섭다고 여기면 실제가 된다. 정은규는 이곳에 오기 전부터 담담하게 굴기로 마음먹었다. 혹여 앞선 감정에 잡아먹힌다면 안대영에게 폐를 끼치게 된다. 그건 참을 수 없다. 저는 한없이 나약한 존재이나, 그렇기에 짐이 되지 않기를 바랐다.

끼이익. 본당에 들어서는 그들의 뒤로 육중한 문이 닫혔다. 작은 틈 하나 없이 빽빽하게 닫히는 소리였다.

정은규는 아무 의자에 베드로와 거리를 떨어트리고 앉았다. 대화가 들릴 거리에 떨어져 앉은 안대영이 정은규의 동그란 뒤통수를 가만히 들여다보았다.

정은규의 뒤태는 앞태만큼이나 단정하다. 구겨진 곳 없이 반듯한 자세를 헝클어트리고, 가끔씩 고개를 틀 때 보이는 기다랗고 흰 목선에 이를 박고 싶어진다. 정은규의 뒤태만 박제하여 그림으로 걸어 두고 싶다. 그 그림을 매일 보면서 자위해도 짜릿하리라.

이러한 충동을 자제할 줄 아는 것만으로도 안대영은 스스로 대견하다 여겼다. 음험함이 가득 찬 마음과 달리, 그의 손 안에 피어오른 작은 불씨는 퍼즐 조각처럼 이리저리 굴렀다.

"잘 지냈고?"

"예."

짤막한 안부가 오갔다. 정면의 십자가가 커다랗다.

"성당이 조용합니다. 앞으로 구마 의식은 안 하시기로 한 겁니까."

여상한 질문에 베드로 신부가 대답했다.

"할 수 있다면 해야지."

거짓말이다. 정은규는 깍지 낀 손을 허벅지에 올렸다.

"할 수 있다면……이라고요. 전 단 한 번도 신부님이 구마를 행함으로써 보람을 느껴 본 적이 없다고 보았습니다. 어릴 때부터요."

"그럴 리가. 나는 마땅히 해야 할 일이라고 여겼다. 그들이 나로 인해 제대로 된 삶을 찾았는데 보람이 없었겠어?"

"그 생각이 지금도 같으십니까."

"하이고, 은규야. 오랜만에 만나서 이런 시시한 질문은 왜 하는 거냐. 구마 의식이야 필요한 자들이 나타난다면야 하겠지."

"낯설어서요."

"무엇이?"

"굳이 대답을 드리지 않아도 본인이 아실 텐데요."

"취조하러 온 형사 흉내를 내려거든 그만둬라. 내가 네게 취조당할 만큼의 죄를 지었더냐?"

대화가 이어질수록 말투가 평소의 베드로 신부와 판이했다. 정은규는 끓는 속과 반대로 차분한 어조를 이었다.

"없네요. 어렸던 저를 돌봐 주셨던 분이."

그러나 어조와 달리 말에 담긴 온도는 높았다. 조용히 관망하던 안대영이 손아귀 안의 불씨 크기를 키웠다.

"왜 없어. 내가 여기 빤히 앉아 너를 이렇게 쳐다보고 있는데."

"좀 묻죠. 산 속에서 저를 데리고 올 때부터 이러실 계획이셨습니까? 그때의 저는 아무것도 몰랐습니다. 정말로 내가 엄마를 죽인 줄 알았어요. 그렇게, 그렇게…… 서른셋까지 괴로워하며 살았습니다."

"나는 네가 무슨 말을 하는지 모르겠다."

안대영이 혀끝을 입천장에 대고 딱 쳤다. 첫 번째 부정이다.

"제가 이무기인 것을 모르셨다고요. 저조차도 뒤늦게 자각했던 것을, 신부님이 모를 리 있습니까? 몰랐는데 그 어린 앨 거기까지 가서 데려왔다고요? 말 자체가 성립이 안 됩니다. 거기 아주 깊은 산속이었어요."

"그래. 몰랐지. 당시 기도를 올리다가 마리아 님의 부름을 받고 올라갔으니까. 그러니 나는 네가 하는 말 자체가 이해가 안 되고 있어. 너야말로 내게 왜 이런 말을 하는 거냐? 설마 내가 너를 해칠 요량으로 데려왔다고 생각하는 거라면 대단히 실망이야."

이는 두 번째 부정이리라. 안대영은 코웃음을 쳤다.

"모르셨다고요. 처음부터 지금까지요."

"그래. 네가 이무기든 말든, 나는 부름을 받았으며 네 안전이 가장 중요해서 지켰을 뿐이란다."

마침내 세 번째 부정이 이어졌다. 정은규는 끓던 속이 밖으로 넘치는 듯해서 의자를 쾅 내리쳤다.

"거짓말 좀 그만 하세요! 지금 신부님 등의 오라 색이 어떤 줄이나 아십니까?! 새까매요, 아주 새까맣다고요!"

그것은 잠잠한 절규였다. 정은규는 깊은 바다가 되어 울분의 파도를 내질렀다.

"그 꼴을 하고 다 아는 거짓말을 하면, 곧이곧대로 제가 속아 넘어가리라고 보셨습니까?!"

베드로 신부는 정은규의 거친 바다 속에서 유일하게 길이 나 있던 방파제였다. 그가 아니었더라면 정은규는 무광산에서 내려오지도 못하고 목을 매달았을 것이었다.

그러나 정은규를 제어하고 감싸 준 방파제는 영원하지 못했다. 남몰래 테트라포드를 하나씩 제거하면서 눈 깜짝할 사이에 무너져 버렸다. 그것이 베드로 신부에게는 불문율의 침식이었다.

핏줄 터진 눈이 붉다. 정은규가 내뿜는 파도는 검고 거칠었으나 고요했다. 그가 낼 수 있는 극한의 분노란 이러하였다. 정은규의 파도와 정면으로 맞선 베드로 신부가 눈꺼풀을 닫았다.

"진작 죽이지 그러셨냐고 차마 묻지도 못하겠습니다. 나를 데리고 온 것부터가 시작이었어요? 내가 이무기라서? 나를 삼켜야 그 빌어먹을 새로운 세상인지 나발인지를 열 것 아닙니까."

찌른다. 찔렸다. 정은규의 말 한 마디, 한 마디가 피부의 겉면을 파고들어 속까지 침투해 칼날이 되어 휘젓고 다녔다.

"그래서 지금은 때가 왔답니까? 좋으시겠네요, 키워서 잡아먹으려는 느낌은 어떤 느낌인지 말씀 좀 해 주시죠. 내가 대체 너희에게 뭐기에 이런 지랄을 겪어야 하는지, 나도 알자고요."

베드로 신부는 순간적으로 고통이 몰아쳐 커헉, 피를 뿜었다. 미사를 드리는 의자에 그의 피가 솟구쳤다. 베드로의 이마에 숫자가 급박하게 드러났다가 사라지길 반복했다. 그 모든 광경에도 정은규는 눈 하나 깜빡하지 않고 삭이지 못한 분을 어린 짐승처럼 토해 냈다.

"커헉, 은, 은규야."

"나는. 나는 씨발……."

"……."

"나는 뭐였어. 당신을 믿고 자라서 내 구원자에게까지 그럴 리 없다고 부정하게 만든 내가, 당신에겐 무엇이었냐고."

붉은 눈과 다르게 떨어지는 눈물은 투명하다. 베드로 신부가 더는 말을 잇지 못하고 절망에 의거해 흐느끼는 정은규에게 손을 뻗었으나 가까이 오기도 전에 그가 악을 내질렀다.

"다가오지 마!"

쏴아아—!

동시에 스테인드글라스를 모조리 깨부술 듯 강한 비가 퍼부어졌다. 안대영의 손에서도 불씨가 더없이 커졌다. 때마침 열리지 않던 본당의 문을 콰앙! 부수고 들어온 수호신들이 베드로 신부를 향해 활시위를 팽팽하게 당겼다.

일촉즉발의 상황이다. 신부의 손등엔 어느덧 비늘이 우수수 돋아 있었다. 그 꼴을 한 채 그는 괴로운 낯빛을 짓는다.

"널…… 기만하려던 것은 아니었다."

지금껏 나눈 대화 가운데 유일한 진심이었다. 베드로 신부는 이 한마디가 신께서 마지막으로 주신 아량임을 깨달았다. 속에서 울컥울컥, 정은규에게 덮쳐져 삼킨 파도가 토해지는 듯했다.

베드로는 어느새 입 밖으로 피를 줄줄 흘리고 있었다. 수단이 피로 흠뻑 젖어들었다. 손목의 묵주도 붉게 물든다. 이것들은 전부 변질의 의미이다. 정은규는 들썩이던 어깨가 멎을 때까지 숨을 천천히 골랐다.

"―됐어요. 용서를 빌려면 저 위에 계신 분에게나 가서 비세요. 아니지. 그것마저도 받아주지 않으니 이 꼴이 나셨겠죠. 그래서 제게 원망할 상대를 찾으라고 하셨습니까. 악마에게 잡아먹히기 전이니 기억도 못 하시겠군요."

"……쿨럭, 가거라. 쿨럭, 가라, 은규야."

"후회됩니다. 처음부터 모든 것이 전부요."

"……가, 쿨럭, 어서……."

"차라리…… 내가 모든 걸 깨닫기 전에 해치워 버리지. ……아, 아니다. 그러면 데려온 의미가 없었겠네."

자조와 울음이 뒤섞여 두터운 배신감의 종말을 만들어 내었다. 새로이 자리 잡은 감정은 애수였다. 정은규가 자리를 박차고 나가려 들자 수호신들이 길을 터주었다. 빠르게 걷는 구둣발 소음이 공간에 메아리처럼 울렸다.

안대영은 스쳐지나가는 정은규의 뒷모습을 흘긋 쳐다보고 느리게 일어났다. 몸집만큼이나 커다래진 불길이 베드로를 감쌀 듯 이글이글 타올랐다. 카펫에 뚝뚝 떨어진 불씨가 작은 불길을 만들어 내었다.

베드로의 이마에 숫자가 간헐적으로 나타났다가 사라지고 있었다. 안대영은 허리를 굽혀 그것을 빤히 보다가 시위를 놓아 버리려는 수호신들에게 손을 들어 보였다. 그 명령에 수호신들이 일순 베드로에게 겨눈 화살을 내렸다.

"나가서 이 새끼가 죽인 영이나 거둬."

그러나 수호신들은 머뭇거렸다. 아무리 영 왕자가 강하다 한들, 이런 명령까지 받들어야 하나 싶어서였다. 안대영이 무시무시한 눈길을 한 채 뒤를 돌았다.

"자기들은 꼭 말로 하면 안 듣더라. 너희도 저것들처럼 죽어서 나갈래?"

욕 한마디 섞지 않았음에도 흠칫한 수호신들이 곧 날개를 펴고 본당을 빠져나갔다. 공허한 본당에 안대영과 베드로 둘만 남았다.

화아아악—!

안대영이 피어올린 불길이 용의 형태로 변하여 쏜살같이 십자가를 향해 달려 나갔다. 불에 잡아먹히다시피 한 십자가가 활활 불탔다. 끼약, 까악! 끼야악! 십자가 속에 숨어 있던 악이 몸서리치며 그을음 같은 귀곡성을 내었다.

온통 작열하는 십자가를 흰 눈으로 노려보던 베드로의 이마는 잠잠해져 숫자가 있지도 않았던 상태로 되돌아갔다. 안대영이 베드로 신부의 어깨를 다정한 척 감싸고 속삭였다.

"또다시 세 번 부정한 기분이 어때."

피식 웃더니 감쌌던 어깨를 두어 번 토닥여 준 뒤 더러운 게 묻었다는 듯 인상 쓰며 손을 털어 낸다. 꽂은 양 손으로 바지 주머니가 불룩해졌다.

안대영이 불타는 십자가와 베드로를 등진 채 뚜벅뚜벅 밖을 향해 걸음을 옮기면서 노랫말처럼 읊조렸다. 목소리에 높낮이가 없었으나 다분한 놀림조였다.

"기회를 주면 뭐 하나, 써먹지도 못하는데. 마지막 인사를 이따위로 날려 먹는 것도 재주야."

그리고 덧붙였다. 이것은 목숨을 거둬 갈 자의 명령이었다.

"유서 따위 남길 생각도 하지 마."

끼—이—익. 본당의 문이 닫혔다. 모조리 타들어 간 십자가는 잔 불씨 없이 재가 되었다.

타닥, 타닥. 타 버린 카펫의 곳곳에 검은 구멍이 구덩이처럼 파였다. 베드로는 눈을 부릅뜨고 길쭉하게 삐져나온 독니를 내보인 채 숨을 몰아쉬었다.

텅 빈 본당 안에 정은규가 내보인 서러움과 배신감이 뒤엉켜 먼지처럼 잔존하였다. 그것들은 이윽고 매캐한 연기와 한데 뒤엉켜 원망을 만들어 내 베드로의 몸을 덮치었다.

* * *

라디오에서는 가수들이 모여 부른 캐럴이 흘러나오고 있었다. 채널을 바꾸어도 온통 크리스마스 이야기뿐이라 전원을 꺼 설렘이 가득 찬 DJ의 멘트를 뚝 잘라 버렸다. 동시에 고요함을 뒤집어 쓴 공허가 찾아왔다. 정은규는 시시각각 변하는 풍경을 바라보고 있다가 툭 물었다.

"우리 어디 갑니까."

성당에서 빠져나온 지 1시간가량이 지났다. 그럴 동안 안대영과 한마디도 섞지 않았다. 생각의 정리가 필요한 정은규를 기다려 주기라도 했는지 안대영은 느리게 입술을 떼었다.

"가고 싶은 곳 있으면 얘기해. 거기 가게."

"행선지 없이 밟는 거였어요? 정해 둔 줄 알았습니다."

"동화대교 두 바퀴째야. 내가 빙빙 돌고 있다는 것도 모를 만큼 정신 나가 있었어?"

"아……."

정은규는 그제야 대교 아래의 드넓은 강을 발견했다. 멍하니 창밖만 바라보고 있어서 미처 깨닫지 못했다.

'차라리…… 내가 모든 걸 깨닫기 전에 해치워 버리지. ……아, 아니다. 그러면 데려온 의미가 없었겠네.'

무딘 깨달음은 송곳이 되어 내면을 콕콕 찔렀다. 베드로 신부에게 쏟아 부었던 폭언이 고스란히 본인에게 돌아와 속이 쓰렸다.

정은규는 서른세 해를 버텨 오는 동안 단 한 번도 이성을 잃어 본 적이 없었다. 하물며 화살을 겨눈 대상이 베드로 신부가 되리라고 예상이나 했을까. 그나마 다행이라면 속을 옥죄는 감정이 죄책감은 아니었다. 감정을 구별하지 못하는 바보가 아니었으니까.

위선자. 안대영이 정의 내린 베드로 신부의 실태.

씁쓸하다. 입이 썼다.

정은규는 그저……. 그저 베드로 신부가 제 앞에서 거짓말만 하지 않기를 바랐다. 그게 신부가 가진 가장 큰 무기일지언정, 제 앞에서만큼은 솔직하기만을 바랐을 뿐인데. 나는 신부님이 가진 약점 중에서 제일 커다란 존재를 바랐던 걸까.

그 바람은 전부 깨진 거울 조각이 되었다.

"이 말이 늦었네요. 부탁 들어 줘서 고맙습니다."

"그 새끼 죽이지 말라는 거면 됐어. 오히려 내 손이 멋쩍어졌지. 내가 나설 필요 없이 알아서 말로 잘 패던데? 새삼 다시 봤어."

절연을 위해서라고 하였지만, 돌이켜보면 사실 정은규는 베드로 신부를 죽이지 말라 부탁했던 저를 이해할 수 없었다. 미련에 앞서 절망의 준비 단계였을까. 부정은 또 다른 부정을 만든다.

그러나 이 역시 벌써 지나간 일이 되어 버렸다. 정의가 어려운 감정에 휩싸여 마른세수만 할 뿐이었다.

"뭐라고 지껄였는지 기억도 잘 안 납니다."

"잘됐네. 잊어. 지울 건 지우고 살아. 좋았던 기억만 아름답게 포장해도 좆같을 마당에 그딴 것까지 신경 쓰지 말고."

"……예."

겨우 대답하였으나 자신은 없었다. 저 멀리 해가 뉘엿뉘엿 진다. 검푸른 강물에 노을이 사붓이 내려앉았다.

차가 꽉 막혀 서행 중인 대교를 벗어나려 차선을 변경한 안대영이 운전석 차창을 쭈욱 내렸다. 어느새 그의 입술에는 기다랗고 얇은 담배가 매달려 있었다. 가만히 있던 정은규가 불쑥 물었다.

"불 붙여 줄까요?"

"어?"

"피우고 싶어 하는 것 같아서."

"하하, 불은 있고? 자질구레한 따까리 짓 하려고 들지 마. 그런 거 내 취향 아니야."

'따까리'라는 저급한 단어를 붙이며 거절하는데 어째서 다정함이 묻어나는지 모르겠다. 게다가 뒷말은 정은규의 단골 멘트를 인용해 놀리는 어조였다. 김현수가 '정 따까리'라고 별명을 지었을 때와는 다른 느낌이다.

안대영에게 있어 다정의 대상이란 오로지 정은규 한 명이었다. 그래서 그가 다정을 내보일 때마다 푹신한 이불이 몸을 덮는 듯 포근하고 무거웠다. 그가 내게 쏟아 내는 다정함은 가시 돋친 말이더라도 다치지 않게 뾰족한 끝을 잘라 내 아프지 않았다.

감정의 문을 열지 않았을 때, 급류에 휩쓸려 판단력이 흐려졌었다. 기둥처럼 버티던 무심함이 무참히 깨져 나가 시시각각 변하는 풍경인 양 여기저기서 껍데기를 벗겨 냈다.

그렇게 알몸이 된 정은규에게 옷을 입히고 너는 아무 잘못 없다며 안아 주었으니, 다정함의 이불은 아마도 사랑으로부터 귀결된 것이리라.

……상당히 감성적인데. 석양 탓이다. 해가 저물며 하늘을 아름답게 채색했다.

성당을 떠난 이후 처음으로 웃음 지은 정은규가 전보다 편한 자세를 취했다. 연휴를 앞둔 도로는 어딜 가도 교통 체증이 있어 속력을 높이지 못했다.

안대영은 필터를 질겅질겅 씹으며 왼손 검지 하나만 핸들 아랫부분에 건 채 브레이크를 떼었다가 밟았다. 아, 이 차들 죄다 짓밟으며 내달리고 싶다.

"북산 타워 가 봤어?"

"아니요."

"계속 서울에서 살았잖아. 한 번쯤 가 볼 만한데."

"가끔 집 앞을 나가긴 했지만…… 대부분 방에 틀어박혀서 공부만 했습니다. 놀러 다닌 적 없어요. 아, 북산 근처는 시험 때문에 가 봤네요."

"답답했겠네."

"아니라면 거짓말이겠죠. 그래도 공부한 값은 이뤄 냈으니 퉁 쳤다고 생각해요. 욕창 걸려 가며 공부한 보람은 있었습니다."

"그 값이 뭔데. 교수 타이틀 단 거?"

"예. 적어도 밥줄 끊길 일은 없으니까. 나름의 자부심이었어요. 그런데 그걸 대영 씨가 첫 만남에 이력서 들먹이면서 까던데요."

그 말을 할 때 둘은 짠 듯이 바람 빠지는 웃음을 지었다.

"뒤끝 더럽게 길어."

"누가 첫 만남을 그런 식으로 하겠어요."

"근데 그거 알아? 내 앞에 그딴 이력서 또 들이대면 난 그때랑 똑같이 굴 거야."

"이해합니다."

"뭘 이해해. 싸대기나 갈겨."

"때리면 맞아 줄 겁니까?"

"생각해 봐서. 자기야, 길 존나 밀리니까 재밌는 얘기나 해 봐. 나 이러다 졸겠다."

잇자국이 만연한 담배를 창밖으로 던진다. 정은규는 이야깃거리를 곰곰이 떠올리다가 입술을 떼었다.

"성당에서 지낼 때……. 사춘기가 오기 전이었죠. 그때는 칭찬이 엄청나게 고팠습니다. 돌이켜보면 애정 결핍이었던 것 같아요. 수학 경시 대회부터 시작해서 이과 대회는 전부 나갔었어요. 내게 칭찬해 줄 사람은 신부님밖에 없었고, 그 말 한마디가 뭐라고 원동력이라는 걸 심어 줬거든요."

"은규야. 재밌는 얘기 하라니까 그 새끼가 왜 나와. 초 칠래?"

"계속 들어 봐요."

정은규도 차창을 내렸다. 시린 바람이 머리칼을 헤쳤다.

"그런데 사춘기가 오면서부터 그 마음이 시들더군요. 대신에 생각지도 못했던 성적 욕망이 깃들어서…… 대영 씨도 알겠지만, 거긴 성당이잖아요. 죄 짓는 기분으로 자위했었어요. 십자가가 나를 노려보는 것 같았죠. 그러면 항상 괜찮다는 목소리가 환청처럼 들렸는데 수십 번의 칭찬보다 그 한 번의 '괜찮다'가 나를 위로했습니다. 단순한 위로를 넘어 자존감의 형태까지 만들어 줬어요."

안대영은 잠자코 페달에서 발을 뗐다 붙이며 정은규를 쳐다보았다. 긴 말을 차분히 잇는 정은규는 좀처럼 보기 힘든 광경이라 좋은 구경이었다. 한 박자 쉬고 말을 이으려던 정은규가 뚫어져라 보는 시선에 고개를 갸웃한다.

"왜 빤히 봅니까."

"문장 길게 만들 줄 아네 싶어서."

"저 말 잘합니다."

"누가 뭐래? 그래서 뭐. 떡밥 갈무리하는 거 보니까 클라이맥스에 다다른 모양인데."

빠앙. 뒤차가 클랙슨을 울려 정은규에게서 시선을 뗀다. 드디어 길이 뚫렸다. 안대영은 기다렸다는 듯이 차와 차 사이를 마구 파고들어 없는 길도 창조해 낼 것처럼 내달렸다. 곡예 운전에도 정은규는 초연하다.

"그 목소리가 이제 누군지 깨달았습니다."

정은규의 옆태를 힐긋 훑던 시선이 아래로 내려와 허벅지 위에 얌전한 손을 확 낚아채 간다. 뒤집힌 손바닥은 가닥가닥 깍지를 꼈다.

"괜찮아."

"……."

"어때. 들었던 거랑 똑같아?"

"그때보다 더 듣기 좋네요."

정은규는 픽 웃으며 창밖을 바라보았다. 안대영의 손등을 엄지로 천천히 어루만지면서.

노을이 진다. 안대영의 오라와 닮은 붉은 색이 하늘을 수놓았다.

"이건 재밌네. 말인즉슨 넌 기억 찾기 전부터 나한테 발정했다는 거잖아."

"동물입니까……. 발정하게."

"내 목소리 듣고 쌌어, 안 쌌어."

"싸고 나서 들렸어요."

"고작 후희용이야? 나 비싸다니까."

"……아, 생각해 보니 만지기 전에도 들렸네요. 그리고 비싼 거 압니다. 전 발정이 아니라 위로와 자존감이라고 했고요."

"뭐가 달라. 그게 그거지."

어디가 같은 뜻이라는 거야. 정은규는 도통 안대영의 머릿속을 이해하기가 어렵다. 그러나 안대영은 퍽 기분이 괜찮아 보였다. 그러더니 정은규는 생각지도 못한 이야기를 꺼냈다.

"나중에 한자 개명이나 하자. 자기 이름에 숨을 은(隱)자 쓰던데, 일이 해결되면 그것부터 처리해야겠어. 마음에 안 들어. 그 한자, 이름에 거의 안 쓰는 한자거든."

"한자는 어떻게 알았어요?"

"교수님이 이력서에 직접 써서 가져오셨잖아요. 그런 와중에 이름 뜻대로 잘 사셨어. 일 때문에 그 병원을 존나 들락날락했는데도 네가 안 보였던 걸 보면 말이야."

"그래도 한 번은 마주치지 않았을까요. 스쳐지나갔을 수도 있습니다."

"그랬으면 그때 널 잡았지."

물론 각 잡고 이무기를 찾고자 하였다면 일찍 만났겠지만.

말하면서 무당이 어떤 마음으로 아들 이름에 잘 안 쓰는 한자를 붙였는지 알 것도 같았다. 정은규는 이름마저 절박함이 뚝뚝 묻어 있었다. 애 이름을 왜 이렇게 지었어. 한껏 빛나고 찬란해도 아쉬울 판에.

골치 아픈 일이 전부 해결되면 그 지긋지긋하던 절박함부터 멍에를 벗어던져 버릴 거다.

"……아. 그럼 개명하면 대영 씨가 지어 준 이름이 되겠네요."

안대영은 잠시 사색에 잠겼다. 땅거미 진 마음 안에 첫사랑의 이름조차 지어 주지 못하고 떠나보내야 했던 때가 아스라이 맴돌아서였다.

그는 곧 핸들을 톡 치며 대답했다.

"그러게. 이제야."

강물처럼 흘러가는 대화. 검푸른 강물을 뒤집어 쓴 정은규를 새빨간 노을의 안대영이 보듬어 주었다. 파도가 쳤던 내 마음 속의 어둠을 감싸 주는 유일한 붉은 노을.

안전과, 안정과, 자존감까지 채워 주려 늘 노력해 왔던 그만의 애정 방식. 더 나아가 나의 과거와 현재, 미래까지 줄곧 외로웠던 인생에서 유일한 따스함 한 줄기가 되어 주려고 한다.

"북산으로 가는 거죠."

"피곤하지 않아? 자기가 뭘 했는지 망각한 모양인데 말로 한 놈 조지고 오는 길이거든? 너 얼굴 썩었어, 지금. 일단 집에서 방전된 체력 키워 놓고 결정해."

"……썩어? 그럼 나 지금 되게 못생겼겠네요. 대영 씨 생김새 되게 따지잖습니까."

"예쁜 앤 썩어도 예쁜 법이야."

"논리가 왜 그 모양입니까."

"아무튼 논리 따지는 거 존나 좋아해. 그럼 논리적으로 정 교수가 나한테 키스해 주면 되겠다."

말은 또 왜 그렇게 돼. 하지만 정은규는 서슴지 않게 손등에 입술을 붙였다 떼었다. 안대영은 정은규의 입술이 닿은 손을 꿈지럭거리며 세게 맞잡았다.

"나한테 확실히 말랑해졌어."

"예. 인정합니다."

"그래도 잘 땐 자기가 세상에서 제일 섹시해. 말랑하다가 섹시하다가…… 날 들었다 놓는다, 우리 은규가."

"……칭찬 고맙네요."

"그런 의미에서 이따가 구멍이랑 고환 빨아도 돼? 자기 거기 빨아 줄 때마다 미치겠다는 듯이 몸 뒤트는데 존나 꼴렸……."

"아, 제발 그만."

안대영이 모처럼 크게 웃었다. 마음대로 놀려먹고 재밌어 죽는다는 웃음이다. 고운 얼굴에 한 치의 먹구름 없이 해사한 웃음꽃이 필 때 정은규도 피식피식 웃고 있었다.

여유. 그간 등지고 있던 여유 한 점이란 이리도 행복한 것이었나.

"근데 은규야. 나 진담이야."

"앞에 봐요. 차 끼어듭니다."

"그리고 지울 건 지워 버리라는 말도 진담이고. 담고 살지 마."

그러면서 다른 차가 끼어들자마자 차선을 바꿔 우회전한다. 어느덧 강가를 벗어나 도심의 숲이었다. 정은규는 어둠이 내려앉은 빽빽한 빌딩을 드높이 올려다보았다.

"그거 알아? 실없는 소리들도 무게를 만들어. 여기까지 오면서 우리가 나누었던 대화도 다르지 않아. 말이라는 건 날아가지 않고 겹겹이 쌓이거든. 네 마음 속 상처를 버리는 과정도 이런 가벼운 대화를 얹는 것부터 시작해."

무덤덤한 말투에 전하지 못하는 진심이 담겼다. 이것은 위로를 에둘러 표현하는 서툰 방식이자, 안대영이 알고 있는 제일 쉬운 방법이다.

"그러면서 네가 가진 무거운 걸 점차 밑으로 깔고 뭉개는 거지. 그러다 보면 좋은 기억들 쌓을 자리가 부족해서 개좆같은 건 버려지게 되어 있어. 좋은 기억은 내가 만들어 줄게."

정은규는 그 틈새마다 고개를 끄덕이는 것도 잊지 않았다. 노력하겠다는 약속이다.

"졸려요."

"자. 도착하면 깨울 테니까."

"아쉬워서 못 자겠습니다."

누구에게나 영원했으면 하는 찰나가 있다. 그리고 정은규의 '찰나'는 지금이었다.

안대영도, 정은규도 서로에게 여유가 얼마 남지 않았다는 점을 알고 있었다. 하지만 둘 다 암묵적 약속이라도 한 듯 입 밖에 꺼내지 않았다. 다만 집에 도착하는 시간이 조금 더 지체되길 바랄 뿐이었다.

* * *

길지 않던 평화는 전화 한 통으로 깨졌다. 안대영의 팔베개를 베고 그 몸에 안겨 잠들었던 정은규는 머리맡에서 웅웅 울리는 진동 소리에 습관적으로 여기저기를 더듬어 핸드폰을 낚아챘다. 시간 가리지 않고 콜이 왔던 터라 진동이 한두 번만 울려도 금세 눈이 떠졌다.

모르는 번호인데. 그러나 위급한 상황이면 누구든 전화할 수 있었기에 받는 것이 철칙 중 하나였다. 정은규가 통화 버튼을 누르려던 때, 자는 줄 알았던 안대영이 손을 뻗었다.

"받지 마."

"안 잤어요?"

"잤어. 받지 말라고."

"받아 보고 병원 아니면 바로 끊겠습니다."

"아, 받지 말라니까 말 존나 안 들어."

짜증을 더럭 내는 안대영의 팔에서 머리를 떼며 몸을 반쯤 일으켰다. 안대영은 팔을 뻗은 그대로 누워 신경질적으로 정은규를 올려다보기만 한다.

잤다면서 얼굴에 잠든 기색이 전혀 없었다. 어쩐지 자는 내내 누가 머리랑 얼굴을 계속 만지고 뚫어져라 보는 것 같더니, 그게 꿈이 아니었나 보다.

"예. 정은규입⋯⋯."

─교수님?! 나 초량인데 왕자 놈이랑 같이 있어요?!

아, 이런. 쩌렁쩌렁 울리는 동굴 목소리가 수화기를 뚫어 정은규는 겸연쩍게 안대영을 내려다보았다.

머리를 거칠게 쓸어 넘긴 안대영이 뻗었던 팔을 갈무리하며 마뜩잖다는 듯 정은규의 옆구리를 쿡 찌른다. 없다고 하라는 뜻이겠지만, 초량의 목소리에 긴박함이 묻어나 차마 그럴 순 없었다.

"있긴 있습니다."

그래서 이것도 저것도 아닌 긍정의 대답을 내보였다. 초량은 곧장 소리쳤다.

─이 미친놈은 핸드폰을 국 끓여 먹었나! 왜 전화를 안 받아?!

"줘."

누운 그대로 핸드폰을 받아 간다.

-육시럴 왕자 놈아! 너는 거기서 잠이 오냐? 명부는 뒤집어졌고 앞다투어 북산으로 나오는 놈들이 쏟아지는데 잠이 오냐고!

"시끄러워서 너랑 통화하기 좋같아. 떠들 거면 입 닥칠 생각하고 다시 걸어."

그러더니 뚝 끊어 버린다. 초량이 왕왕 떠들어 댄 덕에 재빨리 사태 파악을 끝낸 정은규가 곱게 개킨 옷가지를 집어 들었다. 모르긴 몰라도 비상사태인 듯싶었다.

"뭐 해?"

안대영이 주섬주섬 옷을 입는 정은규에게 황당하다는 듯 묻는다. 정은규는 태평하게 머리를 손바닥으로 받치고 누워 있는 안대영에게 되물었다.

"바로 나가야 하는 거 아닙니까? 급해 보이는데요."

"알 바야? 알아서 하라고 해. 그것도 해결 못 하면 계수복은 나한테 목숨 내놓고 짜져야지."

"계수복이요? ……아, 주차장에서 봤던 여자분."

"응. 걔. 본인이 잡것들 해결하겠다고 북산으로 보내라 하더군. 신났을 거야. 그렇게 안 보여도 알아주는 무사 출신이거든."

"그래서 차 실장님과 친구라고 하셨군요."

"뭐, 둘러대기 좋은 말이지."

그러는 새에 다시금 진동이 울렸다. 안대영은 따분한 표정으로 진동이 어디까지 울리나 방치하다가 끈질기게 징징거릴 때에야 핸드폰을 들었다.

"자기야, 이 새끼 번호 저장 안 했네?"

"초량 씨 번호인 줄은 몰랐어요. 저장할까요?"

"아니. 잘했어. 영원히 하지 마."

만족스럽게 통화 버튼을 누른다.

"말해."

-교수님이 들어선 안 되는 이야기야. 자리를 옮겨 봐라.

대단히 낮고 작은 목소리였다. 귓속에 개미가 옹알거리는 듯해 안대영은 무심코 정은규를 살폈다. 양말을 한쪽씩 신고 있는 정은규의 등이 동그랗게 굽었다. 듣지 못한 듯했다.

잠깐 시간을 확인했을 때는 새벽 3시 경이었다. 정 교수 밤도깨비 다 됐네. 눈 감았다 뜨면 새벽이니.

간단히 저녁을 먹고 후식 대신 정은규의 몸을 지분거렸지만 그 연인 께서 잠드는 바람에 싸지도 못하고 가라앉혀야 했다.

이 집은 나의 허락 없이 아무도 못 들어오는 만큼 안전한데 한숨도 자지 못했다. 그저 숙면에 빠진 정은규의 마른 볼과 머리칼만 연거푸 쓸 어 줄 뿐이었다. 부디 낮에 있었던 일이 꿈에 나오지 않기를 바라면서.

다행히 깨어난 정은규의 뺨이 혈색 좋게 물든 것으로 보아 꿈도 없는 잠이겠거니 짐작한 안대영은 핸드폰을 이 손에서 저 손으로 넘기며 일 어났다.

"나가는 겁니까?"

"이 꼴로 어딜 가. 전화 한 통만 하고 올게."

정은규에게 립 키스를 해 준 안대영이 베란다로 나가 담뱃불을 붙였다. 활짝 열린 창밖으로 연기가 뭉게뭉게 빠져나갔다. 초량은 잠자코 기다리 다가 수화기 너머로 바람소리가 들릴 때에야 조심스럽게 말문을 열었다.

-염라가 그러더라. 네놈이 자결한다고.

하. 듣자마자 잇새에서 조소가 터졌다.

"씨발 새끼가 달린 아가리라고 나불거려."

부자유친 따윈 내다 버린 거친 언사였다. 초량은 곧장 말을 이었다.

-뭐야. 그럼 계획된 게 아니야?! 아, 하긴. 계획했다면 네가 김석호 에게는 이야기했었겠지만.

"다 떠나서 그게 뭐 대단한 거라고 아방을 떨어. 뒤지면 뒤지는 거지."

본인의 죽음은 인간의 몸에서 탈피하는 행위일 뿐이니 이런들 저런들 상관없다는 말투였다. 그런 주제에 이무기는 끔찍이도 지킨다지. 초량은 잠깐 저 미친놈을 걱정했다는 사실이 스스로 어이가 없어 바락 소리쳤다.

—네가 귀환서 가지고 염병했으니 그랬지! 그 개 같은 성질머리에 얌전히 귀환서 들고 돌아가진 않으리라 짐작했어도, 자살을 예고할 줄은 몰랐다고!

"예고한 적 없고 시끄럽다고 했어. 전화 다시 끊을까."

내 미래를 이딴 식으로 스포일러 밟게 될 줄은 몰랐는데. 그렇다면 내가 당신의 목에 검을 들이대리라는 미래도 미리 보셨겠군요. 존나 재밌네. 마른세수하며 작은 하품을 흘려보냈다.

육신의 죽음은 최후의 최후까지로 미뤄 놓았던 보루가 맞다. 하지만 유난 떨 일까지는 아니었다. 어차피 정은규를 승천시키면 안대영이 이승에 남아 있을 이유가 사라진다. 정은규가 없는 땅덩어리에 미련 가질 이유가 있겠는가.

애초 이 몸은 이무기를 생포하기 위해 내쫓겼다. 그 이무기인 정은규가 승천하면 인간의 형태는 쓸모없어진다. 염라가 영 왕자를 인간의 몸으로 내쫓았던 가장 큰 이유는 가진 힘을 토막 내기 위해서였다. 이 몸으론 원래 힘의 반절도 쓰지 못하니까.

그리고 이런 상황에서 안대영의 자살은 위아래 모두 타격받을 것이다. 힘을 되찾음과 동시에 하늘에는 베드로를 죽인 후 자살로 용서를 구하는 꼴이 되고, 저승에는 육신을 벗고 반란을 일으키겠다는 선전포고로 통할 테니까. 반란이라 칭하기도 우습군. 정당방위지.

염라는 엘리사벳의 성당에서 협박으로 쓰였던 자살이 실현되리라 확신하여 진노하였을 터였다. 더불어 안대영은 멋대로 정은규의 운명을 바꾸었고 동시에 명부 대청소를 예고했다. 나열한 일을 실현시키려면 인간의 몸으로는 어림도 없다. 눈치 빠른 노인네였으니 안대영이 숨기고 있던 계략도 알아챘으리라.

그래서 뭐. 그 새끼가 알든 말든 어떡하라고. 정은규만 모르면 된다. 알아도 상관없긴 하지만 되도록 몰랐으면 싶은 게 연정에서 비롯된 마음이다. 그로 인해 충격 받은 얼굴을 하느니, 차라리 질리도록 무심한 표정이 나왔다.

만약 정은규가 자신의 자살을 알아채 죽지 말라고 하면……. 우습게도 흔들리지 않을 자신이 없었다. 그러니 상황이 어떠한 방향으로 흘러가도 안대영은 정은규가 이 사실을 되도록 오래 몰랐으면 싶다.

-흠흠. 무사 놈과 김 책사는 명부에 남아 있다. 꿈쩍도 않더라.

"말 잘 듣네."

-네가 용으로 돌아간다면 두 놈들은 어떻게 하려는 거냐? 걔들은 인간이잖냐. 좋은 꼴은 죽기 직전이고, 나쁜 꼴은 죽음일 터인데 어째서 둘만 보낸 거냐고.

"걔들이 죽는 게 두렵다고 했어?"

-그건 아니지만!

"그럼 닥쳐. 내가 알아서 해. 넌 어디야."

-북산이다, 이 미친놈아. 네 덕분에 친분이라곤 개코도 없는 무사 놈 옆에 있다가 멀찍이 떨어졌다. 어색해서 떠들지도 못 하겠고 입만 조올라 간지러워 죽겠네!

"무기만 전달하면 됐지 왜 아직까지 있어. 무광산으로 가."

-너는 언제 어디로 올 건데!

"내일 새벽, 무광산."

초량은 와글와글 떠들어 대다가 일순 입을 합 다물었다.

내일 새벽의 무광산이면 정은규의 생일이자 크리스마스이며, 보름달이 환히 뜬다. 천 년을 넘게 승천하지 못한 이무기가 하늘로 올라가는 날이기도 하다.

그리고 나면 명부는 이제 더 잃을 것 없는 영 왕자에 의해 개박살이
날 것이다.

이런 무시무시한 일을 꾸미면서 긴장감이라곤 찾아볼 수 없는 목소
리라니. 수화기너머의 초량은 혀를 찼다.

─넌 배포가 큰 건지, 무식한 건지, 아니면 싸가지가 원래 그렇게 생
겨먹은 놈이라 이해하려 드는 내가 바보 멍청이인 건지……. 대체 명부
에 뿌린 영상은 어떻게 보관하고 있던 거냐?

"너만 몰랐던 거 아니니까 징징거리지 마."

─재~애수 없는 우라질 놈아! 교수님이나 바꿔 줘! 인사나 하…….

뒷말은 이어지지 못했다. 안대영이 통화를 끊어 버렸기 때문이었다.

차갑게 식은 몸으로 안방에 들어선 안대영이 침대에 벌러덩 누웠다.
그새 외출 준비를 마친 정은규가 비스듬히 누워 있는 안대영의 곁에 앉
았다. 안대영은 뜨끈해진 핸드폰을 내밀었다.

"통화 얼마 안 했는데 뜨겁네. 바꿀 때가 됐나."

"1년 안 썼어요."

"넌 차도 그렇고 핸드폰까지 뽑는 족족 왜 그래?"

"핸드폰은 병원에서 한번 박살났을 때 맛 갔나 봅니다. 그리고 차요?
차는 왜……. 참, 대영 씨 핸드폰은 어디 있습니까."

"없앴어."

단조로운 대답이었다. 정은규는 그럴 만한 이유가 있었겠지 싶어 캐
묻지 않았다.

"안 나가는 겁니까."

"옷 도로 벗어. 잠이나 자자."

"안 가도 괜찮은 거면요."

"괜찮아. 난 너랑 있는 시간이 제일 소중해."

정은규의 턱 끝을 끌어와 짧게 입 맞춘다. 머뭇거리던 정은규가 양말부터 벗어 차곡차곡 개어 놓았다. 속옷만 남기고 모조리 탈의하더니 이번엔 정갈하게 개킨 잠옷을 머리에 쑥 넣는다.

매끈하고 차진 허벅지를 통 넓은 고무줄 바지가 덮기 전, 안대영이 정은규의 허리를 낚아채 눕혔다. 그 바람에 티셔츠가 배꼽까지 올라갔다. 풀썩 눕혀진 정은규가 코끝이 마주하는 거리에서 안대영의 눈을 지그시 바라본다. 안대영 역시 마찬가지다.

한동안 말없이 시선이 오갔다.

눈 속에 한 줄로 정리하지 못할 아주 많은 의미가 담겼다. 사랑과 애틋함으로만 범벅되어도 부족할 판에 대상을 구별할 수 없는 증오와 욕망까지 미약하게 서려 있었다. 서로를 거울삼아 눈 속의 심해에 빠져들었다.

깜빡, 정은규가 눈을 감았다 떴다. 그러자 안대영은 그만하자는 신호로 알아들었는지 먼저 입술을 떼었다.

"스트립쇼가 너무 건전하잖아."

정은규는 이제 안다. 이런 가벼운 대화는 안대영이 스스로를 포장한 상태라는 걸.

"건전한 스트립쇼 보고 발기한 사람이 할 말입니까."

"그랬어? 네 앞에선 자지가 부끄러움을 모르거든. 빨아 줄래?"

"입 안 헐어서 못 빨아요."

"봐봐."

누운 채로 아— 하고 벌린 입 안에 불쑥 혀가 침투했다. 정은규는 갑자기 이어진 키스에 눈을 치켜떴다가 안대영의 목을 끌어안았다. 헐어 버린 입 안을 구석구석 더듬어 본 혀가 아랫입술 안쪽까지 훑은 후에야 쏘옥 빠져나갔다.

"그러게, 헐었네. 내 자지에 칼날이 달린 것도 아닌데."

"왜 헐었는지는 모르겠습니다. 열심히 빨았으니 그랬겠죠."

"좀 자. 아침에 깨워 줄게."

"……섰잖아. 그건 어떻게 하려고요. 손으로 해 줄까요?"

"됐어, 자. 너 자는 거 보고 싶어."

아무런 걱정 없이 새근새근 잠든 얼굴이 예뻐서, 욕구 따위는 미뤄도 된다.

안대영은 정은규의 가슴을 애 재우듯 토닥토닥 두드리다 포근한 손길로 쓸어 주었다. 손바닥에 굴곡진 가슴이 감겼다.

"중요한 내용이었습니까?"

"음?"

"초량 씨랑 통화……. 나가서 받았잖아요. 내가 들으면 안 되나 해서."

"아니. 그다지."

도깨비 새끼 입장에서는 무척 중요한가 싶었지만. 오히려 좋은 시간을 방해한 대가로 하나 달린 다리를 잘라 내 버리고 싶었다. 정은규는 닫히려는 눈꺼풀을 힘겹게 들어올렸다.

"데이트다운 데이트는 하지도 못했네, 자기야. 미안해서 어쩌지."

"괜찮아요……. 근데 나 졸려……."

사실 안 나간다니까 좋았다. 잠은 자면 잘수록 는다더니 떨쳐내지 못한 피곤이 몸을 잡아먹었기 때문이었다. 정은규는 흐리멍덩한 눈길로 안대영을 훑었다.

"어디…… 갈 거예요?"

"잠이나 자."

"응……."

까무룩 눈이 감긴다. 고른 숨소리를 내며 잠든 정은규를 한참이나 내려다보던 안대영이 이마를 꿍 맞대었다가 떼었다. 그새 숙면에 빠져들었는지 미동 없이 색색 숨을 내쉰다.

이렇게 피곤하면서 가긴 어딜 간다고. 볼에 입을 맞추어 보아도 깰 기미가 없어 조심스레 몸을 일으켰다.

"깨지 마. 해 뜨기 전에 돌아올게."

안대영은 침실을 빠져나가기 전 흘긋 돌아보았다. 예민함으로 똘똘 뭉쳤던 정 교수의 첫 인상은 증발한 지 오래였다. 제 침대에서 잠든 연인의 모습이 눈 돌아가게 사랑스럽다. 가슴 속에 불이 피어오른 듯 뜨겁게 타들어 가는 심정이 이런 거였나.

아찔하다.

재킷을 한 바퀴 빙 돌려 단번에 입은 안대영이 문 여닫는 소리가 나지 않도록 고리를 살짝 쥐어 닫았다.

* * *

계수복은 검날을 타고 땅에 점점이 찍히는 핏방울을 응시하다가 콧잔등이 차가워 고개를 들었다. 하늘에서 눈송이가 하나둘 폴랑폴랑 내리고 있었다. 아무렇게나 잘려 나가 뒹굴었던 시체들은 연기가 되어 사라지고 핏자국만 남겼다.

도깨비가 전달해 준 검은 열한 번째 지옥에서 가져온 것으로, 보통의 검과는 질이 달랐다. 날에 독을 묻혀 연마하였는지 상대를 베는 족족 소멸시켰다. 탐나는 검이다.

이 검으로 자정부터 약 4시간 동안 미친 듯이 '칼질'을 해 댔다. 졸지에 야근하게 된 직원들까지 검을 하나씩 배당 받고 계수복의 지시에 따라 닥치는 대로 검을 휘둘렀다.

그 결과로 초량의 입김에 속아 게이트를 통과한 명부의 사자며, 책사며, 군사까지 무참히 썰리고 소멸 당했다. 개중에 시왕과 무사는 없었다. 그래도 윗대가리들이라고 알량한 말에 속진 않았나 보다. 아랫놈들만 줄기차게 베었더니 스트레스는 풀릴지언정 만족감은 덜했다.

시왕은 명부에 남아 전쟁을 준비하고 있을까. 설사 전쟁이 발발한다 하여도 선봉장에 나서려 들지 않을 것이다. 쥐새끼 같은 놈들이니까. 그들의 목숨을 빼앗아 갈 자는 영 왕자다.

알고 있지만, 아쉬운 건 어쩔 수 없었다. 열 마리 중 한 놈이라도 목을 땄다면 속이 시원했을 텐데. 계수복은 하늘하늘 떨어지는 눈송이를 맞으며 뒤를 돌았다.

관리소 직원들은 계수복을 따르던 무사들로 구성되었다. 만약 계수복이 열한 번째 지옥의 소속이 되었다면 이들도 줄줄이 따랐을 테였다. 북산 타워 관리소의 직원이자 명부의 무사였던 이들은 잠시나마 서류 지옥에서 벗어났다는 사실 자체로 행복해 했다. 오랜만의 싸움에 신이 났는지 지친 기색이 없었다.

"검은 반납하고 오후 세 시까지 출근하세요. 휴일 전이니 각자 급한 일만 마무리하고 일찍 귀가하시면 됩니다."

"소장님. 놈들이 더 나오지 않을까요?"

"나오더라도 숫자가 현저히 줄어들 겁니다. 현재로서 이 인원은 낭비예요. 다들 시간이 늦었지만 돌아가서 푹 쉬고 출근 늦지 마세요."

직원들이 아쉬운 듯 입맛을 다시며 검을 착착 반납했다. 혹시라도 검을 빼돌린 자가 없는지 숫자를 꼼꼼히 세어 본 계수복이 뒤늦게 퇴근하는 직원들을 눈짓으로 배웅했다.

오랜만에 회포를 푼 동지들처럼 어깨동무를 하고 산을 내려가는 직원들의 와자지껄한 대화가 꽤 멀어졌는데도 어렴풋이 들려왔다.

계수복은 하늘에서 내리는 눈을 물끄러미 올려다보았다. 귀여운 모양새와 달리 피가 덕지덕지 묻은 신발 앞코에도 눈송이가 앉았다.

아끼는 신발인데 버려야겠네.

찬바람이 불었다. 공중에 매달린 채 가동을 멈춘 케이블카가 그네처럼 움직였다.

─콰앙! 쾅!

그때, 흔들리던 케이블카가 별안간 뚝 떨어졌다. 한 대가 아닌 무려 세 대다. 쾅! 콰앙! 쾅─! 집채만 한 케이블카가 연달아서 떨어져 게이트 앞을 도미노처럼 콰콰쾅 가로막고 반쯤 부서졌다. 맨 아래 깔린 케이블카는 구겨진 깡통이 따로 없는 모양새였다.

날아오는 케이블카를 피해 뒤로 훌쩍 물러난 계수복은 날 선 눈으로 검을 빼들었다가 가까운 곳에서 자동차 엔진 소리가 들리자 주춤했다.

곧 두 눈을 밝게 빛내며 달려온 세단 한 대가 모습을 드러냈다. 사람이 서 있음에도 속도를 늦추지 않고 달리다 계수복과 몇 미터 안 되는 지점에서 돌연 끼익! 하고 멈춘다.

계수복은 당황한 기색 없이 보닛과의 거리를 눈대중으로 재 보다가 뿜어져 나오는 눈부신 빛에 고개를 돌렸다. 차에서 내려 문을 쾅 닫은 자는 안대영이다.

"오셨습니까."

계수복의 인사에도 안대영은 인사 대신 모아 둔 검 가운데 한 자루를 들더니 검집은 내팽개치고 본체를 있는 힘껏 세게 케이블카를 향해 던졌다.

무시무시한 속도로 날아간 검이 케이블카의 유리창을 와장창 깨트리며 통과해 게이트 입구에 퍼억 꽂혔다. 힘을 얼마나 주었는지 손잡이가 요란하게 흔들리며 한참 팽팽 진동하다가 멎었다. 아무도 오가지 못하도록 무력으로 게이트를 막은 것이었다.

쾅! 콰아앙! 승하차 끝을 오가는 전선이 끊어지는 바람에 매달려 있던 나머지 케이블카가 숲에 추락해 굉음을 일으켰다. 여기저기서 불꽃이 파직 튀고 먼지가 말도 못하게 일었다.

"왜 아직도 있어."

안대영은 기이한 소릴 내며 잠긴 게이트를 확인한 후에야 계수복을 돌아보았다. 계수복이 꺼냈던 검을 도로 꽂으며 정중히 허리를 굽혔다. 공중에 부유하던 흙먼지가 내리는 눈과 섞여 회색으로 가라앉았다.

"영 왕자님께서 오실 것 같아서 기다렸습니다."

"네가 날 보고 할 말이 뭐가 있는데. 소원 풀게 해 줬으면 꺼질 것이지."

안대영의 연락을 받고 그의 집 주차장에 갔을 때, 계수복은 건방지게 두 가지나 제안했다. 하나는 '명부의 군사를 북산으로 몰아 시선을 분산시키는 것이 어떻겠느냐'였고, 다른 하나는 '영 왕자에게 북산을 넘겨 드리겠다'는 제안'이었다. 이 산의 주인이 될 수 있었던 것도 영 왕자가 재물을 하사한 덕분인데, 때가 되었을 때 넘겨주어야 이치에 옳다고 여겼다.

안대영은 바람을 가린 채 담뱃불을 붙였다.

"오늘이면 답을 듣지 않을까 싶었거든요."

담배 연기가 바람 따라 흩날렸다. 안대영과 계수복의 머리칼도 마찬가지였다. 눈송이의 크기가 조금 전보다 커졌다.

"내 밑으로 들어와."

계수복은 손등에 앉은 눈송이의 결정체를 들여다보다가 저를 응시하는 안대영과 눈을 마주쳤다. 저 한마디를 들으려 여태 귀가하지 않고 안대영을 기다렸다.

"이승에 남을까요, 아니면 명부로 내려갈까요. 관리소 직원 수는 아르바이트생인 도깨비를 포함해 스물셋입니다. 아, 도깨비는 현재 생사를 알 수 없는 상탭니다. 어쨌든 이들 전부를 포괄하는 명령을 내려 주세요."

"남아서 하던 대로 해. 일은 전과 비슷한 듯 달라질 거야. 오늘부터 타워는 운영을 영구적으로 중단한다. 앞으로 일반인이 북산 자체에 출입하지 못하게 하고."

"알겠습니다."

"바쁠 거야. 그건 각오했겠지."

"물론입니다. 그나저나 명부의 소속을 마음껏 베었으니 저 역시 반역자에 해당하겠군요."

안대영이 담뱃불을 털어 끄며 피식 웃었다. 별 개떡 같은 소릴 듣는다는 반응이었다.

"내가 명부에 가 있는 동안 어지럽히는 쓰레기들 있으면 대신 좀 치워."

"알겠습니다."

"북산 게이트는 계속 막아 둘 거야. 난동 부리는 것들은 알아서 처리하고. 출입 명부 만들어서 지금 이승에 있는 사자들부터 일자별로 한 새끼도 빼놓지 말고 모조리 기록해. 돌아오자마자 보고 올려."

"예."

케이블카는 쓸모없어졌군. 심드렁하게 덧붙인 안대영이 두 대째 담배를 물며 운전석을 열었다. 막 올라타고 문을 닫으려던 때, 계수복이 자박자박 다가왔다. 안대영이 담배를 꼬나문 채 차창을 끝까지 내렸다.

"차민혁 장군은 괜찮습니까? 홀로 상대하기 벅찰 텐데요."

"민혁이가 걱정돼?"

묻는 말과 다르게 연기를 계수복의 반대 방향으로 뱉는다. 계수복은 이 말을 꺼내도 되나, 잠시 고민하다가 결심한 듯 말문을 열었다.

"걱정이 아닙니다. 차 장군은 훌륭한 무사죠. 영 왕자님께서 게이트를 막으셨으니 북산으로 출입하려는 자들은 없을 겁니다. 그렇다면 제가 명부로 내려가 돕는 것이 어떨까 싶어서요. 그곳은 반드시 전쟁이 일어날 겁니다. 왕자님을 이길 수 없으니 열한 번째 지옥이라도 무너뜨리고자 하겠죠."

연기를 깊게 마셨다가 뱉어 낸 안대영이 길게 매달린 재를 밖에 툭털었다. 그리고 다시 물며 시동을 건다.

"야."

"……예."

"걔 훌륭한 무사인 거 알면 오지랖 떨지 말고 시킨 일이나 잘해."

"……죄송합니다."

있으나 마나한 후방 카메라를 보지도 않고 후진했다가 기어를 바꾸며 핸들을 완전히 돌려 쏜살같이 멀어진다. 굳은 입매를 한 계수복은 벌써 멀어져 보이지 않는 차를 뒤로한 채 바퀴가 훑고 간 흔적을 내려다보았다. 눈송이가 나풀나풀 떨어졌다.

* * *

"약 처먹은 뒤 접시 물에 코 박고 꼴까닥 하면 되잖아."

"그건 실패할 가능성이 높아. 어중간하게 먹으면 위세척의 고통만 겪게 될 거야."

"그럼 내가 너 찌르고 자결하는 건?"

"싫은데?! 차 장군아, 난 아프게 죽기 싫어."

"그 덩치에 겁은 졸라 많네. 내가 한 방에 못 보내 주겠냐? 그간의 우정을 생각해서 푹푹 찔러 줄게. 즉사하면 고통도 못 느껴~"

이 대화는 무엇이고 하니, 육신을 벗어던지고 돌아올 영 왕자에게 맞춰 덩달아 죽음 계획을 세우는 차민혁과 김석호의 심각한 토의였다.

'왕자님께서 용으로 되돌아오면 인간의 몸으로 모시기 어렵다. 고로 우리도 따라 죽어야 한다.'가 이 대화의 주제였으나 소득 하나 없이 만담만 펼치고 있었다. 참고로 안대영은 자살의 지읒도 언급한 적이 없었다.

"쓸데없는 걱정이야. 왕자님이 어련히 처리해 주실 텐데."

"그럼 애초부터 손목을 긋니 마니 그딴 소린 왜 했냐?"

차민혁은 틈새에 깐족거림을 잊지 않았다.

"혹시나 해서!"

"얘는 책사라는 게 대굴빡이 좆도 안 돌아가네. 넌 팀장 자격이 없어~ 뭍에 돌아가는 날이 온다면 사원이나 해라. 왕자님한테 정식으로 건의할 거야, 내가."

김석호를 대놓고 조롱하며 헝겊으로 검날을 닦던 차민혁이 문득 낌새가 좋지 않아 눈매를 가늘게 좁혔다. 멀지 않은 곳에서 쿵쿵 북이 울렸다. 저것은 틀림없는 북 소리였다. 그리고 북은 군사들이 출정할 때나 울린다.

김석호와 차민혁의 시선이 맞부딪쳤다.

"아무래도 전쟁 날 삘이지?"

"어. 차 장군아, 올 게 왔다. 예상보다 이른데."

벌떡 일어난 차민혁이 깨끗해진 검을 고쳐 쥐었다. 어쩐지, 검에 핏자국 닦을 시간이 생기더라. 김석호는 업경을 크게 띄워 게이트 너머의 상황을 지켜보았다. 대기하고 있는 군사들이 셀 수 없이 많다. 초조하게 주먹을 움켜쥐었다.

본격적인 전쟁에 들어선 것이었다.

저 양이라면 열한 번째 지옥을 뒤덮고도 남는다. 명부에 도착한 이후로 목숨의 위협은 줄기차게 받아 왔다. 그런데 이렇게 작정하고 떼로 몰려온 거라면 영 왕자가 오기 전 열한 번째 지옥을 궤멸하겠다는 뜻이다.

와중에 시왕은 코빼기도 보이지 않았다. 열한 번째 지옥에 군사를 떼로 보낸 틈을 타 도망칠 궁리를 떠올리는 중이겠지. 어디로든 탈출구를 찾고 있으리라 짐작된다.

그러나 이승에는 영 왕자가 굳건히 버티고 있다. 옴짝달싹 못하는 신세가 되었으니 그들도 미칠 노릇일 테였다. 가만히 있자니 기다리는 것은 개죽음이요, 도망치자니 무광산을 제외한 마땅한 탈출구가 없다. 하물며 무광산은 영 왕자의 소유이기에 최악의 선택이 될 것이다. 더불어 도깨비들이 진을 치고 있을 테고.

앞뒤가 꽉 막힌 그들의 입장에서 생각해 보자면 영 왕자의 요새라도 궤멸시켜야 살아남을 구석이 있다고 해석할 수 있다. 틀린 말은 아니다.

열한 번째 지옥은 영 왕자가 불과 함께 탄생한 힘의 원천이다. 이 지옥이 무너진다면 영 왕자가 가진 힘에도 분명히 영향을 받을 것이다.

김석호는 제자리를 빙빙 돌았다. 안타깝게도 열한 번째 지옥의 구성원에 군사는 없다. 영 왕자, 차민혁, 그리고 저까지 셋이었다. 새삼 단출한 구성원이다. 게다가 인간의 몸을 하고 있으니 움직임에 제한이 있다. 그래도 답을 찾아야 한다.

그나마 희망이라면 저들이 무사가 아닌 군사들이라는 점이다. 그간 차민혁이 수많은 무사를 베었으니 남아 있는 무사들은 나타나지 않는 시왕을 보호하고 있을 테였다. 숫자로 압살하려는 만큼 그 속의 허점을 노려야 하는데…… 원체 수가 많아 전략을 짜기 쉽지 않다.

염라께서는 정말로 우리를 방관하려 하시는가. 아니면 이런 일이 일어날 줄 알고 뭍에 올라가라며 기회를 주셨을까. 그 기회를 걷어찬 것은 김석호였다.

열한 번째 지옥은 다섯 번째 지옥만큼 드넓은 규모였으나 네 곳의 게이트만이 존재한다. 그리고 군사들은 네 군데를 전부 둘러싸고 있었다. 이곳에서 지낼 때는 게이트까지 멀어 죽겠다며 불평했었는데 이 상황이 닥치자 네 곳뿐이라 다행이라고 느껴진다.

이 위기를 어떻게 벗어나면 좋으려나.

반면에 차민혁은 머리 쓰는 김석호와 정반대로 행동했다. 옷을 착착 갖춰 입고 허리춤에 검집을 꽂는다. 악다문 턱이 단단하다.

"벌써 나가게?!"

"그럼 안 나가려고? 여기서 손가락만 빨다가 뒤지긴 싫거든?!"

"기다려 봐. 좋은 방법은 아니지만, 떠오르긴 했어."

"아, 이 근육 덩어리 새끼 진짜."

차민혁은 귀찮아하며 검을 움켜쥐었다. 김석호가 업경을 얌전히 내려놓으며 부채를 챙겼다.

"저들은 게이트를 동시다발적으로 뚫으려 할 거야. 우선 네가 1게이트를 막아. 내가 2게이트를 막아 볼게."

"엥? 네가 무슨 수로."

'과도로 과일이나 깎을 줄 아는 주제에 깝친다'는 표정을 짓고 있다.

김석호는 갑자기 자존심이 상해 부채로 차민혁의 머리를 찍어 버릴까 잠시 고민했다. 그러다 잠시 후 차민혁이 부채의 진면모를 발견했을 때 어떤 반응을 보일지 기대가 되었다. 코를 납작하게 눌러 줘야지.

"느아아악! 기이임 채애액사아아!"

저 멀리서 붉은 새의 등에 올라탄 이차남이 꽥꽥거리며 소리를 질렀다. 붉은 새는 하늘 길을 따라 게이트의 결계를 자유자재로 넘나들 수 있는 유일한 존재였다. 이차남은 붉은 새가 낮게 날며 땅에 내려 주자마자 둘이 있는 처소로 후다닥 달려왔다.

인간은 위급할 때 육신의 힘을 초월한다더니, 이차남은 인간도 아니면서 탄생 이후 제일 빨리 뛰어오고 있었다. 그야말로 육상 선수가 따로 없었다. 식겁한 그의 이목구비가 돋보기로 확대한 양 잘 보였다.

"게이트를! 게이트를 닫아야 한다! 대왕님이 도와주실 거야! 한 군데라도 게이트를 닫아! 대왕님의 무사와 군사들이 올 때까지 시간을 벌어라!"

"너희 대왕님께서?"

"그럼 무자비한 영 왕자와 달리 착하신 우리 대왕님이 보고만 있겠느냐! 뭐 해, 어서 닫지 않고!"

안대영이 둘만 딸랑 내려 보낸 배경에는 이들이 가진 능력을 믿어서였고, 뒷배에 평등왕이 있었기 때문이었다. 김석호는 그제야 태산 같던 걱정을 한시름 덜었다.

그래, 살인귀니 미친놈이니 온갖 부정적인 별명이 붙은 주군이라 하여도 제 수하들을 무턱대고 사지에 보내실 분은 아니다. 설상 우리가 죽는다 하여도 허무맹랑한 죽음을 맞도록 내팽개치실 리가 없다. 분명히 우리의 죽음도 쓰일 곳이 있다고 여기실 분이다.

그리고 싸구려 죽음이 아닌 값비싼 죽음이라면 기꺼이 응해야 한다. 오히려 수하 된 입장으로서 영광스럽다. 물론 최선은 살아남는 것일 테지만 쉽지 않으리라는 걸 김석호나 차민혁이나 명부에 내려오면서부터 짐작했었다.

그래도 살아남아 우리 왕자님 대왕 호칭 돌려받는 모습은 지켜보고 싶은데…….

그러나 때는 늦었다. 이차남의 뒤로는 셀 수 없는 군사들이 지면을 울리며 몰려들고 있었다. 무력으로 게이트를 깨려 쿵, 쿵, 쿵, 몸을 부딪친다. 북 소리와 섞여 시끄러움의 도가 지나쳤다. 그 소음을 인간의 몸으로는 버틸 수 없었는지 양 귀에서 피가 주르륵 흘렀다.

김석호와 차민혁의 시선이 다시 한번 공중에서 부딪쳤다. 그들은 환상의 짝꿍이라도 되는 양 결연한 얼굴로 찢어져 내달렸다. 차민혁은 1게이트에, 김석호는 2게이트였다.

쾅, 쾅, 콰앙! 힘으로 밀고 들어와 1, 2, 4게이트가 처참히 부서졌다. 차민혁은 재빨리 검을 들어 3게이트에 燦을 휘갈겼다.

금이 쩍 가 금세 부서지려는 게이트에 핏물이 배면서 글씨가 시익, 하고 패였다. 연기가 피어오르기 시작한다. 금이 간 게이트 입구가 점차 단단히 굳어져 갔다. 한 군데 쓸어버릴 때까지 버틸 순 있겠지. 확인할 겨를 없이 내달린 차민혁이 숨도 고르지 못하고 검을 휘둘렀다.

뚫린 게이트에서 무기를 든 군사들이 "으아아아악!" 고함을 내지르며 달려왔다. 졸지에 홀로 남게 된 이차남은 겁에 질린 채 다리가 풀려 철퍽 주저앉았다가 바닥을 기어 침대 밑으로 들어갔다. 거기서 몸을 꽁꽁 숨긴 채 입만 나불거린다.

"김 책사야! 왼쪽!"

젠장, 부채. 부채가 정말로 효용이 있을까. 차민혁에게 호기로운 목소리를 내긴 했으나 김석호는 튀어나가려는 심장을 잠재울 수 없었다. 얌전히 접힌 부채한테 말이라도 걸고 싶은 심정이었다. 이, 이게 될까. 되겠지? 될 거야. 왕자님이 허풍을 떠실 리는 없으니 믿어 봐야지.

야무지게 부채를 붙든 손과 달리 양팔의 근육이 부르르 떨렸다. 긴장하지 말자. 쫄지 말자. 할 수 있다. 왕자님을 믿어라. 멀찍이 도망간 정신머리를 끌어와야 한다……!

"에이씨! 몰라! 죽으면 죽는 거지!"

눈을 질끈 감은 채 다리를 어깨넓이로 벌린 김석호가 달려오는 군사를 향해 부채를 쫙 펴 힘껏 부쳤다. 그와 동시에 강풍이 일며 비범해 보이는 부채에서 비늘이 우수수 날아갔다. 군사들조차 날아오는 저것은 무엇인고 멈칫하다가 비늘이 몸에 박히자마자 괴로운 신음을 내며 피를 토했다. 아무래도 비늘에 맹독이 심어진 듯했다.

김석호가 눈을 휘둥그레 뜨고 콧구멍을 벌렁거렸다.

헉, 된다. 심지어 예상보다 더 엄청난 무기였잖아?! 설마 했는데 이런 무서운 무기일 줄이야. 평등왕이 보관하길 잘했다 싶다. 이걸 뭍에 가지고 가서 실수라도 했다면……. 어우, 상상만으로도 끔찍하다.

피를 왈칵 토하고 소멸한 군사들 덕분에 주춤한 것도 잠시, 이번엔 오른쪽에서 '이야아악!' 하며 와르르 몰려들었다. 김석호도 질세라 부채질을 퍼덕퍼덕 해 대었다. 지나치게 위험한 무기여서 이래도 될까 찰나에 고민했으나 본인이 살려면 어쩔 수 없었다. 여기저기서 고통에 찬 신음과 고함이 메아리처럼 돌고 돌았다.

"대, 대왕님의 군단이다!"

이차남은 숨어 있으면서 목통머리를 쩌렁쩌렁 울렸다. 그도 그럴 것이 부서진 게이트를 넘은 청색 옷의 군사들이 후방에서 압박해 오며 아군 적군 가릴 것 없이 무참히 베고 있었다.

상황이 전보다 좋아지자 엉금엉금 기어 나왔던 이차남이 밖에서 잘린 머리가 날아와 어이쿠, 쫄아 붙어 도로 기어들어갔다. 아무개의 잘린 머리가 창을 와장창 깨었다.

평등왕의 군단에는 무사가 여럿이었다. 이 상황에서는 천 명의 군사보다 한 명의 무사가 도움이 되는 법이다. 덕분에 확실히 처리하기 수월해졌다. 차민혁은 함께 훈련 받았던 무사와 등을 맞댄 채 있는 대로 검을 휘두르다가 공중에 펄쩍 뛰어올랐다. 검에서 시뻘건 귀기가 뚝뚝 떨어졌다.

"4게이트는 우리 쪽에서 처리하고 있어! 다른 게이트는!"

무사가 소리치자 차민혁도 같이 소리쳤다.

"3게이트는 닫아 두긴 했는데 얼마 못 버티고 부서질 거야! 여기 대강 정리 되면 곧장 그리로 가! 나는 2게이트 쪽으로 간다!"

"조심해라! 넌 아직 인간이잖아!"

"뒈질 팔자였으면 진작 뒈졌어!"

그리고 순서를 두자면 먼저 뒈질 몸은 내가 아니라 근육 돼지새끼인데. 혹시나 이놈의 근육 덩어리가 뒈졌을까 싶어 날다시피 뛰어온 차민혁은 김석호의 부채에서 잘 벼린 칼날처럼 뿜어져 나간 자개 조각들을 보고 기가 막혀 소리쳤다.

"야! 씨발 너 뭐냐?!"

김석호는 차민혁을 무시하는 척하며 부채를 크게 팔락 부쳤다. 후두두둑 날아간 비늘이 군사들의 신체에 파바박 박혀 맹독을 심었다. 자개가 박힌 부위를 감싸고 고통스러워하던 군사들이 피를 왈칵 토하다 소멸했다. 얼이 묻까지 빠진 차민혁이 달려드는 군사를 베며 분노를 토해 냈다.

"와! 왕자님 뭐냐고! 존나 왜 너만 그런 거 줘! 내가 무산데! 난 왜 안 주냐고!"

차민혁의 입은 배신감에 절어 나불거리면서도 군사를 베는 손짓에 군더더기가 없다. 김석호는 차민혁의 뒤에서 가려지지 않는 덩치를 숨기려 한껏 옹송그린 채 부채질을 해 댔다.

"너는 검 있잖아!"

"아, 네 거가 존나 탐난다고!"

저 멀리서 커다란 물체 하나가 날아왔다. 차민혁이 김석호의 머리채를 붙잡아 땅에 파묻을 듯 푹 수그렸다. 머리칼을 스치고 아슬아슬하게 날아가 벽에 처박힌 물체는 도깨비 방망이다. 둘은 망보는 미어캣처럼 몸을 바짝 세웠다.

쿵, 쿵, 쿵. 북 소리와는 다른 종류의 소음이 가까워진다. 무거운 말발굽 같은 소리였다. 모습을 드러낸 자들은 57마리의 도깨비들이다.

"내가 이럴 줄 알았지! 왕자 놈이 어쩐지 나를 무광산에 보냈다 했어. 게이트 밖까지 시끄럽더라니!"

현신을 벗어 버린 초량과 도깨비 식구들이 히죽거리며 웃었다. 그들의 손에는 큼지막한 방망이가 하나씩 들려 있었다. 뭐가 그리 신이 났는지 외발을 구르며 방망이를 흔들고 난리가 났다. 산만해 죽겠다.

"이건 뭐 자유 협약 전쟁 때 같구먼!"

"싸울까요?!"

"싸우자!"

"다 죽여 버려라!"

"자유를 위해 희생한 도깨비들의 한을 풀자꾸나!"

한 마디씩만 해도 57마디였다. 귀가 터지겠다.

차민혁은 한쪽 귀를 틀어막은 채 김석호의 목을 노리는 군사의 팔을 썩둑 잘라 냈다. 그럴 동안에도 김석호는 열심히 부채질을 하고 있었다.

솔직히 이것들 다 죽이면, 실장이 아니라 전무 정도는 시켜 주셔야 하는 거 아냐?

그 와중에 승진 욕심이 하늘을 찔렀다. 차민혁은 안대영과 조우하면 진지하게 건의해 볼 생각을 하며 달려드는 군사의 머리통에 검을 푸슉 찔러 넣었다.

말 그대로 개싸움 그 자체였다.

* * *

대규모 전쟁이 발발한 열한 번째 지옥과 달리 다섯 번째 지옥은 평화롭기 그지없었다. 부귀화가 핀 꽃밭을 거닐던 염라가 평등왕을 돌아보았다. 꽃밭 곳곳은 새까만 얼룩이 져 여기저기 죽은 꽃이 널렸다. 감탄을 자아내는 향기 또한 거스러진 지 오래였다.

"군단을 보냈다고."

"보냈지요."

"네가 돕지 않아도 그놈들이 이겨먹을 것인데 뭐 하러 그랬느냐."

"영 왕자를 향한 아첨이라고 하면 되는지요. 그나저나 꽃밭이 많이 상했습니다. 염라께서 무척 아끼던 꽃밭이 아닙니까."

"순리대로 가고 있는 것이지."

순리라……. 평등왕은 단어를 곱씹어 보았다. '순리'를 언급하였다면 염라의 태세 전환이라고밖에 짐작할 수 없었다.

"도리천의 달이 지고 있습니다. 영이 돌아오는 날이면 암흑이 될 겁니다."

"그래. 곧 자정이로군. 너는 그 정신 빠진 놈이 시킨 대로 할 테냐."

"그래야지요. 게이트를 모조리 닫을 겁니다. 염라께서는 뭍에 올라가지 않으시렵니까."

"놈이 뭐가 예쁘다고 마중까지 나가느냐."

"시왕은 꽁꽁 숨어 있습니다. 혼란을 야기한 틈을 타 무광산으로 넘어가리라 봅니다. 무광산이 사지이기는 하나, 영 왕자의 육신을 죽이고 곧장 소멸시키지 못하면…… 목숨을 잃는다고 봐야 하니까요. 시왕의 입장에서는 이판사판입니다. 따지고 보면 그들에게도 마지막 기회가 아니겠습니까?"

"하아…….."

염라의 한숨에 수심이 깊다. 그는 웬만해선 한숨을 쉬지 않는 자였다. 멀리서 아득히 전쟁의 메아리가 들리는 듯했다.

"괴로우시겠습니다."

평등왕은 짧게 염라의 상태를 명명했다. 염라가 목을 긁는 웃음을 지었다. 어느새 한숨의 자국을 지워 사납게 들리는 울림이었다.

"너 역시 건방지기론 영과 다르지 않구나."

"건방지기라도 해야지요. 그러지 않으면 제가 집어먹은 겁이 모조리 드러날 텐데……. 염라께서 말씀하신 '순리'란 아등바등 용을 써도 바꿀 수 없는 운명을 뜻하십니까."

순리. 이 단어를 명명하고자 한다면 한참 전부터 거슬러 올라가야 한다.

여의주를 삼킨 뱀에게서 태어난 열 마리의 이무기는 한 마리를 제외하고 죽었다. 그 한 마리는 어미의 희생을 발판 삼아 영 왕자의 지극한 순정으로 살아남았다. 이로 인해 영 왕자는 재판 결과에 따라 인간의 몸으로 내쫓겨 기억을 잃은 이무기와의 평행선에 도달했다.

그들에게 이승은 제2의 무대가 된 셈이다.

이때 영 왕자는 본인의 기억이 염라로부터 만져졌음을 알고 있었다. 때문에 헛된 행실을 저지르지 않으려 의도적으로 이무기의 추적을 피하다가 결국 재회하게 되었다. 살날이 정해져 있는 이무기의 운명을 바꾸고, 이제는 승천만이 과제로 남았다.

전부 필연에 의한 결과가 이 사태까지 일으킨 것이었다. 염라가 말하는 순리란 무엇일까.

저 자는 이무기를 한낱 깡통보다 못한 존재로 여겼다. 영 왕자에게 있어 이무기는 없어서는 안 될 존재였으나, 그것이 평화를 방해한다면 승천이 아니라 제 손으로 죽였을 테였다.

그런 자가 영이 멋대로 이무기의 운명을 바꾸어도 손 하나 까딱하지 않고 내버려두었다. 진심으로 영의 반대편에서 제지하고자 하였다면 귀환서를 들고 나타난 수족의 머리부터 베었어야 하거늘……. 그렇다면 적어도 시왕의 모략을 핑계 삼은 전쟁 따위 발발하지 않았을 것이다.

하지만 염라는 방관자처럼 한 발 뒤로 빠져 영의 귀환을 기다리고 있었다. 과연 이 모든 것이 자식을 위하려는 아비의 행위인가.

……아니다. 영을 양자로 받아들인 염라의 진실한 의중을 이제야 알겠다. 염라에게 이무기 따위는 애초 고려 대상이 아니었다. 그저 영 왕자를 도발할 도구에 불과하였다. 죽든 말든, 이무기가 영 왕자에게 끼치는 영향을 이용해 본인이 자식보다 우위에 있음을 드러내고자 한 것이었다. 평등왕은 숨겨졌던 염라의 야망에 허탈한 웃음을 내보였다.

더불어 염라는 아끼던 꽃밭이 폐허로 변하는 중임에도 아쉬움이 없다. 원래부터 이쪽이 그의 진실한 면모일지도 몰랐다.

"만약 제게 미래를 보는 능력이 있었다면 저는 주저 없이 운명을 바꾸었을 겁니다."

염라 대신 평등왕이 허리를 굽혀 시든 부귀화를 골라 뽑아냈다. 시들고 죽어 버린 꽃이 주위를 물들이기 전에 뽑아 버린다. 그것이 평등왕의 신념이었다.

"발악이라고 해도 좋겠지요. 한번 할퀴어 보기라도 했으려나. 내가 살아야 한다면 수단과 방법을 가리지 않았으리란 뜻입니다. 비록 저는 가진 힘이 부족하여 영에게 무릎을 꿇었지만 말이죠. 허면 이것 또한 순리일까요."

"……."

"향을 뿜지 못하는 꽃이…… 과연 꽃이겠습니까. 염라께선 피 한 방울 섞이지 않은 자를 양자로 받아들이고, 능력을 나누어 주고, 종국엔 천하마저 빼앗기실 분이시지요. 동등한 위치라면 저는 그렇게 하지 않았을 겁니다."

평등왕의 손아귀에서 검어진 꽃잎이 부스러졌다.

"염라께서는 전부터 시끄러운 상황을 대단히 싫어하셨는데 제가 그 연유를 감히 유추해 보아도 되겠습니까."

"언제부터 네 취미가 추리였느냐."

"취미라기보다 짚어 본다는 개념에 가깝습니다. 그 고귀한 손에 피를 묻히기 싫으셨는지요."

평등왕이 품 안에서 꺼낸 업경 속에서는 때리고, 부수고, 살생이 담긴 고함이 가득 차 있었다. 그 많은 군사들의 절반 이상이 소멸되어 핏자국만 남겼다.

"처음부터 꼭두각시를 원하셨군요. 흐음, 주인공은 영일 테고요. 그래서 이무기를 장기 말로 쓰셨습니까. 하긴…… 영 왕자를 자극할 만한 도구는 이무기밖에 없으니. 하마터면 저도 연막 같은 부정에 깜빡 속아 넘어갈 뻔했습니다."

염라는 표정 없이 평등왕을 응시했다. 눈 속의 불꽃이 일렁였다.

하늘의 악마가 내려온 날, 염라는 도리천에 있었다. 악마는 이계의 땅임에도 겁 없이 독니를 드러냈다. 이무기를 잡아먹어 여의주의 힘을 갈취하려 드는 것이다. 이무기를 지키려는 영의 검이 허공에서 날을 빛내었다. 염라는 그것을 지켜보며 곰방대를 느슨히 잡고 피웠다.

겁에 질려 굳어 버린 이무기는 그런 와중에도 영 왕자가 저 때문에 살육을 일으킬까 바짓가랑이를 붙들고 있었다. 붙들은 악마의 머리통에 검을 꽂아 넣으려는 영 왕자가 잘못되기라도 할까 봐 안절부절못하면서 말이다.

염라는 혀를 찼다. 허접한 계략은 시왕이 펼쳤으나 정작 지옥의 문을 열어 준 자는 염라였다.

이는 영 왕자를 시험하고자 시행하였다. 그가 주저 없이 악마를 베어 버린다면 그 대단한 연모에 코웃음이라도 쳐 주리라. 그러나 저놈의 계획은 쪽도 쓰지 못하고 어그러지리라는 결과를 익히 알고 있었다.

마리아가 찾아오겠군. 제 아들은 마리아의 부탁이 아니라 이무기 때문에 사사로운 악마를 베지 못하였다. 한심하기 짝이 없다. 저놈을 뜻대로 주무를 수 있는 방법은 정녕 이무기뿐인가. 그래서 염라는 영 왕자와 눈을 마주쳐도 시선을 피하지 않았다.

네가 어쩔 것이냐. 염라가 묻자 영 왕자가 입 모양으로 달싹였다.

'기대하세요. 배로 돌려드리죠.'

그 말을 할 때의 영은 눈 안에 눈동자가 동동 떠 히죽 웃고 있었다. 때마침 목소리를 전한 마리아가 아니었더라면 전쟁은 그때 발발했을 것이었다.

영의 기억을 지우다 못해 조작까지 시킨 연유가 무엇이겠는가. 단순히 이무기 때문에? 아니. 제 아들의 힘은 태생부터 아비를 앞섰다.

양자로 받아준 이유까지도……. 영이 조용히 살겠다고 해서? 역시 아니다. 아비와 자식의 관계 성립은 영 왕자의 힘에 지고 들어가지 않으려는 염라의 얄팍한 술수였다.

"혹은 운명을 바꾸기엔 이미 늦었습니까? 영이 이무기를 찔러 죽이는 결과였다면 달라졌을 수도 있었겠군요. 염라께서 승천을 허락하셨으니 말입니다. 하지만 영은 바보가 아닙니다. 설사 연모에 돌아 버렸다 한들, 고작 그런 사유 때문에 운명을 바꾸었겠습니까."

뱀이 빼낸 눈알 속 증거에는 이무기를 살해하고, 더 나아가 영을 무력시키려는 작당모의의 죄가 낱낱이 담겨 있었다. 그 가운데 정작 게이트를 열어 준 염라에 대한 물증은 없었다. 그놈이 몰라서, 혹은 진실로 잊었기에 그러겠는가. 이는 직접 따져 묻겠다는 뜻이었다.

이제 영 왕자와 대면할 날이 코앞으로 다가왔다. 진정한 반란은 돌아온 영의 재판장에서 벌어질 것이다. 그러나 염라는 담담했다.

뽑은 꽃을 한데 그러모은 평등왕이 바닥에 살포시 내려놓았다.

"영이 말하더군요. 재판의 결과가 전과 달라질 것이라고. 이 또한 염라께서는 내다보셨겠지요. 저는 차라리 영을 양자로 받아들이길 잘하셨다는 쪽입니다. 그것이 마지막에는 유일한 방패가 될 테니까요."

염라에게 예를 표하고 지나쳐 걷는 평등왕의 발걸음이 살랑살랑 바람결에 묻혔다. 그 바람을 싣고 돌아온 말에는 뼈가 심어져 있었다.

"염라께서 처음부터 뒤집을 수 없었던 결과입니다. 다만 영에게 무릎 꿇는 방식이 저와 다를 뿐이지요."

"……."

"재판장 상석은 두 자리만 준비하겠습니다."

그리고 염라는 보았다. 두 자리를 채운 저와 평등왕, 그리고 커다란 업경 앞에 서서 웃고 있는 영 왕자를.

생기를 잃은 부귀화가 하나둘 시들어 가 종국엔 꽃 무덤을 만들어 냈다.

제7장

꿈을 꾸지 않은 새벽잠이었다. 정은규는 눈을 떴을 때 천장이 밝아 무심코 시간을 확인해 보았다. 오전 10시가 조금 넘은 시각. 이렇게까지 늦잠을 자 본 적이 없는데…….

"아아. 큼. 아아."

잠긴 목을 풀어 본다. 감기라도 든 양 목이 답답하다. 그리고 옆에서 반라로 잠든 안대영을 보았을 때는 이것이야말로 꿈이 아닐까 싶어졌다.

처음이다. 깨어났을 때 안대영이 옆에 곤히 잠들어 있는 모습. 정은규는 그 자체로 너무 신기해서 안대영이 깨기라도 할까, 숨소리조차 조심히 갈무리하며 잠든 그를 훑어보았다.

말없이 잠들어 있으니 더욱 예쁜 얼굴이다. 저 예쁜 입술에서 흘러나오는 말의 대다수가 싸가지를 땅에 내다 버린 듯했으나, 제 앞에서만큼은 다정이 넘쳤다.

사랑. 사랑에 의한 것들. 달콤한 말과 나를 최우선적으로 삼는 시선과 나를 제외한 그 모든 것들은 필요 없다는 행동까지.

두 번을 넘어 세 번까지도 이 자와 사랑할 수 있을까. 내게 그만한 자격이 주어질까.

"그러다 내 얼굴 뚫어지면 손배 건다."

눈을 감은 채 안대영이 고요히 대꾸했다. 정은규는 말도 안 되는 헛소리에 가벼운 웃음을 흘렸다.

"그럼 계속 볼 테니 거세요."

"진짠데…… 안 믿네."

"예쁩니다."

"뭐가. 너?"

"아니요, 대영 씨 자는 얼굴. 그래서 보고 있었어요."

"실컷 보라고 죽어 줄 수도 없고……."

안대영이 바로 누워 오른팔로 이마를 가린다. 정은규는 문득 아쉬워져서 숨 쉴 때마다 들썩이는 널따란 가슴에 살짝 손바닥을 올려보았다.

"일어나자마자 꼬셔?"

가려진 이마 아래 육감적인 입술이 달싹였다. 그러면서 팔베개한 팔을 안쪽으로 당겨 정은규를 고쳐 안는다.

"꼬시는 게 됩니까?"

"남의 가슴에 손은 왜 올려. 그게 꼬시는 거지. 내 가슴이 정 교수 젖꼭지 색만큼 예쁘진 않은데."

"그런가요."

검지로 가슴골을 스윽 만져 본다. 안대영의 가슴엔 오래된 흉터가 자잘하게 나 있다. 명치에도, 옆구리에도. 아마 등까지 그러겠지. 촌스럽게 흉터의 원인은 묻지 않았다.

아침인 터라 반쯤 발기한 성기가 정은규의 바르작대는 움직임에 고개를 좀 더 쳐들었다. 안대영이 이마를 덮은 팔을 내렸다. 발기한 사람이라고 믿을 수 없는 무감각한 얼굴이다.

"실컷 자니까 피곤한 건 좀 사라졌어?"

"예. 꿈도 안 꿨어요. 그리고 자고 나니까 입 안 괜찮아졌습니다."

"입 벌려 봐."

착하게 입을 헤 벌리자 얼굴만큼이나 고운 손가락이 입 안을 여기저기 훑었다. 안대영의 손가락이 입 안을 배회하도록 두고 눈을 치켜뜬 정은규가 점차 흥건해지는 침을 꼴깍 삼켰다. 울대가 일렁이며 혀가 옴팡 솟았다 가라앉는다.

"괜찮긴 뭐가 괜찮아."

핀잔과 함께 빠져나가려는 손가락을 다급하게 입 안에 가두었다. 졸지에 손가락을 빠는 모양새가 됐다.

정은규는 손가락을 입술로 조인 채 혀를 써서 검지의 첫 번째 마디에서 두 번째까지 자지를 빨 듯 비볐다. 까슬까슬한 혓바닥이 맨질맨질한 손가락에 착 감긴다. 안대영이 검지를 갈고리처럼 구부려 요망한 혀를 꾸욱 눌렀다. 이것도 요령 없는 유혹이라고 해야 하나.

……아닌데, 우리 은규 엄청 야해졌잖아. 문자 그대로 의도를 담아 꼬실 줄 알게 되었으니 말이다.

뽁, 하고 손가락이 입 안에서 빠져나왔다. 그리고 정은규는 스르륵 아래로 내려가 곤추선 자지를 최대한 한 입에 머금었다.

"하."

안대영의 입에서 한숨 같은 웃음이 터졌다. 정은규가 왜 이러는지 안다. 12월 24일. 오늘은 함께하는 마지막 날이다. 그래서 잊을 수 없는 선물이라도 해 주려고? 씨발, 뭐 이런 선물이 다 있어. 살다 살다 정은규에게 이딴 짓까지 하게 만들고.

그러나 생각과 달리 안대영은 흡착력 있게 빨리는 좆과 사타구니를 간질이는 머리칼에 몸이 녹아내리는 듯한 숨을 뱉었다.

"진짜…… 잘하는데?"

실은 입에서 좆 굴려지는 감촉보단 내 자지 붙잡고 빠는 정은규의 모습에 더없이 흥분한 것에 가깝지만, 실력이 많이 느는 것도 사실이므로 기꺼이 칭찬을 베풀었다. 그리고 칭찬은 고래도 춤추게 한다. 정은규는 탄력 받았는지 스스로 고갯짓하며 목구멍을 열었다. 입 안의 점막, 혀, 침까지 고루 축축하게 자지에 달라붙었다.

아, 이러다 얼굴에 싸겠어. 그러면 정 교수, 무덤덤하게 닦아 낼까. 미래에 대한 걱정 따위 없는 안대영이 섹스에 막 몰입하려던 때였다.

"……어."

열심히 구음하던 정은규가 갑자기 뚝 멈췄다. 그러더니 당황한 모양새로 안대영을 올려다본다. 그 눈빛은 안대영의 머릿속에 있던 난잡한 섹스를 단숨에 휘발시켰다.

"왜 그래."

어쩔 줄 모르고 커진 눈, 잘게 떠는 몸. 눈동자가 요동친다. 일단 정은규의 입에서 성기를 빼냈다. 뺄 때 침이 주욱 늘어졌음에도 정은규는 겁에 질린 채 딸꾹질까지 해 댔다.

심각해진 안대영이 상체를 벌떡 일으켰다. 정은규는 다리 사이에서 몸을 웅크린 채 떨고 있었다. 그 몸을 끌어당겨 허벅지 위에 앉혔다. 계속 벌어져 있던 입술마저 잘게 떨린다.

"은규야."

얼굴을 자세히 보려 들자 정은규가 도리질 치며 안대영의 어깨에 고개를 묻었다. 어깨가 물기로 젖는다.

운다.

정은규는 좆 빨다가 혼자 싸도 수치스러움에 물들지 않을 사람이다. 그런고로 이건 다른 감정에 의한 눈물이리라. 섹스 텐션이 절정으로 올라가는 틈의 정은규를 사로잡아 떨게 만든 감정은 어떤 종류인가.

안대영은 도리질치는 정은규를 붙들어 눈을 지그시 들여다보았다. 뜻밖에도 정은규를 질식한 감정은 두려움에 가까웠다. 침착해. 정신 차려. 눈으로 대화를 걸어 본다. 그와 동시에 정은규가 보았던 장면이 안대영의 머릿속에도 회오리쳤다.

'가.'

'그럴 수 없습니다. 영 님만 두고 저 혼자 갈 순 없…….'

'가라니까!'

이런 씨발……. 일단 한파에 맨몸으로 내쫓긴 사람처럼 떠는 정은규를 감쌌다.

"은규야."

"보였어. 당신이, 당신이 내 등 떠밀면서 가라고……. 그래서 나는……."

베드로의 성당에서 나누었던 대화가 떠올랐다. 언젠가부터 스킨십을 해도 과거가 보이지 않는다는 말. 다시금 생생하게 회자된 것이다. 어째서. 이 순간은 그가 미처 기억하지 못하고 있었던가.

"내가 당신을 버렸던 거야."

품속의 정은규는 혼란에 가득 차 안대영을 절박하게 붙든다. 어느새 눈물은 말랐다.

"가지 말았어야 했어. 당신 버리고, 나 혼자 가지 말았어야 했는데. 내가……."

"은규야. 나 봐."

씨발, 행복한 기억이 얼마나 많은데 하필 떠오른 장면이 헤어질 때야. 안대영은 속으로 욕설을 씹듯이 뱉어냈다. 더는 과거가 보이지 않으리라 여겼건만, 방심하다가 한 방 먹었다. 혼곤한 눈이 안대영에게 옭아매진다. 성기는 섰던 적이 없던 것처럼 가라앉았다.

"나 여기 있잖아."

'나만 부를 수 있는 네 이름을 지어 주고 싶었어. 내가 후회하는 건 그거 하나야.'

"널 만지는 건 내가 아니라 다른 새끼야?"

'그러니까 가. 이것조차 후회로 만들지 말고.'

"은규야. 정은규."

'가!'

나를 향해 사납게 터졌던 절규가 선연하다. 그래, 그건 절규였다.

나를 지키기 위해 최선이자 최악을 선택할 만큼 절박했던 당신의 심정이 나를 후벼 파. 이 감정을 떠올린 지금부터 나는 영원히 안고 살게될 거야.

홀로 남은 그를 두고 도망치듯이 결계를 넘어가면서 뒤 한번 돌아보지 않았다. 실수로라도 뒤를 돌아보면 그대로 달려가 안아 버릴 것이 분명했다. 그러면 나를 지키겠다는 당신의 신념이 무너진다. 다시 돌아가도 나의 선택은 똑같겠지.

죽지 마…….

나만 살리려고 하지 말고, 당신도 살아. 나 때문에 상처 입고 다치지 마.

안대영은 정은규의 마지막 절박함을 고스란히 가슴에 묻었다. 그리고 어느새 땀범벅이 된 머리칼을 쓸어 넘겨 주며 미소 지었다. 말뜻을 알아듣기라도 한 듯 속이 문드러지는 쓴웃음이었다.

그러나 당장 우선순위는 정은규를 잠식한 두려움을 걷어내 안심시키는 것이다. 그래서 안대영은 작은 얼굴 곳곳에 입 맞추며 가진 다정함을 모두 드러내 보였다.

"자기야. 자지 빨다가 이러면 나 놀라."

"……아, 미안합니다. 그게, 그게 나도 갑자기 보여서, 그리고 순간 너무 무서워져서요."

"알아. 너 아직도 떨고 있어."

"왜, 왜 다시 보였을까요. 왜……."

"천천히 숨 쉬고."

"대영 씨와 헤어지기 싫습니다. 나는, ……나는 내가 생각하는 것 이상으로 당신을 많이 사랑했나 봐요. 아니, 아니, 과거형이 아니야. 헤어지기 싫어. 나 그거 싫어."

지금 정은규는 절박함의 낭떠러지에 서 있다. 그 등을 밀어 추락시키느냐, 아니면 손을 잡아 구원해 내느냐. 안대영은 처음부터 후자를 택했다. 마침내 이 지긋지긋한 구원 서사를 완성하고자 손을 뻗었다.

"이번엔 그때와 달라. 기약 없이 돌고 돌지 않을 거야."

정은규를 눕혀 머리칼을 한 올 한 올 매만져 주다가 눈 아래 붙은 속눈썹을 떼어 준다. 뻗은 손을 정은규가 어루만지다 꽉 잡았다.

"자책하지 마. 뭐가 됐든 네 잘못 아냐."

그리고 부탁했다. 자리가 바뀌어 이제 낭떠러지에 선 자는 안대영이었다.

* * *

"당신을 향한 내 사랑에 한 점 부끄러움이 없었다면 거짓이오. 당신은 내게 저 달만큼 아름답고 황홀하여 초라한 내가 비칠까 두려웠지—"

무대 위의 배우가 세트에 걸린 달을 향해 노랫말처럼 읊조렸다. 드레스를 입은 배우는 우수에 찬 눈빛이 되어 가느다란 팔을 뻗었다.

"더는 마음을 숨길 수 없어."

배우가 사랑에 빠진 대사를 던질 때 안대영은 덤덤하게 관람하는 정은규의 옆선을 바라보았다. 정은규는 높은 무대가 사랑의 시라도 되는 양 보면서도 장면에 빠져들거나 깊은 감명을 받은 표정이 아니었다. 생각을 엿볼 수 없었지만, 무대에서 눈을 떼지 않았다.

"에밀리, 당신을 사랑해."

얇은 허리가 단단한 팔뚝에 감겼다. 당연한 것처럼 키스가 이어진다. 무대 위 그들은 사랑의 환희에 차 있었다.

"이 사랑이 내게 독이라면 기꺼이 마시겠소. 설령 독배를 마시고 죽는다 하여도 성배라 외칠 것이오."

무대 앞쪽 푹 꺼진 곳에서 오케스트라가 음악을 만들어 냈다. 흐르는 선율이 사랑에 빠진 고백처럼 곧고 당찼다.

존나게 사랑한다고 지랄들이네.

둘에게 남아 있는 시간이 얼마 없는지라 안대영은 연기일 뿐인 무대 위 모습에 심사가 잔뜩 비틀렸다.

이런 와중에도 공연장은 만석이었다. 크리스마스이브 기념이라며 한정 팸플릿을 나누어 주기에 거절하려던 차 정은규는 꼼꼼히 두 질 받아 갔다. 쓰레기만 될 텐데 뭐 하러 챙기느냐고 묻자 이리 대답하였다.

'대영 씨랑 겪는 추억이잖습니까.'

그 팸플릿은 정은규의 무릎 위에 얌전히 누워 있다. 저런 것 따위가 추억의 도구라니. 말마따나 '추억'이라는 단어조차 더럽게 마음에 안 들었다.

집에서 한바탕 울고 나더니 덤덤히 잠시의 이별을 준비하는 정은규의 태도나, 그것을 알면서도 데이트랍시고 사람 바글바글한 공연장까지 들어선 본인이나……. 모조리 마음에 안 들어. 우리가 왜 시간에 쫓겨 이런 좆같은 기분을 겪어야 하는지 분이 터졌다.

하지만 내색하지 않았다. 지금 흘러가는 이 시간조차 정은규는 소중히 여기고 있었으니까. 울면서 토로한 감정들이 잘 정리된 모양이지. 안대영의 분노는 이러한 상황을 만든 원흉에게로 태산처럼 쌓이고 있었다.

조만간이다. 조만간 이 분노를 남김없이 터뜨리리라.

극이 끝나자 경쾌한 음악과 함께 배우들이 미소 띤 얼굴로 한 명씩 나와 인사를 했다. 커튼콜 타임이다. 관람객은 일제히 일어서 박수를 쳤다. 앉아 있는 사람은 단 둘이다. 개중 정은규가 먼저 일어나 표정 없이 박수를 칠 때, 안대영은 저 짝짝 울리는 손뼉이 무음인 양 정은규를 바라볼 뿐이었다.

구레나룻을 덮는 검은 머리칼과 동그란 귀, 속눈썹, 콧날, 입술, 얇은 턱 선, 길고 흰 목덜미, 박수 치는 손까지.

다시 만날 때까지 절대로 잊어선 안 되는 것들.

이 또한 진절머리 나는 집착일까. 그러면서도 정은규에게서 시선을 떼지 못했다.

퇴장은 가장 마지막에 했다. 사람들과 휩쓸리고 싶지 않아서였다. 드넓은 공연장의 공간감이 느껴질 때에야 느지막이 나온 안대영은 벽에 기댄 채 화장실에 간 정은규를 기다렸다.

한쪽에서는 분장을 지우지 않은 배우가 팬들과 간이 팬미팅을 가지는 중이다. 서로 뭐가 그리 좋은지 연신 웃는 얼굴로 이야기를 나누며 선물을 전달하고 있었다.

화장실에서 나온 정은규는 물기 묻은 손을 털다가 바지 주머니에 양손을 꽂은 채 지루해 하는 안대영을 보고 멈칫했다. 그의 한쪽 옆구리에는 정은규가 맡겨 둔 팸플릿이 귀찮은 기색 그대로 꽂혀 있다.

시선의 길을 따라가 당도한 곳에는 소규모 인원이 뭉쳐 하하호호 떠들고 있었다. 지루함으로 점철된 표정 안에는 '시끄러우니까 좀 닥쳤으면 좋겠다'고 쓰여 있어 정은규는 피식 웃었다. 저 남자의 애정은 정은규에게만 일방통행이다. 자기가 가진 사랑밖에 몰랐다.

다시 고개를 돌린 정은규는 미진한 물기가 남은 손을 뒷짐 지며 안대영에게 다가갔다.

"오래 기다렸습니까?"

"아니. 가자."

"예."

정은규는 팸플릿을 받아 넘겨보다가 갈무리하며 안대영의 손을 잡았다. 안대영은 따뜻한 체온에 물기가 옮겨 가도 개의치 않은 듯했다. 둘은 관람객이 썰물처럼 빠져나간 층수를 한적하게 걸었다.

"재미있었어?"

"예."

"자기 얼굴에 거짓말이라고 쓰여 있는데."

"사실대로 말하자면 재미없었습니다. 남의 사랑 타령은 영 공감이 안 가네요. 이입될 줄 알았는데 아니더군요."

"역시가 역시네. 다음부터 뮤지컬은 건너뛸까?"

"아니요. 보다 보면 취미에 맞는 작품이 나오겠죠. 뮤지컬도 워낙 다양한 장르를 다루잖아요. 내용이 취향이 아니었던 것뿐이지 대영 씨랑 있으면 뭐든 좋습니다."

입장할 때 잘린 티켓 반절을 팸플릿 가운데에 껴 넣는다. 하여간 할 말은 다 한다니까.

"뮤지컬 보여 주셨으니까 저녁은 제가 사겠습니다."

"저녁?"

식사하기엔 늦은 시각이다. 일곱 시에 시작한 공연이 열 시 가까이 되어 끝났으므로. 아, 시간 존나 빨리 가네. 인상을 찡그리는 안대영의 앞에서 정은규는 답지 않게 고집을 부렸다.

"예. 여기서 가까워요. 마침 구름다리가 연결돼 걸어가도 되겠네요. 이쪽에 있는 엘리베이터 타죠."

"마침 구름다리? 말투 되게 작위적인데. 혹시 미리 예약했어?"

정은규가 입술을 사리물었다.

"……예. 아까 대영 씨가 발권할 때 했습니다. 호텔 라운지인데 바도 겸해서 새벽 2시에 마감한다더군요."

아까 잠깐 전화 받기에 씨발, 설마 병원 새끼들인가 싶었는데 이런 깜찍한 짓이었을 줄이야. 폭 껴안은 다음 저 숱 많은 머리칼을 헤집어 주고 싶다.

"자기야. 여기 어딘지 알아?"

"서이동 파크 디럭스요."

"네가 말한 라운지가 어딘지는 알고?"

"임페리얼 에비뉴 호텔 48층이요. 제가 잘못 알고 있나요? 저 길치 아닙니다."

"누가 호텔 이름 물어봤나. 의사 양반 기억력은 여전해. 내가 첫 키스 잊지 말라고 했을 텐데."

……아. 정은규는 그제야 박 터진 소릴 냈다.

서이동의 고층 호텔 라운지. 48층을 끝도 없이 올라가던 엘리베이터. 첫 키스를 나누었던 장소이자 과거의 서문을 열었던 곳이다. 우연치고 기가 막혔다. 정은규가 신기해하며 갸우뚱거리자 안대영은 행여나 다칠까 제 쪽으로 몸을 끌어당기며 물었다.

"뭐야, 노린 게 아니야?"

"몰랐어요. 이 주변 잘 안 와서……. 하지만 지금부터 노린 걸로 하겠습니다."

"정은규 씨는 영 빼는 법이 없어."

"빼야 할 때는 잘 뺍니다. 뺄 일이 아니라서 안 빼는 거지."

"매력 있단 뜻이야. 근데 은규야, 구름다리 막혔는데?"

"아."

정은규의 얼굴에 당황한 기색이 짧게 스쳐지나갔다. '시간 외 출입금지'가 적힌 팻말이 구름다리 선단에 걸려 있었다. 이딴 게 뭐라고, 정은규는 대단히 곤란해 하며 주위를 살폈다.

"돌아가야 하는데 너무 멀리 왔네요. 담당자 번호 적혀 있으니까 일단 전화로 물어보겠습니다."

"뭘 사려. 그냥 넘어가면 되지."

안대영이 아무렇지 않게 팻말을 넘어뜨리며 그걸 밟고 지나갔다. 정은규는 따라가면서 머리 위 CCTV를 턱짓했다.

"CCTV 있습니다."

"존나 귀여워 죽겠네. 그 와중에 그게 보여? 별걸 다 걱정해."

손가락 스냅 한 번에 CCTV에 들어온 빨간 불이 꺼졌다. 기물 파손으로 직원이 신고하면 어쩌나 싶었는데 와중에 선을 지키는 모습이 오히려 조금 웃겼다. 정은규가 픽픽 터진 웃음을 그대로 드러내 보이며 구름다리 중간까지 걸어가 멈췄다.

공중에 서서 내다보는 야경이 오늘따라 알록달록 휘황찬란하다. 멀지 않은 곳에 시청 광장이 위치해 반짝거리는 초대형 트리가 이 거리에서도 잘 보였다. 미디 음으로 틀어놓은 캐럴이 들리는 것만 같았다.

나를 평생 괴롭혔던 캐럴이 다른 의미로 느껴질 수 있구나. 그것만으로 충분한 호사였다.

항상 이브가 되면 디데이가 두려워 잠을 설쳤다. 저 많은 사람들 속에 파묻혀 밤을 꼴딱 샐까, 아니면 수면제를 한 움큼 삼켜 볼까 갖가지 고민이 스트레스가 되어 몰아친 탓이었다.

생일뿐만 아니라 생일 전날까지 괴로움에 파묻혀 종국에는 넋이 나가 기절하듯 잠들었다가 한두 시간 만에 깨어나 출근했다. 포기가 아니라 버티는 방법이었다.

아무리 발버둥 쳐도 똑같겠지. 해마다 그랬듯 나를 괴롭힐 거야. 정은규의 입장에서 할 수 있는 공격과 방어란 버팀밖에 없었다.

한때는 그 씨발놈들이 원하는 게 내가 죽는 건가 싶었었다. 만약 그런 거라면 정은규는 결단코 쉽게 죽어 줄 마음이 없었다. 때문에 악바리로 살아남았다. 원하는 대로 죽어 줄 순 없잖아. 싫어. 내가 어떻게 살아 왔는데. 어떻게 살아남았는데.

……그랬던 내가 크리스마스이브를 아무렇지 않게 받아들이는 날이 오긴 하는군.

"뭘 그렇게 봐. 예쁘면 얼마나 예쁘다고."

안대영은 못 박힌 듯 서서 야경을 바라보는 정은규의 외로운 뒤태를 가만히 껴안았다. 말없이 바깥을 바라본 눈동자에 다양한 색이 어우러졌다.

"미안합니다."

나지막한 정은규의 사과가 귓속에 꽂혔다. 안대영은 길고 흰 목선에 가만가만 입 맞추며 물었다.

"내 자지 빨아 주다가 운 거?"

"……그건 사과했는데."

그랬지. 진정 좀 하나 싶더니 대뜸 못 다한 오럴을 하겠다며 빨아 주는 바람에 기어이 사정하고 말았다. 심지어 바라는 대로 얼굴에 쌌는데 정액 묻힌 채 캘록거리는 모습이 환장하게 야해서 허벅지를 빌려 개처럼 비벼 댔었다.

너나 나나 마음이랑 몸이 따로 놀지. 아침나절을 회상하니 아래가 불끈해진다. 웃기다. 풋내기 애새끼도 아니고 시도 때도 없이 발기하네. 안대영은 어깨를 으쓱였다.

"그럼 우리 은규는 나한테 뭐가 미안해서 이럴까."

"자정이 넘으면 저는 승천하는 겁니까."

"시계 초침이야? 열두 시 땡 치면 하늘 문이 열리게."

"……아니에요?"

그럼 우리 조금이라도 더 오래 있을 수 있는 겁니까? 순진하게 묻는다. 문득 도리천에서 저를 기다리던 이무기와 겹쳐 보여 놀리려는 마음이 사그라졌다. 그 빈자리엔 애틋함이 들어섰다.

"미루고, 미루고, 또 미루고 있잖아. 너랑 떨어지기 싫어서."

진심은 빈틈을 무섭게 파고들었다.

새벽 3시 9분, 보름달이 가장 크게 뜨는 순간. 하늘 문은 그때 열린다. 사색에 잠겼던 정은규가 생뚱맞은 말을 꺼냈다.

"차라리 군대를 가는 거면 이 감정은 안 들 텐데. 군대는 면회라도 가잖습니까. 제대도 있고."

"너 설마 농담해?"

맞다. 농담이다. 농담이라도 해야 가벼운 척 헤어질 용기가 생길 것 같아서였다. 웃고 싶었다.

정은규는 살면서 올해 제일 많이 울었다. 사막 같은 인생의 오아시스가 눈물일 줄이야. 그러니까 마지막엔 웃고 싶다. 마지막은 또 다른 시작의 앞에 서 있는 단어니까.

안대영도 기꺼이 그 농에 장단을 맞췄다.

"군대 몇 살에 가는 줄이나 알아?"

"보통 스물에서 스물하나에 가는 걸로 압니다."

"그럼 내가 그 나이라고 치면 몇 살 연하야. 적어도 열 살은 넘잖아. 정 교수 도둑놈 되는 취미도 있었네."

"지금이라면 도둑놈도 딱히 나쁘진 않겠네요. 어린 애인 땅 파 가며 기다리는 동안 그깟 고무신 못 신을 것도 없고요."

"왜. 아예 형이라고 불러 줄까? 은규 형?"

"아, 실언으로 쳐 주세요. 소름이 돋아서……."

양 팔을 슥슥 문지르며 가볍게 몸서리친다. 표정은 떫은 감을 베어 문 듯했다.

"형, 소름이라뇨. 저 상처 받아요."

"하지 말라니까요. 그리고 따지고 보면 도둑놈은 대영 씨 아닙니까."

"뭐가."

"사람 나이로 서른셋이지 원래는 더 많을 거 아녜요."

"몰라. 안 세어 봤어."

나이 셀 틈이 어디 있나. 나이 셀 시간에 손잡고 걷는 의사 양반과 섹스나 실컷 하고 만다.

"그만 보고 가자. 트리 보고 싶으면 이따 차 잠깐 세울 테니까 가까이서 봐. 경비 올라올 때 됐어."

"저기, 대영 씨."

"응."

"우리 약속 하나만 해요."

"말해. 도둑놈도 약속 하나 정도는 들어줄 수 있겠지."

정은규가 마른침을 삼켰다.

"책임 전가해서 미안합니다. 힘이 없어서 미안해요. 그래도 꼭 나를 다시 만나 주세요. 기다리는 건 잘할 수 있습니다."

"아, 얘가 돌게 만드네. 미안하다는 말이 아예 붙었냐. 그게 씨발 왜 미안해?"

실없는 농담과 애틋함이 파삭 깨졌다. 꾹꾹 눌러 참았던 성질 또한 버럭 튀어나갔다. 농담으로 회피하고 밀어내었던 소용돌이는 찰나였을 뿐 금세 제자리를 찾았다.

안대영은 정은규가 을의 입장을 자처할 때마다 저 입을 막아 버리고 싶었다. 차라리 조그만 머리통 안에 일만 차 있던 때로 돌리고 싶기까지 했다.

"내가 너한테 목을 매달잖아. 난 너밖에 몰라. 그게 힘 아니고 뭐야, 그럼."

"솔직히 다른 건 자신 없어요. 하지만 버티고 견디는 건 잘해요. 그러니까."

"야."

엘리베이터 버튼이 콱 눌렸다. 안대영이 정은규를 '야'라고 부른 적은 손에 꼽힌다. 정은규의 눈이 안대영에게 올곧이 뜨였다. 화를 참는 안대영의 가슴이 크게 부풀었다가 꺼졌다.

"나 같은 말하기 싫으니까 그렇게 구구절절 삽질할 시간에 키스나 해. 우리 은규 나 다시 만날 때까지 수절하고 살아야 하는데 그건 걱정 안 돼? 자신 있어?"

그럼에도 안대영은 정은규의 앞에서 화가 난 불씨를 자근자근 밟아 꺼트렸다. 정은규에게 낼 수 있는 발화의 단계란 고작 이 정도 선이다. 개소리 하지 말라며 일갈하고 싶은 걸 늘이고 늘려 그럴싸하게 덮었다.

이런 절제를 정은규가 모를 리 없었다. 따지고 들자면 그가 제게 쏟는 노력과 배려를 무시하는 꼴이 되어 버린다. 그래서 정은규는 한동안 정적을 잇다가 숨을 크게 쉬며 대답했다.

"······그건 자신 있습니다. 원래도 성욕엔 담백했으니까요. 대영 씨 말고 이 짓을 제가 누구와 하겠습니까."

'믿어.' 안대영은 정은규가 흔들릴 때마다 확신의 약속을 했었다. 날 믿으라고. 전부터 몇 번이나.

알아, 내 구원자인 거. 뼈저리게 안다고. 난 이미 당신을 믿고 있어. 그냥 이건 내가 미처 벗지 못한 불안함의 조각이야. 당신을 기억하지 못한 시절에 혼자 있을 때와, 기억을 되찾고 난 다음에 혼자가 되는 건 달라. 공기마저 세밀한 칼날이 되어 버려서 그래. 그냥, 그래서 그래.

그러나 정은규는 애써 입매를 올린다.

불안해하면 나만 손해였다. 내가 스스로 뱀을 불러일으키는 꼴이다. 앞서 말했듯이 내가 가진 공격과 방어 기제는 버팀이다. 그러니 당신을 믿고 기다리면 되는 것이라고.

"엘리베이터 왔네."

"예. 왔네요."

"키스하기 부끄러우면 눈 감아 줄까? 마음에 드는 쪽으로 골라 봐."

"알아서 하세요. 입술 비비고 있을 땐 숨 쉴 줄만 알지, 다른 건 모릅니다. 그리고 부끄럽지도 않아요."

구둣발이 엇비슷한 소릴 내며 네모진 공간 안에 들어섰다. 첫 키스를 했던 엘리베이터와는 다른 곳이었지만, 정은규는 기꺼이 안대영의 목에 팔을 감았다. 바닥에 팸플릿이 탁 떨어졌다. 입술이 틈 없이 맞부딪칠 때 안대영의 눈은 뜨여 있었다.

엘리베이터 안의 CCTV는 안대영에 의해 빨간 불을 꺼트렸다. 스르르 문이 닫힌다. 엘리베이터가 48층으로 느릿느릿 이동하기 시작했다. 입술은 떨어질 기미가 없었다.

그저 연인이 앞둔 최후의 만찬을 위해 네모진 공간은 도중에 멈추는 법 없이 제 할 일을 하였다. 30층에 도달하였을 때는 내부의 전구도 파삭 꺼졌다. 둘만의 커튼콜이었다.

* * *

차민혁은 거친 숨을 몰아쉬었다. 피 냄새가 딱지처럼 앉았는지 코 밑에서 떠나질 않았다. 비릿하고 묘하게 기분 나쁜 냄새였다.

들고 있는 검에서 피가 방울 맺혀 토도독 흐르다 멎었다. 이 검으로 같은 세상에 살았던 이들을 수도 없이 베었다. 이런 날이 오리라 넌지시 짐작은 해 보았어도 피부로 겪으니 뭐라 정의하기 힘든 복잡한 감정이었다.

살기 위해, 열한 번째 지옥을 지키기 위해 이를 악물고 검술을 펼쳤다. 영 왕자가 개같이 굴려 준 덕분에 일취월장한 실력이 이번 전쟁에서 솜씨를 제대로 드러냈다. 그 증거가 아직까지 붙어 있는 목숨이었다.

이긴 거겠지? 까놓고 말해서 목숨 걸고 적을 베었는데……. 어디서 이만큼이 더 나타난다면 진짜 이번에야말로 뒈질지도 몰라. 엄살이 아니었다. 있는 그대로의 사실이며 서 있는 자체를 기적이라고 보아야 했다.

전쟁의 태풍이 훑고 지나간 열한 번째 지옥은 겉으로 보기에 폐허가 따로 없었으나 무너지지 않았다. 지지 않고 버텼다. 이 정도면 선방을 넘어 훌륭한 승리라 보아도 무방하다. 그러나 경계를 늦추긴 이르다. 알고 보면 저건 1차였고 2차가 기다리고 있진 않을까.

차민혁은 숨을 고르며 난장판이 된 열한 번째 지옥을 제자리에서 빙 둘러보았다. 조금 전까지만 해도 시장바닥이 따로 없던 공간이다. 그러나 수많은 군사를 처리했다는 뿌듯함은 사치였다. 검을 길들일 때나 빠졌던 어깨가 너덜거려 물리적인 고통이 심각했기 때문이었다. 인간이 아닐 때에는 이렇게까지 안 아팠던 것 같은데.

너덜거리는 팔로 검을 들 수 없어 비교적 멀쩡한 왼손을 쥐었다 펴 보았다. 그래도 왼손에는 감각이 느껴진다. 온몸에 찢어지고 벌어진 상처가 가득한데 샘처럼 피까지 흐르니 이거야말로 딱 죽기 직전이었다. 꼴이 이게 뭐야. 몸서리 칠 기운조차 없어 종이 인형처럼 바람에 나부끼는 몸으로 헛웃음을 내보냈다.

김석호라고 다르지 않았다. 차민혁의 보호가 아니었으면 부채 부치다 넝마가 되어 물어 뜯겼을 것이다. 둘 다 숨이 꼴딱 넘어가도 이상할 것 없는 모양새에 서로가 서로를 보고 넌덜머리 쳤다.

"차 장군아. 네 꼴이 귀신보다 무서워."

"지는 안 그런 줄 아나. 기껏 목숨 붙여 놨더니 뭐래, 이 근육 덩어리가. 야, 그리고 부채 뭐냐고."

"뭐긴 뭐야. 네 말대로 나는 전투 능력이 없으니 왕자님께서 주신 거지. 나도 그동안 부치기만 했지 공격용으로 쓰는 건 처음이었어. 이렇게 무서운 물건일 줄도 몰랐고."

"아씨, 나도 왕자님 만나면 달라고 할 거야."

"네 검도 대단하다니까?"

"아오, 몰라. 존나 안 아픈 데가 없네."

초량은 살아 있는 놈들이 있는지 두리번거린 후에 나타나 둘의 꼴을 보고 탄식을 터트렸다. 이거야 원, 산송장이로구먼.

"너네도 참 멍청하다. 애초 육신을 죽여 왔으면 이 꼴은 안 났을 거 아냐. 아니면 염라 말 듣고 올라가든지. 염라가 개차반은 맞는데~ 뉘 애빈지 없는 말은 안 지어낸다고~ 특히 무사 놈 꼴이 삼도천에 줄 서 있는 망자보다 더하네. 고것들은 염이라도 받았지, 너는 뭐냐?"

그러면서 널브러진 차민혁의 팔뚝을 꽉 잡고 뚜두둑, 빠진 어깨를 맞춘다. 차민혁은 고통을 참지 못하고 악을 질렀다. 떼로 덤벼 몸에 칼집이 날 때보다 더 아팠다.

"아악! 씨발 도깨비 새끼야! 뒤지고 싶냐?!"

"이런 우라질 자식이 누가 왕자 놈 수하 아니랄까 봐 은인한테 말버릇하고는?! 더 아프게 해 주랴?!"

왼쪽도 관절을 만져 보더니 우두둑, 뚜둑, 솜씨 좋게 맞춘다. 차민혁은 죽을 듯한 아픔이 쏟아져 피를 왈칵 토했다. 그에 비해 초량은 태평했다.

"뭐야아? 피를 토할 정도로 고통스럽냐? 저런, 저런. 내상도 심각한가 보구먼. 자칫하면 이 무사 놈의 무덤은 여기가 되겠어."

털퍼덕 자빠진 채 없는 체력을 끌어올리던 김석호가 누운 상태에서 히얍, 하고 풀쩍 뛰어 일어나고자 하였다. 그러나 꼴사납게 앞으로 엎어져 무릎을 꿇었다. 그 원맨쇼를 지켜보던 초량과 차민혁이 창피해하는 김석호를 대놓고 비웃었다.

"우린 왕자님 오실 때까지 안 죽어."

씩씩한 척, 여기저기 물집 잡히고 까진 손바닥을 탈탈 털고 일어나며 영웅 같은 대사를 던진 김석호는 말과 달리 창피함에 얼굴이 붉었다.

"정신 차렸으면 빨리 8지옥으로 넘어가자. 시왕은 우리가 전쟁으로 한눈 판 틈에 그리로 몰려갔을 거야. 무광산으로 통하는 게이트를 막아야 해. 교수님 승천할 때랑 시간이 맞물리기라도 하면 아까보다 심각한 상황이 일어날 거야."

"야, 알아. 아는데. 난 걸어서 죽어도 못 가."

평소 약한 소리를 하는 법이 없던 차민혁인데 어지간히 힘에 부치는 모양이었다. 그도 그럴 것이 이제 다리까지 절고 있었다. 없는 힘을 바닥까지 끌어 비축해 나머지 전투에 고스란히 쓰려는 모습이었다. 이들을 대신해 사태를 정리하고 온 여덟 번째 지옥의 무사들이 한마디씩 거들었다.

"괜찮냐?"

"쯧, 꼴을 보니 딱 죽겠구먼."

"죽어도 이승에서 죽어라. 여기서 죽으면 환생이나 소멸뿐이니."

"환생도 대왕님이 허락을 해 주셔야 가능한 일이잖아."

"그러게나 말이다."

당사자들은 말이 없는데 자기들끼리 북 치고 장구 치는 토론회가 열렸다.

"근데 이런 일이 있었나? 전에도 귀환서가 발행되었던가?"

"없었지."

"이야, 기록 세웠네. 인간의 몸으로 명부까지 출입한 건 너희가 처음이다."

"여기서 죽으면 그것 또한 기록이겠구먼."

토론을 빙자한 수다가 길어진다. 명부 것들은 하나같이 수다쟁이라서 고역이었다.

"저기."

수다를 한 귀로 흘린 김석호가 중간에 끼어들어 말을 잘랐다. 그리고 정중히 부탁했다.

"여러분 먼저 여덟 번째 지옥으로 넘어가세요. 되도록 무광산으로 빠지는 모든 게이트를 막아 주십사 부탁드리겠습니다. 저희도 최대한 빨리 따라갈게요."

"아니, 영 왕자는 너희를 버린 거냐? 어떻게 이 꼴이 되도록 안 나타나?"

"내 말이 그 말이야. 그까짓 이무기가 뭐라고."

따라붙는 말에 차민혁이 검에 지탱해 한 발짝씩 떼며 엄포를 놓았다.

"왕자님이 너네 친구냐? 반말하지 마, 개새들아. 그리고 왕자님이 우릴 왜 버려. 너네 상관이야? 우리 상관이거든? 씨바, 몸만 멀쩡했어도 한 대씩 쥐어박는 건데."

"개새가 뭐냐? 개와 새?"

"저놈이 뭍에 오래 살더니 희한한 말을 배웠네."

이러한 모욕과 언어유희는 자신들을 도와준 값치고 참는 것뿐이다. 저 새끼는 죽기 전에도 입만 살았다며 구시렁거리던 무사들이 예의 바른 김석호에게는 하하 웃어 보이고 부서진 게이트를 넘어갔다. 하나 보냈더니 이번엔 도깨비들이 우르르 몰려왔다.

"대왕! 우리는 이제 어쩌지?"

"우선 힘이 제일 센 놈 둘이서 이것들을 업어야 하지 않겠어? 이놈들 데려다 놓고 우리는 다시 무광산에 돌아가야 하잖아!"

"아니면 말로 둔갑을 할까? 이랴! 히이잉!"

"나! 내가 둔갑할래! 나도 잘 할 수 있다!"

그러더니 펑, 펑, 연기를 뿌옇게 일며 조랑말로 둔갑해 목울음을 내었다. 개차반처럼 뛰어다닐 모습이 눈에 선해 차라리 죽고 말지, 저 등에 타긴 싫었다. 대놓고 싫은 기색을 내는 차민혁과 달리 김석호는 비장한 얼굴로 조랑말의 덜미를 만졌다.

그나저나 차 가도 아니고 저놈의 덩치가 타면 말이 무거워서 주저앉지 않을까. 지켜보는 초량의 눈썹이 가볍게 파도쳤다.

"시간 없어. 어서 가자. 그럼 실례하겠습니다."

김석호가 말의 등에 막 다리 한쪽을 올리는데 뒤편에서 새침한 음성이 들렸다.

"고작 말이 뭐냐, 말이."

여태 숨어 있던 이차남이 부채를 살랑살랑 부치며 고고한 척 나타났다. 머리카락 하나 안 보이게 꽁꽁 숨었던 주제에 이제 와서 공신이라도 된 듯 뻔뻔한 태도였다.

도깨비들이 일제히 흰 눈을 뜨고 이차남을 노려봤다. 그 시선을 무시한 이차남이 휘파람을 불자 저쪽에서 붉은 새가 끼루룩 시끄럽게 울며 날아왔다. 성체가 된 붉은 새의 몸집이 매우 컸다.

"흐흠! 새 정도 되어야지."

으스대는 이차남의 어깨가 뽕이라도 담긴 듯 우쭐해졌다. 붉은 새는 몸집이 어찌나 큰지 가까이 올 적에 날개에서 이는 바람으로 육체가 펄럭이다 못해 날아갈 듯했다.

"가자, 김 책사야! 차 장군도 타시오! 초량이 너는 타든지 말든지!"

"떼잉, 모자란 놈들. 새가 무슨 죄가 있다고 그 등에 타고 가냐. 이 몸은 내 발로 갈 거다!"

"늦지 않게 따라와! 너희도 무광산에 돌아가야 하는 건 마찬가지니까!"

느릿느릿한 차민혁을 보쌈하듯이 어깨에 둘러멘 김석호가 척척 걸어 붉은 새의 등 위로 훌쩍 뛰어올랐다. 차민혁은 김석호의 어깨에 매달려 가는 내내 자존심이 대단히 상해 씩씩거리다 등에 안착하자마자 엉덩이를 덴 송아지처럼 소리 질렀다.

"아, 뜨거워! 이 새끼 왜 이렇게 뜨거워!"

이차남이 대수롭지 않게 대답했다.

"바보들이냐? 너희가 인간이니 그렇지!"

붉은 새가 다시금 날개를 펄럭이며 공중에 날아올랐다. 꼴사나워 보이지만 바람의 저항을 막기 위해 납작 엎드린 차민혁과 김석호가 한 마음 한 뜻으로 빌었다.

'씨발, 졸라 뜨겁네. 언제 내려?'

'어우, 뜨거워. 그나저나 빨리 도착해야 하는데…….'

이들의 마음을 알 리 없는 붉은 새는 명부의 하늘을 가로질렀다. 재빠른 속도였다. 공중에서 내려다본 열한 번째 지옥에서 연기가 펄펄 끓어올랐다.

* * *

둘은 도시의 야경이 내려다보이는 자리에 안내 받아 뒤늦은 식사를 즐겼다. 육류를 담당하는 셰프가 마감을 한 터라 선택한 해산물 요리는 담백하고 간이 싱거운 편에 속했다.

안대영은 요리가 만족스러운 눈치였다. 그러고 보니 이곳에 처음 방문했을 때는 육류 코스를 먹었는데 그때도 꽤 마음에 들어 했었던 기억이 있다.

정갈하게 식사하는 안대영에게서 귀족의 품위가 느껴진다고 하면…… 내가 드라마를 너무 많이 본 걸까. 배가 어느 정도 부른 정은규는 그릴 자국이 선명한 연어를 반 잘라 안대영의 접시에 옮겼다. 그의 눈이 치켜떠진다.

"뭐야, 이건."

"배부릅니다."

"손바닥보다 작은데 그걸 나눠?"

"스테이크 나오기 전에 많이 먹었잖습니까. 빵에, 관자에, 광어에. 여기 양이 많네요."

무알콜 와인으로 목을 축인다. 톡톡 튀는 스파클링 와인은 안타깝게도 맛이 없었다. 하긴, 무알콜에 무얼 바라겠는가.

잔잔한 재즈가 흐른다. 특별한 날이긴 하나 늦은 시각이라 라운지를 이용하는 고객의 수는 적은 편이었다. 적당히 고즈넉하고 운치 있는 공간이다. 입구에 놓인 트리 앞은 선물꾸러미를 짊어진 산타가 루돌프 썰매에 앉아 발을 구르고 있다. 저런 건 코드 꽂아서 쓰는 건가. 정은규는 시답잖은 생각을 하며 샐러드를 지분거렸다.

최후의 만찬치고 둘은 덤덤하다. 더 이상 슬퍼할 가치가 없다고 여겨서는 아니다. 마지막의 마지막인 슬픔조차 무디게 흘러가길 바라고 있었다. 그래서 정은규는 아무 말이나 꺼냈다.

"그때는 못 봤는데 지금 보니 조명이 되게 많이 달렸네요. 전기세 많이 나오겠죠."

"그걸 네가 왜 걱정해."

포크를 내려놓은 안대영이 다리를 바꿔 꼬며 대답한다. 그러게요. 나지막이 대꾸하는 정은규를 들여다본다. 제게 신경 쓰고 있는 것을 알기에 맛있는 척 식사하였으나 안대영도 식욕이 없기는 마찬가지였다. 심지어 술 같지도 않은 걸 입에 대어야 한다니.

"도수 높은 술 마시고 골골대며 취해도 모자랄 판에 무알콜이라."

"음주 운전은 절대 안 됩니다."

"우리 은규는 날 뭐로 보는 거야. 내가 그딴 거 하는 씹새끼로 보여?"

"아니요. 그런 사람 같았으면 안 만났죠. ……아, 사람은 아닌가. 그냥 사람이라고 하겠습니다."

"이거 무알콜이야. 무알콜 마시고 취했나."

"설마요. 오히려 취하고 싶은 쪽입니다. 꼭 이럴 땐 소주를 들이부어도 안 취해서 문제더라고요."

그 말과 함께 팔짱을 끼며 야경을 바라본다. 아름답게 일렁이는 불빛이 정은규에게 달려드는 듯했다. 안대영도 식사를 중단한 채 정은규의 시선을 따라 야경을 좇았다. 정은규의 눈은 야경을 벗어나 컴컴한 하늘에 뜬 휘영청 밝은 보름달을 쳐다보고 있었다.

"달이 크네요."

"더 커질 거야."

"좋아해야 하는 겁니까."

"아니. 욕을 해야지. 너 데려갈 준비 착실히 하고 있는 새끼인데."

이에 대한 정은규의 대답은 없었다. 여기까지 온 마당에 별다른 생각의 정리는 필요 없을 테니 상념에 잠겼다고 보는 쪽이 옳았다.

둘이 가진 강점은 차분함이다. 안대영은 좀처럼 언성을 높여 본 적이 없고, 정은규는 어떠한 순간에도 이성을 앞세우고자 하였다. 그런 둘의 신념과 같은 강점이 서로에 의해 모래성처럼 무너졌던 적이 있었다. 그럼에도 둘은 서로를 부둥켜안았다. 고작 이따위 사랑에, 이따위 감정에 휩쓸려서.

"왜 웃어요."

안대영은 피식피식 바람 빠지는 웃음을 내뱉는다. '고작'이라는 단어를 올리는 것부터 글러먹었다.

"내가 앞으로 겪을 후회가 있다면, 그것조차 너로 인할 거라는 게 웃겨서."

"저도 살면서 후회한 적 많아요. 따져 보면 개중엔 대영 씨를 향한 후회도 있겠죠."

"말하지 마. 안 궁금해."

"말해 달라고 해도 안 말할 겁니다."

"삐쳤어?"

"자꾸 삐쳤냐고 묻는데 그런 적 없어요. 제가 그렇게 좀생이로 보입니까? 아니면 한 번은 삐치길 바라는 겁니까."

"자기 삐치면 어떤데? 방문 잠그고 엄청 귀엽게 베개 때리면서 내 욕 실컷 하려나."

"몰라요, 나도. 삐쳐 봤어야 알지. 그리고 삐친다 해도 그런 애 같은 짓을 할 리 없잖아. 베개를 왜 때립니까…… 가끔 보면 대영 씨는 내가 되게 어린 줄 아나 봐."

"어리지. 애긴데."

"아, 형 소리보다 더 싫어."

질색하며 와인을 벌컥벌컥 들이켠다. 안대영은 실실 웃었다. 헛소리가 상념 깨는 덴 특효약이긴 하군.

재즈 선율은 익숙한 음을 만들어 냈다. 매해 크리스마스 시즌마다 자주 흐르는 팝 가수의 캐럴 음반이었다.

"정 교수가 좋아하는 정리나 해 볼까."

"어떤 정리요."

"재회에 대한 총체적 평가를 하자는 거지."

안대영이 무알콜 와인을 마시자마자 좆같다며 인상을 찡그렸다.

"맛없죠."

"응."

"차라리 물을 드세요. 일단 말씀해 보시고요."

와인 잔을 멀찍이 떨어트린 안대영이 팔짱 낀 채 삐딱한 자세로 정은규를 쳐다보았다.

서두를 '정리'라고 달았을 뿐이지, 실상은 단시간에 휘몰아친 재회의 역사를 이야기하려는 의도였다. 정은규는 안대영이 여태 제게 그랬었던 것처럼 차분히 기다려 주었다. 얼마 안 가 그의 입술이 달싹였다.

"나를 만난 이후 너도 급격한 변화를 겪었을 거야. 주위 환경은 물론이고 네 마음까지. 혼란스러웠을 거고, 스스로 이해 안 되고, 그런 와중에 내게 멋대로 열린 마음이 자괴감까지 불러 일으켰을 수도 있겠네.

격동이 일어난 기간조차 빠르게 지나갔잖아."

정확했다. 안대영은 그간 정은규가 겪어 온 소용돌이를 모조리 파악하고 있었다. 그럼에도 묵묵히 손을 뻗어 붙잡고 이끌어 여기까지 닿게 만들었다.

"넌 나를 구원자라 말했지. 그래, 네 구원자로서 그런 널 곁에 매달아 두는 게 내가 할 일이었어. 그러지 않으면 넌 영원히 갇혀 있을 테니까. 애써 버텨 온 인생이 엇갈리면서 무너지는데 누군들 돌지 않고 배겨. 알면서도 밀어붙였어. 사실 신경이 쓰이는 것과 별개로 시시각각 변하는 네 감정 따위 난 아무래도 상관없었거든. 의미 없잖아. 어차피 다시 나한테 빠질 건데."

한정적인 시간. 12월이 적혀 있던 이마. 그 안에 너를 다시 내 것으로 만들어야 한다. 나와 재회하며 돌아온 너의 기억 또한 필연에 의한 결과였다. 그런 너를 수단과 방법 가리지 않고 잡았어야 했다고. 그 과정에 정은규의 동의는 필요 없었다.

"네게 벌어진 아주 많은 일의 대부분이 괴로움으로 남은 것도 알아. 하지만 그런 점에 대해서 나는 전혀 미안하지 않아. 널 내게 휘말리게 만든 일이나, 네 주변을 엉망진창으로 파헤친 점이나 전부 하나도 안 미안해. 그 과정에서 누가 뒈지든 말든 내가 알 바 또한 아니고."

안대영은 정은규의 조언대로 와인 대신 물 잔을 들었다. 그는 제멋대로 구는 성정을 가졌으나 사과해야 할 부분은 질질 끌지 않고 깔끔히 인정하며 용서를 구했다. 말이 쉽지, 그거 되게 어려운 일이다. 이 자의 성격을 알면 더욱 그랬다.

정은규에게 사과한 안대영의 속죄는 이렇다. 원죄의 시작으로부터 널 홀로 두게 만든 것. 나 없는 세상을 버티게 만든 죄에 대한 대가. 이것 말고 안대영이 정은규를 재회한 이후의 과정에 다른 사과는 포함되지 않았다.

그리고 정은규는 그가 나열한 속죄야말로 사과할 필요성이 없다고 느낀다. 그럼에도 그는 용서를 구했다. 무책임과는 정반대에 있는 자였다.

"이딴 짓을 벌인 이유가 단지 과거의 행동을 스스로 비난하기 위해서일까? 예전과 똑같은 일을 만들고 싶지 않아서?"

정은규의 눈에 조소 짓는 고운 얼굴이 빠짐없이 담겼다. 그는 괴로워하지도, 슬퍼하지도, 화내지도 않았다.

"김 팀장과 차 실장은 명부에 가 있어. 내가 오기 전까지 버티라고 했지만 결국 죽을 거야. 내려가면 시체 두 구가 날 맞이해 주겠지. 사실상 죽으라고 보낸 거나 다름없어. 걔들이 죽는다면 난 그 죽음조차 이용할 거거든."

서슴지 않게 수하들의 죽음을 언급한다. 그것도 제 손으로 사지의 구렁텅이에 밀어 넣었다고. 정은규는 꼼짝없이 안대영을 응시했다. 가늘어진 눈매가 의중을 파악하려는 듯 진지하게 묻는다.

"이런다고 내가 값싼 죄책감을 가질까."

차마 그렇다고 말할 수 없었다. 그러면 거짓이다. 안대영은 감정의 요동이 조금도 없었다.

"나는 필요에 의해서라면 앞으로도 그럴 거야. 누가 됐든 이용하고 써먹을 거라고. 그런데 이게 너한테는 안 통해. 안타깝게도 감정적으로 구는 상대는 너 하나뿐이거든. 그러니 네 일이라면 더더욱 앞뒤 없이 달려들겠지. 만약 이게 과거 한 번의 후회로 생긴 버릇이라면, 평생 후회하고 살아도 나쁘진 않겠어. 웃기지."

식은 음식이 모형처럼 보였다. 정은규는 문득 가운데 놓인 촛불을 꺼트리고 싶어졌다.

"자정 지났네. 생일 축하해, 이런 나를 버티느라 고생 많은 우리 은규."

건조한 축하였다. 촛불이 눈물처럼 일렁거렸다.

"생일인 기념으로 하나 알려 줄까? 난 사실 네가 헛소리하며 나와 혜

어지기 싫다고 할 때마다 복장이 터지는 것 같은데도 안심해. 너 나한 테 제대로 코 꿰였구나 싶어서."

"……말본새가 적응이 될 듯하다가도 잠깐잠깐 맵네요."

"어쩌겠어. 이렇게 생겨먹은 걸. 말했잖아, 네가 참고 견뎌."

정은규는 안다. 불의 성정과 달리 싸늘한 내면을 가진 자에게 알맹이 를 심어 준 유일한 약점이 저라는 사실. 제가 아니면 안대영은 참회 의 순간조차 가지지 않았을 것이다. 쏟아 낸 진심 역시.

"먼저, 생일 축하는 고맙습니다. 선물은 저번에 말했으니 꼭 지켜 주 세요."

정은규가 바라는 선물은 '해피 엔딩'이다. 안대영은 연인의 소원을 실 현하기 위해 여기까지 왔다.

"말이라고."

"그리고 대영 씨가 했던 말은 정리가 아닌 고백처럼 들렸는데…….
제가 이런 고백은 겪어 보지 못해서 좀 무딥니다. 알다시피 연애엔 초 보잖아요. 그래도 고맙습니다."

고맙다고? 줄줄이 뱉어 낸 대사 중에 고마워할 만한 게 있나. 게다가 고백이라니. 안대영은 도통 이해할 수 없는 괴짜의 면모였다. 정은규가 잔을 중지 손톱으로 가볍게 통통 쳤다.

"대영 씨가 해 준 말 모두 맞습니다. 너무 빨랐어요. 그래서 대영 씨 를 만난 지 얼마 안 됐을 때는 잠을 잘 자게 된 것과 별개로 미치는 줄 알았죠. 예, 혼란스러웠습니다. 나는 A부터 Z까지 계획을 세워 사는 사 람이었는데 당신을 만나면서부터 그게 붕괴되었어요. 눈에 보이는 대로 즉시 판단을 해야 하고, 머리와 반대로 움직이는 가슴의 결정을 따라야 했습니다. 무계획이었다는 뜻이죠. 내가 왜 이러지, 무너지는 기분도 들 었어요. 분명히 이랬다저랬다 했을 겁니다. 어쩌면 자포자기까지 갔었 다고 봐야 할까요."

기준과 정립. 정은규는 재빠르게 변하는 세상에 스스로 확신의 말뚝을 박아야 했다.

　"그래서 있는 그대로 받아들였습니다. 무의식중에 내가 나부터 받아들이고 인정하면 무너지지 않는다는 해답을 찾은 거죠. 그게 애정일 거라곤 솔직히 긴가민가하며 헷갈렸습니다. 몰랐으니까. 애정, 사랑, 미련. 나, 그런 거 모르고 살았어요. 그 틈에 당신은 아주 빨리 스며들었고요."

　내가 아닌 줄 알았다. 내가 나를 잃어버린 줄 알았다고.

　감성적인 면모가 종잇장만큼도 없었던 정은규에게 안대영은 낯설고 두려운 감정으로 닿았다. 끝내는 영원의 사랑으로 귀결될 자더라도 두텁게 쌓은 벽을 갑자기 허물려 들면 방어를 세우기 마련이다. 그러나 안대영은 '진심'이라는 단어로 정은규를 끝없이 공격해 끝내 함락시켰다.

　"구구절절이네요. 어쨌든 대영 씨나, 나나 사랑한다는 한마디면 되는 건데. 미련이 무섭군요."

　정은규의 왼손이 제 얼굴의 반을 넘게 뒤덮었다. 그 상태로 말을 잇지 못했다. 그러다가 한숨을 크게 쉬며 머리를 쓸어 넘기고 내린다. 헤집어진 머리칼이 흐트러졌다.

　서버는 테이블에서 식사를 마쳤다 생각했는지 후식으로 커피와 디저트를 내왔다. 디저트는 코코아 파우더가 뿌려진 생초콜릿과 조각 과일이다. 정은규는 안대영의 앞에 놓인 커피 잔을 응시하다 서버에게 시선을 돌려 물었다.

　"혹시 핫초코 있나요?"

　서버가 미소 지으며 대답했다.

　"있습니다. 준비해 드릴까요?"

　"예. 한 잔만요. 진하게 부탁드립니다."

　그러면서 안대영의 앞에 생초콜릿이 담긴 접시를 밀어 준다. 픽 웃은 안대영은 기꺼이 호의를 받아들였다.

"자상하네, 정 교수."

"커피 잘 안 마시잖아요."

입 안에서 초콜릿이 서서히 녹는다. 익히 알고 있는 단맛이 겉돌았다. 안대영은 서버가 내려놓은 핫초코를 티스푼으로 휘저었다. 뭉텅뭉텅한 마시멜로가 사르르 녹았다.

"징그럽지 않아?"

"뭐가 말입니까. 대영 씨가 초코 좋아하는 게?"

"아니. 명부는 뒤집어졌을 테고 그런 와중에 부하까지 내다 팔아 버린 난 태평하게 너와 식사나 즐기고 있지. 그래서 욕이라도 할 줄 알았어. 우리 은규 나름 정의의 사도니까."

"정의의 사도까지는 아닙니다. 그리고 말은 그렇게 해도 그분들 책임질 거잖습니까. 난 대영 씨 일에 함부로 왈가왈부하고 싶지 않아요."

"선 긋네, 또. 그거 다 내가 없앤 줄 알았는데."

"이건 선이 아니라……."

정은규도 커피를 홀짝였다. 기본 쓰리 샷을 추가해 마시는 입맛이라 물처럼 연했다.

"대영 씨의 뜻이 옳을 거라는 존중입니다. 다른 의미 없어요."

"솔직히 말해 봐. 자기 연애 처음인 거 맞아? 나 방금 심장 터졌어."

"터진 심장치고 멀쩡히 살아 있네요."

안대영이 피식피식 웃다가 되뇌었다. '그래, 멀쩡히 살아 있네.'라고.

정은규는 물 같은 커피를 몇 모금 마신 후 내려놓았다. 벽에 걸린 전자시계가 새벽 1시 18분을 가리키고 있다. 최후의 만찬도 이제 끝이 보인다. 짓이겨진 마음이 뭉클해지려 들어 눈을 꽉 감았다 떴다.

"웃는 연습이라도 해 볼까 봐요. 대영 씨와 다시 만날 때 웃는 얼굴로 꼬셔 보게. 작정하고 꼬신 적은 없었는데 이번 기회에 시도해 보죠.

연습 많이 해 두겠습니다."

화제를 돌리는 정은규를 지그시 바라본 안대영이 그에게 덕지덕지 묻은 서글픔을 못 본 척 대꾸했다.

"울지나 마. 가만히 있어도 난 알아서 꼬셔지니까 그딴 노력 안 해도 돼."

"눈물 흘릴 일이 또 있을까요. 그리고 못 할 건 뭐예요. 매일 거울 앞에서 삼십 번씩 연습하면 안면 근육이 적응하겠죠."

말과 달리 정은규는 여전히 무표정이다. 다시금 보름달을 바라본 정은규가 안대영이 겪은 후회의 그림자를 지워 주겠다는 일념처럼 읊조렸다.

"대영 씨가 나에게 했던 만큼 돌려주려면 그깟 웃는 연습 못 할 것도 없어요……. 그게 당신의 고백에 대한 대답입니다. ……다 드셨으면 갈까요."

더 있고 싶어. 하지만 안대영의 인내가 깎여 나가는 게 보였다. 이곳에서 시간을 오래 잡아먹은 탓에 깎여 나간 인내가 아니었다.

안대영은 나 말고도 신경 써야 하는 여러 가지가 있으니까 아쉬워도 한 걸음 물러나야 한다. 그러려면 그에게 최우선인 내가 먼저 미련을 떨쳐야 해. 그게 이치에 맞는 거다. 양보가 아니라 당연한 부분이다.

그래서 정은규는 차마 안대영과 눈도 마주치지 못하고 깨끗해진 초콜릿 접시와 잔만 번갈아보며 물을 수밖에 없었다. 헤어지고 싶지 않지만 헤어짐의 수순을 밟아야 한다. 그래야만 새로운 시작에 당도할 테니까.

매달릴 줄 알았던 안대영은 덤덤하게 일어섰다. 아니, 사실은 잠깐이라도 더 있자며 매달려 주길 원했는지도. 멀어지는 뒷모습의 거리를 좁히려 정은규가 계산서를 든 채 뒤따랐다.

AM 01:32. 전자시계의 숫자가 막 바뀌었다.

* * *

파직—! 쾅—! 여덟 번째 지옥에서는 지면이 떨어져 나갈 듯 굉음이 곳곳에서 일었다. 제8 지옥의 게이트는 여덟 곳이나 되기에 시왕이 어느 쪽을 향해 탈출할지 예상해 덫을 놓는 것이 중요했다. 처소와 가까운 8게이트를 제외하면 총 일곱 군데. 과연 이 중에 어디를 노릴까.

평등왕은 높은 곳에 올라서서 담뱃대를 뻐끔뻐끔 피웠다. 열한 번째 지옥을 도와주라고 전갈을 보낸 붉은 새가 공중에서 울음소리를 내었다. 새가 돌아오는 것으로 보아 목숨은 붙어 있는가 보군.

담뱃대를 쥐지 않은 다른 손에 두루마리가 들려 있다. 이는 망자 명단이었으며 돌아가려는 평등왕에게 염라가 건네준 것이었다. 아직 펴보진 않았다.

'나는 열한 번째 지옥이 탄생하였을 때부터 그 놈을 부정하고자 하였지. 그러나 나보다 강한 힘이라면 곧이곧대로 품는 게 짓누르는 방법이다. 두 개의 태양이 어찌 공존하겠느냐. 하나는 반드시 가려야 세계가 유지되는 법이다.'

다만 평정의 끝이 오고 있을 뿐이라며, 염라는 꽃 무덤을 등졌다.

'꼭두각시? 그래, 나의 뜻대로 휘두르려 별 짓거리를 다 해 보았지. 그런데 결국 이리 될 운명은 거스를 수 없었다. 그럼 내게 남은 것은 네 말대로 영에게 무릎을 꿇는 것이냐. 하하. 우습기 그지없군.'

수수께끼 같은 염라의 의중을 완벽히 파악했을 때도 흘러나오지 않던 탄식이 이제야 연기와 함께 뱉어졌다. 영 왕자의 분노는 지옥 이곳저곳에 닿아 있다. 이무기를 해하려 한 자들부터 시작해 그들을 티 나지 않는 선에서 조종한 염라에게까지. 이런 영의 앞에서 천치처럼 네 아비를 모르냐며 업신여겼었다.

그 분노의 발현은 언제 어디서부터인가. 어쩌면 뭍에서 영 왕자와 조우했을 때 흩날렸던 기억의 조각을 되찾는 과정에서 모조리 떠올렸을 수도 있다. 그 가능성을 높게 치는 건, 영이 열한 번째 지옥을 내어주겠다고 했을 때가 떠올라서였다.

'나는 명부로 안 돌아간다.'

여기서 평등왕이 이무기의 승천 동의를 얻어 오는 조건으로 열한 번째 지옥을 받아들였다면 돌아온 영 왕자에 의해 틀림없이 소멸당할 것이다. 쐐기 어린 어조는 그저 내막을 숨긴 위험한 유혹이었다. 그곳은 그가 탄생한 지옥이지 않은가. 스스로 목줄을 차고 그 끈을 내어주겠다는 말과 같다.

당시 흩어졌던 영 왕자의 기억이 제대로 정립될 때였으니 찰나엔 진심이었을 수도 있겠다. 하지만 말 그대로 '찰나'일 뿐이다. 영이 제게 열한 번째 지옥을 내줄 리가 없었다.

평등왕이 동의를 얻기 위해 시왕을 만나지 않고 곧장 염라에게 보고한 것은 이러한 일이 추후 발생했을 때 발을 빼기 위함이었다. 영은 눈 깜짝할 새에 살육을 저지르는 자다. 사탕발림 같은 말에 속아서는 안 되었다. 제가 검을 겨눌 대상을 확인 받고 싶었던 것이리라. 평등왕은 그 '확인'에 이용당한 자였다. 인정하고 나니 속이 연기로 꽉 찬 듯 매캐했다.

두루마리를 펴 보았다. 숱하게 적힌 망자들의 이름 위를 덮는 붉은 글씨 두 줄이 둥둥 떠 있었다. 한 줄은 김석호, 밑줄은 차민혁. 특수한 경우이므로 낙인이 새겨지지 않은 글씨였다.

영 왕자가 수하들을 귀환서까지 발행하여 인간의 몸으로 내려 보낸 데는 그만한 이유가 있을 것이다. 평등왕은 경고라고 보았다. 저 대신 내려 보낸 수하들이 명부의 짓으로 죽음을 맞이한다면 그것 또한 말살의 사유가 충분히 될 수 있다.

게다가 그 귀환서 발행은 염라가 허용했다. 염라는 미래를 내다보는 능력을 지니지 않는가. 알면서도 둘을 죽게 내버려둔다면 영은 그것을 빌미삼아 촘촘히 쌓은 반란의 사유에 당위성을 증명할 것이었다. 고로 이들을 명부에서 죽게 두면 이보다 더한 파란이 몰아닥칠 테였다.

어째서냐. 저들은 주군에 대한 믿음이 굳건하여 그 어떤 뜻임에도 충성하거늘, 이 작은 상소 속은 혼란이 가득하구나.

저들의 죽음은 타당해야 한다. 그래야 저도 영의 앞에서 뜻을 세울 명분이 생긴다.

평등왕이 휘파람을 불었다. 공기를 가르는 청명한 휘파람에 부름 받은 붉은 새가 여기저기서 울부짖으며 나타났다. 새빨간 몸집이 명부의 하늘을 뒤덮었다. 두루마리를 도로 말아 내려놓고 흙바람이 부옇게 일어난 여덟 번째 지옥을 내려다보았다.

열한 번째 지옥을 궤멸시키려던 군사의 양은 댈 것도 못 되었다. 명부에 남아 있는 무사와 군사들이 전부 나타난 듯 여덟 번째 지옥 또한 어느새 전쟁터로 바뀌어 있었다. 그들이 일으킨 모래바람이 시야를 차단시켰다.

시왕은 저 중에 변장을 하고 숨어 있을 것이다. 두려움을 아는 자들의 행위란 이토록 치졸하다. 평등왕이 떼를 지어 달려오는 무사와 군사가 일으킨 모래바람을 뚫고 보려 눈을 가늘게 떴다.

"대왕니임—!"

때마침 이차남의 부름이 공중에서 메아리 돌았다. 척, 척, 척, 척. 저들과 대적하기에 수는 적은 편이나 출정하지 않고 지키던 평등왕의 군단과 게이트 세 곳을 박살내고 나타난 다섯 번째 지옥의 군단이 섞여 그들을 대치했다. 두 지옥의 군단이 합쳐지자 드디어 수적으로 우세가 기울었다.

하여 영의 앞에 무릎 꿇은 내게 선택지는 없으리라.

평등왕이 지휘자처럼 손을 휘젓자 붉은 새들은 일동 날카로운 이를 드러내며 급 하강해 캬아악, 적을 있는 대로 물어뜯고 다녔다. 새의 울음소리가 이빨만큼이나 날카롭다. 참혹한 현장을 흥미롭게 바라보던 평등왕이 혼잣말로 읊조렸다.

"정말로 우습네."

군단을 보낸 행위는 염라께서 영에게 무릎을 꿇은 증명이라고 보아야 합니까. 아니면 그 허울 좋은 부정의 말로인지요. 만약 영과 등을 지실 마음이 없으시다면— 영은 당신에게 있어 최초의 포기이자 두려움이겠군요. 재미있습니다.

끝없이 나타나는 다섯 번째 지옥의 군단을 응시하는 평등왕의 입술에 담뱃대가 다시 물렸다. 책사 하나와 인간 둘을 태우고 공중을 선회하던 붉은 새가 평등왕이 있는 절벽 근처에 착지했다. 차민혁과 김석호는 내릴 때도 엉금엉금 매달려 주르륵 미끄러졌다.

"대왕님. 김 책사와 차 장군을 데려왔습니다."

평등왕이 뒤를 돌아 변변찮은 꼴의 둘을 내려다보았다.

"너희들은 저곳에 파고들면 죽는다."

가타부타 없는 말없이 사실만 직시해 주자 처참한 꼴을 하고도 예를 갖춘 김석호의 굽은 등이 움찔했다. 평등왕의 발치에 떨어진 상소를 발견해서였다. 망자 명단이구나. 그곳에 나와 차 장군의 이름이 쓰여 있는 거야. 죽음 앞에서 빼도 박도 못하게 되었다.

차 장군과 자살에 대한 토론을 괜히 했네. 명은 정해져 있었는데 우리가 뻘짓 했어. 겨우 서 있는 차민혁 또한 속내를 고스란히 드러내고 있었다. 좆됐다. 아니, 이젠 그냥 좆이다.

평등왕은 다시 등을 돌렸다. 전쟁의 고함과 괴성이 귓속을 아득히 파고들었다.

"하지만 너희는 충성도가 깊어 내 말이 아닌 영의 명령을 따를 테고."

그런 와중에도 차민혁은 내리막길을 찾고 있었다. 죽음이 무서웠다면 애당초 명부에 오지도 않았을 것이다.

"굳이 전장에 뛰어들어 전사하겠다면 환생은 약속해 주마."

파격적인 대우였다. 아무리 평등왕이 어질고 심성 고운 대왕이라 하여도 저희들처럼 특수한 경우는 소멸해 버리는 쪽이 골치가 덜 아플 테였다. 그럼에도 불구하고 평등왕 쪽에서 먼저 환생을 약속해 주시다니. 김석호는 그 의도가 어떻든 감읍하여 더욱 예를 차렸다.

"말씀만으로도 감사합니다. 하지만 부탁을 하나 드려도 될까요?"

비장한 열한 번째 지옥의 책사에게 여덟 번째 대왕이 응답했다.

"무엇이냐."

"저희의 환생은 왕자님이 허락하신다면 이행해 주시길 부탁드려요."

평등왕이 코웃음 쳤다. 저들을 태우고 온 붉은 새는 숲으로 들어가 과실을 냠냠 따먹고 있었다.

"영을 전혀 원망하지 않는구나."

"주군이십니다. 그분의 뜻을 따를 뿐이에요. 저희가 어째서 왕자님을 원망하겠습니까."

주군이라……. 단순히 영이 막강한 힘을 가져 충성하는 것이 아니었다. 이들은 제 주군을 철석같이 신뢰한다. 죽으라면 죽고, 살라면 산다. 간단명료한 충성심이다.

평등왕의 손짓에 붉은 새가 과실을 으적거리며 뒤뚱뒤뚱 걸어왔다. 이 차남은 고개를 조아린 채 미래를 예견이라도 한 듯이 흑흑 울고 있었다.

"참나. 너 혼자 신파 찍냐? 우리 벌써 뒤졌어? 길 막지 말고 저리 비켜."

이차남의 어깨를 퍽 친 차민혁이 전과 다른 몸짓으로 붉은 새의 등 위에 풀썩 올라탔다. 김석호는 끝까지 예의를 차린 후에야 차민혁의 뒤에 엉덩이를 붙였다.

"시왕은 4게이트로 넘어가려 들 것이다. 그곳을 막아 보아라. 게이트는 곧 닫힐 테니 적기라면 지금뿐이야. 버틸 수 있을 만큼 버티도록 해. 영에겐 대신 상세히 고해 주마."

"감사합니다."

휘잉, 붉은 새의 힘찬 날갯짓이 절벽을 박차고 날아올랐다. 멀어지는 둘의 모습을 보던 이차남이 소매로 눈물을 찍어 냈다.

"차남아. 왜 우는 게냐."

"흑, 저들은 영 왕자가 아니었, 끄흑, 다면, 이런 고초를 겪지 않아도 되는데, 흑. 김 책사가 왜 죽어야 합니까아……."

이차남은 간도 크게 영 왕자가 수하들을 죽음의 길로 인도했다며 넘겨짚고 있었다. 평등왕이 엄포를 놓았다.

"네 이놈, 어디서 입을 함부로 놀리느냐. 너야말로 죽고 싶어 환장한 게로구나."

"죄송, 끅, 죄송합니다. 흐윽."

"그만 울어라. 영은 무책임한 자가 아니야. 이대로 소멸하게 둘 것 같으냐. 빠른 시일 내에 다시 만날 것인데 울고 그러니."

"흑, 대왕님, 흑, 알고는 있지만 그래도, 흑흑……."

멈출 기미가 없는 이차남의 울음소리가 장송곡처럼 작은 메아리를 돌았다.

도리천의 달이 지겠구나. 몰려온 어둠이 차츰 명부의 하늘을 덮는다. 못의 수면에 떠오른 달그림자는 영천왕이 돌아왔을 때야 다시 비칠 것이었다.

평등왕은 도리천의 못과 같은 연정을 가진 영 왕자를 떠올린다. 속이 깊고 알 수 없었지만, 자세히 들여다보면 여러 가지가 한데 뭉쳐 애정의 일직선을 자아냈다. 평등왕의 입술에서 푸르스름한 연기가 빠져나갔다.

* * *

잠들었던 엘리사벳이 좋지 못한 낌새에 이불을 치우며 일어났다. 크리스마스. 축제의 날임에도 불길한 기운이 성당 곳곳을 아우르고 있었다. 머리를 가지런히 빗고 수녀복을 차려 입은 엘리사벳이 정갈한 모습으로 침실을 빠져나와 발걸음을 옮겼다. 소복하게 쌓인 눈 대신 맑고 싸늘한 바람이 불었다. 하늘엔 커다란 달의 모습이 선명했다.

사부작사부작 걷는 걸음이 연못에 당도하였다. 연못과 본당을 잇는 나무다리 위에 누군가 서 있었다. 체구는 보통이나 오라가 검고 시커먼 남자였다. 엘리사벳은 침착함을 유지한 채 물었다.

'누구십니까.'

삐거덕 삐거덕, 다리가 울었다. 들려오는 대답은 없었다. 엘리사벳이 다시금 물었다.

'누구십니까.'

그늘이 없는 곳일진대 남자가 서 있는 곳만 검은 장막이 드리워진 듯했다. 뭉게뭉게 피어오르는 오라가 만들어 낸 그늘일까. 엘리사벳은 문득 연못의 수면을 쳐다보았다.

물에 비친 그림자는 수도 없이 많았다. 머리에 뿔이 달리고, 상아 같은 이빨과 흉측한 몰골. 그런 생김새를 익히 알고 있다.

악마. 악마였다.

엘리사벳은 서둘러 성호를 그었다. 손가락이 바들바들 떨렸다.

'이곳에 왜 오셨습니까.'

역시 대답은 없었다. 그러나 수면의 그림자가 사사삭 움직여 연못을 뒤덮다시피 하였다. 엘리사벳의 성당은 마리아가 유일하게 들러 휴식을 취하는 곳이다. 이런 곳에 저 많은 악마를 내포한 자가 들이닥쳤다면, 그것은……

남자의 발밑에서 뱀이 꾸물꾸물 기었다. 한 마리로 시작한 뱀이 열 마리가 되기까지 수 분도 채 걸리지 않았다. 눈을 부릅뜬 엘리사벳은 제가 맛 좋은 먹잇감이라도 되는 양 혀를 날름거리며 기어오는 뱀 때문에 뒷걸음질 쳤다.

'이런다고 해서 쌓인 죄업이 사라지지 않습니다!'

긴장한 몸과 달리 힘이 실린 외침이었다. 이에 막 엘리사벳의 발목을 휘감으려던 뱀의 움직임이 멈추었다.

크크큭, 목을 긁는 웃음소리가 낮게 깔렸다.

「죄업은 사라지지 않는다……. 어디서부터 시작된 죄업인 것이더냐. 선악과를 먹었을 때부터? 팔다리가 잘려 몸뚱이로 기게 되었을 때부터?」

쇳소리와 바리톤이 뒤섞인 음성이 남자의 입에서 터져 나왔다. 그 목소리에는 점차 분노가 실렸다. 엘리사벳은 마음속으로 신을 찾았다.

「시험의 끝이 어딘지 궁금한가. 마리아의 간사한 꾀에 넘어가 이무기를 데려오고도 삼키지 못한 이 육신이 불쌍하지 않으냐. 나는 그래서 이 몸에게 힘을 주었다. 이 자와 나의 힘이 합쳐 끝내는 새로운 세상이 열린다. 그리하여 너희의 피를 마시고 뼈를 씹어 삼킬 테다.」

……베드로. 탄식이 터졌다. 결국엔 선악과를 삼킨 뱀과 결합해 그 자체로 사탄이 되어 버린 베드로였다.

물러나 있던 엘리사벳이 용기 내어 한 걸음 다가서자 수면의 그림자가 거둬졌다. 장막처럼 드리운 그늘도 서서히 달빛에 빼앗겼다. 드러난 이는 수단을 입은 베드로가 맞았다. 그러나 엘리사벳은 더 이상 다가갈 수 없었다. 그의 뒤에 빼곡한 악마들이 침을 뚝뚝 흘리고 있어서였다.

「전하라. 나는 새로운 세상을 열 왕이다.」

크아아악! 크악!

울부짖는 악마의 괴성이 성당 벽을 두른 알전구를 파삭 깨었다. 엘리사벳은 쓰디쓴 마음에 고개를 내저었다.

'열 수 없습니다. 당신의 몫이 아닙니다.'

「왕이 되어 다시 돌아오는 날에는 모조리 먹어 삼켜 죽이리라. 나의 피는 땅을 적시고 살은 나라를 세우리니 최후의 왕으로 남을 것이다.」

이를 세운 악마가 네 발로 미친 듯이 달려 나갔다. 엘리사벳은 저 자가 이곳에 나타난 이상 죽음까지 예상했었으나 뜻밖에 가해지는 폭력은 없었다. 뚜벅, 뚜벅, 베드로가 그녀를 등지고 악마가 일으킨 흙먼지 속을 파고들었다.

'어디를 가시려고요! 베드로!'

위기감이 가냘픈 육체를 휘감았다. 소리친 목이 바짝바짝 말랐다. 베드로는 멈칫하는 기색 없이 걸어가다가 자취를 감추었다. 저들의 행선지는 어디인가.

신부의 탈을 쓴 사탄은 베드로가 간사한 꾀에 넘어가 이무기를 데려왔다고 하였다. 그러나 현재 이무기는 영의 곁에 있다.

크리스마스. 축복의 날이자 거룩한 날. 그러나 선일 행정사 사무소에서 보낸 팩스 한 통의 내역 속에도 크리스마스가 적혀 있었다. 정확히는 12월 25일을 지칭하는 숫자였다.

[昇天 對象 : 螭龍
日子 : 25/12/202*]

이무기의 승천일. 달이 유독 크고 아름다운 자태를 뽐내는 성스러운 날이다.

사탄이 된 베드로는 이무기의 승천을 막고 삼키려는 것이었다. 새로운 세상의 왕이라 함은 미완성의 용인 이무기를 삼켜야 필수 조건을 달성한다는 해석이 되리라.

이무기는 영의 영향을 받아 뱀에서 용이 될 수 있는 자다. 그리고 영은 하늘과 무저갱을 통틀어 가장 막강한 힘을 가졌다. 고로 베드로가 일컫는 '새로운 세상의 왕'은 종국엔 이무기를 넘어 무저갱의 영 왕자까지 노린다고 보아야 한다. 그가 가진 강력한 힘을 탐내는 것이다.

그러려면 이무기를 반드시 잡아먹어야 한다. '새로운 세상의 왕'이란

영에게 대적할 만한 자격을 뜻하는 말이었다.

영이 그 때문에 이무기를 승천시키려고 했을까. 아니다. 복합적인 이유 중 하나일 가능성이 크다. 사탄만 이무기를 탐내었을 리가 없어. 여기저기서 영 왕자의 권력과 힘에 군침을 뚝뚝 흘렸을 것이다.

베드로의 구마 의식이 완벽하게 신실한 행위였다고 장담할 수 없다. 악은 악을 만들고 커진 악은 육신까지 집어 삼킨다. 결국 스스로 무너지게 되어 있다.

그리고 악에 물든 베드로는 마침내 깨달았겠지. 내 죄는 결코 용서받을 수 없노라고. 그러나 진리를 깨달았을 때, 이무기는 이미 영의 손에 넘어갔을 테였다. 베드로는 영이 지키고 있는 이무기에게 간 것이다.

그러니 이 사태의 모든 결말은 영이 맺으리라. 마리아 또한 그것을 원하여 이무기의 승천을 받아들였다. 뿐만 아니라 영의 사사로운 부탁까지도 들어주지 않았는가.

시작과 끝에 영이 있다. 영의 힘은 작정하면 천하를 무너뜨릴 만큼 강하다. 그의 존재감을 마리아가 모를 리 없었다. 그럼에도 영은 마리아에게 꼬박꼬박 존대하며 존중의 자세를 취해 보였다.

거기서 엘리사벳은 깨달음을 얻었다.

단순한 예의가 아니었다. 전부 거래의 일환이다. 성스러운 크리스마스가 되길 바란다는 영의 말에 깊은 뜻이 담겨 있었다. 그것은 거래를 뒷받침하는 착한 협박이다.

마리아는 영과의 마찰을 원하지 않는다. 무저갱의 왕으로 되돌아갈 영과 타협하여 골칫덩이까지 해결하겠다는 점이 마리아의 의도라면 '새로운 세상의 왕'은 결코 베드로가 될 수 없다. 이대로 흘러간다면 왕관은 영의 차지가 되리라.

알고 있었구나. 모든 시작과 끝맺음에 영이 서 있었다는 걸. 마리아가 평화를 지키고자 영에게 한 발 지고 들어간 거다. 마리아가 영에게 반기를 들면 세계의 대등한 관계가 무너지고 말 테니까.

엘리사벳은 그때까지도 못 박힌 채 굳어 있다가 연못을 바라보았다. 마리아……. 입술을 떠듬거려 보았다. 침대에 누워 있는 몸이 꿈틀거린다. 등에 축축한 물기가 서렸다.

"……헉!"

실제와 같은 꿈이었다. 바락 깨어난 엘리사벳이 식은땀으로 축축해진 침대에서 후다닥 내려와 커튼을 확 열어젖혔다. 창밖의 커다란 보름달이 침통한 수면을 낱낱이 드러내고 있었다. 멀리서 보이는 연못은 비단 잉어가 떼로 죽어 수면 위에 둥둥 뜬 채였다.

꿈이었으나 동시에 꿈이 아니었다.

엘리사벳의 떨리는 손이 성호를 그었다.

* * *

차가 '무광산 가는 길'이 적힌 갈색 표지판을 지나쳤다. 정은규는 낡아빠진 '선일 행정사 사무소' 건물을 지나칠 때 짧은 순간 눈 안에 가득 담았다. 지나온 것들마다 빼놓지 않고 새기려 한다.

처음 이곳에 오면서 이리 되리라고 짐작이나 했을까. 그때는 나오는 게 한숨뿐이었다. 이런 델 내가 왜 와야 하나……. 오면 뭐가 달라질까, 지푸라기나 잡는 심정이었지.

"어디까지 차로 갑니까."

"어디까지 갈 것 같아?"

씨익 웃은 안대영은 무광산 등산로 입구가 드러나도 브레이크를 밟지 않았다. 찰나에 깨진 바윗덩어리가 보였다. 게이트가 부서진 흔적이었다. 잠깐 그쪽에 눈길을 두었던 안대영이 핸들을 바투 쥐었다. 정은규는 사이드 미러에 불길이 화악 이는 것을 보고 안대영에게 고개를 돌렸다.

"밖에 불났습니다. 대영 씨가 냈어요?"

"소리 잘 들어 봐."

그 주문에 귀를 기울여 본다. 활활 타오르는 불길 속 찢어질 듯한 고음의 귀기가 울부짖었다. 등한시하고 있어서 이제야 깨달았다. 사이드미러에 비치는 건 불뿐만이 아니었다.

안대영의 집에서 보았던 악마를 비롯해 정은규의 도처에 깔려 있었던 낯익은 귀신의 형태까지. 종류가 다양했다. 한마디로 귀신 대잔치였다. 정작 그들이 노리는 먹잇감인 정은규는 베드로가 떠올라 제 처지와는 별개로 입 안이 썼다.

"많네요."

그러나 떨쳐내야 한다. 떨쳐내지 못할 거면 폭언과 절연을 입에 담지 않았으리라. 금세 담담해진 정은규가 흘리듯 말하자 안대영은 악귀가 타죽으면서 피어오른 그을음 따위를 짧게 보았다.

"우리 따라온 것들이야. 정확히 나 말고 정 교수. 내가 널 미끼로 쓰겠다고 했었잖아. 말 바꾸고 싶어졌어?"

"아니요."

"태도 좋고."

이때, 화아악— 몰아친 불길이 차를 앞서 산 입구부터 모조리 태우기 시작했다. 가짜로 이루어진 무광산이 끄아아악—! 악을 내지르며 순식간에 타들어 간다.

차가 엉성하게 만들어진 산길 위를 머뭇거림 없이 침투해 내달렸다. 아스팔트처럼 정돈된 길은 아니었으나 달릴 만했다. 차체가 덜컹덜컹 흔들린다. 차를 앞장선 화염이 산을 태우며 조악한 도로를 만들어 냈다. 거친 길을 빠르게 달리는 탓에 몸도 차체처럼 이리저리 흔들렸다.

삭, 사악, 삭, 허공을 베어내는 듯 날선 바람이 크게 분다. 바람에 음울한 기색이 만연하다.

정은규는 우둘투둘한 길을 거침없이 달리는 중인 안대영에게 처음으로 속도를 낮춰 달라며 말하고 싶은 걸 꾹 참았다. 오름길인데다 차체가 요란하게 흔들려 뒤로 젖혀진 몸에 멀미가 일었다. 하지만 그럴 수 없다는 것을 알기에 벨트를 꽉 쥐며 애써 먼 곳을 보았다. 경사가 있는 길인데 차가 뒤집히지 않은 게 신기하다. 속이 울렁거렸다.

안대영이 희게 질린 정은규를 보고 물었다.

"어지러워?"

"괜찮습니다……."

"자기 낯빛이 갓 뒤진 귀신 꼴인데."

"좀 토할 것 같긴 합니다만……."

"거의 다 왔으니까 조금만 참아. 나도 이러고 싶진 않았는데…… 산 싫어하는 우리 은규가 여길 걸어 올라오느니 토 한번 하고 마는 게 낫다 싶었거든."

"그래서 산을 태우는 겁니까?"

이런 무대포가 어디에 또 있으랴. 안대영은 대수롭지 않게 대답했다.

"그럼 나무 꼬라박으면서 올라와? 에어백 터지는 꼴은 사양이에요, 교수님."

희한하긴 했다. 산의 나무와 풀은 불이 닿자마자 연기가 되어 형체 없이 사라졌다. 그럼 땅바닥도 시멘트나 아스팔트가 될 순 없는 건가. 시답잖게 바라면서도 토기가 쏠려 목을 꼴딱이던 정은규는 드디어 차가 멈췄을 때 울컥 치미는 토기를 겨우 눌렀다.

끝없이 달리던 오름길을 넘어 평지에 도착하자마자 기어를 바꾸고 사이드 브레이크까지 잠근 안대영이 새하얗게 질린 채 숨을 고르는 정은규의 어깨를 매만졌다. 차는 사이드 브레이크를 잠그자마자 앞바퀴가 파스스 주저앉았다. 이번엔 몸이 앞으로 훅 쏠렸다. 여기까지 무사히 달려온 것만으로도 용했다.

"도착했는데. 토 할래?"

"아니요."

"내리지 말고 있어."

탁, 안대영이 뜯지 않은 생수병을 쥐어 주고 내린다. 운전석 문이 닫히자마자 사방에 록이 걸렸다. 저 멀리서 쿵, 쿠웅, 쿵, 발 구르는 소리가 어렴풋이 들렸다. 정은규는 맥을 못 추는 손길로 생수병을 따서 입 안을 축였다. 물이 들어가니까 그나마 진정이라는 게 된다.

쌍라이트를 켜 밝은 전방에 주인이 떠난 도깨비의 요새와 폐허가 된 신당이 있다. 정은규는 신당을 꼼짝 없이 바라보았다.

'은규야!'

그곳에서 어머니의 외침이 들리는 듯했다.

'은규야. 거긴 가면 안 돼! 은규야!'

연화는 어린 정은규에게 누차 말했었다. 누구와도 말을 섞지 마라. 그 누가 말을 걸어도 대답해서는 안 된다.

'내 아들. 내 하나뿐인 아들. 엄마가 힘이 없어. 내가 너보다 먼저 죽으면, 이 예쁜 아이는 어떡하지. 은규야. 엄마가 미안해. 엄마가······.'

어머니는 죽기 전날 술을 마시며 정은규를 붙잡고 하염없이 울먹였다. 덜컥 겁을 집어먹은 아이는 어미의 치맛자락을 꼭 붙들기만 했다. 그것 말고 할 수 있는 일이 없었다.

'그분이 널 지켜 주실 거야. 은규야. 그분이 널 지켜 주실 거야.'

그때 정은규는 엄마가 접신한 줄로만 알았다. 초점 없는 눈으로 했던 말을 반복해서 읊조렸으니까. 손님이 찾아오면 늘 뒷문으로 나가 쪼그려 앉아 꽃 따위를 구경하던 어린애에게 셀 수 없는 목숨의 위협이 쏟아졌다.

아이가 어른이 되는 동안 작고 큰 버팀목은 언제나 존재해 왔다. 어머니 또한 마찬가지이리라. 그래서 무서워졌다. 나 때문에 다치고, 죽고, 그런 일만큼은 다시는 없으면 좋겠다고, 말도 제대로 구사하지 못하던 그 어린 꼬마가 눈물을 뚝뚝 흘렸다.

'아가…… 내 아가. 소중한 우리 아가.'

어머니는 눈물범벅인 자식의 얼굴을 틀어쥔 채 서럽게 흐느꼈다. 그리 우는 어머니의 한쪽 눈동자는 빛을 바랐으나 아이는 이상함을 느끼지 못했다. 어미의 눈물은 축축한 슬픔이 되어 여린 마음을 비집고 파고들었다.

─암전. 컴컴한 암흑 속에서 구슬픈 울음이 썰물처럼 빠져나갔다.

그랬던 정은규는 피 흘리며 죽은 어미의 앞에 서서 칼을 들고 있었다.

하지만 엄마는 내가 죽이지 않았다. 내 결백을 증명해 준 자는 또다시 나를 지키려 홀로 적과 대치하고 있었다.

아아. 입술에서 탄식이 새어나갔다.

……혹시 처음부터였습니까.

어머니가 말하는 나를 지켜 줄 '그분'이 당신이었느냐고요.

멀리 메아리처럼 돌아온 비명이 귓속을 찔렀다. 정은규는 파득 몸을 떨었다. 신당에 빼앗겼던 정신이 훅 몰아쳤다.

까아아아악!

쾅! 하고 차체가 일순 요동쳤다. 후방 유리에 부딪쳐 피를 팍 뿜은 악귀가 굴러 떨어져 혀를 길게 빼고 소멸했다. 진득한 피가 후방을 몽땅 덮었다.

정은규는 단도를 빼들고 뒷좌석으로 넘어갔다. 터진 앞바퀴 때문에 경사진 차 안을 넘어가기 번거로웠다. 몸에 땀이 배어난다. 정은규는 외부에 묻은 핏자국이 지워질 리 없는 것을 알면서도 손으로 유리를 뽀득뽀득 닦았다. 시야가 흐리다. 흐르는 핏자국 사이로 검을 사정없이 휘두르는 안대영이 얼핏 보였다.

여기서 비를 내리면 적어도 베드로가 만들어 낸 악마 처리에는 도움이 될 것이다. 성수라고 하였으니 뭐든 통하긴 하겠지.

악마를 만들어 낸 베드로는 어디에 숨어 있는가. 아직 나타나지 않은 걸까.

차마 '신부님'이라고 칭할 수 없었다. 입술 안으로 세 글자가 말려 사라졌다. 정은규는 눈을 질끈 감는다. 비를 내려야 해. 비, 내가 조금이라도 도움이 되어야 한다.

—톡, 토독. 귓전을 때리는 빗방울 소리. 정은규는 살그머니 눈을 뜬다.

초조함이 앞서 비가 안 내릴까 걱정했으나 자동차 천장 위로 빗방울이 똑, 똑, 똑똑 연달아 떨어지는 소리가 들렸다. 됐다. 정은규는 제 가슴을 주먹으로 내리쳤다. 침착해. 침착하자. 심장이 미친 듯이 뛰고 있었다.

쏴아아아— 성수가 내린다. 빗소리를 뚫은 괴성이 산을 돌고 돌았다. 손끝 발끝 모두 차가워진 정은규는 비에 씻겨 내려간 핏자국으로 시야가 트인 유리에 달라붙다시피 해 밖을 지켜보았다. 경사진 시트에서 자꾸 무릎이 미끄러져도 꿋꿋하게 버텼다.

성수에 젖은 안대영의 뒷모습이 보인다. 그가 바닥에 침을 퉤 뱉었다. 그러더니 검을 든 채로 수인을 맺는다. 빗속에서 꺼지지 않은 불이 몸집을 더욱 키워 타올랐다.

고막을 따갑게 소리 지르며 타 죽는 악귀는 여러 번 보았어도 끔찍하긴 마찬가지다. 정은규는 저도 모르게 귀를 틀어막았다.

그때였다. 조수석 유리창에 누군가 얼굴을 휙 들이밀었다. 뒷좌석으로 넘어가지 않았더라면 놀라서 기절했을 수도 있었겠다. 양 손을 펴 얼굴에 댄 채 바짝 붙어 기웃거리던 누군가가 이번엔 게걸음으로 뒷좌석에 와 창을 똑똑 두드렸다.

"교수님?"

초량이다. 정은규는 예민함을 한 꺼풀 벗으며 귀를 틀어막은 손을 내렸다. 그럼에도 문을 열어 줄 순 없었다. 악귀가 초량의 모습으로 변했을 수도 있다. 믿어서는 안 된다.

"교수님. 나요. 나, 초량이. 문 열어 봐요."

정은규는 시트를 주르륵 타고 내려와 바닥에 무릎을 끌어 모으고 웅크렸다. 그쪽을 보지 않으려 고개까지 무릎 사이에 파묻었다. 단도를 쥔 손도 얼굴만큼 희게 질렸다. 똑똑, 다시금 초량이 창을 두드렸다.

"열라니까?"

아니다. 저 자는 초량이 아니다. 초량은 제 앞에서 단 한 번도 저렇게 강압적으로 군 적이 없다.

정은규는 더더욱 몸을 웅크렸다. 초량이 히죽히죽 웃으며 손잡이를 잡아 뜯을 기세로 벌컥벌컥 흔들어 댔다.

"문 열어, 교수님."

이곳에 올라올 때보다 차체가 강하게 흔들린다. 다람쥐 통 안에 들어간 것만 같다. 이리저리 부딪쳐 나뒹구는 몸을 고쳐 안았다. 예리한 칼날이 여기저기 생채기를 냈다. 절대로 보지 않을 것이다. 절대로.

"왜 안 열어. 어? 열라고, 왜 안 열어……!"

나는 무섭지 않다. 결코 두렵지 않다. 삿된 행동으로 영에게 민폐 끼치는 일만큼은 만들지 않을 것이다.

「네가 죽였지. 네 어미는 네가 죽인 거야.」

목소리가 바뀌었다. 칠판을 손톱으로 긁을 때 소름 끼치는 것과 비슷한 고음이었다.

「그러고도 잘만 살아 있구나. 크크큭, 그래, 승천을 앞둔 기분이 어떠냐. 네 어미를 죽인 주제에 너는 살겠다고 승천을 선택했─」

퍼어억! 둔탁하게 깨지는 소리가 나나 싶더니 이죽거리며 웃던 머리통이 바스러졌다. 초량인 척했던 악귀가 무너지자 그 뒤에는 안대영이 대가리를 깨느라 피로 범벅된 손을 탈탈 털고 있었다.

"이건 뭐야, 씨발."

잠깐 한눈 판 사이에 벌레 새끼가 붙어 가지고. 젖어서 이마에 다닥다닥 들러붙은 머리를 넘긴 안대영이 차 안을 들여다보았다.

무릎을 감싼 정은규의 손가락이 마디마디마다 질렸으나 그 색을 알아보지 못할 만큼 붉었다. 우악스럽게 쥐고 있던 단도에 그어진 곳은 넝마가 된 시트뿐만이 아닌 듯했다. 안대영은 한숨을 쉬더니 창을 똑똑 두드리는 대신 아예 뒷좌석 문짝을 뜯어내 버렸다.

"은규야."

무식한 행동과 달리 대단히 다정한 부름이었다. 그래서 정은규는 여태 파묻고 있던 고개를 빠끔히 들었다. 피와 비 가릴 것 없이 얼룩져 젖은 안대영이 손을 뻗었다.

"내려도 돼."

꾸물꾸물, 정은규는 말았던 몸을 펴고 엉금엉금 기어 안대영의 손을 붙잡았다. 피범벅이 된 손이라도 서로의 온기만은 여전했다. 이 온기는 진짜였다. 조금 전 악귀와 다른 존재다. 분명한 안대영이다.

차에서 내리자마자 휘청거리는 정은규를 붙들어 안은 안대영이 언젠가처럼 등을 차분히 쓸어 주었다. 안겨 있는 정은규의 뺨에 뜨끈한 액체가 묻어났다. 피였다.

"……다쳤습니까."

"정 교수, 내 얼굴 좋아해?"

이런 와중에 뜬금없는 물음이었다. 안대영에게서 나온 피가 빗물처럼 얼굴을 타고 흘렀다.

"좋아합니다. 예뻐요."

"아. 그럼 안타깝게 됐네, 씨발. 자기가 좋아하는 예쁜 얼굴에 기스난 거 같거든."

안대영이 흘리는 피의 근원지는 눈썹 아래인 듯했다. 뜨끈한 피가 물처럼 흘러 정은규의 귀 옆과 목을 타고 흘러 셔츠에 스며들었다.

"어디 봐요."

"봐도 안 달라지니까 가만히 있어. 너부터 진정하고."

"나는 안 다쳤습니다."

"손 아야 했잖아. 너 다치면 내 마음 개작살 난다고 했어, 안 했어."

모르고 있었다. 내가 어딜 다쳤다는 거지. 정은규는 주먹을 꽉 쥐어 보았다. 손바닥에 따뜻한 물기가 어려 뚝뚝 떨어지는 느낌이 났다. 아무래도 차 안에서 갇혀 흔들릴 때 꽉 쥐고 있던 단도 날에 베인 듯했다.

"이 쒸불놈이 감히 누굴 사칭 하냐! 이 쌍놈의 새끼야! 내가 죽이게 됐어야지!"

산이 떠나가라 소리를 지르며 나타난 진짜 초량이 방망이를 든 채 씩씩거리며 이미 죽고 사라진 악귀의 잔재를 퍽퍽 밟았다. 그 뒤로 도깨비들이 우르르 나타났다. 개중에 조랑말도 두 마리 포함이었다. 갈기를 푸드덕 털어 낸 조랑말 두 마리가 시선을 교환하더니 펑, 펑 원래의 모습으로 되돌아왔다.

"둘 다 꼴이 왜 저래? 저 왕자 놈 왜 쫄딱 젖었어?"

영문을 모르는 도깨비들이 품에 정은규를 안고 있는 안대영의 주위를 기웃거렸다. 그러다 정은규와 눈이 마주치자 눈을 휘둥그레 뜬다.

"어라? 이 자는 익숙한데?"

"너, 우리를 아느냐?"

"우리는 왠지 널 알겠는데, 너 어디서 우리를 본 기억이 없어?"

물음표가 끊임없었다. 정은규는 미약한 힘으로 안대영을 밀어냈다. 고쳐 안으려는 안대영에게 '괜찮습니다.'라고 안심시키면서.

안대영은 귀가 따가워 인상 쓰며 꼭 한마디씩 거들어야 직성이 풀리는 도깨비들을 꼴사납게 둘러보았다. 그들은 정은규가 누구인지 사람

면전 앞에서 한참 와글와글 떠들다가 일제히 탄성을 뱉었다.

"너! 아니, 너는!"

"너, 연화의 아들이구나! 살아 있었어!"

"왜 이제야 알았지?! 이봐, 이량! 삼량! 대왕은 그렇다 치고, 너희는 뭍에 올라갔으면서 왜 우리에게 연화의 아들이 살아 있다고 이야기해 주지 않았어!"

"너희가 이미 아는 줄 알았지!"

"알긴 뭘 알아! 우린 내내 산에 처박혀서 이사 때문에 바빴거늘!"

"나를 기억해? 나는 네가 콩알만 했을 때 장난감을 만들어 주었는데! 천으로 엮어 왕왕 귀여운 토끼 인형이었지! 백색이었어!"

정은규의 주위를 에워싼 도깨비들이 신이 나 방방 뛰었다.

정은규는 저를 감싼 도깨비들을 찬찬히 둘러보았다. 안타깝게도 기억은 떠오르지 않았다. 그러나 이들을 실망시키고 싶지 않아 긍정과 부정 어느 쪽도 선택하지 않고 가만히 이야기를 들어 주었다. 그것만으로도 도깨비들은 감격하여 수다의 장을 열었다. 구금당하기 전 태어나지 않은 도깨비들만 어리둥절하여 겉돌았다.

안대영의 인내심이 바닥을 드러내 슬슬 닥치라고 한마디 하려던 차, 초량이 얌전히 그를 말렸다.

"냅둬라~ 이번만큼은 네놈이 참아. 우리 애들도 교수님이 죽은 줄 알았는데 살아 있으니 얼마나 반갑겠냐."

"씨발 새끼들아. 걔한테서 떨어져."

그러나 안대영은 그런 자비 따위 없는 자였다.

기어코 그 입에서 쌍욕이 나오자 삽시간에 사위가 조용해졌다. 정은규는 민망함과 억울함이 덕지덕지 묻은 눈으로 안대영을 흘기면서도 반항 없는 도깨비들을 보며 고개를 꾸벅 숙였다.

"엄마와 저를 보살펴 주셔서 감사합니다."

"아니, 뭔 소리야! 우리가 너를 끝까지 지키지도 못했는데!"

"그래! 그건 우리의 잘못이었어! 그런데 너는 어디서 어떻게 지낸 거냐? 응? 얼마나 궁금했는지 아니! 잠시도 잊지 못했다고!"

"몸은 건강한 거야? 응?"

다시금 수다의 장이 열렸으나 데시벨이 전보다 한참 낮았다. 게다가 초량조차 정은규에게 존댓말을 하거늘 다른 도깨비들은 아기였을 때를 회자하여 마음껏 반말로 떠들었다.

정은규는 반절은 한 귀로 흘리며 이들과 두 발자국 떨어져 초량과 대화하는 안대영을 살폈다. 왼쪽 눈썹 바로 아래가 5㎝가량 찢어졌다. 늦지 않게 꿰매야 하는데 키트조차 없었다. 가방 안에 넣어 두었던 비닐 팩이 떠올랐다.

나올 때 집에서 챙겨왔어야지, 그것도 안 챙기고 뭐 했어. 감정에 이끌려 저답지 않게 실수해 버렸다. 저러다 고운 얼굴에 흉이라도 지면……. 피는 멈추었으나 얼굴에 마른 핏자국이 더럽게 마음 쓰였다.

정은규가 이쪽을 애타게 살피고 있다는 사실을 아는 안대영이 몸을 살짝 비틀었다. 상처가 보이지 않을 각도였다.

"석호랑 민혁이는."

초량은 핵심만 묻는 안대영과 눈을 마주쳤다. 답지 않게 머뭇거리다가 품 안에서 김석호의 부채를 꺼내 내민다. 안대영은 살이 여기저기 해지고 찢긴 부채를 받아들여 펴 보았다. 자개 박혔던 자리가 군데군데 텅 비었다. 당장 이 부채꼴만 보아도 수하들의 모습이 한눈에 그려졌다.

"죽어 가면서도 이걸 네게 전하라 하더군. 누가 훔치면 큰일이 날 거라면서. 무사 놈은 제 검을 한 몸처럼 다뤄 절대 안 주더만."

차마 죽었다고 확실히 명명하지 못하는 초량의 어깨가 평소보다 처졌다. 안대영은 무던히 살상과 희생이 담긴 부채를 앞뒤로 살펴보다가 초량에게 건넸다.

"고쳐 놔."

"……너는 하나도 안 슬프냐? 너만 따르던 놈들이 기어이 너 때문에 사지를 거닐었어! 오죽하면 내가 게이트를 나가기 전에 말했었다. 이대로라면 너희의 무덤은 여기가 될 테니 뭍에 가자고, 가자고 그리도 말했다고! 개죽음을 당해도 뭍에서 당해야 하니까! 그런데도 그놈들은 네명이라며 자리를 뜨지 않았다. 이렇게까지 네게 충성했던 놈들이란 말이야! 어째서 그런 눈을 해! 아무리 감정이 없어도 찰나에 슬퍼하는 기색이라도 있어야 우두머리지!"

"시왕은."

초량은 이렇게나 길게 토하듯이 말하였음에도 아무렇지 않은 안대영의 반응에 허망한 눈길을 주었다. 그러다가 제대로 욱해 씩씩거리면서 부채를 품에 우겨넣었다.

"너는 정말 피도 눈물도 없는 육시럴 새끼다. 이 사이코패스야. 교수님한테 하는 백분의 일이라도 네 수하들에게 신경 썼다면 절대 이런 반응 못 나와!"

사이코패스라는 단어에 안대영이 코웃음 쳤다.

"그럼 분향소라도 만들어서 거나하게 장례 치를까? 명부에 남아 있는 새끼들 죄다 올라와서 내 부하들이 돼졌으니 향 피우라고 명령해?"

"너, 너……."

"그딴 헛짓거리 부릴 시간 없어. 다시 묻지. 시왕은."

이다음에도 질문이 나온다면 너 역시 죽어. 한 줄로 내포한 뜻이 딱 그러했다. 초량은 씩씩거리는 어조 그대로 대답했다.

"군사로 변장했었어. 혼란한 틈에 빠져나와 무광산 어디에 처박혀 있겠지. 어찌나 꼭꼭 숨었는지 네가 오기 전까지 찾던 중이었다. 우리가 나올 때 게이트가 완전히 닫혔으니 탈출이라면 그전에 했을 거야."

이때, 불길이 확 일었다. 초량과 도깨비들이 일순 놀라 펄쩍 뛰었다.

퍼진 불길이 수풀을 모조리 태우기 시작했다. 연기가 나무 뽑히듯이 올라가며 귀곡성이 연신 터졌다. 도깨비들이 몸을 덜덜 떨며 본능적으로 정은규를 보호하려 들었다. 그들이 일으킨 방어의 결계가 우두두두 세워졌다.

화악—!

빠르게 번진 불길이 수풀이 우성한 곳을 타닥타닥 태웠다. 매캐한 그을음이 콧속에 머물다 금세 사라졌다. 뜨겁다. 데일 것 같다. 불길은 차 안에 있을 때와 온도가 달랐다. 그러나 정은규를 에워싼 도깨비들의 결계 덕분에 불타거나 질식해 죽는 일은 없었다.

여기저기 퍼졌던 불길이 하나로 모아져 와락 크기를 키웠다. 우거졌던 수풀의 숨이 죽는다. 불길이 지나간 자리마다 땅이 시커멓게 탔다.

정은규는 이 불과 달리 차가운 등을 응시한다. 안대영의 등은 차갑고 넓었다. 도깨비가 열을 식히려 일으킨 찬바람으로 슈트 재킷이 펄럭였다.

불길이 서서히 멎어 들어간다.

이때, 정은규는 홀린 듯 방어 결계 밖으로 한 걸음 내딛었다. 도깨비들은 말리고 싶어 하는 기색이 역력하였으나 답지 않게 입을 다물었다. 결계를 벗어난 정은규는 자박자박 안대영의 곁에 섰다.

홀라당 타 버린 수풀과 나무들의 존재가 지우개로 문지른 듯 하나둘 없어졌다. 마침내 휑한 땅으로 변하였을 때, 저 멀리 허름한 집이 보였다. 그곳에만 눈이 쌓여 있었다.

귓가에 얼음장 같은 계곡의 존재가 파고들었다.

정은규의 머릿속에 유년의 기억이 빠른 유속처럼 휘몰아친다.

'무당은 엿새 뒤 죽는다.'

염라의 전언이 허공에 둥둥 떠다니다가 심장에 그대로 날아와 박혔다.

'아저씨는 누구세요?'

'아가.'

그곳에는 죽음의 흔적이 곳곳에 남겨져 있다. 정은규가 어미를 죽였다고 누명을 써 버린 현장이다. 죽음에 눈이라도 달린 듯 그것들은 마치 이쪽을 노려보는 듯했다. 어디 한번 올 테면 와 보라고.

정은규는 숨이 턱 막히는 듯해 안대영의 팔을 세게 움켜쥐었다. 안대영이 팔에 다가붙은 정은규의 손을 떼어 내 단단히 맞잡았다. 불길이 잡히면서 도깨비들의 바람 또한 멎었다.

시계 초침이 2시 59분에서 차츰차츰 넘어간다. 47, 48, 49…….

"과거와 현실을 부딪치겠다는 게…… 이런 뜻이었습니까."

목소리가 형편없이 갈라졌다. 새벽 3시, 정각이었다.

볼품없이 찢어진 천왕대가 객을 맞이하듯이 나풀거렸다.

손을 맞잡은 채 터벅터벅 걸어가던 둘은 개중 키가 더 큰 남자에 의해 걸음을 멈추었다. 두 발자국 앞에 눈 쌓인 땅이 있었다. 현재와 과거를 가르는 결계의 선으로 이 눈을 밟으면서부터 시간이 충돌해 그 앞부터는 돌이킬 수 없는 걸음이 될 것이다.

안대영은 숫자가 지워지고 없는 정은규의 이마에 입을 맞추었다. 거사를 앞두고 의식을 치르기라도 하는 양 신실한 입맞춤이었다.

"단도 줘 봐."

정은규가 말없이 단도를 건네자 안대영은 제 손바닥을 깊이 그었다. 긋자마자 몽실몽실 배어난 피는 점차 고여 손 안에 붉은 바다를 만들어 냈다. 넘실거리는 피의 파도를 거꾸로 뒤집는다. 손등이 하늘 방향이었다.

손바닥에 고여 있는 피가 눈 위로 주르륵 흘러 짧은 길을 만들어 냈다. 그것을 시작으로 눈이 고요히 녹았다. 녹아내린 눈은 서서히 자취를 감추었다. 새하얀 눈 아래 덮여 있던 땅에 키 작은 잡초가 듬성듬성 나 있었다.

정은규는 문득 뒤를 돌아보았다. 초량과 도깨비들은 자체적으로 세운 결계 안에서 방망이를 든 채 듬직한 수문장처럼 주위를 감시하고 있었다.

녹슨 대문이 삐거덕, 삐거덕 울다가 활짝 열렸다.

"준비됐어?"

아찔한 미소였다. 마치 마지막 안부 같기도 하였다. 정은규가 숨을 크게 쉬며 대답했다.

"예."

허름한 집 위에 떠 있는 달이 비현실적으로 크다. 정은규는 안대영에게 이끌려 눈이 마른 땅 위로 한 걸음 옮겼다. 모래 알갱이가 신발 밑창을 쓸었다. 발끝이 차다. 늘 그랬듯이, 대수롭지 않게, 지나가는 시간처럼 무딘 한 발짝이었다.

그러나 정은규는 두 발을 내딛자마자 험준한 산길을 무아지경으로 올라왔을 때보다 격한 멀미가 핑 돌아 주저앉고 말았다.

"은규야."

분명히 곁에 있을 안대영의 목소리가 저 멀찍이에서 들렸다. 우욱, 욱! 견디다 못한 정은규가 헛구역질을 하였다. 피가 한 움큼 토해졌다.

"은규야!"

이명이 울린다. 은규야, 은규야, 은규야, 은규야…….

정은규는 땅에 무릎을 디디고 일어서려 하였으나 또다시 울컥 피를 토하고 말았다. 자꾸 구역질이 치민다. 위장에 담긴 음식물을 모조리 게워 내면 괜찮아질 것 같은데 토하는 족족 땅 위에 피만 흩뿌려졌다. 이런 물리적인 고통은 살며 겪어 보지 못했다.

은규야……!

머리가 깨질 듯 아팠다. 누가 배 속에 손을 집어넣고 제멋대로 헤집는 것만 같다. 내장을 쏟아내 버리고 싶다. 그러면 괜찮아질까. 피로 폭삭 젖은 정은규가 혼곤한 눈을 겨우 떴다.

대영 씨. 영 님.

입모양으로만 그를 불러 본다. 애타는 부름이었다. 곁에 있는 안대영은 당장에라도 정은규를 안아 도로 결계를 넘어가고 싶은 마음을 꾹 누르는 중이었다.

현재의 결계를 넘어 과거에 들어온 인간의 육신이 버티질 못하는 거다. 지금 정은규는 정신력으로 버티고 있다고 해도 무방하다. 안대영 또한 완벽한 인간이었더라면 정은규와 마찬가지로 꽤 많은 양의 피를 토해 냈을 테였다.

제아무리 안대영이라도 이런 몸뚱이로는 능력의 한계가 있다. 피를 토하는 정은규에게 손쓸 방법이 없다는 현실에서 내면에 분노가 알을 까고 무력함을 부화시켰다. 등신같이 바라볼 수밖에 없어서 속이 터졌다.

염라는 이 꼴을 보라고 날 인간으로 내쫓았던 건가. 살기가 무럭무럭 피어오른다.

이들은 과거에 들어와 있다. 지옥문처럼 열린 대문 안은 온통 피바다였다. 언뜻 피 웅덩이에 절여진 발 따위가 보였다. 그 집 안에서 피 묻은 칼을 든 누군가 걸어오고 있었다.

안대영은 그 어느 날 마주했던 원죄의 대상에게 가슴이 찢어질 것 같은 고통을 느꼈다. 안대영을 스쳐지나갈 때 들여다본 얼굴엔 그날의 순진한 눈망울이 없었다. 아이는 텅 빈 눈이었다. 넋을 놓고 목표 지점을 향해 자석처럼 이끌리듯 걷기만 하였다.

차마 손댈 수 없었다. 안대영조차 건들지 못할 고아한 영역이었다.

자박, 자박, 자박, 자박.

정은규의 흐릿흐릿한 시선에도 뿌연 형체가 드리운다. 아이는 한 품에 안을 수 있는 크기였다.

샛노란 달빛이 강하게 쏟아졌다. 빛의 산란에 눈이 부셔 고개를 떨군 정은규의 앞에 작은 발이 섰다. 쨍그랑, 아이가 들고 있던 피 묻은 칼이 바닥에 떨어졌다.

어른이 된 정은규의 등을 고사리손이 차분히 두드려 주었다. 코가 맵다. 정은규는 피를 있는 대로 토해 내 흉측한 모습 그대로 겨우 고개를 들어 보았다. 누군가 위에서 짓누르는 듯 뼈마디가 무겁다. 비린 피 맛이 입 안을 잡아먹은 듯했다.

작다. 어린 아이다. 시야가 제대로 확보되지 못해 이목구비가 정확히 눈에 들어오지 않았다. 정은규는 초점을 맞추려 애써 눈을 가늘게 떠 보았다. 구역질에 의한 생리 현상으로 눈물이 투둑 떨어졌다. 손바닥으로 땅을 짚고 부들부들 떨며 몸을 일켰다.

아이가 정은규의 키에 맞춰 고개를 치켜들었다. 서로의 눈이 마주쳤다. 어린 아이의 생김새가 차근차근히 드러나 빠짐없이 눈에 담겼다. 꿀꺽, 삼킨 피가 서글픈 목울음을 내었다.

정은규는 그 옛날 언어를 습득하지 못하였을 때처럼 멍하니 아이를 응시했다.

너는, 너는…….

아이는 어린 정은규였다. 여섯 살, 엄마를 죽였다고 누명을 쓴 꼬마 정은규.

꼬마의 두 눈이 어른으로 성장한 제 모습을 머리부터 발끝까지 찬찬히 담는다. 호기심 어리거나 경계의 기색은 없었다. 다만 어른이 된 정은규가 그랬듯 아이 역시 신중하고 꼼꼼한 눈길이었다. 멍했던 눈 속에 점차 색채가 들어선다. 작은 얼굴의 반은 비늘로 덮여 있었다. 흉측함보다 친근한 안쓰러움이 앞섰다.

꼬마가 손을 뻗었다. 정은규는 한차례 피 섞인 밭은기침을 퍼붓고 나서야 허리 숙여 키를 맞춰 주었다. 조그만 키만큼이나 여리고 말랑한 손이 어른의 얼굴을 조심스럽게 감쌌다. 인중 아래는 피칠갑일 텐데 손이 더러워지기라도 하면…….

그러나 아이의 행동은 거리낌 없었다. 마치 치유라도 해 주려는 듯 따뜻한 손이 얼굴을 보듬었다. 울컥하여 안면 근육이 마구 일그러졌다. 마주친 서로의 눈동자가 요동쳤다. 현재의 정은규와 과거 속 어린 정은규의 만남이다.

이런 날이 올 거라고는…… 나의 아픔과 정면으로 부딪쳐 직접 보듬어 줄 날이 오리라고는…….

나를 지켜 주세요.

꼬마 정은규가 입모양으로 옹알거렸다. 시간이 남기고 간 절규의 흔적이었다. 어른의 눈에서 눈물이 툭툭 떨어져 아이의 팔을 적셨다. 그러자 아이도 눈물을 흘렸다. 이들은 서로를 투영하는 거울이다. 아이의 눈물을 닦아 주는 어른의 손등에 달빛이 내려앉자 검은 비늘이 돋아났다. 아이의 손도 마찬가지였다.

정은규는 떨어지지 않는 입술을 억지로 벌려 아이에게 겨우 한마디를 뱉어냈다.

"……나는 너야."

아이가 쉼 없이 눈물을 흘렸다. 그러면서도 훌쩍 자라 어른이 된 제 얼굴을 계속해서 보듬었다. 정은규는 멈춘 시간에 갇혀 계속 괴로워하고 울었을 제 어릴 적의 초상에게 사죄하며 부둥켜안았다.

엄마가…… 엄마가 아파요. 엄마가 다쳤어요. 엄마가 피를 토한 적이 있었어요. 무서웠어요. 엄마가 아파요.

아이가 울면서 속살거렸다. 이 모두 정은규의 기억 속 잠식하고 있는 편린이었다. 속을 갈퀴로 긁은 듯 검붉은 피가 연신 솟구쳤다. 정은규는 토악질을 누르며 아이의 뒷머리를 다정하게 쓸어 주었다.

"괜찮아, 다 괜찮아, 괜찮아."

스스로에게 거는 주문이었다. 괜찮아, 너도 괜찮아. 우리는 괜찮아. 너는 잘 버텼어. 우리는 할 수 있을 만큼 버텼어. 세상이 죽으라고 내몰고 위협해도 나는, 나는 잘 버텼으니까 괜찮아. 다 괜찮다.

"……."

검을 든 채 지켜보던 안대영은 숨이 막히는 기분에 넥타이를 거칠게 잡아 빼 던졌다. 누군가 목을 꽉 조르는 듯 답답하고 벅찼다.

정은규의 어미가 죽은 날이었다.

뱀에게 잡아먹힌 무당이 제 아들을 지키고자 자살했을 때 아이는 기절해 있었다. 정은규는 그 순간을 기억하지 못한다. 깨어났을 때 칼을 쥐고 있었다고 했으니까. 그리고 무당의 시체는 저 안에 방치되어 있다. 기절했어야 할 아이는 어른이 된 정은규를 맞닥뜨렸다.

안대영은 헛웃음을 터뜨린다.

둘의 조우는 아이가 기절해 기억하지 못하던 순간이다. 그제야 마지막으로 남은 퍼즐 한 조각이 빈틈에 맞춰졌다. 드글드글 끓던 무력함이 찍소리도 못하고 터져 죽었다.

안대영이 검을 고쳐 쥐었다. 공격 태세였다. 집 안에서부터 역한 냄새가 여기까지 퍼졌다. 시체 썩는 냄새와 비슷하면서도 달랐다. 코가 저릿할 정도로 시큼하고 텁텁한 냄새. 오래 묵히다 못해 썩은 포도주.

이야기대로라면 깨어난 정은규가 칼을 든 채 어미를 죽였다는 누명을 써야 하니 슬슬 그 원인 또한 나타날 때가 되었다. 감격적인 상봉에 감탄할 시간은 지났다.

안대영은 허공에 검으로 글자를 썼다. 빛날 영(煐)이었다. 획마다 그어질 때 정은규의 주위에 미세한 불꽃이 원형으로 일어 곧 벽을 세웠다.

혼곤한 눈이 불로 새겨진 결계와 그 밖의 안대영에게 닿는다. 어느새 검은 비늘은 아이와 어른 할 것 없이 동일하게 드러났다. 승천이 코앞이리라. 어린 아이가 집을 가리키며 무어라 뻐끔거렸다. 안대영은 둘을 오래 바라보고 싶었지만, 등을 돌려 집 안으로 서벅서벅 걸어갔다.

"영 님……!"

문턱을 넘기 전 간절한 외침이 들려 멈칫한다. 아, 여기서 영 님이라고 부르는 건 너무하잖아. 하마터면 달려가서 안아 버릴 뻔했어. 등을 돌리지 못한 안대영은 피눈물을 뚝뚝 흘렸다. 본인이 피눈물을 흘린다는 사실조차 자각하지 못했다. 무력함이 사라지자 형언할 수 없는 감정이 그의 살갗부터 내장까지 모조리 태워 버렸기 때문이었다.

천왕대가 미친 듯이 나부꼈다. 단단히 꽂은 대나무가 꺾일 듯 휘청거렸다.

지옥의 밑바닥에서 긁어모은 듯, 음산한 메아리가 거센 바람에 흡수되어 언어를 만들어 냈다. 원죄가 지워지지 못해 저주 받은 신부의 기도였다.

주여 제게 힘을 주소서
눈 먼 자들을 물리치고 구원의 손길을 뻗게 하소서
그리하여 죄를 사하고 평화가 깃들지어니
이 땅의 진리가 바로 세워지리라

으르릉, 크르릉……. 짐승의 울음이 바로 귀 옆에서 들렸다. 시시시식, 시익, 배를 밀고 기어오는 뱀의 움직임까지 선연하게 느껴졌다.

안대영은 눈 뜨고 죽어 버린 무당을 물끄러미 쳐다보았다.

'열한 번째 지옥의 영 왕자님…… 우리 막내를 살려 주세요. 아이는 죄가 없습니다.'

"너였군."

곧 무당의 최후가 보였다.

연화는 제게로 쏟아지다시피 기어오는 뱀 떼를 정면으로 맞서며 사태를 모른 채 잠든 아이를 구슬픈 시선으로 보고 있었다. 그녀는 서글픈 말로를 알고 있는 듯했다.

저 뱀이 나를 잡아먹고 내 자식까지도 탐내겠구나. 그렇다면 오라. 내 귀한 아이에게 손을 대지 못하도록 내 선에서 끊어 버리겠다. 그건 어떤 장렬한 희생의 다짐에 앞서 단단한 모성애의 결실이었다.

수풀이 우거진 앞마당을 배밀이하며 기어오는 뱀 떼의 수가 갈수록 불어났다. 연화는 죽음에 앞서 나지막이 입술을 열었다. 애처롭고 절박한 소원이었다.

'내 아이를 지켜 주세요.'

자식과 이별을 앞둔 어미의 슬픔이란 그릇에 담을 수 없을 만큼 커다래서 귀기로 물든 무광산조차 그을음 같은 울림을 내었다.

"……."

안대영은 거기까지만 보고 시체에게서 고개를 돌린다. 어차피 이어지는 장면은 제 손으로 뒤바뀔 운명이었기 때문이다.

사무치는 인생이 있다. 소중한 것을 지키기 위해 희생당할 수밖에 없는 인생. 더럽고 치사하고 불공평하지. 그런데 그런 운명이 정해진 이들이 있어.

제 앞에서 눈알을 빼낸 어미 뱀의 모성이나, 환생해서도 자식을 지키고자 칼로 스스로의 배를 찌른 모성이나, 그런 지랄 같은 인생을 살아야 하는 운명이 있다고. 그게 사는 동안 마지막으로 할 도리라면 일백 번을 환생시켜도 똑같을 것이다. 얄궂다.

마리아는 명부에 사죄를 하고 무당을 하늘로 데려갔다. 사죄에는 이 가련한 인생이 또다시 번복되지 않도록 제가 대신 마침표를 찍어 주겠다는 온정을 포함하고 있으리라.

안대영은 허리를 숙여 무당의 눈꺼풀을 닫아 주었다. 색이 다른 동공이 눈꺼풀 안에 잠겼다. 그간의 수고를 표할 수 있는 최선의 관용이었다.

네 죽음은 결코 헛되지 않았다. 네 자식은 끝까지 내가 지킬 거니까.

닫혀 버린 무당의 눈꺼풀과 반대로 그의 눈 속에 불꽃이 피었다. 어미의 옆에서 기절했어야 하는 아이가 저 밖 어른의 안락에 안겨 있다. 안대영은 손목시계를 들추고 입천장에 혀를 딱딱 쳤다. 52, 53, 54……

성부와 성자와 성령의 이름으로 아멘.

3시 9분. 입천장을 치던 혀의 움직임이 멎었다. 안대영이 눈앞에서 쏟아지는 뱀 떼에게 몸을 날린 것도 동시였다.

뿌우우우— 나팔이 울렸다. 달이 가장 커다랄 때 하늘 문이 열리기 시작했다. 집안 살림이 와장창 깨지고 무너지는 소리와 함께 뱀 떼가 아가리를 벌리고 달려들었다. 공격의 방향은 모두 안대영에게 쏠렸다. 앞에선 뱀이 치솟고 뒤에선 악마들이 침을 뚝뚝 흘리며 날뛰었다.

안대영은 눈앞에 닥친 뱀의 대가리부터 베어 내고 무당의 주위에 재빨리 결계를 쳤다. 피 웅덩이 위로 불꽃이 샘솟았다. 그러자 죽은 무당을 삼키려던 뱀이 불 근처에 가지도 못하고 깨개객 깩 몸뚱어리를 비틀다 소멸했다.

안대영이 적들을 마당으로 유인했다. 무당의 시체는 과거에도 그랬듯이 마리아가 데려와 거둬갈 것이다. 건들면 다른 방향으로 일이 꼬인다.

누구의 것이라 할 수 없는 피가 이리저리 튀고 옷을 더럽혔다.

파악!

솥뚜껑처럼 커다란 손이 악마의 따귀를 갈기다 머리의 뿔을 잡고 목을 뜯어내었다. 여기저기서 불기둥이 화락 솟아 우수수 잿더미를 만들어 냈다. 안대영은 찰나에 다리를 물어뜯은 악마의 머리를 베어 내고 대롱대롱 매달린 머리통을 확 뽑아 내던졌다.

두두두두두. 무수히 많은 악마와 뱀이 지칠 기세 없이 떼로 덤볐다.

거친 불길이 그들의 앞을 가로막고 태워서 먹어 삼켰다. 그악스러운 고통의 신음과 소멸 직전의 시체더미가 활활 불탔다.

안대영은 겁 없이 달려드는 뱀을 갈가리 찢어 불에 내던지며 뒤를 돌아보았다. 천국의 빛이 한 곳에 뻗어져 있었다.

산이 온통 비명을 질렀다. 무광산이 죽어 가고 있었다. 그러나 안대영에게 있어 비명의 의미란 바로 지금이었다.

아이는 어느새 사라지고 없었다. 이는 두 번째로 맞는 완전한 결합으로 보아야 한다. 그 증거로 정은규를 감싼 옷이 찢겨져 나갔다. 오로지 한 명의 정은규이자 새까만 이무기가 허물을 벗고 막 승천의 도약을 내딛고 있었다.

990년이 넘게 도리천의 못 안에서 숨어 지내다가 참지 못하고 수면 위로 떠오른 이무기는 어느덧 용의 모습으로 변모하였다. 하늘을 뒤덮을 만큼 커다랗고 아름다운 용이었다. 용의 입에 새빨갛고 아름다운 여의주가 물렸다. 미치도록 황홀한 광경이다.

저벅저벅, 죽음의 공포가 만연한 현장을 등지고 나온 안대영은 멍하게 중얼거렸다.

"예쁘네……."

그 말을 할 때 안대영의 눈에선 피눈물이 뚝뚝 떨어지고 있었다. 그는 그제야 제가 울고 있음을 알아차렸다. 돌겠다. 스스로 기가 막혀 크게 웃고 싶을 지경이었다.

넌 나를 울리기까지 하는구나. 그래도 상관없어. 더 행복해져. 웃는 날만 살아. 너는 그래도 돼. 그래도 나는 잊지 마. 나 잊지 마. 잊지 마. 잊어버리지 마. 은규야. 나를 잊지 말아 줘.

짓씹는 말마다 진득한 애정과 집착이 달라붙었다.

용이 된 이무기는 안대영이 세운 결계를 흐트러트리며 용오름 할 태세를 갖추었다. 아름다웠다. 아니, 고작 아름답다는 말로 표현할 수 없었다. 선명한 이채가 가득한 안대영의 눈 안은 환희와 애절함이 불과 함께 어우러져 절박함을 완성해 냈다. 그리고 이제는 그것을 버리고자 한다.

이무기의 승천을 막으려 악마들이 떼거지로 달려들었다. 그 뒤로 불길이 재빨리 피어 악마를 앞세워 화형식을 거행했다.

누구도 방해한다면 전부 죽여. 신념은 살의의 무도를 만들어 냈다.

그런 안대영의 등 뒤에 위압감이 서렸다. 보지 않아도 짐작 가는 상대였다. 작별 인사를 털어 낸 안대영은 형형한 안광을 내뿜었다.

「신은 말하셨다. 완전한 구원이 되려면 가장 강한 자를 먹어 치워라. 그리하면 비로소 새로운 세상의 왕이 될 것이다.」

마귀의 소곤거리는 목소리가 잘 벼린 검이라도 된 듯 귓속을 찔렀다. 볼에 흐른 피가 채 마르기도 전에 안대영이 검을 휘둘렀고, 그의 배 속에도 날카로운 칼이 파고들었다. 무당이 제 배를 찌른 칼이었다.

감지하기까지 수 초가 흘러서야 안대영은 사태를 받아들였다. 목에 검이 바짝 겨눠진 베드로가 검은 오라를 있는 대로 뿜고 있었다.

영 님—!

광활한 울부짖음이 하늘에 악처럼 울렸다. 순간 비가 억수같이 쏟아졌다. 계곡의 얼음이 전부 파삭 깨져 쏴아아— 빠르게 흘렀다.

안대영은 배 속에 칼을 품은 채 혀를 내밀어 비를 맛보았다. 성수였다.

울컥, 피 섞인 웃음이 터졌다.

"좆같네, 씨발……."

배에 박힌 칼을 힘주어 빼내자 피가 뭉텅뭉텅 푹 터져 흘렀다. 안대영도 정은규처럼 입 밖으로 피를 토해 냈다.

끼야악—! 캬악! 크아아악! 캬악—!

산을 통째로 집어 삼키려는 듯 타오르는 불길이 용의 꽁무니를 좇는 악마들을 한꺼번에 전멸해 재 가루를 만들어 냈다. 비에 젖은 재 가루가 무겁게 가라앉았다.

빗속의 산불은 꺼질 기미 없이 활활 타올라 그 자체가 무너지는 중이었다. 여기저기서 귀가 째지는 음역대의 괴성이 울려 퍼졌다. 그 속에서 당장 베드로의 목을 베어 버릴 것처럼 구는 행위와 달리 안대영은 퍽 다정하게 물었다.

"유서 남겼어?"

그의 뒤에 죽지 않은 뱀이 독니를 드러냈다. 독니는 안대영의 살점 곳곳을 물어뜯고 구멍 내었다. 모든 것이 느린 화면 같았다.

「새로운 세상의 왕은 내 차지다.」

팔에 매달린 뱀을 가볍게 떼어 내자 손아귀에서 피어오른 불이 대가리를 터뜨렸다. 구멍 난 신체에 뱀독이 빠르게 퍼져나갔다. 안대영의 검이 목에서 내려와 베드로의 왼팔을 잘라 냈다. 베드로는 신체가 잘려 나감에도 표정 변화 없이 말을 쏟아내었다.

「네가 죽인 거야. 네가 어미를 그 칼로 찔러 죽였지.」

"……."

「한데 칼이 배 속에 들어가 있으니 너는 너마저 죽이게 될 게다. 그리하여 내가 새로운 세상의 왕이 된다.」

정은규의 집에 있던 고장 난 라디오가 흘린 캐럴과 다를 것 없었다. 듣는 대상만 달라졌다. 라디오는 세뇌용으로 쓰였던 것이다.

베드로의 오른팔도 잘려 나갔다. 몸뚱어리와 다리만 남았다. 베드로가 오뚝이처럼 기우뚱거리며 양 팔 없이 귀기를 퍼트렸다. 그 기에 뱀이 몸집을 더욱 키우며 안대영에게 독을 심었다. 검이 가로로 획을 그었다. 베드로의 몸통과 다리가 분리되었다.

쿠웅. 머리와 몸만 남은 신체가 바닥을 뒹굴었다. 베드로는 흰 눈을 뜬 채 안대영을 노려본다. 신경이 살아 있는 팔다리가 선악과를 먹고 배로 기게 된 뱀처럼 꿈틀거렸다. 낯빛이 새하얗게 질린 안대영은 파리해진 입술 위를 피로 적시며 비웃었다.

"팔다리 잘리니까 뱀답네."

그대로 머리채를 휘어잡고 끈다. 짧아진 몸뚱이가 질질 끌려갔다. 안대영은 결계를 넘어 과거에서 벗어나 현재에 도달하여 성의 없이 베드로를 던졌다.

팔다리는 과거에, 머리와 몸뚱이는 현재에 있다. 악마와의 결합은 현재와 과거를 넘나들어도 변함이 없었다. 이마에 드러나지 않는 숫자가 그것을 증명했다. 그렇다면 시점이 나뉜 악마는 결단코 재생할 수 없다. 200번이나 지리멸렬하게 환생과 죽음을 반복해 온 삶 또한 종결이라 보아야 한다.

안대영은 마지막 아량을 베풀었다. 숨 쉴 때마다 역한 피 맛이 올라왔다.

"유서는 용서 못하는데 유언은 들어 줄게."

「내가, 새로운 세상의 왕이 된다, 내가, 새로운 세상의…….」

"기회를 줘도 못 써먹는 건 변하질 않나 봐."

마침내 검에 잘려 나간 베드로의 목이 퉁, 땅바닥에 피를 흩뿌리며 떨어졌다. 목이 잘려 이등분된 육체가 풀썩 쓰러졌다. 뱀과 악마의 잔재가 그림 속에서 지워지듯이 하나둘 사라졌다. 썩은 포도주 냄새가 물씬 풍겼다.

도깨비들이 놀람과 경악을 감추지 못하고 소리 지르며 달려왔다. 외발로 뛰는 도깨비들의 쿵쿵거림이 시끄러워 머리가 울렸다.

시끄러워. 시끄럽다고. 씨발 시끄러워.

안대영은 구멍 난 배를 붙들고 피 섞인 침을 연달아 뱉었다. 그런 안대영의 주위에는 어느새 무기를 든 시왕이 주춤주춤하며 포위망을 좁혀 왔다. 하, 하하. 하하하. 안대영은 괴기스럽게 웃다가 새빨개진 눈으로 그들을 무심히 훑었다.

시왕의 눈에 영 왕자의 육신은 멀쩡할 때보다 시체 직전의 꼴이 훨씬 위험해 보였다. 뱀이 파고든 독이 혈관에 자리 잡고 죽음의 꽃을 피우는 듯했다. 그러고 보니 염라가 애지중지하던 부귀화의 꽃밭이 꼭 이딴 피 색 같았지.

"자기들이 어디 숨어 있었나 했어. 내 배때기에 구멍 정도는 나야 상대할 용기가 생겨?"

그러면서 뒤를 흘긋 돌아보았다. 과거 속에 정은규는 없었다. 문제없이 하늘로 올라갔나 보군. 용의 승천을 받아들여 임무를 끝낸 하늘 문이 공간을 좁히며 닫히는 중이다.

눈에 보이는 시왕의 목을 따는 건 둘째고, 우선은 하늘 문이 완전히 닫힐 때까지 이 새끼들이 과거의 결계를 넘지 못하도록 저지하는 게 먼저다. 안대영이 눈을 부릅떴다. 불씨가 심어진 눈동자 아래로 검붉어진 흰자가 드러났다.

"이 미친 왕자 놈아! 너 괜찮은 거냐? 어?!"

헐레벌떡 뛰어온 초량이 처참한 몰골의 안대영을 부축했으나 손길은 거부당했다. 안대영은 목숨이 붙어 있는 게 신기한 수준이었다. 온통 피로 젖은 얼굴에서 시퍼런 안광만 살아 있었다.

초량은 이야압, 기합을 지르며 달려오는 무사의 머리통을 방망이로 후려갈겼다. 그리고 안대영과 등을 맞댄 채 엄호를 자처했다.

"미친놈! 진짜 미친놈! 교수님은 안 보이는 거 보니 승천은 잘 한 모양인데 넌 왜 이런 꼴이야!"

"시끄러워."

도깨비들이 방망이를 치켜들어 사정없이 시왕과 무사를 때려잡는다. 아수라장은 언제 어디서나 일어났다. 호들갑 떨 일이 아니라는 뜻이다. 안대영이 꼴같잖다는 듯 초량을 밀치며 빠르게 검을 그어 내렸다. 목표물은 빠르게 썰려 나갔다. 표정을 알 수 없는 얼굴에 겹겹이 피가 튀고 흘렀다.

휘익—! 누군가의 검이 안대영의 목을 아슬아슬하게 스치고 포물선을 그린다. 길쭉한 생채기가 그어진 목을 잠시 부여잡고 있던 안대영이 눈앞에서 벌벌 떨고 있는 군사에게 고개를 갸웃거렸다. 낯이 익었다. 변장한 전륜왕이다.

"네가 누구더라⋯⋯."

미간을 좁힌 채 다가서는 안대영과 달리 전륜왕은 뒷걸음질 치다 나동그라져 반 바퀴 굴렀으나 금세 일어나 스스슥, 물러났다. 다리가 미친 듯이 후들거렸다.

"히, 히익!"

안대영이 발 닿는 대로 달리기 시작한 전륜왕의 뒤를 느긋하게 쫓는다. 이곳에 발을 디민 씨발놈들도 거기서 거기인 모습이겠지. 무슨 꼴을 했든 간에 가리지 않고 죽이면 그만이다.

발 빠른 전륜왕이 과거의 결계를 넘으려던 차였다. 안대영이 쥐고 있던 검이 공기를 가르며 날아갔다. 아슬아슬한 거리였다. 넉넉하게 여섯 걸음이면 과거의 현장에 도달할 수 있는 전륜왕보다 날아간 검이 빨랐다. 대상을 정하고 날아간 검이 퍼억—! 전륜왕의 머리통에 직격으로 꽂혔다.

—파직. 쿵.

둔중한 울림이 산발적으로 일었다. 머리에 검이 박혀 그대로 고꾸라져 죽어 버린 전륜왕에게 다가간 안대영이 검을 쑤욱 뽑아 그 등을 밟고 목을 잡아 뜯듯이 베었다. 손에 눈을 까뒤집고 죽은 머리통이 들렸다. 목 없는 시체에서 핏물이 흥건히 배어나 현재와 과거의 결계를 적셨다.

안대영은 고개를 들어 한 걸음 너머의 과거를 바라보았다.

완전히 닫힌 하늘 문이 네가 그토록 바라던 임무가 끝났다며 알려 주는 듯했다. 과거 속의 보름달은 지고 없다. 나부끼던 천왕대도 고요를 되찾았다. 타닥타닥 잘게 튀는 불티만이 남았다.

그제야 찢긴 몸의 고통이 실감났다. 죽은 줄 알았던 감각이 아우성쳤다. 숨을 크게 들이쉬자 뱀이 심어 놓은 독 맛이 나는 듯했다.

은규야. 아프냐고 물어봤었지. 응, 지금은 아파.

등한시했던 고통에 겨울바람이 스며든다. 뜨거운 불을 가진 자가 고통에 덧그려진 설움을 토해 내었다.

내년 12월 25일에는 이딴 좆같은 헤어짐이 아니라 근사한 곳에서 데이트 하자고 약속해 줄 걸 그랬다. 왜 이럴 때 뒤늦은 미련이 덮치는지 모르겠네. 바람이 든 상처에 후회의 연고가 덧발라졌다.

어김없이 내 후회는 또 너야.

안대영은 전륜왕의 머리채를 움켜쥔 채 절뚝거리며 제 할 일을 끝낸 과거를 등졌다. 애써 솟아오르는 감정을 눌러 없앤다.

한 놈 죽였다. 뭍에 몇 놈이나 숨어 있을까. 이제부터는 죽음을 건 술래잡기다.

마침 타 버린 숲에 숨어 있던 세 번째 지옥의 대왕을 발견한 안대영이 씨익 웃으며 걸음을 옮겼다. 세 번째 지옥의 왕이 기겁하여 헐레벌떡 도망쳤다. 그 뒤를 여유롭게 좇는 안대영의 검 끝이 바닥을 지익 긁어 하나의 선을 만든다. 그 선을 따라 불길이 일었다.

무너지는 산이 새로운 공포에 잡아먹힌다.

본격적인 반란의 서막이었다.

* * *

마리아는 경악을 그대로 내보였다. 다 죽어 가는 안대영의 왼손에는 머리채가 네 개나 들려 있었다. 전부 잘린 시왕의 목이다. 눈을 까뒤집고 죽은 머리채를 네 개나 휘어잡은 채 검을 지지대 삼아 일어난 안대영이 마리아에게 고개를 숙였다. 고개 한번 숙이는 게 철근같이 무거웠다.

"못 살겠네, 정말. 그건 끔찍하게 왜 쥐고 있는 거야."

"알 필요 없으실 텐데요."

덜 죽였다. 요령 좋게 뭍에 빠져나온 시왕의 대가리가 고작 넷이었다. 앞으로 잘라야 할 대가리도 넷이다. 불에 달군 꼬챙이 여덟 개를 삼도천 앞에 심어 잘린 대가리를 꽂아 전시해 둘 거다. 그러려면 명부에 돌아가서 네 자리를 마저 채워야 한다. 사냥꾼의 습성이 붙잡고 있는 머리채에 다닥다닥 들러붙었다.

"징그러우니까 그 머리 좀 놓으면 안 되겠니?"

"이래라저래라 말이 많으시네."

"성스러운 날에 그런 걸 보니까 역해서 그런다."

"하하하…… 그래요. 여러 의미로 성스러운 날이군요."

위·아래의 신이 한 입으로 모아 말하길 영 왕자가 미쳤다, 미쳤다 했지만 이 지경까지 돌았을 줄은 몰랐다. 인간의 몸으론 한계가 있을진대 그것을 뚫고자 한다. 몸이 저 수준으로 찢어지고 뚫렸으면 진즉 죽었어야 하는데 살아 있지 않은가.

혀를 찬 마리아가 저쪽에서 훌쩍훌쩍 울고 있는 도깨비들을 쳐다보았다.

도깨비는 시왕의 무리를 상대하면서 총 아홉 마리가 죽었다. 이들은 죽을 때 큰 나무가 넘어가듯이 쿵, 하고 외발이 뒤로 넘어간다. 그대로 땅에 몸이 닿으면 파란 불꽃이 되어 팍 터져 연기만 남겼다. 그걸 아홉 마리나 겪은 것이다.

초량은 침통한 표정으로 연기만 남기고 떠나 버린 도깨비들의 잔해를 그러모아 소중히 품에 안아 애도했다. 그 품에서 연기가 피시시 사라졌다. 꺼이꺼이 우는 도깨비들의 곡소리가 산이라고 칭할 수도 없는 검은 땅덩어리를 넓게 울렸다.

"잘 올라갔습니까."

그런 와중에 안대영은 정은규를 지칭해 확인부터 하려 들었다. 마리아는 현재뿐만 아니라 망가진 과거를 훑었다. 연화의 시신은 예전과 똑같이 하늘로 올려 보냈다. 자식을 지키다 희생당한 무당과는 하늘에서 다시금 이야기를 나누어야 한다.

앞서 데려갔을 때 환생과 소멸 중 어느 쪽을 택할 것이냐 묻자 연화는 하늘에 머무르겠다고 했었다. 자기가 도움이 될 때를 기다리겠다며. 그리고 바로 오늘, 스스로 쓰임을 실현시켰으니 연화의 거처에 있어 새로운 방향을 결정해야 할 것이다.

또한 이무기가 용이 되어 승천한 것과 악마를 품은 채 죽음을 맞이한 베드로는 근래 가장 큰 사건이 되었다. 하늘의 역사상 이런 크리스마스는 없었다. 이 건으로 무저갱과 화친을 빙자한 줄다리기를 할 생각만으로도 머리가 지끈거렸다. 마리아는 이를 갈았다.

"네가 이렇게까지 했는데 잘 올라가지 않으면 안 되지."

"다행이군요."

죽음을 목전에 두고 웃는다. 안대영의 삶이 꺼져 가고 있었다.

"누구보다 성스러운 크리스마스가 되길 바란다는 놈이, 이딴 짓까지 저질러?"

"이 정도면 됐지 않나……. 적어도 그쪽이 골치 아플 일은 사라졌지 않습니까."

베드로는 꿈에 그리던 죽음을 맞았다. 어찌 보면 그 몸은 뱀과 결합할 때부터 죽었으리라. 안대영은 마리아가 가둔 죽음의 자물쇠에 열쇠를 꽂아 돌려주었을 뿐이다. 마리아는 참혹하게 죽은 신부의 시체를 수습 중인 수호신을 흘긋 살폈다.

안식과 휴거. 뜻과 반대로 시체는 처참한 꼴이었으나 본인의 선택대로 베드로 신부는 영면에 잠길 것이다. 그와 결합했던 악마는 죽음과 동시에 소멸되어 두 번 다시 세상을 어지럽히지 못할 테였다. 베드로를 용서하는 것과 별개로 장례는 엄숙하게 치를 예정이었다.

무저갱의 영 왕자는 극단적인 놈이었다. 이 세상을 밟고 올라가 꼭대기에 서기 위해서라면 저지르지 못할 일이 없었다.

마리아는 그것들이 영 왕자가 제 연인을 지키기 위한 행동임을 익히 알고 있었다. 염라에게 병실에서 받은 승천 공문을 전달하며 답지 않게 순정에 대해 늘어놓은 점도 안대영의 의중이 어떻든 보고 느낀 바대로 이야기했을 뿐이다. 아무리 수많은 계략을 세운다 하여도 마음까지 숨길 놈은 못 되었으니까.

그래도 이건 예상보다 심각한 꼴이었다.

저승사자보다 낯빛이 허연 저 인간은 곧 왕자의 멍에를 벗고 대왕으로 올라설 자다. 사감이 어떻든 마리아는 후대 저승왕이 될 주인공과 평화를 유지하기 위한 거래를 체결해야만 했다. 그래서 너는 이 결말에 만족하느냐고. 마리아가 그를 보며 물었다.

"넌 어쩔 거니."

생명이 자맥질하는 시간은 앞으로 길어야 몇 분이다. 천천히 죽어 가던 안대영이 힘 빠진 목소리로 대꾸했다.

"기억 지워."

갑자기 존댓말을 집어치워 버린 데다 심지어 동문서답이었다. 점차 숨이 꺼져 가는 안대영의 큰 불이 촛불처럼 작아졌다. 그러면서도 덧붙였다. 이건 앞선 거래를 성사한 저승왕의 새 명령이었다.

"걔가 가진 나쁜 기억, 전부 지우라고."

마리아가 팔짱을 꼈다.

"그 애는 이제 하늘 소관이야. 네가 이래라 저래라 할 수 없는 입장이라고 굳이 내 입으로 말해야 해?"

"……아, 그래요. 하늘 소관이라……."

말을 이으려던 안대영이 원래의 색을 잃어버린 검을 치켜들었다. 그리고 검 끝을 제 심장에 겨누었다.

"이러면……."

검 끝이 푸욱, 파고들었다. 곡소리를 내며 울던 도깨비들마저 놀라 콧물을 흘리며 벌떡 일어났다. 초량이 소리를 질렀다.

"야! 유, 육시럴 왕자 놈아! 영 왕자님! 이 미친놈이!"

그대로 검이 심장을 관통하더니 등가죽을 찢어 비집고 나왔다. 더 나올 피가 없는 것 같았는데, 입에서 선혈이 비집고 흘렀다. 버티지 못하고 털썩 무릎 꿇은 몸이 꺼져 가는 촛불보다 미약하게 들썩였다. 등을 뚫고 나온 검 끝에서 핏방울이 투두둑 흘러 땅에 점점이 찍혔다.

"이러면…… 명분이 생기……겠군."

마리아가 이마를 덮었다.

안대영은 끝내 생의 마감에 자살을 선택했다. 그는 자살을 선택함으로서 무저갱의 새로운 왕이 될 신호탄을 쏘아 올렸다. 하늘에서는 이 자살을 베드로의 죽음에 의한 자기희생으로 두어야 할지 갑론을박을 논하느라 수없이 서류가 왔다 갔다 할 것이었다.

한마디로 하늘과 저승 양쪽 모두 골치 아픈 일이 터져 버렸다.

시야가 어룽거린다. 안대영은 뿌연 시선에 익숙한 도포 자락이 펄럭이자 마지막 힘을 짜내 뜨문뜨문 끊기는 말을 꺼냈다.

"……이건, ……삼도천에 매달, 겁니다……."

툭, 휘어잡고 있던 머리 네 개가 바닥에 떨어졌다.

그런 안대영의 앞에 기골이 장대한 사내가 서 있다. 걸치고 있는 두루마기와 날개옷은 제 아들의 피를 푹 적신 양 검붉었다. 사내는 허리까지 닿은 긴 머리를 틀어 올렸으며 선이 곧고 대단히 날카로운 인상이었다. 그러면서 곰방대를 뻐끔뻐끔 피웠다. 다섯 번째 지옥의 주인이자 영 왕자의 양부인 염라대왕이었다.

"쯧."

자식을 내려다보는 염라의 표정도 마리아와 별반 다르지 않았다. 얼굴의 맨 아래와 맨 위는 복잡함으로 일그러져 있었다. 염라의 뒤에 서 있던 평등왕은 아작이 난 과거를 수습하기 위해 걸음을 옮기며 한숨만 쉬었다. 이차남과 무사들이 과거의 결계를 넘는 평등왕을 비호하며 따랐다.

안대영이 초점 흐린 동공으로 염라를 응시하며 피범벅인 입술을 달싹였다. 그는 죽기 직전에 웃고 있었다.

너도 같이 매달아 줄까 해.

말을 채 끝마치지 못하고 심장이 멎었다. 그의 육신이 죽는 순간 산이 통째로 끄아아아악—! 울부짖으며 여기저기에서 불의 파도를 일으켰다. 파도친 불의 형태는 곧 하나로 합쳐져 용이 되었다. 그 용이, 이무기의 승천을 뒤따르기라도 할 듯 거칠게 포효하며 위세를 떨쳤다.

제8장

정은규는 드넓은 동산에 서 있었다. 초록빛 들풀이 만연한 동산에 우뚝 솟은 사과나무 한 그루가 솔솔 부는 바람을 타고 이파리를 흔들었다. 포근하고 따뜻한 날씨가 머리칼을 어루만져 주는 듯해 살포시 눈을 감았다가 떠 보았다.

여긴 어디지. 나는 죽었나.

아니면 이곳이 천국인가.

사르르 바람이 불어 이마를 덮은 머리칼을 흩트렸다. 지나치게 온화한 평온함이 깃들었다. 피를 무척 많이 토해 냈던 것 같은데 옷자락은 무광산에 오르기 전처럼 깨끗했다.

정은규는 숨을 깊게 들이마셨다. 청명한 공기가 폐부까지 파고들어 그동안 겪은 모진 세월을 정화시켜 주려는 듯이 내장을 살랑살랑 매만져 주었다. 후우. 들이쉴 때만큼이나 깊은 숨이 입과 코에서 빠져나갔다.

어렸을 때의 나를 보았고 우리는 서로를 위로했다.

험한 세상을 알지 못한 채 무작정 버티기만 한 어린 아이는 도움의 손길을 건네는 행동조차 서툴렀다. 작디작았던 여섯 살의 내게 쏟아진 고통은 어른이 되어서도 고스란히 흉터가 되었다. 이제는 말할 수 있다. 어린 나는 아팠다. 힘들었다. 괴로웠다. 외로웠다.

　그랬던 아이가 자라서 제법 세상을 버틸 줄 아는 어른이 되어 과거와 직면했다. 아이가 겪어 온 순수한 고통의 산물은 칼날처럼 날카로운 종류였다. 어릴 때는 미처 몰랐다.

　너는 얼마나 힘들었니.

　정은규는 스스로 묻고 대답했다.

　몰랐어, 내가 힘들었던 건지. 그저 버티기만 했어.

　여섯 살의 나를 서른셋의 내가 마주했을 때 홀로 버텨 오는 동안 생채기 난 거친 부분이 서걱서걱 잘려 나가고 새살이 돋았다. 치유였다. 일생에 힘들었던 부분이 씻겨 나갔다.

　다시 떠올려 보아도 어려운 감정이었다.

　정은규는 고사리 손이 보듬어 주었던 제 얼굴을 버석하게 쓸어내렸다.

　하지만 내가 어린 나와 마주해 서로를 위로할 동안 대영 씨는 수많은 칼과 위협에 노출되어 있었어.

　알면서도 돕지 못했다. 어느 순간 시야가 흐리멍덩해지고 온몸에 힘이 빠졌으며 잠까지 쏟아진 탓이었다. 인체를 지탱하는 수많은 부분이 녹아 버린 듯해 손가락 하나 꼼짝하지 못하고 가물거리는 눈에 겨우 힘을 주었다.

　그래서 정은규는 자신에게 죽음이 닥친 줄로만 알았다. 그런 와중에도 안대영만 생각했다. 꺼져 가는 정신 속에서도 온통 그만 떠올랐다.

　눈앞이 흐려지기 시작했을 무렵, 그의 뒷모습을 보았다. 왜인지 서글픔 한 조각이 묻어 쓸쓸해 보이는 뒷모습이었다. 안대영은 정은규를 보지 않았다. 단절을 담은 모습과 달리 그가 내뿜는 온기는 오로지 정은규에게만 따뜻해 이기적인 안도감이 들어찼었다.

나를 보지 않는다고 해서, 당신의 사랑까지 꺼진 건 아니라고.

눈꺼풀이 무겁게 감기기 전 드러난 피부에 돋아난 검은 비늘과 베드로의 칼에 배를 찔린 안대영이 마지막이었다. 그의 이름을 외칠 때 쏟아졌던 비가 이승에서 기억하는 조각의 끝이었다.

사고회로가 안대영에게 뻗어졌다. 대영 씨는, 대영 씨는 괜찮을까.

정신이 번쩍 들었다.

내가 여기에 있을 때가 아닌데. 여기가 어딘지 모르지만, 돌아다니다 보면 출구가 있을 터였다.

정은규는 동산의 출구를 찾아 잡초 가득한 땅바닥을 정처 없이 걸었다. 그러나 같은 공간을 빙빙 도는 것처럼 사과나무 주변을 벗어날 수 없었다. 오래 걸어도 힘들거나 지친 기색은 없었지만, 답답함이 목까지 찼다.

"아무도 없어요?!"

탁 트인 동산에 정은규의 목소리가 울렸다. 녹음이 우거지지 않은 공간이라 울림의 회전이 빨랐다. 아무도, 없어요, 없어, 없어……. 그저 바람만이 목소리의 흔적을 되돌아 싣고 왔다.

은규야.

정은규의 귀 끝이 쫑긋 섰다. 틀림없는 안대영의 목소리였다. 광활한 동산에 서서 주위를 확확 둘러보았다. 어디에 있어요. 목소리가 들린 쪽으로 걷던 발걸음이 재차 빨라져 뛰는 모양새로 변하였다.

은규야. 이놈아, 어딜 그리 뛰어가냐.

이번엔 베드로 신부의 목소리였다. 안대영의 목소리를 좇아 무작정 달리던 구두가 우뚝 멈추었다. 휘날리던 코트 자락이 가지런히 제자리를 되찾았다.

신부님?

입술 새로 불러 보았으나 응답은 없었다. 눈 깜빡할 새에 목소리는 사라지고 머리가 멍해졌다. 희망사항이었는가.

머릿속을 파고든 바람이 하나둘 새하얀 잉크를 엎는다. 정은규는 낯선 감각에 눈을 흡떴다. 방금 전까지 되새김질하던 것들이 감쪽같이 떠오르지 않았다.

되감기 버튼이 눌린 것처럼 여태까지 겪은 행동이 거꾸로, 거꾸로 회상을 감는다. 끼기기긱, 지지지직, 그것은 오래된 비디오테이프 같기도 하였다. 나쁜 화질에 섞인 경험은 테이프를 잡아 빼 늘린 것처럼 까만 암흑으로 변했다. 바람이 새하얀 잉크를 또다시 퍼붓는다.

……내가, 내가 산에 왜 갔었지.

혼란에 가득 찬 눈이 주위를 훑는다. 동산은 여전히 포근하고 따사로운 초원의 형태를 갖추고 있었다. 그 가운데 갈피를 잡지 못한 자는 정은규가 유일하다.

찰나에 겪어 온 세상의 대한 기록이 하나씩 흐려졌다. 안대영과 무광산에 올라갔지만, 거기서 했던 일이 떠오르지 않고 웅얼거리다 하나둘 없어졌다. 그와 라운지에서 식사를 하며 나누었던 대화가 희미해진다.

뮤지컬 속 주인공의 사랑 타령은 묵음이 된다. 대교 위의 우리를 비추었던 붉은 노을이 사라진다. 성당에 베드로와 나란히 앉아 말로써 칼날을 만들어 내었을 때의 배신감과 절망이 흩날리는 바람 속에 묻힌다. 포장마차에서 안대영과 마주보고 앉아 있던 시간이 뭉개진다.

사라진다. 묻힌다. 지워진다. 잊어버린다. 있었던 사실이 내 머릿속에서는 허무로 변한다.

"하지 마!"

소스라친 정은규가 급하게 외쳤다.

"하지 마, 하지 마, 하지 마! 하지 마, 하지 말라고!"

목이 찢어질 것처럼 새된 외침은 돌고 돌아 귓속을 파고들었다. 하지 마, 지 마, 하지 말라고, 말라고, 라고……

괜찮아.

외침에 대한 보답인 양 안대영의 목소리가 들렸다. 정은규는 헐떡이는 채로 불안하게 도리질 쳤다.

안 괜찮아. 내게 남은 당신의 조각이 조금이라도 지워지는 거, 나 하나도 안 괜찮아. 내가 바란 게 아냐. 싫어. 멀어지지 마. 누구든 내게서 그를 빼앗아 가지 마.

머리를 감싸고 괴로워하는 정은규의 주위는 어느덧 바람이 사라지고 없었다.

머릿속을 하얗게 물들이던 잉크의 색이 점차 옅어졌다. 그가 겪은 썰물의 부류 중에서 유일하게 안도를 담은 너울이었다. 초록빛 들풀이 가득한 동산에 새로운 계절이 내려앉는다.

정은규는 어느새 소복이 쌓인 눈 위에 서 있었다. 그의 기억을 해일처럼 덮었던 잉크와 같은 하얀색이었다. 한 걸음 내딛으면 뽀득뽀득한 발자국이 자취를 남길 것이었다. 그러나 정은규는 가만히 서서 옴짝달싹하지 못한 채 얼어붙었다. 계절상 겨울일 텐데 추위가 느껴지지 않았다. 입술 새로 흘러나오는 입김도 없었다.

이 계절은 허상이다.

"바람이 많이 분 모양이구나. 눈길이 흐트러져 있네."

멀리서부터 단단하고 곧은 음성이 들렸다. 마리아였다.

"네가 태어난 날에는 눈이 아주 많이 내렸단다. 세상이 온통 설원이었지."

발자국은 마리아가 내면서 다가오고 있었다. 예민해진 정은규가 마리아를 날 선 눈으로 쳐다보았다.

"얼어붙은 산속에서 태어난 아기가 이만큼 자라 나를 만나는 날이 오긴 하네."

"제 기억에 손대셨습니까?"

사과나무에 손을 뻗어 탐스러운 사과를 딴 마리아가 응, 하고 이어 대답했다.

"정확하게는 그러려고 했지. 네가 절규하는 바람에 지우지는 못했어. 왜 그런 선택을 했을까? 그동안 충분히 괴로웠잖아."

휘발되었던 기억들은 어느새 제자리를 찾아 머릿속을 도로 꽉 채웠다. 악몽 같았던 과거 어느 하나 빼놓지 않고. 정은규는 그제야 들썩이는 마음을 겨우 가라앉혔다.

"지우지 마세요. 뭐가 되었든 제가 안고 갈 것들입니다."

"와, 나 놀랐어. 지워 주려고 해도 싫다니."

반색한 마리아가 손 안에서 사과를 공중에 던졌다가 받았다.

"하지 말라고 소리 지르지 않았다면 아예 싹 날려버리실 생각이셨습니까?"

"화내지 마. 결국엔 불발됐잖아. 어떤 싸가지 없는 놈이 네가 가진 나쁜 기억을 지우라더라. 지우라는 자와, 지우지 말라는 자로 나뉘면 난 어느 쪽을 선택해야 하니?"

좋고 나쁜 기억의 기준이란 무엇인가.

나를 살리기 위해 뱃속에 칼을 품은 엄마, 성당에서 친구 하나 없이 자랐던 나날, 경쟁에서 이기고자 치열하게 공부했던 열의, 때를 가리지 않고 괴롭혔던 귀신과 뱀, 매번 사라졌으면 했던 크리스마스, 내가 잊고 지냈던 과거와 현재를 일깨워 준 구원자, 속절없이 사랑에 이끌려 스스로를 잃어버릴까 두려워했던 시간…….

줄줄이 나열해 보아도 기준을 모르겠다. 어디서부터 '나쁘다'의 정립을 해야 하는지 알 수 없었다. 내가 가진 나쁜 기억이란 어디서부터 시작점을 찍어야 하나.

하지만 정은규는 안대영과 함께한 모든 날이 좋은 기억에 속한다고 여긴다. 설사 나쁜 기억이라 정의 내릴 지난날도 나의 구원자와 함께라면 좋은 쪽으로 탈바꿈하기 마련이다. 전부 안대영을 만나기 위한 발판이라고 여기면 된다.

대영 씨의 존재가 지워진다면 나는 살아갈 의미가 없어.

"아가."

마리아는 뒤섞여 엉켜 버린 기억의 실타래를 천천히 푸는 중인 정은규를 불렀다. 몹시 다정한 부름이었다. 그래서 그는 빈껍데기 같은 꼴을 하고도 무딘 눈길을 던졌다.

"저는 괜찮습니다. 잘 생각해 봤지만, 제가 여태 겪어 온 일은 좋고 나쁨을 가를 수 없습니다. 그러니 전부 끌어안고 살아도 됩니다. 영 님도 제가 괜찮다고 하면 뭐라고 안 할 거니까 손대지 말아 주세요. 부탁입니다."

안대영은 공동체라는 말을 모르냐고 놀렸었다. 정은규가 맞다고 하면 장난스럽게 따지긴 해도 문자 그대로 받아들일 자였다. 서로를 믿으니까.

이런 믿음에 의한 관계에서 기억을 지우는 건 회피와 도망에 가깝다. 나는 비겁해지고 싶지 않아. 만약 나의 행복을 위해서 잊힌 시간이 되길 바랐다면, 이번만큼은 당신이 틀렸다.

"절절하긴."

정은규의 속내를 곧이곧대로 읽은 마리아가 피식 웃는다. 이때 화제가 돌려지듯이 정은규의 발밑에 깔린 눈이 녹았다. 쌓였던 눈이 사라진 자리에 초록 들풀이 돌아오는 줄 알았으나, 발밑에는 익숙한 풍경이 펼쳐져 있었다.

세연 병원 VIP 병동 3실. 베드에 핏기 없는 정은규가 누워 있다. 몸 곳곳은 붕대로 감긴 상태였으며 거즈가 얼굴의 절반이나 덮었다. 몸에 연결된 여러 선은 삶을 연장해 주는 기계에 꽂혀 제 할 일을 하는 중이었다.

죽었는지 살았는지 바이탈 그래프를 보고 알아차릴 수 있었다. 다행스럽게도 숨은 붙어 있다. 정은규의 곁에는 초량이 근심 어린 눈으로 그를 살피는 중이었다.

뒷짐 진 마리아가 누워 있는 제 모습에서 시선을 떼지 못하는 정은규의 옆에 섰다.

"저리 누운 네가 안되어 보이니?"

정은규는 대답하지 않고 되레 질문을 던졌다.

"제가 왜 저러고 있는 겁니까."

"유예 기간이거든."

"유예요."

영 알아먹을 수 없다는 표정이었다. 마리아는 친절한 선생님처럼 설명해 주었다.

"사람이 죽은 후에 바로 환생과 소멸의 단계를 거치면 복잡할 것도 없지. 하지만 한두 명도 아니고 그것들을 판가름하는데 어떻게 바로바로 되겠어. 그래서 유예 기간을 49일 동안 잡았지. 살아생전 지은 죗값을 파악하고 다음 생을 만드느냐 마느냐 결정하기에 그 정도면 충분하다고 여겼나 봐. 이건 무저갱 기준이고."

어째서 승천하여 하늘의 소속이 된 용에게 저승 기준대로 유예 기간을 부여하였느냐 하면, 덧붙이는 설명이 따랐다.

"너처럼 신경 많이 써야 하는 경우가 처음이거든. 너는 게다가 영이 주시하고 있으니 독단적으로 처리하기가 애매하단 말이야. 우리도 일을 원활하게 굴릴 시간이 필요해. 무저갱이 진정되면 이 일에 대해 난 영과 아주 많은 대화를 나누어야 하지. 승천으로 끝나면 좋은데 얽히고설킨 문제가 꽤 많이 남았어. 아, 영이 아니라 이젠 영천왕이라 불러야 하나."

영천왕. 안대영이 말한 적 있었다. 원래는 영천왕이었으나 왕자 신세로 전락했었다고. 다시 왕으로 승격되었다면 그의 안위는 괜찮아진 걸까. 정은규는 산소 호흡기에 의지해 숨이 붙은 제 육신 따윈 제쳐 두었다. 간접적으로 소식을 접한 안대영이 너무나 보고 싶어서 갈가리 찢긴 마음속에 눈물 섞인 피가 벽을 타고 흘렀다.

"대영 씨…… 많이 다쳤습니까."

마리아는 '이런 순간에도 걱정이 돼?'라는 표정을 하다가, 음울하게 일그러진 정은규를 보며 입술을 떼었다.

"질문이 잘못됐어. '다쳤다'의 의미가 통할 애한테 물어야지, 그건."

아니, 마리아야말로 잘못된 대답이다. 정은규는 고개를 저었다.

"세심한 분입니다. 마음가짐이든, 감각이든, 뭐든 간에요. 아프면 아프다고 말하는 분이고요."

"누가, 영이?"

"예. 적어도 제 앞에서만큼은."

"하하, 하, 하하. 환장하겠네. 이 자리에 영이 있었어야 했는데. 아쉽다, 얘."

마리아는 정은규의 순애보가 진심으로 즐겁다는 듯 카랑카랑 웃었다.

"영천왕이 세상을 뒤집을 만큼 강한 힘을 되찾은 것과는 별개로, 나는 너희의 연정을 인정하고 독려하는 입장이야. 설사 그 애가 내게 검을 들이미는 날이 온다 하여도 말이지."

"……."

"그래서 많이 다쳤냐는 물음엔 이렇게 답해 줄 수밖에 없겠어. 그 애는 제 몸이 찢기든 말든 죽어 가면서도 너밖에 몰랐어. 그까짓 육신 하나 버려 널 승천시킬 수 있다면 골백번도 죽을 놈이라고. 그러니 네 걱정이나 하렴."

웃음기 섞인 말을 들은 순간 멀리 보낸 겨울의 찬바람이 날카롭게 스몄다.

죽었다.

안대영이 죽었다.

세 글자가 되풀이되었다. 죽었다.

죽어도 죽은 것이 아니리라는 점을 알고 있다. 그래도 마음이 저리고 아프다.

정은규는 울컥한 마음을 한동안 갈무리하지 못해 고개를 숙인 채 찢어진 속을 얼기설기 꿰매려 노력했다. 그의 죽음은 희생의 대가이면서 해피 엔딩을 위한 단계적 과정에 불과하다. 그렇게 여겨야 한다. 여기서 자책해 봐야 아무 도움 되지 않는다. 하지만.

아, 모르겠어. 마음이 너무 아파.

정은규의 눈동자에 어느덧 마리아와 같은 금빛 찬란함이 머물렀다. 그 눈이 눈물을 쏟아 낼 듯 작은 노을을 피었다. 눈동자가 변한다는 건 신이 되고 있다는 증거였다. 마리아는 점차 신의 모습을 갖추는 정은규를 잠자코 바라보았다. 정작 본인은 제 몸에 일어나는 변화를 아직 모르고 있는 듯했다.

"……제가 누워 있는 시간은 얼마나 흘렀습니까."

정은규는 한참 후에야 질문을 던졌다. 애써 갈무리하기 위해 씹어 삼킨 슬픔이 묻어 먹먹한 질문이었다. 마리아는 품에 지니고 다녔던 안대영의 손수건을 꺼내 다정하게 정은규의 눈가를 닦아 주었다. 그리고 역할을 다한 손수건을 정은규의 손에 살며시 쥐어 준다.

"이승 기준 열흘. 유예 기간 역시 이승 기준으로 39일이 남았어. 느긋하지?"

열흘이나 흘렀다고. 열흘. 이곳에서 깨어났다는 자각 없이 배회하고 있었던 터라 낯설고 이상한 흐름이었다. 아래에서는 때마침 회진을 온 민 교수와 김현수가 안타까움이 찬 한숨을 푹푹 쉬었다. 초량은 둘의 멱살을 짤짤 잡을 듯 군다. 정은규가 손수건을 꾹 쥐었다. 정신 차려야지,

스스로 읊조리면서.

"자. 마음 추슬렀으면 본론으로 들어가 볼까. 내가 네게 아량을 보일 수 있는 선택지는 두 가지야."

"……."

"모든 기억을 깨끗이 지우고 걱정 없는 새로운 인생을 살아갈지, 아니면 이대로 살지."

정은규는 구겨진 손수건을 잘 펴서 각 맞춰 접었다. 마리아가 설명하지 않아도 이것이 안대영의 물건임을 알아차렸다. 예쁘게 접힌 손수건이 그의 심장이라도 되는 양 조심히 쥐었다. 묻는 말은 그와 반대로 무던했다.

"전자면 어떻게 되는 겁니까."

"깔끔하게 환생."

"후자는요."

"육신이 죽지 않는 이상 늙지도 않는 인간. 네가 아는 안대영과 같다고 보면 되겠네. 전자라면 이까짓 골치 아픈 일은 전부 잊은 채 정해진 삶대로 죽고 환생하는 윤회를 거듭하겠지."

"……."

"물론 승천은 영원히 기록에 남으니 어느 쪽이든 네가 이무기에서 용이 된 건 변하지 않아. 음, 심지어 여태 승천했던 용에게 이런 제안은 없었어. 하지만 너는 왜인지 선택지를 줘야 할 것만 같아. 사실 난 널 이곳에 두고 싶지 않거든. 영천왕 그 싸가지가 널 볼모로 삼아 하늘을 얼마나 휘두르려고 하겠어. 생각만으로도 머리가 아파."

고개를 절레절레 저은 마리아가 사과를 내밀었다. 정은규의 눈에는 탐스럽고 윤기 나는 사과가 선악과처럼 보였다. 먹음직스럽게 생겼다.

"영과의 대화에 앞서 네 의사부터 묻는 거야. 고민할 시간 오래 줘야 하니?"

이때, 아래에서 삐— 하고 자주 들었던 기계음이 들렸다. 환자 감시 장치 모니터 속 그래프가 한일자를 그려 냈다.

'이, 이게 뭐냐! 뭐야! 의사! 의사 어디 있어! 의사!'

기계가 단음을 내뿜으며 위급한 상황을 알리자 초량은 길길이 날뛰었다. 고성을 지르는 그의 얼굴에 물기가 가득 묻었다. 재빨리 달려온 의사들이 정은규의 흉부를 압박해 심폐소생술을 펼쳤다. 뒤이어 CPR팀이 갖가지 기계를 끌며 달려왔다. 정은규는 본능적으로 손아귀를 꽉 쥐었다가 폈다.

익숙한 광경이다. 누워 있는 대상이 제가 될 줄은 몰랐지만.

젤리 묻힌 패들이 드러난 몸 위에 붙었다. 마른 몸이 풀썩 들렸다가 꺼졌다. 들썩인 몸이 가라앉자 이번엔 레지던트도 아니고 교수가 뛰어들어 심폐소생술을 이었다. 바로 김현수였다. 가운이 형편없이 펄럭거리다가 구겨졌다.

'이 씨불놈들! 흐어어엉, 교수님 죽기만 해 봐! 흐어, 흑, 너네도 한 땅에 묻힐 줄 알아!'

초량은 엉엉 운다. 협박하면서도 뭐가 그리 서러운지 펑펑 울며 이러지도 저러지도 못한다. 그러다가 천장과 바닥을 연거푸 번갈아보고는 울음 섞인 욕설을 내뱉었다.

'뭐 하는 거야! 개새끼들아! 이대로 그냥 둘 거냐?! 뭐라도 해 보란 말이야! 마리아든, 왕자 놈이든 어디 처박혀서 보고만 있냐고! 뭐든 해! 교수님 살려 내란 말이야!'

아마도 초량은 산속의 아이를 또 지키지 못할까 봐 두려운 것이리라. 사태를 지켜보던 정은규는 쓴웃음을 지었다.

"걱정할 것 없어. 심장은 곧 다시 뛸 거야. 의사니까 골든 타임은 판단할 줄 알지?"

"저는 그 안에 결정하면 되는 거고요."

"그래서 물었잖아. 고민할 시간 오래 줘야 하느냐고. 네가 다시 눈을 뜨는 순간부터 새로운 삶의 방향이 결정될 텐데, 너무 짧니?"

병실의 소리가 멎는다. 무성 영화를 보는 듯하다. 정은규는 심장이 멈춘 저를 살리기 위한 이들을 천천히 훑는다. 발을 동동 구르며 고함치는 초량, 땀을 뻘뻘 흘리는 김현수, 일 끝내자마자 달려와 김현수와 교대해 직접 심폐 소생술을 펼치는 민 교수, 저를 따르던 레지던트들⋯⋯.

그리고 우리의 해피 엔딩을 위해 제일 고생했을 나의 구원자. 안대영.

정은규는 빛깔 좋은 사과를 마리아에게 내밀었다.

"저 사과 안 좋아합니다."

이건 정은규 식의 거절이었다. 그 두루뭉술한 대답으로도 마리아는 알아들은 모양인지 정은규가 내민 사과를 한 입 베어 물었다.

"그럴 줄 알았어."

미소 지은 마리아가 다른 손으로 정은규의 머리를 쓰다듬었다. 신성하고 거룩하되 어지러운 감정이 차분히 진정되는 손길이었다.

심폐소생술을 얼마나 많이 했을까. 모니터 속 한일자를 그렸던 그래프에 변화가 생겼다. 교수들이 안도의 한숨을 쉬더니 아이고, 아이고 하며 바닥에 주저앉았다. 초량은 눈을 댕그랗게 뜬 채 정은규의 낯빛과 모니터를 몇 번이나 번갈아본 후에야 팔뚝으로 눈물 콧물을 훔쳤다.

"다시 올 때까지 쉬고 있으렴. 시간은 많으니 못다 한 이야기는 천천히 나누어 보자고."

정은규가 고개를 들었을 때 마리아는 없었다. 발밑의 풍경이 사라지고 초원의 평온함이 돌아왔다. 동산에 또다시 홀로 남겨진 정은규의 머리칼을 따뜻한 바람이 사붓 어루만졌다. 맑은 공기를 들이켜는 정은규의 가슴이 크게 부풀었다가 가라앉았다.

                              ＊ ＊ ＊

　늘 망자와 사자로 바글거리는 삼도천이 웬일로 조용하다.

　두 번의 전쟁이 쓸고 지나가 초토화된 명부에서 제대로 일이 진행될
리가 없었다. 어수선한 사태가 하루빨리 정리되어야 이전처럼 원활한
환경으로 돌아갈 수 있었다. 그나마 살아남은 사자들은 평등왕의 허락
하에 뭍으로 나가 이 일이 해결될 때까지 망자들을 묶어 둔 채였다. 잔
수습은 평등왕이 하고 있다지만 명부 자체가 불완전한 상태임은 틀림없
었다.

　무엇보다 중요한 건 선봉장에서 명령을 내릴 대왕이 누구냐에 대한
물음이었다. 원래 시왕이 지분을 나누어 이끌었던 명부가 영 왕자의 반
란으로 홀딱 뒤집어졌다.

　재정비 기간 동안 외부의 출입을 막은 사실부터 명부의 상황이 절찬
리에 소문 나 있을 것이다. 이러다 하늘 놈들이 마음먹고 들이닥친다면
명부의 붕괴까지 이어질 수 있기에 각 게이트 입구에 배치된 무사들은
촉각을 곤두세우고 삼엄한 경계를 이었다.

　쿠웅—!

　조용한 삼도천에 소란이 일었다. 망자의 발길이 끊겨 쥐죽은 듯한 곳
에 굉음이 울려 퍼진 것이었다. 수면에 거세게 파도가 일어 정박해 놓
은 유람선이 들썩거렸다. 거칠어진 수면은 한참 후에야 고요를 되찾았
다. 굉음의 메아리가 돌고 돌다 사라지고 수면마저 잠잠해졌을 때 그곳
에는 용의 형상을 벗은 영 왕자가 서 있었다.

　삼도천에 노를 저어 어기야 가자꾸나
　저곳에 나의 황천이 있느니

시동 걸지 않은 유람선이 장송곡을 재생시켰다. 명부로 귀환한 열한 번째 지옥의 영 왕자를 맞아 주기엔 형편없는 노래였다. 애초 금의환향은 바라지도 않았다만 좆같기 그지없었다. 이딴 가락은 질색이다.

손가락을 딱 치자 장송곡은 벙어리가 되었다. 잔물결 흐르는 삼도천만이 영 왕자의 귀환을 환영했다.

영 왕자의 외관은 정은규와 달리 육신을 죽이기 전과 같았다. 그는 맞아 주는 이 하나 없이도 태연했다. 넘실거리는 물살에 세수하자 얼굴을 뒤덮은 채 굳어 버린 핏자국이 말끔히 씻겨 고운 얼굴이 드러났다. 물기 묻은 얼굴은 눅눅하면서도 권태로워 보였다. 날렵한 턱 선을 타고 물방울이 뚝뚝 떨어져 대강 훔쳐 냈다.

영 왕자는 피 맛 나는 입 안을 헹구어 내고 불이 휘감은 꼬챙이를 땅에 하나씩 쑤셔 박았다. 커다란 촛대처럼 꽂힌 꼬챙이마다 잘린 시왕의 대가리를 푹푹 쑤셔 매달았다. 치지직, 꼬챙이에 푹 꽂힌 살점이 불에 그슬려 역한 내가 났다. 이윽고 네 군데의 자리가 찼다. 눈을 홉뜨고 뒤진 머리통 네 개가 영 왕자를 일제히 노려보는 듯했다.

그림 좋고. 본능이 숨어 있는 나머지를 찾아 목을 베라고 성화였다.

문득 담배를 피우고 싶어졌다. 하지만 있을 리 없다. 금단 현상이 치밀어 욕설을 뱉어 낸 영 왕자가 여덟 번째 지옥을 향해 걷다가 발돋움해 뛰어올랐다. 이곳에 왔을 때처럼 용의 모습이 되었다. 그의 아래에 별 볼 일 없는 삼도천이 깔려 있었다.

얼마 안 가 여덟 번째 지옥이 모습을 드러냈다. 허물어진 게이트 앞에 무사가 진을 치고 있었으나 감히 영 왕자를 가로막을 자는 없었다. 눈이라도 마주칠까 싶어 피하기 급급한 자들을 등진 영 왕자가 뚜벅뚜벅 목표 지점을 향해 걸음을 옮긴다.

점차 목표물과 가까워진다. 부서지다시피 한 4게이트 앞에 익숙한 인영 둘이 있었다. 움직임이 없다. 얌전히 누워 있는 시체 두 구였다.

시체는 손바닥이 죄 까져 피범벅이 된 김석호와 끝까지 검을 놓지 않은 차민혁이었다. 그들은 나란히 누운 채 자신들의 주검을 거둬 줄 주군을 기다리고 있었다.

　'저는 대표님의 호위 무사입니다. 잊으신 것 아니죠? 반드시 돌아오셔야 합니다. 제가 게이트 입구에서 지키고 있을 거예요.'

　한쪽 무릎을 꿇은 영 왕자가 미동 없는 수하들을 내려다보다가 어째서인지 머리를 쓰다듬어 주었다. 이례적인 행동이었다. 저러다 회까닥 돌아 부관참시라도 시키는 건 아닐까 걱정하던 무사들은 영 왕자가 몸을 일으키자마자 짠 것처럼 고개를 홱 돌려 버렸다.

　"평등왕 어디 있어."

　지레 놀란 기색이 만연한 무사들에게 영 왕자가 명부로 돌아와서 처음으로 목소리를 내었다. 흠, 흠흠. 무사들은 날 선 시선을 피하며 어물쩍 대답했다.

　"모, 모릅니다."

　"정말 몰라?"

　"진실로 모릅니다……."

　그러니까 우리한테 화풀이하지 말라며 목소리에 애탄 호소가 담겼다. 저 중에 거짓을 말하는 자의 목구멍을 뚫어 버리려고 했는데 벌벌 떠는 꼴을 보아하니 사실인 모양이었다.

　영 왕자가 허리를 굽힌다. 이내 무사들의 두 눈이 튀어나가기라도 할 듯 크게 떠졌다. 그의 양손에는 제 수하들의 멱살이 하나씩 잡혀 있었다. 그런 채로 질질 끌고 간다. 미, 미친놈. 무사들은 튀어나가려는 탄성과 두려움을 겨우 입 안으로 삼킨다. 대신에 함지박 만하게 벌어진 입술이 다물릴 줄을 몰랐다.

　그들이 겹쳐 보는 미래에 과거가 회귀된다. 영 왕자가 저지른 살육의 밤이었다. 그 시절과 같은 공포가 무사들의 사지를 옭아매었다.

평등왕은 한갓지다 못해 휑한 도리천에 있었다. 달이 져 어둠뿐인 도리천의 못이 금세 범람할 듯 넘실거렸다. 현재는 암흑에 잠긴 도리천이지만, 불과 얼마 전까지 찬란한 달빛을 머금었던 곳이다. 뒷짐 진 평등왕이 간간히 출썩이는 물의 요람을 가만히 듣는다.

아주 오래 전, 용의 여의주를 탐냈다는 죄목으로 도리천 못의 밑바닥에 묶였던 이무기를 꺼내 준 적이 있었다.

하찮은 뱀 따위가 이무기로 변했다고 해서 신분 상승을 시켜 줄 것도 아닌데, 주제도 모르고 장차 검을 들이대기라도 하면 어떡할 것이냐며 노발대발하는 시왕의 언쟁이 무척 길었다. 도중에 염라가 그 입들 닥치지 못하겠냐고 화를 내지 않았다면 언쟁은 하나 남은 이무기가 죽을 때까지 이어졌을 것이다. 비록 일단락된 사태 이후 이무기들은 다들 참변을 맞았지만……

평등왕은 어미 이무기가 가여웠다. 사실대로 말하자면 못의 바닥에서도 충분히 살 순 있었다. 한데 왜 그리 신경이 쓰였는지 모르겠어. 그런 와중에도 배 속의 알을 지키려 고군분투했던 모습이 가엾기 그지없어 조용히 살아가라 일렀다.

자식이 죽는 꼴을 눈뜨고 지켜보아야 했던 어미가 필사적으로 작당 모의의 증거를 남겨 영에게 바치는 날이 올 것이라 알았느냐고 묻는다면, 글쎄. 쉽게 답이 나오지 않는군. 일어날 법한 일이었고, 일어났을 뿐이다.

그랬던 어미가 목숨 바쳐 지킨 마지막 이무기는 못의 밑바닥에 달라붙다시피 해 990년을 넘게 버텼다. 제 어미가 받았던 형벌을 숨의 연장으로 썼던 것이었다. 많이 외로웠을 거다.

그나마 다행인 점은 못에 풍덩 빠져 수영을 즐기는 자가 없었다는 점 하나였다. 평등왕이 알기로 자의에 의해 몸을 빠트린 자는 여태 없었다. 영이 변성왕의 목을 잘라 못 속에 내던져 군사들이 첨벙첨벙 뛰어들었을 때를 제외하면 말이다. 그때는 평등왕이 여섯 번째 지옥을 찾아가 치유해 주는 척 변성왕과 못에 뛰어든 무리의 기억을 지워 버렸다.

못 속은 항상 어둡다. 속을 알 수 없다. 그러나 그래서 지켜질 수 있었던 공간이다. 이무기의 숨이 못 안에서 붙어 있는 채로 그 오랜 시간을 버틴 자체가 증거이니까.

물의 요람이 잠긴다. 저벅, 저벅. 가까운 곳에서 발걸음이 귓속을 파고들었다. 평등왕은 뒷짐 진 그대로 뒤를 돌았다. 영 왕자가 걸어오고 있었다.

"왔구나."

그런데 영 왕자의 양 손에 익숙한 인간의 멱살이 하나씩 쥐어져 있는 게 아닌가. 바로 죽어 버린 김석호와 차민혁이다. 여덟 번째 지옥의 4게이트 앞에서 나란히 죽어 있는 시체 두 구의 멱살을 잡아 여기까지 데려온 영 왕자는 무게 따윈 느껴지지 않는지 무심한 눈길이었다.

어둠 속의 눈이 붉었다. 오자마자 수하들부터 챙기는 꼴을 보아하니, 저들의 죽음이 헛되진 않았구나 싶었다. 평등왕은 수하들과 약속한 대로 그들의 주군에게 고했다.

"네 명을 받들어 끝까지 지키더군. 시왕이 게이트를 넘어가지 못하도록 발목을 붙잡고 늘어지는데 몹시 짠했지."

영 왕자는 듣는 둥 마는 둥하며 수하들의 멱살을 잡은 팔을 들어 올린 채 뚜벅뚜벅 걸었다. 그가 직진하는 곳은 못이다. 평등왕이 놀라 소리쳤다.

"뭐 하는 짓이야! 이미 죽은 자들이거늘 수장까지 시키려 드는 게냐!"

영 왕자는 그제야 발걸음을 멈췄다. 늘어진 김석호와 차민혁의 신발에 물이 넘실넘실 스몄다.

"수장?"

물어보면서 평등왕을 위에서부터 주욱 훑는다. 소름끼치는 시선이었다.

"네가 그런 말을 하면 안 되지."

다시금 고개를 돌려 못 속으로 걸어 들어간다. 무릎에 찼던 물이 가슴 선까지 급격히 차올랐다. 평등왕은 영 왕자를 뜯어 말리려다가 밭은 숨을 쉬며 포기했다. 어디 저놈이 말린다고 말려질 자인가.

넘실거리는 물이 목까지 차올라 아슬아슬할 때 시체를 못 속에 처박은 영 왕자가 젖은 채로 빠져 나왔다. 못에서 저벅저벅 걸어 나오는 모습은 여느 물귀신과 비교할 수 없이 흉흉했다.

"두 번 죽으라고 고사를 지내라. 하긴, 환생을 약속해 주겠다고 했더니 네가 허락하면 해 달라고 하더군. 그래도 저 꼴이 될 줄 알았겠나."

영 왕자가 평등왕을 무시한 채 표정 없이 단조로운 목소리를 내었다.

"이무기가 990년이 넘도록 못 안에 숨어 있었다는 건 어떻게 가능했을까. 아가미가 달린 것도 아닌데."

평등왕은 어조와 달리 날 선 의문에 그만 태연함을 잃어버리고 말았다. 영 왕자가 처덕처덕 젖은 재킷을 벗어 아무렇게나 내던졌다. 피로 얼룩진 셔츠가 젖은 몸에 달라붙은 채였다.

"이상했지. 여의주의 영향을 받았더라도 하루 이틀도 아니고 그 긴 시간을 버틸 수 있는 건 의심 가잖아?"

"……"

뻣뻣하게 굳은 평등왕의 두 눈이 흔들렸다. 입술이 떠듬떠듬 열렸다 닫히길 반복한다. 영 왕자는 태평하게 셔츠를 벗어 물기를 쭉 짜 걸치듯이 입었다. 자상이 가슴과 배에 선연해 그의 육신이 죽기 전 겪은 일을 고스란히 드러냈다.

"실험 차 변성왕의 머리를 잘라 저 안에 던졌는데 시간이 지나도 멀쩡히 살아 있더군. 뭐, 독을 묻혔더라면 결과는 달라졌을 테지만."

"……"

"그걸로 확신할 수 없어서 상처 입은 상태로 직접 들어가 봤어. 그랬더니 물고기 떼가 달려들어 내 피를 모조리 앗아갈 듯 먹어치우더군. 이 새끼들은 뭔가 싶었는데 곧 재밌는 일이 일어났지. 그게 뭘까. 넌 알 텐데."

"……."

"어때. 네 숨통을 끊어 못 속에 처박고 확인하는 방법도 있어."

도리천은 이무기를 가두기 위한 감옥인 동시에 숨의 터전이었다. 평등왕만이 알고 있는 진실이었다.

저 안에 사는 물고기들은 한때 인간이었던 잔재들이다. 가족을 지키고자 의도치 않은 살인을 저지르고 제 목숨까지 끊어 버린 자들로, 환생과 소멸의 기로 가운데 죄업을 씻어 보내고자 못 속에 가둬 두었다.

원래 살인죄는 소멸의 직행 열차였으나 이들처럼 '악으로부터 타당하게 지키기 위한 행위'라면 상황이 애매해졌다. 저것들은 '형벌'이라는 명목 하에 물고기의 모습으로 기회를 받은 존재들이다. 지은 죄는 사라지지 않는다. 하지만 참회의 기회는 얻었다.

아가미와 지느러미가 달린 그들에게 평등왕이 부여한 '단죄를 씻어낼 자격'이란, 못 속에 들어온 대상이 누구든 생명이 꺼지지 않도록 돕는 것이었다. 그래서 물고기들은 바닥에 웅크려 숨은 이무기에게 달라붙어 숨을 불어넣어 주고, 살아 있음을 증명해 주기 위해 말을 걸었다.

과거 이무기와 대화를 나누다 피 냄새가 난다는 말 한마디에 영 왕자는 못에 몸을 빠트렸다. 그때도 똑같았다. 물고기들이 떼로 몰려와 영 왕자를 감싸고 그가 가진 상처를 치유해 주고자 정신없이 피를 빨아먹었다.

이때 확신했다. 못 안의 물고기는 관상용이 아니었던 거라고. 엘리사벳의 성당 연못에 있던 비단 잉어들과는 차원이 다른 존재들이었다.

"네 수하들은 인간의 몸으로 죽은 자들이다. 살아나리라고 장담할 수 없어."

평등왕은 거짓말과 부정 대신 우려를 먼저 내보였다. 상대가 영 왕자

이기에 어쩔 수 없었다.

"해 봐야 아는 거지, 그건. 만약 성공한다면 내가 친히 저것들을 환생시켜 줄까 하는데."

마치 물고기들에게 들으라는 듯이 영 왕자가 교활하게 중얼거렸다. 달콤한 유혹에 넘어가기라도 했는지 수면 위로 작은 물보라가 일었다. 영 왕자가 피식 웃는다. 기함한 평등왕이 웃음과 달리 살기등등한 영 왕자에게 이를 갈았다. 그는 웃음과 달리 살육을 자행하고자 검에 독을 묻히고 있었다.

"넌 어쩜……!"

"애들 살아 나오면 곧장 뭍으로 올려 보내. 할 일 쌓였어. 쉬어도 뭍에 가서 쉬라고 해."

"재판이 코앞이거늘 어딜 또 가는 게야."

영 왕자가 걸을 때마다 검에 묻은 독이 뚝뚝 떨어진다.

"내 새끼들 이렇게 만든 씨발놈 얼굴이나 보러. 재판 준비해 놔, 늦어도 갈 테니까."

못을 뒤로하고 걷는 영 왕자의 등이 발화해 새빨간 오라가 퍼진다. 발화는 이윽고 용의 태세를 갖추어 하늘로 힘차게 도약한다.

붉은 용이 자취를 감추면서 저물었던 도리천의 달이 고개를 내밀었다. 샛노란 빛이 쏟아지며 차츰 어둠이 걷어진다. 꺼졌었던 달빛이 수면에 다시금 내려앉는다. 도리천의 달이 다시 뜨고 있다. 새로운 왕이 재림하여 열한 개의 지옥에 균형이 이루어지리라는 신호였다.

「크악! 으, 으아악! 사, 살려, 으악! 크, 크흣…….」

평등왕의 귓속에 고통스러운 신음이 들려온다. 영 왕자가 예전처럼 살육을 시작한 것이었다. 가슴이 달리기를 한 인간처럼 두근두근 뛴다. 본능적인 두려움이 서렸다.

그에 반해 아직 수면은 고요했다. 얼마 지나지 않아 저물었던 달빛이 영롱하게 떠올랐다.

* * *

"에잇!"

이량이 카드 패를 내던졌다. 게임에 영 소질 없는 이량을 가뿐히 이긴 삼량이 의기양양하게 어깨를 들썩였다.

"것 봐라. 너는 나를 절대 이길 수 없대도."

"분하다!"

"어디. 대왕도 한 판 할 테야?"

보조 침대에 앉은 초량이 뒤도 돌아보지 않고 퉁을 놓는다.

"안 한다, 돌아 버린 놈들아. 교수님은 이렇게 누워 있는데 카드 게임이 눈에 들어오냐? 어엉?!"

"우리가 딱히 손 쓸 방법도 없는데 어떡해. 하늘 놈들 조율이 길어지나 보지. 우리는 그동안 시간을 알차게 쓰는 것뿐이라고~"

"맞아, 대왕. 피할 수 없으면 즐기라 하지 않은가!"

"뭔 개소리냐, 이 말 도둑 같은 놈들아."

희생한 도깨비들의 장례를 치르고 난 뒤 얼마 후에 초량은 마리아의 부름을 받아 병실로 날아왔다. 유예 기간이 시작되었으니 영이 없는 지금은 네가 아이의 곁을 지켜야 하지 않겠느냐는 부름이었다.

'당연하지! 당연하지, 가고말고!'

그리하여 초량은 병실에 들어서자마자 정은규의 보호자가 되었다. 정은규는 병원에서 세미나를 끝내고 돌아오는 길에 교통사고가 난 것으로 처리되어 있었다. 보험사가 다녀갔고 교수부터 시작해 레지던트까지 바락 놀라 달려왔다. 그러면서 누가 정은규에게 해코지라도 할까 가슴을 쭉 펴고 부리부리 노려보는 초량에게 비슷비슷한 질문을 던졌다.

'실례지만 정 교수님과 무슨 사이세요?'

'그쪽 정 교수랑 알아요? 친해? 처음 보는 사람인데.'

'혹시 교수님 친구……분이신 건가요?'

질문을 받는 초량의 눈썹이 쉴 새 없이 파도쳤다. 아니, 우리 교수님 교우 관계가 참으로 좁디좁았구먼. 정은규는 정말이지 최소한의 사회 연락망만 구축해 놓고 사는 사람이었다. 그의 주변은 전부 일로만 이루어진 관계뿐이었다. 그래서 초량은 꾸며 낸 대답 대신 빨랑 우리 교수님 살려 놓기나 하라며 눈을 부라리기만 했다.

안타깝게도 정은규가 살고 죽는 건 하늘에서 결정 내릴 일이었다. 그러므로 난다 긴다 하는 교수들이 온다 해도 손 쓸 수 있는 방법은 딱히 없었다.

초량도 잘 알고 있지만, 저 네모난 기계가 삐이 울며 그래프가 일자로 그어졌을 때는 이성을 잃어 살려 내라고 길길이 날뛰며 울었다. 창피했냐고? 전혀. 심장이 철렁 내려앉았고 울분이 들어찬 탓에 창피하다는 생각까지 할 여력이 없었다.

산에서 겪었던 일이 우리들에게도 크나큰 상처로 남았거든. 그때의 상처가 후벼 파이는 느낌이라서 울부짖었다. 아이를 또 지키지 못한다면, 이번엔 정말로 죄책감을 버틸 수 없을 것만 같아서.

아니라 다행이지. 기계가 울어서 다행이지. 초량은 앞으로 일어나는 모든 일이 다행이길 원한다. 그나저나 교수님은 옆에라도 있는데, 왕자 놈은 영 소식이 캄캄해…….

명부는 전면 출입 금지 상태였다. 가고 싶어도 못 간다. 그래서 제일 중요한 안대영의 근황을 아는 게 없었다. 사자 놈들은 입 꾹 다물란 명을 받았는지 망자들이 갈 길을 잃고 헤매기 전에 이끌어 북산으로 데려가기만 하였다.

명부 일이 해결될 때까지 북산을 망자 전용 가두리 장소로 쓴다고 했으니 거기도 엄청 시끄러울 터였다. 무광산은 엉망진창이 되어 산이라

할 수 없을 만큼 꼴이 사나웠고, 지황산은 도깨비들이 터를 잡았으니 북산을 선택한 것이리라.

난리, 난리 하다가 이런 난리통이 어디 있으랴. 초량은 땅이 꺼질 듯한 한숨을 쉬었다.

정은규는 부상자의 모양새를 하고 있지만 깊게 잠들어 있다. 위에서 마리아와 심도 깊은 이야기를 나누고 있을 텐데 그것도 걱정이 이만저만이 아니었다.

마리아가 그럴 신은 아니지만, 혹시라도 승천은 기록에만 남긴 채 환생을 유도한다면……. 사실 그편이 교수님도 아무 걱정 없는 햇살 같은 인생을 살겠지만, 왕자 놈은 속이 썩어 문드러질 거다. 암만 환생한 교수님을 다시 찾아가 수작질을 건다고 해도 제정신이겠느냐고. 마지막으로 보았던 야수 같은 눈깔이 생생하다.

에이씨. 내가 그놈을 왜 걱정해 주고 있는 건지. 교수님 걱정만 해도 차고 넘칠 판에!

"사십오량이가 곧 아기를 낳을 것 같아."

이량이 카드를 착착 모아 상자에 집어넣으면서 말문을 텄다. 삼량이 곧장 덧붙였다.

"이름은 어쩌지? 공백이 된 자의 이름을 붙일 것이냐, 아니면 새 이름을 달아 줄 것이냐."

"대왕의 의견은 어때?"

초량은 덤덤한 척 코를 훌쩍였다. 한 명이 죽으면 한 명이 태어난다. 그것이 세상의 순리이자 법칙이었다.

"새 이름을 지어 줘야지. 축복받아야 할 새 생명이니까. 우리의 곁을 떠난 자들의 이름은 영구적으로 남겨 둬."

"알았어. 그리고 십사량이와 십오량이가 저번 무광산 사태를 겪은 이후 산이라면 질색이라며 도시로 내려가고 싶다는데, 어쩔까?"

초량이 정은규의 곁에 있게 되면서 도깨비 정사는 임시로 이량과 삼량이 도맡았다. 무광산에서 겪은 일이 트라우마가 된 도깨비들은 침통해 하면서도 특유의 밝은 성격을 뽐내려고 애썼다. 그렇게 해도 십사량과 십오량처럼 나아지지 않는 자들도 있었다. 초량은 경기도 변두리에 사 둔 제 명의의 집이 몇 채나 있나 세어 보다가 대꾸했다.

"일단은 보류. 무엇보다 고놈들, 도시에서 살며 버틸 돈은 있다냐? 쯧쯧…… 무모하기는. 도시는 산속과 다르다고 전해. 여차하는 마음만으로 내려올 곳이 못 돼."

"이십이량이는 북산에서 아르바이트도 하는데 뭐가 문제냐고 따질걸? 게다가 이 병원에 오량이까지 있잖아."

"엄연히 다르지! 그건 아르바이트잖아! 이십이량이 고놈이 그 아르바이트 때문에 새벽부터 나가는 걸 알면서도 그래?"

지황산에서 북산까지 출퇴근 거리만 왕복 네 시간이었다. 그러면서도 이십이량은 지각한 적이 없었다. 계수복이 자르지 않고 계속 쓰는 이유에는 그 성실함이 큰 작용을 하였을 터였다.

그리고 이십이량은 급여보다 일하는 재미에 아르바이트를 다녔다. 인간의 계좌가 없어 회계 깨비를 통해 급여가 지급될 때마다 고기며 도토리묵 따위를 한 아름 사 들고 위풍당당하게 귀가했었으니까.

심지어 오량은 아르바이트 개념도 아니었다. 혹시 모를 상황을 대비해 관제 팀에 투입시킨 나름의 요원이다. 비교 대상으로 옳지 못했다.

어쨌든 그동안 지켜 왔던 체제의 변화가 생긴다면 차근차근히 검토하고 개편할 일이다. 성급히 굴면 분란이 일어날 것이다. 초량이 더 이상 말을 얹지 않자 이량과 삼량도 대화의 화제를 바꾸었다.

"그런데 얘는 언제 깨어나려나?"

"이제 약 20일 되었지. 유예 기간을 꽉 채우려는 겐가……. 아니, 그런데 생각해 보니 왜 하늘 놈들이 저승의 유예 기간을 따르는 거야?"

초량은 그들의 질문에 대수롭지 않게 대답했다.

"왕자 놈이 관련되어 있잖냐. 내가 볼 땐 하늘이 임보처야, 임보처."

용이 되었으니 마땅히 하늘의 소속인데 임시 보호처라고 부르는 게 말이 되나. 이량과 삼량은 각자 머리를 똑똑 두드리며 뜻을 파악하다가 짠 듯이 피요오, 하고 깨달음의 소리를 냈다.

"갑자기 이해돼. 그 사이코패스의 힘이 세긴 세지."

"괜히 사이코겠나. 영 왕자한테 이해를 바라면 안 되겠더라고. 그나 저나 아이는 머리가 많이 길었어. 깨어나면 팔량이를 불러 이발을 시켜 주도록 하자."

아니나 다를까, 가만히 누워 있기만 하는 정은규의 머리칼은 눈꺼풀을 덮을 만큼 길어져 있었다. 손발톱은 초량이 정성스럽게 깎아 주어 예쁜 모양을 유지하고 있었으나 도무지 머리 길이는 건들 수 없었다. 팔량은 도깨비들의 이발 겸 스타일링을 담당했으며 웬만한 고급 헤어샵 원장에 버금가는 실력을 갖추고 있으니, 정은규가 깨어나면 밤톨처럼 예쁘게 다듬어 줄 것이었다.

"너희는 이제 가라. 교수님 몸 닦아 줄 시간이 되었으니."

"대왕……. 그런 건 간병인 쓰라구. 어떻게 매일같이 닦아 줄 수가 있어. 힘들지도 않아? 그리고 아기가 태어났을 때 탯줄 자르러 와 줘야 하는 것 알지?"

새로 태어난 도깨비들의 탯줄은 부모가 아닌 초량이 잘라 주었다. 한 핏줄을 이어 온 도깨비 역사는 탯줄을 자를 때부터 시작된다. 그러니 대왕 인 초량이 영원한 축복을 담아 탯줄을 잘라 주는 것이 관례였다.

막 태어난 도깨비는 파랗고 미끄덩한 덩어리라 빈말로도 예쁘다고 할 수 없었지만, 탯줄을 자르면서 생기 넘치는 파란 불씨로 변하였다. 이 불씨 는 요람에서 포근한 시간을 보내다가 점차 도깨비다운 형체를 갖추었다.

"알고 있다, 이놈들아. 걱정하지 말래도! 갈 땐 간다. 그전에 교수님이 깨어난다면 금상첨화이거늘. 어여 가, 어여~"

　부랴부랴 이량과 삼량을 좇은 초량이 병실 문을 단단히 잠근 채 따뜻한 물을 담은 양동이와 수건을 가지고 와 정은규의 옆에 섰다. 베드 각도를 올려 45도로 만들고 정은규의 몸을 둘둘 감싼 붕대를 조심스럽게 풀었다.

　"흐음⋯⋯."

　상처가 많이 아물었다. 정확히는 희끄무레한 흉터만 남기고 사라졌다. 얼굴의 반절을 덮은 거즈도 조심조심 떼어 내자 상처는 있던 적도 없었던 것처럼 깨끗했다. 다행이구면. 얼굴만큼은 흉 지지 않길 바랐는데. 다행이야.

　이것은 의학적인 치료에 앞서 정은규의 몸이 순환하고 있다고 보아야 한다. 여기서 '순환'이란, 기존에는 완벽한 인간의 몸이었다면 승천한 이후 신이 되는 중이란 뜻이다.

　좋은 징조다. 이런 반가운 증상이라면 환생을 선택하진 않았구나. 다행이다. 정말로 다행이다. 벌써 몇 번째의 다행이었다. 초량은 걱정의 무더기를 거즈와 함께 쓰레기통에 버렸다.

　흠. 교수님의 심장이 잠시 멈추었을 때가 순환의 신호탄인가. 그때가 결정의 순간이었을까.

　잘하면 아기 도깨비가 태어나기 전에 지황산으로 돌아갈 수 있겠다. 물론 안대영이 제때 나타난다면 말이다.

　초량은 정은규의 얼굴부터 따뜻한 수건으로 천천히 닦았다. 성적인 의도는 전혀 없이, 보호자의 역할에 충실해 한껏 섬세한 손길이었다. 정은규는 아직도 잠들어 있었다.

* * *

쿠쿠쿠쿵!

여섯 번째 지옥이 통째로 흔들렸다. 원인은 붉은 용 한 마리였다. 여섯 번째 지옥을 궤멸시키려는 용의 몸짓이 크기와 달리 날쌔고 위협적이었다.

뭍으로 탈출하지 못한 군단이 검을 들고 달려들었으나 용에 의해 사지가 절단 나 피를 흩뿌렸다. 인정사정 봐주지 않고 물어뜯는 용에 의해 헐레벌떡 도망치던 다른 이들도 얼마 못 가 상체와 하체가 분리되어 푹 파진 구덩이로 굴러떨어졌다.

으아악! 깍, 끄악, 끄윽. 소름끼치는 죽음의 굴레만이 존재하는 곳이었다. 여섯 번째 지옥은 허례허식을 좋아하는 변성왕답게 여기저기 융단이 깔리고 호화스러웠으나 갖은 액체로 흠뻑 젖어 원래의 모습을 잃은 지 오래였다. 잔인하다고밖에 표현할 수 없는 꼴이었다.

용의 단단한 이빨이 몸을 뜯고 매서운 발톱은 머리통 서너 개를 한꺼번에 움켜잡아 으깼다. 피가 달달한 과즙이라도 되는 양 쉴 틈 없이 뿜어져 융단을 뒤덮었다. 색만 보면 대단히 맛깔스러워 보였다.

용은 조금 전 일곱 번째 지옥도 이와 다르지 않은 난장판을 만들어 놓고 나왔다. 그 결과 태산왕의 머리는 본인의 지옥답게 일곱 번째 꼬챙이에 푸욱 꽂혀 있었다.

머리꼭지 안 보이게 숨은 변성왕을 찾아 술래가 된 용이 질척질척한 융단 위에 두 다리를 내려 섰다. 양손에 독 묻힌 검이 한 자루씩 들렸다. 하나는 본인의 검, 다른 하나는 제 수하가 죽을 때까지 품에 지녔던 검이다. 술래인 살육자는 휘파람을 불며 지옥을 거닐었다. 숨바꼭질에 관한 동요였다.

'머리카락 안 보이게 잘 숨어 있어.'

무척 여유로운 걸음걸이를 잇던 발이 살짝 비틀린다. 바람 한 점 없는 여덟 번째 지옥에서 큼직한 나무의 이파리가 파드득 흔들렸기 때문이었다. 찰나를 놓치지 않은 술래가 나무로 다가갈수록 누군가의 터져 버릴 듯한 심장박동이 기분 좋게 느껴진다.

마침내 나무 앞에 다다른 술래가 고개를 삐딱하게 꺾어 위를 올려다본다. 이파리사이로 비죽 튀어나온 값비싼 신발이 파들파들 떨리고 있었다.

'여기 있었구나. 금방 찾았네.'

다정한 척하는 말투와 달리 올라가는 입매가 잔인함을 고스란히 드러내고 있었다. 그의 성정은 불이나 이성은 찬물을 뒤집어쓴 듯 차갑기 그지없다. 술래에게 먹히기 직전인 변성왕의 바지 앞섶이 축축이 젖는다.

'이번엔 목 자르는 걸로 안 끝나.'

'히, 히익, 힉, 오, 오지, 오지 마! 오지 말란 말이야! 으악!'

기우뚱, 쿠웅. 나무의 몸통이 우지끈 넘어가면서 대롱대롱 매달린 변성왕도 비명을 내지른다.

검을 고쳐 잡은 영 왕자는 흙먼지가 안개처럼 부옇게 일어난 사위를 파헤치고 다가갔다. 행동에 급함이 전혀 묻지 않았다. 느긋한 포식자가 먹잇감과의 포위망을 좁혔다. 먹잇감의 눈에 공포를 넘은 두려움이 물든다. 또 한 번 오줌을 지렸다.

"―정신 나간 놈."

이 모든 상황을 업경으로 지켜보던 염라가 이를 간다. 영 왕자는 달린 눈깔이 완전히 돌아 정상의 범위를 한참이나 벗어난 상태였다.

"저놈이 벤 시왕의 목이 몇 개냐."

"이, 일곱 갭니다……."

"삼도천에 목이 전시된 놈들은 시왕씩이나 되어 순순히 목숨을 내주었단 말이냐."

"그것이…… 대, 대왕님도 보고 계시기에 아시겠지만……. 제가 전해 듣기로는 여덟 번째 지옥에서 책사와 무사의 시신을 본 이후로 저,

저렇게 변하셨다고 합니다……."

알다마다. 저런 눈깔로 나타났으니 명부에서 놀고먹는 게 취미였던 하찮은 놈들이 오죽하랴 싶었다. 죽어도 싼 놈들이긴 하나, 대책 없는 영왕자가 저 지랄로 개판을 쳐 놓았으니 문제라면 저놈 자체가 난제였다.

그리고 뭐가 어째? 책사와 무사의 시신을 본 이후로 저리 변하였다고? 그거야말로 어불성설이다. 제 아들 새끼라면 신하들이 시체 꼴로 맞아 주기를 원했을 놈이다. 그래야 삼도천에 그 염병 떨 명분을 세울 것 아닌가.

"지랄 그만하고 가서 재판에나 오라고 전해라."

그때, 업경 속에서 직, 지익, 푸욱, 살점이 징그럽게 찢기는 소음이 일었다. 그 광경을 목격한 책사가 새파래져 온몸을 부들부들 떤다. 염라는 기어코 변성왕의 목까지 잘라 낸 잔인무도함에 혀를 내둘렀다. 저놈은 잘린 머리채를 들고도 표정 변화 하나 없었다.

"됐다. 갔다가 네놈 목도 잘릴 판이로다."

책사는 성은이 보통 망극한 게 아닌지 납작 엎드려 몇 번이고 감사 인사를 올렸다. 일순 염라의 눈앞에 짧은 미래가 스쳐지나갔다. 저와 영왕자가 단독으로 대치하고 있는 장면이다. 결국엔 이 지경까지 오게 되는군. 그러나 염라는 운명을 거스르지 않고 정면 돌파를 택했다.

"먼저 재판장으로 갈 테니 앞서라."

"주, 준비하겠습니다."

부리나케 일어난 책사가 서둘러 염라를 안내했다. 책사의 눈에 오늘따라 염라의 의복이 유독 검붉게 보였다.

* * *

재판장은 다섯 번째 지옥에 마련되었다. 열 개의 의자가 일렬로 늘어서야 할 곳에 앉을 수 있는 자리는 단 두 군데였다. 여덟 개의 의자가 빠져 넓어진 공간이 횅했다.

다시 떠오른 도리천의 달만큼이나 커다란 업경을 비치하고, 영 왕자의 죄명이 담긴 상소를 차곡차곡 쌓아 재판 준비를 마친 책사들은 꺼림칙한 낯빛을 지우지 못했다.

과연 재판 자체가 옳은 행동인지, 옳다면 분노한 영 왕자가 저희들을 죽이진 않을지 무척 걱정하는 태세였다. 개중 하나는 염라의 업경을 통해 미친놈의 실태를 두 눈으로 똑똑히 보았지 않은가. 가만히 있어도 다리가 덜덜 떨렸다.

염라와 평등왕이 재판장에 들어섰다.

"영은 어디에 있더냐."

허리를 숙이고 있던 책사가 대답했다.

"오, 오시고 있답니다."

이차남은 전쟁이 또 발발할까 싶어 군단에게 자리를 뜨지 말아 달라며 부탁하고 늦게 나타났다. 자리는 평등왕의 뒤였다.

그때, 땅에서 아지랑이가 셀 수 없이 피었다. 쿠─웅! 썰렁한 재판장에 하늘을 뒤덮는 커다란 용 한 마리가 날아온다. 그 용은 땅이 쩌렁쩌렁 울리도록 포효하다가 마법처럼 영 왕자로 변하였다. 그가 용에서 사람의 형태로 변할 때 불씨의 잔재가 어지럽게 흩날렸다.

피를 흠뻑 뒤집어 쓴 영 왕자가 표정 없이 저벅저벅 걸어온다. 상석 아래 공손한 자세로 서 있던 책사는 발걸음 소리에 몸을 움칫 떨었다.

저벅, 저벅, 저벅.

육신을 죽여 돌아올 당시 영 왕자의 차림새는 죽기 전 슈트 차림 그대로였다. 그런 그가 의복을 갈아입고 나타났다. 명부에서 입던 붉은 색의 두루마기였다. 허벅지까지 내려오는 붉은 비단 안에 흑색 날개옷을 입었다. 얼굴의 핏자국만 아니었더라면 흰 피부와 곧잘 어울려 몹시 아름다운 모습이었겠으나, 차림은 내면의 잔혹성까지 숨기지 못하였다. 위압감이 대단했다.

"좀 늦었습니다."

주위를 둘러보더니 책사에게 고갯짓으로 착석한 두 지옥의 왕을 가리킨다. 의자 가져 와. 그러나 남는 의자가 없었다. 눈치를 이리저리 살피던 책사가 곤란한 듯 염라에게 도움을 청했다. 어찌 됐든 제 상관은 영 왕자가 아닌 염라였기에. 염라의 입술에서 푸르스름한 연기가 피어올랐다.

"죄를 지은 주제에 착석까지 원하느냐."

"죄?"

코웃음만 친다.

"옛날엔 질질 끌고 오더니 내 발로 와도 죄라고 하는군요. 뭐, 됐습니다. 금방 끝내죠."

짝다리를 짚은 채 삐딱하게 선 영 왕자가 파들파들 떠는 책사를 위아래로 훑는다. 상소문을 든 책사가 떨리는 목소리를 뱉어 냈다.

"여, 영 왕자의 죄를 고하겠나이다. 하나, 이무기를 멋대로 이승에 숨긴 죄요. 둘, 명이 정해진 망자의 운명을 멋대로 바꾸어 지옥에 혼란을 일으킨 죄요. 셋, 과거와 현재를 충돌시켜 균형을 깨트린 죄요. 넷, 시, 시왕을 살해한 죄, 죄요. ……이, 이상입니다."

총 네 개의 상소를 읊은 책사가 두루마리를 둘둘 말아 놓고 재빨리 물러났다. 영 왕자는 심드렁하게 물었다.

"저게 다야?"

"저, 저희가 파악한 바로는 다, 답니다!"

염라를 방패삼아 책사가 소리쳤다. 이에 염라가 인상 쓰며 일갈했다.

"시끄럽다."

"소, 송구, 송구하옵니다."

공손한 자세로 돌아간 책사가 간헐적으로 몸을 떨어 대었다. 재판장에 도착하기 직전까지 살육을 저지른 자다. 제 목이라고 멀쩡히 붙어 있으리라는 보장이 없었다. 저 무서운 검을 보라지. 검보다 더 무서운 검의 주인은 어떻고.

"그래. 시왕의 목을 잘라 삼도천에 전시해 놓으니 속이 시원하냐."

염라가 말문을 열었다. 바들바들 떠는 염라의 책사와 달리 이차남은 꽁꽁 얼어 한마디도 꺼내지 못했다. 영 왕자가 팔짱을 꼈다.

"아쉽게도 손맛은 싱거웠습니다. 게다가 열 마리 전부 죽인 것도 아닌데 속이 시원하겠습니까. 제 시원한 마음을 위해 기꺼이 목을 내놓으실 의향은 없냐며 되묻고 싶은데요."

"네놈의 미친 행동에 각 지옥은 쑥대밭이 되었으며 파멸과 혼란만이 가득 찼다. 이에 대한 죄는 어떻게 다스려야 할지 머리가 터지겠구나."

"하하하. 항상 느끼지만 개소리를 참 잘하십니다. 제대로 돌아가고 있는 거죠. 썩어 빠진 것들 목 좀 잘랐다고 무너질 지옥이었다면, 그것도 심각한 문제 아닙니까."

"그래서 자결을 선택했느냐. 하늘까지 볼모로 잡은 채 얼마나 더 들쑤셔야 입 처닫고 곱게 소멸할 테냐."

"아, 누가 보면 진짜 선택한 줄 알겠네."

그르릉거리는 염라의 기운이 붉게 타올랐다. 살벌한 기 싸움이다. 넘실거리는 오라가 이전 성당에서와 비교할 수 없이 커졌다. 재판장을 집어 삼킬 듯하다. 평등왕은 그때까지도 부자의 기 싸움을 관망하고 있었다.

"그리고 문제 있어요? 내가 내 몸 죽여 자기희생 했다는데. 따지려면 하늘에 대고 따지세요. 여기 내려와 시간까지 벌어 줬는데 아직도 나온 결과가 없어? ……아니지. 내가 직접 나서는 게 편하겠군요. 그쪽은 이제 지킬 채신머리도 없는데 나서 봐야 개망신만 당할 것 아닙니까. 이

빨 빠진 호랑이를 누가 상대하겠어요. 마리아도 나와 대면할 준비를 했을 텐데."

너도 같이 매달아 줄까 해.

육신이 죽기 직전 베어 버린 시왕의 대가리를 놓치며 뱉은 말을 알량한 협박으로 받아들였다면 오산이다. 염라를 지칭해 '이빨 빠진 호랑이'라며 비웃은 영 왕자의 오라는 형태가 점차 선명해지더니 용의 안면으로 변하였다. 힘의 과시였다. 크아아아─ 불길 치솟은 아가리가 염라를 향해 쩌억 벌어졌다.

"결론부터 말하자면 난 무죕니다."

용은 염라의 코앞까지 다다랐다가 흐트러져 원래의 오라로 되돌아왔다. 영 왕자가 삐딱하게 서서 성의 없이 쌓인 상소를 턱짓한다.

"첫 번째 죄. 이무기를 멋대로 숨긴 건 그럴 수밖에 없었습니다. 나만 아는 데에 숨겨야 거지새끼들이 못 찾죠. 권력에 눈깔 뒤집은 것들이 한둘입니까. 내 걸 살리려면 정당방위였습니다. 그놈의 여의주 타령도 여기다 갖다 붙이면 되겠군요."

죄명이 담긴 상소에 불이 확 붙었다. 갑작스러운 불길에 지레 놀란 책사가 제자리에서 펄쩍 뛰었다.

"둘, 내 마음대로 정은규의 명을 늘렸다……. 음, 그래서 지옥에 무슨 혼란이 일어났을까? 난 모르겠는데. 개인의 분노를 이런 데에 갖다 붙이시면 어떡합니까. 그거야말로 혼란을 야기하는 거죠."

직, 직. 바닥에 검이 그어지면서 불씨가 타닥타닥 튀었다. 영 왕자는 뻣뻣한 목을 젖혀 느릿느릿 풀었다. 내리깐 눈이 여기저기 닿았다.

"셋. 과거와 현재의 균형을 깨트린 것도 정당방위입니다. 이무기의 어미는 바로 이 지옥의 시왕에 의해 살해당하고 무당으로 환생했습니다. 그런데 이승에서 자기 자식 지키다가 또 죽었어요. 업보, 업보 운운하면서 그 자식이 버텨야 할 인생도 업보로 치부하셨다면 크게 실망입니다. 누군가는 그 고리를 끊어야 악순환도 사라져요. 그걸 내가 했을 뿐입니다. 더불어 진작 승천해야 했을 이무기도 드디어 용이 되었고. 아, 굉장히 아름답더군요. 넋 놓고 보다가 배때기까지 뚫렸지 뭡니까."

이무기의 승천이 떠오르는지 영 왕자의 눈에 감회가 짧게 스쳐지나갔다. 광기를 동반한 눈빛이 입매까지 내려와 웃음을 그리자 숨죽이고 있던 이차남은 소름 끼친 팔을 감쌌다.

"네 번째 죄도 따져 보아야 하나? 내가 여기 왔을 때 날 맞아 준 건 두 구의 시체였습니다. 나의 무사와 책사였죠. 걔들이 죽은 건 내 팔이 잘려 나간 것과 똑같아요. 그런데도 가만히 있으라고? 나더러 참는 병신이 되라는 겁니까? 너희 둘 다 아직 대가리가 달렸으니 생각이라는 걸 해 봐요."

염라와 평등왕이 침묵을 고수한다. 특히 평등왕은 영 왕자가 죽은 수하들을 살리려 못 속에 처박아 두는 모습까지 보고 왔음에도 함구했다. 영 왕자는 그들의 죽음조차 계략으로 써 먹은 놈이다. 그러니 여기서 목숨 부지하려면 입을 다물어야 한다.

책사는 긴장으로 흠뻑 젖은 목덜미를 눈치 보며 닦아 냈다. 영 왕자가 내뿜는 살기와 상소 화형식에 숨이 막혔다.

"그거 아십니까? 난 원래 평등왕에게 열한 번째 지옥을 넘긴 채 떠나려고 했습니다. 그 애만 있으면 지옥이고 나발이고 필요 없었어요. 너희끼리 실컷 해 처먹으라고. 그런데 나에게도 살아갈 이유라는 게 생기더군요."

지키겠다고 했잖아, 그래서 지켰고, 앞으로도 지킬 예정인데 왜 쓸데없이 떠들어. 너희가 그 애에게 불안과 절박함을 이끌어 냈으니 내 선에서 잘라 버려야 완전히 지킨 게 되지. 느긋한 말에 숨어 있는 뜻이었다.

그러나 그 말을 들은 평등왕은 혀를 깨물 뻔했다. 아군을 구별하는 도구인 줄로만 알았던 유혹이 이무기에게 가진 순수한 순정으로 비롯된 행동이었다고? 뒤통수를 거하게 맞은 듯 얼떨떨했다.

내가 또 한번 감히 영의 생각을 넘보았구나. 뛰는 평등왕 위에 영 왕자는 날고 있음이라. 이제 그의 속내가 짐작조차 안 되었다.

"……맞는 말입니다. 영이 제게 열한 번째 지옥을 넘기려고 했었죠. 허나 기억을 되찾기 전의 일입니다. 저는 받지 않겠다고 했었고."

놀란 표정을 드러내지 않으려 마음을 가다듬은 평등왕이 영 왕자를 두둔하고 나섰다. 영 왕자는 가느스름한 눈으로 평등왕을 주시하다가 피식 웃으며 중지와 엄지를 맞부딪쳤다. 태양처럼 커다란 업경에 화면이 띄워졌다.

화면 속에 다섯 번째 지옥에 구금되어 있는 도깨비들이 있다. 이는 초량이 영 왕자에게 전달한 서신의 일부였다.

―쾅쾅! 결계를 부수고자 도깨비들이 방망이를 마구 가져다 박는다. 꿈쩍하지 않는 결계에 방망이가 튕겨져 나갔다.

'대왕! 이를 어쩌면 좋지?! 우리 손 놓고 당할 수밖에 없는 거야?!'

개중 하나가 억울한 듯 소리쳤다. 초량은 구석에 앉아 눈을 감고 있었다. 한 명이 말꼬를 틀자 여기저기서 비슷비슷한 외침이 쏟아졌다.

'여기서 손가락만 쪽쪽 빨아야 하느냐고! 우리가 이럴 동안 연화와 아기는 크게 다칠 텐데!'

'우리는 우리 몫을 해야지! 그래야 영 왕자의 약속을 지키지 않겠느냐고!'

'안다, 이놈들아. 침착해 봐.'

'어떻게 침착해! 이 안에서는 시간이 얼마나 흘렀는지도 가늠이 안 된단 말이야!'

다섯 번째 지옥에는 죄인을 가두기 위한 감옥이 존재했는데 도깨비들도 이곳에 갇혀 있었다. 감옥에 갇혀 있으면 시간 감각이 사라졌다.

이곳에서의 하루는 뭍의 시간 단위로 얼마나 흐르는지조차 짐작이 불가능하다. 아무리 감 좋은 초량일지라도 알 수 없다. 팔뚝에 힘줄이 다닥다닥 돋아났다.

「마지막 이무기를 죽일 거야.」

일순 도깨비들의 흉흉한 눈길이 소리의 근원지를 찾아 부리나케 움직였다. 소리는 어두컴컴한 감옥의 밖에서 들렸다.

「우리 형제를 몰살한 것으로도 부족해 막내까지 죽이려 들 거야.」

「우리의 목숨은 시왕이 거둬 갔으나 막내는 염라에게 죽임당하리라.」

「염라는 잔인하다. 염라는 잔인해. 이무기가 죽어야 영 왕자의 여의주가 완벽히 사라진다. 그러니 염라는 이무기를 죽일 거야.」

「염라는 욕심이 많아. 오롯이 제 세상이 되기를 원한다.」

「하늘의 악귀도 염라가 문을 열어 주었지. 영 왕자를 제 손에 주무르려고 우리를 죽였어. 그러니 영 왕자의 약점인 이무기도 죽일 거야.」

「염라는 잔인해.」

「막내를 염라가 죽이려 들 거야. 염라가 제일 나빠.」

대여섯 가지의 소리가 합쳐 두서없이 반복되는 문장 형태였다. 초량의 파란 눈이 어둠 속에서 번쩍 빛났다. 이들은 시왕에게 억울한 죽임을 당한 이무기들이다. 소리만 어렴풋이 들려오고 형체가 닿지 않는 것이라면, 혹시 뭍에서 애타게 외치고 있는가. 긴박한 상황이라 환생의 유무를 따져볼 새가 없다.

초량은 검지를 이마에 댄 채 목소리의 무게에 집중했다. 그러나 더 들려오는 소리는 없었다.

'누구냐!'

'모습을 드러내라!'

도깨비들이 우렁차게 소리쳐 보아도 묵묵부답이었다. 공기 중에 떠다니는 듯 나풀거리는 목소리가 단발마의 비명과 함께 사라졌다. 환생이 아닌가 보군. ……누군가 이들에게 두 번의 해코지를 했을까.

그리고 곧장 들려오는 또 다른 소리가 있었다. 구슬픈 울음이 섞인 기도였다.

「살려 주세요. 우리 아이를 살려 주세요. 우리 아이는 죄가 없습니다. 살려 주세요. 귀한 분께서 아량을 베풀어 우리 아이를 부디 살려 주세요. 제 목숨을 가져가셔도 좋습니다, 아이만은 살려 주세요…….」

당시 53마리였던 도깨비들이 일제히 방망이를 바닥에 쿵 찧었다. 직전과 다른 반응이었다.

'이 목소리는 연화가 아니냐?!'

'연화가 맞다!'

'연화가 위협받고 있는 거야!'

'대왕! 뭣 하고 있어! 여기서 나가야 한다!'

재판장의 구성원이 한창 업경에 몰입하던 이때 영 왕자가 다시금 중지와 엄지를 맞부딪쳤다. 업경이 원래대로 돌아갔다. 더 보고 싶었는데 절묘하게 끊어 버리시네……. 시청자처럼 몰입한 책사들이 아쉬움에 입을 쩝, 다셨다가 황급히 안 그런 척 허리를 곧게 폈다.

"걱정 마세요. 거를 건 걸렀습니다."

퍽이나 걱정 말라는 모양새였다. 그러더니 평등왕에게 턱짓했다.

"지금부터 부자간에 긴밀한 대화를 나누어야 하니 넌 꺼졌으면 하는데."

"대왕니임……."

이차남이 눈치를 보며 작게 평등왕을 불렀다. 위압적인 기운에 눌린 평등왕은 일어나고 싶어도 힘에 부쳐 겨우 팔걸이에 기댄 채 섰다. 이는 암묵적으로 영의 뜻에 동의하고 따르겠다는 신호나 마찬가지였다.

이 재판은 처음부터 일어날 수 없다. 염라는 영을 절대로 이길 수 없어.

이차남이 삐걱거리는 몸짓으로 황급히 평등왕의 뒤를 따라갔다. 공석이 되자 영 왕자는 손가락을 까딱해 휘익, 날아온 의자에 털썩 앉았다.

"자. 오붓하게 이야기해 볼까요."

책사는 엎드려 덜덜 떨었다. 이번에야말로 목숨이 간당간당할 일이 벌어진 것이다. 이럴 거면 차라리 죽여 주지, 영 왕자는 빠짐없이 들으라며 명줄을 붙여 놓았다. 언제 잘릴지 모르는 목이 되었다. 빈 상소를 펼쳐 기록할 준비하는 책사의 손이 안쓰럽게 떨렸다.

영 왕자의 꼰 다리가 팔랑거렸다.

"배워 처먹질 못한 건지, 아니면 생각의 끄나풀이 그 정도 수준인 건지. 아가리는 시왕이 다 털고 정작 행동은 직접 하셨더군요. 이건 죄가 아닙니까? 다섯 번째 지옥의 대왕이 이계의 악귀를 들이다뇨. 이거 마리아와의 화친도 개수작이라고밖에 볼 수 없겠는데. 너랑 내 자리가 바뀌었다는 마음 안 들어요?"

검은자 아래로 흰자가 떠 있는 눈깔에 비해 따분한 말투였다. 염라도 검을 꺼내들었다.

'뱀 타령 하더니 정작 뱀 새끼 따로 있었군.'

어느 날의 새벽, 초량과의 대화에서 안대영이 지칭했던 '뱀 새끼'는 염라였다.

"나를 얼마나 손바닥에서 굴리고 싶으셨을까. 왜요, 쉽게 안 되던가요?"

그러면서 일어난 영 왕자가 검을 고쳐 쥐었다. 베기 위한 손짓이다. 재판장에 들어설 때와 마찬가지로 저벅저벅 정면을 향해 걷는다. 염라와의 거리가 좁혀진다.

"앞서 말했듯이 난 정당방위였습니다. 반박할 수 있으면 해 봐요. 자식 된 도리로 마지막 발언 기회를 드릴 테니."

그들의 거리는 커다란 손이 쑤욱 뻗어질 만큼 가까워졌다. 가까이에서 본 영 왕자의 눈알은 회까닥 돌아 무시무시했다. 깔려 있던 여유는 모두 처세술일 뿐이다. 이 미친놈에게 이성이란 제 손으로 심장에 검을 꽂을 때부터 날아갔던 것이었다.

무시무시한 검이 포물선을 그렸다. 염라는 그에 맞서 영 왕자의 목을 턱 움켜쥐었다.

"흐, 흐아악!"

공포에 질린 책사가 결국 눈을 까뒤집고 기절해 버렸다. 그럴 만도 하였다. 영 왕자의 손에는 염라의 잘린 상투가 들렸다. 삽시간에 치렁치렁하게 늘어진 긴 머리가 염라의 얼굴을 뒤덮었다. 자식의 목을 움켜쥔 손에 힘이 가득 실렸다. 손등에 우두둑 솟은 힘줄이 그 세기를 증명하고 있었다. 영 왕자는 숨통이 조여 핏기 몰린 얼굴을 하고도 웃고 있었다.

"하, 하하, 눈에 힘, 푸시죠. 정을 생각해서, 목은 안 쳤잖습, 니까."

"네놈이 반란을 꾀하리란 걸 알았다. 그럼에도 지켜보았지. 왜 그랬는지 아느냐? 난 네가 스스로 깨닫길 바랐으니까. 그깟 연모에 눈깔이 돌아 세상을 어지럽히는 일만큼은 하지 않기를 바랐던 게, 나의 욕심이라는 걸 인정하고 싶지 않았다. 그 점이 아니었더라면 나는 너를 뒤흔들지도, 손에 올려놓고 굴리려 들지도 않았을 게다. 그것까지 몰랐느냐고 굳이 말해 주랴?!"

제 아들 손에 상투가 뎅강 잘린 염라의 분노는 울림이 되어 지천을 뒤흔들었다.

"그래, 네 힘이 탐이 났지. 하지만 처음엔 공존을 떠올렸다. 두 개의 태양은 뜰 수 없는 법이나 가능하리라고 여겼던 때가 있었어. 이 지옥이 평화롭게 흘러가는 방향을 다방면으로 모색하였다. 네놈이 내 능력을 얻고 이무기에게 날뛰기 전까지는 말이야."

영 왕자의 얼굴에서 유일한 색은 흰자위뿐이었다. 지우지 못한 핏자국 서린 얼굴이 터질 것처럼 붉어진다 해도 달라진 점은 없었다. 여전히 붉고 흰자만 이질적이다. 그러나 이젠 그 흰자위마저 붉게 물들고 있었다.

"그게 나의 본성이었다고 탓할 셈이냐. 내가 너를 꼭두각시로 부려 지옥의 유일한 왕이 되려는 건 네놈이 했던 짓거리를 조금이라도 돌아보았다면 감히 따질 수 없……!"

끼기긱. 손아귀 안의 목울대를 부술 것처럼 힘을 주던 염라가 배에 푹, 꽂혀 몸을 관통한 검을 내려다보았다. 영 왕자는 상투를 자르는 것에서 그치지 않고 아비의 배 속에 검을 쑤셔 넣었다. 그러고도 웃는 낯이었다.

염라의 눈썹이 대번에 찡그려지며 잠시 목 조른 손에 힘이 풀렸다. 영 왕자는 곧장 염라의 손을 내쳤다. 입에서 주르륵 피를 흘리며 영 왕자를 바라보는 염라의 서늘한 눈에 새파란 분노가 피었다.

"제 꾀에 제가 넘어갔다는 말 아십니까. 이런 순간에도 거짓을 말하는군요. 공존? 그냥 처음부터 내 힘이 탐났다고 하면 되는 걸 빙빙 돌려 거짓말하는 이유가 뭡니까. 그렇게 자존심 세우고 싶어요?"

"네가 감히……!"

"두 번이나 죽은 뱀이 이 꼴 보면 웃겠네. 어디, 미래를 보셨을 것 아닙니까. 어떻던가요. 너는 죽던가요? 나도 무척 궁금한데 꼴리는 대로 해 보죠. 가로로 베어 드리리까."

점차 원래의 낯빛으로 되돌아온 영 왕자는 달콤한 제안을 던지며 배 속에 꽂은 검의 축을 바꾸었다.

"음…… 거열하기엔 세로가 편하려나. 머리의 형태는 남겨 두어 자르도록 할까요. 잘린 머리를 삼도천에 꽂아 두면 장관일 겁니다."

이는 다섯 번째 지옥의 왕을 상대로 한 명백한 유린이었다. 그러나 영 왕자의 미소는 어느덧 사라져 있었다. 유린을 빙자한 진심이다.

염라가 끝까지 대답하지 않고 노려보자 푸욱—! 몸속에 쑤셔 박았던 검을 빼낸 영 왕자는 숨을 크게 내쉬었다. 그 바람에 염라는 피를 토하며 한쪽 무릎을 꿇었다. 그럼에도 영 왕자를 노려보는 시선은 흉흉했다.

"어디 한번 죽여 보아라."

염라의 입매가 바싹 올라갔다. 배를 검으로 쑤셔졌음에도 기세가 시들지 않고 오라의 크기를 키웠다. 용으로 변한 오라가 영 왕자를 잡아먹기라도 할 것처럼 달려들어 사지를 옭아매었다.

영 왕자의 오라도 명부의 하늘을 뒤덮을 만큼 커져 용의 형상을 띠었다. 영 왕자의 손에 불이 붙었고 공중에서 성난 용 두 마리가 서로를 물어뜯는다. 창과 방패의 대결이었다.

크아아아—!

두 마리의 용은 서로 똬리를 틀고 몸을 옥죄어 숨통을 끊고자 힘겨루기를 이었다.

이때 확, 하고 타오른 불씨의 잔재가 움직임을 멈추었다. 영 왕자의 손을 감싼 불이 타닥타닥, 크기를 꺼트렸다. 영은 제 손에서 꺼진 불을 기이하게 내려다보다가 미소를 덧그린다. 그 편이 더욱 미친놈다웠다.

염력을 사용해 영 왕자의 손발을 묶어 둔 염라가 아물기 시작한 배를 내려다보고 기가 차 웃음을 터트렸다. 독을 묻힌 검으로 찔린 탓에 아무는 속도가 더뎠다.

"주제를 알고 덤벼도 유분수지, 네놈이 돌았구나. 이러니 너를 잠재우고 잘난 머릿속을 만진 게다."

"……어느 쪽 눈이었더라……."

영문을 알 수 없는 혼잣말과 함께 염력으로 사지가 묶인 영 왕자가 꿈틀, 꿈틀, 몸을 뒤틀었다. 아무리 인간의 꼴을 탈피했다지만, 이 정도의 염력이라면 작은 움직임만으로도 뼈가 아스러지는 고통이 뒤따를 것이었다. 그러나 영 왕자는 무감각한 눈으로 혼잣말을 계속 중얼거렸다.

"오른쪽이었나……."

두둑, 두두둑, 뼈마디가 끔찍하리만치 부서진다. 염라는 검으로 쑤셔진 배를 손바닥으로 막았다. 눈에서 불같은 분노가 뚝뚝 떨어진다. 감히 이딴 식으로 패륜을 저지르려 들어.

"발악이 끝이 없군. 두 번 죽고 싶으냐."

"왼쪽인가……."

파지직— 견고한 염력에 금이 간다. 마치 무광산 계곡의 얼음이 깨질 때와 비슷했다. 움직일 리 없는 영 왕자의 왼팔이 너덜거렸다.

크아악!

염라의 용이 날카로운 이빨로 안면을 물어 뜯겨 괴성을 지를 때, 아비의 왼쪽 눈에는 자식이 꽂아 버린 단도가 박혀 있었다. 워낙 순식간에 일어난 일이라 염라는 제 눈에 단도가 박혔음을 알아채기까지 수 초를 흘려보냈다. 시야가 단절돼 핏빛으로 가득한 한쪽 눈과 달리, 멀쩡한 한쪽 눈에 염력을 깨트린 영 왕자가 괴이하게 웃고 있었다.

여태 염라의 염력을 깨트렸던 자는 단 한 명도 없다. 영 왕자가 최초였다. 아비와의 힘겨루기에서 우세함을 입증하는 순간이었다.

"헷갈리네. 뱀이 어느 쪽 눈알을 나한테 바쳤더라……. 착각해서 잘못 찔렀을 수도 있으니 공평하게 오른쪽 눈알도 쑤셔 드릴까요."

영 왕자의 검이 시시식— 귀곡성을 내며 염라를 집어 삼키려 들었다.

"그 단도는 내가 은규에게 준 겁니다. 용도는 호신용이었죠. 그런데 그걸로 두 새끼나 찔렀어요. 대견하지 않습니까?"

푸욱, 염라의 눈에 꽂힌 단도의 손잡이를 뽑아낸다. 텅 빈 눈구멍에서 피눈물이 비처럼 흘러 두루마기를 흠뻑 적셨다.

"꼴이 엉망이네요. 자식 된 도리로 마음이 아픕니다."

그 아비의 상투를 자르고, 배 속과 눈알에 검을 쑤셔 박은 패륜을 저지르고도 당당했다. 지나가는 지렁이라도 밟은 것처럼 여상한 말투였다.

"재판장에 오는 내내 깊게 고민했죠. 네 목을 자를까, 말까. 설마 너 같은 걸 내가 못 죽여서 살려 두었겠습니까."

아비의 피가 묻은 단도를 붉은 의복에 슥슥 문지르며 영 왕자가 말을 이었다. 발밑엔 염라의 빠진 눈알이 짓이겨지고 있었다. 그 눈알이 영 왕자의 발목을 물어뜯을 듯 새빨간 안광을 빛내다가 종국에는 퍽 터져 버렸다.

"앞으로 명부는 내 뜻에 따라 굴러갈 겁니다. 이에 반대하고자 하면 직접 찾아오세요. 몹시 피곤한 터라 하루 동안 잘 건데 그 안에 내 목을 치든가 하시고. 아니라면 동의로 간주하죠."

나도 내 마음대로 굴릴 만한 장난감 하나는 필요하거든. 그러니 발악의 기회는 내가 잠들었을 때 한 번뿐이야. 영이 내포하고 있는 뜻이었다. 염라는 피를 훔치며 시퍼런 안광을 빛내었다.

"기어이— 네가 가릴 수 없는 하늘을 손바닥 안에서 굴리려 드는구나."

"이 또한 내다보셨을 것 아닙니까. 어때요, 보았던 미래랑 일치해요? 허튼 짓 부릴 생각 말고 예쁜 의안이나 하나 박으세요. 그러고도 여력이 된다면 그쪽을 왜 살려 놨는지 생각해 보는 것도 좋겠고."

기절한 책사를 축구공처럼 걷어차며 유유히 재판장을 빠져나간 영 왕자는 자의로 '왕자'의 호칭을 벗어던졌다.

순리와 운명이 충돌해 평행으로 그어지는 순간이었다.

염라는 한바탕 피를 토해 낸 후에야 무릎을 펴 겨우 섰다. 이글이글 타올라 세력이 커진 열한 번째 지옥의 기운이 다섯 번째 지옥을 한 입에 삼킬 듯 아지랑이를 너울거렸다.

피가 멎을 기미가 없는 한쪽 눈을 가린 채 저승의 하늘과 폐허로 변하기 시작한 재판장을 둘러보았다. 영 왕자가 발로 짓이기다가 터트린 눈알은 재생이 불가능했다.

하늘의 악귀가 입이 닳도록 떠들었으나 이루어 내지 못한 '새로운 세상의 왕'은 영천왕의 차지였다. 불타오르는 용의 포효가 몸속에 파고들었던 검이 된 양 쩌렁쩌렁 울렸다.

평등왕이 자리를 지키고 있었더라면 혀를 찼을 것이다. 결국엔 영에게 무릎을 꿇으셨군요, 라고 할 텐가.

하, 하하. 하하하. 자조적으로 웃는 염라의 입술과 눈을 가린 손에서 비린 핏물이 새어나왔다.

선명한 패배였다. 그것을 알면서도 영은 내 발 밑에서 기라며 한 번의 기회를 더 주었다.

이는 유린이 아닌, 다섯 번째 지옥의 왕을 향한 분명한 기회였다. 태양 같은 자존심을 곱게 접어 버릴 시간의 기회. 스스로의 궤멸을 뜻했다.

* * *

"야! 이놈들아!"

자판기를 찾아 나온 초량이 때마침 나타난 저승사자들을 힘껏 불렀다. 어쭈, 모른 척한다 이거지. 괘씸한 저승사자 놈들, 이번에야말로 놓치지 않겠다. 보폭 넓은 걸음이 빨라지더니 뛰듯이 달려가 망자를 이끌어 북산으로 가려던 저승사자들을 낚아챘다. 초량에게 붙들린 사자들이 도끼눈을 떴다.

「뭐야? 이거 놔! 우리 바쁜 거 안 보이냐, 이 도깨비 자식아?」

"어허이. 바쁘긴 뭐가 바뻐? 너희 명부 꼴이 어떤지 알고나 있나?"

「그걸 어떻게 알겠어. 우리도 아직 귀환이 불가능한 것을. 그런데 도깨비인 네놈이 안다고?」

"알고말고."

당연히 모른다. 떠보려고 붙잡았지. 뒤이어 나타난 저승사자가 동료에게 쌀가루 반죽 같은 얼굴을 휙 들이밀었다.

「시간 없다. 어서 가자. 북산에서 매 시간마다 기록하고 있는 것을 알잖느냐.」

「그래. 영천왕의 끄나풀이 눈을 부라리고 있을 텐데, 어서 가자고. 도깨비 놈의 거짓말을 신경 쓸 때가 아니야. 저 알량한 놈이 백 퍼센트 꾸며 낸 말이라고! 명부에서 당한 놈들을 떠올려 봐!」

오호라. '영 왕자'가 아니라 '영천왕'이라고 하였겠다. 제법 근사한 떡밥이었다. 초량은 눈을 땡그라니 뜨고 물었다.

"여엉처언와앙?"

일부러 말을 길게 늘이자 합, 하고 입을 다문 사자들이 총총걸음으로 초량을 지나친다. 들쑥날쑥하게 모여 있는 망자를 챙겨 서둘러 이동하는 움직임에 다급함이 묻었다.

쓸 만한 떡밥을 주웠으니 저놈들을 굳이 따라갈 필요는 없다. 초량은 자판기에 체크카드를 대어 배 맛 음료수를 뽑아 콸콸 들이켰다.

영천왕이라고 했단 말이지.

캄캄했던 소식의 실마리라도 잡히는 것을 보아하니 재판은 끝난 모양이로군. 그럼 왕자 놈이 왕관을 갈취했는가. 그 성격에 질 거라고 생각하지도 않았다만, 정말로 제 아비까지 이겨먹었나 본데⋯⋯. 어후. 미친놈. 진짜 미친놈.

차가운 음료수를 들이켠 탓인지, 재판장의 꼴을 보지 않아도 난장판이었을 걸 예상해서인지 초량은 오한이 서린 몸을 후두두 떨었다. 그러다가 대뜸 로비에서 서성거리며 망자의 숫자를 세는 사자들에게 소리쳤다.

"이놈들! 영천왕이라 말 깠다고 싹 다 일러바칠 테다!"

망자가 이탈할까 감시하느라 저놈의 도깨비 주둥이도 틀어막지 못하는 사자들이 발을 동동 구른다.

「이르지 마! 이르지 말라고! 우리의 우정이 고작 그거냐?!」

"애배배~ 고작 이건데? 흥. 그러게 이 몸이 묻는 말에 왜 그리 성의 없이 굴어? 꼴좋다. 흥흥."

「우리는 네놈이 반란을 꾀할 때도 용서했거늘!」

"허, 참. 그게 왜 반란이냐? 하물며 반란이라 해도 세력이 영천왕에 게 기울었는데 내가 무서워야 할 게 뭐냐? 너희 모가지나 조심해라. 어 딜 감히 명부의 대왕에게 말을 놓느냐. 살 왕창 붙여 일러바칠 테니 너 무 큰 걱정은 말아라. 에헴."

「야─!」

"이 몸은 간다~"

사자들을 실컷 놀려먹은 초량이 캔을 와지끈 구겨 버리며 콧노래 를 불렀다. 저 멀리서 저승사자들이 초량을 향해 분통을 터트렸다. 룰루랄라, 이상하게 기분이 좋군. 왠지 오늘은 좋은 소식이 있으려나 보다.

그러나 매사 긍정적인 면모는 오래 가지 못했다. 초량은 VIP 병동에 들어서자마자 문이 활짝 열린 3실을 보고 앞선 생각을 모조리 지워 버 린 채 냅다 뛰어갔다.

베드에 누워 있어야 할 정은규가 없다.

정은규만 없어진 게 아니라 미리 준비해 두었던 휠체어까지 없어졌다.

구겨진 이불과 널브러진 산소 호흡기, 바늘 빠진 링거만이 빈 자리를 채우고 있었다.

초량의 심장이 엄청나게 빨리 뛴다. 말도 안 돼. 납치인가?! 자리 비 운 지 10분도 채 되지 않았는데! 병실 모퉁이에 달린 CCTV를 발견한 초량이 서둘러 관제 팀 직원으로 위장해 처박아 둔 오량에게 전화를 걸 었다. 뚜르르— 뚜르르—.

-네에, 말씀하세요.

"교수님이 사라졌다. CCTV 빨리 돌려 봐."

-네에. 네에에?!

"어서!"

-잠시, 잠시만요.

초량은 오량이 CCTV를 확인할 동안 정신 사납게 손톱을 물어뜯으며 주위를 배회했다. 만약에 납치라면 어디서부터 의심을 해야 하지. 명부 놈들은 입구가 꽉 막혔으니 아닐 거다. 하늘 놈들은 더더욱 아닐 테고. 신부는 죽으면서 뱀도 소멸했잖아. 그럼, 그럼 누구냐.

-대, 대왕.

"왜!"

-그, 그게. 어, 어, 어, 이게 말이 되나, 어 그게.

"왜 이놈아! 숨넘어가!"

-납치 아니고 직접 일어나셨는데……? 링거 바늘도 본인이 뺐어요.

초량은 너무 놀라 말까지 더듬었다.

"뭐, 뭐? 뭐야?! 뭣이?!"

-진짜예요. 3시 12분 56초에 침대에서 일어나더니 한 번 넘어지고, 다시 일어나서 휠체어까지 기어갔어요. 그리고 겨우 앉더니 끌고 나가네요? 엄청 힘들어 보여요.

"어, 어디로? 어디로!"

-동선 파악하고 있는데……. 잠시만요.

이봐, 신입! 허락도 안 받고 뭐 하는 거야! 수화기너머로 고함이 들린다. 오량은 변죽 좋게 둘러대더니 마우스 휠 굴리는 소리를 연거푸 내었다. 초량의 속이 바짝 타들어 간다.

어딜 간 거야, 우리 교수님이. 몸도 성치 않으면서. 오래 누워 있었던 탓에 재활 치료부터 받아야 할 사람이 눈 뜨자마자 휠체어 끌고 어딜 갔느냐 말이다. 밖에 얼마나 추운데 이불도 없이…….

-멀리 나가진 않은 것 같, 엥? 병실로 돌아오는데요?

"전화 끊으셔도 됩니다."

수화기 너머와 눈앞에서 목소리가 동시에 울렸다. 초량은 핸드폰을 귀에 댄 채 쩌적쩌적 굳어 움직이는 정은규를 현실성 없이 바라보았다.

휠체어에 앉은 정은규는 유예 기간의 절반이 훌쩍 지나서야 눈을 뜬 것도 모자라 홀로 움직이기까지 했다. 눈을 완전히 덮은 머리칼이 거치적거리는지 기운 없는 손짓으로 겨우 넘긴다. 초량은 이 모습 자체가 꿈인 양 믿을 수 없었다.

-같이 있는 거 보이니까 끊을게요~

오량이 먼저 전화를 끊어도 귀에 핸드폰을 계속 대고 있었다. 세상에. 언젠가 깨어나리라고 믿긴 했어도 이런 식의 깜짝 소동은 예상치도 못했던 터라 말이 나오질 않았다.

"눈 뜨자마자 샤워를 너무 하고 싶었는데 바디 클렌저가 없어서 사러 가다가……. 혼자서는 도저히 힘에 부쳐서 돌아왔습니다. 저, 죄송하지만 베드에 앉도록 도와주실 수 있습니까."

초량은 한 박자 늦게 반응했다.

"……어, 어어? 어?! 어, 어, 그럼요, 그럼. 가만히이, 가만히 있어요, 교수님."

더듬더듬 말을 뱉기가 무섭게 후다닥 달려가 매우 조심스러운 손길로 정은규를 안아들어 베드에 앉힌다.

부축만 도와줘도 충분한데……. 결코 안아 달라는 말이 아니었다. 그러나 쏘아붙이자니 초량의 얼굴이 워낙에 놀람 가득이라 정은규는 속으로만 삼켰다.

몸이 엄청 무겁다. 내가 얼마 만에 깨어난 거지. 세어 보지 않았지만 20일은 훨씬 넘었을 거다. 평범한 환자였다면 코마 상태에서 오래 누워 있다가 깨어났을 때 혼자 힘으로 휠체어에 앉지 못했을 텐데 확실히 몸이 전과 달라지긴 했나 싶어졌다. 욱신거리는 통증이 아예 없는 것은 아니나 당장 몸이 심해에 꺼진 듯 무거운 점이 문제였다.

정은규는 일단 아직도 놀란 얼굴인 초량에게 자초지종을 털어놓으려 입술을 달싹였다가 목이 말라 손을 뻗었다. 생수병이 꽤 멀리에 있었다.

"죄송하지만 물 좀 부탁드려도 될까요."

"그럼요, 그럼. 죄송하다고 안 해도 돼요."

베드에 떡하니 금식 팻말이 걸려 있었으나 보통 사람의 몸은 아닌 듯하니 알아서 판단했다. 초량이 서둘러 생수 온도를 체크해 보더니 마개를 따서 내밀었다. 정은규는 감사 인사를 잊지 않고 목을 축였다. 실온에 두었던 생수임에도 식도를 타고 내려가는 느낌이 선뜩했다.

초량은 정은규가 생수 한 병을 천천히 비울 때까지 기다려 주었다. 물배가 볼록하게 나온 느낌이 만연해 환자복 위를 손바닥으로 덮어 본 정은규가 힘없이 팔을 늘어뜨렸다.

"어떻게, 어떻게 된 거예요? 교수님, 뭐야? 나 진짜 놀랐어어!"

"아, 그게……."

"아이쿠, 내가 너무 큰 소리를 냈다. 차분히, 차분히 기다릴 테니까 일단은 쉬어요. 의사들 불러올까요?"

"아닙니다. 제가 부르겠습니다. 저기 대영 씨는 어떻게 됐습니까……."

"쯧. 위에서도 아무 소식이 없었나 보구먼."

위에서도 아무 소식이 없다니. 불투명한 연인의 그림자가 아득하다. 정은규는 버튼을 눌러 베드 각도를 조절하고 등을 편히 기댔다. 자꾸만 눈을 가리는 앞머리를 넘기고 넘기다 귀찮아져서 내버려두었다. 뒷목에서 살랑거리는 머리칼이 제 것임에도 익숙하지 않았다.

"내일 우리 깨비가 와서 멋지게 미용해 줄 거니까 불편해도 참아요. 어흠, 그리고 나도 줄곧 왕자 놈 소식 기다리다가 교수님 깨어나기 전에 막 건진 게 하나 있는데, 사자 놈들이 그 자식을 '영천왕'이라고 불렀거든요? 흐음. 유추해 보자면, 왕자 놈이 왕이 되었다고 볼 수 있겠지?"

이미 알고 있다. 마리아도 영 왕자가 영천왕이 되었음을 수차례 언급했었으니까. 아무래도 정보 양으론 이승에 있던 초량보다 하늘의 동산에서 지냈던 정은규 쪽이 앞선 듯했다. 그럼에도 정은규는 내색 않고 초량의 말을 들어 준 후에 제 이야기를 꺼냈다.

"원래는 그분이 하늘에서 49일을 꽉 채우길 원하셨습니다. 정해져 있는 기간이니 채우는 게 낫지 않으냐고 하셨죠."

'그분'은 마리아를 칭한다. 이상하게 마리아 세 글자가 어색해서 입에 안 붙었다. 초량은 경청하다 말고 고개를 갸웃하였다.

"에잉? 그동안 제대로 쉰 적도 없었지 않아요? 이때다 싶어 휴식기를 가졌어야지. 하늘의 장점이 뭔데~ 거긴 명부와 달리 분위기가 포근하잖아~ 몸이 걱정된 거라면 내가 교수님 옆을 든든히 지키고 있으니 괜찮은데! 성급할 것 없이 맞춰서 내려와도 되는걸."

말은 그렇게 하면서도 정은규가 언제 깨어날까 발을 동동 구르던 도깨비다. 그 간절함을 잘 알고 있기에 정은규는 이런저런 살을 붙이는 대신 짧게 대답했다.

"바빠 보여서요."

"엥? 누가?"

"병원 사람들이요. 손이 하나가 비면 남은 인원들은 몇 배로 빨리 뛰어다녀야 합니다."

"……그러니까 일 때문에 일찍 내려왔다고?!"

"예, 뭐."

어차피 지내던 대로 살겠다며 결정했고, 도장 땅땅 찍었으니 내려갈 거라면 앞당겨도 상관없겠다고 여겼다. 이 직업을 그만둔다면 모를까,

돌아와도 삶의 굴레는 뻔할 뻔자인데 한갓지게 허송세월 보내는 건 정은규의 기준에서 시간 낭비였다.

더욱이 드넓은 동산에 혼자 있노라면 안대영이 떠올라서 침울해졌다. 그러니 이승에 내려와 몸이라도 바쁘게 움직여 시간을 죽이는 편이 나았다.

그래, 솔직히 말하자면 일은 우선순위로 따졌을 때 두 번째다. 언젠가부터 정은규에게 1순위는 안대영이 되었다. 못 보니까 극단적인 표현으로 말라 죽을 것 같았다.

길면 길고 짧다면 짧은 시간 동안 안대영을 그리워했을 뿐인데 체감상 많은 것이 바뀌었다.

정은규가 이승에서 눈을 뜬 이후 가장 먼저 겪은 일은 구석에 쪼그린 채 힐긋거리며 날 선 말을 하던 귀신들이 없다는 사실이었다. 네 어미를 죽였다며 모퉁이로 몰아넣었던 잔악한 잔상들이 없어졌다.

하지만 정은규의 근처에 없을 뿐이지, 병원 안에 상주하는 귀신은 여전히 들끓었다. 당장 보이는 귀신만 해도 폴대를 질질 끌고 가는 할아버지 환자의 옆구리를 물어뜯었고, 문병 온 손님이 들고 있는 음료수 박스 위에서 깨객거리며 콩콩 뛰었다.

그러나 이전과 다른 점이라면 그들이 정은규를 보자마자 까아악 귀곡성을 내지르며 도망갔다는 사실이다. 마치 그들의 눈에 정은규가 엄청나게 두려운 존재인 양 말이다. 어느 정도였냐면 안대영에게 보이던 반응과 비슷했다.

그래서 정은규는 휠체어에 앉은 채 내가 모르는 사이에 안대영이 돌아왔는가, 잠시 헛된 생각까지 해 보았다. 그런 와중에도 생각 회로가 안대영으로 돌아갔다.

갑작스러운 변화를 믿기 힘들어서 지하 1층 편의점까지 가지 못하고 돌아왔다. VIP 병동을 빠져나가 일반 병동으로 갈아타는 엘리베이터

앞에서 휠체어에 우두커니 앉아 있던 정은규에게 눈짓하는 귀신은 단한 마리도 없었다.

이럴 수 있는 거였나.

긴 세월동안 죽어라고 괴롭혔던 귀신과 뱀이 사라졌다. 그 어떤 기분보다 허탈함이 앞섰다.

마침내 정은규도 남들과 똑같이 평범한 일상을 보낼 수 있는 서막을연 것이다. 크리스마스이브가 되면 아무렇지 않게 캐럴을 듣고, 하루를마무리하며 편안하게 잠들고, 비로소 생일다운 생일을 맞이하는 '평범한 일상'이 가능해졌다.

안대영에게 요구했던 생일 선물을 미리 받은 기분이다. 그러나 완전하지는 않았다. 선물을 준 주인공이 나타나지 않았으니까.

"그동안 머리를 내가 감겨 주긴 했는데 여~억시 찝찝하긴 하죠? 흠.이럴 게 아니라, 팔량이를 지금 당장 오라고 해야겠다. 바디 클렌저도사 오라고 할게요. 교수님은 무슨 향을 좋아하나? 과일 향? 허브 향?그것도 아니면 바닐라 향?"

"……아무거나 상관없습니다."

그저 입에서 나오는 대로 떠들었다. 멍한 정신에 초량의 말이 잘 안들렸다.

"응! 알았어요. 왕 비싸고 좋은 제품으로 사 오라고 할게."

슬슬 신이 나는지 휴대폰을 꺼내 들고 왁자지껄 통화하는 초량을 멍하니 응시한 정은규가 창밖으로 고개를 돌렸다. 앙상한 나뭇가지 위에눈이 소복소복 쌓여 있었다. 어느새 해가 바뀌었지만, 계절은 아직도 한겨울이었다. 휘이잉, 날 선 바람이 창을 스친다. 정은규는 눈에 보이지않는 바람의 잔해를 좇는다. 정확히 바람이 묻히고 간 흔적을 넘은 그무언가를.

"초량 씨."

눈을 질끈 감았다가 떴다. 나갔던 넋이 돌아오고 있었다.

"그러니까 날쌔게 달려오란 말이…… 잉? 나 불렀어요?"

"인사가 늦어서 죄송합니다. 저를 돌봐 주셔서 고맙습니다."

귀에 휴대폰을 든 초량의 콧구멍이 벌렁거린다 싶더니 표정이 팍 일그러진다. 굵은 눈물이 뚝뚝 떨어졌다. ……아, 울리려고 감사 인사한 거 아닌데. 정은규는 당황해서 휴지도 주지 못하고 눈물이 통곡으로 번진 초량을 난감하게 보기만 했다.

"허어어엉. 나는 영원히 교수님이 안 깨어날까 봐 얼마나 쫄았는데에에. 나 이제야 교수님 눈 뜬 거 실감 난다구우! 흐어어. 허어엉."

"아, 그게, 어. 예. 죄송합니다."

"사과하지, 끄윽, 흐어, 말라구우."

"아……. 예. 그럼 고맙습니다."

"엉엉! 고맙다는 말도 하지 말어!"

그럼 대체 무슨 말을 해야 하나. 저 큰 덩치를 하고서 애같이 엉엉 우는 초량을 달랠 방법을 몰랐다. 돌이켜보니 자신은 서툰 것투성이였다.

억지로 입매를 끌어당겨 어설픈 웃음을 지어 보이는 정은규에게 초량이 휴지를 뭉텅 뽑아 코를 킁 풀면서 코맹맹이 소리를 내었다.

"웃는 건 또 이뻐 가지구. 킁. 이러니 왕자 놈이 쪽을 못 쓰지. 왕자 놈인지, 왕 놈인지 하여간에."

또 안대영이다. 정은규의 고개가 아래로 톡 떨궈진다. 안대영을 지칭하는 단어만 나와도 체한 듯 속이 답답해졌다. 지나가는 바람이 창을 두드렸다.

* * *

정은규가 동산에 머무는 동안 마리아는 꽤 많이 다녀갔다. 다정다감한 신인 마리아는 정은규의 옆에 앉아 말없이 사색을 즐기거나, 오늘의 기분을 묻거나, 영천왕이 얼마나 싸가지가 없는지에 대해 줄줄이 한탄하는 등 성의껏 정은규를 살폈다.

그러나 정은규는 첫날의 만남 이후 별다른 대꾸 없이 마리아가 하는 말을 듣기만 했다. 동산에서는 식사하지 않아도 배가 고프지 않았으며, 잠을 자지 않아도 피곤함이 없었다. 이곳은 낮과 밤의 경계가 없었다. 그저 평온했다.

문득 그런 평온함이 계속되면 안 되겠다고 여긴 것은, 마리아가 새빨갛고 영롱한 구의 형태를 한 무언가를 가져왔을 때였다. 정은규의 입술이 달싹였다.

"뭡니까, 그건."

"네 것이자, 어쩌면 영의 것."

여의주였다. 전에 안대영이 보여 주었던 과거 장면에서는 엄청나게 컸던 기억이 있는데, 사과만 한 크기로 한 손에 움켜쥘 만했다. 마음대로 크기를 줄이는 게 가능한가. 정은규는 구의 지름을 대강 파악해 보다가 뭐든 부질없다 느껴 마리아를 쳐다보았다.

이 여의주로부터 안대영과의 필연이 시작되었다. 언제 어디서든 만날 수밖에 없는 필연. 서로 이끌릴 수밖에 없었던 매개체가 제 손에 들렸다. 감상은 그냥 좀 무겁네, 정도.

"네 엄마의 한쪽 눈은 멀었었지. 그 이유를 알고 있어?"

마리아가 잊고 있었던 엄마의 이야기를 꺼냈다. 정은규는 무딘 목소리를 꺼내었다.

"제가 꼭 알아야 합니까."

"어머. 너 갈수록 영이랑 똑같다, 얘."

마리아는 순수하게 감탄했다. 말하는 싸가지가 너나 걔나 비슷하다고. 정은규는 코웃음조차 치지 않았다.

"좋아하니까 닮은 거죠. 그리고 엄마의 눈이 멀었다는 건 지금 알았습니다. 설사 알았다고 하여도 그 어린애가 도울 수 있는 방법은 없었을 거고요."

어찌 보면 매몰찬 반응일지라도 사실이 그랬다. 엄마와는 고작 여섯 살에 헤어졌다. 여섯 살. 아무것도 모를 나이. 그 조그만 애가 어미의 눈이 이상하다고 여길 수나 있었겠는가. 그리고 정은규는 어머니를 제외한 타인과 대화를 나누어 본 적이 없었다. 그 어렸던 아이의 친구는 산의 꽃과 나무, 그리고 앙상한 몰골의 귀신들뿐이었다.

"그러니 눈이 멀게 된 사유는 됐습니다. 듣는다면 엄마에게 직접 듣고 말지, 남의 입으론 듣고 싶지 않아요."

이윽고 동산에 찬바람이 불었다. 마리아는 정은규의 기분 따라 기민하게 반응하는 동산을 어루만졌다.

"엄마는 어디에 있습니까. 대영 씨에게 듣기론 하늘에 계신다고 했는데."

"이곳에 있지."

미간이 설핏 구겨졌다. 무슨 뜻인지 이해할 수 없었다. 동산엔 푸른 초원과 사과나무, 그리고 살랑살랑한 바람뿐이었다. 마리아는 쉬이, 하며 바람결을 또다시 어루만진다.

"이승의 이름이 연화였던가…… 네가 승천할 때 그 애를 다시 한 번 과거에서 거두며 의향을 물었지. 환생하겠느냐고. 그런데 거절하더라. 두 번이나 자식을 위험에 빠트렸는데, 세 번째까지 그럴 순 없다는 이유였어."

직접 겪지 못했으니 와닿지 않아야 하는데 가슴이 저미듯 아팠다. 아니다. 무거운 돌덩이로 심장을 내려치는 듯했다. 짓이겨진 심장이 우는 기분이었다.

버석한 정은규의 눈가가 촉촉해진다. 살아남으라며 저를 도리천 못의 바닥에 숨겼을 때, 멋모르는 아이를 껴안고 미안하다며 울 때가 차례로 떠올랐다. 그런 어미가 자식의 안전을 위해 소멸을 택했다. 내 어머니는 일생에 온통 희생뿐이었다.

"가여워. 가엽고 안타까워서 소멸시킬 수 없었어. 그래서 네 엄마는 바람이 되었단다. 네가 있는 어느 곳이든 바람이 되어 만날 수 있도록."

정은규는 세운 무릎에 고개를 파묻었다. 차오른 눈물이 툭, 툭 방울져 무릎을 적신다. 눈물의 양은 적었다. 아픔을 심장이 죄다 빼앗아 간 모양이다. 웅크린 몸이 메마른 슬픔을 흘려보내자 뒷목과 등허리에 따뜻한 바람이 닿았다.

은규야.

누군지 모를 음성을 싣고 온 바람이 부드럽게 흩어졌다. 정은규는 발갛게 물든 눈매를 들어올린다. 동산이 푸르렀다.

"특별하지 않은 생은 없어."

마리아가 허리를 굽혀 정은규의 머리칼을 매만져 주었다.

"널 해치려 든 뱀을 진작 소멸시키지 않은 나를 원망했을지도 몰라. 변명처럼 들리겠지만 나는 그래. 이 세상 어디에도 특별하지 않은 생은 없어. 그래서 나는 될 수 있는 한 모두를 자애롭게 훑어 주고자 하였단다."

머리를 쓰다듬는 손길이 다정하다.

"하지만 결국 운명은 스스로가 만드는 법이야. 그 예로 선악과를 먹은 뱀은 팔다리가 잘려 이백 번이나 환생하였으나 결국 소멸을 맞이했고, 원죄의 굴레를 벗어나지 못한 신부는 자멸을 택하였으며, 자식을 위한 어머니는 바람이 되어 사계절을 함께하게 되었어. 끝내 네 손에 들린 여의주도 다를 것 없겠지."

쓰다듬을 거둔 마리아는 정은규의 주위를 사붓사붓 한 바퀴 돌았다.

신기하게 마리아가 걸음을 옮길 때마다 울적했던 기분이 조금씩 나아졌다.

"세상이 돌아가는 순리에 손대고 싶지 않아. 하나하나 개입할 거면 그냥 나만의 왕국을 꾸리고 말지, 공존이라는 게 왜 존재하겠어. 그러니 날 원망하려면 실컷 해."

"……어떻게 들릴지 모릅니다만, 원망 안 했습니다."

자리에 선 마리아가 익살스럽게 대꾸했다.

"와, 정말?"

정은규는 잠긴 목소리를 가다듬고 말을 이었다.

"예. 누굴 원망할 정도로 시간이 많지 않아서. 그냥 끔찍한 것들이 보이는 게 싫었습니다. 나를 왜 괴롭히는지도 모르겠고. 그저 그것뿐이었습니다."

후천적으로 베드로 신부를 원망하게 되었지만 말이다. 베드로는 정은규에게 있어 최초의 원망 대상이었다. 그런 그가 영면에 잠기고 나니, 원망이라는 건 단지 찰나의 괴로움을 부채감으로 떠넘기기 위한 수단이었다는 것을 깨달았다. 누군가를 미워하고 질타하고 원망하는 건 처음부터 정은규의 성정과 맞지 않았다.

"너는 많이 괴로웠겠구나."

외롭다, 괴롭다. 정은규를 수식했던 단문들. 그는 가슴 속 무거움을 내보내려 깊은 숨을 쉬었다.

"그랬습니다. 이젠 이유를 알아차렸지만요."

이것 때문이었다. 여의주. 모든 힘의 근원.

정은규는 선혈처럼 붉은 여의주를 손아귀에서 굴렸다. 승천할 때 용의 입에 물려 있었다고 했다. 그 용은 바로 저다. 보잘것없는 이무기가 용으로 변하기까지 힘을 써 준 장본인이 너무나 보고 싶었다. 보고 싶다고 몇 번째 생각하는지 모르겠다.

"대영 씨에게 전달해 주고 싶습니다."

"그건 네 자유이긴 한데 굳이 줘야겠어? 걔 그거 안 줘도 충분히 강한 놈이야."

"원래 주인이잖습니까."

"준다고 해도 안 받을 애야."

"그러려나요."

사과만 했던 여의주의 크기가 작아져 구슬만 해졌다. 정은규는 엄지와 검지 사이에 낀 여의주를 들여다보다가 그늘을 만든 마리아에게 건넸다.

"저보다 대영 씨를 빨리 만나실 것 같으니 전해 주세요."

"너 이게 어떤 의미인지 알면서 나를 줘? 내가 나쁜 마음에 꿀꺽하면 어떡하려고."

"그러실 분 아니라는 건 압니다. 영 님과 등지고 싶진 않으실 테니까요."

오호라. 제법 협박할 줄도 안다. 마리아는 여의주를 못내 받아들이며 팔짱을 척 꼈다. 감정을 정리한 정은규는 다시금 무심해진 눈길이었다.

"가만 보니 너 머리 잘 쓰네? 네가 직접 주면 안 받을 테니 나를 통해 전달하려는 거구나. 내가 갖게 둘 놈이 아닌 걸 알고."

"비슷합니다. 그리고 전 이만 내려가고 싶습니다. 결정은 변하지 않으니 내려가면 안 됩니까?"

"여기서 지내는 게 답답해? 그럴 리 없는데."

바람이 사악 분다. 동산이 사라지고 병실의 풍경이 드러났다. 정은규는 여전히 누워 있고 도깨비들이 카드 게임을 하며 떠든다. 일상. 꿈에 그리던 평화. 누군가는 지겹다고 여길 하루의 쳇바퀴 속에 그들이 있었다.

"……바쁠 겁니다."

"음?"

"병원 말입니다. 외부에서 누굴 끌어와도 벅찰 거예요. 수술도 밀려 있고."

댈 수 있는 핑계란 그것뿐이었다. 뭐든 몰두해 시간을 차근차근 죽이는 방법 밖에 없다. 일이라도 미친 듯이 하면 해가 지고 뜨길 반복하겠지. 그럼 대영 씨와 만나는 날이 가까워질 거야.

"허."

기가 찬 마리아가 할 말을 찾지 못하고 정은규를 내려다본다. 정은규는 자신을 만류하듯이 이리저리 부는 바람을 고스란히 맞으며 마리아에게 쐐기를 박았다.

"보내 주세요. 내려가겠습니다."

얼마 지나지 않아 마리아의 입가에 웃음이 매달렸다.

"영이 왜 너한테 껌뻑 죽는지 조금은 이해가 돼."

정은규는 이에 대답하지 않았다. 단지 보이지 않는 바람의 형상을 좇을 뿐이었다.

* * *

「살아.」

「숨을 쉬어 봐. 살 수 있어.」

뻐끔, 뻐끔. 공기방울 터지는 소리가 먹먹한 귓전에서 울렸다. 누구십니까. 속으로 묻자 귓전에서 터지던 공기방울이 입 밖으로 우글우글 빠져나갔다. 비릿한 물맛이 폐부를 가득 채웠다.

「눈을 떠. 어서.」

「살아 있어.」

바다 속에 잠수를 할 때 귀 안에 물이 들어가면서 꽉 막히는 감각과 똑같았다. 김석호는 움직임이 자유롭지 않아 팔다리를 바둥거렸다. 무엇에 묶여 있는지 몸을 열심히 움직이자 뚝, 하고 끊겼다. 몸이 붕 뜬다. 먹먹함 다음엔 숨이 찼다. 입과 코에서 더 많은 공기방울이 쏟아졌다.

「눈을 뜨렴.」

어디서 속살거리는 음성인가. 신체를 깨운 정신이 마침내 눈꺼풀을 들어올렸다. 그리고 김석호는 깜짝 놀라 저도 모르게 발버둥 쳤다.

이곳은 물 안이었다. 짠 맛이 없어 바다가 아니라는 점만 알 수 있었다. 입을 벙긋거리자 물이 왈칵 들어와 내장으로 쑤욱 내려갔다. 컥컥거리며 숨 막혀 하는 김석호에게 물고기 떼가 헤엄쳐 와 다닥다닥 들러붙는다. 당장 터질 것 같았던 가슴이 진정되었다.

이상한 일이다. 눈을 휘둥그레 뜨고 숨을 나누어 주는 물고기를 해괴하게 바라보던 김석호는 바닥에 가라앉아 잠들었는지 죽었는지 구분이 안 가는 차민혁에게 팔을 휘저어 내려갔다. 물고기들은 김석호의 숨이 부족하지 않도록 그를 에워싼 채 가는 방향을 따랐다.

김석호는 물의 저항을 이겨 내며 차민혁의 멱살을 틀어잡아 달빛이 어슴푸레 비치는 곳으로 열심히 헤엄쳤다. 물 먹은 몸이 상상 이상으로 무거워 멱살을 놓치는 바람에 꼬르륵 잠수하는 차민혁을 붙들러 한바탕 소동을 벌여야 했다.

다시금 김석호에게 붙들린 차민혁은 굵직한 팔에 목이 대롱대롱 매달려 있었다. 김석호가 그럴 동안에도 물고기들은 그들의 곁을 떠나지 않고 연신 숨을 불어넣어 주었다.

대체 여긴 어디. 이 물고기들은 무엇인데 말을 하고 달라붙는단 말인가. 그보다 우리는 장렬하게 전사하지 않았나? 왜 이런 꼴이야. 아이 씨, 뭐야. 의문이 꼬리에 꼬리를 물고 이어졌다.

우선은 물속을 벗어나야 연유를 파악이라도 하겠지. 김석호는 젖 먹던 힘까지 짜내어 차민혁을 이끌고 위를 향해 헤엄쳤다. 조금만, 조금만 더, 달빛과 가까워진다. 드디어 수면이었다.

"푸하—!"

커다란 물보라가 일어난다. 김석호는 머리가 물 위로 솟자마자 차민혁을 붙들지 않은 손으로 얼굴을 벅벅 닦았다.

"아니, 대체 뭐야?!"

머리만 물 밖으로 불쑥 솟은 채 주위를 홱홱 둘러보던 김석호는 차민혁의 목을 단단히 감싼 채 헤엄쳐 나왔다. 거하게 들이켠 물을 있는 대로 토해 낸 후 양쪽 코를 하나씩 풀고 나서야 숨이 원활하게 쉬어졌다.

어우, 죽겠다. 속엣말을 뱉자마자 이상함을 알아차렸다. '죽겠다'가 아니라……. 우린 죽었는데? 살았나? 사실은 죽은 게 아니었나?

그것도 잠시, 김석호는 저물었던 정신을 되돌리자마자 물미역처럼 늘어진 차민혁의 위에 올라타 두꺼운 손으로 그의 흉부를 압박해 심폐소생술을 시도했다. 하나, 둘, 셋. 하나, 둘, 셋. 어디서 본 건 있어서 제법 안정적인 자세였다.

김석호는 공격력은 없지만 타고난 근력으로 힘이 셌던 터라 심폐소생술을 잇는 내내 차민혁의 상체가 들썩거렸다. 흉부 압박을 할 때 근육질의 배도 볼록 튀어나왔다. 이, 이렇게 하는 게 아닌가? 왜 눈을 안 뜨지.

안 되겠다 싶어 얄미운 말만 골라서 하는 입술 위아래를 붙들어 열고 인공호흡을 막 시도하려던 때, 김석호의 눈앞에 별이 번쩍였다. 정확히 하늘에 떠 있는 별이 아닌, 둔통에 의한 착시 현상이었다.

"이, 씨발, 야! 개새끼야! 어디다 주둥이를 디밀어!"

퍼억! 차민혁의 돌주먹에 뺨을 정통으로 맞고 나가떨어진 김석호가 맞은 쪽 콧구멍에서 코피를 주르륵 흘리며 벌떡 일어났다. 차민혁은 김석호에게 주먹을 갈기더니 저승사자와 친구라도 먹을 꼴로 꾸에엑, 물을 미친 듯이 토했다. 김석호는 얼얼한 뺨과 주룩 흐른 코피를 닦다가 차민혁을 뻥 걷어찼다.

"내 덕분에 산 줄 알아!"

"주둥이 부딪쳤으면 넌 제삿날이었어. 쌍, 내 정조 잃을 뻔했잖아."

죽었다가 살아난 주제들이면서 나불거림은 여전했다. 얼마나 물을 먹은 건지 토할 때마다 물이 쏟아졌다. 둘은 한동안 나란히 구역질을 하다가 인기척이 느껴지자 쫄딱 젖은 꼴로 경계 태세를 갖추었다.

"야. 내 검 어디 있어."

복화술을 하는 차민혁에게 김석호가 차분히 대답했다.

"내가 어떻게 알아. 내 부채는 초량이에게 줘서 없는데."

차민혁은 허리춤에 마땅히 있어야 할 검이 없자 혼비백산하여 다시금 못 안으로 뛰어 들어가려 했다. 김석호가 발목을 붙들지 않았다면 두 번 죽었을지도 모를 일이다. 검 없이는 안 된다고! 다급한 차민혁과 달리 김석호는 얼른 엎드렸다.

낮은 포복으로 보았을 때 새빨간 두루마기와 흑색 날개옷자락이 먼저 보였다. 상당히 키가 크고 풍기는 분위기에 위압감이 서린 자다. 여, 염라이신가. 납작 엎드린 김석호와 달리 차민혁은 이목구비를 훤히 개방한 채 저희들의 앞에 선 자를 보며 어벙하게 입술을 달싹였다.

"미천한 꼴로 염라께 인사를 드리게 되어 죄송합니다. 저희의 무례를 용서해 주십시오."

김석호가 공경함을 담아 읊자 머리 위에서 황당해하는 웃음소리가 퍼졌다.

……응? 대왕님이 아닌데, 이건. 이 익숙하고 반가우면서 욕설이 묵음 처리 된 웃음은……. 김석호가 설마 싶어 갸웃거리자 차민혁은 참고 참다가 바락 소리쳤다.

"왕자님!"

엎드린 김석호의 입에서 좆됐다는 의미를 내포한 한 글자가 튀어나 갔다. 헐.

"이 씨발 새끼가 살려 놨더니 누굴 찾아."

웃음보다 훨씬 익숙한 목소리가 칼날처럼 떨어졌다. 왕자의 신분으로 이승에 쫓겨나 안대영이라 불렸으며, 끝내 왕좌를 거머쥔 열한 번째 지 옥의 영천왕이었다. 제가 끔찍이도 챙기고 따르는 주군 말이다. 김석호 는 엎드린 채 눈을 질끈 감았다가 떴다.

"아니, 왕자님, 아니, 제가 헷갈리려고 한 게 아니라, 옷이 다르시 니까……!"

"저번부터 너한테 실망이 이만저만이 아니네."

"아, 왕자님! 실망이라뇨!"

"저는 재랑 달리 왕자님인 줄 알았다니까요. 오랜만에 명부 옷 입으 셨네요? 이야, 때깔이 멋있으십니다."

차민혁의 아첨이 우수수 쏟아졌다. 영천왕은 차민혁을 머리부터 발끝 까지 훑어보더니 들고 온 검을 던졌다. 예스, 나이스 캐치! 공중에서 검 을 낚아챈 차민혁이 소중히 품에 안았다. 영천왕이 신발 앞코로 김석호 의 어깨를 툭 쳤다.

"일어나."

"……정말 일어나도 되나요?"

"그럼 뒈질 때까지 자빠져 있든가."

김석호는 주군의 눈치를 살피며 쭈뼛쭈뼛 일어났다.

"용안은 무탈해 보이셔서 다행이에요. 저희는 어떻게 된 건가요. 말 씀드리기 무척 죄송하지만 저와 차 장군은 목숨이 끊겼었습니다."

"여기가 어디 같아."

"여기요? 여기……. 어라, 도리천이네요? 저희가 못 속에 빠져 있 던 겁니까?"

얼떨떨하게 물어본 김석호는 잠시 영천왕에게서 등을 돌려 찬란히 빛나는 달빛과 조금 전의 물보라는 없던 것처럼 평화로운 수면을 진중히 바라보았다.

저 안에, 그러니까 이무기가 990년을 갇혀 있었던 못의 바닥에 저와 차민혁이 있었던 것이었다. 그제야 말을 걸고 숨을 나누어 주었던 물고기들의 행동이 이해되었다. 못 안에서 그리도 오래 숨어 있었던 이무기의 숨도 물고기들의 도움으로 붙어 있었던 것이다.

이무기는 여의주의 영향으로 물고기와의 대화가 가능했다. 거기에서 끝나지 않고 비밀이 하나 더 있던 셈이었다.

아마 당사자도 물고기의 도움으로 숨을 쉬었다는 걸 모르리라고 예상한다. 그 시절의 이무기는 살아남고자 하는 간절함만 가득 차 다른 건 몰랐을 테니까. 그저 가두었기에 갇혀 있었다. 이무기가 받아들인 점은 그뿐이다. 만약 다른 사실을 눈치챘다면 진작 영 왕자에게 알려 줬을 터였다.

고로 못 안의 일은 철저한 비밀이겠구나. 눈치 빠르게 정리를 끝낸 김석호가 검에 흠집은 없는지 매의 눈으로 살피는 차민혁을 곁눈질했다. 차민혁의 입단속도 김석호의 몫이었다.

"……달이 다시 떴네요."

영천왕의 두루마기 속 날개옷이 사락 흔들렸다. 대답 없이 담뱃대를 입에 문 그는 아비인 염라와 몹시 닮았는데, 명부의 의복까지 입으니 부자지간이 아니라 친형제처럼 닮았다. 그러니까 내가 헷갈렸지. 이 감상을 말하는 순간 목이 잘리겠지만, 닮은 건 닮은 거니까. 한마디로 자기 잘못이 아니라는 거다.

"왕자님. 그리고 보니까 우리 죽었다 살아난 거예요? 와, 존나 있어 보인다."

"왕자가 무어냐. 네놈들이 모시는 상관은 영천왕이 되셨거늘."

퉁을 놓는 대사는 이차남을 대동하고 온 평등왕의 것이었다. 김석호는 젖은 채로도 예를 갖추었고, 차민혁은 흥미 없이 고개만 까딱이고 말았다……가 머리 위에 느낌표를 파바박 띄웠다. 둘을 보는 이차남의 얼굴에 반가운 기색이 역력했다.

"영천왕이요?"

끝까지 예를 갖추고 있던 김석호가 눈을 홉뜨며 물었다. 차민혁조차 놀라 앞선 깐족거림을 지운 채 진지한 태세를 갖추었다.

"그럼 이제 왕자님 아니고 대왕님입니까?"

"대, 대왕님. 축하드립니다."

두 수하가 개떡 같은 꼴로 절을 올리거나 말거나 심드렁한 시선을 던진 영천왕은 담배를 마저 피울 뿐이었다. 엎드려 절 받기엔 관심 없다.

"오지 않을 듯 굴더니 네 수하들이 걱정되긴 한 모양이로구나."

상냥하게 말문을 여는 평등왕과 달리 영천왕이 연기를 뱉으며 무심히 대답했다.

"살았으니 네 목은 자르지 않아도 되겠군. 약속대로 저 물고기들은 환생시켜 주도록 하지."

영천왕의 말본새는 인간일 때와 변한 게 하나도 없었다. 똑같이 싸가지 없어서 그 성정이 어디 가나 싶다. 물고기들이 기뻐 날뛰는 바람에 수면이 풍당풍당 떠들썩하게 튀다가 가라앉았다.

'영의 연정은 못과 같다. 어둡고, 깊고, 속을 알 수 없지.'

김석호는 의중을 알아채기 힘든 대화를 새겨들으면서 문득 평등왕이 했었던 말을 떠올렸다. 거짓이었다. 못 속의 비밀을 다 알고 계셨으면서, 일부러 거짓말하셨어. 못에 대한 표현은 타인의 시선에서 빌린 말이다. 평등왕은 누구보다 제 주군이 가진 연정의 크기를 잘 알고 계실 분이었다.

당했다. 진실을 알지 못하니 나와 차 장군은 도리천이 이무기를 가두기 위한 감옥인 줄로만 알았어. 우리뿐만 아니라 명부의 모두가 그리 생각할 것이다. 전말을 깨닫자 물 먹은 몸 위로 소름이 돋았다.

평등왕과 영천왕. 둘의 우호적인 관계는 용이 된 이무기 덕분이었다. 그것이 전부다. 이무기가 무사히 승천하지 못했더라면, 평등왕 역시 목이 잘렸을 것이었다.

영천왕은 벙찐 책사를 흘깃 보고 피식 웃었다. 그의 조소에 이제야 알겠냐는 의미가 깃들어 있었다. 김석호는 속내를 고스란히 들킨 듯해 저게 무슨 말이냐며 옆구리를 퍽 치는 차민혁을 중재시키기만 했다. 너는 가만히 있는 게 도와주는 거야. 그러면서 뒤늦게 이차남과 눈인사를 주고받는 것도 잊지 않았다.

"너희는 지금 바로 이승에 올라가."

"예?"

잘못 들었다는 듯 되묻는 김석호에게 인내심이 뚝뚝 끊겨 나가는 말투가 쏟아졌다.

"계수복 도와서 일주일 후부터 망자 이송해. 당분간은 너희도 투입한다."

여기서 또다시 되묻는다면 장래에 병풍을 치고 향까지 피우게 될 거다. 잽싸게 의도를 알아먹은 김석호가 공손히 여쭈었다.

"대왕님은 명부에 계실 겁니까?"

교수님은 어쩌시고요. 질문에 근심 어린 걱정이 고스란히 묻어났다. 교수님이라……. 자동으로 정은규의 모습이 떠오른다. 피우는 담배에서 쓴맛이 났다. 무심한 그의 얼굴에 그리움이 짧게 스쳐지나갔다. 워낙 짧은 순간이라 본인만 느껴 버린 그리움의 조각이었다.

그는 누가 알아채기 전에 그리움을 지워 내고 뒤돌았다. 담배 연기만이 모락모락 피었다.

"가라면 가."

"……알겠습니다. 차 장군아, 올라가자."

"김 책사야. 회포는 풀고 가면 안 되는 게야?"

이차남이 소곤거렸지만 김석호는 고개를 저었다. 오랜 시간 주군을 보필한 경력으로 보았을 때 지금 그는 기분이 밑바닥까지 가라앉아 있었다. 여기서 건들면 안 된다. 단순한 차민혁도 분위기를 헤아리고 묵묵히 김석호를 따랐다. 이차남이 아쉬워하며 한숨을 포옥 쉬자 마음 약한 평등왕이 멀어지는 영천왕을 불렀다.

"영천왕. 급한 사항인 건 알지만, 아무리 그래도."

"다물어."

전보다 훨씬 싸늘해졌다. 뒤 한번 돌아보지 않는 넓은 어깨에 새로운 세상의 왕임을 증명하듯 아름다운 달빛이 수놓아졌다.

너른 등은 뜻밖에도 정인을 그리워하는 쓸쓸함을 묻힌 채였다.

그러나 영천왕의 등에 묻은 그리움의 조각을 알아차린 자는 아무도 없었다. 그가 제 유일한 약점을 드러내지 않으려 사력을 다해 숨겼기 때문이었다.

보고 싶어. 사실은 보고 싶어 죽겠어, 씨발.

다시는 어떤 새끼든 네게 손끝 하나 댈 수 없도록 완벽하게 통제하고 틀을 짜 놓아야 한다. 찰나의 감정에 휘말려서 어그러지는 건 내가 용납 못 해. 그러니까 기다려. 기다려 줘. 너를 그리워하는 내 마음만큼, 너도 날 기다려 줬으면 좋겠어.

점차 달빛이 멀어진다.

새 소리도 들리지 않는 공허한 숲에 홀로 남겨졌을 때야 발길을 멈춘 영천왕은 이를 악물었다. 목선에 핏대가 불뚝 설 만큼 힘을 주어 참는다. 그는 애써 정은규를 향한 그리움을 씹어 삼켰다. 너를 떠올리면 제정신을 못 차리겠어. 엉망으로 흐트러지려고 해. 그런데 네가 시도 때도 없이 떠올라.

고개를 젖힌다. 붉어진 눈동자가 우거진 녹음 어딘가에 희미하게 닿았다.

대영 씨…….

정은규의 목소리가 들린다. 저 목소리가 나를 농락하려 든 환영의 헛짓거리라면 죽이는 것에서 끝나지 않고 어떻게든 몸뚱어리를 만들어 내 갈기갈기 찢어 버릴 거다.

―이어 들려오는 목소리는 없었다.

젖힌 고개를 내린 영천왕은 지독히도 무표정이었다. 참을 수 있는 여유란 고작 그 정도의 선이었다.

제9장

　방 안에 경쾌한 알람이 울린다. 특이할 것 없는 기상 알람이었다. 6시 20분에 맞춰 둔 알람이 1분 남짓 반복해 울렸을까, 이불 속에서 쑥 빠져나온 손이 핸드폰을 더듬거려 시끄러운 알람을 껐다. 끄응. 고슴도치처럼 둥그런 이불더미가 한껏 몸을 웅크렸다.

　현재 시각은 새벽 6시 22분이다. 정은규는 따뜻한 이불 속에서 몇 분간 죽은 듯이 웅크려 있다가 좀비인 양 비척비척 일어났다.

　잠에 드는 순간부터 오늘은 어제가 된다. 기상 알람이 새로운 오늘의 신호탄을 알리는 셈이다.

　비어 있는 오른쪽 침대의 이불은 가지런히 개켜 있었다. 잠이 덜 깬 눈동자가 빈 침대에 잠시 머무른다. 잠깐 '그'의 형체가 누워 있는 환상을 보았다. 정은규는 급격히 들어찬 허망함을 지우며 눈길을 돌린다. 탁. 화장실 불이 환히 켜졌다. 스위치를 누른 손을 힘없이 떨어트리고 잘 정리해 놓은 슬리퍼를 한쪽씩 신었다.

내리쬔 백색 전등이 피부 표면의 요철까지 낱낱이 드러냈다. 정은규는 치약 짠 칫솔을 담배처럼 손가락에 낀 채 세면대를 받치고 서서 거울을 바라보았다. 거울 속에는 까치집이 진 머리 꼴을 한 남자가 희게 질린 채 무심한 얼굴을 하고 있었다.

그 상태로 양 입매를 슥 올려 본다.

입꼬리가 호선을 그린다. 거울 속의 남자가 웃는다.

그러나 억지로 지은 웃음에 온기라곤 없었다. 올라갔던 입매가 제자리를 되찾았다. 다시금 무표정으로 돌아간다.

'웃는 연습이라도 해 볼까 봐요. 대영 씨와 다시 만날 때 웃는 얼굴로 꼬셔 보게. 작정하고 꼬신 적은 없었는데 이번 기회에 시도해 보죠. 웃는 연습 많이 해 두겠습니다.'

……괜히 말했나. 이게 뭐라고 되게 어렵다.

'매일 거울 앞에서 삼십 번씩 연습하면 안면 근육이 적응하겠죠.'

믿기지 않겠지만, 이 집에 돌아온 후부터 매일같이 웃는 연습을 했다. 하지만 그런다고 해서 습관적인 미소를 짓는 일이 없었다. 열심히 연습하면 적어도 전보다 부드러운 인상이 될 줄 알았는데 똑같았다. 안면 근육도 사람을 가리나 보다. 정은규는 방긋방긋 입꼬리를 끌어당겨 웃다가 한숨과 함께 칫솔을 입 안으로 쑤셔 넣었다.

뭐 하는 짓인지 모르겠네.

부질없는 행동이라는 건 스스로 잘 알고 있다. 그래도 정은규는 하루의 끝과 시작에 매번 웃어 보려 노력했다. 약속은 지키라고 있는 거니까.

젖은 머리를 드라이기가 시끄럽게 말렸다. 물기를 머금은 머리칼이 버석해졌다.

깨어난 날에 커튼 친 모양새였던 머리칼을 다듬어 주려 팔랑이라는 도깨비가 찾아왔으나, 정은규는 호의를 정중히 거절했다.

'괜찮습니다.'

바리바리 사 온 바디 클렌저와 가위 가방을 펼쳐 놓고 신이 나서 커트 보를 팔락거리던 팔량이 대번에 시무룩해져 초량을 힐끔 살폈다. 초량도 정은규가 거절할 줄 몰랐는지 난감한 기색을 표했다.

'에잉. 믿지 못하는 건가? 팔량이 미용 자격증도 있고 머리 되게 잘해!'

맞다. 못 믿는다. 한때는 영 왕자도 못 믿었는데 생판 처음 보는 도깨비를 어떻게 믿으랴.

하지만 정은규는 타인에게 상처를 주고 싶지 않았다. 그저 냉장고에서 오렌지 주스를 꺼내고 접시에 비스킷을 담아 팔량에게 드시라며 전해 줄 뿐이었다. 그리고 미안한 마음을 담아 나름대로 사근거리며 대화에 참여했다. 물론 어디까지나 정은규의 기준에서 '나름'이었다.

침울해했던 팔량은 얼마 안 가 활기를 띠어 초량과 괄괄한 수다를 떨다가 돌아갔다.

마르고 탄탄한 몸 위에 셔츠를 걸쳤다. 단추를 잠글 때 품이 커서 안대영의 셔츠임을 알았다. 정은규는 개의치 않고 셔츠 밑단을 바지 속에 예쁘게 집어넣어 갈무리했다. 그새 살이 더 빠져 바지도 허리가 낙낙해 벨트를 맸다.

백팩을 한쪽 어깨에 걸치며 현관문을 닫았다. 이른 출근인지라 엘리베이터가 지체 없이 도착했다.

삐빅, 지하주차장에 잠든 차가 록을 풀었다. 겨울이 떠나갔음을 체감하는 건 출근할 때였다. 겨우내 어둡고 캄캄하던 하늘이 밝아졌다. 꽃샘추위가 남기고 간 찬 기운이 얇은 트렌치코트에 사뿐히 달라붙었다.

그로부터 석 달이 흘렀다. 계절은 목련이 지고 벚나무마다 꽃잎을 흩날리는 4월의 초입에 들어섰다.

정은규는 약 5분 간 히터를 틀어 놓고 운전석에 가만히 앉아 있었다. 건조한 바람이 쏟아져 차 안을 데웠다.

퇴원한 이후 줄곧 안대영의 집에 머물렀다. 그의 온기조차 없는 제 집엔 돌아가고 싶지 않았다. 안대영이 가택 침입이라고 신고하면 얌전히 끌려가 줄 생각이다. 이런 마음이 들 만큼 그가 보고 싶었다. 주인 없는 빈 집에서 시간을 죽이고 안대영의 잔상을 좇는 행위가 정은규의 하루 마무리였다.

그런 와중에 정상 출근하게 된 지는 한 달 정도가 지났다.

두 달간 민 교수의 성화에 못 이겨 재활 치료를 받으면서 외래 위주로 업무를 보았다. 수술실은 급할 때만 땜빵 식으로 들어갔다. 이럴 거면 정상적으로 스케줄을 짜서 굴리는 게 낫지 않나. 하지만 민 교수는 정은규의 몸이 도로 상할까 야단이었다. 좋게 말해서 야단이지 유난이라고 표현해야 한다.

한 번은 말 안 하고 응급 수술을 들어갔더니 인턴도 아닌데 호되게 혼쭐이 났다. 이 일을 두고 김현수는 '네가 오지게 예쁨 받긴 하는구나.'라며 장난조를 내보였다. 그러거나 말거나 정은규는 정상적인 근무 형태를 원할 뿐이었다.

저 안 아픕니다. 교수 몇 명을 데려와도 제가 체력 훨씬 좋을 텐데요, 라고 사실대로 말할 수 없었다. 제 몸에 일어난 변화를 설명하기 위해 어디서부터 거슬러 올라가야 하는지, 말하면 믿기나 할는지 여러모로 귀찮아서였다. 애초 말을 안 하는 편이 나았다.

눈치껏 응급을 처리하던 정은규는 민 교수가 네 마음대로 하라며 두 손 두 발을 다 들고 나서야 전처럼 이리저리 뛰어다녔다.

'너 인마, 그래도 머리가 멀쩡해서 다행인 줄 알아. 뇌 보는 놈 머리가 고장 나면 얼마나 끔찍한 일이야. 이것도 네가 자식 같아서 하는 말이다.'

그러면서도 민 교수는 걱정을 떨칠 수 없는지 가끔 찾아와 퉁을 놓기도 했었다.

'자식이요? 교수님 자제분 아직 대학생 아닙니까.'

'이 자식이 남은 걱정해 준다고 하는데도 그딴 말이나 하지. 어? 내가 너 이렇게 키웠냐?'

비록 성격상 한마디 받아쳤다가 두 배의 잔소리를 얻어먹기야 했지만.

코마 상태에서 깨어났음을 알리자 걱정되어 찾아왔다는 병원 사람들이 형식적으로 몸을 체크할 동안에도 정은규는 필요한 말만 했다. 오래 잠들었다가 깨어났다고 해서 안 하던 친목다짐을 새삼스럽게 챙기는 건 성미에 안 맞았다. 무엇보다 머릿속에 안대영과 일이 양분화 되어 그들은 안중에도 없었다.

'노티 해. 그리고 내 노트북 가져와.'

수술 끝나고 걱정을 담뿍 묻힌 채 나타난 치프에게 정은규가 건넨 말은 그게 전부였다. 치프는 얼떨떨하게 그동안의 환자 상태를 보고한 뒤 정 교수님은 전보다 더 워커홀릭이 되신 것 같다며 혀를 내둘렀다.

정은규는 퇴원하기 전까지 병상에서 노트북으로 일을 봤다. 이에 누구는 정은규를 지칭해 독한 새끼라며 학을 뗐다. 물론 정은규는 타인의 말을 조금도 신경 쓰지 않았다.

차가 지하주차장을 벗어났다. 훈훈하게 데워진 차 안이 건조하다.

코마에 빠져 있을 적 외부에서 데려온 의사가 2진료실을 쓰고 있었으므로 그의 계약 기간 동안 정은규는 별관 뇌혈관 센터까지 자리가 밀려났다. 이 사태를 두고 다른 교수들은 유배라고 칭하였는데, 그도 그럴 것이 뇌혈관 센터는 센터장인 민 교수를 비롯해 지금의 세연을 있게 만들어 준 신경외과 원로 교수들이 진료실 1, 2, 3번을 쓰고 있었기 때문이다.

정은규의 별관 이동 소식에 선배들은 '민 교수가 어지간히 아끼나 보네.'라는 시기어린 파와, 아무리 출세 욕구에 찌들었어도 그분들 옆에 있고 싶지 않던 파로 갈라섰다.

뿐만 아니라 남의 얘기 좋아하는 사람들답게 음모론도 제기되었다. 저 나이에 어떻게 정교수가 될 수 있느냐며 분명히 비리가 있다, 저 새끼 알고 보면 뒷배경에 삼진 그룹이라도 달고 있는 것 아니냐며 카더라 통신을 만들어 냈다. 후자는 전문의를 취득하면서부터 심심찮게 듣는 소리였기에 전혀 타격이 없었다.

떠들썩한 선배들과 달리 당사자인 정은규는 토 달지 않고 묵묵히 자리를 옮겼다. 출세든 뭐든 지금에 와서는 전부 관심 없었다. 일을 할 수 있다면 장소는 어디든 상관없었으니까.

'너 또 쓰러져서 베드 신세 질까 봐 감시하려고 여기로 부른 거야, 내가.'

'예.'

그래서 별관에 이사한 첫날, 민 교수가 으름장을 놓아도 시답잖게 대꾸하고 말았다. 그가 편애를 하든 말든 신경 안 썼다. 편애면 어떻고, 아니면 어떤가. 정은규는 언제나 그랬듯이 제 할 일만 열심히 했다.

별관은 크게 뇌혈관 센터와 암 센터로 나뉘었다. 왁자지껄한 본관 로비와 달리 차분한 분위기였다. 아무래도 별관에 들르는 환자의 연령대가 본관과 대비하면 높은 편이라 그럴 수도 있겠다. 그리고 소아 병동이 없어 환자복을 입은 아이들의 재잘거림이 없었다. 어르신을 부축하는 보호자들이 대다수인 곳에서 정은규는 별관의 로비를 뚜벅뚜벅 걸었다.

트렌치코트 자락이 걸을 때마다 가운처럼 휘날린다. 별관은 귀신 천지였다.

귀신은 어디에나 있었다. 별관이라고 다르겠는가. 사는 날이 정해진 시한부 환자들을 탐내는 귀신들은 한층 악질적이었다. 찜을 해 놓듯이 인간의 몸에 겹겹이 매달려 침을 뚝뚝 흘렸다.

정은규는 자신의 곁을 절뚝거리며 스쳐지나가는 노부부의 등을 바라보았다. 할아버지의 손을 붙든 할머니 등에 귀신이 셋이나 등딱지처럼 매달렸다. 멀지 않은 곳에 저승사자가 명단을 보며 노부부를 가리켰다. 망자 명단에 쓰인 사람은 할머니인 듯했다.

무시하고 가려다가 삐끗, 구두 앞코가 회전했다. 정은규는 노부부를 향해 뚜벅뚜벅 걸어가 냅다 손을 뻗어 할머니의 등에 묻은 귀신들의 뒷덜미를 콱 잡아챘다. 망자를 어디서 수거하느냐에 대해 회의를 하던 저승사자들이 기겁해 입을 떡 벌리고 이쪽을 쳐다봤다.

정은규는 낚아챈 귀신을 뒤로 숨겨 열중쉬어 자세를 취했다. 그 손 안에서 목 졸린 귀신 두 마리가 깨객거리다가 꽥, 연기만 남기고 소멸했다. 아무렇지 않은 척 한 마리의 귀신도 마저 붙잡아 손아귀에 힘을 꽉 주었다. 세 번째 귀신은 혼령의 크기가 풍선처럼 부풀다가 결국 정은규의 손 안에서 소멸을 맞이했다. 노부부가 의아하게 정은규를 돌아보았다.

"젊은 양반. 우리 아슈?"

"죄송합니다. 뭐가 묻었습니다."

머리카락 한 올을 떼어 내 버린 정은규가 묵례를 한 후 뒤를 돌았다. 등 뒤로 두런두런 말소리가 들렸다.

"영감. 나 몸이 조금 가벼우이."

"그려? 큰 병원에서 주는 파스는 약국 거랑 다른감? 어쨌든 잘됐구먼."

"어여 가야지. 손주 매누리 온다 하지 않았소."

대화가 한참 멀어진 후에야 정은규는 한 발짝 걸음을 떼었다. 손에 붙었던 서늘하고 미끄덩한 촉감이 불쾌했다. 안대영과의 첫 만남이 생각났다.

'야.'

라고 부르며 제 어깨에 붙었던 귀신을 손으로 터트렸던 그가. 그 짓을 제가 하고 있으니 따라쟁이처럼 어설퍼서 봐줄 수가 없었다. 직전의 일은 영웅 심리가 아니었다. 단지 작디작은 할머니 몸을 갈취하겠다고 달라붙은 귀신의 꼴이 보기 싫어 움직였을 뿐이다. 없던 힘이 생기니 다른 건 몰라도 이건 좋았다.

「하, 하늘분께서 이러시면 안 됩니다. 이승의 영들은 명부의 권한입니다. 간섭하지 마십시오.」

득달같이 달려온 저승사자가 정은규의 앞을 가로막았다. 승천하기 전에는 이무기가 어쩌고 업신여기더니 확 달라진 태도였다. 정은규는 사자를 물끄러미 보더니 단답형으로 대답했다.

"예."

그러더니 지나간다. 졸지에 홀로 남겨진 저승사자가 뒤늦게 몰려온 민망함을 감추려 뭐 저런 게 다 있냐고 씨근덕거렸다.

* * *

'선일 행정사 사무소'는 아직도 무광리에 있었다. 김석호와 차민혁은 3일의 휴식을 가진 뒤에 사무실부터 들러 먼지 쌓인 공간을 깨끗이 청소했다. 그런 다음 재기가 불가능한 무광산 입구에는 높은 철조망을 쳐 두었다. 저 산은 생명이 버틸 수 없는 죽음의 땅이 되었다. 사람은 물론이고 동물도 출입이 안 된다.

철조망은 타고 넘어가지도 못하게 높았으며, 홧김에 손을 가져다 대면 피를 볼 만큼 표면이 날카로웠다. 대문짝만 한 경고 팻말을 걸어 둔 김석호가 산 주위를 치우며 구시렁거리는 차민혁을 도왔다.

이무기가 승천하던 날, 이승에서는 의문의 산불로 전파를 탔는지 경찰과 기자들이 한바탕 다녀가 주위가 개판이었다. 쓰레기를 치워도, 치워도 끝이 없었다.

"옘병. 아주 지랄 난리 났네. 이 새끼들은 이거 왜 안 치우고 갔냐? 존나 빡쳐. 야. 업체 쓰자."

"업체 부르면 어디서 냄새 맡은 기자들이 찾아와 인터뷰해 달라고 할걸?"

"아. 졸라 짱나네. 이걸 언제 다 치워!"

먹다 버린 커피 컵부터 시작해 애새끼들 아지트도 아니고 수북한 담배꽁초까지. 산불이 났다고 보도 난 현장에서 담배를 피우는 건 무슨 심보냐며 차민혁은 욕설을 멈추지 못했다. 그러는 자기도 잘만 피워 댔으면서.

4시간을 넘게 청소했더니 그럭저럭 깨끗한 꼴이 되었다. 지친 팀장과 실장이 사무실로 돌아와 씻고 배달시킨 짜장면을 홀랑 해치웠다. 배가 어느 정도 불렀을 때 김석호는 컴퓨터 연결을 착착 시켜 업무 보고 창을 띄웠다. 밀린 메일이 가득일 줄 알았는데 딸랑 한 통이 끝이었다. 발신자는 북산의 계수복이었다.

[인트라넷 접속 불가 안내의 건]

말이 듣기 좋아 인트라넷이지, 명부와 이승 간에 소통하고자 만든 조악한 화면은 새파란 배경에 텍스트를 입력하는 구조로, 꼴에 파일 전송 창까지 있었다. 사진은 한 번에 3장, 영상은 5분 내외만 가능하다. 엄청난 구식 프로그램이었다.

웃긴 점이 있다면, 이 시스템은 뭍에 쫓겨난 김석호가 구축했다는 것이었다. 직접 명부로 갈 순 없는데 보고는 올려야 하고, 업경은 매번 지니고 다니기 불편했다. 언제 어디서나 효율적인 일처리가 되어야 한다는 김석호의 신념에 따라 일주일 만에 뚝딱 만들어진 이 시스템은 안대영의 표현으로 '있으나마나한 개떡 같은 프로그램'이었지만, 나름 유용하게 쓰였다.

[시스템 업데이트 및 개선을 위해 당분간 인트라넷 접속이 불가합니

다. 4월 16일부터 처리 기간 미정으로 확정 시 별도 공지합니다. 문의는 북산 타워 관리소 내방 시에만 가능. (담당자 계수복 소장) 관련 공문 1건 포함. 끝.]

저승의 책사 놈들은 이 조악한 프로그램이 '인트라넷'이라고 불리는 게 마음에 들었는지 단어를 그대로 가져갔다. 지옥에서 자기들끼리 업경을 통해 소통할 때 인트라넷이라고 붙여 버린 것이다. 따지고 보면 업경이 명부의 스마트폰이고, 컴퓨터고, 텔레비전이나 다름없으니 붙여도 상관없지 않느냐는 똥배짱 논리였다.

김석호는 어차피 내가 지은 단어도 아니고 이승의 회사에서 널리 쓰이는 단어이니 알아서 하라며 두었다. 뭐, 그걸 역으로 이용해 반란을 일으킬 줄은 몰랐지만 말이야. 사태가 마무리 되었으니 하는 말이지만, 그때는 우리 모두 미친놈이었어. 읾.

북산 측에서 공지를 띄운 거라면 나름 개발자로 참여한 프로그램이 체계화 될 모양이다. 완성이 될 때까지는 옛날처럼 서면으로 움직여야 한다. 선일 행정사 사무소의 대표가 자리를 비운 탓에 올릴 보고도 없었지만, 꼬장꼬장하고 싸가지 없는 대표의 성격상 돌아오면 그동안의 일을 보고받으려 할 것이다.

김석호는 업무 보고서 양식을 뚝딱 만들어 출력하려다가 아차 싶어 복합기부터 연결했다. 다시 돌아오니 자질구레한 일이 잔뜩 쌓여 있었다.

"야. 근데 우리 계속 여기 있어? 북산이랑 안 합친대?"

차민혁은 사무실의 이사를 원했다. 이유는 단순하다. 자택에서 출퇴근하기에 무광산보다 북산이 편했기 때문이다. 김석호는 팩스가 제대로 작동하는지 확인한 후에 음악을 틀었다.

"모르지. 대왕님이 오셔야 여쭙든가 말든가 하는데……."

그들의 대왕은 이 순간 세상에서 제일 바쁘신 분이었다. 며칠이 지나면 명부의 문이 다시 열려 북산을 뒤덮은 망자들이 순차적으로 게이트를 넘게 된다. 김석호와 차민혁도 내일부터는 당분간 북산으로 출근해 업무를 도와야 한다. 일주일 새에 명부가 얼마나 안정되었느냐에 따라 일의 진척도도 달라질 것이었다.

"맞다. 이무, 교수님은?"

차민혁이 소파에 벌러덩 드러누워 묻자 김석호가 막 뽑혀 뜨끈한 A4 종이 뭉치를 바닥에 탁탁 내려쳐 수평을 맞췄다. 그리고 곧장 파일철 작업에 들어갔다.

"깨어나셨대."

"'대'? 너 쉬는 동안 병원 안 가 봤나?"

"그럴 새가 어디 있어. 초량이가 있으니 괜찮을 거야. 그리고 우리가 교수님을 도와야 했다면 대왕님도 북산이 아니라 병원이나 집에 가 보라고 하셨겠지."

그건 맞는 말이었다. 차민혁은 드르렁 코고는 소리를 냈다. 김석호는 두텁게 만든 파일철을 가져와 자리에 다시금 앉는다. 음악 크기가 줄었다. 사각사각, 종이 위로 펜이 삭삭 그어져 글씨를 만들어 냈다. 김석호는 업무 보고서를 쓰면서 차민혁에게 넌지시 물었다.

"근데 차 장군아. 우리는 또 인간일까? 죽었다가 다시 살았잖아."

"다시 죽어 볼래? 그럼 알 수 있을걸? 이번에야말로 내가 단번에 죽여 준다."

"어우. 싫다. 나 그리고 평화주의자야."

"개코나 평화주의자래. 평화주의자라서 손모가지 부러져라 부채 부쳤나? 그리고 야, 일단 나는 인간 아니다에 한 표. 왜냐면 대왕님도 왕자님 벗어났으니까."

그러려나? 인간이 아니려나. 사실은 죽기 전과 뭐가 다른지 모르겠어서 김석호는 생애 최초로 진실을 밝혀 내는 쪽이 아닌, 깜깜이가 되는 편을 골랐다. 살아난 것만으로도 되었다. 이것 하나로도 평생 주군을 보필할 의무가 만들어졌으니.

차민혁은 불 붙이지 않은 담배를 입에 물고 까딱이면서 노을이 지는 창밖을 멀거니 쳐다보았다. 김석호에게 퉁명스럽게 굴었지만, 사실은 차민혁도 해가 뜨고 지는 이승에 당도한 자신이 믿기지 않았다. 낯간지럽지만 어서 주군께서 돌아와 셋이 무적으로 합체하길 바랐다.

에이씨. 발딱 일어난 차민혁이 잇자국 난 담배를 귀 뒤에 꽂으며 중문으로 다가갔다.

"야야. 오늘 밤에는 내가 교수님 집 앞에서 보초 설 테니까 넌 날 밝으면 북산으로 가."

"근데 내 생각에 교수님 자기 집에 안 계실 것 같아."

"그럼 어디에 숨었는데."

"아마 대왕님 집이지 않을까 싶은데……. 그리고 어디 가?"

"담배 한 까치 피우러."

암만 윗대가리가 없는 자리라 해도, 허락 없는 실내 흡연은 양심상 좀 그랬다. 신발 뒤축을 구겨 신고 나가는 차민혁의 뒤태를 쳐다본 김석호가 펜을 내려놓았다.

* * *

명부가 열렸다는 소식을 듣자마자 초량은 망자 이송을 돕는 척 따라 내려갔다. 그리고 삼도천에 펼쳐진 그로테스크한 광경을 훑자마자 그렇게나 좋았던 식욕이 뚝 떨어지는 기분을 느꼈다.

"또라이 아냐."

영천왕을 향한 욕은 해도 해도 줄질 않았다. 삼도천에 꽂혀 불타는 꼬챙이가 자그마치 총 여덟 개다. 불이 지글지글 끓는 선을 따라 올라가면 잘린 시왕의 목이 꽂혀 있었다.

초량뿐만 아니라 오랜만에 명부 땅을 밟은 북산의 무사들도 흉측한 여덟 개의 목을 당황스럽게 응시했다. 하물며 망자들은 어떻겠는가. 유람선을 기다리는 동안 찰나의 친목을 다질 만도 한데 이리도 많은 망자가 있음에도 수군거리는 소리 하나 없었다. 기에 압도당한 것이었다.

"내 평생 이런 미친놈은 처음 본다."

초량은 불을 밝힌 유람선이 오자 삼도천에 풍덩 빠져 헤엄쳤다. 보나 마나 유람선에 제가 탈 자리는 없을 테니 기다릴 시간에 헤엄쳐 건너는 편이 나았다. 오늘따라 장송곡이 더욱 음울하게 들렸다.

인어가 된 양 물살을 가르고 헤엄쳐 여덟 번째 지옥에 당도한 초량이 제 앞을 막아서는 무사의 이마에 손가락을 딱 튕겼다.

"에잉?! 어딜 가로막아, 이놈아! 왕 놈은 어디 있느냐."

"예의를 갖춰라."

"뭐? 어디서 도깨비 대왕에게 무사 놈 따위가 떠들어? 영천왕 어디 있느냐고."

쪽수가 확실히 전보다 줄긴 했군. 군사가 진을 치고 있어야 할 게이트 앞에 무사를 대동해놓았다니.

"영천왕을 뵙고자 하면 열한 번째 지옥을 가야지, 왜 여기로 와!"

"거기 짱박혀 있다고? 그 자식이 그럴 놈이 아닌데. 그럼 비켜 봐라, 게이트나 넘게."

지랄하면 꿀밤을 또 놓아 주려고 했는데 순순히 비켜난다. 초량은 숲을 성큼성큼 지나 열한 번째 지옥으로 통하는 게이트에 도착해 곧바로 쑤욱 넘어갔다.

아지랑이가 이글이글 피는 열한 번째 지옥은 망자 맞이로 분주한 여덟 번째 지옥과 다르게 한산함을 넘어 황량했다. 그리고 처소 근처엔

기골이 장대한 사내가 우뚝 서 있었다. 불씨 섞인 바람이 뒷목을 덮는 길이의 머리칼을 훑고 지나갔다. 초량은 쩌렁쩌렁 외쳤다.

"야! 왕 놈아!"

돌아보지 않는다. 아니, 저놈 저거 귓구녕이 막혔나. 괘씸해진 초량이 뱃심을 끌어 모아 다시 소리쳤다.

"야! 이 우라질! 미친 싸가지 없는 육시럴 상또라이 새끼야!"

천천히, 온갖 욕설을 들은 사내가 뒤를 돈다. 사내의 왼쪽 눈에는 붉은 비단으로 만들어진 안대가 덮여 있었다. 초량은 순간 왕 놈이 눈 한 쪽을 잃었나 하였다. 게슴츠레 떴던 눈이 휘둥그레 떠진 것은 몇 초 후의 일이었다.

"……염라?!"

저게 무슨 꼴이란 말이냐. 매사 단정했던 상투가 잘린 것으로 부족해 뒷목을 덮을 만큼 짧아진 머리칼하며, 눈에 벼락이라도 맞았는가?! 아니면 설마 자식에게 저 꼴을 당한 것이냐. 어느 쪽이든 당황스럽긴 마찬가지라 떡 벌어진 입이 다물릴 줄 몰랐다. 그 염라가, 감히 그에게 대적하고자 덤빌 상대 하나 없던 염라가 저런 모습이라니 보면서도 믿을 수 없었다.

"아, 아니, 아니. 아니? 대체 꼴이 왜 그러쇼?"

어버버한 채 묻는 초량에게 염라가 곰방대를 문다. 그나저나 머리 길이가 짧아지니 더욱 영과 닮았다. 애꾸눈이 아니었다면 거울을 보는 줄 알았을 테였다.

염라의 입술에서 푸르스름한 연기가 피어올랐다. 초량을 훑는 외눈은 여전히 형형한 싸늘함을 묻힌 채였다.

"헛걸음하였으니 올라가라."

"……헛걸음이라니? 왕 놈이 어딜 갔, 엥?! 올라가라는 말은 뭍에 갔다는 뜻이냐?"

염라는 대답 없이 등을 보였다. 담배 연기가 염라를 감싸듯 훑으며 퍼졌다. 초량은 가는 눈을 뜨고 염라를 마구 훑어보다가 혼잣말로 중얼거렸다.

"꼴을 보아하니 스~얼마 영이 염력이라도 깨트렸는가."

떠보려고 흘린 혼잣말이 맞다. 그러나 염라가 도깨비의 놀음에 답해줄 리 만무했다.

비록 염라가 아들에게 무릎을 꿇은 아비가 되었고, 외형의 변화가 생겼다고는 하나 특유의 위압감마저 잃은 것은 아니었다. 고작 도깨비 따위가 넘볼 만큼 만만한 상대는 아니라는 말이다.

초량은 염라의 반응을 살피다가 포기하고 두 번이나 바람맞았다며 투덜거렸다. 바로 말하자면 약속 없이 찾아와 놓고 투덜거린 것이지만. 다섯 번째 지옥의 대왕이 저리 된 연유를 제대로 수확하지 못해 아쉬운 모양인지 염라를 흘끔거리다가 왔던 길을 되돌아갔다.

경고 같은 살기가 묻은 잔해는 공중에 떠다니다가 염라의 짧아진 머리칼과 안대를 스쳤다. 다시 혼자가 되었다.

영천왕은 살육의 날이 흐른 이후 열한 번째 지옥의 밖으로 모습을 드러내지 않았다. 명부를 들쑤시고 반란을 일으킨 폭군이 나타나 진두지휘하면 안 그래도 위축된 자들이 속 터지게 굴 것이라는 이유에서였다. 그는 본인의 인내심이 얼마나 짧은지 잘 알고 있었다.

여기서 더 살상을 일으키면 보유한 군단의 수가 하늘보다 부족해진다. 미친놈이 되어 명부를 뒤집어놓았어도 그 정도 계산은 하고 살육을 자행했다.

현재의 인원으로도 명부는 충분히 굴러갈 수 있다. 그러니 당근과 채찍을 번갈아가며 통제하려면 당분간 영천왕은 전방에 나서지 말아야 했다. 때문에 정사에 관한 회의는 열한 번째 지옥에서 이루어졌으며, 그의 뜻에 따라 행동하는 쪽은 염라와 평등왕이었다.

'1지옥은 형벌의 장. 2지옥은 판단의 장. 3, 4지옥은 군단의 터로 바꿀 겁니다. 3지옥엔 무사와 군사를. 4지옥에 사자들 박아 놔요. 걔들 감시는 평등왕 네가 해. 6지옥은 서류 보관소로 통합합니다. 각 지옥마다 뿔뿔이 흩어진 서류 한데 모아서 6지옥에 정리해 둬요. 이승의 북산 관리소에서 도우미를 내려 보낼 겁니다. 나머지는 그대로.'

'새로운 세상의 왕'은 명부를 더 나은 환경으로 만들어 놓기 위해 잠자는 시간을 아껴 움직였다. 그가 취한 수면은 재판이 끝난 이후의 단 하루가 끝이었다.

영천왕은 악독한 놈이다. 동시에 건들지만 않으면 터지지 않는 폭탄의 모습으로 남겨 둘 수 있었다. 완급 조절이 타고났으니 언제 돌변해 검으로 배때기를 쑤실지 몰랐다. 아니, 두 번의 반란이 일어난다면 이번에야말로 목을 자를 텐가.

주인이 자리를 비운 열한 번째 지옥은 생생히 살아 숨 쉬고 있다. 이 지옥의 대왕이 지옥 전체를 아우르는 꼭대기에 섰음을 증명하는 모습이었다. 다섯 번째 지옥에 가득했던 생기가 열한 번째 지옥으로 옮겨 간 듯했다.

그러나 그 어디에도 폐위한 염라를 비웃는 존재는 없었다. 하물며 아비를 직접 폐위시킨 영천왕조차 염라를 대하는 태도가 전과 크게 다르지 않았다. 상석에 앉아 있음에도 여전히 존댓말을 하고 '아비 대접'을 해 주었다. 그것이 염라에게는 기만이다. 평생 패배감과 자조감을 가지라며 일부러 그러는 것이다.

상하관계가 명확하게 재정립되었으나 겉으로 보기엔 마치 두 개의 태양이 뜬 듯했다.

영천왕은 오늘 도리천의 달빛이 샛노랗게 밝을 때 뭍으로 떠났다. 염라에게는 불시에 들르겠다는 말을 남겼다. 뭍으로 떠난 자초지종의 사유는 불 보듯 뻔했다. 그놈의 연정이 또다시 목을 조르는 것이리라.

"꼴같잖군."

그까짓 연정이 명부를 쑥대밭으로 만들고 살육을 자행하였으며 개혁을 일으켰다.

염라는 세상이 무너져도 결코 영천왕을 이해할 수 없으리라.

그로부터 한참이나 열한 번째 지옥에 머무르던 염라가 발걸음을 옮겼다. 망가진 꽃밭을 새로 일구기 위해서였다.

* * *

봄이 되자 쉼터는 환자와 의료진들로 북적였다. 쉼터에 벚꽃 비가 내리는 모습이 장관이라 언제 와도 늘 사람이 있었다. 그들이 나누는 대화의 내용에 각자의 희로애락이 담겨 있었지만 목소리만큼은 계절 따라 보드라운 편이었다.

정은규는 요깃거리로 준비한 라테와 샌드위치를 들고 쉼터에 다다라 빈자리에 착석했다. 두껍게 부친 계란이 들어 있는 샌드위치는 특색 없는 맛이다. 주린 배를 채우기 위해 의무적으로 우물거리는 정은규의 옆에 OS 스티커가 붙은 폴대를 끌고 온 환자 두 명이 앉아 있었다.

"2차 수술은 언제라고?"

"나흘 뒤."

"이번에 수술하면 제대로 걸을 수 있대?"

"열어 봐야 안대. 나머지 뼛조각 제거하고 인공 관절 넣는다고 하더라."

"에휴. 너도 참. 나라 지키라고 군대 보냈더니 이 지경으로 다쳐서 오냐."

마냥 밝지 못한 대화를 들으며 눈으론 아름다운 꽃비를 응시한다.

입원한 환자들도 저마다의 사정이 있다. 하루아침에 사고를 당해서, 오래 앓은 병이 있어서, 선천적으로 아픈 몸이어서, 멀쩡한 줄 알았는데 검사 결과가 좋지 않아서 등등. 의료진은 환자가 무슨 사정이든 간에 치료하고자 매일 열과 성의를 다한다. 정은규도 그 일원 중 하나다.

그래서 최대한 환자에게 감정을 드러내지 않으려 노력해 왔다. 환자가 원하는 건 완치이니 최대한 그쪽으로 방향을 잡고 고수하면 된다고 생각했다. 정 없이 말하자면 개개인의 사연 따위 알고 싶지 않았다. 의사는 여러 검사를 통해 환자의 몸이 아프게 된 원인을 알고 적합한 의료서비스를 제공하면 되었다.

퇴원한 환자들이 감사의 의미로 선물을 보내거나 편지를 써서 줄 때, 정은규는 보람에 앞서 부담을 느꼈다. 선물은 좋은 말로 돌려보내고 편지만 챙겨 한가할 때 읽어 보면서도 비슷한 감정이었다. 왜 이렇게 고마워하지. 환자는 거액의 치료비를 병원에 지급했고, 나는 의사의 본분을 다했을 뿐이다. 그럼에도 세상엔 의사 정은규에게 고마워하는 사람들이 참 많았다.

다시 아프지나 말았으면 좋겠다. 밝은 표정으로 진료실을 나가는 환자들에게 유일하게 바랐던 점이다. 다시 나를 볼 일이 없었으면 좋겠다고.

담소를 나누던 환자들이 묵묵히 끼니를 해결하는 정은규를 흘깃 살폈다. 저렇게 앳된 얼굴이라면 의사는 아닐 거고, 끽해야 레지던트 몇 년 차나 되었을까 궁금해하는 시선이었다. 밥 먹을 시간도 없어 여기서 샌드위치로 때우고 있구나. 쯧쯧. 낯선 타인이 태평양 같은 오지랖을 부리거나 말거나 입 안을 맴도는 음식물만 꿀꺽 삼킨 정은규가 미간을 좁혔다.

아, 맛없네.

결국 샌드위치는 한쪽만 먹고 말았다. 환자들이 여기 왔을 때처럼 폴대를 끌고 사라지자 라테를 물처럼 마시는 정은규의 곁에 흰 가운이 섰다. 김현수였다.

"얼씨구. 어디 갔나 했더니 혼자 팔자 좋으셔, 아주."

"드실래요? 손 안 댔습니다."

하나 남은 샌드위치를 건넨다. 김현수는 사양 않고 받아 정은규의 옆에 털썩 앉았다.

"정 따까리. 나 커피 사러 갔더니 마일리지가 존나 많더라. 누가 잘못 적립이라도 했나. 내 번호 부르고 사 먹어."

"마일리지? ……아."

이전에 안대영이 잔돈 받기 싫다고 해서 김현수의 번호로 달아 둔 적이 있었다. 또 안대영이다. 도대체 짧은 시간 동안 일상에 얼마나 파고들었는지 정은규가 닿는 곳마다 안대영이 남긴 흔적이 가득했다.

"아~ 찌뿌둥해."

세 입 만에 샌드위치를 아작 낸 김현수가 팔을 쭉 뻗고 기지개를 켰다. 다리를 적당한 너비로 벌리고 앉아 허리를 꼿꼿이 편 정은규가 허벅지 위로 떨어진 꽃잎을 주웠다. 연분홍색 꽃잎은 예뻤다. 이 꽃잎 자체가 봄이다.

"별관 생활은 어떠냐?"

"그냥 그래요."

"꼰대들 성질 대단하지."

내로라하는 명의들에게 꼰대란다. 정은규는 피식 웃었다.

원로 교수들은 아침마다 꼭 특정 브랜드의 믹스 커피를 마셨다. 텃세인지, 버릇인지 막내가 타 주는 커피를 원해서 출근하자마자 커피 세잔을 타 갖다 바치는 것만 아니면 그럭저럭 괜찮았다. 환자들이 별관까지 외래를 보러 오는 번거로움을 제외하면 일상은 조용조용하게 흘러갔다. 아아, 하나 더 있네. 응급 콜 왔을 때 본관까지 구르듯이 뛰어 내려가는 것도 빼자.

"선배는 요즘 어때요."

"뭐가?"

"이상한 게 보인다거나, 말을 건다거나……."

"뭐?! 네가 그걸 어떻게 알아?!"

"그냥. 선배 미신 좋아하잖아."

지레 놀라는 김현수에게 아무렇지 않은 눈빛을 건넨다. 그래서 김현수도 내가 얘한테 말을 했었나 싶어졌더란다. 김현수는 여전히 빈 몸이다. 악귀들이 빈 몸을 탐내 들러붙지 않으리라는 보장이 없었다.

정은규는 김현수를 주시하다가 저 멀찍이서 이쪽을 숨죽여 노려보는 귀신을 발견하고 라테를 내려놓았다. 김현수는 이 건에 대해 할 말이 무척 많은지 빵가루 묻은 손을 탈탈 털며 대답했다.

"따까리야. 너 신기라도 있나? 기가 막히게 때려 맞추네. 안 그래도 나 쌔빠지게 가위 눌려서 무당 찾아갔잖아, 씨발. 졸라 유명해서 예약도 3주 걸렸어. 찾아가니까 나는 답도 없다고 500만 원짜리 굿을 해야 된다네? 그것도 한 번이 아니라 정기적으로 해야 된다는 거야. 개애팔, 됐다고 10만 원짜리 부적만 써서 왔는데 효과 하나도 없어."

"가위를 눌린다고?"

"어. 아오, 피곤해 뒤진다……. 나 과로사하면 반드시 화장 시켜 줘라."

"말도 안 되는 소리를 해."

아니. 말이 되는 소리다. 정은규도 과거에 비슷한 일로 돌 뻔했었으니까. 김현수를 보며 침을 흘리는 귀신이 슬금슬금 이쪽으로 다가오다가 정은규와 눈이 마주치자 깨객 물러났다.

내가 선배를 도울 수 있는 방법이 없을까. 24시간 붙어 있을 수도 없는 노릇이라 괜찮은 방법이 떠오르지 않았다. 나를 여기로 내려 보낸 분은 세상의 순리를 건들고 싶지 않다고 하였으니 패스하고……. 초량에게 의견을 구하면 답이 나올지도 모르겠다.

"그건 그렇고 야, 은규야. 형님 선 본다."

화제를 바꾸는 김현수에게 정은규가 대답했다.

"아. 잘됐네요. 뭐 하시는 분인데요."

"은행 다닌대. 나랑 동갑이고 그쪽도 초혼이란다."

"잘 맞았으면 좋겠네."

"걍 비싼 밥이나 한 끼 먹고 마는 거지, 뭘. 무당이 그러는데 나한테 올해 결혼수가 있다더라. 그래서 안 나갈까 했는데 속는 셈치고 나가 볼라고~"

"뭐가 됐든 잘하고 와요."

가벼운 대꾸를 하면서도 정은규는 경계를 늦추지 않았다. 적어도 저와 있을 때만큼은 김현수가 편하길 바랐다.

"근데 그 사람은 요새 안 보인다? 너 입원했을 때 문병도 안 오고."

"누구요."

"왜, 그. 배구 선수처럼 키 크고 몸 좋은 남자 있잖아. 얼굴은 곱상하니 예뻐 가지고 성격 개차반인 사람. 너 퇴근할 때마다 데리러 오더니 언제부터 안 보인다?"

……아. 정확히 한 명을 지칭하는 표현이라 정은규는 반사적으로 입술을 꽉 깨물었다. 대답 없이 무언가를 꾹 눌러 참는 듯한 정은규를 의아하게 쳐다본 김현수가 머리 위로 물음표를 띄운다.

"싸웠냐?"

타인은 우리의 관계에 이토록 아무렇지도 않다. 정은규는 고개를 저었다.

"아니, 그건 아니고. 그분이 일이 좀 있어서."

눈을 가늘게 뜬 김현수가 다 알겠다는 듯이 정은규의 등을 퍽 쳤다.

"아니네~ 표정 보니 싸웠구먼. 은규야. 너도 벌써 서른넷인데 그 나이에 사람 함부로 쌩까고 그러지 말어. 나이 먹을수록 남는 건 재산이랑 사람뿐이다. 너야 원래 친구가 없으니 더 소중히 대해야지. 근데 너 언제 서른넷이나 됐냐? 그 비리비리 말라서 다 죽어 갈 것처럼 굴던 놈이 오래도 버티네."

"그럼 선배는 언제 마흔다섯 됐는데."

"죽을래? 이 자식이 선배 알기를 개코로 알아."

장난스럽게 멱살을 쥐려는 김현수의 손을 부드럽게 물린 정은규가 쓰레기를 착착 챙겼다. 김현수는 막 도착한 문자를 보더니 가운을 털고 일어났다. 콜인 모양이다. 그래도 문자면 급한 콜은 아니었다.

"하긴, 내 나이가 벌써 마흔다섯인데 따까리 짓은 너보다 내가 더 많이 하지. 나 먼저 간다. 야, 이따가 술이나 마시자."

"알았어요. 문제 있으면 전화해요."

"받기나 해라, 짜샤."

잘 받는데. 그리고 '문제'란 병원 일뿐만 아니라 개인의 사생활을 포괄한 단어였다. 멀어지는 김현수의 등을 오래도록 바라보았다. 여기 앉은 지 20분이 지났다. 따뜻함을 휘감은 재잘거림이 가까이에서 들린다. 다른 손님이 쉼터를 방문하려나 보다.

정은규는 그들에게 자리를 내어주기 위해 쓰레기를 챙겨 일어섰다. 때마침 가운 속에 넣어 둔 핸드폰도 울렸다. 적당한 때 울린 콜이다. 응급실이겠거니 하고 꺼냈건만 발신자는 초량이었다.

그러고 보니 초량은 오늘 명부에 들르겠다고 했었다. 오전 일이 바빠 까맣게 잊고 있었다. 좋은 소식이라도 물어 왔으려나. 정은규는 차오르려는 기대를 제쳐 두었다. 기대가 크면 실망이 따라오기 마련이다.

"예, 초량 씨."

-교수님! 빅 뉴스! 내가 깜! 짝! 놀라게 해 주려고 했는데, 우리 프리티한 교수님 심장마비 올까 봐 걱정이 막 돼 가지고 미리 스포 좀 할게요?

"예? 무슨 말입니까."

사락사락, 가운이 봄날의 바람에 흔들렸다. 한차례 크게 분 바람으로 휘몰아친 꽃잎이 정수리 위, 어깨, 가운 주머니 안까지 들어갔다.

-왕 놈, 아니, 안 대표 그 새끼 뭍에 올라왔나 봐요. 명부에 없어.

탁, 손에서 놓친 라테 컵이 바닥을 데구루루 굴렀다. 심장이 쿵 떨어졌다.

-듣고 있어요? 여보세요? 에잉?

"⋯⋯듣고 있습니다."

-고놈이 어디로 갔는지는 나도 아직 모르겠어요. 확실한 건 명부에 없으니 뭍에 있겠지! 교수님, 오늘 약속 있으면 취소하는 게 좋을 것 같아서 미리 알려 주는 거예요. 나는 성품이 고운 도깨비니까. 아무튼 나 병원 가는 중인데 조금 이따 만나요!

전화가 끊겼다. 정은규는 제자리에서 옴짝달싹하지 못한 채 뻣뻣하게 굳어 꽃비를 연거푸 맞았다. 떨어진 심장이 저렸다. 그러다가 터지기라도 하려는 듯 숨이 잘 안 쉬어졌다. 가슴을 퍽퍽 두드리는 손이 잘게 떨리고 있었다. 목구멍도 쩍쩍 말라 마치 사막에 맨몸으로 던져진 듯했다.

우리, 만날 수 있습니까.

당신이 그리워서 말라 죽겠다고. 그와 같은 세계에 공존하는 것만으로도 사막 한가운데에서 오아시스의 환상을 본 듯했다.

* * *

일과를 보고 우롱차를 진하게 내린 엘리사벳이 찻잔을 든 채 성당 뜰을 거닐었다. 어느새 어둑어둑한 밤이 찾아오는 중이다.

꽃의 정령이 찾아오는 계절답게 이름 모를 작은 꽃들이 곳곳에 피어 있었다. 봄은 봄이구나, 작년과 같은 자리에 금계국이 피었네. 구수한 차를 머금으며 들꽃을 살뜰히 바라본 엘리사벳이 나무다리에 올라서서 살아남은 비단 잉어를 살폈다.

연못의 터줏대감이었던 비단 잉어의 수는 떼죽음을 당한 후 3분의 1로

줄어 버렸다. 저 생명들은 동지가 죽음을 당하던 순간을 알았을 것이다. 그럼에도 유유히 헤엄치고 있다. 사람이 등장하자 밥을 주는 줄 알고 수면 위로 입을 뻐끔거리는 비단 잉어도 있었다.

삶은 결국 살아짐이며 남은 이들의 몸부림이었다.

연못을 내려다보며 차를 마신 엘리사벳이 어느새 빈 찻잔을 들고 성당 한 바퀴를 천천히 돌았다. 종착지는 본당이다. 그러나 엘리사벳은 섣불리 본당 안에 들어서지 못하고 주춤거렸다. 본당 안의 아우라가 평소와 달랐다.

'조만간 미친놈 하나가 갈 거야. 난 빌어먹을 무저갱 일 때문에 바빠서 못 가니 나대신 물건 하나만 전해 줘. 회동은 새로 날 잡아서 하자고 했으니까 물건만 전달해 주면 돼.'

얼마 전에 마리아의 목소리가 들렸었다. 엘리사벳이 아는 '미친놈'이란 세상천지 한 명밖에 없다. 아니나 다를까 환히 열린 본당에 남자가 앉아 있었다. 몸에 잘 맞는 슈트를 입은 남자의 뒷모습은 단단한 어깨와 날개 뼈, 허리로 갈수록 가늘어지는 등선으로 이루어져 있다. 그의 몸에서 붉은 오라가 피어오르고 있었다.

찻잔을 두고 와야겠네.

엘리사벳은 총총걸음으로 집무실에 돌아가 찻잔을 깨끗이 씻어 둔 뒤 마리아가 전해 주라 한 보관함을 들고 나왔다. 보관함의 겉면엔 나팔 부는 천사들의 그림이 정성스럽게 수놓아져 신성함을 불러일으켰다.

봄바람이 살랑살랑 분다.

불에서 태어난 저 자에게도 봄바람이 공평하게 스쳤다.

엘리사벳은 본당 안에 들어가지 못했다. 안에서 앉아 있던 남자가 밖으로 나와 담배를 피우고 있었기 때문이다. 그의 눈이 엘리사벳의 손에 들린 보관함으로 향한다. 도톰한 입술이 느릿느릿 열리며 담배 연기가 빠져 나왔다.

"왜 이렇게 느립니까."

엘리사벳은 담배를 꼬나문 그에게 성호를 긋고 뒤늦은 인사를 건넸다. 틈 없이 슈트를 갖춰 입은 남자에게서 고아함이 뚝뚝 묻어났다.

"오랜만이군요. 이건 마리아가 전해 주라고 한 물건입니다."

"열어 봤어요?"

엘리사벳이 작게 고개를 저었다. 이 안에 무엇이 들었는지 엘리사벳은 알지 못한다. 남의 것을 탐내지 않는다. 또한 욕심 부리지 않는다. 그것이 살며 새긴 철칙 중 하나였다.

"이딴 상자는 뭐 하러 줘. 마리아도 겉치레 참 좋아한단 말이지."

그러나 고아한 기상과 달리 말투에서 예의라곤 찾아볼 수 없었다. 보관함을 던져 버리고 알맹이만 꺼낸 남자가 빨간 구슬처럼 생긴 물건을 돌려보더니 바람 빠지는 웃음을 짓는다. 뜻밖에도 비웃음은 아니었다. 굳이 저 웃음을 해석하자면 기가 막힌 듯도 했고, 기분이 썩 좋은 쪽에 속하는 것처럼 보였다.

"바로 갈 건가요? 차 한잔하고 가셔도 됩니다."

엘리사벳은 성당의 주인으로서 기꺼이 호의를 베풀었다. 손님의 유형이 어느 쪽이든 차별하지 않았다.

"내가 한가해 보이나. 그쪽이나 실컷 마셔요."

곧장 웃음이 사라진다. 엘리사벳은 나동그라진 보관함을 줍고 남자를 따라나섰다. 남자의 발걸음이 잠시 나무다리 위에서 멈춘다. 연못을 내려다보는 시선이 매섭다. 그의 눈에도 수가 현저히 줄어 버린 비단 잉어가 들어왔으리라.

"잉어는 악귀 짓인가 본데."

엘리사벳은 침통한 마음에 겨우 고개를 끄덕였다. 꿈인 줄 알았으나 꿈이 아니었던 밤의 악마가 떠올랐다. 엘리사벳에게 선전포고하고 잉어 떼를 죽인 악마는 이 남자에 의해 비참한 최후를 맞이했다. 그가 고개를 삐딱하게 틀어 엘리사벳을 쳐다보았다.

남자와 감히 눈을 마주칠 수 없었다. 분위기가 전보다 훨씬 위험해졌다. 보이지 않는 강압이 엘리사벳의 몸을 옥죄는 듯했다. 그것이 바로 힘이다. 결국 무저갱의 영 왕자가 새로운 세상의 왕이 되었구나. 그가 원하는 대로 모두 이루어졌어.

"이틀 뒤 저 연못을 꽉 채워 주겠습니다. 내가 지금 기분이 되게 좋거든."

"……그건."

"무슨 말 할지 알겠는데 입 다물고 얌전히 받아요. 다른 의미 담은 거 아니니까."

"……그럼 감사히 받겠습니다."

"그래요."

그 말만 남기고 남자는 성당을 떠났다. 그가 운전하는 세단은 성격대로 쏜살같이 달려 나갔다. 엘리사벳은 남자가 던질 때 어디가 부서졌는지 뚜껑이 너덜거리는 보관함을 고쳐 줬었다.

저 싸가지 없는 놈. 멀리 있을 마리아가 상황을 지켜보며 이를 악무는 듯한 착각이 일었다. 엘리사벳도 등을 돌렸다. 새 식구가 들어올 테니 비단 잉어 밥을 많이 주문해야겠다고 생각하면서.

* * *

여느 때와 다름없이 단출한 퇴근길이다. 백팩을 챙긴 정은규가 일찍이 퇴근하고 없는 원로 교수들의 진료실을 지나쳐 기나긴 복도를 거닐었다. 별관 로비는 본관보다 불이 일찍 꺼진다. 최소한의 불만 켜 놓은 로비를 걷는 구둣발이 뚜벅뚜벅 울렸다.

아까 실수로 떨군 핸드폰 액정에 금이 쩍 갔다. 아무래도 조만간 새

것으로 바꿔야 할 듯싶다.

'넌 차도 그렇고 핸드폰까지 뽑는 족족 왜 그래?'

전처럼 나무라는 안대영의 목소리가 들렸다. 이번엔 뽑기 문제가 아니라 내 과실인데. 어떻게든 안대영을 떠올리고 싶었나 보다. 정은규는 피식 웃고 말았다.

9시가 조금 넘은 시각. 오늘은 논문을 쓰느라 퇴근이 늦어졌다.

복직한 이후로 퇴근한 뒤 본관 응급실에 들러 1시간 남짓의 대기를 타다 돌아가는 습관을 들였다. 집에 일찍 가 봐야 혼자 시간을 죽여야 하니 이 편이 몸은 힘들어도 버틸 만했다.

자차를 비롯해 자동차 몇 대만 잠든 휑한 별관 주차장을 지나쳤다. 내리막길을 느긋하게 걷는 정은규에게 폴랑폴랑 날아온 꽃잎이 콧잔등을 타고 미끄러졌다. 그의 고개가 치켜 들린다.

꽃잎이 풍성한 벚나무가 퇴근길의 정은규에게 수고했노라고 속살대는 듯했다. 확실히 밤에 보는 벚꽃이 훨씬 예쁘다.

정은규는 나무에게 손을 뻗어 보았다. 이때, 바람이 불어 꽃잎이 우수수 떨어졌다. 눈앞에 장관이 펼쳐졌다. 아름다운 광경을 훑는 눈꺼풀이 나른하게 감겼다가 뜨였다.

바람……

꽃향기를 싣고 온 바람이 다정하다. 지친 심신을 어루만져 주는 기분이다.

사뿐사뿐 걷는다. 정은규는 봄이 가져다 준 아름다운 밤을 만끽하며 병원에 도착하고 30분도 안 되어 떠난 초량을 떠올렸다. 초량은 생명의 탄생이 임박해 본인이 아기를 받아 주어야 한다고 했었다. 아이러니하게도 저번 수술실에서 인턴 변장을 했던 모습이 떠올라 썩 유쾌한 그림이 그려졌다.

'확실하다니까요? 디데이는 오늘이야! 안 대표가 오늘은 교수님 앞에

꼭 나타날 거라고! 그래서 나도 마음 놓고 아기 받으러 가려는 건데. 그~래도 혹시나 해서 이랑이를 안 보이는 데다 잘 구겨 놓았어요. 그러니까 교수님 혼자 있다고 걱정 안 해도 됩니다요.'

과잉보호라고 딱 잘라 말하자 초량은 인중을 길게 늘이더니 교수님은 피 말리는 내 마음을 모른다며 한껏 툴툴거리고 떠났다. 장난기를 섞어서 말할 걸 그랬나. 뒤늦게 조그만 후회가 들어찼다.

꽃비가 멎었다.

……아, 갑자기 몸이 이상한데. 평화로웠던 기분이 확 바뀌었다.

봄이 안고 온 나른함이 긴장으로 바뀌기라도 했나. 모든 감정들이 뒤죽박죽 섞여 걸음을 내디딜 때마다 속이 울렁거렸다. 아무래도 오늘 응급실은 눈도장만 찍어야겠다. 집에 가자마자 뜨거운 물로 샤워하고 바로 자야겠어.

정은규의 구둣발이 내리막길을 한 걸음, 두 걸음 힘겹게 내디뎠다. 쉼터가 보였다.

한 걸음, 두 걸음, 세 걸음…….

낮에 사람으로 바글거렸던 쉼터엔 단 한 명만이 있었다. 정은규는 그때부터 어지러움이 심해졌다. 단정한 발걸음의 속도가 조금 빨라진다.

잘못 본 게 아니라면 밑동만 남은 나무의 앞에 꽃비를 흠뻑 맞은 슈트 차림의 남자가 서 있었다. 남자는 노란 꽃다발을 든 채였다.

"아……."

겨우 발견한 오아시스가 사실은 환상이었다면, 환상이라고 단정 지으면서도 실제이길 간절히 바랐을 때 이런 탄식이 흐를까. 발밑에 벽돌 심은 길이 아니라 모래가 푹푹 밟히는 듯하다.

정은규는 그만 울고 싶어졌다.

분홍색 꽃잎이 잔뜩 쌓인 밑동을 응시하던 남자가 고개를 든다. 눈이 마주쳤다.

"나 알아?"

"……."

정은규는 대답하지 못했다. 대답하면 저 남자가 신기루처럼 사라질 것만 같았다. 못 박힌 듯 서 있기만 하는 정은규에게 남자가 서서히 거리를 좁히며 다가왔다. 수많은 감정이 뒤섞인 탓에 표정마저 굳어 고개를 푹 숙여 버렸다.

뚜벅, 뚜벅, 뚜벅. 저 구둣발이 자꾸 실제라고 믿고 싶다.

알겠으니까……. 이게 환상이라면, 영원히 환상 속에서 살게 해 주세요. 정은규는 찰나에 간절히 빌었다. 이대로라면 환상 속에서만 살아도 되겠다고, 왈칵 서러움이 솟았다.

"나는 너 아는데."

숙여진 머리 위에서 한숨과도 같은 목소리가 들렸다.

땅바닥에 눈물이 툭툭 떨어진다. 정은규는 한동안 말없이 눈물만 떨어트렸다. 미약한 흐느낌은 바람이 감춰 주었다. 울음을 참으려 안으로 그러 물고 짓씹은 입술이 부푼다.

실제다.

그토록 기다리던 안대영이다.

허상이 아니었다.

정은규는 보채지 않고 참을성 있게 기다려 주는 연인을 위해 붉어진 눈가를 겨우 들어올렸다. 눈을 마주쳐도 신기루가 되어 날아가지 않았다. 그는 그 자리에서 올곧이 정은규를 보고 있었다. 나는 환상을 보지 않았다.

"반말은…… 여전하네요."

젖은 목소리가 착 가라앉아 갈라졌다. 울지 않으려고 해도 눈물이 계속 비집고 나온다. 다시 만났을 때 착하게 기다렸다면서 의연하게 웃어 주려고 했는데, 눈치 없는 눈물이 마음의 다짐을 허물어 버렸다.

안대영도 전보다 살이 내렸다. 왼쪽 눈썹 아래 희게 변한 흉터가 손가락 두 마디만큼 길었다. 예쁜 얼굴에 이게 뭡니까. 정은규는 속상해서 미칠 지경이다. 덜덜 떨리는 손으로 안대영의 눈썹 아래를 더듬었다.

내일 당장 피부과 예약을 잡아야겠다. 내가 무슨 수를 써서라도 이 흉터 지워 줄 거야. 자칫하면 눈도 다칠 뻔했어. 당신 그거 알면서도 내가 보지 못하도록 몸 틀었었잖아. 나 하나도 못 잊었어. 그래서 더 속상해.

눈물이 그칠 기미가 안 보인다. 속상해서, 좋아서, 감격적이어서, 보고 있음에도 정말 너무 보고 싶어서.

속상함을 듬뿍 묻힌 정은규의 손이 커다란 손 안에 갇힌다. 이 손의 크기도 여전했다.

"웃는 얼굴로 꼬시겠다는 사람 어디 갔어. 마음 찢어지게 울기나 하고."

기껏 사 온 꽃다발이 바닥을 뒹굴었다. 잡힌 손이 널찍한 품에 이끌린다. 정은규는 그토록 그리운 안대영의 품에 넘어지듯이 폭삭 안겨 그를 으스러뜨릴 듯 껴안았다.

정은규는 조수석에 얌전히 앉아 있었다. 품에는 안대영이 사 온 노란 꽃다발이 안겼다. 꽃다발은 아기자기하고 예쁜 노란 꽃들로 이루어져 무척 귀여웠다. 사실 정은규는 꽃다발이 아니라 생선다발을 내밀었어도 고맙다며 받아들였을 테다.

"꽃 이름이 뭐라고 하던가요."

하도 울어 목이 완전히 갔다. 안대영은 운전석 넓이와 각도를 조절한 후에 사이드미러를 맞추며 무심히 받아쳤다.

"몰라. 그냥 보이는 거 달라고 했어."

"예쁩니다."

안대영은 픽 웃고 만다. 농담 아닌데. 부스럭거리는 포장지마저 예쁘다. 집에 화병 대용이 있었나 곰곰이 떠올려 본다. 없으면 꽃처럼 예쁜 거로 하나 사야겠다.

"옛날에 자기가 나한테 꽃다발 줬잖아. 여기 오는데 떠오르더라고."

풀물이 들어 꼬질꼬질한 손으로 내민 꽃다발을 잊지 못해 불 켠 꽃집 아무 데나 들렀다. 막 퇴근하려던 사장이 노란 꽃을 가리키는 안대영에게 이 꽃의 이름은 무엇이고, 꽃말은 무엇이라며 설명해 주었지만 그딴 게 들릴 리 없었다. 인간이 붙인 꽃의 이름이며 꽃말 따위는 알고 싶지도 않았다.

"고맙습니다."

"이렇게 좋아할 줄 알았으면 자주 사 줄 걸 그랬다."

정작 자신은 정은규가 좋아하는 꽃을 질투해 그 뿌리를 통째로 뽑아 버린 적도 있었다. 출발한 안대영이 차창을 내려 팔꿈치를 기댔다. 출차 차량 정산소에 다다르자 '임직원입니다.'라는 음성이 들리며 안전 바가 올라갔다.

"대영 씨, 차는요."

"내일 너 데려다주고 가져가면 돼."

내일이라고 했다. 귀신이 씐 것도 아니고, 곁에 있는 안대영이 환상도 아니다. 내일도 우리는 헤어지지 않는다. 이런 사소함이 감동으로 다가올 줄은 몰랐다.

"하루치 주차비는 제가 해결할게요."

뭐 그딴 걸 걱정하느냐는 듯 안대영이 코웃음 친다.

"정 교수는 몇 달 동안 하나도 안 변했네. 다 울었어?"

"……예."

"자기 눈가도 빨갛고, 코끝도 빨갛고, 입술도 빨갛다."

"못생겼어도 그러려니 하고 보세요. 저도 이만큼 울어 본 적은 처음입니다."

"누가 못생겼대……. 존나 예쁘니까 하는 말이잖아. 얜 진짜 공부만 했나, 맥락을 왜 그렇게 받아들여."

장난스러운 시비조도 반갑다. 그냥, 안대영이 뭐라고 해도 정은규는 좋아서 감당이 안 되는 상태라고 보면 된다.

"사실은 오전에 초량 씨가 말해 줬습니다. 명부에 갔는데 대영 씨가 없어서 뭍에 갔을 거라면서요."

"그래서 기대했어? 그러다 나 안 왔으면 실망하려고."

"실망 안 합니다. 그러려니 하고 말겠죠. 그래도 어쩔 수 없이 기대가 되더라고요."

"오길 잘 했네."

"해결은…… 다 된 겁니까."

"아니."

정은규가 찰나에 놀라 안대영을 바락 쳐다봤다. 아, 은규야. 너 그런 표정 지을 때마다 진짜 고양이 같아. 안대영은 정은규가 귀여워 미치겠는지 팔을 뻗어 숱 많은 머리칼을 쓰다듬어 준다.

"급한 일만 처리했어. 벌써 오면 안 되는데 네가 좀 보고 싶어야지. 너 안 보면 내가 돌겠더라고."

"그럼 언젠가는 다시, 다시 헤어지는 겁니까."

"그럴 리가 있나. 너 일하고 있을 때 갔다 올 거야. 우리 안 헤어져."

또 눈가가 촉촉해질 뻔했다. 정은규는 필사적으로 마음을 가다듬었다. 그만 울자, 그만. 부러 차창을 끝까지 내려 차게 느껴지는 바람을 맞았다.

"음. 이런 생각도 했었어. 너를 명부로 납치해서 평생 핥아 먹을까, 정 교수가 그렇게 좋아하는 병원 따위 다시는 못 나가게 손발을 묶어 두고 감금시켜 버릴까. 뭐 그딴 생각."

"그렇게 해도 상관없습니다."

"자기야. 상관없는 게 아니라, 이럴 때는 정신 나간 새끼라고 욕을 해야지."

본인이 뱉었으면서 짐짓 엄한 선생님처럼 군다. 하지만 정은규는 진심으로 상관없었다. 지금 당장 안대영과 헤어지지 않는 쪽이라면 어떤 방향이든 참고 견딜 수 있었다.

"정말로 괜찮습니다."

"난 그렇게 못 하겠던데?"

"왜요."

좌회전 깜빡이가 켜졌다. 이전의 안대영이었더라면 휑한 도로에서 신호를 지킬 리가 없는데, 텅 빈 사거리에 정차해 초록불로 바뀌길 기다린다. 기어 위를 도닥거리는 큰 손 위에 정은규가 제 손을 얹었다. 손바닥으로 덮은 안대영의 손등이 뒤집혀 제대로 맞잡는다.

"네가 좋아하는 일이잖아. 잘 하고 좋아하는 일을 나 하나 때문에 포기하게 둘 순 없지. 나 애인이 쌓은 커리어 무너뜨리는 취미 없어."

거짓말. 그냥 참아 주는 거면서. 정은규는 뻔뻔한 안대영이 귀여워서 입매를 끌어당겼다. 눈꼬리도 예쁘게 휘어진다. 매일 거울 앞에서 그렇게나 연습했던 웃음이 여기서 피었으나 본인은 깨닫지 못했다.

"자상하네요."

"솔직히 그까짓 출근 못 하게 하고 싶은 마음이 굴뚝같은데, 너도 나한테 죽고 못 산다는 거 잘 알았으니까…… 씨발 그거면 됐어."

어쩐지 이를 악물고 그르렁거리며 말한다. 말투는 스스로를 다독이는 쪽에 가까웠다. 정은규의 눈에는 안대영이 일을 질투하는 것처럼 보였지만, 연인의 자존심을 지켜 주려고 굳이 첨언하지 않았다. 당신이 일을 앞선 지가 언젠데. 나의 1순위는 안대영이다. 그래서 다른 말을 꺼냈다. 차 안의 공기가 히터 없이도 후끈 달아오를 말이었다.

"섹스 하고 싶습니다."

그런데 평소라면 짙은 음담패설이 곧장 따랐어야 하거늘, 안대영은 담뱃갑을 흔들더니 하나 솟은 담배를 물 뿐 대답하지 않는다. 그는 습관처럼 필터를 질겅질겅 씹는다. 정은규는 초조함이 불쑥 솟아 되물었다. 나름 강수였다.

"왜 대답이 없습니까. 나랑 섹스 하기 싫어요?"

"오늘은 안 돼."

담배를 물어 웅얼거리는 발음이었다. 더럽게 섹시한 목소리였기에 더욱 이해가 안 갔다. 왜 섹스를 거절하는 거지. 안대영이 처음부터 담백한 성적 취향을 고수했다면 꺼내지도 않았을 말이다. 그러나 그는 담백한 섹스와 거리가 매우 멀었다. 돌이켜 보면 관계가 진전한 계기도 섹스 하면서 과거를 보았기 때문 아닌가. 아니면 이제 모두 해결되었으니 동침 횟수를 조절하려는 걸까. 초조함에 아리송함까지 추가되었다.

"못 참아, 오늘은. 내가 나를 제어 못 한다고. 그러니까 내일 출근하고 싶으면 꼬시지 마."

정은규는 곧바로 쓸데없는 생각을 집어치워 버린다. 섹스 하기 싫어서가 아니라 아예 출근을 못 할 만큼 괴롭히게 될까 봐 참는다는 뜻이었다. 음담패설보다 수위 높게 들리는 음험한 엄포로 인해 몇 달 간 잠잠했던 성기에 피가 몰렸다. 부스럭, 부스럭, 꽃다발 포장지의 부스럭대는 소리까지 외설적으로 들렸다.

"아, 씨발."

안대영이 퍽, 하고 핸들을 내려친다. 그러더니 정염이 흘러넘치는 눈으로 정은규를 훑었다. 시선만으로도 홀딱 벗겨져 몸 곳곳을 빨리는 기분이다.

"언제부터 그딴 거 신경 썼다고. 그치, 자기야. 안 하던 짓하니까 좋같다."

정은규의 목젖이 일렁인다. 색스러운 감각이 열꽃처럼 몸에 피는 듯
했다.

신호가 바뀌자마자 원래의 운전 습관이 튀어나갔다. 텅 빈 도로에서
레이싱이라도 하려는 건지 계기판의 바늘이 단숨에 치솟았다. 정은규는
금세 달라진 속도에 겁이 나 저도 모르게 꽃다발을 꼬옥 끌어안았다.

헤어져 있으면서 알팍한 인내심의 끈이 조금 는 줄 알았는데 그냥 참
는 척하는 것뿐이었다. 안대영도 여전히 안대영이었다.

* * *

"같이 씻을 거죠."

정은규가 코트를 걸어 두면서 묻는다. 격렬한 섹스를 목전에 둔 것치
고 덤덤한 물음이었다. 안대영은 대답 없이 그가 홀로 지낸 집 안을 검
사하듯이 돌아다녔다. 넥타이를 풀어 손등에 둘둘 감으며 깔끔한 이부
자리를 바라본다. 각 잡아 개어 놓은 이불에서 정은규가 버틴 외로움의
잔상이 비쳤다. 이 또한 성격대로였다.

안대영 없이 버틴 정은규의 시계는 말없이 돌아갔다. 정은규는 안대영
을 만나기 전에도 삿된 것들의 괴롭힘 속에서 묵묵히 버텨 왔다. 그때도
자고 나면 이불을 착착 갤 것이고, 욕실에서 나올 때 슬리퍼를 가지런히
정돈했을 것이며, 집에서 나서기 전 옷매무새를 가다듬을 것이었다.

달라지지 않았다. 정은규의 생에 '괴롭힘'이라는 악의 덩어리만 사라
졌다. 그럼에도 그가 외로움을 버티는 방식은 똑같았다.

이불을 개고, 흐트러짐 없이 정돈하고, 옷매무새를 가다듬고.

하지만 나는 왜 이런 데서 속이 저며지는 듯한 통증을 느끼고 있을
까. 조금 더 빨리 너를 찾아왔더라면, 네가 버티는 시간이 조금이라도
줄었다면…….

닫지 못한 마음이 그를 덮쳤다.

마리아에게 정은규가 가진 '나쁜' 기억을 지우라고 명령했었다. 만약 그 기억에 자신이 포함되어 존재가 지워진다면 맹독을 삼키는 고통이 일겠지만, 다른 방식으로 정은규에게 어떻게든 저를 각인시키려 들었을 것이다. 멀리 갈 것도 없이 사무실에 이력서를 들고 왔던 세상 물정 모르는 교수에게도 그러하지 않았었는가.

그러나 정은규의 기억은 조금도 지워지지 않았다. 마리아가 기억을 남기려 들지는 않았을 텐데……. 그렇다면 내가 너에게 나쁜 기억이 아니거나, 아니면 기억 자체를 아예 지우지 말라고 하였거나. 어느 쪽이라도 감격하겠는데.

"너."

안대영은 연인을 불러 놓고 말을 잇지 못했다. 눈을 마주쳐 오는 연인의 눈동자가 금빛 찬란한 색으로 변해 있었다. 저 눈동자는 정은규가 신의 능력을 갖추었으며 하늘의 소속임을 표현하는 수단이다. 그것을 지옥의 왕이 된 제 앞에서 보여 주었다.

승천해 용이 된 이무기가 완전한 신이 되었다면 하늘에서 공문을 보냈을 것이다. 그러나 하늘의 연통은 유예 기간이 남은 정은규를 이승으로 내려 보냈다는 것에서 끝이었다. 고로 지금 정은규는 뭍에 내쫓겼던 시절의 안대영과 다를 바 없는 몸이 되었다고 보아야 한다.

인간도 신도 아닌 어중간한 상태. 나는 그 몸을 죽여 명부의 왕이 되었지만, 너는 하늘의 신이 될 수 있었음에도 이곳에 돌아왔다.

나를 만나기 위해서. 단지 그 이유 하나만으로.

이렇게 될 줄 알았지만, 막상 마주하니 신선한 충격이 뇌를 감돈다.

살려 주겠다고 했었다. 너를 죽지 않게 두겠다고. 뒤늦은 생일 선물을 이런 식으로 주게 되었다. 안대영은 크게 웃고 싶어졌다.

눈동자의 변화는 단적인 예일 뿐이다. 하늘과 저승 간 평화 협정의 핵심에 정은규라는 저울이 놓였다.

마리아가 정은규를 몸뚱어리만 인간으로 내려 보낸 데에는 본인의 선택이 크겠지만, 제대로 말하자면 영천왕이 하늘을 멋대로 들쑤시지 못하도록 족쇄를 채우는 행위에 가깝다. 정은규의 눈동자는 오로지 안대영만 깨달을 수 있는 제어 장치였다. 이로써 정은규가 이승에서 사는 이상 저울추가 기울어지는 일은 없을 것이다.

물론, 겉만 번지르르한 평화의 족쇄를 깨부수는 방법이 아예 없는 건 아니다.

제가 그러했듯 정은규의 육신이 죽을 경우. 이후에 명부로 갈취해 간다면 하늘 소속이 된 용은 최초로 저승에 돌아오게 된다. 그 과정에서 하늘과 귀찮은 일이 수두룩하겠지만 소속을 빼앗고자 한다면 못할 것도 없었다. 이 경우 하늘과의 중립 관계는 무너져 제2의 전쟁이 벌어지리라.

하지만 안대영이 그러지 못하리라는 사실은 마리아가 제일 잘 알았다. 순정이 볼모로 잡혀 버렸기 때문이다. 안대영은 정은규를 절대로 죽일 수 없다. 죽게 두지도 않을 거다. 이야, 똑똑한 양반이네. 마리아의 잔머리에 시시한 찬사를 보냈다.

대강 이해는 되었으니 현실을 돌아보아야 한다.

안대영이 인간의 몸으로 막 쫓겨났을 때 넘치는 힘이 제어되지 않아 처음엔 꽤나 고생했었다. 손만 뻗어도 불길이 치솟아 크고 작은 화재가 여러 번 발생했고, 눈 속에 불씨가 피었을 때는 감정 조절이 되지 않아 누군들 죽이지 않으면 짜증이 나서 견딜 수 없어졌다. 그래서 닥치는 대로 악귀 사냥을 나갔다. 고작 인간의 몸으로 내쫓겼을 뿐인데 성가신 점이 한두 개가 아니었다.

그래도 정은규는 저보다 훨씬 이성적이고, 승천하기 전부터 성수를 내릴 자격을 부여받았으니 극단적인 상황은 발생하지 않을 것이다.

창밖에 예고 없는 비가 쏴아아 내리고 있었다. 힘 조절에 서툰 정은규가 저도 모르게 내린 성수였다. 그렇게나 무심하던 의사 양반의 감정이 재회하면서 저로 인해 여러 갈래로 뻗어진 모양이다. 안대영은 베란다 창을 적시는 비를 즐겁게 쳐다본다.

제어하는 방법을 터득한다면 인간일 때와 똑같이 다갈색 눈동자가 될 수 있다. 정은규는 힘이 주어졌어도 아직 적절히 다루는 방법을 모른다. 하지만 똑똑한 의사 양반이니 빠른 시일 내에 스스로 터득하게 되리라.

차근차근히 정리할수록 정은규의 상태가 실감이 났다. 그럴수록 안대영에게 짜릿함이 들이닥쳤다.

우리는 서로가 아니면 안 돼. 다 죽여 없앤 절박함이 새롭게 무게를 실었다.

은규야, 넌 어떻게든 내가 필요할 거야. 예전부터 줄곧 그랬어. 내가 그렇듯, 너도 나 없이 안 돼. 영원히.

내 불을 꺼트릴 수 있는 유일한 비가 너라서 진심으로 기꺼워.

음습한 소유 욕구가 휘발되어 안정으로 발현한다.

어느새 전라가 된 정은규가 안대영의 앞에 섰다. 봐 줄 만한 크기의 성기가 살짝 고개를 치켜들어 흥분의 전초에 들어섰음을 보여 주고 있었다.

안대영은 눈앞에 놓인 정은규의 허리를 감싸 안으며 유두를 크게 머금었다. 축축한 입 안에 살덩이가 가득 찼다. 혀 전체로 유륜을 덮어 굴리다 도톰하게 솟은 유두를 앞니로 건드린다. 오랜만에 찾아온 성감이 정은규의 신경을 긁었다.

"하아……. 불러 놓고 말을 안 합니까."

"은규야."

"웃, 예."

"방금 뭐라고 했지?"

"같이 씻을 거냐고 물었…… 아, 깨물지 마."

안대영의 뒷머리를 움켜쥐고 살짝 떼어 낸다. 깨물려 봉긋 솟은 유두에서부터 침이 주욱 늘어져 그의 입술까지 선을 만들어 낸다. 혀를 내밀어 아랫입술을 핥자 선이 끊겼다.

너무 야해. 정은규는 온몸에 소름이 돋아 마른침을 삼키며 아름다운 이목구비를 내려다보았다. 뒷머리를 살짝 그러잡았을 뿐인데 안대영이 고개를 젖혀 예쁜 얼굴과 탐스러운 목선이 육감적으로 드러난다. 그중에서도 가장 야한 눈빛이 정은규를 직시하고 있었다.

"다 벗고 와서 뭐 하는 거야."

"씻으려면 벗어야 하니까……."

"거짓말하지."

어느새 창밖의 비가 그쳤다. 정은규의 눈동자도 다갈색으로 돌아왔다.

정은규의 눈꺼풀을 비롯해 속눈썹까지 질척하게 핥는 내내 혀끝에 눈알의 움직임이 느껴진다. 마음 같아선 저 예쁜 눈알마저 핥아먹고 싶었다.

"눈 따가워요."

움찔, 움찔, 정은규가 침 범벅이 된 눈을 손등으로 닦아 낸다. 안대영은 삭 올라간 눈꼬리에 입 맞추고 귀를 한가득 깨물었다. 그대로 확 끌어당겨 침대에 풀썩 눕힌다.

정은규는 다리를 세워 안대영이 자리를 잡을 수 있게 돕는다. 짜 맞춘 듯이 착착 붙는 행동이었다. 다리 사이를 파고든 안대영이 한 손으로 셔츠 단추를 푸르며 정은규의 전라를 내리훑었다. 그 눈이 몸 곳곳을 훑고 지나갈 때마다 흥분이 치솟는다.

어느새 정은규의 자지가 발딱 서 액을 흘리고 있었다. 안대영은 정은규의 몸을 만지지 않았다. 그저 셔츠 단추를 푸르고 지익 미끄러진 손가락이 바지 버클을 딸 뿐이다. 시선이 그의 손가락을 따르다 보니 양쪽 유두가 간지러워졌다. 열감이 고조될수록 가슴도 가파르게 들썩였다.

"나 안 만질 겁니까."

갈라진 목소리로 유혹하고자 물었다. 안대영은 대답 없이 제 입술을 핥더니 속옷 안에서 발기한 성기를 퉁 꺼냈다. 옷을 벗는 것보다 아슬아슬하게 걸치고 있는 편이 눈 돌아가게 섹시해 심장이 긴장으로 빨리 뛴다.

"아⋯⋯!"

정은규의 곧추선 성기가 버티다 못해 꺼떡이며 묽은 액을 왈칵 토했다. 불시에 마른 배가 액체로 옴팡 젖었다. 물처럼 투명하고 점도 없는 액체였다.

"만져 주지도 않았는데 쌌어?"

안대영은 저로 인해 정은규의 자지가 분수를 터트렸다는 사실이 즐거운지 짙은 웃음을 매달았다. 이런 데서 부끄러움이 없는 정은규가 아직도 땡땡하게 서 있는 좆을 잡고 흔들었다. 사정감은 그 뒤의 순서에 오고 있었다.

"읏, 사정한 거, 하아, 아니야⋯⋯."

"그럼 뭘까, 이건?"

정은규의 배에 흩뿌려진 액체를 검지로 쓸어 맛보면서 묻는다. 안대영은 축축이 젖은 손가락을 입 안에 넣어 적나라하게 핥다가, 그 손가락이 정은규의 좆이라도 된 듯 야살스럽게 빨았다. 내리깐 시선이 나른하다. 정은규는 애가 닳아 조바심이 바짝 일었다.

"성수는 하늘에서 내리는 줄 알았는데 아니었네. 신성하기 그지없어라."

붉은 혀가 길쭉하고 예쁜 손가락을 핥아 올리며 약을 올린다. 성수 같은 소리 한다. 다 알면서 짓궂게 굴어. 정은규는 놀고 있는 손으로 안대영을 확 끌어당겼다.

"개소리 그만하고 키스해 줘요."

안대영은 젖은 입술을 하면서 즐거이 웃었다. 무딘 성격의 정은규가 날을 드러낼 때마다 즐거워 미칠 것만 같다. 입술끼리 스쳐 간지럽다. 질척한 정은규의 배를 손바닥 전체로 문지른 안대영이 밀고 당기기는 이제 끝났다는 듯, 농밀하게 입술을 겹쳤다.

"……소변 아닙니다."

찰나에 정은규가 소극적으로 대꾸했다. 안대영의 눈에 즐거움이 묻었다.

"알아. 그냥 너 놀린 거야."

이럴 줄 알았다. 끝까지 놀림조를 유지한 안대영이 정은규를 애타게 만들었던 옷가지를 벗겨 던졌다. 나신끼리 부딪칠 때마다 열꽃이 피는 기분이다. 혼자 쓰는 데 적응된 침대가 턱없이 좁다. 정은규는 다리를 조금 더 벌려 안대영의 허리에 찰싹 감고 성기끼리 비벼지는 감촉을 원 없이 느꼈다.

감각이 이성을 잡아먹는다.

끙끙거리는 정은규의 목덜미에 입술을 파묻고 이를 세워 깨물어 본다. 붉은 자국이 남았을 자리를 혀로 보듬고 귓불을 한 입에 넣어 굴렸다. 정은규는 연신 움찔움찔하며 안대영의 등을 쥐어짰다. 아래에선 성기끼리 비벼지고 있어 신경을 어디에 쏟아 부어야 할지 정신이 없었다.

"아, 잠깐만, 아. 하아, 나 쌀 것 같, 읏."

뭐라고 하는지도 모르고 나오는 대로 뱉는다. 말과 달리 정은규의 성기는 이미 사정하고 있었다. 되직한 액체가 겹쳐진 배 틈 사이로 연거푸 쏘아졌다. 안대영은 체중을 실어 정은규에게 제 몸을 겹친 채 틈 없이 비볐다. 때문에 사정 중인 자지가 무게에 눌려 오르가즘이 두 배로 찾아왔다. 정은규는 마구 헐떡였다.

"자꾸, 자꾸 그렇게 움직이면, 아!"

"자기야, 하아, 진짜 수절했어? 정액이 왜 이렇게 진해, 응?"

그럼 내가 당신 말고 누구랑 홀딱 벗은 채 이러겠냐는 물음조차 던질
수 없었다. 오랜만에 몸을 뒤덮은 오르가즘 때문에 숨이 턱 막힐 만큼
좋아서 괴롭기까지 했다.

배와 가슴에 뜨끈한 정액이 쏘아질 때는 짐승처럼 혀를 섞고 서로의
입술을 빨았다. 이가 부딪치거나 말거나 격정적으로 서로를 옭아매고자
빨고 깨무는 키스였다. 춥, 하고 잠시 떨어지는 찰나가 아쉬워서 누구랄
것 없이 입 안에 다시 혀를 비집어 넣었다.

키스하면서도 헐떡이던 정은규는 안대영의 허리 짓이 멈추고 나서야
떨리는 몸을 겨우 가라앉혔다. 순식간에 두 번이나 싸고 났더니 아무
생각도 떠오르지 않았다. 그래서 몸이 공중에 들렸을 때 반항하지 못하
고 기는 목소리를 억지로 낼 뿐이었다.

"어디 데려가……."

"샤워하러."

순서가 바뀌었잖아, 싸기 전에 씻었어야지…….

정은규는 그러면서도 얼굴에 내려앉는 입술을 거부하지 않았다. 오히
려 어서 이 애들 같은 뽀뽀가 윗입술과 아랫입술을 끈적하게 물고 늘어
지는 키스로 변하길 바라며 먼저 혀를 내밀었다. 이 방 안에서 홀로 잠
들지 않는다는 사실만으로도 성기에 저릿한 흥분이 일어 자제력이 사라
졌다. 안대영은 키스를 갈급하는 입술을 마다하지 않았다.

물이 가슴 선에서 넘실넘실 일렁인다. 정은규는 안대영의 가슴에 등
을 댄 채 안겨 있었다. 구멍 안을 찔꺽찔꺽 드나드는 손가락이 늘어날
수록 아찔해져 욕조를 뽀드득 소리 내며 붙잡았다.

"……안에 물 들어가는 느낌이야."

"안 아프면 됐잖아."

"그건 그런데. 아, 거기. 거기 느낌 좋아."

"하여간 솔직해."

목소리가 웅웅 울렸다. 물속에서 더욱 유연하게 움직이는 손가락이 탄력적으로 조이는 내벽의 살점을 짓이기듯이 눌렀다. 정은규는 더운 숨을 뱉으며 고개를 안대영에게 기댔다. 안대영의 다른 손은 솟은 유두를 느긋하게 굴리고 있었다.

고개를 살짝 비틀어 안대영의 턱 선을 입술로 조이듯이 물어 보았다. 귀밑 턱부터 잘근잘근 씹으며 입술의 길을 내려가는 정은규가 삽입을 보채고 있었다. 손가락은 되었으니 이제 넣으라고. 안대영은 안을 쑤시는 손가락의 속도를 조금 올렸다. 곧장 찰박거리는 물소리가 음란하다. 아웃. 손가락이 깊숙한 곳을 사정없이 찍어 눌러 자극시키자 정은규는 저도 모르게 턱을 살짝 깨물어 버렸다.

"이갈이 해?"

"아, 몰라, 으음……."

턱에 동그란 잇자국이 남았다가 차차 사라졌다. 정은규는 의도치 않게 남긴 잇자국에서 이전의 마킹을 떠올린다. 귀신이 함부로 달려들지 못하도록 자신의 냄새를 묻히는 행위. 제 목덜미에 고운 얼굴을 마구 비비며 뜨거운 숨을 불어넣고 도톰한 입술로는 귀를 씹어 삼킬 듯 굴었었다.

우뚝한 콧대와 날카로운 코끝이 뭉개지도록 비비며 개처럼 핥아 대었던 감촉이 되살아난다. 살갗에 돋은 요철이 선연하게 느껴졌다. 그에 비하면 턱을 살짝 깨물어 버린 건 형편없는 마킹에 속했지만, 안대영에게 제 냄새를 묻혔다는 행동에서 원초적인 만족감이 들어찼다.

쪽, 초옥. 습기를 머금어 촉촉한 입술을 슬며시 빨다가 사라지고 없는 턱의 잇자국을 할짝거렸다. 안대영의 목젖이 일렁이며 웃음을 내었다. 정은규는 고개를 톡 떨구어 그의 목덜미에 대고 숨을 흩뿌렸다.

"하아…… 넣어요…….."

"덜 풀렸어."

따뜻한 물 안에서 애무를 받으며 뒤까지 쑤셔지니 정신이 흐릿해 죽을 노릇이다. 정은규는 손을 뒤로 뻗어 더없이 발기한 안대영의 자지를 움켜쥐었다. 허벅지가 벌어지면서 욕조를 삐걱, 하고 미끄덩하게 쓸었다.

정은규는 침대보다 좁은 욕조에서 자세를 어떻게 잡아야 하나 골머리를 썼다. 생각할수록 어떤 쪽도 불편했다. 해답이 금세 나오지 않아 물 묻은 손으로 머리를 쓸어 넘기는 안대영을 돌아보았다.

"모르겠어."

"음?"

"여기 너무 좁고, 자세는 불편하고."

"응, 그래서."

착한 선생님인 양 구는 안대영이 얄밉다. 정은규는 몸을 일으켜 엉거주춤한 자세로 욕조를 빠져나와 세면대를 붙잡았다. 그대로 엉덩이를 비스듬히 빼고 애매한 자세를 잡은 채 안대영을 쳐다본다. 나는 준비됐는데, 당신은 계속 욕조 안에 있을 거냐는 순진한 시선이었다. 저 눈에 도발이라곤 티끌도 없었건만, 안대영은 속절없이 당하는 느낌이었다.

"아, 미치겠네. 박힐 준비 한 거야?"

그가 몸을 일으킬 때 욕조 안에 출썩, 하고 작은 파도가 쳤다. 몸을 타고 후두둑 떨어지는 물방울이 뇌쇄적이다. 정은규는 당당히 서 있는 좆을 보고 마른침을 삼켰다.

찰박, 찰박, 두 걸음 걸었을 뿐인데 뜨겁게 달아오른 몸이 맞물린다. 안대영은 정은규를 뒤 돌리더니 왼 다리를 들어 팔에 건 채 자지를 천천히 밀어 넣었다. 허리와 엉덩이 절반을 세면대에 걸친 채 다리가 들린 정은규는 적나라한 삽입 감각에 숨이 턱 막히는 기분을 느꼈다. 뜨거운 몸과 달리 손끝은 차가워진다. 서둘러 안대영의 목을 끌어안았다.

"아프, 아파."

"또 울지."

연인의 몸 안에 들어서면서부터 이성이 날아가 버렸다. 성기에 쫀득하게 달라붙은 내벽이 아찔해 목울음을 내자 정은규가 손을 제 유두로 이끌었다. 평소 얌전히 옷 안에 가려져 있던 분홍색 젖꼭지가 붉게 달아올라 잘 익은 열매처럼 탐스럽다. 살집 있는 가슴을 한 손에 움켜쥐고 엄지와 검지로 젖꼭지를 희롱하면 아파하면서도 달뜬 신음을 흘린다.

"아, 좋아요. 훗, 안에. 으응."

"……안 되겠네."

몸이 들린 정은규가 세면대에 엉덩이를 완전히 걸친 꼴이 되자 안대영은 깊숙이 박아 넣은 성기를 뒤로 빼 퍽, 다시 처박았다. 초장부터 거친 움직임이었다. 정은규는 한껏 구겨진 채 안대영이 유일한 동아줄인양 붙들며 바르르 떨었다. 벌린 다리 사이로 허벅지 안쪽 근육이 보기좋게 갈라졌다.

"읏!"

"하아, 불편해? 많이 힘, 들어?"

"응, 아니, 아! 흐읏!"

"아, 씹, 하 씨발 진짜……."

자제 따위는 애초 기대하지도 않았지만, 이 안에 박은 채 죽으라 하면 실실 쳐웃으며 스스로 목을 자를 의향까지 생겼다. 몸 전체가 녹진녹진 녹는다. 안대영은 열락에 잠겨 허리를 미친 듯이 쳐올렸다.

퍽, 퍽, 퍽, 연달아 세게 박은 탓에 구멍 주변에 흰 거품이 인다. 뭐든 날것의 촉감이다. 너무 빽빽한가 싶어 귀두를 구멍에 걸쳐 둔 채 침을 기둥에 뱉고 다시 삽입하였다. 정은규는 너무 느껴서 괴로워하다 못해 눈물을 터뜨렸다. 발뒤꿈치가 힘없이 팔랑거렸다.

안대영이 거세게 움직일 때마다 비누 거치대의 쇠 부분이 정은규의 옆구리를 쿡쿡 찔렀다. 아무래도 멍이 들겠다 싶었지만 그런 데까지 신경 쓸 여력이 없었다. 정은규는 사정없이 쑤셔져 자극되는 안이 두려워 펑펑 울면서도 안대영을 밀어내지 않았다. 기분이 좋고 아픈 걸 떠나 이 순간 자체가 감격적이라 어쩔 줄 몰라 했다.

"흑, 으읏, 흐으, 영 니임. 좋아. 나, 흐읏, 좋아."

호박색의 눈동자와 불씨 심어진 눈동자가 서로를 응시한다. 안대영은 줄줄 흐르는 정은규의 눈물을 핥아먹다가 입술도 아래만큼이나 난폭하게 겹쳤다. 키스는 눈물 짠 맛이 났다.

"은규야."

"흐윽……."

"우리 은규……."

그 부름은 확인이었다. 너와 내가 몸을 섞고, 우리가 틀리지 않았다는 확인.

정은규는 안대영의 뺨을 감싸고 그의 코끝과 입술을 살며시 깨물었다. 숨소리마저 야해 빠진 분위기에 애틋함까지 들어섰다.

정염을 뒤집어 쓴 연인의 눈 속엔 올곧이 서로뿐이다.

안대영은 거친 숨을 쉬었다. 조금도 멈추지 않고 정신 나간 새끼처럼 박아 대더니 숨을 몰아쉬면서 정은규가 처박힌 세면대로 사나운 눈길을 던졌다. 비누 거치대와 양치 컵은 바닥을 나뒹구는 채였다. 쇠붙이에 까진 정은규의 옆구리를 보자마자 눈 속에 심어진 불씨가 급격히 사그라들었다.

"—아이, 씨ㅂ, 미안해. 찍힌 데 아프지."

치솟은 흥분이 고스란히 묻었으나 어느 정도 이성이 돌아온 말투였다. 정은규는 구겨진 몸을 혼자 가눌 수 없어 거울에 기댔던 뒤통수를 떼었다. 습기 찬 거울에 희뿌연 나체가 비쳤다.

"침대로 가고 싶어……."

"나 안아."

힘이 몽땅 빠져 안으려고 해도 미끄러졌다. 안대영은 무겁지도 않은지 정은규를 고목에 붙은 매미 취급하며 가뿐히 들어올렸다. 아래는 빠지지 않고 이어져 그가 걸음을 내딛을 때마다 내벽을 쿡쿡 찔렀다. 정은규는 몸이 들려진 채 박힐 때마다 아랫입술을 그러 물었다.

침대에 풀썩 눕혀질 때가 자극이 가장 심했다. 아슬아슬하게 빠져나갔던 좆이 누우면서 불시에 푹 꽂혔기 때문이다.

"아윽!"

정은규는 저도 모르게 비명 같은 신음을 질렀다. 팔뚝에 힘을 주어 다리를 끌어당기자 베개에 애매하게 걸쳐져 있던 머리가 아래로 주욱 미끄러졌다. 움직일 때마다 차진 소리가 따라붙는다.

정은규는 그동안 살이 얼마나 빠졌는지 깊숙이 박을 때마다 뱃가죽이 볼록하게 솟았다가 가라앉았다. 그 모습이 시각적으로 대단히 흥분되어 안대영은 발정난 개처럼 허리를 움직이며 정은규의 배를 한 손으로 꽉 눌렀다. 곧장 파닥거리는 손이 배를 압박하는 안대영의 손등에가 달라붙었다.

"거기, 흐읏, 아, 왜 눌렀, 으응!"

"압박하니까, 하아, 더 느껴지지 않아?"

"아, 모르겠, 모르겠어, 아프…… 아! 아 좋아, 좋아요."

"하, 자기 안에 있다고 얘가 알려 주잖아. 아 씨, 꼴려 뒈지겠네."

"천, 천히, 응? 흐읏."

이 꼴을 보고도 천천히 할 새끼가 어디 있어. 대가리 밀고 수도승이나 되라고 하지. 봐줄 새 없이 넘치도록 박아 대던 안대영이 상체를 숙여 눈물이 퐁퐁 솟는 얼굴을 게걸스럽게 핥았다.

울지 마. 아니다, 울어. 자기 섹스 할 때 울면 그렇게 꼴리더라. 귓바퀴를 한 입에 담고 혀로 지분거리면서 불어넣는 음담패설에 정은규는 숨이 꼴딱 넘어갈 듯 울었다.

또 싸고 싶어졌다. 성기가 안쪽을 있는 대로 비빌 때마다 발가락에 전기가 온 것처럼 미칠 것 같았다.

자위하려는 정은규를 막은 안대영이 두 손목을 움켜쥐고 단단히 결박했다. 정은규의 눈이 커다랗게 뜨였다. 한 손에 묶였을 뿐인데 전혀 힘을 쓸 수 없었다. 조금만 아래로 내리면 좆을 만질 수 있는데 배꼽 근처에 묶인 손이 자유롭지 못했다. 이런 와중에도 아래는 거칠게 드나들었다. 돌아 버릴 것만 같다.

"이건 왜……. 손 놔줘. 훗, 놔달라니까. 나, 아흑! 쌀 거 같아."

도리질 치며 손을 풀어 달라고 애원해도 안대영은 이를 악문 채 정은규를 유심히 내려다보기만 한다. 그가 짓는 표정의 작은 부분까지 눈으로 모조리 먹어치우려 들었다. 귀두가 빨갛게 물들어 당장 정액을 뱉어낼 것처럼 굴었다.

정은규는 핏줄까지 돋아난 성기를 만지지 못해 바동거리며 몸을 이리저리 움직여 보았으나, 안대영의 커다란 몸에 가려져 꾸물대는 선에서 그쳤다. 애처롭기 짝이 없는 연인의 모습이 가학심을 불러일으킨다.

퍽, 퍼억! 깊숙이, 더 깊숙이 성난 좆을 박던 안대영이 잇새로 욕을 토해 냈다. 씨발—! 한순간에 확 조여 말캉한 젤리들이 좆을 빨아먹을 것처럼 일제히 달라붙었기 때문이다.

"……!"

돌연 정은규의 눈도 커다랗게 뜨였다. 한계까지 다다른 성기가 경련하듯 떨리며 그의 몸이 발작적으로 튕겼다.

신음조차 내지르지 못하고 극한의 흥분에 치달아 굳어 버린 정은규의 입에서 침이 질질 흘렀다. 사정액이 한 방울도 안 나오는 성기가 간

혈적으로 경련하고 있었다. 허벅지부터 허리까지 덜덜 떨린다.

안대영은 그제야 붉어진 손목을 놓아주었다. 거칠어진 숨을 고르며 드라이 오르가즘에 패닉이 온 정은규의 뺨을 도닥인다. 멍한 눈동자가 안대영을 응시한다. 이마부터 인중까지 키스하고 내려온 안대영이 벌어진 입술을 가만히 머금어 보았다.

"은규야, 괜찮아?"

"……."

정은규는 뒤늦게 헐떡이면서 저릿한 손목으로 정액이 나오지 않은 성기를 훑어보았다. 제 좆이 이런 모양이었구나 싶을 만큼 매끄러운 표피와 우둘투둘하게 솟은 기둥의 혈관 따위가 고스란히 만져졌다.

"……나 왜 안 쌌죠. 문제 있는 것 아닙니까."

이런 와중에도 직업병이 돋았나. 구멍에 걸쳤던 귀두를 뽁, 하고 뺀 안대영이 느릿느릿 자위하며 제 입술을 핥았다.

"문제없어. 그리고 싸는 게 중요해? 자기 너무 느껴서 괴로워하던데."

"하아……."

무서우리만치 온몸을 뒤덮는 오르가즘이었다. 두 번 겪게 되면 졸도할지도 모르겠다. 정은규는 떨림이 멎은 후에 저를 안주 삼아 자위하는 안대영의 좆을 손으로 감쌌다.

"……빨아 줄게요."

축축한 입 안에 가둔 성기가 빠듯이 들어찼다. 이를 세우지 않으려 턱이 빠져라 입을 벌리고 사정을 유도하기 위해 쭉쭉 빨았다. 반도 채 담지 못했으면서 예전에 텄던 목구멍 길을 기억해 냈는지 제법 깊숙이 넣고자 한다.

안대영은 제가 잡아 붉게 물든 손목을 한 채로 얌전히 무릎 꿇은 정은규의 머리칼을 어루만졌다. 자지를 문 채 질척이는 침을 꿀꺽 삼킬 때 목구멍에서 귀두가 꽉 조여지며 쾌감이 인다. 그 바람에 헛구역질을 할 뻔했지만 정은규는 의연하게 참아 냈다. 안대영의 좆을 쭉쭉 빨 때마다 입 바람이 음란한 소릴 내며 빠졌다.

손목 많이 아플 텐데 힘 조절 좀 할 걸 그랬지. 머리칼에서 내려간 큰 손이 내일이면 멍이 들 손목을 부드럽게 감쌌다. 자지를 문 채 올려다보는 눈꼬리가 날 세운 고양이처럼 올라가 있다.

"안에 싸도 돼?"

짐짓 정중한 물음인 양 착각이 드는 목소리였다. 정은규는 좆을 뱉고 기둥 안쪽을 입술로 더듬어 가며 혀로 핥아 올리곤 귀두를 쪽쪽 빨았다.

"입 안 말입니까."

혀도 많이 요망해졌다. 혀끝에 힘을 주어 귀두부터 고환까지 길을 타고 내려가 올라올 때는 날름거리며 핥는데, 탁성이 절로 터졌다.

"구멍 안에. 아쉬우니까 입 안에도 싸 줄게."

"마음대로 해."

눈을 끔뻑인 정은규가 침대 위에서 네 발로 기어가 똑바로 누워 다리를 한껏 벌렸다. 구멍이 어서 자지를 먹여 달라는 듯 빠끔거렸다. 피가 자지로 싹 몰린 것 같다.

"넣자마자 싸겠다."

그러나 그러는 일은 없었다. 정은규의 목이 갈라져 쉬었을 즈음에야 사정한 안대영은 밖으로 정액이 흐르지 못하도록 삽입한 채 모로 누웠다. 정은규의 눈꺼풀이 까무룩 감길락 말락 하다. 말라빠진 배를 만지면서, 안대영이 그의 뒷목에 입을 맞추었다.

"자기야. 프러포즈를 그런 식으로 하기 있어?"

"……뭐가 말입니까."

"여의주."

"아."

끔뻑, 끔뻑 감았다 뜨는 시야가 까맣다. 정은규는 무거운 팔을 치우지 않은 그대로 물었다.

"프러포즈로 보였어요?"

"그럼. 아니야?"

"그거 원래 대영 씨 거잖아요. 주인 찾아 돌려준 것뿐인데. ……뭐, 프러포즈도 틀린 말은 아니네요."

피식 웃자 몸속의 성기가 꿈틀거렸다. 아래로 내려온 안대영의 손이 허벅지를 더듬는다.

"은규야, 난 너한테만 약해."

너 자체가 나를 붙들고 제어할 목줄이다. 이 끈을 기꺼이 네게 넘길게. 그러니 너는 날 마음대로 휘두르고 가져.

"이제 우리 사이 방해할 새끼는 세상에 한 명도 없어. 그러니까 너는 계속 나를 믿어."

나는 언제든 네 손 안에서 질식할 준비가 되어 있다.

"사랑해요."

언제나처럼 무딘 고백이지만, 누구도 이길 수 없는 열렬함이 담겼다. 안대영은 웃으면서 정은규의 어깨를 베어 물었다.

"왜, 또 지금 사랑한다고 안 하면 후회할 것 같았어?"

"아니요. 그냥……."

"그냥?"

"보자마자 말해 주고 싶었는데 그러면 너무 급해 보일까 봐 참았습니다."

"자기야, 너 왜 이렇게 귀여워. 어?"

어디가 귀엽다는 건지……. 진짜 귀여운 애가 보면 기겁을 하겠다. 안대영에 의해 똑바로 누운 정은규는 덩치만큼이나 커다란 어둠이 몸 위를 덮자 다가올 섹스에 잠은 포기해야겠거니 싶어졌다.

"재울 생각이 없나 봐요."

"응응. 피곤하면 먼저 자."

"말도 안 되는 소릴, 읏."

"왜 말이 안 돼. 자든가, 기절하든가 알아서 해. 난 계속 할 거니까."

그즈음에는 정은규도 체념하고 대단히 기분 좋아 보이는 안대영의 목을 그러안은 채였다. 금세 묵직해진 성기가 안을 쿡쿡 찌르고 있었다.

* * *

모처럼 푹 잠든 안대영의 귀에 '찰칵, 찰칵.' 핸드폰 카메라 촬영 소리가 두 번 꽂혔다. 뺨 위로 깨기라도 할까 조심조심 쉬는 숨이 미약하게 퍼진다. 으음, 일부러 몸을 뒤척이자 작은 숨을 들이켠다.

뭔데.

멈칫했던 손길이 더욱 조심스럽게 다가와 앞머리를 넘겨 주었다. 손길은 잠든 조각상이 깨지기라도 할까 섬세했다. 이어 '찰칵' 하고 촬영 음이 한 번 더 울렸다. 안대영은 계속 자는 척을 해 주려다가, 저 찰칵거리는 소리가 궁금해져서 손을 뻗어 핸드폰을 빼앗아 갔다. 코앞의 정은규는 대뜸 핸드폰을 빼앗기고도 놀라지 않았는지 미안한 기색만 띄웠다.

"깼어요?"

"남의 사진은 뻔뻔하게 찍어놓고 깼냐니."

액정은 왜 이래, 또. 어디다 떨어트렸기에 금이 쩍 갔어. 정 교수, 혼자 두면 은근히 칠칠맞은 짓 잘한다니까. 핸드폰 기능 자체는 문제없어 보이지만 자칫하다 다칠 수 있으니 이번 주 내로 바꾸어 주어야겠다.

보관함에 들어가자 눈썹 부근을 근접해 각도 별로 찍은 사진 세 장이 있었다. 자세히 보니 눈썹 아래의 흉터 사진이었다. 하, 잠든 내 얼굴 보관하려고 찍는 줄 알았더니. 상대가 정은규라는 것을 망각했다.

그래도 흉터 사진이 찍히기 전에는 안대영이 선물한 꽃다발이 여러 각도로 찍혀 있었다. 베스트 컷을 건지기 위해 노력한 흔적이 역력해 하마터면 꽃과 나 둘 중에 고르라며 유치한 말을 던질 뻔했다. 그리고 그럴 줄 알았지만, 셀카는 한 장도 없었다. 전반적으로 뻔하고 심심한 핸드폰이다.

"이건 왜 찍어."

"피부과 교수님께 자문을 구해 보려고요."

"뭘."

"흉터 말입니다. 레이저로 가능하다면 지워 주고 싶어서."

"이거 한 줄 있는 게 그렇게 마음에 안 들어? 정 교수 내 얼굴 진짜 좋아하네."

자다 깨서 잠긴 목소리가 느긋하게 방 안을 감돈다. 정은규는 핸드폰을 받아들며 안대영의 손을 소중히 감쌌다.

"마음에 안 드는 게 아니라…… 아파서 그럽니다. 속상해서요."

"음?"

"나를 지켜 주느라 난 상처잖아요. 원래 없어야 할 상처이기도 하고. 볼 때마다 마음이 아파요. 시간이 오래 걸리겠지만 몸에 난 흉터들도 지워 주고 싶습니다."

"부채감 갖지 마. 네가 이런 거로 속상해하면 새벽 내내 짐승 새끼처럼 너한테 처박은 난 뭐가 돼."

"그거랑 이건 다르지 않습니까."

"뭐가 달라? 꼴 보기 싫은 거 아니면 신경 쓰지 마. 그나저나 자기, 잠은 잤어?"

"꼴 보기 싫다니, 절대 그런 뜻 아닙니다. 절대로. 그리고 잠은 두 시간 정도 잤어요."

"됐어, 그럼."

안대영이 널브러진 핸드폰을 손끝으로 톡 친다. 밝게 떠오른 액정이 6시 42분을 알리고 있었다. 사실 이 시간이면 씻고 나와 머리를 말려야 하는데, 저를 끌어안은 채 잠든 안대영을 구경하느라 시간이 지체됐다. 정은규는 안대영이 이끄는 대로 이불 속에 들어가 그에게 푹 안겼다. 더듬거리는 손이 닫힌 구멍 위를 보드랍게 매만졌다.

"설마 또 할 겁니까."

"안 해. 부었네."

"그래도 속은 괜찮아요."

"우리 은규, 마지막에 씻겨 준 건 기억도 안 나지."

"그랬…… 습니까."

"응. 자기야…… 30분만 더 자자. 나 존나 피곤해."

거짓은 아닌지 작달막한 머리통을 끌어안고 고른 숨소리를 낸다. 정은규는 안대영의 품에 갇혀 향긋한 체향을 듬뿍 들이마셨다. 향수를 뿌린 듯 달달한 체향이 잠을 솔솔 불러일으켰다. 두 시간 취침이면 못 잔 편도 아닌데 눈꺼풀이 무겁게 내려앉았다. 액정 속 시계가 속절없이 흘렀다.

30분만 더 자자고 하였으나 막상 눈을 떴을 때는 한 시간을 훌쩍 넘겨 7시 50분을 막 넘기고 있었다. 시계를 보고 기절할 듯 놀란 정은규는 몸의 둔통을 무시한 채 번갯불에 콩 구워먹는 속도로 준비하고 출근길에 나섰다.

안대영은 잠을 물리치고자 빈속에 아이스커피를 들이부었다. 오랫동안 잠들지 못하다가 하루 잤더니 여태 쌓였던 피로가 휘몰아쳤다. 라테를 든 정은규가 안대영을 걱정스럽게 살폈다.

"대영 씨, 컨디션 나빠 보이는데."

"자기 보니까 나태해지고 싶은가 보지."

"운전 내가 할게요."

"네 운전 실력으론 9시 안에 세이프 못 하니까 타기나 해."

조금 더 미적거릴 걸 그랬다. 아예 지각을 시켜 버리게. 결근이면 훨씬 좋겠고. 가다가 길을 다른 데로 빠져 버릴까?

어떻게든 안대영이 정은규를 병원에서 잘리게 만들겠다는 계획을 착착 쌓고 있을 때, 조수석에 앉아 있는 의사 양반은 매우 심각했다. 섹스할 때 박힌 쪽은 자신인데 얼굴만 보면 운전석의 남자가 깔린 양 피골이 상접했으니까. 당연히 정은규는 눈에 콩깍지가 단단히 낀 상태이므로 피골이 상접했다는 말에는 과장이 다분했지만, 어쨌든 걱정이 태산 같았다.

"영양제 맞고 가요. 한 시간짜리로 믹스해서 놓아 줄 테니까 다 맞고 푹 쉬면 괜찮아질 겁니다."

"내가 그렇게 걱정돼? 물가에 애 내놓은 표정이야, 왜."

"어떻게 걱정이 안 돼……."

"기분 좋다. 계속 걱정해 줘."

남은 걱정으로 손에 일이 안 잡힐 지경인데 안대영은 정은규의 속도 모르고 유들유들하다. 신호를 받았을 때 이마의 열을 체크해 본 정은규가 한시름 놓았다.

"다행히 열은 안 납니다."

안대영이 담배 필터를 질겅질겅 씹으며 픽 웃었다.

"환자 취급 받는 것도 재밌네. 어디 가서 내가 이런 대접을 받아 보겠어."

단순한 피로 누적일 뿐이지만, 김석호나 차민혁에게 아프다고 하면 세상이 무너질 듯 굴 놈들이었다. 새로운 적이 나타나 영천왕의 막강한 힘에 대적하고자 덤벼들었다고 여기지나 않으면 괜찮은 수준이다.

그만큼 안대영과 아픔은 친한 구석이 요만큼도 없는 사이였다. 그걸 정은규는 자연스럽게 이어붙이며 걱정을 삽으로 퍼서 얹어 주고 있었다. 이러니 내가 너한테 홀랑 넘어갔지. 다 때려치우고 정은규의 옆에서 24시간 동안 관찰만 해도 재밌는 삶일 것이다.

8시 47분. 미친 듯이 밟은 덕분에 늦지 않고 도착했다. 주행 거리를 따져 보면 기록적인 도착 시간이었다. 안대영은 안전벨트를 푼 정은규에게 네모진 상자를 내밀었다.

"이건 우리가 다시 만난 기념으로 선물."

정은규는 검은 상자를 열어 보았다. 곱게 누워 있는 물건은 과거의 결계를 넘을 때 안대영에게 전달했던 단도였다. 전과 달라진 점이 있다면 단도의 손잡이 바로 위에 여의주가 작은 크기로 박혀 영롱한 빛을 내고 있었다.

"왜 저한테 다시 줍니까."

"음, 그때랑 똑같이 말할게. 호신용이고 좆같이 구는 새끼 아무나 찔러."

"대영 씨는요."

"나는 너를 가졌잖아."

그건 어떤 고백보다 열렬한 한 줄이었다.

정은규는 마음이 간지러워져서 내려야함에도 답지 않게 시간을 끌었다. 그는 태어나 처음으로 연애 감정에서 비롯된 설렘을 느꼈다. 설렘이란 따스한 햇볕을 받아 피어난 예쁜 꽃 같다. 혹은 한참 추울 때 따뜻한 차를 마셔 몸이 녹은 양 녹진녹진하고 찌릿한 감정처럼 느껴지기도 했다.

"……별관 주차장에 주차하고 와요. 영양제 놔 줄게요."

몇 분이 지나서야 꺼낸 말에 안대영이 바람 빠지는 웃음을 짓는다.

"뭐야. 진심이었어?"

"진심이죠. 기다릴 테니까 꼭 와야 합니다."

내리기 전에 안대영이 쓰고 있는 볼캡을 살짝 들어 올리더니 입술을 꾸욱 포겠다가 뗀다. 허. 이건 뭐야 싶었던 안대영의 눈썹이 파도를 탄다.

"은규야, 이 대범한 뽀뽀는 뭔데."

안다. 밖에 지나가는 사람도 많고 셔틀버스가 차 바로 뒤에 정차해 있었다. 그럼에도 꼭 뽀뽀를 해 주고 싶었다. 정은규는 제 입술을 그러 물더니 대꾸 없이 내려 문을 쾅 닫았다. 속이 홧홧하게 덥다.

차 안에 틀어박힌 안대영은 핸들을 돌려 별관 주차장으로 운전하면서 간지러운 입술을 매만졌다. 사회적 위치에 예민하기 짝이 없던 정교수가 많이 변하려고 노력하고 있다. 그의 마음을 오래 감쌌던 무심한 겨울이 지고 드디어 봄이 성큼 깃든 것이다.

우리 은규 애교쟁이 다 됐네. 존나 귀엽게.

얼음이 녹아 밍밍한 커피를 들이켠 안대영이 차가워진 혀로 입술을 훑었다.

＊ ＊ ＊

"에이. 안 돼, 이건."

피부과 최 교수는 사진을 보자마자 딱 잘라 못 박았다. 정은규는 뇌물로 사 온 롤케이크를 쩝쩝거리는 최 교수에게 다른 각도의 사진을 보여 주었다. 이 둘은 초면으로 세연의 마당발인 김현수가 연결고리였다.

"안 된다니까. 네 눈엔 별거 아닌 거 같지? 근데 원래 이런 스카가 제일 까다로워. 차라리 수두처럼 파인 모양이면 해 보겠는데 이건 레이저로 암만 지져도 한계가 있어. 여자면 화장으로 가리고, 남자면 그냥 살라고 해."

시무룩해진 정은규의 어깨가 축 처진다. 전문가가 안 된다고 단호하게 못 박는데 여기서 애처럼 떼를 쓸 수도 없는 노릇이었다. 정은규는 하는 수 없이 깍듯이 인사하고 진료실을 나왔다. 로컬에서 알아봐야 할까. 심각하게 사진을 확대해 흉터 모양을 훑어본 정은규의 입매가 추욱 내려간다. 맥 빠진 걸음걸이에 실망이 그득 찼다.

"교수님!"

저 멀찍이서 초량이 거구를 팔랑팔랑거리며 콩콩 뛰어왔다. 정은규는 핸드폰을 가운 주머니에 넣으며 묵례했다.

"안녕하세요."

"내가 딱 맞춰 왔지이~ 점심 먹으러 가자요. 으아니, 근데 프리티한 교수님 표정이 왜 이래?!"

"식당으로 가시죠."

"왜왜. 무슨 일인데 도토리묵도 못 얻어먹은 도깨비 꼴을 하고 있는 거야?"

"대영 씨 흉터, 얼굴부터 몸까지 다 지워 주고 싶었는데 제가 너무 지식이 없었나 봅니다."

"……엥?!"

"이럴 줄 알았으면 인턴 끝나고 NS는 안 갔을 텐데. 아니다…… 다시 돌아가도 저는 NS 가겠죠."

자책의 늪에 빠진 정은규의 등에서 금색 오라가 무럭무럭 자라난다. 어라라, 눈동자도 오라와 비슷한 호박색으로 바뀌었다. 게다가 맑기만 한 하늘에서 한순간에 비가 확 내려 봉변당한 사람들이 꺄악 지르는 소리가 여기까지 들렸다.

초량은 인중을 길게 늘였다.

이런 모습은 본 적이 없다. 교수님에게 이런 면모도 있었나? 순산한 사십오랑에게 토종닭을 푹 고아 주고 가슴살 한 점 얻어먹지 않은 채 달려온 초량은 허기도 잊어버렸다. 정은규의 근처에서 알짱거리는 큰 몸이 의아함과 신기함을 적절히 버무린 채였다.

교수 식당에 다다라 키오스크에 사원증을 찍고 한 명 분은 추가 결제를 했다. 초량은 식판에 모든 반찬을 산더미처럼 담아 와 정은규의 맞은편에 앉아 부지런히 숟가락을 놀려 그 많은 음식의 성을 함락시켰다. 정은규가 한창 식사하고 있을 때 초량은 이미 식판을 싹싹 비우고 손깍지를 껴 턱을 받쳤다. 정은규는 새삼 초량의 엄청난 먹성에 속으로 감탄했다.

식사는 빠르게 끝나 잔반을 국그릇에 한데 그러모으며 일어났다. 버릴 것도 없는 초량은 카트에 식판을 집어넣고 정은규에게 물 컵을 건넸다.

"고맙습니다."

인사를 잊지 않고 받아들여 목을 축이는 용도로만 마신 후 나머진 버렸다. 초량은 그것에서 그치지 않고 정은규에게 아이스크림까지 들려 주려 하였으나, 달아서 안 먹는다는 말에 기어이 라테를 사다 안겨 주었다.

"내일은 제가 사 드리겠습니다."

"괜찮아요~ 교수님이 점심 샀잖아~"

도깨비들은 정은규만 보면 못 먹여서 안달이었다. 전에 아기 도깨비의 손을 잡고 병원에 놀러온 팔량도 홍삼부터 과일 바구니까지 바리바리 가져오는 바람에 여간 곤혹스러운 것이 아니었다. 이량과 삼량은 직접 담근 밤꿀과 약초 술을 양 팔에 하나씩 끼고 나타나서 간호사가 정 교수님 지인분들은 자연인이시냐며 물었던 적도 있었다. 그것도 틀린 말은 아닌지라 모니터를 보며 못 들은 척했다.

말이 나온 김에 오늘은 지황산 이하의 주소를 반드시 알아내리라. 정은규는 집 근처의 정육점을 떠올렸다. 먹성 좋은 분들이니 한우 등심을 기준으로 월급의 절반 정도를 털면 부족하진 않을 거다. 초량이 주소를 말해 주지 않으면 안대영을 통해서라도 알아내고 말 기세였다.

"고기 좋아하세요?"

"와! 환장하죠!"

"보내 드릴게요. 주소 알려 주세요."

"그럼 또 안 알려 주는 게 인지상정이지롱."

"알려 주면 안 됩니까? 저도 보답하고 싶습니다."

"의사 월급 얼마나 된다고 고기를 사 주려고 해요. 떼잉, 안 돼. 정 우리에게 보답하고 싶다면 도토리묵 넉~넉하게 60개만 사 줘요. 내가 고기는 왕 놈한테 얻어먹는다면 모를까 교수님 지갑은 소중해서 안 돼."

"제가 신세를 많이 졌잖습니까……. 갚을 기회를 주세요. 이것도 제 기준에서는 약소합니다."

"그것도 왕 놈이 갚을 일이야~ 우리가 좋아서 한 일인데 신세라고 하면 속상하다고요."

저렇게까지 말하는데 도통 고집을 부리기 힘들다. 정은규는 말씨름에 영 재주가 없는 부류였다.

"그리고 흐음. 아까 교수님의 우울한 모습으로 유추해 보자면, 흐으음. 왕 놈 면상에 붙은 흉터가 꼴 보기 싫어서 그런 건 아닌 것 같은데."

초량은 자연스럽게 화제를 돌린다. 도토리묵 60개는 시장에서 구하고, 고기까지 얹어 주자 싶었던 정은규가 적당히 식은 라테를 마시며 대답했다.

"예. 그런 의미는 절대 아니에요. 대영 씨 앞에서는 미안해서 차마 말 못했지만, 사실 오히려 눈 돌아가게 섹시합니다."

"……"

"제가 미안한 마음이 너무 커서 그래요. 따지고 보면 되게 이기적인 마음이기도 하죠."

"어우."

초량은 진심으로 꼴사납다는 눈빛을 쏘았다가 상대가 정은규임을 알고 서둘러 갈무리 했다. 교수님은 이런 캐릭터가 아니었는데 다 왕 새끼가 버려 놓았구나. 역시 그 자식은 상종할 부류가 못 돼. 내가 한번 거하게 따먹고 버렸어야 했는데. 푸른 눈동자가 이글이글 타오른다.

"저 말, 왕 놈한테 꼭 해 줘요. 들으면 아마 존나 존나 좋아할 거니까. 우웩, 상상만으로도 재수가 확 털리는구먼."

"그럴까요."

"그럼. 어라, 벌써 도착했네."

수다를 떨다 보니 어느덧 별관 로비였다. 뇌혈관 센터는 2층이라 엘리베이터를 탈 필요가 없었다. 초량은 눈알을 데구룩 굴려 주위를 감시하더니 저승사자와 눈이 마주치자 찡끗 윙크했다. 저승사자가 못 볼 꼴을 보았다는 듯 허공에 침을 뱉는다. 저저, 저 빌어먹을 놈. 떠나갈 때 꿀밤을 놓아 주어야겠어. 초량은 듬직하게 가슴을 폈다.

"참, 교수님한테 할 말 있는데 나 내일부터 여기 안 와요. 오늘이 마지막 보디가드."

"……아? 예?"

"그 씨불놈이 나 짤랐어어어. 오지 말래."

'씨불놈'은 안대영을 일컫는 것이리라. 정은규는 잘렸다는 말에 놀라서 울상 지은 채 흑흑 우는 척하는 초량을 유심히 살폈다. 그는 우는 척하고 있었지만 어딘가 홀가분해 보였다. 심각하게 받아들일 사항은 아닌가. 정은규가 고개를 갸웃거리며 초량의 여기저기를 살핀다. 초량은 순진한 교수님이 걱정이라도 할까 싶어 연기를 거두고 익살스럽게 웃었다.

"내가 잘렸다는 건 교수님이 안전해졌다는 뜻이기도 하니까. 나도 그동안 등한시했던 정사를 제대로 봐야지. 그리고 책사 놈 물건이 많이 상했는데 그것도 고쳐야 하거든요."

"……아."

"근데 진짜 조오온나 싸가지 없는 새끼야. 어떻게 하루아침에 잘라? 내가 잡초야?! 망할 놈, 돈만 많이 안 줬어도! 우리 애들이 머무를 아파트만 안 사 줬어도! 거기다 굶어 죽지 말라고 가게만 안 차려 줬어도! 내가 그 잘난 멱살은 잡아 봤을 건데!"

억울해하는 기색과 달리 받은 건 무척 많아 보였다. 정은규는 안대영과 보았던 뮤지컬 배우들만큼 연기에 소질 있어 보이는 초량에게 장단을 맞추었다.

"갑작스러운 해고는 노동법 위반입니다. 신고하세요."

"안 그래도 노조 결성하려고 하거든요. 교수님도 들어올래요?"

"아니요, 그건 좀……."

"히히. 당연히 농담이지이."

"저도 농담이었습니다."

와하하 크게 웃는 초량과 달리 차분히 미소 지은 정은규가 나란히 걷는다.

"그럼 나는 주어진 시간이 닳을 때까지 열심히 교수님 지켜야겠다. 내일부터 내가 안 오면 많이 심심하겠지만, 밖에서 왕 놈 몰래 만나면 되니까 섭섭해하지는 말구요."

"예."

"근데 진짜 싸가지 없는 새끼야. 그죠, 그죠."

처음 초량이 등장했을 때 이렇게 친해질 줄은 결코 예상하지 못했었다. 성가시고, 귀찮고, 스트레스 받아 미쳐 버릴 것 같던 도깨비와의 관계가 친절하고, 자상하고, 정다운 친구로 바뀌었다.

세상엔 여러 종류의 사랑이 있었다. 오롯이 내게만 쏟아지는 안대영의 연정, 다정다감한 초량과 도깨비들의 우정, 바람이 되어 사계절을 함께하게 된 모정까지. 이뿐만 아니라 아직 깨닫지 못한 사랑이 수두룩할 테였다.

이제 정은규는 새로운 세상에 우뚝 서 있다. 그가 겪는 변화란 막 한 발짝 뗀 아이처럼 아직 서툴렀지만, 금세 뜀박질하고 때로 적절히 쉬어 갈 줄 아는 어른이 될 것이다.

"저 때문에 고생하셨어요. 그리고 몇 번을 말씀드려도 부족하지만, 정말 고맙습니다."

초량은 편안하게 웃는 정은규를 보며 울먹울먹한 표정을 짓는다. 그가 들고 있는 빅 사이즈 자몽 에이드 뚜껑이 퍽 터져 로켓처럼 날아갔다.

"아직 해도 안 겼는데 왜 벌써 고생했다고 말해 주고 그래요……. 나 또 운다?"

"그건 난감하겠는데요."

떨어진 뚜껑을 주워 제자리에 꽂아 주었다. 초량은 울먹거리는 표정을 싹 지웠다.

"교수님! 나 땅그지 아니야! 땅에 떨어진 걸 그대로 덮으면 어떡해!"

"아, 미안해요. 다 드셔서 버리는 건 줄 알았습니다. 다시 사러 가요."

"이씨이…… 농담인데 진지해지지 말기."

"알아요."

정은규는 눈치 보는 초량을 보며 해사하게 웃었다. 그가 편히 짓는 웃음은 꼭 봄바람처럼 살랑거렸다.

* * *

'선일 행정사 사무소'로 복귀한 대표가 상석에 앉아 업무 보고서를 팔랑팔랑 넘겼다. 김석호가 빠짐없이 수기로 기록한 보고서는 시간 단

위로 핵심만 간결하게 적혀 있었다. 위태롭게 매달린 담뱃재를 툭툭 털고 다시 꼬나문 안대영이 오른쪽 소파에 앉아 있는 김석호를 보지도 않고 물었다.

"어제까지 이송한 망자가 총 몇이야."

"이백아흔여섯 명이요. 오늘 오전엔 열둘이라고 합니다."

"북산 상황은."

"워낙에 망자를 오래 가둬 두었던지라 음기가 가득 차서 제거하는 작업에 들어갔어요. 여섯 번째 지옥에 내려 보낸 인원 열을 제외하고, 사무실에는 최소 인원만 남겨 둔 채 모조리 투입됐고요."

이 자리에 없는 차민혁도 음기 제거 작업에 투입됐다. 빠른 시일 내에 음기를 제거하지 않으면 삿된 귀신이 꼬일 가능성이 높아 최대 나흘을 잡고 야근에 조기 출근까지 이어지는 중이다. 김석호도 무광리로 돌아오기 전까지 북산에서 일하고 온 참이었다.

업무 보고서를 끝까지 넘겨본 안대영이 파일철을 던지며 몇 모금 남지 않은 담배를 깊게 빨아들였다. 탁자에는 마시다 만 아이스 초코가 덩그러니 놓여 있었다.

"북산 일 마무리하면 8번 핸드폰부터 다시 켜."

"엇? 저희 일 그대로 이어서 하나요? 업무가 변경될 줄 알았는데요."

"변경?"

"네. 명부가 어느 정도 정리됐다고 하지만…… 아직도 신경 쓰실 부분이 많은 줄로 압니다. 그래서 대왕님도 당분간은 명부 일에 치중하실 줄 알았거든요."

틀린 말은 아니다. 평등왕에게 보고 받은 내용에 따르면, 제일 먼저 제3, 4 지옥에 군단의 터가 완공되었고, 형벌의 장으로 탈바꿈할 제1 지옥은 진척도가 절반가량 되었기에 앞으로 이승 기준 한 달은 너끈히 잡아야 했다.

북산의 무사 열 명이 투입된 여섯 번째 지옥은 하루 이틀이면 도서관 몇 채에 버금가는 서류 보관소로 바뀔 것이다. 판단의 장은 진척도가 가장 느렸는데, 이는 여덟 번째 지옥에서 줄곧 해 왔던 업무이므로 조금 늦어진다고 해서 문제 될 사항은 없었다.

원래대로라면 눈을 시퍼렇게 뜨고 감시했어야 하는 부분이 맞긴 하다. 그래서 김석호도 예상보다 이르게 나타난 안대영이 의아한 참이었다. 중문이 활짝 열렸을 때 손님인 줄 알고 저희 당분간 휴업 상태라며 말하려다가 안대영이 보여서 얼마나 놀랐는가.

환영이야 해 드렸지만 머리 위에 물음표가 여러 개 떠 있었다. 벌써 오시면 안 될 텐데……? 하지만 공연히 물었다가 욕이나 얻어먹을 테니 현명하게 입을 다물었다. 언제나 그랬듯이 알아서 하시겠지, 계획이 있으시겠지, 하며 주군의 있는 그대로를 믿었다.

"대왕님. 바쁘시면 제가 명부에 내려가 볼까요?"

"야, 좆같으니까 뭍에서 대왕님이라고 하지 마."

왕자 소리만 싫어하는 줄 알았더니, 대왕 호칭까지 치를 떨었다. 감투가 가장 잘 어울리시는 분께서 저러니 웃을 수도 없고. 김석호는 관자놀이를 긁적였다.

"옙. 북산 일이 마무리 되는 대로 8번 핸드폰부터 의뢰 받겠습니다. 10번도 켤까요?"

"가져와."

직접 가지고 다니시려는 건가. 서랍 속에서 얌전히 자고 있던 10번 핸드폰을 꺼내 전원을 켜서 내밀었다. 안대영은 오래 꺼 두었음에도 방전되지 않은 핸드폰을 받아들고 밀린 문자와 부재중 통화는 깡그리 무시한 채 어디론가 전화를 걸었다.

"보고할 일 있으면 이쪽으로 연락하고 앞으로 의뢰는 8번 이상만. 그 중에서도 가려 받을 거야."

하찮은 의뢰는 처음부터 받지 말라는 소리다. 단박에 알아들은 김석호가 그러겠노라 대답한다. 안대영은 입술 사이에 담배를 끼우며 일어났다. 검지에서 피어오른 불씨가 담배 끝을 빨갛게 물들인다. 김석호는 덩치에 안 맞게 종종걸음으로 안대영을 따랐다.

"앗. 핸드폰 없애셨어요? ……아, 그러고 보니 분실될 만도 하네요. 그리고 대표님, 이건 혹시나 해서 여쭙는 건데 저희 명부에 내려갈 때 귀환서 없이 출입 가능한 것 맞죠."

김석호와 차민혁은 본인의 정체가 아직도 헷갈리는 모양이었다. 몸까지 명부의 책사와 무사의 상태로 돌아왔는지, 얼렁뚱땅 다시금 인간이 되었는지 말이다.

"석호야."

"네?"

"손 줘 봐."

"손이요?"

김석호는 손을 내밀자마자 만년필촉으로 손바닥이 휙 그어져 억 소리를 내었다. 이렇다 할 새도 없이 베어 버린 손바닥에서 핏방울이 몽글몽글 솟는다. 놀라서 코 평수가 넓어진 김석호가 펜촉을 닦아 내는 안대영과 아물기 시작하는 손바닥을 번갈아보았다. 옅게 그어 핏방울만 비쳤던 손바닥은 베인 흔적도 없이 아물고 있었다.

헉. 김석호는 금방 아물어 잉크 자국만 남은 손을 휙휙 뒤집어보더니 나갈 채비를 마친 주군에게 해명 요구의 눈빛을 쏘았다. 이 문제는 생애 최초로 진실을 밝히지 않고 묻어 두려 했었다. 그러나 직접 확인한 이상 단순하게 치부할 수 없었다.

안대영은 마치 판도라의 상자라도 연 것처럼 구는 김석호를 보며 대수롭지 않게 대꾸했다.

"그냥 가도 되겠네."

라고. 김석호의 콧구멍이 벌렁거린다.

"저희는 명부에서 육신의 죽음을 맞이하였는걸요. 어째서 이게 가능하지?! 못에 살던 물고기들의 효험이 이 정도라면 큰일이잖아요. 그럴 일은 없어야 하지만 나중에라도 이 사실을 알고 못에 뛰어드는 자가 생기거나, 대표님께 반기를 드는 자들이 이용이라도 한다면⋯⋯."

"그래서 같은 일 일어나지 말라고 환생시켰잖아. 너희를 살려 내지 못 했으면 그것들도 소멸시켰어."

대번에 말문이 턱 막혔다. 이딴 거 가지고 유난이야, 왜. 저를 훑는 안대영은 딱 그런 시선이었다.

그렇구나. 깨달음이 번쩍 들었다. 영천왕과 평등왕을 제외한 자들은 못의 비밀을 모른다.

이승에서 죽나, 명부에서 죽나 죽음 자체는 변함없다. 이승으로 내쫓겼던 육신이 죽었으니 되살아났을 때의 결과는 전과 다르다. 우리는 인간이 아니다. 이것이 명쾌한 해결 구간이었다.

만약 못의 물고기들이라는 도구가 아니었더라면 김석호와 차민혁도 환생 길에 올라섰을 것이다. 이렇게 되었다면 둘로 인해 망자 인도법에 특수한 경우로 기재되었을 수도 있겠다. '인간이 피치 못할 사정으로 명부에서 사망한다면 환생을 우선으로 한다.'라고. 물론 이들이 살아남았기에 기재될 일은 없겠지만, 역사의 한 획을 그을 뻔했다.

평등왕은 애초 못의 사정을 배제시키고 김석호와 차민혁에게 환생을 약속했었던 것이리라. 줄줄이 말한 것처럼 이들은 특수한 죽음이었으니 못을 떠올리지도 않으셨겠지. 그러나 영천왕은 시체 두 구를 못에 처박아 살려 냈다. 도박이 아닌 확신에 의한 행동이었다.

도대체 모르는 게 없으신 분이다. 좀처럼 표정에 변화가 없으신 분이라 넘겨짚기가 더욱 어렵다. 이러니 누군들 덤비려고 들까. 염라까지 무릎 꿇렸으면 말 다 한 거지. 김석호는 주군의 치밀함에 닭살 돋은 팔을 슥슥 쓸었다.

"왜 갈수록 멍청하게 굴어."

구박에 여유로움이 묻었다. 김석호는 억울함이 들어차 난생처음 반항이라는 걸 해 보았다.

"저도 처음 겪는 일이었습니다아! 그리고 저처럼 똑똑한 책사는 어딜가도 없어요! 멍청하다는 말씀은 서운합⋯⋯."

"어, 자기야. 나야."

그러나 말을 끝내기도 전에 무참히 씹히고 말았다. 교수님이시구나. 에휴, 빠르게 체념한 김석호의 머리통에 솥뚜껑처럼 커다란 손이 턱 얹어졌다. 그 상태로 성가시다는 듯이 문질, 문질.

김석호는 돌이 되었다. 상황 자체가 믿기지 않았다.

고작 3초나 되었을 쓰다듬이었을까. 얼빵한 표정으로 굳은 김석호를 지나친 안대영이 중문을 빠져나갔다.

"아니. 나 곧 나가. 잠깐 들른 거야. 우리 은규랑 저녁 같이 해야지. 점심은 뭐 먹었어. 그 줘도 안 먹을 샌드위치?"

-그 정도는 아닌데⋯⋯. 그냥저냥 한 끼 용으론 충분해요. 점심은 초량 씨랑 식당에서 먹었습니다. 대영 씨는요.

"나도 간단히 때웠어."

계단을 내려가는 동안에 통화가 끊기지 않고 이어져 소리가 사무실까지 타고 올라갔다. 인사도 잊은 채 멍 때리던 김석호가 뒤늦게 사람 하나 없는 복도에 대고 꾸벅 허리를 숙였다.

* * *

안대영은 정은규와 재회한 쉼터에서 내리는 꽃비를 홀로 맞고 있었다. 물끄러미 벚나무를 올려다본다. 정수리와 어깨에 떨어진 꽃잎을 치우지 않고 그저 벚나무 가지들을 찬찬히 훑었다. 날이 어둑해져도 춥지 않은 계절이다.

생명이 깃든 나무가 가지를 흔들 때마다 아름다운 꽃잎이 세상을 수놓았다. 꽃이 제 할 일을 마치고 나면 이 나무는 초록으로 물들 것이다. 그러면 정은규와 함께 맞는 또 다른 계절이 온다.

봄, 여름, 가을, 겨울. 명부와 달리 이승은 뚜렷한 사계절을 지녔다. 이 계절 내내 우리는 함께한다.

쉼터에 머무른 노을이 붉다. 안대영은 재킷을 벗어 한쪽 어깨에 대강 걸쳐 두었다. 바람이 그의 앞머리를 흐트러뜨렸다.

이런 한가로움을 느끼기 위해 째가 빠지게 뛰어다니고 세상을 뒤흔들었다.

이승의 인간들은 만사태평하다가도, 곳곳에서 비명이 울렸으며, 그럼에도 살아갔다.

태어나서 세상을 살아가다가 죽는다. 삶이란 간단명료하다.

누군가는 삶을 전쟁 통이라 칭했다. 지루하게 굴러가던 쳇바퀴에서 나가 떨어져 톱밥이 엉겨 붙은 몸을 털어 내지 못해 아등바등 살아가는 이들이 만연한 세상에 또다시 들어왔다.

정은규가 아니었더라면 안대영이 이승에 발붙이는 일은 다시없었을 것이다. 처음 이승에 왔을 때 대강 붙였던 이름 석 자는 이제 낙인이 되었다.

그럼 너는 내게 쳇바퀴일까.

아니면 내가 너의 쳇바퀴일까.

의미 없네. 어느 쪽이든 상관없잖아. 달리다 지치면 쉬고 서로를 이끌면 그만이다. 공중에 떠도는 꽃잎을 붙잡아 엄지와 검지로 매만져 보았다. 이거라고 나무에서 떨어지고 싶어서 떨어졌겠어. 자연스러운 일이다. 내가 너를 되찾기 위해 이승에 올라온 것도 다르지 않아.

손가락이 담배를 찾다가 거둬진다. 다른 건 그러려니 하겠는데 금연 구역은 여전히 마음에 안 들었다. 그래도 잠시 참는 편이 맛대가리 없는 명부의 연초를 피워 댔던 나날보단 훨씬 나았다.

전화가 온다. 안대영은 어깨에 걸쳐 두었던 재킷을 내려 핸드폰을 꺼냈다. 재킷은 정은규가 영양제를 놓아 주었던 오른팔에 걸렸다.

현신하였으니 영양제 따위는 필요 없는데도 정은규의 보살핌이 사랑스러워서 기어이 한 시간을 얌전히 누워 있었다. 대영 씨 팔뚝은 주사 놓기 좋게 생겼다던 말이 이제 와 헛웃음을 만들어 냈다. 다방면으로 재미있다니까.

"왜."

-음기 제거 작업 끝나서 전화 드렸습니다. 김 책사가 이쪽으로 연락드리면 된다고 해서요.

차민혁이다. 안대영은 제 오라처럼 붉은 노을에 물들어 버린 나무 밑동을 응시하며 대답했다.

"내일부터는 다시 사무실 나와."

-알겠습니다. 수복이한테도 보고 이쪽으로 드리라고 전달할게요. 그리고 대왕님, 저 건의 및 요청 드릴 사항이 있는데요.

"야, 씨발아. 뭍에서 그딴 식으로 부르지 말랬지. 이것도 삼만 번 떠들어야 고칠래?"

-왜요? 대왕도 싫으세요? 대왕은 멋있는데……. 그럼 어쨌든 대표님, 저 실장 말고 이사 시켜 주십쇼. 솔직히 그 근육 덩어리보다 제가 쌓은 공이 더 크지 않습니까? 제가 사실 전무 자리까지 넘봤는데 절충해서 이사면 딱 좋을 것 같슴다.

"민혁아."

-이건 안 송구하옵니다.

전화 걸기 전부터 단단히 결심한 모양이었다. 안대영은 구두코에 내려앉은 꽃잎을 털어 냈다.

"전무는 왜 싫냐."

-왜긴요. 부담스러우니까요. 실장이 갑자기 전무 되면 이승 말로 낙하산 아닙니까.

어디서 본 건 있어서 엉뚱한 예를 가져다 붙인다. 안대영은 고민 없이 대답했다.

"해, 이사."

-오예! 그리고 근육 덩어리는 사원으로 강등시켜 주세요. 걔 진짜 존나 쓸데없는 새끼예요. 대표님이 김 책사를 오죽 못 믿으시면 부채까지 주셨겠슴까.

"시끄럽고 다음 주에 명부 내려갈 거야. 내려가면 넌 무사 대장으로 올릴 거니까 그리 알아."

-오예. 또 승진⋯⋯은 예?! 대장이요?!

"나머진 내일 얘기해."

옆에 계수복도 있었는지 둘이 뭐라고 떠들어 대기에 듣기 싫어 끊어 버렸다. 전화를 끊은 데는 인기척이 느껴진 탓도 있었다. 안대영이 핸드폰을 펜처럼 돌리며 뒤 돌자 그곳엔 현신한 마리아가 팔짱을 척 끼고 서 있는 채였다.

"이승에서 보니까 괜히 반갑네?"

무광산에서의 사건 이후 오랜만이다. 마찬가지로 현신한 마리아는 흰머리가 희끗한 노교수의 모습이었다. 좀 일관적인 모습으로 나타날 순 없나.

"뭡니까."

"다시 존댓말하기로 한 거야? 나는 네가 죽을 때 반말하기에 친구 먹자는 줄로만 알았지."

"용건이나 말해요."

말은 그리 하면서도 나무 사이로 파고드는 석양을 가려 준다. 현신하였어도 저 놈보다 키가 작다. 안대영을 지그시 올려다본 마리아가 입술을 떼었다.

"시몬이 지냈던 성당은 그대로 남겨 두었어. 네가 말했던 아이의 나쁜 기억엔 시몬도 분명히 포함되어 있겠지만, 어릴 적엔 대부분 좋은 추억들로 남아 있으니까."

안대영은 코웃음만 칠 뿐이다.

"오지랖이 많이 넓어지셨습니다. 병 주고 약 주라는 말하러 여기까지 왔나. 한가하시면 다음 주에 명부나 내려오시죠."

"되게 바쁘거든? 이것도 없는 시간 쪼개서 온 거야. 내가 괜히 너한테 이런 이야기를 하고 있겠어?"

"계속 헛소리 떠들 거면 난 더 들을 말 없는데."

"싸가지하고는……. 협정서를 새로 작성했으면 해. 무저갱의 대왕이 바뀌었으니 이것부터 빨리 해결하자고."

"바쁘신 분께서 시간되는 날로 잡으세요. 끝입니까?"

"왜 이렇게 급해."

"은규 퇴근할 때 됐습니다. 다른 건 미뤄요."

뻔뻔한 안대영과 달리 마리아는 어이가 하늘까지 승천해 허, 하고 질린 기색을 표했다. 그리고 이곳까지 당도한 본심을 한숨과 함께 흘려보냈다.

"아이의 눈동자와 오라는 곧 스스로 제어할 줄 알게 될 거야. 하늘에 남겼더라면 비의 신으로 올렸을 텐데 일이 이렇게 됐으니 전처럼 성수만 내릴 수 있어. 제어가 가능해진 후에도 성수를 내린다면 위험 상황에 처했다는 뜻이니 그때는 내가 나설 거고. 뭐, 네가 있으니 딱히 걱정은 안 된다만. 모쪼록 너처럼 육신이 죽지 않도록 곁에서 지켜 줘."

안대영은 갈수록 묘한 표정을 짓다가 마지막 말에 파안대소를 터트렸다. 무엇이 즐거운지 웃음을 거두지 못한다. 눈가를 좁힌 마리아가 마뜩잖게 바라보아도 한참을 웃다가 입매를 내린다.

"왜 웃는 거야? 넌 내 걱정이 우스워?"

"그건 아니고 가정 통신문 같아서. 부모님 확인 도장도 필요합니까?"

"너, 이!"

"애도 아니고 알아서 해요. 신경 *끄세요*."

걱정 속에 더 이상의 골치 아픈 일은 사절이라는 간곡함이 묻어 있었다. 뭐가 됐든 정말로 오지랖이 넓어졌네. 빈정거리며 마리아를 지나친 안대영은 보도블록까지 다다라 미처 하지 못한 말이 있다는 듯 잠깐 멈추었다.

"기억은 왜 안 지웠습니까."

자애로움이 가득한 마리아에게는 떨어지는 벚꽃마저 신의 선물처럼 보였다. 하늘과 저승은 극과 극이니 내게는 저 벚꽃이 파멸처럼 보일 텐가.

"너는 간절한 자의 절규를 들어 본 적 있니."

"……."

"그 애가 그렇더구나. 너와 관련된 기억이 조금도 지워지길 원하지 않았어."

석양이 물들어 놓았던 하늘은 차차 검어지고 있었다. 안대영은 못 박힌 듯 서서 마리아를 바라보았다. 눈동자에 불씨가 심어져 있다. 그 시선은 마리아를 노려보는 듯했고, 호박색 눈동자를 통해 절규에 물들었던 정은규를 발견한 듯도 하였다.

마리아는 방긋이 웃으며 별관 쪽으로 손을 뻗었다.

"어서 가 보렴. 참, 네 손수건은 아이에게 전해 주었으니 돌려받도록 해."

오른팔에 여태 걸치고 있던 재킷을 반 바퀴 돌려 입은 안대영이 마리아에게서 시선을 거두었다. 재킷에 묻어 있던 벚꽃이 폴랑폴랑 떨어졌다.

"어……?"

막 로비를 나오던 정은규는 자동문 밖에 우두커니 서 있는 장신의 남자를 발견했다. 바람결에 사락 흔들리는 재킷 속 가둬진 넓은 어깨며 등이 익숙해 재빨리 걸어간다. 주차장이나 쉼터에 있을 줄 알았는데. 빨라진 걸음이 반 박자 느리게 열린 자동문을 넘었다.

안대영은 건너편의 택시 승강장에 줄 선 택시들을 바라보고 있다가 정은규에게 시선을 옮긴다. 불씨가 사라지고 없는 눈빛이 깊었다.

"왜 놀라."

"제가 늦게 나온 줄 알았어요."

"네가 되게 보고 싶어져서."

그렇게 말하는데 가슴이 여기까지 걸어온 속도만큼이나 빨리 뛰었다. 정은규는 팔딱팔딱 뛰는 심장을 가라앉히고자 너무 반가운 티가 나면 어쩌나 싶다가, 숨기지 못하고 뱉어 버렸다.

"조금이라도 빨리 만나니까 좋네요."

"그래?"

안대영은 정은규의 머리칼을 쓰다듬어 주다가 뒷목을 꾹꾹 주물러 주었다.

"예. 초량 씨는 돌아갔습니다."

"응."

"보디가드 잘렸다고 하던데요."

"응. 잘랐어."

단조로운 대답이 이어졌다. 혹시 병원에 오는 동안 기분 나쁜 일이 있었을까, 고개를 빼꼼 내밀어 살펴보았다. 안대영은 저를 의식하는 정은규가 귀여워서 손가락으로 살 없는 볼을 콕 찌르고 떨어졌다.

"은규야."

어느새 별관 주차장엔 둘만 남았다. 이름을 부르자마자 올려다보는 눈동자가 맑다. 그 안에 안대영이 비쳤다.

안대영은 처음으로 목이 멘다는 기분을 느낀다. 하지만 그런다고 해서 우는 일은 없었다. 단지 정은규를 품에 가득 안았다. 어깨에 턱 끝을 걸치게 된 정은규는 얼떨떨하게 안겨 있다가 팔을 뻗어 등허리를 감쌌다.

그의 삶에 있어 아주 많은 '처음'은 전부 정은규로 인해 겪었다.

하늘에 떠 있는 초승달이 무척 밝다. 정은규는 손톱 모양의 달을 응시하다가 안대영의 목덜미에 고개를 파묻었다.

"나를 계속 사랑해 줘."

끌어안은 자의 진심은 진동이 되어 몸 여러 곳을 울렸다.

"……그 마음 바뀔 일 없어요."

뒤통수를 어루만지는 손이 다정과 애정을 함뿍 담았다. 안대영은 가슴을 크게 들썩이며 숨을 쉬었다.

"네 불안은 내 불안이 돼. 그러니 더 이상 불안해하지도 말고."

"……응."

그것이 다였다. 정은규는 안대영을 달래 주고자 등을 차분히 쓸어 주었다. 들썩이던 가슴이 고요히 가라앉기까지 기다리고, 연신 보듬어 주었다. 어린 정은규가 어른이 된 정은규를 보듬어 줄 때보다 훨씬 단단해진 손길이었다.

"그냥 말해 주고 싶었어. 가자."

안대영은 정은규를 놓아주며 찰나에 쪽, 하고 짧은 키스를 잊지 않았다. 정은규의 두 손이 연인의 생채기 난 손을 조심스럽게 감쌌다. 서로의 따뜻한 온기가 뒤섞인다.

"내가 더 노력할게요."

핸들을 톡톡 친 안대영이 씨익 웃었다.

"충분히 하고 있는 거 알아."

이내 차가 출발했다. 정은규는 기어에 얹은 안대영의 손 위로 살포시 제 손을 가져가 덮었다.

"허락 받고 싶은 게 있습니다."

"응?"

"대영 씨 자는 사진 찍어도 될까요."

"예고야? 그런 걸 뭐 물어보고 찍어. 자지 사진 찍어도 돼."

"그러다 핸드폰 잃어버리면 큰일 납니다."

"못 잃어버릴 텐데."

"맞는 말이네요. 갤러리에 자지 사진이 있는데 어떻게 잃어버리겠습니까."

말 나온 김에 핸드폰과 백팩 속에서 잘 자고 있는 단도를 체크해 보았다. 정은규는 제 것을 지킬 줄 아는 힘이 생겼다. 그러니 어떤 것도 잊거나 잃지 않으리라.

"지금 한 장 찍어도 돼요?"

"플래시는 터트리지 마. 운전 방해돼."

"예."

몸을 창 쪽으로 붙여 각도를 만들더니 운전하는 안대영을 찰칵, 찰칵, 두 장 연이어 찍는다. 그것으로 그치지 않고 기어 위의 손을 클로즈 업해 찍더니 양 손으로 핸드폰을 쥔 채 심각하게 사진을 고른다. 어찌나 집중했는지 머리가 핸드폰 안에 들어갈 지경이었다.

"뭐해?"

"배경 화면 지정하고 있습니다. 근데 사진이 다 어두워서 잘 안 보여요."

"아침에 다시 찍어."

"예. 일단 오늘은 이거로 하고요."

형상만 어두컴컴하게 나온 사진을 배경 화면으로 저장해 두고 입술을 꼼질거린다. 안 하던 짓을 하는데 미친 듯이 귀여웠다. 정은규는 제 딴에 살가운 애정을 표현하려 부단히 노력하고 있다. 안대영은 기꺼이 그 서툰 애정을 받아들였다.

"내일부터는 나도 자기 한자 이름 떠올려 봐야겠다."

"……."

"왜. 막상 바꾸려니까 싫어?"

"아니요, 그게 아니라……."

"응?"

말을 고르던 정은규가 습관처럼 입술을 그러 물었다. 안으로 그러 문 입술이 앙 다물렸다가 놓인다. 많이 고민한 끝에 최선의 말을 골랐다.

"고마워서 그럽니다. 좋아서요."

그러고 멋쩍어하다가 환히 웃는데, 안대영은 비로소 멍에처럼 뒤집어 쓴 원죄가 씻겨 내려가는 느낌이 들었다. 아, 빌어먹을 사랑. 빌어먹을 애정. 두 번이고 세 번이고 너와 한다면 소원이 없겠어.

"저녁은 집에서 먹자. 자기가 해 준 볶음밥 먹고 싶어."

"불만 없이 먹겠다고 약속하면 하겠습니다."

"약속까진 못 하겠는데."

"그럼 안 합니다."

"자기 매정함은 변하질 않아. 그딴 매정함에 여전히 꼴리는 나도 답 없고."

눈이 마주친다. 건들건들한 말투와 달리 안대영은 봄처럼 웃고 있었다. 정은규는 신호가 걸린 틈에 제 손을 끌어당겨 입 맞추는 안대영에게 속삭였다.

내일도 대영 씨와 함께여서 좋아요, 라고.

안대영도 속삭였다. 응, 나도 그래.

* * *

타악—

운전석 문이 닫혔다. 주차장이 따로 없는 성당 입구에 대강 댄 차가 삐빅, 록이 걸렸다. 커다란 종이 데엥, 데엥, 울리며 신성한 존재가 찾아왔음을 알렸다.

성당 벽을 두른 줄장미에 꽃봉오리가 맺혔다. 겨울이면 볼품없어지는 식물의 뼈다귀에도 봄이 찾아왔다. 이보다 봄이 더 무르익으면 저 꽃봉오리는 아름답고 붉은 장미를 피어 낼 것이다. 벌써 꽃을 피운 성격 급한 장미도 있었다.

겨울이면 코트를 달고 사는 자신도 얇은 카디건만 걸쳤으니, 길어야 2주면 환절기가 찾아오리라.

구둣발은 뚜벅, 뚜벅, 주인이 잠들고 없는 성당을 파고들었다.

쓰러졌던 아기 예수상과 성모상이 바로 세워져 있다. 폐허로 변했던 성당은 깔끔히 정리되어 인적 없이 스산한 분위기만 아니면 나름 괜찮았다.

남자는 한숨을 후욱 쉬었다. 짧아진 머리칼을 넘기는 손길에 복잡함이 묻었다.

거대한 본당 문은 환히 열려 있었다. 저 안에서 저를 키워 주었던 신부에게 모진 말을 쏟아 붓고 절연해 버린 기억이 스테인드글라스에 달라붙어 메아리처럼 돌고 돌았다.

본당에 들어서지 않고 애매하게 발을 걸쳐 둔 남자의 곁에 아기들처럼 귀여운 인상의 수호신이 다가왔다.

「이곳은 위험하진 않지만, 마리아 님께서 출입 시 언질은 주라고 하셨습니다. 들어가시겠습니까?」

저승의 왕에게는 혼쭐이 날지언정 어떻게든 출입을 막고자 했던 수
호신들치고 상당히 유한 반응이었다. 남자는 작게 고개를 저었다.

"아니요."

「알겠습니다. 도움이 필요하시면 저희를 불러 주십시오.」

"예."

한참을 본당 입구에 서서 잔상처럼 남겨진 그날을 좇다가 등을 돌렸
다. 남자의 걸음은 뒤편에 위치한 뜰로 이동했다.

무성한 잡초가 자랐을 줄 알았던 뜰은 수호신에 의해 관리가 잘 되어
있었다. 노란 금계국이 기다란 줄을 만들어 내 자랐다. 어렸을 때는 저
앞에 쪼그려 앉아 하염없이 바라보며 예쁘다, 예쁘다 감탄했었다. 저 꽃
을 꺾고자 하는 충동은 한 번도 든 적이 없다.

'하이고오, 은규야. 또 여기 있었냐.'

'신부님, 금계국이 폈어요.'

'매해 피는 꽃인데도 예쁘지? 너도 커서 이 꽃 같은 사람이 되어라.
그리고 은규야, 어딜 가면 간다고 말을 하고 가야지. 너 자꾸 신부님 걱
정시킬 거냐. 이놈아.'

'네에. 죄송해요.'

베드로. 이 성당에서 평생을 지낸 신부. 하늘에게 용서받기 위한 수
단으로 구마 의식을 통해 악마에 쐰 사람을 구하고자 하였으나, 끝내
그 악마의 우두머리에게 잡아먹혔다.

또는 갈 곳 없던 어린 아이를 데려와 키워 준 은인이었다. 은인……
이라. 은인. 아무것도 몰랐다면 죽는 날까지 은인으로 모셨을 것이다.

남자는 어렸을 때처럼 쪼그려 앉아 금계국을 빤히 바라보았다.

'널…… 기만하려던 것은 아니었다.'

잊은 줄 알았는데. 다 끝나고 해피 엔딩을 맞이하면, 완전히 잊어버

릴 줄 알았는데 아니었다. 분노의 파도가 휘몰아쳤던 배신감과 절망이 모래알처럼 부서져 쓸쓸함으로 흩날렸다.

"인사하러 왔습니다."

남자는 허공에 읊조렸다. 어디서 누가 듣든 상관없었다.

"오늘을 마지막으로 다시는 안 올 겁니다. 왜 원망하라고 하셨습니까. 제가 신부님을 원망해서 짐이라도 사라진다면 모를까, 그것도 아니었어요."

답답함에 마른세수를 해 보았다. 응어리 진 마음이 무겁다. 몸을 일으켜 금계국을 등졌다. 가을이 되면 뜰에는 코스모스가 필 것이다.

끝내 남자는 신부를 원망하지 못했다. 원망이라고 굳게 여겼던 감정은 한순간의 발악일 뿐이었다.

뒤늦게 깨달았다. 누군가를 미워하고 용서하는 것도 마음의 힘이 필요한 법이다. 살아남기에 급급한 남자에게는 그럴 만한 힘이 없었다. 이 사실을 등한시하면서까지 원망해 보고자 하였지만, 결국엔 그러지 못했다.

아이러니한 일이다. 원망하지 못했으니 용서할 것도 없다.

온통 단정함으로 이루어진 몸이 뜰의 가운데에 우뚝 서서 아물다가도 해져 버리는 감정을 천천히 추슬렀다.

"저는 잘 지낼 겁니다. 나의 구원자가 해피 엔딩을 선물로 주었으니, 앞으로는 내가 그를 지키며 반드시 잘 지낼 겁니다."

다짐 같은 메시지를 남기는 그에게서 금색 오라가 피어오르고 있었다. 눈동자 색과 오라는 제법 제어할 수 있게 되었지만, 감정이 롤러코스터를 타면 속절없이 흘러 버리곤 했다.

멀찍이서 포르르 날아온 수호신이 남자를 걱정스럽게 살폈다. 여기서 성수까지 내리면 바로 마리아에게 보고를 올릴 태세였다.

「괜찮으십니까?」

"……괜찮습니다."

할 말은 거기서 끝이었다. 큰 숨을 쉬고 한 걸음, 한 걸음, 뜰을 벗어나 본당까지 지나쳤다. 동상이 남자를 배웅하듯 가는 뒷모습을 지켜보았다.

차에 도로 올라타는 몸은 자잘한 미련이 떨쳐 나간 채였다. 때마침 주머니 속의 핸드폰이 울렸다. '대영 씨'에게 걸려 온 전화였다. 11시 52분. 아……. 일어났겠구나.

요즘 그의 구원자는 부쩍 잠이 늘어 주말이 되면 정오까지 잤으니 슬슬 깨어날 때긴 했다. 시동을 걸고 차창을 모두 내린 남자가 전화를 받았다.

"일어났어요?"

-자기, 어디 간 거야.

"성당이요. 지금 출발합니다."

성당이라……. 읊조려 본 안대영은 잠깐 말을 멈추더니 낮은 웃음을 흘렸다.

-이제 좀 면역이 생겼어?

"……예. 하지만 다시는 안 오려고요. 미리 말하지 않고 온 건 미안해요. 깨기 전에 가려고 했는데 제가 늦었습니다."

-사과할 필요 없어. 위험하지 않으니까 괜찮아. 그나저나 너 눈 뜨고 내가 옆에 없을 때 이런 기분이었어? 허전한데.

"으음. 예, 비슷합니다."

-앞으로 우리 은규 잘 때 어디 가면 안 되겠다.

포근한 웃음이 입가에 매달렸다. 사는 내내 대부분 무표정이었던 남자는 최근 들어 잘 웃었다. '해피 엔딩'에 의한 결과물이었다.

"금방 갈게요."

-어. 보고 싶어.

"나도요."

집에 갈 때 아이스 초코를 한 잔 사 가야겠다. 그 김에 케이크도 사 갈까⋯⋯. 머릿속에 간호사들이 극찬하던 새로 생긴 디저트 전문점의 약도를 그려 냈다. 기어가 바뀌고 액셀을 밟았다. 차가 출발하자 희뿌연 흙먼지가 일어났다.

남자의 차가 완전히 성당을 벗어났을 때 데엥, 데엥 울리던 종이 서서히 멎었다.

떠난 자리에 고요가 밀려들어왔다.

〈발화〉 끝

외전 I. 여름의 기록(I)

타악— 운전석 문이 닫혔다. 계절의 더위로 데워진 차 안은 찜통이 따로 없었다. 고작 15분 세워 두었는데 이렇게나 뜨거워지다니, 역시 여름은 여름이다.

정은규는 시동을 걸자마자 에어컨을 세게 틀고 달궈진 시트에 등을 기댔다. 그의 손에 새로 발급받은 주민등록증이 들렸다. 신분증은 한글로 써진 이름 세 글자 옆에 괄호 열고 생소한 한자가 인쇄되어 있었다.

물소리 은(澱)에 헤아릴 규(揆). 그의 연인이 새롭게 지어 준 이름이다. 정은규는 차 안이 시원해질 동안 새것 티가 나는 신분증을 뚫어져라 쳐다보았다.

'내 마음대로 지었어. 뭐, 자기가 성명학 같은 거 따지면 다시 지어 주고.'

그럴 리가. 안대영이 행정사 사무소의 히읗도 모르는 것처럼 정은규라고 별반 다르지 않았다. 성명학이며 사주팔자는 오래 전 회식 자리에서 김현수에게 한번 들어 보았다. 이름에 오행이 어쩌고, 뜻이 어쩌고.

김현수나 그런 쪽에 지대한 관심을 가지지, 정은규는 개명 전에 썼던 한자에도 별 생각이 없어 누가 이름 뜻을 물어보면 잘 모르겠다는 대답으로 그쳤다. 제 이름에 무슨 뜻이 들어있는지 알아볼 시간에 논문 한 글자를 더 들여다보는 편이 효율적이었으니까. 이름이란 각종 계약서에 사인할 때나, 타인으로부터 불리는 수단에 그친다고 여겼다.

사실대로 말하자면 이름에 깃든 사주팔자니 어쩌니 한갓지게 따져볼 여유도 없었다.

그런 정은규가 머리털 나고 처음으로 제 이름을 곱씹어 보았다. 안대영이 아니었더라면 영원히 이름 뜻에 관심이 없었을 것이다. 여러모로 생경했다. 보기에도 어렵게 생긴 글자를 받아들고 머리에 물음표를 띄우자, 안대영은 꿈보다 해몽이라고 뜻풀이를 알려 주었다.

'오래 전 우리가 처음 만났을 때가 떠올랐어. 못 안에 숨어 있던 네가 살고자 나왔던 날. 거기서부터 거슬러 올라가니 우리는 물과 꽤 엮였더라고. 내가 과거의 결계를 깨고 어린 너를 잠시 만났던 순간에도 계곡 앞이었거든. 게다가 난 네가 내린 성수에 몇 번이고 푹 젖었잖아. 그러니 너랑 난 어떻게든 엮이게 되어 있어. 어디서 물이 흐르든 그 소리를 듣고 헤아리는 건 나일 테고…… 우리 은규는 나한테서 영원히 못 벗어나.'

'잘 가다가 마지막이 왜 그럽니까.'

'불만이야?'

'불만은 아니고 짜 맞추기 구색으로 들려서.'

'음. 마지막이 핵심이긴 해. 앞에 그럴싸한 양념 좀 쳤어.'

별거 없는 신분증을 내려다보는 내내 장난스러운 목소리가 떠올랐다.

어쨌든 사무적으로만 썼던 이름에 의미가 생겼다. 단지 그의 구원자가 지어 주었다는 이유 하나만으로.

차 안에 통째로 눌어붙은 여름의 흔적이 어느 정도 가셨다. 에어컨을 줄이고 지갑 안에 신분증을 고이 넣어 두었다. 핸들을 돌려 출발한 정은규가 라디오 볼륨을 키웠다.

-내일도 전국에 종일 무더위가 이어지겠습니다. 서울은 36도, 대구와 부산은 38도로 한낮의 외부 활동은 주의하셔야겠습니다. 주말 이틀은 서울과 경기에 비 소식이 있어…….

덥다. 여름이 덥지 않으면 계절의 의미가 없어지겠지만 겨울 태생인 정은규는 더운 날씨를 싫어했다. 이무기가 승천하면서 하늘의 용이 되었으나 여전히 육신은 인간으로 애매한 위치인지라 쨍쨍한 태양 앞에서 맥을 못 추었다. 잘 때도 선풍기 대신 에어컨을 틀어 놓고 자는 탓에 안대영은 정은규의 잠옷을 빼앗아 입고 폭 껴안은 채 잠드는 버릇이 생겼다. 춥단다. 그는 저승왕이 되었음에도 인간일 적처럼 날씨를 타는 모양이었다. 아니면 워낙에 스킨십을 좋아하니 일부러 개수작을 부렸다거나.

연애는 뻣뻣한 사람을 유하게 바꾸는 마법이라도 있는 모양인지, 첫 만남 때만 해도 말끝마다 톡톡 쏘아붙이며 사납게 굴었던 정은규는 어느새 사라지고 없었다. 안대영이 안겨 오면 기꺼이 팔베개를 내어주고 커다란 몸을 소중히 감싸 주었다. 실은 개수작이든 뭐든 간에 귀여웠다.

여름을 싫어하는 정은규와 달리 안대영은 불에서 태어난 용답게 더위에 강했다. 뙤약볕에서도 선글라스 낀 얼굴은 땀 한 방울 흘리지 않았고 항상 손목을 덮는 셔츠를 입었다.

……으음. 이런 거 보면 대영 씨도 날씨 타는 거 맞나. 신호를 기다리는 동안 고개를 갸웃거리며 연인에 대해 파악하고 있는데 전화 한 통

이 걸려 왔다. 정은규는 발신자를 확인하고 핸들 버튼을 눌렀다.

"예. 김 이사님."

-안녕하세요, 교수님! 주민등록증 찾으셨어요?

차민혁과 더불어 '선일 행정사 사무소'의 이사로 특급 승진한 김석호는 정은규 대신에 개명 신청까지 일사천리로 도와준 고마운 자였다. 한자 개명은 인터넷으로 신청이 된다고 해서 제가 하려 했는데, 김석호는 대표님의 지시라며 사람 좋은 웃음으로 귀찮은 일을 싹 가져가 버렸다. 덕분에 문제없이 신분증을 받아든 터라 안 그래도 감사 인사를 하려던 차에 걸려온 전화였다.

"방금 막 찾고 출발했어요. 고맙습니다."

-하하~ 고맙기는요. 액티브엑스랑 신명나게 싸운 보람이 있네요. 익스플로러 이놈이 설치하라는 게 오죽 많아야…… 아이고고. 이런 말씀을 드리려던 건 아니고, 바로 병원으로 복귀하실까요?

"아니요. 오늘은 오전 진료만 있어서 일정 따로 없습니다."

-그럼 교수님. 저, 그 다른 게 아니라. 신유동 15-3번지에 '브라운 가든'이라는 디저트 집이 있는데요. 대표님이 좋아하시는 초콜릿 전문점인데 네 시에 픽업 예약했거든요. 그런데 제가 지금 갑자기 명부에 내려갈 상황이 생겨서요, 흑흑. 혹시 실례가 안 된다면 픽업만 대신 부탁드려도 될까요? 계신 곳에서 거리가 멀면 무리하지 마시고요!

구구절절한 내용을 축약하면 대신 초콜릿 픽업을 부탁하는 일이었다. 정은규는 흔쾌히 받아들였다.

"걱정 마시고 일 보세요."

-죄송해요. 원래 제가 가야 하는데. 일을 떠넘긴 기분이라 말씀드리면서도 죄스러워서…….

"아닙니다. 저 대신 개명 신청도 해 주셨잖아요. 많이 바쁘신 것 같은데 신경 쓰지 마세요."

-감사합니다, 교수님!

"저야말로요. 끊습니다. 수고하세요."

-옙!

신유동 15-3번지……. 내비게이션에 주소를 하나하나 찍었다. 상호 등록이 되어 있는지 검색 결과에 '브라운가든'이 있었다. 도착 예정 시각은 3시 58분. 적절하다.

-경로 안내를 시작합니다.

내비게이션이 알려 주는 대로 차선을 바꾸어 동화대교에 진입했다. 평일 대낮인지라 대교는 비교적 한산한 편이다. 라디오는 날씨만 듣고 꺼 버렸다. 쏟아지는 햇빛에 눈이 부셔 찡긋거리다 콘솔박스에서 선글라스를 꺼내 쓰고 기어에 올린 오른손을 도닥였다.

김 이사님이 갑자기 명부에 내려갈 일이 생겼다면, 대영 씨도 거기에 있을까.

근 한 달간 안대영은 시도 때도 없이 명부에 내려갔다 돌아오길 반복했다. 정은규와 단둘이 있을 때는 최대한 이동을 자제하고자 하였지만, 체제 개혁이란 새로 정립한 큰 틀 안에서 수많은 교정이 필요했던 터라 예상치 못한 곳에서 일이 터졌다.

예를 들면 인수인계를 받았음에도 새로운 일에 적응하지 못하고 겉돌다 사고를 치는 사자들이나, 열 곳의 지옥을 깨부수고 통합된 책사들이 꼴에 각자의 대왕을 모시던 자존심은 있어서 네가 맞니, 내가 맞니 소모전을 벌인다거나. 그것도 아니면 겁을 상실한 무사 몇이 반란을 일으키고자 지어 놓은 건물을 부수고 공격을 하는 일 등등.

어지간하면 평등왕이 해결하였으나, 마지막 같은 경우는 무사 대장인 차민혁의 권한으로 일임되었기에 평등왕도 철저히 선을 그었다.

그럼에도 좀처럼 진정되지 않는 사태라면 안대영이 쌍욕을 내던지며 다녀왔다. 차민혁에게 되도록 살생은 네 손으로 하지 말고 나를 부르라 일렀기 때문이다. 이런 날의 안대영은 이승에 돌아와도 오라가 크고 강해서 섹스 하면 온몸이 데일 듯 뜨거웠다.

생각은 물 흐르듯이 자연스럽게 섹스로 뻗어졌다.

현신한 안대영과의 섹스는 그가 인간이었을 때보다 훨씬 열감이 높았다. 스스로 뛰어난 자제력을 발휘해 평소에는 인간일 때와 다른 점을 찾지 못했지만, 앞서 나열한 것처럼 그가 이성을 날려 버리는 순간엔 손끝까지 뜨거워져서 제 몸을 훑고 지나간 길마다 열꽃이 피었다.

이럴 때면 정은규도 속절없이 정신을 놓아 버리는 터라 새벽에 산발적인 소나기가 내리기도 했다. 섹스 한번 요란하게 한다. 그런데 그 짓을 하지 말라고 하면 싫다고 잘라 말해 버릴 거다.

섹스는 아프지만 좋고, 좋지만 아프다. 비율로 나누자면 처음엔 5:5였으나 요즘은 좋은 쪽이 7로 우세했다. 살을 비비고 맞부딪치는 행위 자체가 안정을 가져다주었고 섹스 할 때 유독 강한 집착을 보이며 날것의 진심을 드러내는 안대영이 섹시했기 때문에.

정은규는 왁스로 고정해 딱딱해진 머리칼을 톡톡 눌렀다. 대낮에 하는 생각으로는 영 불순했다. 전에 안대영이 말했던 색귀가 제게 씌었나 싶어졌다.

그래서 대영 씨는 어디에 있나. 이런 헛된 상념보다야 전화 한 통이 더욱 빨랐다. 대교를 빠져나와 좌회전 신호를 받은 정은규가 최근 통화 기록에 '대영 씨♥'로 남은 번호를 눌렀다. 이름 뒤 하트는 안대영이 붙였는데 하는 짓이 귀여워서 내버려 두었다.

뚜르르─ 뚜르르─.

신호만 가고 받지 않는다. 10초 정도 더 기다려 본 정은규가 미련 없이 종료 버튼을 눌렀다. 아무래도 사무실 대표와 직원 전부가 자리를 비운 듯하다. 부디 연인이 짜증을 묻힌 채 돌아오지 않길 바라며, 정은규는 신유동에 진입해 내비게이션의 안내에 따랐다.

＊ ＊ ＊

　상석에 앉은 영천왕의 왼쪽에 평등왕이 앉았다. 염라는 체제 개혁 이후 큰일이 생기지 않는 이상 영천왕과 독대할 일이 없었으므로 잔일을 도맡아 하는 평등왕이 주로 말상대였다. 시큼하고 맹맹한 붉은 색의 차를 내온 평등왕이 영천왕에게 말문을 열었다.

　"삼도천에 내건 시왕의 목은 슬슬 처리할 때도 되지 않았느냐. 머리를 잘렸으니 승천은 불가할 것이고…… 이쯤에서 소멸시키는 쪽이 어떻겠니."

　영천왕, 염라대왕, 평등왕이 그러하였듯 시왕도 본래는 용이었다. 저승의 용이 승천하려면 기본적으로 사지가 멀쩡히 붙어 있어야 하는데 저 검에 의해 두 동강이 났으니 그것도 물 건너간 이야기였다. 몸뚱어리는 재가루가 된 지 오래이며, 영천왕의 허락이 없었으므로 잘린 머리는 용두의 모양새로 되돌아가지 못했다.

　현재도 그들의 머리는 죽음의 공포를 낱낱이 드러낸 채 삼도천에 매달려 있었다. 그게 어찌나 흉하고 못 봐줄 꼴인지 다들 그 앞에서 고개를 치켜들지 못했다. 눈을 부릅뜬 채 죽어 버린 머리들과 마주하면 당시의 아수라장이 생생하게 그려지는 탓이었다.

　차를 마시는 평등왕과 달리 영천왕은 찻잔에 손도 대지 않았다. 그 상태로 눈썹을 들어 올릴 뿐이다.

　"왜."

　"그럼 계속 달아 놓을 작정인 게야? 그것을 보는 망자들이 겁에 질려 판단의 장에 도착하기도 전에 소멸하는 경우가 적지 않아. 네 분노가 어느 정도 가라앉았다면 철거해도 문제없으리라고 본다."

　"이야, 명부에도 마리아가 사는 줄은 미처 몰랐는데. 자애롭기 짝이 없어라."

무미건조하게 비아냥거리는 솜씨가 일품이었다. 평등왕은 악의 없는 비아냥조를 묵직하게 삼키며 찻잔을 들었다.

"네가 명부의 꼭대기에 있다는 점을 모르는 자는 없다. 모두가 네게 두려움을 차고 넘치게 가지고 있어. 그러니 미진한 분노가 남았다고 하여도 아량을 베푸는 것이 어떻겠느냐 의향을 묻는 게야."

"아리야."

영천왕이 두 번째로 부르는 평등왕의 본명이다. 주제넘게 나서지 말라는 경고처럼 들렸지만, 뜻밖에도 그저 이름을 불렀을 뿐이었다. 평등왕은 대답 대신 차를 삼켰다. 영천왕이 다리를 꼬며 우아한 자태의 평등왕을 훑어보았다.

"일이 많아서 힘들어?"

꽤 다정한 말투였다. 그러나 그 말 속에 숨은 칼날을 평등왕은 모르지 않았다. 정 없이 툭툭 내뱉는 무미건조한 말투보다 이쪽이 훨씬 위협적이었다.

"그런 말뜻이 아닌 걸 알잖니."

"이상하네? 나는 존나게 힘들다는 징징거림으로 들리는데. 아니면 내 귀가 썩었나……."

"영천왕."

영천왕이 찻잔을 검지 손톱으로 튕기자 맑은 소리가 났다.

"오늘만 해도 나는 저 대가리들에게 갈잖은 충성을 바친 벌레 새끼들을 처리하려고 내려왔어. 이런 상황에 네 말대로 대가리를 뽑아 버린다면 내가 저딴 것들을 용서했다고 생각해 지금보다 귀찮은 일이 벌어질 거야. 네 의도와는 다르게."

"……."

"위에 올라섰더니 나쁜 점이 뭔 줄 알아? 참아야 할 일이 많다는 거야. 음, 아예 명부를 붕괴시킬 것을 그랬나. 그랬으면 성가신 일로 내려

올 필요도 없고 이딴 개소리는 듣지 않아도 되는데 말이야."

"……."

"나는 지금도 아주 많이 봐주고 있어."

'봐주고 있다'라……. 그건 맞는 말이었다. 죽은 시왕은 목이 잘려 부 릅뜬 눈으로 꼬챙이에 꽂혀 있을지언정 귀와 머리에 달린 장식까지 박 제처럼 그대로 남겨져 있었다. 그러나 염라는 산 채로 한쪽 눈알을 뽑 혔다. 애꾸가 된 채 평생을 아들의 발밑에서 기어야 하는 입장보다 차 라리 목 잘려 죽어 버린 쪽이 나은 상황일 것이다.

되도록 영천왕과 대면하지 않으려는 염라의 마음속은 검게 시든 부 귀화만이 가득했다. 평등왕은 짧은 새에 살아도 산 것이 아닌 자의 심 경을 들여다본 기분이었다.

"그러니까 오지랖 떨지 마. 때가 되면 알아서 처리할 테니."

"……네 뜻이 그렇다면 어쩔 수 없지."

"그것과 별개로 네 능률은 만족스러워. 적어도 넌 살려 둔 보람이라 는 게 있거든."

칭찬인지 욕인지 헷갈렸다. 그래서 평등왕은 잠자코 차를 들이켰다. 영천왕은 꼰 다리를 팔랑거리며 표정 변화 없는 평등왕을 탐색하듯 지 켜보다가 자리에서 일어섰다. 마시지 않은 찻잔에서 김이 가셨다.

"가는 거니?"

"석호 오면 나 먼저 갔다고 전해."

차민혁은 무사 대장으로, 김석호는 책사 대장으로 올렸다. 반역자들 을 제외하면 원래도 두루두루 친분이 두터웠던 무사들은 초고속 승진한 차민혁을 놀리면서 곧잘 융합되었지만, 책사들의 사정은 반대였다. 별 것도 아닌 것들이 꼴에 책사라고 자존심과 자부심은 넘쳐흘러 시시콜콜 한 부분까지 제 목소리만 내고자 한 것이었다.

높은 콧대를 진즉 꺾어놓아야 했는데, 아무래도 김석호는 대화로 해결하자는 평화주의자다 보니 번번이 실패하기 일쑤였다. 그래서 걸핏하면 의견 충돌이 일어나 이승에서 업무를 보다 명부로 달려오곤 하였다.

사실 안대영의 시점에서는 보기만 해도 속이 터지다 못해 말살시켜 버릴 일이었으나, 김석호를 책사 대장으로 앉혀 둔 이상 시간이 해결해 줄 일이었으므로 지켜보는 중이었다. 만약 시간이 해결하지 못한다고 해도 제 밑에 있는 수하는 덜떨어진 놈이 아니었으니 반드시 해낼 것이다.

종합하자면 짧기만 했던 인내심이 여기저기서 길이를 늘이는 중이었다. 물론 제압이야 쉽다. 힘을 가진 자로서 참는 것뿐이고.

"판단의 장에 가 보지 않으련?"

평등왕이 게이트를 막 벗어나려는 영천왕에게 넌지시 물었다. 판단의 장은 염라를 보필하던 삼차사가 앉아 망자의 죗값을 따져 환생과 형벌의 기로에서 1차적으로 판가름하는 곳이었다. 삼차사는 저승사자의 대장급이며 염라가 직접 간택해 판단의 장에 앉힌 자들이었다.

염라의 줄기로 뻗어진 삼차사들을 파면하지 않고 그대로 둔 데에는 저들이 맡은 업무답게 상당히 객관적이기 때문이었다. 그들은 명부에 세대교체가 일어나 모시던 대왕이 나락으로 밀려났음에도 동요하지 않고 묵묵히 하던 일을 이었다.

영천왕의 입장에서는 그거면 충분했다. 같잖은 발악 없이 주어진 일이나 열심히 할 것. 이것만 따지고 본다면 삼차사는 훌륭한 자원이었다.

이승에서 죽는 인간의 수가 매일 일정하지 않았으므로 판단의 장은 바쁜 날은 바쁘고, 한가한 날은 한가한 곳이었으나 최근 과부하가 걸릴 만큼 북적여 고된 노동의 흔적이 묻은 장소이기도 하였다.

삼차사에 의해 걸러진 망자의 결과에 착오가 있거나 애매한 경우라면 평등왕에게 보고되어 그가 재결정하는 구조로 돌아갔으며 형벌조차 용납이 안 되는 망자는 곧장 소멸되었다. 대부분 폐기 처리 되는 망자들은 살아 있을 때 흉악한 범죄를 저지른 자들이었다. 형벌의 장에 분류된 망자들이 맞닥뜨릴 대왕은 염라다. 이 역시 기존의 업무 환경을 그대로 이었다.

시간을 계산해 본 영천왕이 고개를 주억거리며 평등왕과 나란히 걷다가 뛰어올라 용이 되었다. 붉고 푸른 두 마리의 용이 재빠르게 명부의 하늘을 헤쳐 나갔다.

새로운 판단의 장이 크게 완공된 후 삼도천에서 여덟 번째 지옥으로 곧장 이동했던 망자들은 그보다 거리가 더 가까운 두 번째 지옥에 일정한 간격을 두고 줄을 서 있었다. 그 줄이 꽤 길다.

어느새 용에서 인간의 형태로 돌아온 영천왕과 평등왕이 높은 곳에 서서 기계적으로 도장을 찍는 세 명의 차사와 결과를 받아들이지 못하고 억울해하다가 군단에게 끌려가는 망자를 무심히 지켜보았다.

"기억이 지워졌음에도 백이면 백 억울해하더구나. 제가 지은 죄를 인정하지 않으니 별수 있으랴."

이 세상에 한 평생을 선하게 산 사람은 없다. 어디 사람뿐이겠나. 명부만 해도 개보다 못한 잔챙이들이 나뒹구는데 저거야말로 빛 좋은 개살구나 다름없다. 멀리 갈 것도 없이 여기서 사는 것들을 줄 세워 판가름한다면 저것들이 모시던 염라부터 소멸의 대상에 들어가리라.

"다음부터 2지옥 일은 특이사항 생길 때만 서류 보고 올려."

영천왕은 망자만 바뀌었을 뿐 반복되는 상황을 지켜보다가 명령을 일렀다. 명령이야 그리 했지만, 영천왕에게 판단의 장에 관련한 서류가 올라갈 일은 없을 것이다. 저런 밑바닥의 일까지 관여할 의향이 전혀 없으니 네가 알아서 하라는 뜻이었다.

평등왕은 현명하게 알아듣고 심드렁한 표정으로 멀어지는 영천왕에게 묵례를 올렸다. 이 둘을 숨어서 따르던 이차남은 영천왕이 자리를 뜬 후에야 나타나 평등왕의 곁에 서서 고개를 조아리며 담뱃대를 공손하게 내밀었다.

　이승에 올라가기 직전 영천왕의 발길이 잠시 도리천에 머물렀다. 모두가 바쁜 명부인지라 도리천은 산책하는 이 하나 없이 한산했다. 차오른 달빛을 정면으로 바라보며 고요한 수면을 물끄러미 응시하던 영천왕의 한쪽 입꼬리가 비스듬히 올라갔다.

　'오늘은 예쁜 과실이 이것뿐이었습니다.'

　모과 정도 되는 크기의 과실이 달랑 하나 담겨 있는 소쿠리를 내밀었던 이무기의 목소리가 수면에서 너울거렸다. 줄 수 있는 게 이것뿐이라 잔뜩 미안함을 담은 목소리였다.

　'표정은 왜 그래.'

　'나무가 제게 화가 났을 수도 있습니다. 매일 과실을 따니 제 것을 빼앗긴다고 여겼을지도요.'

　'어딜 너한테 화를 내. 확 베어 버릴까?'

　'그러지 마세요. 탐욕을 부린 제 잘못입니다. 영 님께서 괜찮으시다면 당분간은 과실을 따지 않으려고 하는데…….'

　'그럼 너는 뭐 먹고 살게.'

　'저는 땅에 떨어진 것만으로도 충분합니다.'

　'안 예쁘잖아.'

　'처음부터 예쁜 건 영 님께만 드렸어요.'

　주렁주렁 달린 탐스러운 과실을 따 깨물었다. 안타깝게도 여전히 맛이 없었다. 어떻게 이딴 걸 그리도 오래 먹고 살았나. 몇 개 따서 정은규에게 가져다주려고 시도해 보았는데 뭍에 올라가자마자 재가 되어 전해 줄 수 없었다. 진작 재로 흩날렸어야 하는 것들은 멀쩡하게 뭍과 명부를 드나들었었는데 말이다.

　두 입 더 먹은 과실은 흥미 없이 버려져 땅을 굴렀다. 존나 맛없네. 입안에 감돈 상큼한 과즙을 삼킨 영천왕이 뒤늦게 올라온 시큼함에 인상을 찡그리며 돌아섰다. 정 교수가 기다리고 있는 이승에 올라갈 시간이었다.

* * *

식탁에 둔 노트북을 기준으로 왼쪽은 캔맥주, 오른쪽은 최근 발표한 논문이 담긴 태블릿PC와 노트, 펜이 놓여 있었다. 노트북에 띄워진 파워포인트는 곧 있을 하계 학술 세미나 발표 자료로 한 장 한 장 채워지는 중이었다.

한참을 집중해 자료를 정리하던 정은규가 안경을 벗어 두고 눈을 감은 채 고개를 젖혔다. 한 자리에 오래 앉아 화면을 뚫어져라 봐서 눈자위가 딱딱하고 어깨가 결렸다. PC 화면을 오래 볼 일이 있으면 안경을 끼고 작업하는데도 피로도가 상당하다. 눈 주변을 꾹꾹 지압해주고 다시금 안경을 썼다.

마우스 클릭과 키보드를 빠르게 치는 소리만 가득했다. 따 놓은 맥주는 몇 모금 마시지도 못하고 캔 표면의 물기가 말라 갔다.

시간이 얼마나 흘렀을까. 여태 작업한 결과물을 검수해 보던 정은규가 잊지 않고 저장 버튼을 눌렀다. 2차로 외장하드에 자료를 백업해 놓은 다음 노트북 뚜껑을 덮은 뒤에야 밍밍해진 맥주를 마셨다. 의자에 무릎을 세우고 앉은 채 이번 주 일정을 빠르게 훑어 내려간 정은규가 리본으로 포장한 초콜릿을 툭 쳤다.

밤 열 시가 넘었다. 안대영의 귀가는 아직이다.

저 초콜릿을 찾을 때 여름이니까 되도록 냉장 보관을 하라고 했었다. 안대영이 더 늦어진다면 냉장고에 넣어 두어야겠다고 머릿속에 입력해 둔 채 널브러진 기계들을 케이스에 하나하나 담아 정리했다. 말끔해진 식탁 위에는 핸드폰과 캔맥주만 덩그러니 남았다.

혼자인 집 안이 적적하다.

우스갯소리로 안대영과 '살림을 차린 지'도 벌써 몇 달째였다. 두 개였던 침대는 킹사이즈 하나로 바뀌었다. 작은 방을 개조해 아예 드레스룸으로 바꾸면서 잡동사니들은 사무실에 가져다 놓았다. 신발장을 열면 구두와 운동화가 가지런히 정리되어 2인분의 티를 내었다.

칫솔 두 개, 수저 두 벌, 새로 사 들인 전자제품들까지. 간지러운 표현으로 신혼집이었다. 정은규는 버릇처럼 입술을 안으로 말아 물었다.

얼떨결에 빈 집이 된 제 집은 도깨비들에게 내주었다. 세입자는 십사량과 십오량이 동거 중이었으며 둘은 일주일 후 떡집 개업을 앞두고 있다.

이미 안대영이 도깨비들에게 아파트 몇 채를 주었지만, 병원 근처에 자리 잡은 떡집과 거리가 멀어 정은규가 제 집에서 살아도 된다며 선뜻 나선 것이었다. 십사량과 십오량은 우리가 돌보았던 아기에게 집까지 받아도 되는 것이냐며 고마움을 감추지 못했다.

정은규는 전세 값을 톡톡히 받아 내라는 초량을 한사코 못 들은 척했다. 굉장히 좋아하는 그들을 보자 도토리묵이며 한우를 무겁게 선물했어도 크게 남아 있던 마음의 빚이 반쯤 가신 기분이었다. 그러면 됐다.

집주인이 세를 거부하니 대신 떡이라도 받으라고 해서 그러겠노라 대답하였는데, 문제는 도깨비들의 손이 어찌나 큰지 매일 집 앞에 떡이 종류별로 한 박스씩 배달되고 있었다. 자기들 말로는 연습용이라는데 무척 과했다. 이대로 장사하면 머지않아 간판을 내리게 될 것 같았다.

물가 시세에 어두운 편인 정은규도 걱정이 될 정도였으니 초량은 당연히 더더욱 날뛰었다. 이 세상 물정 모르는 놈들이 악독한 인간들에게 걸려서 제대로 탈탈 털려 적자가 나 봐야 '아, 우리가 지황산에 짱박혀 살 때가 좋았구나~ 세상은 졸라게 험하구나~'라고 여길 것이라며 만났다 하면 분노를 터트렸다.

그러면서 싸가지 없는 건물주에 대한 욕설도 빼놓지 않았다. 아직 개업 전인데도 칼같이 월세를 받아 갔다며, 뭐 그런 인정머리 없는 놈이 다 있느냐고. 그런데 그들의 건물주는 진심으로 인정머리의 이응이 없는 쪽이라 정은규도 딱히 반박하지 못하였다.

그래서 저건 어떻게 처리하면 좋을까. 오늘 배달되어 상자 채로 싱크 대에 올려 둔 떡은 시루떡과 꿀떡이었다. 좋은 재료를 아낌없이 퍼부었으니 맛이야 훌륭했지만, 매일 먹다 보니 떡이라면 질릴 대로 질려 병원에 가져가 나누어준 것도 며칠째였다.

여기서 이상한 소문도 생겨났다. 생전 그런 적 없던 정 교수가 대뜸 떡을 가져와 드시라고 하니 교수님 곧 결혼하시냐는 질문도 여럿 받았더란다. 일일이 해명하기도 귀찮아서 아니라고 한마디만 하고 말았는데 소문은 그새 부풀대로 부풀어 구체적인 결혼식 날짜까지 나와 버렸다.

물론 소문의 주인공인 정은규는 조금도 신경 쓰지 않았지만, 어쩌다 보니 OS까지 소문이 나 강 교수가 은근한 눈빛으로 옆구리를 쿡쿡 찔렀을 때에는 결국 이상한 기분으로 해명을 했다. 그 시점에 불이 붙을 대로 붙은 소문은 진화는커녕 정 교수의 결혼 상대가 음대 첼리스트라는 것까지 퍼져 있었다.

첼리스트는 무슨. 굳이 결혼 상대를 일컫는다면 저승왕이다. 이 소문을 만들어 낸 인간들이 죽으면 닿을 곳의 꼭대기에 서 있는 자. 이렇게 정의하니까 끝내주는 판타지 소설 속에 들어간 듯해 피식 웃었다. 아니지, 소설이 아니라 현실이지.

삑, 삑삑. 도어 록 비밀번호가 눌린다. 정은규는 핸드폰을 내려놓고 자리에서 일어났다. 센서 등이 내리쬔 곳에 안대영이 구두를 벗고 있었다.

안대영은 명부에 다녀오는 날이면 반드시 사무실에 들러 샤워와 환복을 하고 왔다. 명부 특유의 유황과 모래 바람 섞인 냄새를 제거하기 위해서였다. 그런 그에게서는 섬유유연제 향기와 달큰한 체향만 풍겼다. 나는 어느 쪽도 상관없는데.

"왔어요?"

"응. 늦었지."

"아니요. 오늘 못 올 줄 알았는데."

"자기 혼자 자면 외롭잖아."

무심하게 받아치면서 셔츠 단추를 푼다. 이러니까 평범한 직장인처럼 보인다. 정은규는 제가 남긴 맥주를 두 모금 만에 비우고 캔을 구기는 안대영에게 눈을 떼지 않으며 식탁 의자에 앉았다. 그새 반라가 된 안대영이 싱크대에 둔 떡 상자를 턱짓했다.

"또 줬어?"

"아……. 예, 뭐. 문 앞에 두고 가셨습니다."

"버려. 안 먹는데 뭘 계속 받아."

"내일 병원 가져가면 돼요."

"자기 핸드폰 줘."

의심 없이 건넨 핸드폰 배경 화면은 정은규의 잠옷을 빼앗아 입은 채 설거지를 하고 있는 안대영의 뒤태였다. 기본 반팔 티와 통이 넓은 고무줄 바지는 정은규가 입었을 때 큼지막했지만, 안대영에게는 핏이 딱 맞아 평상복처럼 보였다. 설거지를 하고 있을 뿐인데 도드라진 등 근육이 선연하게 드러난 사진이다. 이건 언제 찍었어, 또. 안대영은 정은규가 수도 없이 보았을 배경화면을 코웃음 치며 넘기고 초량에게 전화를 걸었다.

-어! 교수님이 이 시간에 전화를! 오오~ 내 목소리가 듣고 싶었어요? 엣헴, 내가 또 밤에 들으면 아주 그윽하고 섹시한 목소리지~

"떡 그만 보내."

-응? 오잉? 네놈이 왜 전화를 해?!

"또 보내면 버린다."

-야 이 개싸가……!

초량의 말이 끝나기도 전에 통화가 끊겼다. 정은규는 어쩐지 잇지 못한 초량의 대사를 읊을 수 있을 것 같았다. '야 이 개싸가지 건물주 새끼야, 너는 진짜 인성이 거지 발바닥에 붙어먹었냐!'라고.

산뜻하게 건넨 핸드폰을 내려놓았다. 정은규는 냉장고에서 재료를 꺼내 요리를 시작한 안대영의 팔뚝과 움직일 때마다 선명하게 잡히는 몸의 근육을 바라보았다.

"저녁 안 먹었습니까."

"어. 그 김에 술이나 한잔하자."

미리 깍둑썰기해서 보관해 놓은 채소를 볼에 담아 두고 스테이크용 안심을 꺼낸다. 달구어진 팬에 버터가 녹고 있었다.

"기혼자들이 신혼 때 다들 살이 찐다고 하던데 이해할 수 없었거든요? 이제는 왜 그런지 알겠습니다."

야식까지 챙겨먹으니 정말 반박할 수 없는 신혼이었다. 턱을 괸 채 감상평을 내놓는 정은규를 보며 금세 찹스테이크를 만들어 낸 안대영이 새로 장만한 와인 냉장고에서 레드와인 한 병을 꺼냈다.

"살이나 찌고 말해."

"쪘습니다. 몸 무거워요."

"우리 어제도 섹스 하지 않았나……. 하나도 안 쪘어."

"내 몸은 내가 알아요."

"혹시 음식을 보면 구역질이 일어난다거나, 속이 울렁거린다거나 하는 증상은?"

전과 몸 상태는 크게 달라지지 않았는데. 이따금 안대영이 제 몸을 체크하였으므로 정은규는 진료 받는 환자처럼 착실하게 대답했다.

"없습니다. 컨디션 좋아요."

"아깝네."

"예?"

"임신 증상은 없잖아. 아깝다고."

진심으로 아까워하는 기색이 만연해 그 말도 안 되는 개소리 좀 그만 하라고 자를 수 없었다. 헛웃음이라도 흐르면 좋으련만.

정은규는 젓가락을 받아들고 맞은편에 앉은 안대영을 찬찬히 뜯어보았다. 코르크 마개를 쓰레기통에 처박은 안대영이 와인을 따른다. 잔을 다루는 손길은 반라인 상태와 정반대로 고상했다. 가볍게 잔을 부딪치고 한 모금 마셔 본 정은규가 미간을 모았다가 폈다.

"어제 마신 와인보다 더 드라이하네요. 난 이쪽이 훨씬 나아요."

"처음엔 주는 대로 다 마시더니, 이제 취향도 생겼어?"

"그런가 봅니다. 아, 초콜릿 받아 왔는데 줄까요? 와인이랑 잘 어울릴 것 같아."

안대영이 순간 초콜릿 포장지에 매서운 시선을 꽂았다.

"이걸 네가 왜 받아 와?"

"김 이사님이 급하게 명부에 가실 일이 있다고 하셨거든요. 마침 제가 시간이 돼서 다녀오겠다고 했어요. 부탁하면서도 충분히 미안해 하셨으니까 김 이사님께 뭐라고 하지 않으셨으면 합니다."

"음."

"그 눈빛은 뭡니까."

"말 길게 하는 거 보니까 석호한테 되게 고마운가 싶어서."

"예. 주민등록증도 덕분에 찾았으니까요."

"이름은 내가 지어 줬는데 왜 그 새끼한테 고마워해? 걔는 내가 시킨 일 한 건데."

그러니까 이런 상황은 꼬리에 꼬리를 물기로 질투에 의한 발현이다. 안대영은 동거하면서 더욱 집요해져 정은규가 확실히 끝맺지 않으면 잠들 때까지 물고 늘어졌다. 화제를 바꾸려면 방법은 하나뿐이다. 정은규는 숨을 흡 들이켰다가 천천히 쉬었다. 연인을 향한 부름은 한숨과 함께 흘러나갔다.

"······자기야."

"응, 자기야. 왜 불러?"

마치 기다렸다는 듯 저 뻔뻔한 태도를 보라지. 정은규는 와인을 단번에 들이켰다. 귓바퀴가 붉었다.

"하······. 나 그 소리만큼은 진짜 못 하겠어요. 내가 말하고도 소름 돋아."

"잘 했는데 왜? 여보는 싫다며."

"자기도 싫다니까."

"잘만 말하네."

적당히 능글거리는 법은 이 남자에게 애초 고려 대상에 없는 모양이다. 정은규는 닭살 돋은 팔을 쓸며 떫은 표정을 지우지 못했다.

"대영 씨가 질투하면 좋은데 동시에 되게 곤란합니다. 일부러 자기 소리 들으려고 그러는 거 아는데도."

"일부러? 되게 서운하다 은규야. 나 일부러 그런 적 없는데?"

"아, 몰라."

말을 길게 끌수록 정은규만 손해였다. 안대영은 럼주가 들어간 초콜릿을 입 안에서 으깨며 미소 지었다. 그의 볼에 옅은 우물이 팼다.

"난 정 교수 놀려먹는 재미에 살아."

"그래 보입니다."

"사랑해서 그래. 알지?"

"그것도 알고요."

이러니 정은규도 기꺼이 놀림당해 주고 마는 거다. 서로가 서로에게만 약했다. 안대영이 팬을 정은규에게 밀어 주었다. 술 배가 불렀지만 성의가 있어 젓가락으로 팬을 휘저으며 하려던 말을 꺼냈다.

"대영 씨."

"응."

"다음 주 주말에 시간 됩니까."

"응."

"그럼 나랑 부산 갈래요?"

"응."

……뭐지. 왜 가냐는 물음조차 없이 알겠단다. 자동 응답기인 줄 알았다. 정은규는 한 입 크기로 썰린 스테이크를 집은 채 얼떨떨하게 안대영을 응시한다. 안대영은 새 와인을 꺼내 코르크 마개를 땄다.

"왜?"

"아니, 아무것도 안 물어봐서."

"이유가 중요하면 물어봐 주고."

"그건 아닌데……. 세미나가 부산에서 열립니다. 금요일에 퇴근하고 바로 갈 건데 괜찮아요?"

"안 될 건 뭐야. 너 하고 싶은 대로 해."

정말 이상한 남자다. 정은규는 고기를 으적거리면서 다시금 생각했다. 안대영 씨 진짜 나밖에 모르는구나. 멋모르던 처음엔 자기주장이 강한 성격이라고 여겼는데 오히려 정반대였다. 연인의 앞에서 배려를 숨 쉬듯이 베풀었으며 권력과 힘을 가진 자들 특유의 강압적인 면모를 조금도 보이지 않았다.

"나한테 무조건 맞추지 않아도 됩니다."

바라보는 시선이 깊다. 안대영의 눈길은 보기 좋게 물든 입술과 길고 가는 목선에 닿았다. 정은규가 말을 고르지 못한 채 툭툭 던질 때는 개떡같이 들려도 찰떡같이 해석해야 하는 능력이 필요하다. 다행히 총명한 그의 연인은 능력치가 나날이 상승하는 중이었기에 핵심을 쉽게 파악할 수 있었다.

"은규야."

"예."

"쓸데없는 생각으로 머리 굴리지 말고 좋으면 그냥 좋다고 해도 돼."

연애는 정은규가 겪은 공부 중에서도 가장 어려웠다. 자고로 연애란 상대에 대한 공부를 하면 할수록 느는 분야였다. 하지만 뚜렷한 정답이랄 것이 없다 보니 정제되지 못한 서툰 진심은 때때로 애를 끓게 만들었다.

안대영의 배려가 부담으로 느껴진 적은 맹세컨대 단 한 번도 없다. 되레 그가 저를 위하는 만큼 곱절로 표현하고 싶었다. 그러나 갓 스무 살 먹은 풋내기도 아니고 나이 서른넷에 애들처럼 유치한 애정을 퍼붓는다는 건 말처럼 쉬운 일이 아니었다.

34년을 목석처럼 살아 왔는데 연애가 쉽게 느껴진다면 거짓말이다. 여기에는 그동안 굳건히 지켜 왔던 사회적 위치가 한몫했으리라. 아…… 젠장. 내가 뭘 어쩌겠어. 요령 피울 줄도 모르니 그저 솔직하게 굴 수밖에.

"……예. 좋네요. 너무 좋아요. 그리고 난 정말 괜찮으니까 대영 씨 성격대로 해도 됩니다. 화가 나면 화내고, 성질내고. 뭐 그런 것들 있잖아요."

정은규는 언제 어느 상황에서나 숨지 않았다. 연애도 마찬가지다. 설렘을 동반한 익숙하지 않은 부끄러움이 얹어졌을지언정 알맹이 자체가 단단한 사람이었기 때문이다. 본인은 모르고 있지만, 그것은 안대영이 가장 좋아하는 정은규의 면모 중 하나였다. 그는 정은규가 애정을 솔직하게 드러낼 때마다 속에 불길이 일어 통째로 삼켜 버리고 싶은 걸 꾹 참아 냈다.

"성격 파탄자라고 돌려 까는 거로 들려."

"그런 의미일 리가요. 밖에서 스트레스 받는 것까지 참지 말라는 말입니다."

화술에 관한 서적을 다섯 권 구입해 올해 안에 완독해야겠다. 같은 말이라도 상대에 따라 다르게 들릴 수 있으니 분명히 도움 될 것이다.

정은규는 와인을 벌컥벌컥 들이켰다.

"그러니까…… 너도 나를 존나 사랑하는데 받기만 하는 기분이라 뭐라도 해 주고 싶다는 거잖아."

안대영은 기가 막히게 핵심을 잡아냈다. 정은규는 다음에 이어질 말을 기다렸다. 안대영이 관자놀이를 꾹꾹 누르더니 그 손가락으로 초콜릿 상자를 톡 쳤다.

"근데 내가 이미 그걸 알고 있는 시점에서 네가 뭘 더 어떻게 노력할 건데."

"……."

"굳이 바꾸려고 하지 마. 나는 네 눈만 봐도 아니까. 나를 어떻게 보고 있는지, 또 무슨 신박한 삽질을 혼자 하고 있는지 훤히 보여."

"……."

"자기가 전보다 많이 변하긴 했어. 예전 같았으면 부산도 혼자 갔다 오려고 했을 텐데."

"맞는 말이라 반박도 못 하겠네요."

"그 뻘생각 정리 끝났으면 이리 와. 좀 안아 보자."

세 걸음이면 닿을 거리에서 정은규는 티셔츠를 훌렁 벗었다. 이어 바지와 속옷도 벗어 가지런히 개켜 둔다. 야시시한 기색을 찾아볼 수 없는 탈의에도 안대영은 슬슬 한계에 차오르던 흡연 욕구가 싹 가셨다. 타르와 니코틴으로 절여진 욕구가 떠난 공간에 정염이 들어차 넘실거렸다.

한 걸음 남았을 때 허리를 낚아채다시피 해 허벅지 위로 앉혔다. 엉덩이를 양 손 가득 움켜쥐고 끌어당긴다. 도리천의 과실보다 억만 배는 달콤한 아랫입술을 깨물다가 혀를 비집어 넣고 잇몸을 진득하게 훑었다. 정은규의 입 안에 고인 침이 꿀꺽 넘어간다.

"왜 벗었어?"

"이 시간 즈음에 키스하면 섹스까지 하는 거 아닙니까. 늘 그랬잖아요."

혀가 입천장을 작정하고 괴롭히면 어깨가 절로 움츠러들었다. 차진 허벅지를 부드럽게 감쌌다가 터트릴 듯 쥐던 커다란 손이 천천히 올라와 등을 감쌌다. 귀에 딱 붙은 도톰한 입술이 달싹이며 속삭임을 흘려보낸다.

"교수님……. 이런 식으로 잘해 주는 건 언제나 환영이에요."

아. 정은규는 눈을 질끈 감았다. 안대영의 몸이 델 듯 뜨겁다. 이어 다가올 난잡한 섹스에 기대감이 서린 탓이었다.

* * *

'깨비 떡집'은 세연 병원에서 큰길을 두 번 건너고 10분가량 걸었을 때 나타나는 상가 밀집 지역에 간판을 걸었다. 세연역 3번 출구와 가장 가까운 상가이자 병원 셔틀 버스 정류장 앞인지라 유동 인구가 끊임없는 자리였다.

상호가 '깨비 떡집'인 만큼 도깨비들이 외발의 모습으로 돌아가 행인에게 풍선을 나누어 주려는 야심찬 계획을 세웠지만, 전날 인사차 찾아온 차민혁과 김석호에게 오픈과 동시에 망하고 싶으냐며 대차게 까이고 말았다.

그래서 도깨비들은 한여름에 우스꽝스러운 동물 탈을 쓴 채 거리를 쏘다니며 떡집 전화번호가 인쇄된 푸른색 풍선을 나누어 주고 있었다. 풍선을 받고 좋아하는 건 대부분 아이들이었다.

"이런 옘병."

잠시 쉴 틈이 생겼다. 다람쥐 탈을 벗은 초량이 땀에 흠뻑 젖은 채 2리터짜리 생수를 쉬지 않고 들이켰다. 털 안에 갇혀 있으려니 더워 죽을 것 같았다. 게다가 잔악하기 짝이 없는 애새끼 몇 명이 주먹으로 퍽퍽 치고 가서 약이 바짝 올랐다. 아무리 품성이 상냥하고 인간을 좋아하는 도깨비여도 막돼먹은 애들 앞에선 분노가 끓는 성체일 뿐이다.

"내가 손가락 하나만 까딱여도 삼도천으로 떼굴떼굴 굴러갈 놈들이 겁도 없어! 망할 애새끼들! 이 착한 도깨비 대왕이 참아 주는 거다!"

말로 씩씩거리지 않으면 발을 쿵쿵 구르고 싶어질 것 같았다. 초량이 땀에 전 채 분개하자 다른 도깨비들도 더위에 지쳐서 헥헥거렸다.

그래도 장사는 무척 잘됐다. 안대영이 황금을 불러올 목에 상가를 내어 주고 초기 비용까지 전부 대주었을 때 저 놈이 대체 얼마나 환수해 가려고 잘해 주나 하는 의심이 들었다. 그러나 그것은 기우였다. 어제 찾아온 김석호가 제 돈 주고 산 바람떡을 우물거리며 임대료만 밀리지 말라고 했기 때문이었다.

하지만 인간사가 훤한 초량은 알고 있었다. 음료도 함께 팔고 있다지만, 주 수입원인 떡 한 팩의 값은 2~3,000원에 불과하였으며 어마어마한 임대료를 채우려면 말 그대로 죽어라 팔아야 했다. 거기다 재료값에 인건비를 빼면 남는 게 없는 장사.

그럼에도 십사량과 십오량을 말리지 않은 데에는 저 둘의 표정이 햇살처럼 밝아서였다. 재미있단다. 이 즐거운 일을 왜 진작 겪어 보지 못했을까 후회된다고 하였다. 거기다 대고 뭐라고 하겠는가. 에휴, 당장의 행복에 눈이 멀어 현실을 모르는 놈들. 성공도 실패도 모두 너희 몫이다. 초량은 이제 전자 담배를 뻐끔뻐끔 피웠다.

"대왕! 가게 앞에선 금연이야! 그만 쉬고 일해!"

몇 모금 빨지도 못했는데 이량이 사자 탈을 내던지며 초량의 등을 떠밀었다. 나눔용 풍선은 약 백여 개 남아 있었다.

"우라질 놈들. 간다, 가."

도깨비 대왕이라는 죄로 가장 무거운 다람쥐를 선택했던 터라 탈을 도로 쓰자마자 숨이 턱 막혔다. 이승에 와서 노동으로 땀을 흘리는 게 얼마만인지도 모르겠구먼.

초량은 일부러 뒤뚱뒤뚱 걸으며 익살스러운 자세로 풍선을 나누어 주다가 빌어먹을 건물주와 정면으로 부딪치고 말았다. 악랄한 건물주는 바지 주머니에 양손을 꽂은 채 다람쥐를 비웃고 있었다. 초량은 인사를 핑계로 탈을 훅 벗고 소리쳤다.

"왜 왔냐!"

"꼴이 봐 줄 만한데?"

"에이! 재수 없어!"

대놓고 위아래를 훑어보면서 더욱 비웃는다. 워낙 존재 자체가 고까워서 그렇지, 안대영은 사실 아량 넓은 건물주에 속했다. 말 많은 임대료 사건의 실상은 이러하다.

안대영은 도깨비들이 머무를 아파트를 사 주고 가게도 차려 주면서 임대료는 필요 없다고 했었다. 척 봐도 저딴 거 팔아 봐야 얼마 안 가 밑천 드러날 게 뻔했고, 몇 달이야 호기롭게 송금한다 해도 시간이 지날수록 빚만 늘 것이 불 보듯 뻔했으니까.

그러나 초량은 그것을 알면서도 저놈들 저러다 돈맛 보고 겉멋만 들까 걱정이 된다며 임대료를 지급하겠다고 나섰다. 대신에 저들이 감당할 수 있는 금액을 책정해 달라고 부탁해 반값에 쳐준 것이었다. 임대차 계약서는 인테리어 시공 들어가는 날 도장을 찍었으며 일주일 전 첫 달 임대료를 받았다고 김석호에게 보고 받았다. 성실한 임차인의 행실이 몇 달이나 갈지는 두고 볼 일이다.

땅값 비싼 동네로 소문 난 곳이라 원래대로 시세 따져 받으면 떡집은 오픈한 달에 처참함을 맛본 채 문을 닫아야 했다. 그걸 봐줬더니 왜 왔냐고? 호의를 베풀고도 역적 취급당한 안대영이 입꼬리를 비틀었다.

"내일 폐업하게 해 줄까."

"고귀하신 영천왕 님이 찾아 주시다니 성은이 망극하옵니다. 들어가시지요, 전하."

자본주의가 이렇다. 돈이란 사람을 넘어 도깨비까지 공손하게 만들었다. 초량이 딱히 공손해 할 필요는 없었지만, 저들의 책임자인 이상 안대영에게 나쁘게 보여 좋을 건 없었다. 저 자식은 수틀리면 어떻게든 꼬투리 잡아 보건소 행정 처분부터 폐업 증명서까지 받게 할 놈이라니까.

초량의 에스코트를 받아 가게 안으로 들어온 안대영은 흥미 없이 둘러보더니 계산을 기다리는 줄에서 비켜났다. 바쁘긴 되게 바빠 보였다. 요즘 유행에 걸맞게 카페와 겸해 한쪽은 도깨비 셋이 투입되어 밀린 음료 주문을 부지런히 해내고 있었다. 마련된 테이블이 손님으로 꽉 찼다.

인간에게 호의적인 도깨비의 습성이 빛을 발휘해 다들 서비스 정신이 투철하다. 안대영은 활짝 웃는 얼굴로 손님에게 떡이 든 봉투를 전달하는 십오량을 불렀다.

"야."

"예, 예?"

십오량이 안대영에게 넙죽 엎드릴 기세로 허리를 숙였다. 안대영은 지갑 속에서 오만 원 권을 한 움큼 꺼내 내밀었다. 진열된 떡을 모조리 구입하고도 넘칠 액수였다.

"아이스 초코 한 잔. 진하게."

도깨비는 내밀어진 돈 뭉치를 보더니 눈이 휘둥그레 떠져 어쩔 줄 몰라 했다.

"주문이 미, 밀려서요, 시, 십 분 정도 기, 기다리셔야 하는데요. 그리고 아이스 초코는 4,500원인데……."

"돈 받기 싫어?"

"그러면 제가 이 금액에 맞는 만큼 떡이나 음료수를……."

"됐으니까 시킨 것만 가져와."

"예에. 잠시만요오."

"최대한 빨리."

'최대한 빨리'. 다섯 글자가 가슴에 턱 새겨진 십오량이 돈다발을 야무지게 쥔 채 주방으로 후다닥 뛰어가려다가 아차 싶어 진동 벨을 조심스럽게 내밀었다. 꼴에 본 건 많아서 진동 벨까지 구비해 놓았다.

호떡처럼 생긴 진동 벨을 손 안에서 던지며 일이 돌아가는 모양새를 지켜보던 안대영이 담배를 빼문 채 가게 밖으로 나와 코너로 돌아가 불을 붙인다. 타인에 대한 배려가 아니라 바글바글한 인파에 짜증이 치솟아 벗어난 것이었다.

마침 옆 건물 보습 학원에 배달을 다녀오던 도깨비가 보여 여태 들고 있었던 진동 벨을 던져 줬다. 얼결에 날아오는 진동 벨을 떠안게 된 도깨비가 지레 놀라 어떤 미친놈이 이런 개만도 못한 짓을 하느냐며 소리를 빼액 질렀다.

"이러다 다치면 어떡하려고 대뜸 던져! 누구야! 어떤 새끼야! 분명히 학창시절에 도덕도 안 배웠을 미친놈이렷다!"

그러다가 안대영과 마주치자 헙, 하고 진동 벨로 입을 가린다. 안대영은 짧게 받아쳤다.

"뭐."

"내, 내가 뭐라고 했나? 아무 말도 안 했는데?! 흠, 흠흠흠. 가게의 재산을 돌려주다니 영천왕은 친절하기 짝이 없구먼."

도깨비는 진동 벨을 품에 소중히 안은 채 가게 안으로 총총 들어갔다. 떡집을 차려 준 이후 안대영을 대하는 도깨비들의 태도가 확 달라졌다. 심지어 일부는 십오량처럼 존댓말까지 하였다. 그저 우습다.

직사광선이 내리쬐는 장소에서도 안대영은 눈살 하나 찌푸리지 않고 느긋하게 담배를 피웠다. 잘 때 에어컨 바람이 춥다는 핑계로 매일 정은규를 끌어안은 채 잠들었지만, 사실 안대영은 계절을 타지 않았다. 또한 이승의 혹서기 따위는 열한 번째 지옥에 비하면 아무것도 아니었다.

안대영이 입은 흰색 린넨 셔츠의 단추가 두 개 풀려 육감적인 목선과

빗장뼈를 아슬아슬하게 드러냈다. 이 옷은 정은규가 선물한 셔츠였다. 칼라가 없는 디자인에 기장은 손목까지 딱 떨어져 몸에 자연스럽게 감겼다.

마음에 안 들면 교환해도 된다며 미련 없는 척 굴더니 정작 눈앞에서 입어 주니까 사진으로 남겨 놓아도 되냐고 묻더라. 이깟 옷 하나가 뭐라고 애들처럼 좋아하던 모습이 떠오르자 담배를 문 입술이 호선을 그렸다.

매사 무심한 양반이 한 번씩 그걸 깨트리면 귀여워 죽겠단 말이지.

때마침 '우리 은규'에게 전화가 걸려 왔다. 두 대째 담배를 막 물던 안대영의 손끝에서 불씨가 일어난다. 행인이 어쩌다 그것을 발견하고 제 눈을 비비며 지나갔으나 어차피 뒤돌아서면 잊어버릴 테니 신경 쓰지 않았다.

"어, 자기야."

더운 바람이 가로수를 스쳤다. 모두가 덥다, 덥다 하였지만 안대영은 선선하게 느껴지는 바람이다.

-병원 왔어요?

"곧 가려고. 자기 커피 마실래?"

-마시고 있어서 괜찮습니다. 잠깐 얼굴 볼 수 있으면 좋은데.

"너한테 갈 거야."

때마침 십오량이 벤티 사이즈의 아이스 초코를 들고 헐레벌떡 뛰어왔다. 안대영은 늘 그랬듯 인사 없이 음료만 받아들고 지나치려고 했다. 옷깃이 잡히지만 않았다면.

"가, 감사합니다, 대왕님."

십오량이 지글지글 끓는 땅바닥에 무릎을 꿇고 넙죽 큰절을 올렸다. 난데없이 절을 받은 안대영의 눈가가 마뜩찮게 좁혀진다. 뭐야, 이 새끼는.

"저, 저희도 인간처럼 사는 일이 쉽지 않다는 것은 알고 있습니다……. 초량의 걱정도 충분히 알고 있고요. 그, 그래도 도움 주신 만큼 열심히 일해서 보답하겠습니다. 정말로 감사합니다."

누가 보면 구원이라도 해 준 줄 알겠다. 초량을 비롯한 도깨비들이 시킨 일을 해냈으니 그것에 대한 값을 치렀을 뿐이다. 그러니까 이딴 좆같은 큰절이며 감사 인사는 받아야 할 이유가 없다. 받고 싶지도 않았고.

안대영의 시선에서는 주제에 자의식 과잉이나 다름없었다. 만약 김석호나 차민혁이 이 지랄을 했다면 꼴도 보기 싫어서 다시 도리천의 못에 처박아 버렸을 것이다. 이 새끼한텐 욕조차 아깝다.

-대영 씨?

"어. 가."

-도착하면 전화해요. 내려가 있을게요.

"응."

통화를 끊고 난 뒤에 도깨비를 길가의 벌레 취급하고 지나쳤다. 그새 떡집 줄은 가게 밖까지 이어져 셔틀 버스를 기다리던 사람들도 그쪽을 기웃거렸다. 안대영이 사라진 줄도 모르고 엎드려 있던 십오량이 허둥지둥 가게 안으로 뛰어 들어갔을 때, 그는 큰길을 건너 이파리가 커다란 나무가 만들어 낸 가로수 그늘 아래를 걷고 있었다.

오가는 인간마다 바닥에 길고 짧은 그림자가 졌다. 개중에 안대영의 그림자는 없었다. 완벽한 신으로 되돌아갔으니 당연한 일이다. 그도 인간이었을 때는 길쭉한 그림자가 끄나풀처럼 따라다녔다.

정은규와 나란히 서 있을 적에도 그림자는 오로지 연인의 것 하나였다. 그럴 때마다 안대영은 같은 세상에서 정은규와 공존하고 있음을 피부로 느낀다. 정은규의 그림자를 보고 있노라면 숫자가 사라진 깨끗한 이마에 입술을 가져다대지 않고 못 배겼다.

내가 지킨 하나뿐인 연인. 내가 살린 너. 네 그림자까지 전부 내 것이다.

정은규에게 뻗어진 소유욕은 시도 때도 없이 속을 자극해 음심을 끌어올렸다. 밖에선 연인의 직업을 존중해 가라앉히려는 척만 해 본다.

안대영은 휘핑크림이 뚜껑을 뚫고 올라온 아이스 초코를 쭉 빨았다. 벤티 사이즈가 그의 손 안에서는 톨 사이즈처럼 작다. 얼마나 초콜릿 파우더를 처넣었는지 더럽게 달고 걸쭉한 맛이었다. 만족스럽다. 그러나 맛과 별개로 그딴 시장통 같은 떡집은 다시 찾을 일이 없을 것이다.

덥다, 덥다 하며 양산을 쓴 여자 둘이 안대영을 스쳐지나갔다. 손 하나 까딱하지 않았는데 꽃무늬 양산 위에 눌어붙어 있던 귀신이 소리도 못 내고 소멸해 버렸다. 그런 줄도 모르는 여자들이 한참 멀어진 안대영을 흘끔흘끔 돌아보며 쑥덕거렸다. 확실히 입을 다물고 있으면 남녀노소 가리지 않고 줄줄이 꼬이는 미인이다.

그러거나 말거나 타인에게 요만큼의 관심도 없는 도톰한 입술이 휘파람을 분다. 그가 유일하게 집착하고 목매는 정은규와의 만남이 금방이었기에.

최근 다시 본관 2진료실로 돌아온 정은규는 입구에서 멀거니 선 채 안대영을 기다리고 있었다. 양손을 넣은 가운 주머니가 불룩하다.

셔틀 버스가 정차하자 쏟아지는 인파를 피해 몇 걸음 물러나 가만히 서 있더니 핸드폰을 꺼내 귀에 대었다. 콜인 모양이다. 덤덤한 표정에 미약한 균열이 간다. 저런 표정이라면 환자 상태가 심각하니 어서 와 달라는 내용일 것이다.

멀찌감치 서서 정은규를 지켜보던 안대영이 그를 뚫어져라 쳐다보면서 전화를 걸었다. 정은규는 발신자를 확인하고 서둘러 받았다. 어쩐지 조급하게 보인다.

-안 그래도 전화하려던 참이에요. 어딥니까.

"표정이 울상이야, 왜. 전화한 새끼가 빨리 와 달래?"

-근처에 왔어요?

주변을 휘휘 둘러본다. 안대영은 빈 컵을 쓰레기통에 버렸다.

"들어가."

-어디에요. 나 보입니까?

"나야 항상 우리 은규 주위에 있지. 난 너 봤으니까 됐어."

-내가 대영 씨를 못 봤잖아. 어디야……. 손 들어 봐요.

"싫은데?"

-……싫다고요?

대번에 서운한 기색이다. 정은규는 연애하면서 감정 표현도 많이 늘었다. 저런 얼굴을 나 말고 다른 새끼가 봤을 거라 생각하는 것만으로도 열불이 났다.

"은규야."

-보고 싶습니다.

"자기야 보고 싶어, 라고 해 봐."

-그냥 들어갈게요. 이따 만나죠.

진절머리 난다는 듯이 전화를 뚝 끊어 버린다. 그러면서도 정은규는 웃고 있었다. 안대영은 보폭을 크게 걸어 정은규와의 거리를 좁혔다. 응급실로 부리나케 걸음을 옮기던 정은규가 액정을 보지도 않고 전화를 걸자 안대영의 손에서 진동이 울린다.

열 걸음 남짓에 동그란 뒤통수가 있다. 짧게 자른 머리카락 덕분에 씹어 삼키고 싶은 귀와 흰 목이 여실히 드러난 채로.

이 전화를 받지 말고 놀라게 해 줄까 싶다가, 안대영은 애도 안 할 법한 유치한 장난을 거두었다. 정은규와 똑같은 기종인 핸드폰이 안대영의 손 안에서는 한없이 작았다. 양 귀에 정은규의 통화 음성과 육성이 동시에 들렸다.

"……자기야, 보고 싶어."

안대영의 손이 뻗어진 것도 그때였다. 제법 널찍한 어깨를 확 낚아채 뒤돌리자 정은규는 귀신이라도 본 양 핸드폰을 귀에 댄 채 크게 떠진 눈을 깜빡였다. 얼마나 놀랐으면 삽시간에 눈동자가 호박색으로 물들어 있었다. 그 안에 마찬가지로 핸드폰을 귀에 댄 안대영이 가득 찼다.

갑자기 나타나 심장을 뚝 떨어트린 장본인이 아름답게 웃는다. 저 예쁜 얼굴에 어떻게 성질을 낼 수 있을까.

"어. 나도 보고 싶었어."

정은규는 눈앞의 안대영을 보면서 제 가슴을 천천히 두드렸다. 차차 눈동자 색이 원래대로 되돌아갔다.

"너무 놀라서 때릴 뻔했습니다."

"어디 때릴래? 대 줄게."

"안 때려요. 진짜 놀랐어. 아, 가슴 두근거려."

"그러게? 우리 은규 심장 터지겠다."

정은규의 가슴을 손바닥 전체로 뒤덮어 보더니 그 손을 잼잼 접었다 편다. 위급한 상황이 아니라 다행이지, 정은규는 순간적으로 가운 안에 넣어 둔 단도까지 휘두를 생각이었다. 제 명에 못 살겠다는 농담은 장난으로도 해 본 적 없는데 이럴 때 한 번은 써도 되지 않을까.

하지만 화제가 무엇이든 섣부른 말로 연인에게 상처를 입히고 싶지 않아서 그저 풀어져 있는 셔츠 단추만 꼭꼭 채워 주었다. 정은규가 안대영에게 쏟는 애정과 소유욕은 이런 식이었다.

"대영 씨 몸은 나만 볼 겁니다. 다른 사람들한테 보여 주지 마요."

"이 단추 아침에 네가 푼 거야. 이게 섹시하다면서."

"아무튼요. 얼굴 봤으니 갑니다. 전화할게요."

인사 없이 뒤돌아 뛰어간다. 위층에서 후다닥 뛰어내려온 인턴이 교수님을 부르짖으며 뒤따랐다.

안대영은 그 자리에 서서 사라진 정은규의 뒤태를 오랫동안 좇았다. 마치 그가 기준점이 된 듯 주변을 걷고 걷는 사람들이 계속 바뀌었다. 회전 속에 파묻혀 호시탐탐 육체를 탐내던 귀신들은 영천왕의 존재만으로 연기가 되어 사라졌다. 어느덧 로비에는 단 한 마리의 귀신도 없었다.

파란색 유니폼 차림의 직원이 베드를 힘 있게 끌었다. 주렁주렁 매달린 링거 팩에서 이어진 줄은 시체처럼 누워 있는 환자에게 연결되어 있었다. 누워 있는 환자의 이마에 선명한 숫자가 새겨져 죽음이 머지않았음을 나타내고 있었다.

무상한 눈길이 거둬진다.

그래도 정 교수에게 사람이 언제 죽는지 아는 능력 따위는 없어서 다행이다. 그랬으면 너에게는 이름만 다른 절망이 새롭게 심어졌을 테니까.

안대영은 고개를 돌린다. 저승사자들이 집결해 납작 엎드려 예를 갖추고 있었다. 그들의 꼭대기에 앉은 대왕이 싸늘한 말투를 내었다.

"여기 떠도는 쓰레기가 몇인데 처놓고 있어. 엉덩이도 못 붙일 만큼 힘든 데로 옮겨 줘?"

말 한마디로도 겁을 잔뜩 집어 먹은 저승사자들이 발발 떨었다. 사소한 잡귀를 잡으러 우당탕탕 할 시간에 망자 하나를 놓치지 않는 쪽이 일의 효율성이 높아 방치해 두었는데 그걸 따져 물으실 줄이야. 그러는 대왕님도 인간이셨을 적에 잡귀들 신경 안 쓰셨지 않으냐며 반박하려면 할 수야 있겠지만…… 그랬다간 험한 꼴을 보게 될 것이다.

「시, 시정하겠습니다…….」

속으로 엉엉 울면서도 조아리는 저승사자들을 둘러본 안대영이 로비를 나섰다. 10번 핸드폰 속 고객님의 의뢰 때문이었다. 미팅 시간이 한참 지났지만 원래 아쉬운 놈이 기다리는 법이다. 안대영이 자리를 떠났음을 확인한 사자들이 하나둘 일어나 귀신 하나 없이 깨끗해진 로비를 보며 툴툴거렸다.

「대왕님께서 매일 오시면 우리가 안 해도 되는데. 나타나시기만 해도 잡귀들이 소멸해 버리니.」

「하늘의 용과 있을 때 나타나지 말라고 하셔서 숨어 있었더니만. 어후, 사지가 벌벌 떨린다.」

「잡고 잡아도 나타나는 잡귀는 어떡하면 좋으냔 말이야악!」

「연모에 눈이 멀어 자비까지 는 줄 알았는데 오히려 더욱 잔혹해지셨으니…….」

「어허. 삼도천에 걸린 목을 떠올려 보아라. 자비는 원래도 없으셨다고.」

그러다가도 혹시 초량 같은 놈들이 엿듣고 일러바칠까 입을 합 다물었다. 자고로 인간이든 사자든 목숨은 귀한 법이었다.

* * *

정은규는 눈앞에 앉아 있는 환자를 유심히 살폈다. 환자는 한겨울에 맨몸으로 쫓겨난 사람처럼 간헐적으로 몸을 떨며 알아듣지 못할 혼잣말을 중얼거렸다. 보호자인 어머니는 며칠간 자식의 간호를 하면서 지친 기색이 역력했다.

차분히 환자의 상태를 육안으로 진찰하고 모니터에 띄워진 검사 결과를 읽어 내려갔다. 혈액검사와 초음파, CT까지 정상 소견이었다. 깨끗했다. 굳이 값비싼 비용을 지급하고 추가 검사를 할 필요도 없었다.

"선생님……. 우리 애한테 무슨 문제가 있는 건가요?"

한마디로 신경외과를 찾을 증상이 아니었다. 정은규는 다시금 환자를 육안으로 진찰했다.

보호자는 애가 탔다. 하루아침에 이상해진 아들을 데리고 온갖 병원을 쏘다니며 약을 먹이고 치료받아도 차도가 없었더란다. 애는 점점 이상해져 가는데 효과가 없으니 발을 동동 구르고만 있었다.

그러던 중에, 옆집 새댁이 머리 문제가 아닐까 하며 세연 병원의 정은규 교수를 추천해 주었다. 하지만 예약이 꽉 차 있어서 대기가 오래 걸릴 것이니 감안하셔야 한다고, 엄청 어려 보이는데 실력은 좋으니 걱정 마시라며 일러주어 진료 받기까지 두 달이나 기다렸다.

그렇게 기다려서 진료를 받으러 왔는데 정작 그 실력 좋은 교수라는 사람이 좀처럼 입을 떼지 않자 보호자는 속이 타서 환자의 어깨를 꾸욱 붙잡았다.

아들의 상태는 점점 더 나빠져만 갔다. 당장 오늘 새벽에는 집 안을 뱅뱅 돌아다니며 소름끼치게 깔깔거려서 기절할 뻔했다. 이런 말을 하면 안 되지만, 귀신인 줄 알았다. 이 병원에서도 해결하지 못한다면 암암리에 무당을 알아볼 셈이었다.

"뇌는 깨끗합니다. 검사 결과도 정상 수치예요."

정은규는 환자의 눈동자를 똑바로 응시하며 말을 골랐다. 눈동자 색이 평범한 사람과 달랐다. 텅 비어서 회색을 띠고 있는 동공에서 비명이 들렸다. 멀리해 두었던 과거의 울부짖음이 피부에 덧씌워진다. 괜찮았던 기분이 속에 먹물을 끼얹은 듯 까맣게 변한다.

불과 작년까지 모질게 겪었던 귀신과 뱀이 진료실에 가득 풀어진 느낌과 비슷했다.

그러니까…… 하아, 의사가 돼서 이런 말을 하면 안 되는데…….

자존심 상하지만 이건 21세기든 22세기든 그 어떤 현대의학으로 해결할 수 없는 문제인 듯했다. 이쪽 계열은 전문가가 따로 있었다. 선일 행정사 사무소라고, 출장비는 대표 기분에 따라 정해지며 몹시 비싸지만 맡은 의뢰는 확실하게 해결해 주는 일당들 말이다.

"어쩌다가 이렇게 된 겁니까."

날카로운 시선이 환자를 훑고 보호자에게 닿았다. 귀신의 짓이라 확신 짓고 나니 환자의 몸에서 은근하게 피어오르는 검은 오라가 보였다. 거기다 코끝을 찌르는 악취가 풍겼다. 덕분에 잊고 살았던 베드로까지 떠올랐다. 저 정도면 귀신에게 먹혔다고 보아야겠는데.

"얘가 스트리머인데…… 한 달 전엔가 폐가 체험을 갔다 오더니 이렇게 됐어요. 정신과 먼저 가 봤는데 불안 증세가 심하다고 약을 줘서……. 그래도 약 먹으면 잠을 자긴 했는데 그때뿐이에요. 깨면 똑같아져요."

처방 받은 약이 뭐냐고 물어보려다가 말았다. 왜 이렇게 되었는지 아귀가 딱딱 맞아떨어지는 설명이었기 때문이다. 의사로서 해 줄 수 있는 게 없었다.

정은규는 결국 심리 상담을 권유하는 것으로 진료를 끝냈다. 실망한 기색이 역력한 보호자가 파들파들 떠는 환자를 데리고 진료실을 나간 후에는 창문을 활짝 열어 두었다.

저대로 방치해도 되는 걸까.

결국엔 빙의를 넘어 잡아먹히게 될 거다. 신부님도 그랬었으니까. 김현수도 베드로처럼 될까 봐 노심초사했지 않았는가.

그래도 김현수는 지황산의 무당으로 둔갑한 초량에게 거금을 주고 묵주를 구입한 이후 괜찮아졌다. 그 묵주는 세상에 하나뿐인 한정판이자 초량의 피가 무려 두 방울이나 들어가 제작된 귀한 물건이었다. 만약 이 묵주를 잊어버린다면 대대손손 피바람이 불어 닥칠 것이라며 단단히 겁을 준 덕분에 김현수는 취침시 착용은 물론이고 수술방에 들어갈 때는 발목에 꼈다. 몸신처럼 여겼던 기존의 묵주는 내다 버린 지 오래였다.

그러나 정은규의 호의는 김현수까지였다. 그 이상은 오지랖이다. 이 세상의 모든 사람을 귀신으로부터 구하고자 영웅 행세를 하려는 게 아니라면야. 그럴 생각도 없고.

냉철하게 상황 판단을 내린 정은규는 불쾌한 냄새가 어느 정도 빠진 후에야 창문을 닫았다. 에어컨이 온도를 맞추려 세찬 바람을 쏟아 내었다. 탁, 탁. 꽉 맞게 닫힌 창문을 확인하고 뒤돌자 그곳엔 안대영이 서 있었다. 눈이 마주치자 찡긋 윙크를 한다. ……아, 직전의 환자가 오늘 마지막이었나. 가운을 걷어 보니 손목시계의 시침은 어느새 7을 가리키고 있었다.

"교수님? 퇴근하실까요."

"예. 준비할 테니 잠깐만 앉아 있어요. 의뢰 갔다 온 겁니까."

"응. 별일 아니었어."

환자 전용 의자에 앉아 다리를 꼰 안대영이 시답잖은 말투를 이었다.

"가택귀 냄새가 나는데? 자기 진료실에 구린내가 왜 나나 했더니, 방금 나간 새끼가 붙여 왔나 보네."

가택귀라고 하니까 지나 온 그림이 그려졌다. 막 안대영의 집에서 동거를 시작했을 때 제 집에 있는 귀신을 보러 가겠다며 잠옷을 빌려 입었던 날. 귀신은 후각이 가장 예민하다고 했었지.

정은규는 가운을 벗어 옷걸이에 단정히 걸었다.

"한 달 전에 폐가 체험을 다녀왔다고 하더라고요."

"원래 대가리가 멍청하면 몸이 고생하는 법이야. 왜 가, 거길."

"스트리머라던데 돈 때문일 수도 있겠고요. 아니면 호기심이 일었다던가. 많잖아요, 그런 경우."

"재미없는 얘기 해 줄까?"

보통은 재미있는 이야기를 해 주겠다고 하지 않던가. 얼마나 재미없기에.

"뭔데요."

"같잖은 호기심 때문에 뒤지는 멍청한 것들이 꽤 많아. 하지 말라는 짓에는 이유가 따라붙기 마련인데 쌩까다가 좆되는 거지."

"……."

"인과응보야. 냅둬."

모든 행동에는 대가가 따르기 마련이었다. 환자가 붙여 온 귀신도 호기심이 불러온 대가이리라.

정은규가 곰곰이 곱씹어 보는 동안 안대영은 책상에 놓인 작은 바구니를 뒤적여 포도맛 막대사탕을 꺼냈다.

사탕은 간혹 소아 환자를 진료할 일이 있을 때 무섭다고 펑펑 우는 아이와 잠깐의 친밀함을 쌓고자 쥐어 주는 용도로 쓰였다. 그러나 다른 병을 앓고 있거나 검사 결과에서 문제가 있는 아이라면 진료실 입장 전에 바구니를 치워 버렸다. 애한테 약 올리는 꼴이 되니까. 이럴 때는 아이가 울어도 또렷한 방법이 없었다. 우는 소리를 무시하고 진료할 수밖에.

그에 비해 나이가 아주 많은 저승왕께서는 울지도 않을 거면서 애처럼 사탕을 도로록 굴려 먹고 있었다. 볼록해진 볼을 만져 보고 싶었다.

"폐가라고 하니까 생각났는데…… 전에 티브이에서 본 적 있습니다. 퇴마사와 무당이 폐가에 사는 귀신들을 처리하러 가는 거요. 수맥도 짚어 보더라고요. 그, 달마도 그림에 대면 꺾어지는 쇠 같은 거 있잖습니까. 그거 들고 가서 자기들끼리 뭐라 하던데."

아그작, 굴려 먹던 사탕이 부서졌다.

"드라마만 본 줄 알았더니 별걸 다 챙겨보고 살았네. 당시엔 살 만했나 봐?"

"채널 돌리다가 어쩌다 본 거예요. 그땐 뱀은 안 보였고 귀신 형체 같은 것만 어렴풋이 보일 때라 저런 것도 효과가 있나 싶었죠."

"여기 영가가 있습니다. 죽은 지 오래되어 보여요, 라면서 팥 뿌렸지. 나중엔 부적 붙이고."

짐짓 심각한 표정으로 목소리까지 깐다. 정은규는 순간 텔레비전 속에 들어가기라도 한 듯이 감탄했다.

"와⋯⋯. 예, 그랬던 것 같은데요."

"돈만 주면 그깟 쌩쇼 누가 못 해. 방송 나가는 새끼들 반이 사짜야."

"대영 씨는 그런 의뢰 받아 본 적 없어요?"

"있을 리가. 재개발 들어가서 신도시라도 세워진다면 모를까. 일단 돈 있는 새끼는 멀쩡한 건물이 썩을 동안 방치하지도 않아."

심드렁한 표정으로 부서트린 사탕을 아그작 씹는다. 그의 손가락 사이에 사탕 막대가 담배처럼 끼워졌다.

"아. 그럼 저 환자는 위험한 건 아닙니까? 어쨌든 귀신이 붙었잖아요."

"가택귀는 집이 있어야 명이 오래 붙거든. 집만 갈취하면 알아서 빠져나가 벽이며 바닥에 붙어 살 거야. 대신에 재수 옴 붙었으니 집값은 훅 떨어질 테고."

'훅'에서 뚝 떨어지는 목소리를 낸다. 장난기서린 어조였다. 정은규는 그렇군요, 라고 대답하며 앉아 있는 안대영에게 허리를 굽혀 얼굴을 빤히 쳐다보았다. 그의 눈 속에 불씨가 일렁이고 있었다. 환자의 텅 빈 눈과 달랐다. 아그작, 아그작, 사탕을 씹어 먹는 소리와 여유로운 눈길.

"신경 꺼. 네가 상관할 일 아니야. 그걸로 뒤질 새끼면 뒤지고, 살 새끼면 어떻게든 살아."

안대영이 고개를 살짝 틀어 정은규의 입술에 쪽, 하고 키스한다. 떨어질 줄 알았던 입술이 옅게 섞이다 촉촉한 소음을 불러일으켰다. 연한 과일 단맛이 났다.

"내가 의사로서 해 줄 수 있는 처방이 없다는 거. 그거 하나가 마음에 걸려요. 어쨌든 환자는 병을 고치려는 목적으로 온 거잖습니까."

"애초에 널리고 널린 무당 두고 여길 왜 찾아와. 저딴 것들 수두룩해. 지 팔자 지가 짧은데 네가 왜 그딴 데 마음을 써? 저런 거 신경 쓸 마음 있으면 나한테나 쏟아. 그리고 난 지금 자기 진료실에 좆같은 냄새 묻히고 갔다는 게 거슬려."

"……예. 근데 냄새 안 빠졌어요? 환기도 시켰는데."

"이리 와."

안대영이 정은규를 감싸고 진료실 문을 닫기 전에 중지와 엄지로 스냅을 치자 불로 만들어진 덩어리들이 아가리를 쩍 벌리며 솟구쳤다. 작은 화마는 진료실 안에 묻어 있는 잡귀의 잔재를 있는 대로 삼켰다. 귓속을 파고든 낯선 종류의 울부짖음에 정은규가 안쪽으로 고개를 돌리려 하자 뒤통수를 붙잡아 제 품에 파묻은 안대영이 진료실 문을 쾅 닫았다.

"왜 못 보게 합니까."

품 안에서 웅얼거리는 목소리가 가슴에 짓눌렸다. 씨발 뭔데 귀엽지.

"잘못 보면 눈멀어."

"안에 태우는 건 아니겠죠."

"자기야, 날 뭐로 보고."

"농담입니다. 가요."

안대영은 제게 있어 연인이고, 구원자이고, 행복이고, 행운이다. 국어사전을 찾아보면 그럴싸한 단어들이 뒤를 이을 것이다.

"하하. 나 여기 오면서 재밌는 말 들었는데, 은규야."

"무슨 말."

"우리 은규 결혼한다며. 상대는 음대 첼리스트에 청순가련한 스타일이고 12월에 날짜 잡았다던데. 갠 누군데 자기랑 결혼을 해?"

"그중에 맞는 건 하나밖에 없습니다. 청순하다는 거."

로비를 걷는 구두가 둘이다. 뚜벅, 뚜벅, 뚜벅, 엇갈리는 구둣발 소리가 성격 따라 시원시원하다.

"청순?"

재미있다는 듯이 묻는 안대영에게 정은규는 곧장 대답했다.

"대영 씨 얼굴이요. 예쁘고 청순하잖아. ……아, 이렇게 보니까 청순 쪽이 아니네요. 화려한 미인인데. 결과적으로 그 사람들이 다 틀렸습니다."

"자기 스캔들 벌써 두 번째인 건 알아?"

"처음 건 뭐였죠. 당사자인 나도 모르겠는데요."

"초량이가 밥 처먹으면서 나불댔다던데. 우리 은규 애인 있다고."

"그건 맞는 말이잖아요. 대영 씨가 제 애인 아닙니까."

안대영의 예쁜 눈썹이 스윽 올라갔다가 내려온다. 정은규는 심지 굳게 살아온 대로 똑 부러질 땐 확실하게 굴었다. 이런 말을 할 때는 부끄러움이 요만큼도 없다. 우리 정 교수는 보면 볼수록 재미있다니까.

"아, 맞다. 바빠서 잊었어요. 떡집에 화환만 보내고 가 보질 못했는데 시간 되면 잠깐 들러도 됩니까?"

"내가 다녀왔어."

"대영 씨가요?"

"왜. 나는 가면 안 돼?"

"그건 아니고 의외라서……."

"뭐가 의외야."

"사람 많은 곳 싫어하잖아요."

"자기 나에 대해서 잘 아는데? 그런 의미로 우리 결혼이나 할까."

안대영이 진지한 얼굴로 저러면 농담인지 진담인지 헷갈렸다. 정은규는 안대영이라면 지나가는 말도 허투루 넘기지 못했다.

해가 져도 가실 길 없는 더위가 옷과 팔에 습하게 달라붙는다. 더워서 적당히 떨어져 걷다가 정은규는 그 거리마저 아쉬워져서 안대영의 손을 살며시 잡았다.

"아쉽게도 대한민국은 동성 결혼 합법이 아닙니다."

"이승 기준 말고. 명부는 합법이야."

"그래요?"

"응. 내가 지금 그렇게 정했어."

"아…… 유치해."

"어쩔 거야. 꼬우면 나 이겨먹든가."

열대야도 무너뜨릴 해사한 웃음을 짓는 안대영에게 잠시 넋이 나갔다. 그는 활짝 웃으면 마른 볼에 조그만 보조개가 패여 예쁘다는 말이 절로 흘러나갔다.

정은규는 입술을 당겨 문 채 들어간 안쪽을 이로 꾹꾹 씹다가, 조수석 문을 열어 주는 연인의 어깨에 이마를 콩 찧었다. 연애라는 건 유치함으로 범벅되어도 좋기만 할 수 있는 건가 스스로 의구심이 들어서였다.

이러다가 연애소설까지 뒤져보게 생겼다. 책은 배울 점이 많은 활자들의 향연이다. 하지만 정은규는 장담할 수 있었다. 내 연애이기에 좋은 것뿐이지, 타인의 연애사가 가득한 책은 버티지 못하고 초장에 덮을 것이다. 메디컬 드라마를 보지 못하는 이유와 비슷하다. 그렇다면 능숙한 연애는 상대를 공부하며 스스로 깨우치는 방법밖에 없는가.

여러모로 참 어려운 분야였다.

* * *

일기예보대로 토요일 아침부터 비가 주룩주룩 내렸다.

빗소리에 잠이 깬 정은규가 누운 채로 송풍으로 돌아가고 있는 에어컨부터 껐다. 분명히 잠들 때까지만 해도 안대영에게 팔을 내주었는데 정은규는 모로 누워 있었다. 허리와 가슴을 단단하게 옭아맨 팔뚝이 희다. 뒷목에 곤히 잠든 숨결이 흩어졌다.

커튼을 쳐 어두운 방 안에 빗소리가 서정적으로 들린다. 혹여나 액정 불빛으로 깨기라도 할까 쏟아진 알림을 뒤로 물린 정은규가 조심스럽게 모로 누웠던 몸을 돌려 안대영을 마주보았다. 새근새근 잠든 연인은 잘 때만큼은 천사의 얼굴을 하고 있다.

방 안에 냉기가 감돌아 허리까지 내려간 이불을 끌어올려 주고 포근한 감각에 눈을 감는다. 이번 주는 모처럼 주말 오프라서 여유롭다.

"……은규야, 깼어?"

잠이 덜 깨 낮아진 목소리가 듣기 좋게 퍼진다. 크게 뒤척인 몸이 정은규를 포옥 끌어안는다. 매끈한 목덜미에 얼굴을 파묻은 정은규가 그의 등을 토닥였다.

"더 자요."

"빗소리 들려……."

"응. 비 와."

"네가 내린 거 아니지……."

"응……."

"……그럼 됐어……."

안대영은 그 말을 마지막으로 다시 깊은 수면에 빠져들었다. 잠꼬대였나 보다. 잠꾸러기 애인은 주말이면 정오가 되어야 기상하였으므로 아직 한밤중이나 다름없었다. 정은규는 잔잔한 숨을 쉴 때마다 들썩이는 가슴의 온기를 가만히 새겼다. 뜨겁다.

우리는 평범한 일상 속에 잘 묻어지고 있다.

태풍의 눈에 갇혔던 시절이 언제였냐는 듯 지루하기 짝이 없는 일상을 보낸다. 꿈결 같은 소망을 끝내 이루었다.

하지만 서로의 품을 찾아 잠드는 현재가 낯설었던 적도 있었다.

그러지 않으리라고 확신하면서도 세상이 전처럼 뒤집힐까 봐 경계를 늦출 수 없었다. 안대영과 재회하기 전에는 없던 걱정이 행복의 틈을 비집고 불쑥불쑥 솟아났다.

평범한 현실에 안주하다가는 내던져 버린 절망이 바닥을 기다가 도로 몸속에 자리 잡을 것 같았다. 암흑에 갇혀 버린 제게 쩍 벌린 아가리와 손이 마구잡이로 뻗어졌다. 토해 버린 괴로움과 두려움의 조각들이었다.

그동안 충분히 개고생 했고 이제 편하게 살아도 된다는 걸 잘 아는데 생각처럼 쉽지 않았다. 밤이란 무섭도록 솔직해서 단단한 알맹이도 깨고자 들었다. 때문에 잘 자다가 벌떡 일어나 숨을 고르는 밤이 여러 날이었다.

그럴 때마다 안대영은 잠든 기색 없이 그를 끌어안고 진정될 때까지 다독여 주었다. 항상 먼저 잠드는 척했으면서 단 하루도 정은규보다 일찍 잠들었던 적이 없던 그였다.

'괜찮아. 내가 있잖아.'

다정하게 속삭여 주면 예민하게 돋아난 감각이 뚝뚝 떨어져 나갔다. 땀에 흠뻑 젖었음에도 개의치 않고 어루만져 주는 손길에 속수무책으로 기대 버렸다. 그러면 내쳤던 잠이 몰려와 눈꺼풀을 덮었다.

지금의 여유와 나른함은 안대영의 애정이 아니었더라면 결코 되찾을 수 없었을 테다. 행복 안에 드리워진 불안을 평생 머금고 살았겠지.

다시 한 번, 우리는 평범한 일상 속에 잘 묻어지고 있다. 오롯이 나만 바라보는 연인의 노력 덕분이다.

정은규는 잠든 연인에게 제 입술을 살포시 가져다 대었다. 폭신하게 눌린 입술이 부드럽다.

"……자라는 거야, 말라는 거야."

입술이 맞붙은 채로 달싹여진다. 사락, 사락. 나란히 누워 있던 몸이 하나로 겹쳐진다. 정은규의 몸 위에 올라탄 안대영이 이마부터 촉, 촉 입술을 찍고 내려갔다. 입맞춤의 길은 입술에서 한참 정체되었다가 턱 끝까지 가서야 멈추었다.

"모닝 키스인데요."

"너만 모닝이지, 이건. 눈 뜨기도 전에 꼬시는데 어떻게 안 일어나."

"딱히 불순한 의도는 없었어요."

"몰라. 나 좋을 대로 생각할 거야."

매만지고 있던 머리칼이 손에서 빠져나간다. 안대영이 몸을 아래로 스르륵, 내리자 커다란 이불 무덤이 만들어진다. 정은규는 포근한 무덤 속에 하반신이 갇힌 채 잠옷 바지가 무릎까지 내려가는 동안 저 남자가 무얼 하려나 싶으면서도 은근한 기대감에 차서 베개를 제대로 뱄다.

속옷 밴드가 내려간다. 이불 무덤이 꿈틀거리는가 싶더니 뜨겁고 축축한 동굴에 성기가 갇혔다. 아. 정은규는 성기에 까끌한 혀와 점막이 닿자 탁성을 뱉었다. 시야에는 꿈지럭거리는 이불더미가, 귓속엔 듣기 좋은 빗소리가 교차되어 성감을 깨운다. 물에 잠긴 것 같다.

쭉쭉 빨리는 성기가 딱딱해져 곧추설 때까지 입 안에서 가둬졌다. 황홀한 감옥이다. 정은규는 저도 모르게 허리를 튕기며 이불 무덤을 벗겨 내었다. 헝클어진 머리카락 아래 우뚝한 콧날, 붉게 물든 도톰한 입술이 얄쌍한 얼굴 윤곽 안을 채우고 있다. 볼이 홀쭉해지도록 좆을 가둔 채 혀가 아랫부분을 문지르자 허벅지 안쪽까지 힘이 바짝 들어간다.

"하아……."

사정이 머지않았다. 몸을 반쯤 일으킨 정은규가 다리를 넓게 벌리며 안대영의 머리칼을 감쌌다.

"얼굴에, 하아, 아니 입 안에 싸도 됩니까."

그 말을 들은 안대영이 목으로 웃는다. 많이 컸다고 칭찬하는 것처럼 들려 정은규는 잡은 머리칼에 힘이 들어가려는 것을 겨우 참으며 더운 숨을 뱉어 냈다.

아랫배에 선명한 근육이 도드라진다. 사정감이 치밀어 올랐다. 벌린 다리를 세우고 엉덩이를 침대에 비비적거리던 정은규가 입술을 꽉 깨물었다.

"읏!"

꺼떡, 꺼떡 입 안에 갇힌 성기가 사정하기 시작하면서 질척하고 뿌연 액체가 입 밖으로 삐져나왔다. 안대영은 정액이 턱을 타고 흐르거나 말거나 더더욱 입술에 힘을 주어 목구멍을 열었다. 그 바람에 자지가 바짝 조여 정은규는 비명을 내지를 뻔했다. 의지와 상관없이 허리가 튕겨지며 전율이 인다.

성기는 정액을 한 방울도 남김없이 빨린 후에야 뿌옥, 하고 바깥 구경을 할 수 있었다. 안대영은 무릎걸음으로 서서 정은규를 내려다보며 입술에 묻은 정액을 사악 핥았다.

"하……."

떨림이 가실 때까지 숨을 고른 정은규가 입술 바로 앞까지 다가온 바지 앞섶을 거부 없이 움켜쥐었다. 안대영의 성기는 완전히 발기해 잠옷 바지를 뚫고 나올 듯했다. 그 상태로 눈을 치켜뜨자 내려다보고 있던 눈과 마주쳤다.

"머리는 귀여우면서 이건 왜 이래요……."

금방 일어나 새집 지은 머릴 하고도 여긴 이렇게나 커질 수가 있는 거냐고.

"작은 것보단 낫잖아. 내 자지 작았으면 자기 뒤 쑤셔 줄 때도 만족 못 했을걸?"

"그런가요. 내 뒤에 박은 건 대영 씨가 처음이라 솔직히 잘은 모르겠습니다."

잠옷 바지와 속옷을 한꺼번에 내리자 핏줄까지 발기한 좆이 통, 튀었다. 역시 UR이 보면 논문 쓰려고 달려들 크기와 굵기였다. 베개를 목과 어깨 사이에 받친 정은규가 뒤로 젖혀진 머리를 비벼 편한 자세를 취했다.

"앞으로 조금만 더 와요."

"목 아플 것 같은데."

"이렇게 하면 각도가 있으니까 조금 더 넣을 수 있을지도 모릅니다. 하다가 별로다 싶으면 베개 빼고 원래대로 하죠."

"자기 적극적일 때마다 나 되게 흥분돼. 입 벌려 봐."

언제는 나 보고 흥분 안 한 것처럼 말하네. 정은규는 혀를 내밀어 다가온 귀두를 쪽 빨고 나서 입을 최대한 크게 벌렸다. 안대영의 양 무릎이 얼굴 옆에 하나씩 놓였다.

주인 닮아 더럽게 고집 센 자지가 입 안에 들어와서도 입천장을 마구 긁어 가라앉힌 좆이 도로 곧추서려고 했다. 정은규는 깊게 들어오는 자지를 수월하게 받아들였다. 이 짓도 하면 는다고, 이제 성기의 반 이상을 입 안에 가둘 줄 알았다.

목이 불룩해진다. 정은규가 생리적인 구역감이 치밀 만하면 살짝 뺐다가, 다시금 천천히 삽입하며 적절한 완급 조절을 이었다. 처박고 싶은 마음이 굴뚝같았지만, 그러다 정은규가 다시는 빨아 주지 않으려들까 봐 안대영은 이 정도의 선에서 양보하며 조임을 만끽했다.

그래도 처음엔 아무것도 모르고 아이스크림 먹듯이 빨던 의사 양반의 실력이 나날이 일취월장하고 있었다.

"아, 씨발."

미치겠네. 적당히 빨리다 얼굴에 싸려고 했는데 이 몸속에 들어가고 싶어졌다. 그 시커먼 속을 아는지 모르는지 정은규는 치켜뜬 눈으로 흥분이 가득한 연인의 반응을 살폈다. 행위에 몰두해 어느새 빗소리는 저 멀리 밀려나 들렸다.

쑤욱, 자지가 전보다 훨씬 깊은 곳에 들어간다. 거기는 평소에 닿지 않았던 곳이라 정은규의 얼굴이 새빨개졌다.

"컥, 크흑!"

웬만하면 참아 보려고 했는데 이 이상은 버티기 어렵다. 정은규가 안대영의 허벅지를 꾹 붙잡았다. 빼 달라는 신호였다. 안대영은 생리적인 눈물이 방울방울 맺힌 정은규의 얼굴을 노려보듯이 탐색하며 목이 다치지 않게 성기를 빼냈다. 모로 누운 정은규가 콜록거리며 가슴을 두드렸다. 눈물이 후두둑 떨어졌다.

"목구멍 매워……. 그 이상은 집어넣지 마요."

"응. 미안해. 우리 은규 울렸으니까 달래 줄게."

"뭘 어떻게 달래 줄 건데."

"안에다 싸기?"

"……방법 한번 참."

그러면서도 정은규는 다리를 활짝 벌렸다. 축축하고 부어오른 입술끼리 맞물린다. 정은규의 귀밑 턱을 간질이면서 키스를 이어 가던 안대영이 살짝 입술을 떼자 자석처럼 고개가 따라왔다. 입술을 벌린 채 다시 키스하려 드는 정은규의 코끝을 물어 당겼다.

"나는 비가 오는 날마다 걱정이 돼."

"읏, 왜요."

"이 비가 성수면 어쩌나 싶어서. 네가 위험해질까 봐. 넌 내 곁에 있으니 그럴 일이 없는데…… 이상하지."

그뿐만이 아니다. 안대영은 밤마다 불안의 멍에를 뒤집어 쓴 채 어둠을 지새우다가 동이 틀 즈음에야 자는 날이 빈번했다.

"전에 내가 가졌던 불안이 당신한테 옮아 간 것 아닙니까……."

"그럴지도."

정은규는 이 사실을 모르고 있다. 그리고 안대영은 그가 영원히 불면의 밤 따위를 알지 못하길 바란다.

구멍에 맞춘 좆이 서서히 진입한다. 정은규가 차오른 숨을 턱 뱉었다.

"근데 상관없어. 완벽해지는 과정이라고 여기면, 하아, 되니까."

푸욱, 단번에 길을 낸 좆이 박혀 음모가 회음을 간질였다. 정은규가 서둘러 안대영의 등을 쥐어짰다. 땀 찬 손에 천 조각이 감겼다. 둘 다 하의만 벗겨져 있었다.

"아, 너무, 당신 몸 지금 너무 뜨겁, 아!"

안대영은 또 잘 제어해 온 이성을 놓아 버린 모양이다. 짜증이 난 상태도 아니었는데 왜. 정은규는 확 달아오른 체온에 갇힌 채 바르작거리며 손이 새하얘지도록 넓은 등을 움켜쥐었다.

"영 님, 아! 조금만, 조금만 천천히, 읏, 영, 니임."

섹스할 때만 영 님이라고 불러 주는 이유는 근사하지 못하다. 정신은 날아가 버리고 몸이 가장 솔직해지는 시간에 본능적으로 영 님을 찾다 보면 절박함에서 오는 쾌감과 흥분이 해일처럼 쏟아졌다.

골반이 아프도록 손아귀에 쥐고 거세게 박는 안대영의 눈에 이성이란 한 톨도 남아 있지 못했다. 아, 간지러워. 박고 지나가는 자리마다 간지러워. 뜨겁고, 간지럽고, 쓰라리기까지 한 감각에 발가락이 저렸다.

"하읏!"

삽입한 채 정은규를 제 위로 들어 올린 안대영이 티셔츠에 윤곽이 솟은 젖꼭지를 천 째 빨았다. 침으로 젖은 셔츠에 감싸여 깨물린 젖꼭지로 강한 자극이 몰린다. 정은규는 뜨겁게 쑤셔지는 안과, 유두까지 진득하게 빨려 너덜거렸다. 젖꼭지 양쪽 모두 둥그렇게 티셔츠가 젖었다. 젖은 천에 달라붙어 솟은 유두를 손톱으로 긁자 정은규가 죽는 소릴 냈다. 철퍽, 철퍽, 아래는 쿠퍼액으로 흥건해 빗소리와 섞여 찰박거렸다.

"그래도 은규야……."

내 옆에서 조금도 멀어지려고 하지 마.

정은규의 뒷머리를 감싸 눕힌 매너 있는 행동과 다르게 난폭한 움직임을 이었다. 온통 눈물범벅이 된 얼굴을 탐욕스럽게 핥아 먹는 동안에 안을 드나드는 성기에서 되직한 정액이 뿜어지고 있었다. 체온만큼이나 뜨거운 액체가 몸속을 채운다. 안대영은 싸면서도 끝까지 박는 쪽이다.

그러다 사정을 끝낸 후에야 움직임을 멈추었다. 사정하면서 박은 탓에 흘러나온 정액이 시트에 방울진 모양으로 톡 떨어졌다.

"후우."

섹스를 끝낸 후에도 비는 여전히 내리고 있었다. 촉, 초옥, 촉, 아침부터 부어오른 입술이 성애적인 감정을 가득 담아 맞물린다. 거치적거리는 이불을 아예 치운 안대영이 정은규의 안에서 빠져나오며 입술을 떼었다. 침이 구멍 속 정액처럼 입술 사이에서 길게 이어지다가 끊겼다.

"눈 뜨자마자 격한 운동 했으니까 아침 먹어야지. 거하게 한 상 차려 드릴 테니 쉬고 있어."

손을 더듬거려 핸드폰을 집은 정은규가 밝은 액정을 찌푸린 눈으로 응시했다. 오전 10시 59분을 막 지난 시각.

"아침이 아니라 아점이겠네……. 아예 점심으로 미루는 건 어때요. 대영 씨도 이리 와서 누워요."

그리고 핸드폰을 놓자마자 정신까지 까무룩 놓아 버렸다.

뻗어 버린 정은규가 눈을 떴을 때는 오후 한 시였다. 옆에는 언제 구멍에 좆을 다시 넣은 건지, 안대영이 삽입한 채로 그를 소중히 안고 잠들어 있었다.

점심은 정은규의 몫이었다. 요리는 영 젬병이었던 터라 토스터기에 식빵을 꽂아 두고 신중히 시간과 온도를 맞춘다. 안대영은 오래 자서 창백해진 얼굴로 나타나 고작 빵 따위에 집중력을 키운 정은규의 등 뒤에 서 있다가 입술에 문 담배 필터를 우물거렸다.

"1분만 설정해도 돼."

"1분이면 식빵이 노릇노릇해지지 않아요."

"내기 할래?"

"내가 이기면 뭐 해 줄 겁니까."

"자기가 원하는 거."

내가 뭘 원할 줄 알고. 정은규가 뚱하게 쳐다보자 토스터기 스위치를 누르고 볼을 톡 쳐 준다. 어슬렁어슬렁 베란다로 나가 담뱃불을 붙인 안대영은 등에 닿은 연인의 눈길을 만끽하며 어딘가로 전화를 걸었다. 내리던 비가 소강상태에 접어들어 방충망 군데군데 빗방울이 맺혔다. 하늘은 우중충한 먹구름이 가득 끼었다.

-계수복입니다.

수화기 너머로 서류를 들추고 키보드를 토독토독 치는 소리가 들렸다. 북산의 휴일은 일요일이라 지금은 한창 근무 중일 것이다. 안대영은 검지와 중지 사이에 끼운 담배를 말끔히 비워진 재떨이에 대고 엄지로 툭툭 털었다.

"협회에 등록된 정식 퇴마사가 몇이야."

대뜸 물어 당황할 법도 한데, 계수복은 자동응답기처럼 대답했다.

-어제 자로 신규 1명이 등록돼 총 105명입니다.

"그중에 여덟만 해운대로 내려 보내."

-해운대면 부산 아닙니까? 특이사항이 있으신가요?

"목요일까지 수귀 위주로 잡귀 청소 좀 하라고 시켜. 바닷가에 얼씬도 못하게."

-알겠습니다. 보수는 제가 적절한 선에서 맞추겠습니다.

"그래."

용건만 간단히 전달한 전화가 뚝 끊겼다. 짧아진 담배를 깊게 빨아들인 후 재떨이에 처박은 안대영이 메마른 입술을 더듬었다.

아마 계수복은 여름철이 되면 익사하는 망자가 워낙에 많아 그 수를 줄이려 적절한 조치를 취한 줄 알 거다.

실제로 매해 여름마다 해수욕장이 개장하면 판단의 장은 익사한 망자로 문전성시를 이루었다. 이전까지 사람이 죽고 사는 일에 관심이 없었지만, 저승왕이 되었으니 뭍의 일을 살피는 것이리라고 짐작할 수도 있겠다.

하지만 틀렸다. 안대영은 여전히 인간사에 관심이 없었다.

협회에 등록된 퇴마사들은 '눈이 떠진 자'들로 구성되었으며, 대부분 기가 형형하고 강해 악귀에게 먹힐 경우 골치가 아파지기에 이를 방지하고자 지옥에서 미리 손을 쓴 자들이었다. 강한 영력은 유전인지라 가문 대대로 퇴마사인 경우가 많으며, 생을 다해 죽은 후에는 삼도천을 건너기도 전에 명부의 무사로 차출되었다. 아주 오래 전에 죽은 차민혁이 이 편에 속했다.

무당이 신과 인간의 사이에서 전달자 역할을 하고 굿을 통해 영혼의 한을 풀어 준다면, 퇴마사는 본인이 가진 기를 십분 활용해 직접적으로 악귀를 처치할 수 있는 차이점이 있다. 엄연히 다른 분야로 무당이 퇴마를 한다거나, 퇴마사가 굿을 올릴 수는 없었다.

안대영이 무당이 아니라 퇴마사를 부른 까닭은 의외로 단순하다. 다음 주 정은규와 부산에 가야 하니까.

정은규는 산과 물을 전부 싫어한다. 후자는 정확하게 말해 '고여 있는 물'이지만…… 바다라고 크게 다를까. 거기에 수귀라 쓰고 물귀신이라 읽는 잡귀가 낭자하다면 반응은 뻔할 것이다. 세미나인지 지랄인지 끝나자마자 올라가자고 하겠지. 아니면 분위기 깨기 싫어서 얼굴에 '싫어요.'라고 써 놓고 꾹 참든지.

한 줄로 요약하자면 '데이트 방해받고 싶지 않으니 미리 작업하자'는 거였다.

그러니 계수복이 착각하게 두는 쪽이 나았다.

담배 냄새를 짙게 묻힌 안대영이 화장실에 들러 꼼꼼하게 손을 씻고 나오자 정은규는 노릇노릇해진 토스트에 누텔라 잼을 처덕처덕 바르고 있었다. 이건 보나마나 내 거일 테고.

"······1분 돌리니까 노릇노릇해지더라고요."

초코 잼이 잔뜩 묻은 토스트 맛은 미치게 달았다. 아무리 단 걸 좋아하는 안대영일지라도 첫 끼로 이걸 먹으려니 어쩔 수 없이 커피가 당겼다.

"제가 졌습니다. 뭐 들어줄까요?"

"한 입 먹어 볼래?"

잇자국이 동그랗게 난 토스트의 반대편을 내어 주자 대번에 싫은 기색을 비친다.

"싫습니다. 그거 말고 다른 거 들어줄게요."

"술은 단 술도 잘 마시고, 취하면 아이스크림도 찾으면서 이건 왜 싫어?"

"맨정신이니까 그렇죠."

아, 그러셔. 제멋대로인 의사 양반.

입가에 묻은 부스러기를 털어 준 안대영이 유리잔을 두 개 꺼내 얼음을 담고, 냉장고에서 커피 원액 병을 꺼내 부었다. 그러면서 뒷정리까지 깔끔하게 한다. 식빵은 포장지 주름대로 묶어 제자리에, 뚜껑 열린 잼도 도로 닫아 원위치. 열 식히는 중인 토스터기만 덩그러니 놓였다.

"구멍 닫혔어? 내가 넣고 잤잖아."

정은규는 설거지하다 접시를 깨먹은 이후 사 들인 식기세척기와 그 김에 교체한 최신형 인덕션을 차례대로 훑고, 시선의 종착역에 서 있는 안대영을 본다. 빠끔, 빠끔, 꽉 닫힌 채 부은 구멍이 속옷 안에서 움찔거린다.

안대영은 음담패설을 던질 때의 눈빛도 여러 가지였다. 방금은 열려 있다면 또 넣겠다는 말보다 아프지 않으냐는 걱정에 가깝다. 그럴 거면 넣고 자질 말든가.

"만져 볼래요?"

정은규는 바지를 훌렁 벗는다. 저쪽에서 말만 신사적으로 나온다면 이쪽은 그에 상응할 준비가 되어 있다. 하의는 물론이고 교차한 손이 반팔 끝을 붙잡아 훅 벗었다.

싱크대에 기대 있던 안대영이 전라로 다가오는 정은규를 보며 휘파람을 불었다.

"점점 야해져."

"누구 덕분입니다."

"아하. 책임 전가하시고."

"아니라고 할 겁니까?"

"네가 스스로 몰랐던 것뿐이지. 그러니 얼마나 다행이야, 다른 새끼가 따먹기 전에 내가 채 가서."

손가락 사이에 분홍색 젖꼭지를 유륜째 끼고 문지른다. 자극이 쏟아지자마자 금세 발딱 서서 도톰해진 젖꼭지를 엄지 끝으로 긁어 본다. 자지가 점점 고개를 들고 있음에도 정은규는 이럴 땐 신음 하나 안 낸다. 애초 억지로 꾸며 낼 줄을 몰랐다.

정은규는 마음껏 지분거림을 당하면서 안대영이 한 입 먹고 내려놓은 토스트에 묻어 있는 초코 잼을 손끝으로 찍어 그의 입술에 묻혔다.

"그럼 그렇다고 쳐요."

혀를 내밀어 그것을 핥더니, 달다고 인상 쓰면서 입술을 꾸욱 눌러온다. 안대영은 눈을 내리깐 채로 키스를 받으며 웃었다. 진짜 야해빠졌다니까.

외전 2. 여름의 기록(2)

지잉. 수술실 문이 열린다. 그곳에서 나오는 사람은 열 시간이 넘는 수술을 끝내고 나온 정은규다.

대기실에서 하염없이 기다리다가 콜을 받고 수술실 앞을 서성이던 보호자는 수술복 위에 가운을 걸치듯이 입은 정은규를 보자마자 성큼 다가갔다. 얼굴에 초조함과 걱정이 잔뜩 묻었다.

정은규야 늘 있는 일이고 맡은 수술을 끝낸 것뿐이지만, 보호자에게는 피가 말리는 시간이었을 것이다. 누군가에게는 버튼 하나만 누르면 열리는 이 수술실이 보호자의 눈에는 지옥문일지도 몰랐다. 그래서 정은규는 오랫동안 수술하느라 지끈거리는 목과 척추를 풀어 주는 것에 앞서 초조해하는 보호자에게 수술 결과부터 알려 주었다.

"종양 제거 잘 됐고 출혈도 잡았습니다. 잘 끝났어요."

"감사합니다, 감사합니다. 아휴……."

"회복실에서 의식이 돌아오면 알려 드릴 겁니다."

"예에……. 고생하셨습니다. 정말 감사합니다."

보호자는 그제야 긴장이 풀려 주저앉았다. 수술 중에 보호자를 부를 수 있어 자리를 뜨지도 못하고 긴 시간을 무작정 기다려야 했으니 힘들 만도 했다. 잘 끝났다는 한마디가 얼마나 위안이 되는지 알고 있다. 간단한 보고에도 눈에 띄게 안색이 좋아진 보호자에게 묵례한 정은규가 뻐근한 목을 이리저리 움직였다.

아, 목 아파. 고개를 젖힌 채 털레털레 걸을 때마다 고무 슬리퍼가 바닥을 직직 끌었다. 텅 빈 복도를 걷던 정은규의 젖힌 고개가 통창 너머로 비스듬히 꺾였다. 실눈 뜬 눈 안에 밤이 그득 찼다. 그리고 문득 떠오른 것 하나.

미친, 비행기. 출혈 잡는 데 집중해 까맣게 잊고 있었다.

목 아프다고 팔자 좋게 어슬렁어슬렁 걸어 다닐 때가 아니었다. 자칫하면 비행기 놓치겠다.

서둘러 핸드폰을 꺼내 시간을 확인한 정은규가 선명하게 찍힌 8자를 보고 탄식을 뱉었다. 그들이 타야 하는 비행기는 9시 30분으로 오늘의 마지막 부산행 비행기였다. 당장 공항에 가도 아슬아슬한 시간이다.

대영 씨한테 공항으로 바로 가라고 했는데 바람맞히게 생겼네. 아, 수술이 이렇게 길어질 줄도 몰랐어. 고무 슬리퍼에 속도가 붙는다. 정은규는 어느새 진료실까지 후다닥 달리고 있었다.

타다닥, 타다닥— 달리는 데에만 집중해 핸드폰이 울리는 것도 뒤늦게 깨달았다. 안대영이다. 전화가 끊기기 전에 서둘러 받았다.

"대영 씨, 공항이에요?"

-그만 뛰어.

그만 뛰라니? 어디서 나를 보고 있나. 뜀박질이 멎는다.

"공항 안 갔어요?"

-내가 너 혼자 두고 어딜 가. 급한 거 없으니까 퇴근 준비하고 내려와.

"표는요."

-아까 취소했어. 왠지 못 탈 것 같더라고.

목소리 밖에서 후텁지근한 더위가 묻어나는 듯하다. 통화 중인 그를 둘러싸고 있는 계절이 느껴졌다.

한 시간이면 부산까지 편하게 도착할 테니 비행기를 타자고 말한 쪽은 정은규였다. 내가 말해 놓고 그걸 까맣게 잊어버릴 수가 있나. 제 머리에 꿀밤을 먹인 정은규가 빠르게 퇴근 준비를 마치고 찜통 같은 열대야 속에 파고들었다. 자동문 안과 밖이 다른 계절이다. 그의 귀에 핸드폰이 착 달라붙어 있었다. 통화 상대는 레지던트였다.

-방금 병동으로 옮겼어요. 제가 잘 지켜볼 테니 걱정 마시고 세미나 잘 다녀오세요. 보호자한테도 월요일 회진에 오실 거라고 말해 뒀습니다.

"어, 수고."

-참! 교수님! 오실 때 빵 하나만 사다 주시면 잘 먹겠습니다!

바로 끊을 줄 알았더니 갑자기 웬 빵. 정은규는 깜빡이가 켜진 세단 조수석에 올라타면서 물었다.

"……빵?"

-네. 해운대에 카스테라로 유명한 빵집 있거든요. 세미나 장소 근처예요!

세미나 때문에 환자를 떠맡기고 가는 터라 능청맞은 요청을 거절할 수 없었다. 뭐, 잘 끝났으니 웬만하면 응급 뜰 일은 없을 텐데.

"알았어."

머릿속에 카스테라를 입력하고 전화를 끊자 단내가 훅 풍겼다. 안대영이 정은규의 목에 얼굴을 파묻은 탓이었다.

"뭐 합니까."

킁킁, 개처럼 목덜미 냄새를 맡더니 둥그런 목울대를 입술로 가볍게 조여 보고 떨어진다.

"샤워실 바디 클렌저 바뀌었어?"

"제가 사는 게 아니라 잘 모르겠는데……. 냄새 별로예요?"

"아니? 좋은데. 로즈마리인가? 허브 향 나."

"모르겠습니다. 뭐든 대영 씨가 좋으면 된 거죠."

뒷좌석에 백팩을 내려놓았다. 다른 짐은 출근하기 전 안대영의 차에 실어 두어 가벼운 차림이다.

내비게이션에 호텔 주소를 찍었더니 4시간 48분이나 떴다. 새벽에나 도착하겠는데? 정은규는 이 말도 안 되는 도착 시간을 두고 찰나에 심각하게 고민했다.

"새벽 비행기 타는 거 어떻습니까."

물론 안대영의 운전 습관으로 보아 저 시간에서 한참 앞당겨지겠지만 말이다.

"왜. 이렇게 가는 게 더 오붓하고 좋잖아."

"그럼 중간에 운전 바꿔서 해요."

"뭐 이 정도 가지고. 출발할까."

오붓하다는 이유 하나만으로 몇 시간을 내리 운전하겠다니…… 안대영도 참 안대영이다. 굳이 그러겠다는데 정은규도 말릴 생각은 없었다.

"예. 가요."

잊지 않고 안전벨트를 채웠다. 그래도 늦어서 길이 막히는 일은 없겠다. 고속도로 정체 상황을 검색해 본 정은규가 시트에 등을 편안히 기댔다. 앉아 있으니까 저릿저릿한 허리며 목이 괜찮아졌다.

"취소 수수료 많이 나왔어요?"

"네가 마시는 라테 값만큼 나왔나? 만 원 안 돼."

"아, 얼마 안 하네요. 가다가 마실 거 사 줄게요."

"교수님 하고 싶은 대로 하세요."

안대영은 부드러운 말투와 잔잔한 미소를 머금어 오늘따라 더욱 예쁜 얼굴이다. 흡사 아름다움이 저 하늘의 별처럼 반짝거렸다.

"대영 씨 오늘 왜 이렇게 예쁩니까."

그러자 난데없이 외모 칭찬을 받은 당사자는 코웃음만 쳤다.

"그래. 나 정 교수 표현으로 화려한 미인이었지? 청순은 아니고."

"빈말 아닙니다. 그리고 밤에 보니까 청순도 살짝 있어요."

콩깍지가 단단히 낀 건지, 대담해지기로 작정한 건지. 정은규는 애정 표현에 거리낌이 없다. 남이 들으면 대신 얼굴을 붉힐 칭찬에도 안대영은 뚜렷한 반응을 보이지 않았다. 쟤는 내가 붕어처럼 불어터졌어도 예쁘다고 할 거니까. 그리고 제게로 쏟아 부어지는 칭찬은 정은규가 고스란히 들어야 한다. 이 간지러운 속내를 알기나 할는지.

"자기야, 애들 소풍 가기 전날 밤 기분 알아?"

"글쎄요."

인생에 학교란 대학교만 다녔던지라 소풍이며 수학여행은 겪어 보지 못했다. 하물며 대학생 때 겪었던 OT와 MT는 설렘이 아니라 귀찮기만 했었다.

"너랑 짧게라도 놀러 간다니까 어젯밤에 잠을 좀 설쳤어."

"……."

"이만큼 살았는데도 고작 이런 거에 애새끼처럼 기대가 되더라."

그리 말하는 안대영의 귓바퀴가 빨갛게 달아올랐지만 정은규는 못 본 척해주었다. 대신 뻥 뚫린 고속도로처럼 직선의 마음을 내보였다.

"뭐야."

"뭐."

"귀엽잖아요."

"하하. 그런 칭찬 들으니 네가 기르는 개가 된 것 같아."

"저 털 알레르기 있어서 동물 못 기릅니다."

"은규야, 장난 좀 걸러 들어."

"알아요. 장난인 거."

그냥 당신이 좋아하는 걸 보니까 나도 갑자기 설레서. 정은규는 입술을 말아 물었다. 밤을 가르며 도로 위를 쏜살같이 달리는 차 안에서의 낭만도 나쁘지 않았다. 아니, 꽤 근사했다.

* * *

새벽 1시 경. 한밤중처럼 시끌벅적한 해운대에 도착했다.

벌써부터 좆같다. 씨발 시간이 몇 신데 돌아다니는 인간이 끝도 없었다. 이딴 새끼들 즐기라고 퇴마사 불러서 청소한 거 아닌데.

안대영은 귀신을 찾아볼 수 없이 깨끗한 도로와 해안가를 빠르게 훑은 뒤 물고 있는 필터를 깊게 빨아들였다. 부산 시내에 진입하자마자 본인과 버금가는 개떡 운전을 신명 나게 겪은 후라 짜증이 이만저만이 아니었다. 물론 개중에 안대영보다 운전을 개떡같이 하는 사람은 없었지만, 어쨌든 서울에서 온 자기중심적인 이방인의 시점으론 그러하였다.

줄지은 포장마차들과 간판 불이 환한 거리. 저마다 가벼운 옷차림들. 각자의 손에 들려 있는 술과 밤이 무르익을수록 노골적으로 색욕을 찾는 이들이 널린 곳. 성수기를 맞은 바닷가의 풍경이다. 돈 받고도 오지 않을 곳에 정은규와 단둘이 도착했다. 그것만으로도 안대영은 제가 많이 변했음을 느낀다. 이 빌어먹을 사랑이 나까지 바꿔 놓을 줄이야.

"으음……."

휴게소에 들른 이후 도착할 때까지 깜빡 잠이 든 정은규가 대낮처럼 시끄러운 소리에 부스스 눈을 떴다. 훤히 열린 운전석 차창을 통해 도심보다 습한 바닷가 특유의 더위와 익숙한 담배 냄새가 파고들고 있었다. 안대영은 정은규가 깨자마자 피우던 담배를 커피 컵에 던져 죽였다.

입술에서 희미하게 흘러나온 연기가 차창 밖으로 도망쳐 나간다.

"일어났어?"

"……다 온 겁니까."

"어. 호텔 앞."

"휴게소에서부터 내가 운전했어야 했는데……. 대영 씨 피곤하죠."

"별로. 피곤한 건 자기지. 수술하자마자 쉬지도 못하고 출발했는데."

"괜찮아요. 자고 나니까 살겠네요. 아, 더워."

깨자마자 병원에서 온 연락이 있을까 핸드폰을 살피더니 도로 집어넣는다. 정은규는 작게 하품하며 조수석 차창도 끝까지 내렸다. 밖을 내다보느라 도드라진 목빗근을 크게 베어 물고 싶었다.

"바다네요. 컴컴해서 아무것도 안 보이지만."

"해 뜨고 봐."

"사람이 엄청 많고요."

"여기 처음 와 봤어?"

"아니요. 3년 전엔가…… 그때도 세미나 때문에 왔었습니다. 겨울이었는데 서울보다 덜 추웠던 기억이 있어요."

"남쪽이니까."

호텔 입구에서 발레파킹을 맡기고 짐을 운반하려는 벨보이를 돌려보냈다. 짐이라곤 작은 캐리어와 백팩, 슈트 케이스뿐이라 벨보이까지 쓸 정도는 아니었다. 무엇보다 타인의 손을 타는 게 싫었다. 제가 들겠다고 손을 내미는 정은규에게 들어가기나 하라며 턱짓한 안대영이 체크인 하는 뒤태를 찬찬히 훑는다.

키는 제법 크고, 꽤 강단 있는 어깨를 지나면 단단한 허리선과 통통한 엉덩이가 맞아 준다. 다른 덴 말랐으면서 가슴과 엉덩이만 살집이 있어 어딜 만져도 손에 착 감기는 감촉이 훌륭하다. 엉덩이 아래쪽 뻗은 다리 안쪽을 깨물면 어찌할 바를 모르고 활짝 벌린 채 삽입해 주기만을 기다린다.

매번 첫 삽입 때마다 벅차하며 파들파들 옅은 호흡을 뱉어 낼 때마다 너를 죽여도 되지 않을까, 그렇게 해서 내가 갈취한 세상에 데려가도 되지 않을까 하는 폭력적인 충동이 들곤 한다. 나의 본능은 네 앞에서만큼은 여러 갈래로 뻗어진다. 너를 지키고자 숙명을 바친 나, 널 죽여서 명부에 데려가 가둬 버리고 싶은 나, 그럼에도 차마 그럴 수 없는 나.

정은규 넌 나를 아직도 한참 몰라. 난 이 순간조차 너와 단둘이길 원하거든.

유독 가늘어 애달프게 만드는 목선에 이를 박아 넣고 싶다. 저 예쁜 입술이 '영 님'을 부르짖을 때까지 안을 마구 범하고 네가 흘리는 눈물을 게걸스럽게 핥아먹고 싶어.

안대영이 눈으로 삭삭 발라먹는 것도 모른 채 체크인을 마친 정은 규가 카드키를 들고 뒤돌아서자마자 정염 가득한 눈길과 마주쳐 미간을 설핏 찌푸린다. 뚜벅, 뚜벅, 뚜벅, 뚜벅. 가까워지기까지는 단 네 걸음이다.

"많이 피곤합니까."

"안 피곤해. 가자."

안대영은 슈트 케이스를 등 뒤로 넘겨 들고 있던 팔을 그대로 한 채 정은규와 로비를 걸었다. 커다란 샹들리에가 천장을 빼곡히 채워 찬란한 금빛 조명을 밝히고 있었다.

"성수기라 남는 룸이 코너 스위트뿐이라서 거기로 예약했거든요. 심지어 하프 오션 뷰라 아침에도 별거 없을 겁니다."

"상관없어."

교수들에게 제공되는 비즈니스 룸을 거절하고 굳이 돈 써 가며 다른 호텔에 예약한 쪽이 정은규였다.

"이왕 오는 거 스위트 이상으로 잡고 싶었는데. 내 마음대로 안 되니까 조금 속상한 건 있습니다."

그러니까 이 짧은 데이트는 낯간지럽지만 정은규에게 신혼여행 비슷한 거였다. 대영 씨에게 뭐라도 해 주고 싶었는데 역시 세상은 내 뜻대로 되는 게 하나도 없어.

엘리베이터에 올라타 17층 버튼을 누른 정은규가 지문 자국 하나 없는 문에 비친 안대영을 가만히 바라보았다. 여유롭게 기대 있는 그의 시선은 역시나 정은규에게 닿아 있었다. 슬쩍 뒤를 돌아 물었다.

"짐 두고 밖에서 한잔할까요."

내리깐 눈길이 정은규의 발뒤꿈치에서부터 천천히 올라가 눈동자와 어지럽게 얽힌다. 입술이 느지막이 떼졌다.

"그러든가."

사로잡혔다.

안대영은 성적 욕구를 낱낱이 드러낼 때 섹시함을 넘어 퇴폐적이고 위험한 분위기까지 풍겼다. 특히 엘리베이터처럼 폐쇄적인 공간에서는 이 위험한 정욕을 피할 재간이 없었다.

-17층입니다.

무미건조한 음성이 울리며 열린 문이 복도를 드러냈다. 벨벳 카펫 위로 먼저 구둣발을 내딛은 정은규가 복도 끝 방을 향해 서둘러 걸었다. 삑. 카드 키가 록을 푼다.

"대영 씨 자지 먼저 빨고 가죠. 빨고 싶어졌어요."

안대영이 들고 왔던 짐이 아무렇게나 바닥을 굴렀다. 쾅 닫히는 문에 그대로 기대 선 안대영이 제 앞에 무릎을 꿇은 정은규의 뒷머리를 힘 있게 붙잡았다. 온통 암흑인 공간에 퍼지는 작은 소음마저 붉은 색이 묻었다. 정은규는 있는 대로 급한 사람인 양 굴었으면서 바지 버클을 푸는 손길은 단정했다.

"뭐가 그렇게 애달아서 이래."

두둑한 사타구니가 부풀어 지퍼를 뚫고 나올 듯했으면서, 안대영은 태평하게 묻는다. 지―이익. 지퍼가 모두 내려가고 속옷 위로 정은규의 숨결이 달라붙었다.

"……체크인 할 때 날 왜 그렇게 보고 있었어요."

"내가 널 어떻게 보고 있었더라."

"이렇게…… 오자마자 달려들게 만들었습니다. 그런 눈이었어요."

"통했네? 눈치 빠른데."

꽉 쥔 머리채를 놓아주고 살살 어루만지는 손길이 칭찬을 담고 있다. 입을 크게 벌려 속옷째 도드라진 성기를 품어 보았다. 뻣뻣한 천이 침으로 젖는다.

윤곽을 따라 고루고루 침을 묻혀 훑은 정은규는 단숨에 부어오른 입술을 떼며 속옷을 살금 내렸다. 갇혀 있던 좆이 꺼내 주길 기다렸다는 듯 콧방울에 부딪쳐 인중을 찍고 입술로 퉁 떨어졌다. 정은규는 꿇은 무릎을 움직여 허리를 뻣뻣이 펴고 목구멍의 허용 범위까지 성기를 쑤욱 담았다.

"하아."

좁은 목구멍을 뚫은 귀두가 꽉 조여 조루 새끼처럼 곧장 싸 버릴 뻔했다. 입가로 침을 줄줄 흘리면서도 정은규는 거리낌 없이 쭉쭉 빨았다. 안대영의 허벅지를 짚지 않은 손으로 제 버클을 따 마찬가지로 터지기 직전인 자지를 꺼내 빠르게 흔든다.

"커흑, 흡."

빨아 줄 때는 코로 숨을 쉬어야 하는데 잘못해서 삼키는 바람에 사레가 들려 목을 부여잡고 콜록거렸다.

안대영은 기침하다 무너질 것 같은 정은규를 일으키더니 자세를 바꾸어 그를 문에 기대게 하고 발기한 성기를 한데 모아 빠르게 문질렀다. 커다란 손 안에 갇힌 성기가 마찰하며 열이 오른다. 정은규는 쾌감을 이기지 못해 뒷머리를 문에 마구 비볐다. 안대영의 손은 자지를 감쌀 때부터 젖어 있었다.

"아—! 아, 대영 씨……!"

척척한 소음과 신음이 공허한 방 안을 뒤덮는다. 메말라 보이는 정은 규의 입술을 집어삼켜 오롯이 감각에만 집중할 수 있도록 아낌없이 숨 결을 퍼부어 주었다. 혀뿌리를 뽑기라도 할 듯 거친 키스인 와중에도 입천장을 건들면 정은규는 간지럽다며 몸을 떨었다. 그러다가도 귀두를 짓궂게 문지르면 그 부분만 바짝 뜨거워져서 죽을 것 같았다.

잠깐만, 잠깐만요. 아, 귀두만, 귀두만 그러지 마. 응? 정은규는 입 안에 먹혀 버린 애원으로 부족해서 다리를 들어 잘 빠진 허리선에 대고 비볐다. 사락, 사악, 바지 질감과 셔츠 질감마저 야릇하게 뒤섞였다.

"으븝, 흐, 으읏!"

"후으…….”

서로의 인중에 더운 숨이 훅 끼친다. 이렇게 키스하다간 입술 표피가 죄 까질 것 같다. 누구랄 것 없이 터진 정액이 사방팔방으로 튀어 손과 옷은 물론이고 문에 가서도 주르륵 흘러내린다. 아래처럼 젖은 눈가가 어둠에 가려져 표정이 보이지 않는 안대영에게 향한다. 그의 손이 쿠퍼 액과 정액으로 엉망이 되었다. 안대영은 제 손에 묻은 액체를 할짝, 할 짝 혀를 내밀어 핥고 있었다.

"요새…… 자꾸 왜 먹어요, 그걸…….”

사정 후 탈력감에 치민 몸에 잔 떨림이 이어지다가 시들 때까지도 안 대영은 보란 듯이 정액을 맛있게 핥았다.

"짐승 같아진 애인을 뒀더니 호사를 누린다 싶어서.”

"……틀린 말도 아닙니다. 나는 이무기였고 승천할 때 용이 되었다고 하니 짐승은 짐승이겠죠.”

스윽, 숨결이 코앞에서 느껴진다. 입술이 마주칠 정도의 거리일 텐데

그의 예쁜 이목구비가 자세히 들어오지 않는다. 왜 이렇게 어둡······
아, 불을 안 켰구나. 정은규는 아차 싶어 뒤늦게 카드 키를 꽂았다. 방
안이 환해진다.

사라진 어둠이 정염을 뚝뚝 흘리는 안대영을 고스란히 드러냈다.
얼굴에 아주 날것의 흥분이 묻었다. 보기만 해도 아찔해지는 포식자의
유혹이다. 그는 혀끝에 묻은 정액을 보란 듯이 꿀꺽 삼키며 미소 지었
다. 정은규는 그 유혹에 넘어가지 않으려 아랫입술을 질끈 물었다가
놓았다.

"손 씻어요. 내일 일정 때문에 삽입은 안 됩니다."

매달려서 옷을 벗길 줄 알았다. 그렇게 하면 일정이고 나발이고 속
수무책으로 넘어가리라는 것을 이 남자가 모를 리 없었다. 그런데 안
대영은 정은규를 그윽한 눈길로 쳐다보다가 산뜻하게 물러나는 게 아
닌가.

"자기는 프런트에 전화 좀 해 줘. 우리 옷 입은 꼴이 세탁부터 맡겨
야 할 것 같지?"

깨끗한 왼손으로 정은규의 볼을 어루만지며 화장실에 들어간다. 신발
도 벗지 않은 채 우두커니 아래를 드러내고 서 있던 정은규가 쏴아아―
퍼지는 물소리에 이마를 덮었다.

씨발. 내가 무슨 짓을.

잘 하지도 않는 욕설을 지껄여 본다. 벅찬 한숨과 함께 슬리퍼로 갈
아 신고 로비에 세탁 서비스를 부탁한 정은규가 비치된 물티슈를 몇 장
뽑아 문에 묻어 있다가 바닥에 떨어져 고인 정액을 박박 닦았다.

연인의 앞에서 도통 이성적으로 굴 수가 없다. 추잡한 본능이 자꾸
고개를 내민다. 내가 원래 이렇게까지 적극적이었나. 안대영이 아니었
더라면 영원히 깨닫지 못했을 못된 본성이다.

그가 귀두를 세게 문질렀던 열기가 제게로 옮겨진 듯했다. 다리 사이

가 또 아릿해지려고 해 죄 없는 허벅지를 찰싹 내리쳤다. 정은규의 귓바퀴가 무척 붉게 달아올라 있었다.

* * *

동이 어슴푸레 뜨기 시작하는 새벽. 안대영은 발코니에 마련된 의자에 앉아 담배를 피우고 있었다.

뷰가 별로일 것이라던 정은규의 말과 다르게 도심 끝에서 이어진 바다가 어렴풋이 보이는 광경은 꽤 근사했다. 갈매기가 이른 시각부터 항해하는 배 위를 빙글빙글 선회하며 날고 있다. 해무가 자욱하게 껴 저 멀리 등대의 형상이 아른아른하다.

후우, 입술 사이로 해무처럼 뿌연 연기를 뱉는다. 광란의 밤이 지나고 조용히 가라앉은 도시에도 새로운 날이 밝았다. 사위는 어젯밤의 일은 없었던 것처럼 잠잠하고 무거운 해무 속에 파묻혀 있었다.

벌어진 가운 틈에 이슬을 머금은 새벽이 달라붙었다. 어차피 태양이 떠오르면 사라질 것이다. 안대영은 무료하게 담배를 피우며 아직 잠들어 있는 빌딩과 아파트를 둘러본다. 땅 한 평이라도 허투루 쓰지 않으려 다닥다닥 붙여 올린 아파트의 외벽은 전면 통유리창으로 제자리를 찾은 태양과 검푸른 바다를 거울처럼 비추었다.

맨 가슴에 머물렀던 눅눅한 찬기가 금세 휘발되었다. 크리스탈 재떨이 안에 얇은 담배를 비벼 끈 안대영이 룸으로 들어갔다.

몇 시간 전, 나가서 한잔하자던 정은규는 안대영이 샤워하는 동안 침대에 웅크려 누운 채로 곯아떨어져 버렸다. 용케 세탁물은 전달한 모양인지 무방비하게 벌어진 가운차림으로 말이다.

잡아먹어 달라고 용이라도 쓰는 듯한 모습이었지만, 안대영은 저 자세 그대로 자면 일어나서 근육통이 올까 싶어 제대로 눕히고 이불까지 잘 덮어 주었다. 짧은 시간 숙면을 취할 수 있도록 실내 온도를 쾌적하게 맞추는 것도 잊지 않았다.

비록 잠든 정은규를 안주 삼아 서비스 와인을 마시며 자위하는 건 우스운 일이었지만……. 편한 숨을 색색 내쉬며 잠든 연인의 안정감은 노곤한 흥분을 불러일으켰다.

그래도 이대로 첫날밤을 보내는 건 억울해져서 잠든 얼굴에 정액을 쌌다. 내심 자는 사람 상대로 이게 뭐 하는 짓이냐며 졸린 눈으로 자지를 앙 물어 주는 걸 원했는데, 정은규는 얼굴에 정액을 묻히고도 고롱고롱 숨을 내쉬며 잘 잤다.

태평한 모습이 괘씸한데 한편으론 귀엽기까지 해서 정액을 말끔히 닦아 준 후에도 손가락으로 입술과 볼을 찌르고 만지작거리며 한참을 가지고 놀았다. 그쯤 되면 깨어날 법도 한데 정은규는 미간을 흠칫흠칫 모았다 펴며 으음, 하고 뒤척이기만 하였다.

뾰족하게 날 세울 때는 언제고 순해 빠져선.

결국 또 지는 쪽은 안대영이었다. 그리고 안대영은 한숨도 자지 못했다. 퇴마사를 불러 잡귀를 청소하고 제 눈으로 안전하다는 것을 확인했음에도 이곳이 낯선 타지라는 이유 하나만으로 정은규의 곁에 느슨히 앉아 밤을 새웠다.

정말 네 불안이 나에게 옮겨 오기라도 했나.

참나. 시시콜콜한 상념 따위로 고민하는 자체가 재미있었다. 당연한 일상이 그동안 우리 둘에게는 당연하지 못해서 이딴 망상에 가까운 상념을 재고해 본다는 자체가 황당하기도 하고.

샤워하고 나왔을 때 정은규는 자고 있었다. 젖은 머리에서 물기가 뚝뚝 떨어져 시트를 점점이 적신다. 안대영은 느긋하게 담배 한 대를 피운 후 가슴까지 내려간 이불을 끌어올려 덮어 주었다.

그리고 계속 연인을 바라보았다. 손대면 깨질까 조심스러운 눈길이다.

톡, 톡, 물방울이 떨어진다. 떨어지지 못한 물방울은 목선을 타고 내려가 가운에 스며들었다.

그때 벨이 울렸다. 미리 주문해 놓은 룸서비스가 시간 맞춰 도착하는 소리였다.

오붓한 시간을 방해해 짜증이 난 안대영이 혀를 찼다. 룸서비스가 도착했다는 건 정은규도 기상해 밥 먹고 준비해서 나가기 적절한 시간이란 뜻이다. 좆같은 시간은 죽지도 않고 흐르는군. 안대영은 제가 맞춰 둔 시각에 오차 없이 도착했음에도 한여름에 싸늘한 냉기를 폴폴 풍겼다.

새 수건을 머리에 얹어 남은 물기를 닦아 없애는 동안 직원은 식기를 세팅하고 정중한 인사와 함께 퇴장했다. 애매하게 젖은 수건은 소파에 대강 던졌다.

방해꾼이 사라지고 문이 닫혔다. 다시 둘이다.

정은규는 달그락거리는 소음에 잠에서 깨는지 무심코 팔을 뻗어 비어 있는 옆 자리를 훑어보았다. 따뜻한 피부가 아닌 시트만 감기자 눈꺼풀을 겨우 들어올린다.

"……대영 씨."

운동이라도 갔을까. 막연히 빈자리의 상대를 찾아 작게 부르자 가까운 곳에서 대답이 들렸다.

"나 여기 있어."

"왜 이렇게 일찍 일어났어요."

"눈이 일찍 떠졌어. 밥 먹을래? 아니면 좀 더 잘래?"

밥이라고 말하니까 음식 냄새가 콧속에 파고들었다. 정은규는 비실대며 일어나 이불을 치웠다. 아…… 멍해. 테이블에 차려진 음식은 한식이다. 흑임자 소스를 끼얹은 샐러드, 불고기, 황태 해장국, 오밀조밀한 밑반찬과 디저트까지. 김이 피어오르는 국을 멍하니 쳐다보다가 버석한 얼굴을 쓸어내렸다.

"씻고 올게요."

"먹고 씻어. 너 어제 제대로 먹은 것 없잖아."

"그냥 자서 찝찝합니다. 먼저 먹고 있어요."

하여간 깔끔 떨기는.

안대영은 정은규를 기다리면서 메일함을 열어 갖가지 보고 내용을 훑어보았다. 김석호가 얼기설기 프로그래밍 했던 기존의 인트라넷 환경이 북산을 통해 구체화될 때까지는 메일로 보고 받았으며 보안이 걸린 안건은 통화로 해결하는 식이었다. 되도록 명부에 내려갈 일이 없도록 간소화시키고자 하였지만, 좀처럼 아날로그를 벗어나지 못하는 명부의 경우 아직도 한문으로 적힌 두루마리가 돌아다녔다.

이에 관하여 김석호는 통탄해했다. 멀리 갈 것도 없이 당장 이승과 저승을 소재로 다룬 드라마만 봐도 실제 모습과 크게 다르지 않았다. 제작자가 죽어서 명부에 당도하면 자기들이 상상했던 그림이 맞았다고 좋아할 것이라며, 격변하는 시대에 맞춰 조금씩 바뀌어야 한다고 김석호는 제법 고집을 세게 부렸다. 이승의 현대 문물과 업경을 적절히 조합시켜 인트라넷이라는 통로를 최초로 도입한 개발자의 푸념으로 적절한 목청이었다.

이것은 안대영도 어느 정도 동의하는 바였다. 이승에서 살아 보지 않았으면 모를까, 명부는 시간 낭비에 특화된 곳이었다. 상소를 쓰기까지 떠드는 시간이 하루 꼬박, 그 결과물을 1차로 평등왕에게 보고하면 거기서 또 검토, 2차로 염라에게까지 올라가면 꼬장꼬장한 노인네는 이미 1차 통과가 된 상소에 낙인을 찍기까지 질질 끌었다.

그 시절에야 망나니 미친놈 취급 받으며 열한 번째 지옥에서 잠만 자고 이무기와 희희낙락해 정사에 관심이 없었다지만, 먹이사슬의 최상에 올라선 현재는 말이 달라졌다. 안대영이 속 터지는 일처리를 눈뜨고 봐줄 리 없었다.

체제 개혁을 하면서 각 지옥의 환경을 뒤집었을 뿐만 아니라 기존에 첩첩산중이었던 보고 단계를 줄이고 북산을 거쳐 메일과 전화로 축약시킨 데에는 일의 효율성을 올리기 위함이었다. 메일만 해도 많이 발전한 거다. 이승에 널려 있는 저승사자들도 업경에 업무 일지를 올렸으니 발전한 기술과 접목한다면 전보다는 훨씬 나아지리라. 손 볼 데가 너무나 많았다.

안대영은 메일을 훑어보면서 변화한 환경에 맞춰 불철주야 고생하는 명부의 일원들에게 아낌없는 애정을 드러냈다.

"좆같이 굼뜬 것들. 죄다 굼벵이로 만들어 버릴 수도 없고."

애정치고 격한 표현이긴 하지만.

이때 드라이기 소음이 멎었다. 욕실 슬리퍼를 가지런히 정돈한 정은규가 앞에 앉았다. 쥐고 있던 핸드폰이 포물선을 그리며 침대에 떨어졌다.

안대영은 잠을 멀끔히 날려버리고 돌아온 정은규에게 수저를 내밀었다. 바삭하게 말린 머리는 아무것도 묻어 있지 않아 얌전히 가라앉아 있었다. 머리도 많이 길어 어느새 눈썹까지 자랐다. 정은규는 남들보다 머리카락이 빨리 자라는 편이었다.

"몇 시까지 가야 해?"

척 봐도 남기게 생겨 정은규의 밥을 떠 간 안대영이 묻는다. 정은규가 음식물을 꼭꼭 씹어 삼킨 후 침대 밑에 둔 핸드폰을 흘깃 살피자 눈치 빠른 안대영이 현재 시각을 일러 주었다.

"지금 7시 50분."

척하면 척이다. 정은규는 입가에 미소를 매달았다.

"아홉 시까지니까 충분히 여유 있네요."

"언제 끝나는데."

"다섯 시요. 끝나면 회식 있을 겁니다. 빨리 나올게요."

"전화 줘."

"예. 그동안 대영 씨는 어디에 있을 겁니까."

"볼일이 있어서. 흐음, 다섯 시 안에 끝날 거야."

"아, 혹시 며칠 전에 미팅 갔었던 그 일이에요?"

"응, 먹어. 근데 내가 해 준 게 더 맛있지, 자기야."

"예. 훨씬."

피식 웃으면서 밥 위에 불고기를 얹어 준다. 잠시 이걸 먹어야 할까 숟가락을 든 채 멈칫한 정은규가 장난기 서린 안대영을 똑바로 응시하며 져 준다는 마음으로 우물거렸다.

"잘 먹네."

"소꿉장난은 한 번이면 족합니다."

"두 번은?"

"간지러워서 싫어요."

"난 세 번 하고 싶은데?"

"내가 해 줄게요."

제게 했던 것처럼 불고기를 안대영의 밥그릇에 올렸다. 그런데 뻔뻔하게 나올 줄 알았던 안대영이 먹기는커녕 밥 위에서 식어 가는 불고기만 노려보는 게 아닌가. 불고기만 올려 주고 제 몫의 식사를 정갈하게 잇던 정은규가 의뭉스럽게 바라볼 즈음에 그는 기막혀하는 탄식을 뱉어 내었다.

"씨발. 이딴 게 뭐라고 존나 간지럽네."

"거 봐요."

정은규는 뻔뻔한 척 밥을 뭉텅이로 씹어 삼키는 안대영을 보며 씩 웃고 식사를 마저 이었다. 올라간 실내 온도를 감지했는지 에어컨이 밍밍하게 돌아갔다.

* * *

여름용 슈트를 단정히 갖춰 입은 정은규가 데스크에서 병원명과 이름이 적힌 출입증을 받아 목에 걸었다. 비치된 간식은 꿀떡과 계절 과일이 함께 들어 있는 도시락에 병 커피였다. 정은규는 반갑게 인사해 오는 교수들에게 짧은 묵례를 하며 병 커피만 집어 들었다.

하계 학술 세미나는 협회에 등록된 신경외과 의사들이 모인 자리로 매년 열렸다. 개최 지역은 제주도를 제외한 국내에서 정해졌으며 작년엔 서울이었던지라 몸이 편했다. 서울이 찜통이라면 부산은 해가 사람을 말려죽일 듯 뜨겁고 따가웠다. 안대영이 갓길에 내려 주고 떠난 후 2분이나 걸었나……. 그 사이에 땡볕에 널어놓은 생선이 된 기분이었다.

"은규 아니냐. 인마, 작년보다 더 잘생겨졌네?"

메인 강의를 맡게 된 노교수가 다가와 아는 체하며 살갑게 어깨를 어루만졌다. 정은규는 당장 이 사람이 누군지 기억이 안 나 눈가를 좁혔다가 배에서 달랑거리는 병원명과 이름을 본 후에야 아, 하고 허리를 숙였다.

"안녕하십니까. 교수님도 건강하셨죠?"

"나야 뭐~ 이만큼 늙었는데도 아직까지 수술방 드나들며 잘 살았지. 근데 너 결혼하냐? 진짜 신수가 훤한데?"

대체 내 얼굴이 어떻기에 여기저기서 결혼을 운운하지. 정은규는 그런 와중에 부정하지 않았다.

"만나는 분은 있습니다."

"역시! 때깔이 좔좔 빛난다 했어. 날 잡으면 청첩장 꼭 보내라."

"……예."

아마 청첩장 뿌릴 일은 영원히 없겠지만.

얼굴을 잊어버린 교수 몇이 와서 친한 동료처럼 가벼운 스킨십과 안부를 물었다. 이럴 때마다 정은규는 사람의 기억력이 얼마나 좋은지 새삼 놀라곤 한다. 매일 보는 병원 사람들도 수술방에서 눈만 드러내고 있으면 얘가 누구였더라 싶을 때가 있는데 1년에 하루 몇 시간 보는 사이면서 살갑기 그지없다.

　물론 이 자리가 지식을 공유하는 목적에 앞서 인맥 형성과 유지 용도로 쓰인다는 것을 잘 안다. 다 사는 요령이다. 게다가 정은규는 이곳에서도 막내였다. 대한민국 사회에서 막내란 어딜 가도 고달픈 사랑을 받는 입장이었으니 적당히 영양가 없는 겉치레 정도야 못 할 것 없었다.

　"정은규 교수님?"

　막 들어가려던 때 누가 등을 콕 찔러 돌아보았다. 그리고 정은규는 상대를 발견하자마자 엇, 하고 한 걸음 물러났다.

　"여기서 이렇게 만나다니! 그동안 잘 지냈죠? 참, 내 가족이나 다름없는 핏줄이 세연역 앞에 떡집을 열었는데 스투키 화분을 보냈다고 들었어요. 화분 관리는 초보인 아이들에게 스투키라니, 참으로 딱이라서 교수님의 센~스에 감탄을 금치 못했지 뭡니까아."

　"……."

　이렇게 많은 사람들 가운데 유일하게 잘 안다고 칭할 수 있는 인물이었다. 동굴 저음에 말이 많고 시끄러운 남자. 아, 인물이라기엔 사람 인 자를 쓰면 안 되긴 한데. 정은규는 순간 환영을 본 줄 알고 남자의 등 뒤를 기웃거렸다.

　"그 화분, 직접 본 게 아니라 들은 거 맞습니까?"

　"에헤이~ 말이 그렇다는 거지요! 말이! 화분 님은 내가 집으로 모셔서 뿌리 하나 안 상하게 잘 관리해 주고 있다고요. 흐흐흐."

　목에 정은규와 같은 출입증을 걸고 머리부터 발끝까지 선이라도 보러 나가나 싶을 만큼 꾸민 남자는 초량이다. 정은규가 눈을 가느스름하게 뜨고 사태를 파악하는 동안 초량은 이곳의 교수들과 오래 알고 지낸 양 스스럼없이 어울렸다. 웃긴 건 초량을 알아보지 못하는 게 당연한 교수들도 당황스러운 기색을 한 채 안부를 주고받았다는 사실이었다.

　정은규는 초량의 목에 걸린 출입증을 훑었다. 개천 병원은 어디야?

이름도 못 들어 본 병원명이야 그러려니 하는데 문제는 성씨에 있었다.

"도⋯⋯초량?"

초량은 돌주먹을 말아 쥐고 가슴께를 씩씩하게 내리쳤다.

"으하하. 그렇소, 소인은 도초량이라고 하오. 나 오늘 어때요? 슈트 쫙 빼입으니까 완전 멋있죠?!"

"어, 성 붙이니까 사람 이름 같습니다. 그런데 왜 도 씨예요? 설마⋯⋯."

아니야, 안 듣는 편이 낫겠다고 얼버무리려는데 그 질문만을 기다렸다는 듯 초량이 한 발짝 빨랐다. 귓가에 저음이 또렷하게 꽂혔다.

"도깨비 대왕 초량을 축약해서 도초량. 내가 짓고도 센스가 넘쳐서 뿌듯하기 그지없어요."

"⋯⋯예."

대꾸해 줄 말이 없었다. 설마 그건가 싶었거든. 떨떠름하게 멀어지자 초량은 콧노래를 부르며 병 커피만 들고 있는 정은규의 다른 손에 간식 팩을 들려 주었다.

"이건 비밀인데 이거 십오량이가 새벽부터 만든 거예요. 이런 도시락을 보고 케이터링 서비스랬나 뭐시기랬나, 외국말이었는데 아무튼. 요놈들이 부산에서 업체 공수하려는 거 우리가 채갔거든. 교수님이 먹을 거라니까 어찌나 집중하던지, 하나라도 먹지 않으면 실망이 이만저만이 아닐걸?"

"대신 감사하다고 전해 주세요. 여긴 대영 씨가 보내서 오신 겁니까."

"응. 일일 보디가드! 안 대표가 부산에서 볼일이 있다고 하더라고~ 교수님도 오랜만에 만날 겸 내려왔지요. 그리고 뭐더라? 우리 회계 깨비가 건미역 좀 사 오라던데 이따 거기도 가 봐야 해요."

어쩐지. 안대영의 볼일이라는 게 무엇인지 궁금해졌다. 이따가 물어보든가 하고.

"부산까진 비행기 타고 왔어요?"

"비행기? 엥? 부산에도 공항이 있어요?"

"김해 공항 있잖습니까."

"아이씨! 몰랐네! 알았으면 비행기 타고 왔지! 안 대표 개놈 새끼가 열차 탄다는 걸 만석이라고 해서 노랑이 몰고 왔는데! 나 여기 오는데 다섯 시간 넘게 걸렸어요! 이승이라 날아올 수도 없어서 운전만 죽어라 했는데 제~엔장, 왕 새끼 얄팍한 술수에 당했네. 배로 갚아주고 말 테다."

까드득까드득 이를 간다. 정은규는 주먹까지 쥐고 다짐하는 초량의 옷깃을 살짝 잡고 이끌었다. 슬슬 들어가 발표 준비를 해야 했다.

"그래요. 잘했어요. 오래 걸렸을 텐데 고생했습니다. 어쨌든 반가워요. 늦은 인사지만 초량 씨는 잘 지낸 것 같네요."

"그으럼. 나 살 좀 빠지지 않았어요? 이런 옘병, 우라질 놈들이 지들 가게 바쁘다고 이 귀한 몸을 아르바이트생으로 부려먹는데 제때 밥도 못 먹었다니까."

확실히 초량과 있으니 귀찮게 말 거는 사람들이 없었다. 정은규는 발표 자료가 들어 있는 외장 하드를 도우미에게 넘긴 후 파일을 옮기는 그녀의 뒤에 서서 문자를 꾹꾹 찍어 보냈다.

[초량 씨 만났습니다. 대영 씨는 볼일이 있다고 하던데 수고해요.]

'대영 씨♥'로부터 답장이 금세 도착했다.

[시끄럽겠네.]

별안간 웃음이 터진 정은규가 물음표를 달고 돌아보는 도우미에게 아무 일 없었다는 듯 화면을 가렸다.

"죄송하지만 제목에 오타가 하나 있어서 거기만 고쳐 주세요. 예. 맨 뒤에 S만 지우시면 됩니다."

자리로 돌아온 정은규는 필기가 빼곡하게 적힌 노트를 펴 둔 채 낭패에 깃든 초량을 곁눈질했다.

"이런~ 망할."

"왜요."

"아무 노트나 가져온다는 걸 떡집 레시피 노트를 가져와 버렸어. 떼잉, 쯧."

지금쯤 십오량 놈이 아주 난리가 났겠어. 인중을 갉작갉작 긁던 초량이 이윽고 파하하 웃었다. 이 귀한 몸을 넝마처럼 부려먹은 대가다, 이놈들.

하도 혼잣말을 많이 해서 정은규는 흥미 없이 정면으로 고개를 돌려 버렸다.

[이따 만나. 점심 굶지 말고.]

무음 모드로 돌려놓은 핸드폰에 짧은 메시지가 떴다. 정은규는 바르게 앉아 펜을 빙빙 돌리고 있다가 액정을 흘끔 보더니 핸드폰을 주머니 속에 집어넣었다. 그리고 간식 팩 뚜껑을 열어 초량에게 포크를 건넸다. 같이 먹어요.

* * *

절벽 아래로 철썩, 처얼썩, 검푸른 파도가 쳤다. 포말이 하얗게 부서진다.

절벽에서 가까운 곳에는 드라마 촬영지로 유명세를 탄 교회가 있다. 드라마가 한류 열풍을 불러일으키면서 신도라곤 동네 사람 몇 명뿐이었던 작은 교회는 관광 명소로 환골탈태하였다.

한적한 교회가 관광객으로 바글바글해지자 조용히 예배를 드렸던 소수의 신도들은 자연스럽게 발길을 끊었고, 목사는 부지를 서울의 사업가에게 팔아 넘겼다. 이후 사업가는 교회에 올라오는 길을 산책로로 개조해 아예 관광 목적으로 전환했다.

조경 시설물 공사에 돈이 어마어마하게 들어갔지만 앉아만 있어도 수금이 되는 판이라 금세 짭짤한 수익을 맛보았다. 까지가 의뢰인이 늘어놓은 지지부진한 서두였다.

장황한 서두와 달리 지금 이곳에 서 있는 자는 안대영이 유일하다. 그의 입에 물린 담배가 해풍으로 빠르게 타들어 갔다. 관광객은 단 한 명도 없었다. 교회 아래로 길을 내려가면 입구에 출입 금지 팻말이 걸려 있기 때문이었다.

사업가는 불과 반년 사이 바글바글하던 관광객이 빠져나가게 된 경위에 대해 울분을 토하며 털어놓다가 안대영이 계속 떠들 거면 나가라고 딱 자르자 꽁해져서 눈물만 훔쳤다. 선일 행정사 사무소를 소개시켜 준 하나당 이재숙 의원으로부터 '거기 대표는 수틀리면 억만금을 준다 하여도 내쫓는 사람이니 을의 자세를 취하라'고 전해 들었기 때문이었다.

"……."

안대영은 혼자 서 있는 절벽 아래를 감흥 없이 내려다본다.

절벽 너머는 마치 세상의 끝에 당도한 것처럼 아름다운 풍광이 펼쳐져 있었다. 안전 바가 설치되어 탁 트인 경관을 조금이라도 막고 있는 것이 아쉽다. 입장료가 상당히 비싸다고 들었는데 감안해서라도 올 법하다. 인간이라면 누구나 아름다운 경치 앞에서 반드시 카메라를 꺼내야 하는 버릇이 깃들었으니까. 이런 걸 보면 역시 돈 버는 새끼들은 따로 있단 말이야.

다시 돌아가서. 이 절벽에서 뛰어내린 사람이 올해만 다섯이라고 했다.

기다랗게 매달린 담뱃재가 툭 떨어져 먼지처럼 흩날렸다.

아무도 오지 못하게 하라고 당부했기에 이곳은 철썩 치는 파도와 해풍이 전부였다. 불어오는 바람에서 짠내가 묻어났다.

새 담배를 물고 손가락 끝에서 피어난 불을 붙인다. 푸르스름한 연기가 어지럽게 흩어졌다.

「살고 싶지 않지? 지겨운 인생을 끝내고 싶잖아……. 네 마음을 나는 알고 있어.」

해풍이 목소리를 싣고 왔다. 죽은 지 오래되어 색을 잃은 목소리였다. 필터를 질겅질겅 씹다가 깊게 빨아들인 안대영이 가만히 서서 목소리를 들었다.

「살아서 뭐 할 거야? 너는 쓰레기일 뿐이야. 죽으려고 왔잖아.」

「뛰어내려. 자유를 얻을 수 있어.」

「뛰어내려…….」

세 갈래로 뻗어지는 목소리. 끝으로 갈수록 쇳소리가 섞여 사포로 문지르는 것처럼 거칠게 변하는 음성.

흔히 물귀신이라 부르는 수귀의 유혹이다. 음성의 무게로 보았을 때 이미 악귀가 되었으며 이런 것들은 퇴마사 선에서 해결이 불가능하다. 저 정도의 악귀가 유혹하면 평범한 인간은 저절로 뛰어내리게 될 수밖에 없다.

자살을 빙자한 타살이 되지만 그런 개죽음을 누가 알아줄까. 그 혼은 아무도 데려가지 않은 채 묵혀져 또 다른 악귀가 되는 것이다. 할 일이 게이트 앞까지 쌓인 저승사자가 여기까지 와서 망자를 거둘 수도 없는 노릇이고.

냉정하게 말해 허드렛일이다. 쓰레기 처리반인 안대영이야 출장비를 있는 대로 뜯어내고 이름값 하는 처지라지만.

「뛰어내려. 우리가 널 기다리고 있어…….」

「잠깐의 고통은 아무것도 아니야…….」

악귀는 절벽과 바다의 거리가 상당해 서 있는 자가 저승의 영천왕임을 알아보지 못하고 유혹하는 중이다. 안대영은 귀찮은 기색을 덕지덕지 묻힌 채 담배를 피웠다. 아. 귀찮아.

그때 재킷 안에 넣어 두었던 핸드폰이 띠잉, 하고 울린다. '우리 은규'에게서 도착한 메시지. 악귀의 유혹을 한 귀로 흘린 안대영이 이리저리 휘날리는 머리칼을 쓸어 넘겼다.

[초량 씨 만났습니다. 대영 씨는 볼일이 있다고 하던데 수고해요.]

도깨비가 늦어서 발 동동 구르는 꼴을 보고 싶어 일부러 자차 끌고 가라며 밀어붙였는데 제 시간에 도착했나 보다. 이래서야 놀려먹는 보람이 없잖아. 안대영은 한 손으로 키패드를 톡톡 쳤다. 시끄럽겠네.

단언하건대 더는 정은규에게 보디가드 따위는 필요 없다. 그에게도 충분한 힘이 생겼으니까. 그런데도 굳이 초량을 불러다 붙인 데는 '만약'과 '혹시나'의 가정을 애초 지워 버리기 위해서였다. 초량은 말 많고 시끄럽지만 일 하나는 기똥차게 해내는 도깨비다. 동업자로는 편하고 좋지.

안대영은 문자 하나를 더 보내고 재킷을 벗어 안전 바에 걸어 두었다. 안에 입은 옷이야 해지거나 찢겨져 나가도 상관없는데 재킷은 정은규가 선물해 준 옷이기에 함부로 굴릴 수 없었다. 핸드폰이 들어 불룩한 재킷이 해풍에 가만가만 흔들렸다.

담배가 구둣발에 짓이겨졌다. 일하러 가 보실까.

안전 바를 훌쩍 넘은 몸이 절벽 아래로 뚝 떨어졌다. 떨어질 때 미련이라곤 눈곱만치도 없었다. 새로운 희생자를 향해 악귀가 입을 쩌억 벌리고 있을 것이다.

쿵―! 콰앙, 쾅!

돌연 마른하늘에 천둥이 거세게 쳤다. 번개가 세상을 쪼개 버릴 듯 크게 쳐 하늘이 어둡게 번쩍였다. 먹구름이 재빨리 몰려들고 사위는 새까만 어둠에 잠겼다. 쾅, 쾅, 천둥이 하늘 문을 부수기라도 할 것처럼 우렁찼다.

바다에 풍덩 빠질 줄 알았던 안대영은 큼직한 암석에 착지해 나풀나풀 가라앉는 머리칼을 헤집어 넘겼다. 난데없이 등장한 저승왕에 놀라 바다에서 유혹의 목소리를 내던 악귀들이 몸을 옹송그리고 꽁꽁 숨은 모양이다. 언제 유혹했냐는 양 고요하다.

"나와."

어둠이 내린 파도는 더욱 성이 나 날뛰었다.

안대영은 손바닥을 펴 손날 부분을 아드득 깨물었다. 제 살을 물어뜯음에도 거리낌이 없다. 물어뜯긴 손날에서 피가 배어나오다 금세 양이 불어 주르륵 바다로 흘러내리려고 할 때 핏빛의 검이 모습을 드러내 손바닥에 착 감겼다. 상처 난 손바닥은 깨끗하게 아물어 흔적을 찾아볼 수조차 없었다. 그는 재차 입술을 연다.

"안 나와?"

철썩, 철썩, 파도는 안대영이 서 있는 암석을 교묘히 빗겨나 친다. 그는 성난 파도의 한 가운데 검을 들고 권태롭기 짝이 없는 표정으로 서 있었다.

"내가 먼저 너희를 찾으면 머리, 몸, 팔, 다리까지 여섯 조각으로 잘라 뿌릴 거야. 나를 여기까지 오게 만들었는데 그 정도는 해야 돌아가는 길이 보람 있지 않겠어?"

단조로운 협박이 통했는지 어디선가 흡, 흐흑, 흡흐흑, 가녀리게 떠는 아주 작은 울음들이 파도에 떠밀려 왔다. 안대영은 따분해하며 손목시계를 들춰보았다. 정오가 되어 가는 시각. 정은규는 점심 식사를 눈앞에 두고 있으리라. 워낙 똑똑하고 똘똘한 양반이니 발표는 안 봐도 잘했을 테고……. 보고 싶은데. 빨리 끝내고 가야겠군.

"마지막이야. 나와."

말 끝나기 무섭게 머리들이 불쑥불쑥 근처에서 솟아올랐다. 떨어지면서 온몸이 으깨져 너덜거린 모습으로 지내다 보니 악귀 중에서도 흉하기론 세 손가락 안에 들었다. 저 꼴을 하고 거열 하겠다는 말을 무서워하다니, 악귀는 스스로 자기 자신이 어떤 모습인지 모른다. 그래서 악귀다.

「사, 살려, 살려 주세요. 사사, 살려 주세요.」

「단지 친구가 필요했을 뿐이에요……!」

「외로웠어요, 외로웠어요. 외로웠어요!」

무광산에서 과거의 결계를 넘었을 때 소멸하지 못하고 남겨졌던 어린 악귀들도 그랬었다. 정은규와 친구 하려 했었다고.

친구. 핑계대기 편리한 단어다. 통하지 않자 악귀는 납작 엎드려 돌을 바득바득 긁으며 빌었다.

「다시는! 꺄악! 다시는 그러지 않을게요!」

「살려 주세요……!」

「끼야악!」

"말이 많아."

끼이이익, 기괴한 울음이 나오기도 전에 악귀들이 파스스 연기만 남기며 소멸해 버렸다. 약속대로 거열 하지 않은 채 얌전히 소멸시켜 주었으니 자살하려고 굳센 마음을 먹은 인간이 아니고서야 유혹에 홀려 뛰어내리는 인간은 이제 없을 테다.

「영천왕이 새로운 세상의 왕이 되었다더니 사실이로구나…….」

바다를 울리는 음성이 귀에 와 꽂혔다. 감히 대적할 용기가 없으니 숨어서 떠드는 것이리라.

쓰레기 처리반답게 허드렛일이었다. 검을 갈무리한 안대영은 빈손을 바지 주머니에 넣은 채 끝없는 바다를 물끄러미 바라보았다. 안타깝게도 음성의 주인을 굳이 찾아내서 소멸할 성의까지는 갖추지 못했다. 그래 봤자 떠드는 선에서 그칠 텐데 사서 귀찮은 짓을 만들 이유가 없잖은가.

스윽, 스윽, 어둠이 가신다.

성이 나 세찬 파도가 서서히 안정을 되찾는다.

먹구름이 몰려왔던 속도보다 느리게 걸음을 물렸다.

그의 머리카락과 살결에 짜디짠 바닷바람이 존재를 묻히려 달려들었다.

안대영은 고개를 들어 맑아지는 하늘을 올려다보았다. 메마른 천둥이 친 적도 없었던 것처럼 밝아지는 중이다.

반짝임을 되찾는 세상의 중심에서 그는 단정 지었다. 이런 저런 일이 벌어져도 역시 이승처럼 태평한 곳은 없노라고.

절벽 위로 돌아와 얌전히 걸려 있는 재킷을 걷어 어깨에 걸친 안대영은 뒤돌자마자 못 볼 걸 봤다는 듯 인상을 찡그린 마리아를 맞닥뜨렸다.

"어우. 이 냄새는 뭐야? 너 뭐 하고 왔니?"

"알면서 뭘 묻나……. 왜요. 저한테 악귀 살점이라도 붙었습니까?"

"한꺼번에 얼마나 처리했기에 냄새가 이래. 거기다 소금 짠내까지 섞여서 더해. 입수한 것도 아니면서. 대체 얼마나 오래 방치된 악귀였던 거야?"

"그래서 씻으러 가는 참입니다. 10분만 늦게 오시지 그랬어요. 아니다, 많이 늦으셨구나. 마리아 님은 시간 개념이 없으신 편이군요."

"넌 오랜만에 만나도 영 싸가지가 없어. 일찍 왔으면 기다리게 만들었을 거잖아."

"뭐 그런 칭찬까지. 그리고 일어나지 않은 일에 심증부터 들이대지 마세요. 시간 맞춰 오셨으면 안 겪어도 되셨을 일입니다."

심드렁하게 대꾸하며 마리아를 지나친 안대영이 저벅저벅 걷는다. 목사가 교회에서 생활했었던 터라 안에 조그만 샤워 시설이 구비되어 있다고 하니 쓰지 말래도 쓸 생각이다. 교회로 직진하는 안대영의 등에서 재킷이 너풀거린다. 마리아가 넓은 등에 대고 이야기했다.

"부패한 교회야. 들어가서 좋을 것 없어."

"내 알 바 아닙니다. 부패한 교회든 절이든 내가 알 게 뭐예요. 씻고 올 테니 바다 구경이나 하고 계세요."

"그래서 나더러 기다려라?"

"싫으면 말고. 며칠을 못 기다려서 여기까지 오신 분이 할 말은 아니죠."

미친놈이라 불렸던 영 왕자는 영천왕이 되었고 염라를 밟으며 명부의 최정상에 올라섰다. 권력의 탑에 위풍당당하게 올라서면 성향이 폭력적으로 변할 법도 한데 저렇게 한결같을 수가 있을까.

원래도 영이 수를 한참 앞서 보고 실리를 챙긴다는 건 알고 있었지만 대왕이 되어도 같으리라는 보장은 없을 거라며 막연히 예상했었다. 하지만 지하세계의 새로운 왕은 놀랍도록 무저갱을 잘 이끌고 있었다. 단시간에 그 많은 지옥을 갈아엎고 제어한다는 게 보통 일이 아닌데 새어 나오는 뒷말도 없지 않은가. 아랫놈들이 영천왕을 상대로 반란을 도모할 의지조차 없어 순응하고 산다는 가능성도 있겠다.

모두가 두려워하는 자. 그는 상황 파악이 빠르고 현명하며 대단히 이성적이다.

정정해야겠어. 전과 하나도 변하지 않은 게 아니라, 저놈은 태생부터

왕을 해먹었어야 하는 놈이라고.

음. 솔직하게 말하자면 무저갱의 왕이 되자마자 전부 말아먹을 줄 알았는데 의외란 말이야.

까마득한 높이에 위치한 절벽에 서서 바라보는 풍광이 아름답다. 뒤돌아선 마리아는 마른천둥이 쳤던 하늘을 가르고 포르르 날아와 무릎을 꿇는 수호신의 머리를 쓰다듬었다.

"걱정이 되어 내려왔니?"

「갑작스러운 천둥번개인지라 살피려 내려왔습니다.」

"문제없단다. 영이 제 검을 부르면서 일어난 충돌일 뿐이야. 작은 소동으로 기록하렴."

「그렇습니까. 알겠습니다. 그럼 저희는 다시 올라가겠습니다.」

"그래. 아이가 눈치채지 못하도록 잘 수호하는 것 잊지 말고."

「걱정하지 마십시오, 마리아 님.」

깍듯하게 인사한 수호신이 작은 날개를 파닥여 공중에 붕 떠올라서도 꾸벅 예를 갖춘다. 귀여워라. 정은규의 곁에도 정체를 숨긴 수호신 넷이 24시간 지키고 있었다.

햇빛을 받아 반짝거리는 수면은 조금 전 일이 없었던 것처럼 평온하다. 마리아는 안대영을 기다리며 찬란하게 빛나는 물결을 인자하게 바라보았다.

"치킨마요? 고작 그런 걸 줬어?"

가까운 곳에서 통화 소리가 들렸다. 멀끔히 샤워하고 환복한 안대영의 귀에 핸드폰이 붙어 있었다. 마리아는 턱짓으로 벤치를 가리키는 안대영을 보며 인정을 동반한 상념이 언제였냐는 듯이 이를 갈았다. 저 싸가지 없는 새끼, 어딜 오라고 명령이야.

"어. 아니, 잠깐 미팅이 있어서. 몇 시에 쳐들어가서 자기 구해 줄까."

-쳐들어오지 마세요. 제가 상황 봐서 탈출하겠습니다. 참, 대영 씨.

초량 씨도 저녁 함께 할까요?

"걔가 왜 껴. 그 새끼 혼자 온 거 아니니까 자기는 신경 쓰지 마."

-(야, 이 개만도 못한 왕 새끼야! 비행기 한 방이면 되는 걸 너 때문에 개애뻘짓을 했……) 대영 씨. 내가 이따 다시 전화 걸게요.

벤치에 적당한 거리를 두고 떨어져 앉은 마리아가 딱딱한 나무에 등을 기댔다. 안대영은 담뱃갑을 꺼내 흔들어 솟아오른 담배를 빼 물었다.

"아이는 잘 지내는구나."

길어질 통화가 아니어서 더 기다리지 않아도 되었다. 연기를 내뿜은 안대영이 피식 웃는다.

"수호신을 넷이나 붙여 놓으신 분이 모른 척하시긴."

역시 알고 있었다. 나른하게 흡연하는 안대영의 옆얼굴을 힐끗 쳐다본 마리아가 팔짱을 척 꼈다.

"연애질에 푹 빠져서 모를 줄 알았는데?"

"은규는 모릅니다. 뭐, 알게 된다고 해도 성격상 일은 방해하지 말라고 하겠죠."

"난 네가 과잉보호라고 욕할 거라 예상했어."

"과잉보호인 줄은 아시니 다행입니다."

"말하고 나니까 웃기네. 애, 몇 시간 떨어져 있을 뿐인데 도깨비씩이나 붙여 둔 너만 하겠니."

"하하. 그런가요."

"그래!"

물기 짙은 바람이 훅 끼쳤다. 마지막 연기를 뱉어 낸 안대영이 눈썹 아래 남은 흉터를 만지작거렸다.

"사랑에 빠지면 답도 없는 얼간이가 된다고 하더군요. 나는 밤마다 그 얼간이가 됩니다."

"……."

"내 옆에서 잠든 연인이 어느 날 갑자기 하늘로 돌아가진 않을까, 내가 곁에 없는 사이에 간이 배 밖으로 튀어나온 악귀가 덤비진 않을까. 그딴 멍청함에 잠긴 얼간이가 된 겁니다. 걔는 전과 다르거든요. 제 한 몸은 건사할 줄 아는 능력이 생겼죠. 그런데 나는 전에 없던 불안 속에서 서성이고 있는 거예요."

"……."

"비가 오는 날이면 더합니다. 나한테 이딴 꼴을 겪게 만들려고 그쪽이 은규에게 비를 내린 건가 싶었던 때도 있었죠."

나지막이 늘어놓는 진심이 유약해 보일 만도 한데 그는 오히려 오라가 형형했다. 그리고 무척 즐거운 기색을 드러냈다.

"우스운 건 내가 이러기 전엔 은규가 그랬다는 겁니다. 내가 또 죽을까 봐, 떠날까 봐."

"……."

"둘 다 멍청하기 짝이 없죠. 뭐, 정도로 따진다면 이성을 제쳐두고 감정에 앞선 내 쪽이 더 멍청하겠군요."

싸늘함을 장착한 눈길이 나무 몇 그루와 저 너머의 바다까지 닿았다. 어떻게 이런 진심을 토로하면서도 철옹성처럼 강해 보일 수 있단 말인가. 하물며 그는 불안마저 유희로 삼고 있었다. 마리아는 사랑에 빠져 멍청이든 얼간이든 무엇도 상관없다는 식의 안대영을 들여다보았다. 거스러미가 일어난 입술에 새 담배가 물렸다.

"그래서 그 귀여운 수호신이 얼쩡거린다는 걸 알고 있음에도 거두지 않고 굳이 도깨비도 데려다 붙인 겁니다. 어차피 지나가면 비웃고 말 감정들이니 지금 들은 건 잊어요."

명부의 어느 저승사자라도 이 이야기를 듣는다면 까무러칠 것이다. 우리 대왕님은 피도 눈물도 없는 잔혹한 분이신데 불안이라니, 씨알도 안 먹힐 소리 하지 말라며 손사래를 치려나.

마리아는 한겨울 소나기가 거세게 내리치던 병실에서의 안대영을 떠올린다. 그때가 안대영의 나약함을 최초로 발견한 날이었다. 사랑이라는 감정 앞에선 드높은 권력과 힘도 쓸모없었다.

"불안을 더듬고 서성이는 선이라면 언제든 발을 뺄 수 있어. 걱정 마."

"걱정? 하하, 안타깝게도 거기까지는 아닙니다."

"네 불안의 크기가 점차 커진다면 걱정도 깃들기 마련이야."

마리아의 손에서 성스러운 빛이 쏟아져 보듬고자 하였으나 안대영은 눈길 한 번으로 쳐냈다. 가차 없는 거절이었다. 저, 저 망할 놈!

"그딴 오지랖 듣자고 늘어놓은 얘기 아니니까 만나자고 한 이유나 말해요. 뭐 때문에 발을 동동 구르며 여기까지 찾아온 겁니까."

성스러운 빛이 서서히 자취를 감춘다. 마리아는 속이 따끔거렸다. 그러니까 이건 익히 알고 있는 무저갱의 망나니 영 왕자와의 대담이 아니라, 새로운 세상의 왕으로 우뚝 올라선 영천왕과의 정상회담이었다.

네가 어떤 놈인지 빤히 알고 있으면서도 스스로 '사랑에 빠진 얼간이'라 지칭해 순간 안일하게 보려 하였구나. 그는 전처럼 구제불능 미친 놈이 아니었다. 새삼 그가 커다래 보였다. 마리아는 목을 가다듬었다.

"너희 쪽 필경사가 작성한 서류 검토해 봤는데 조율이 필요해. 고작 서류로 오갈 간단한 문제가 아냐."

"어느 부분에서요."

마리아가 손을 뻗자 어디선가 제자들이 우르르 나타나 넙죽 자료를 바치고 물러났다. 안대영은 두툼한 서류철을 들고 빠르게 장을 넘겨보았다. 한자가 빼곡하게 적힌 서류 군데군데 체크 표시가 그려져 있었다. 탁, 읽는 속도만큼 빠르게 하늘의 요구를 파악한 안대영이 서류철을 덮었다.

"어쩌죠. 난 조율 못 해 주겠는데."

마리아는 그럴 줄 알았다는 듯이 탐스러운 머리칼을 매만지며 대답했다.

"그럼 우리 쪽 요구 사항이 충족될 때까지 너랑 입씨름 할 수밖에."

"별것도 아닌 잡스러운 일로 시간 쓰는 데 재주가 있으시다면야. 뭐, 재밌겠네요."

"이게 진짜 말 되게 예쁘게 하네?"

"제 매력을 이제야 아시다니…… 섭섭해라."

둘 사이에 얄팍한 긴장을 실은 바람이 휘요오, 하고 꼬리를 길게 빼어 불었다.

* * *

쾅, 하고 초량의 맥주잔이 테이블을 찧었다. 이곳은 호텔 근처의 회식 장소인 횟집이다. 테이블을 다닥다닥 붙여 건배부터 하는 게 보편적인 회식의 시작인데 정은규는 안쪽 조용한 좌석에 초량과 단둘이 마주 앉아 있었다.

"그래서 내가 곰~곰이 3분간 생각한 후에 다른 의견을 냈단 말이에요? 꽃을 싫어하는 거면 화분은 어떠냐고. 그런데 고민하는 기색도 없이 딱 잘라서 싫다는 거야아. 아니, 싫을 수 있지. 그럼, 그럼. 그래도 나는 대거리를 듣자마자 대못이 턱하고 박혀 버린 거예요. 교수님 같아도 상처 받겠죠. 응?"

"아니요. 별로."

"에잉?! 별로라고?!"

"예."

초량은 기술 좋게 정은규만 쏙 빼더니 다른 교수들이 합석하지 못하도록 일부러 테이블을 따로 잡아 커튼까지 쳐 놓았다. 덕분에 관심 없는 대화와 인맥의 장에서 벗어날 수 있었다.

정은규는 윤기가 좌르르 흐르는 회를 앞에 두고 초량의 연애 고민을 반쯤 흘려 넘기며 들어 주고 있었다. 원래 메뉴는 감성돔이 아니라 광어였던 것 같은데……. 심지어 감성돔은 메뉴판에 시가로 표시되어 있다.

한 젓가락에 두세 점씩 낼름낼름 집어 먹는 초량과 달리 조금 있으면 도착할 안대영과 저녁을 먹으려 소주만 축내고 있던 정은규는 밑반찬으로 나온 당근을 가져가 씹었다.

"왜?! 어떻게 상처를 안 받지?! 나는 3분간 생각하고 말한 걸 3초 만에 거절당했는데?!"

"싫어하는데 굳이 질질 끌어 대답할 필요 없잖아요."

"……그런가?!"

"사람마다 성격이 다 다르니까요."

"그렇구나……."

도움이 전혀 안 되는 답변에도 초량은 큰 깨달음을 얻은 모양인지 연신 고개를 주억거렸다. 정은규는 테이블에 올려 둔 핸드폰이 언제 울리려나 괜히 흘끔 쳐다본 후에 짧아진 당근을 오도독 깨물었다.

초량이 연애 전선에 뛰어들었는지 몰랐다. 따로 용건이 있을 리도 없고, 살갑게 안부 문자를 보내는 성격도 아닌지라 무소식이 희소식이라고 여기며 시간을 보냈다. 그 사이에 초량의 가슴 속은 분홍빛 애정이 깃들어 예쁜 꽃을 피웠다.

정은규는 사랑의 바보가 된 초량이 신기했지만 내색하지 않았다.

처음 만났을 때만 해도 도깨비 신부가 되어 달라면서 어쩌구저쩌구 시끄러운 수작질을 걸었던 도깨비는 제대로 된 짝을 만나 그녀인지, 그일지 모르는 상대에 대해 저에게 털어놓는 동안 볼을 화하게 붉혔다. 초량 씨에게 이런 모습도 있었구나. 지켜보고 있자니 정말 인연이라는 건 정해져 있나 싶기도 하고.

"초량 씨가 그분을 많이 좋아하시나 봅니다."

초량은 회를 한꺼번에 다섯 점을 집어 우물거리더니 과장스럽게 테이블을 내리쳤다.

"헉. 교수님, 지금 설마 질투?! 사실 나를 마음에 품고 있었던 거예요?"

"전혀 아닌데요."

"아이, 진짜 똑 부러져."

"초량 씨는 저한테…… 좋은 친구죠. 예."

"흐흐. 나 역시 그래요. 내가 이승에 살면서 친구라곤 만들어 본 적이 없는데 교수님이 유일하다니까? 근데 아직 안 사귀어요. 차일까 봐 고백도 안 했어~"

"예?"

연애하는 사람처럼 말해서 여태껏 사귀는 줄 알았다. 게다가 초량은 입만 다물면 훤칠하니 잘생긴 데다 도깨비 특유의 마력이 한몫해 사람을 몰고 다녔으니 당연히 쌍방 감정인 줄 알았지. 이런, 전제 조건이 애초에 틀렸네.

"짝사랑이에요?"

정은규가 묻자 초량은 또다시 볼을 빨갛게 붉혔다.

"그게, 큼, 그렇게 됐네. 큼큼."

"어쩌다가요."

"아이고 나도 몰랐죠, 이렇게 될 줄은. 처음엔 내가 그 무ㅅ, 아니 그분한테 낯을 가려서 피해 있었는데 요상하게 갈수록 시선이 가더라고. 오! 땅인 줄 알고 발을 내디뎠는데 사실 늪이었던 거야~"

땅이 아니라 늪이었다……. 짝사랑을 표현하기에 찰떡같은 비유법이다. 곱씹어 보던 정은규는 문득 떠오른 질문을 던졌다.

"사람입니까."

이 질문을 처음에 만났을 때도 했던 것 같은데……. 그때와 의미가 다른 물음에 데자뷔가 일었다. 곧장 대답할 줄 알았던 초량은 웬일로 머뭇거렸다. 시원시원한 화법에 장애물이 턱 낀 듯이 우물쭈물해 정은규는 그를 지그시 바라보며 잔을 비웠다.

"말하기 곤란하면 안 해도 됩니다. 드세요."

회가 3분의 1만 남은 접시를 초량의 앞으로 밀어 주었다. 단순히 궁금했을 뿐이지 캐물을 의도는 없었던 터라 비어 있는 초량의 잔도 꽉 채웠다. 아, 그러고 보니 초량 씨 차 가지고 왔다고 들었는데 헤어질 때 대리도 불러 줘야겠다. 잊지 말 것. 머릿속에 쓱싹쓱싹 메모를 끄적여 놓았다.

초량은 회 아래 깔린 천사채를 지분거리더니 결심한 듯 입을 떼었다.

"교수님이랑 성향이 비슷해요. 쌩~한 찬바람이 불어. 차갑고 냉정해서 일밖에 몰라. 근데 알맹이는 귀여운 면모도 있고, 세심하고, 무엇보다 예쁘지. 그리고 정말 작아서 품에 가득 안으면 사라질 것 같아요. 키가 요만해. 발도 완전 작은데 자기처럼 귀여운 단화를 신고 다녀."

그 '요만하다'라는 기준을 설명하기 위해 팔을 이만큼 뻗어 보이는 초량의 얼굴은 이제 황홀함에 젖어 있었다. 사람이냐, 아니냐를 물었더니 엉뚱한 자랑을 늘어놓아 정말 '단단히 빠졌다'는 표현에 적절한 모습이다. 정은규는 초량이 신나게 자랑하는 내내 대꾸 없이 기다려 주었다.

사랑은 누구에게나 말랑말랑함을 끌어내는구나. 나도 대영 씨 앞에서 초량 씨 같을까.

언뜻 시계를 보았을 때는 여섯 시가 넘은 시각. 안대영이 늦다.

"아, 그래! 머리 장식을 사 줄까?! 항상 단발을 고집하던데 길이가 짧으니 비녀를 꽂을 순 없을 테고, 작은 꽃핀 정도면 무척 예쁠 거야! 그죠?!"

혼자 북 치고 장구 치고 실컷 떠들더니 손뼉을 딱 치며 엉뚱한 결론을 낸다. 정은규는 어디로 튈지 모르는 대화 속에서 청자의 본분을 다해 맞장구를 쳤다.

"잘 어울렸으면 좋겠네요. 일단 그분이 선물을 받아 주시길 바라겠습니다."

"역시 교수님이랑 이야기하면 해결이 나올 줄 알았어! 아이, 오는 길에 생지랄 하긴 했지만 왠지 교수님한테 털어놓으면 콩고물 묻힌 인절미처럼 뜨끈한 답이 나올 것 같더라니. 그런데 우리 교수님이 왜 회를 안 먹지. 회 싫어해요? 튀김 먹을래요?"

"아니요. 저 신경 쓰지 마시고 초량 씨 많이 드세요. 횟값은 제가 결제하겠습니다."

"오잉? 한 점도 안 먹었으면서 교수님이 돈을 왜 내지? 이거 너무 이상한 계산법인데. 교수님은 소주 반 병에 꼴랑 당근 두 개 먹었는데? 흠흠! 그럼 당근은 서비스로 칠 테니까 소주 값 20원만 내요."

"아, 진짜. 왜 그럽니까. 왜 또 안 받으려고 해요."

공병을 슈퍼에 가져다 줘도 100원은 받는 세상에서 20원이 말이야, 돌이야. 나 때문에 여기까지 내려온 수고와 더불어 세미나 간식에 들어간 꿀떡 값은 어쩌고. 후자는 협회에서 지급했겠지만 개인적인 부채감은 그 이상이다. 어서 떨쳐 내고 싶었다. 빚지는 기분은 질색이란 말이야.

정은규는 지갑 안에서 신용카드를 꺼내 계산서에 꽂고 벨을 눌렀다. 빼도 박도 못하게 중간 계산을 해 버려야 설전으로 번지기 전에 끝날 것을 알았다. 예! 갑니다! 직원의 활기찬 소리침이 쩌렁쩌렁 울렸다. 초량은 가득 채운 맥주잔을 두 모금 만에 비운 후 삶은 메추리알을 테이블에 도로록 굴려 껍질을 깠다.

"왜냐하면 내가 교수님보다 돈이 더 많기 때문이지요. 그리고 이건 교수님이 폐 끼치는 게 아니에요. 나는 안 대표한테 정당한 대가를 받았다구우. 아니, 뭐 먹기라도 했으면 몰라. 먹지도 않았으면서 돈을 왜 내? 나야말로 이해할 수가 없구만!"

"그러게. 이해할 수가 없네."

말과 함께 커튼을 걷고 들어온 자는 직원이 아니라 안대영이다. 정은규는 계산서를 내미려다가 움칫했고, 안대영은 계산서에서 신용카드를 빼 정은규의 재킷 앞주머니에 넣었다. 딱딱하고 네모난 플라스틱을 주머니에 넣어 줄 때 약지가 가슴을 사악 훑고 빠져나왔다.

"이 회도 물론 정당한 대가에 포함이고요. 몰랐지이?"

아이씨, 당했다. 정은규는 초량을 밉지 않게 흘겼다. 싱글벙글 웃던 초량은 안대영이 잔을 빼앗아 멀리 두자 단번에 뿔이 바락 난 도깨비가 되어 눈을 부라렸다.

"치사한 놈아. 왕씨이나 돼서 내가 먹은 술이 아깝냐?"

"실컷 처먹었으면 가."

"지느러미는 먹고 갈 거다, 서울에서 부산까지 자전거 타고 올 놈아."

"북산에 갔더니 도깨비 냄새 묻은 꽃다발이 있더군. 그것도 관리소장실에."

"뭣이?!"

순간 초량의 안색에서 피가 모조리 빠져나간 듯 새파래졌다. 안대영은 한쪽 입가를 올린 채 초량을 깔보았다.

"안색이 왜 그 지랄이야. 아, 내가 한 말에 찔렸어?"

비아냥거리며 놀리는 솜씨가 일품이다. 말발로 안대영을 이기려면 타인을 대할 때 갖춰야하는 예의의 기본 소양부터 버리고 와야 한다.

그 사이에 정은규는 대사 한 줄로 이야기 대상의 꼭짓점을 맞추었다. 그러니까…… 나와 성향이 비슷하며, 차갑고 일밖에 모르는 데다, 정말 작아서 품에 안으면 사라질 것 같다는 짝사랑 대상이…….

"너, 너! 너 이 육시럴 사이코패스야! 너만큼 싸가지 털린 무사대장 새끼 아직도 나한테 감시자로 붙여 놨냐?!"

"내가 널 감시해야 할 이유가 있던가?"

"근데 그걸 어떻게 알아! 이이! 이!"

"돌대가리라고 자랑해? 계수복이 누구 밑에서 일하는지 잊었나."

"아악!"

"알아들었으면 밖에 너만큼 시끄러운 애새끼들 데리고 꺼져."

초량은 분개하여 사자후를 내지르더니 커튼을 확 치고 나갔다가 다시 돌아와 정은규에게 붉으락푸르락해진 얼굴로 서울에서 연락하겠다며 인사하고 도망쳤다. 그래, 저건 도망이었다. 밖에 동료분들이 계시다면 대리는 안 불러도 되겠지. 쓱싹쓱싹, 머릿속의 메모를 도로 지운다.

"……."

정은규는 생선회 중에 제일 맛있다는 지느러미 부위만 덩그러니 남겨져 있는 접시와 떠나간 초량의 자취를 가만가만히 좇았다. 주섬주섬 짐꾸러미도 챙긴다.

"사람이 아니었네요."

"뭐가."

"사람이냐고 물었거든요. 초량 씨가 좋아하는 분."

"저 지랄 하는 것도 오래 못 가."

"아니던데요. 전혀 수작이라는 느낌이 없었습니다."

사춘기 소년의 첫사랑처럼 볼을 발그레 붉혔다고요. 떡집 때문에 엄청 바쁜 와중에도 중간중간 시간을 내서 찾아간 듯했습니다. 그러나 거기까지 덧붙이진 않았다. 안대영의 기분이 나빠 보여 초량의 연애사가 싹 잊혀졌다.

"관심 없어. 일어나, 우리도 나가자."

"무슨 일 있었습니까."

"별일 아냐."

"별일 같아서 물은 겁니다."

"음. 그냥 한번 져 줬어, 내가."

"누구한테 졌는데요."

"자기는 몰라도 되는 일이야. 가자, 예약 해 놨는데 늦겠다."

"제가 혼내 줄 수 있는 사람입니까."

늘 지니고 다니는 단도를 떠올리며 짐짓 심각하게 물었다. 안대영은 계산을 끝내고 뒤돌아 정은규의 손목을 붙잡았다. 가게 밖으로 나가자마자 해풍이 몰고 온 더위가 살갗에 다닥다닥 들러붙었다. 캄캄한 하늘과 반대로 간판 네온사인이 불을 환하게 밝혀 낮같은 밤이다.

"사람한테 질 리가 없잖아. 그리고 진 게 아니라 져 준 거라니까."

"……"

"또 고양이처럼 쳐다보지. 이번엔 어쩔 수 없었어. 더 싸우다가는 너 만날 시간 못 맞출 뻔했거든. 근데 자기야, 술을 얼마나 먹었기에 그런 깜찍한 소릴 하는 거야?"

"반 병 마셨습니다. 멀쩡해요. 예약한 덴 어딥니까."

그러면서도 싸웠단 말이 신경 쓰여 정은규는 잡힌 손목을 빼내어 안대영의 손끝부터 드러난 모든 곳을 꼼꼼히 훑어보았다. 아무리 봐도 상해를 입었는지 확인하는 눈길이라 쇄골까지 머무른 시선을 차단시키고자 손바닥으로 정은규의 눈을 가린 안대영이 귀에 대고 소곤거렸다.

"하나도 안 다쳤어."

"거짓말하면 혼납니다."

"너한테 거짓말을 왜 해. 자기가 이러면 나 서운해?"

"알았어요. 가요."

양손으로 눈을 가린 안대영의 팔을 붙잡아 내린 정은규가 맞은편

에서 통통 튀듯이 걸어오는 강아지의 산책길을 방해할까 옆으로 비켜
섰다.

그대로 지나갈 줄 알았던 강아지가 정은규의 발치에 서서 냄새를 킁
킁 맡고 갈 생각을 않자 견주가 리드 줄 끈을 당겨 초코야 가자, 하고
그들을 지나쳤다. 강아지는 다시 수많은 사람들 사이를 통통거리며 유
유자적하게 지나갔다.

산책하는 강아지를 신경 써 본 적이 있던가. 단언컨대 없었다.

바닷가에서 쏘아올린 폭죽이 밤하늘에 불꽃을 그려 냈다. 별것 아닌
불꽃을 보며 낭만적이다, 라고 생각했다.

숨이 턱턱 차오르는 더위가 폐를 짓누르려 들었지만 기분은 나쁘지
않았다. 어깨를 감싸는 팔이 있기 때문이었다.

그래. 생경하다. 모든 게 전부.

정은규는 직각으로 이어지다 동그란 선을 그린 어깨 끝을 매만지는
커다란 손과, 그래서 품에 살짝 안기게 된 몸과, 어김없이 풍겨 오는 달
달한 체향과, 한겨울의 밤을 닮은 차갑고도 다정한 목소리에 감각을 곤
두세웠다.

"이상하죠."

"뭐가."

이 많은 사람들과, 네온사인과, 어둡게 출썩이는 파도가 싫지 않아졌
다. 정은규는 팔을 등 뒤로 뻗어 안대영의 허리를 감싸 안았다.

"대영 씨와 있으면 싫어하던 것도 다 괜찮아져요."

안대영의 입술이 관자놀이에 가서 초옥, 붙었다.

"그렇다고 네가 가진 무언가를 바꾸려고 들진 마. 그런 노력은 안 해
도 돼."

"……예."

사랑하는 이와 함께라면 장소는 어디든 상관없었다. 또 하나의 깨

달음을 터득했다.

* * *

안대영이 예약했다던 식당은 해안가에 길게 늘어선 포장마차 중 한 곳이었고, 선풍기가 탈탈 돌아가는 자리에 앉아 적당히 후텁지근한 온도와 함께 늦은 저녁 식사를 했다. 신선한 해산물과 소주가 찰떡궁합이었던지라 정은규의 젓가락질이 끊이지 않아 안대영은 썩 만족한 기색을 보였다.

모처럼 배불리 식사하는 정은규를 안주 삼아 술잔을 기울이던 안대영이 테이블에 팔꿈치를 기대어 턱을 괸 채 대놓고 구경할 즈음엔 소주 세 병이 동나 있었다.

포장마차 사장은 서비스로 나갈 해물 무침을 만들면서 그들을 흘긋흘긋 쳐다보았다. 눈은 두 남자에게, 손은 도마 위에서 양파를 썩둑썩둑 자른 후 얇게 채 썰고 있었다.

보통 술이 넘치게 들어가면 괄괄해지거나 소주잔을 떨어트려 깨부수는 등 자질구레한 진상이 될 법도 한데 이 남자 손님들은 원체 조용한 데다 얌전했다. 저 허여멀건하니 예쁘게 생긴 총각이 성수기엔 예약이 불가능하다고 했을 때 말없이 현금 다발을 내밀어 아이구, 어서 오시라며 받길 잘했지. 저렇게 조용히 술 먹는 손님들은 여름의 바닷가라면 더더욱 찾아보기 힘들었다.

예쁜 총각은 옆에 앉아 정갈하게 폭음하는 잘생긴 총각에게서 시선을 떼지 못했다. 뭔 사인데 저런담. 호기심이 치솟아 호구 조사부터 시작해 둘의 사이를 이러쿵저러쿵 묻고 싶었지만, 한나절 매상만큼 예약금을 던진 예쁜 총각으로부터 쓸데없이 말 걸지 말라는 전언이 있었으므로 속으로만 궁금해 했다.

사장이 둘에 대해 몹시 궁금해 하거나 말거나 정은규는 한 잔 두 잔 마시던 술을 나중에 가서는 물처럼 들이켰다. 안대영은 손가락 사이에 담배를 끼운 채 잔을 들어 정은규의 잔에 쨍하니 부딪쳤다. 여기 마음에 든다면서 배시시 웃는 걸 보면 취한 게 분명한데 안대영은 말리지 않고 지그시 바라보기만 했다. 풀어진 모습이 보기 좋아서.

술이 세다는 말이 거짓이 아닌 게, 정은규는 혼자 소주 여섯 병을 마시고도 술 한 방울 안 마신 사람처럼 멀쩡히 걸었다. 그리고 담배를 사러 편의점에 들른 안대영에게 수박 맛 하드를 스윽 꺼내 들이밀었다.

"이거 먹을래요."

안대영은 하드의 초록색 부분이 5㎜나 커졌다고 강조된 부분을 툭 쳤다.

"맛있는 걸 먹어. 이딴 거 말고."

"다른 건 싫습니다."

"고집하고는."

정은규는 인공적인 단맛이라면 치를 떨면서 술이 오를 때만은 꼭 색소가 범벅돼 달기만 한 하드를 사 먹어야 직성이 풀렸다. 주사도 참 본인다웠다.

분홍색 얼음을 아그작아그작 씹다가도 초록색 부분을 내밀어 안대영은 기꺼이 베어 물고 혀로 뭉개며 단맛이 사라지길 기다렸다. 정은규는 아이스크림도 꼭 핥거나 빠는 게 아니라 얼음덩이를 무찌르겠다는 듯이 아작아작 씹어 삼켰다.

발밑에 모래가 푹푹 빠진다. 둘은 밤바다가 펼쳐진 해변 위를 걷고 있었다.

다 먹고 남은 나무 막대기를 손가락에 담배처럼 끼운 정은규가 다른 손은 안대영에게 붙잡힌 채 기우뚱거리며 모래사장을 밟았다.

낮이면 무수히 많은 파라솔이 펼쳐지는 자리에 돗자리를 펴고 앉은 피서객들이 폭죽을 쏘고, 무리지어 다니며 이성에게 추파를 던지는 사람들이 만연했다. 이런 곳을 산책하고 있는 자체가 기막힐 따름이다. 인간으로 살았을 때보다 훨씬 인간미 넘치게 살고 있었다. 씨발 염병도 떨어야 느는 거라더니.

안대영은 종잇장처럼 나풀거리는 정은규를 흘깃 살폈다. 걷는 폼이 곧 고꾸라질 기세였다.

"업어 줘?"

"아니요."

"그러다 자빠져."

"안 자빠집니다."

철썩, 철써억, 밤바다가 잠잠한 파도를 밀고 와 모래사장을 거푸 적셨다. 정은규는 뒤를 돌아 이제껏 걸어온 거리를 흐린 눈으로 가늠했다. 호텔과 가까워지고 있었다.

"나 사실 바다 싫어해요."

그리고 난데없는 고백을 꺼냈다. 안대영은 담뱃갑에서 솟아오른 담배 한 개비를 갑째 가져가 물어 뺐다.

"알아."

"아는구나……. 아무튼 중요한 건 지금은 안 싫다는 겁니다."

"자기는 나랑 있으면 다 좋다며. 어디를 가든, 뭘 하든."

"어. 맞아요. 어떻게 알았지? 내가 말했습니까?"

만취 상태인 정은규가 휘청거린다. 넘어지기 전에 허리를 낚아챈 안대영이 이런 와중에도 표정 변화가 없는 정은규를 살폈다.

"은규야, 그냥 업히자. 자빠져서 무릎 깨지 말고."

"안 자빠진다니까요. 대영 씨, 내가 바다를 싫어했던 건 아마…….

응, 이무기였을 때 못에 하도 가둬져서 그런 거예요. 아니, 아니. 솔직하게 말하면 그런 거라고 생각해요. 아닌가, 그게 맞나. 어쨌든 물이 지겨워요. 전에는 광안리에 갔었는데 날짜가 크리스마스 근처였거든요. 그런데 막, 내 눈엔 물귀신만 보이고……. 그것들이 날 잡아먹으려고 자꾸 손짓하고 그랬어요."

"그랬어?"

나오는 대로 뱉는 말을 받아주면서 등을 내보인 안대영이 본능적으로 엉금엉금 업히는 정은규를 추켜 일어섰다. 정은규는 취하면 수박 맛 하드를 찾고 말이 조잘조잘 많아졌다. 안대영에게 업힌 정은규가 뺨을 그의 목덜미에 가져다 대고 웅얼거렸다.

"너무 싫었어요. 물귀신이 셀 수 없이 들끓어서 나한테 막 손짓하는데 끔찍했어요. 그래서 세미나 끝나고 도망치듯이 서울에 올라가 버렸어……. 근데 여기는 한 마리도 없네요. 왜 없지. 귀신도 성수기를 가리는 겁니까. 이상해."

"원래 존나 많았는데 우리 은규 무서워서 꽁지 빠지게 도망갔어."

"말도 안 돼. 내가 뭐가 무섭습니까."

"무섭지. 자기 이제 이무기 아니잖아. 네가 나도 이겨먹는데 제일 세지."

"그럼 나도 승천해서 용이 됐으니까 마리라고 숫자 세는 건가요?"

"발상이 왜 거기로 튀어."

"난 그래도 명으로 세어지는 게 좋은데……. 아, 내일 서울 가기 전에 빵 사야 돼."

"갑자기 뭐?"

"빵……. 효준이가 사 오랬어요. 까먹으면 안 돼. 빵, 카스테라……."

"효준이는 뭐 하는 씨발 새낀데 여기서 이름이 나와."

"대영 씨 등 되게 따뜻해. 넓고, 든든하고. 근데 허리는 왜 잘록해요? 바지 나랑 비슷하게 입던데. 아아, 너무 피곤해."

대체 화제가 어느 곳으로 튀는지 짐작조차 할 수 없었다. 이건 대화를 하겠다는 뜻보다 혼자 주저리주저리 늘어놓는 술주정이라고 보아야 한다.

"피곤하면 자."

"근데요. 있잖아요, 안대영 씨. 나는 안대영 씨가 다치는 게 정말 싫어. 나 때문에 다치는 건 더더욱 싫어요. 취했다고 장난으로 하는 말 아닙니다."

"……."

"승천할 때 당신 배에 칼 꽂힌 거 보는 순간 정말로, 나는 정말로……. 정말 무너졌어. 사실은 대영 씨를 기다리는 매일이 힘겹고 괴로웠는데 티를 못 냈습니다. 그러면 당신의 희생을 무시하는 꼴이 되어 버리니까."

"……."

"그때 말했던 것처럼 나는 기다리는 건 자신 있었어요. 할 줄 아는 게 버티고 견디는 것뿐이라 그거라도 잘해야 한다고 여겼습니다. 하지만 돌이켜 보니 나는 나만 추스르고 기다렸던 거야. 대영 씨가 얼마나 아프고 괴로웠는지는 모르고, 나만……. 시간이 지나면 지날수록 당신한테 너무 미안해져. 내가 뭘 해 줄까요. 뭘 해 주면 될까요."

시시콜콜함을 벗어 버린 해묵은 아픔이 모래알에 퍼져 진창이 되었다. 안대영은 홀로 타들어가 뚝 떨어진 담뱃재 같은 기분을 느낀다. 파도에 젖은 모래 위로 발자국이 새겨졌다가 쓸려 나간다.

정은규는 안대영을 기다리는 내내 적셔진 모래 같았다. 새겨진 상처를 이성이 뒤덮고, 그러다가도 그리움이 깃들면 새 상처가 여실히 파였다. 그것들의 반복이 지칠 때까지 이어졌다. 덤덤함과 묵묵함이 제멋대로 섞인 정은규의 속은 넝마가 되어 이제야 천천히 기워지는 중이다. 모르지 않았다.

안대영이 일회성 취중진담 따위에 녹아드는 성격이 못 되리라는 것을 알면서도 정은규는 애절하게 굴었다. '뭘 해 주면 되느냐'는 빚을 탕감하고자 던진 것이 아니다. 많이 늘긴 했어도 아직까지 서툰 애정 표현이 딱 거기까지인 것이다.

사랑한다는 말 한마디보다 강력하게 와 닿는 진담이라는 걸 너는 알까.

"너한테 못한 말이 많아. 아마 너와 함께하는 내내 털어놓지 않을 거야. 물론 이런저런 말을 함구한다고 해서 있었던 일이 없어지지도 않고."

"……."

"내 일은 내가 알아서 했으니까 지난 일 끌어다가 절절해하지 마. 난 네가 생각하는 것처럼 말랑말랑한 타입이 아냐. 막무가내는 더 아니고. 아, 그래. 뭘 해 주면 되냐고? 그런 말도 안 되는 삽질들이나 갖다 버려."

"싸가지 없어."

참나. 실컷 듣더니 고작 한다는 감상이 저따위다. 알코올 내음이 가득해 물컹한 분위기가 파삭 깨졌다.

"자기 한정 호구 새끼한테 지나치게 서운한 말씀을 하시네요."

"그래서 좋아요. 모두에게 다정한 거 싫어. 앞으로도 나한테만 다정하게 굴어요."

"대체 씨발 장단을 어디다 맞춰야 하는 거야? 두 번 만취하면 듣기 좋은 개소리로 날도 새겠다."

"대영 씨 매력이니까…… 칭찬이었습니다."

정은규의 양 팔이 안대영의 목을 그러안는다. 몸이 조금 더 밀착되었다. 가슴의 고동이 등에 닿았다. 안대영은 해변의 끝에 당도해 층이 낮은 계단을 올랐다. 파도 소리가 멀어지고 도시의 소음이 자리 잡았다.

"너 취했으니까 하나만 기억해. 나도 너 많이 보고 싶었어. 네가 생각하는 것 이상으로."

"······응."

"이 얘긴 여기서 끝내."

"그래도 다치지 말아요. 대영 씨는 지겹게 들리겠지만, 나는 매번 진심이야. 다치지 마."

하지만 안대영은 빈말이라도 약속해 줄 수 없었다. 만에 하나 예전과 비슷한 상황에 놓인다면 그는 정은규를 수십 번이고 죽음의 구렁텅이에서 꺼내 주리라. 팔다리가 잘려 나간다면 몸뚱이로 기어서라도 지킬 것이다.

신념은 결코 변하지 않는다.

말하지 못한 많은 것들 중에 하나라고 절대로 털어놓을 수 없었다. 말하지 않은 진심의 무게가 대단히 무겁다. 미처 전하지 못한 말이 가슴 안에서 떠돌다 공해가 되었다.

검고 쿰쿰한 공해가 내장 속을 깊이 파고들어 글씨를 썼다.

[그는 너를 위해 언제든 헌신할 준비가 되어 있다. 이것이야말로 네게 있어 유일한 약점이 가장 커다란 강점으로 변한 순간이지 않겠는가.]

맞는 말이다.

백색 가로등이 몸속의 공해를 유인하고자 머리 위로 환한 빛을 내리쬐었다. 업힌 채 잠든 정은규가 새근새근한 숨을 목에 흩뿌렸다.

보행자의 그림자가 도로까지 길쭉하게 그려진다. 그 아래 드리워진 그림자가 없는 자는 안대영뿐이다. 날 선 눈빛이 보도블록으로 떨어진다.

여름밤을 한껏 머금은 체온이 등에 뜨겁게 달라붙어 있다. 온통 사랑스러운 체온이다.

"하아."

가벼운 한숨이 흘러나간다.

안대영은 어느새 백색으로 뒤덮인 공해 속에 서서 확신했다. 오늘이 마지막으로 맞는 불안의 밤일 것이라고.

외전 3. 가을의 편지

환절기가 되면 정은규는 버릇처럼 백화점에 들렀다. 가을은 워낙 짧게 지나가는 터라 매장에 간절기용 카디건과 겨울용 코트가 함께 진열되어 있어 한 벌씩 집어오는 일이 연례행사처럼 이어지고 있었다. 사람이 많은 시간대를 피해 평일 폐장 두 시간 전에 들어가 고민 없이 결제하는 것도 버릇이라면 버릇이겠다.

덥지 않으니까 살겠다. 후텁지근한 바람이 선선하게 바뀌는 계절이 무척 좋았다. 주차장 자리도 여유 있어 금세 주차하고 엘리베이터를 탄 정은규가 시계를 들췄다. 여덟 시 반……. 안대영은 오늘 명부에 내려갔으니 늦을 것이다. 때를 놓친 저녁은 혼자 먹겠네. 귀찮다. 대충 라테로 때우고 말아야지.

5층 브랜드관에 올라가 매장 세 곳을 지나쳐 네 번째 매장에 들어섰다. 자주 사 입는 브랜드다 보니 중간 정산을 하던 직원이 정은규를 알아보고 환하게 웃으며 맞아 주었다. 직원이 또각또각 구두 소릴 내며 걸어 카디건을 들추는 정은규의 곁에 섰다.

"고객님, 저번에 선물하셨던 옷은 반응이 어떠셨어요? 괜찮으셨나요?"

무슨 옷이었지. 하도 선물을 해서 기억이 잘 안 나는데. 정은규는 기억을 떠올리려 두리번거리다 카디건 가슴에 박힌 자수 로고를 보고는 박 터진 소릴 냈다. ……아. 셔츠 두 벌.

분명히 제 옷을 사러 왔는데 정신을 차려 보니 선물용이라고 내뱉은 후였고, 뒷목을 갉작거리며 안대영의 생김새와 체형을 설명해 주자 직원은 성심껏 셔츠를 골라 주었다. 마침 10% 세일을 들먹이며 유혹해 홀린 듯이 카드를 긁었던 기억이 났다.

그 옷을 받고 곧장 입어 본 안대영이 뭐라고 했더라…….

'내 선물 사는 데 재미 들렸어?'

맞아. 장난기가 잔뜩 서린 표정으로 물어 담담히 대답했었다.

'예. 좀 그런 것도 같네요.'

안대영은 실로 완벽한 모델이었기에 어떤 옷을 선물해도 끝내주게 소화했다. 이 맛에 제걸 고르다가도 안대영의 선물까지 집게 되는 것이다. 중독이다, 중독.

떠오른 기억을 갈무리한 정은규가 느릿느릿 대답했다.

"제가 선물하는 건 다 좋아합니다. 잘 어울리던데요."

"어머! 다행이에요. 잘 어울린다고 해 주시니 도리어 제가 뿌듯하네요. 오늘은 어떤 제품을 보시겠어요?"

"아. 둘러보다가 도움이 필요하면 요청하겠습니다."

"네. 편하게 불러 주세요."

눈웃음 친 직원이 다시 또각또각 소릴 내며 멀어졌다. 정은규는 혼자가 되자 빽빽한 옷 틈 사이에서 고른 카디건 두 벌을 꺼냈다. 이건 내 거. 옆 매대로 옮겨 금세 트렌치코트 한 벌과 캐시미어 코트도 꺼냈다.

눈대중으로 사이즈를 훑고 옷을 꺼내 둔 채 다른 매대를 보고 있으니 눈치 빠른 직원이 꺼내 놓은 옷을 갈무리 해 가져가 일련번호를 확인하고 창고에 들어갔다. 저 VIP 고객은 결정에 번복이 없는 사람이라 꺼낸 옷은 항상 모조리 사 갔으니까.

얼마 안 가 비닐 포장된 새 옷을 가지고 나온 직원이 정은규 대신 꼼꼼히 옷의 상태를 훑고 스팀 다리미로 구석구석 다림질할 동안, 정은규는 넥타이 매대 앞에서 심각하게 고민하고 있었다.

대영 씨는 안 받는 색이 없던데. 어떤 걸 살까.

볼 안쪽을 짓씹으며 고민하고 있으려니 다림질한 옷을 개켜놓은 직원이 살그머니 다가온다. 이 고객님은 본인 건 일말의 고민 없이 턱턱 고르면서 선물할 때면 저렇게 심각해할 수가 없다. 말은 안 했어도 적절한 도움의 손길을 필요로 하리라. 직원이 상냥한 어조로 대화를 이끌었다.

"친구 분께서 피부가 무척 희고 예쁘다고 하셨죠? 목도 긴 편이시고요."

"……예."

근데 나, 안대영 씨를 친구라고 한 적은 없는 것 같은데.

"고객님, 이런 쪽은 어떠세요? 스트라이프 무늬를 자세히 보시면 작게 저희 브랜드 로고가 들어가 있어 촌스럽지 않고 고급스러운 디자인인데요. 무엇보다 은색과 회색의 경계에서 색도 잘 뽑아냈죠. 고작 넥타이라고 생각하실 수 있겠지만…… 사실 이런 컬러와 디자인을 소화하시는 분이 많지 않아요. 꽤 까다롭답니다. 친구 분께서 워낙 외모가 출중하다고 하셨으니까……."

"친구 아닙니다."

"……네?"

열심히 설명하던 직원이 눈을 깜빡거리며 묻는다. 말허리를 끊은 정은규는 직원이 민망해하거나 말거나 그가 골라 준 넥타이를 물끄러미 바라보았다. 잘 어울리긴 하겠다. 그리고 대영 씨는 폭이 좁은 넥타이를 선호했으니까 좋아할 것 같아.

"아, 하하, 하하하, 그러시구나. 제 말에 실수가 있……."

"그거 주세요."

직원이 사과를 하려고 들자 또 칼같이 끊어냈다. 아닌 걸 아니라고 딱 잘랐을 뿐이니 타인의 사과를 들을 이유가 없었다. 뭐 여기서 굳이 애인이라고 정정해 줄 생각도 없고. 정은규는 무표정한 그대로 정중하게 부탁했다.

"선물 포장도 해 주시고요. 옷은 아무렇게나 담아 주셔도 됩니다."

멋쩍어하던 직원은 총총걸음으로 카운터까지 멀어졌다. 정은규는 계산 도와드리겠다는 말이 들릴 때까지 넥타이를 훑어보고 있었다. 저게 제일 낫나.

잠시 후 커다란 쇼핑백을 들고 나온 정은규의 뒤에서 직원이 '조심히 들어가세요.' 하고 웃으며 배웅했다. 묵례한 정은규가 수많은 매장을 지나쳐 내려가는 에스컬레이터에 올랐다. 쇼핑백 무게가 꽤 나간다. 하긴, 옷만 해도 네 벌이나 되었으니.

시계를 들추었을 때는 아홉 시 정각이었다. 시커먼 계단의 굴레에 서서 일정한 속도로 하강하던 정은규가 무료한 혼잣말과 함께 머리를 쓸어 넘겼다. 아, 대영 씨 없으니까 하루가 길어.

그러나 그것도 잠시, 다급하게 걸려온 전화 한 통에 정은규의 행선지는 집에서 병원으로 바뀌고 말았다.

* * *

"진짜 너무들 하시네요."

친절한 석호 씨의 인내심이 드디어 한계에 치밀어 올랐다. 언제나 상냥하고 신사적인 태도를 고수했던 김석호가 콰앙! 하고 상을 내려치자 양쪽에 앉아 있던 책사들이 어깨를 흠칫 떨었다. 저 덩치와 대화를 나눌 땐 몰랐는데, 도저히 못 참겠다는 듯이 무력을 쓰려 들자 갑자기 저 자가 새삼스레 커다래 보이면서 겁을 벌컥 집어 먹었다.

'그, 그래. 저 놈은 본디 영천왕의 끈이었지. 드디어 본색을 드러내는 거야.'

'저러다 저 위험한 부채로 우리를 죽이려 들면 어쩌나!'

'잔악함은 닮는 법이라고. 앎.'

서로 눈빛 교환을 한 책사들이 씩씩거리는 김석호의 눈은 대놓고 피했다.

"화합과 융합을 위해 제가 기를 쓰고 노력하면 뭐 합니까? 다들 그럴 생각은 하나도 없으신 것 같은데요."

"이, 이봐, 김 책사. 좀 진정하고."

가장 가까이에 있는 이차남이 말리려 들었지만, 이미 머릿속에 분노의 고속도로가 깔린 김석호는 자제의 깜빡이를 켜지 못했다. 책사들에게 척하고 삿대질하는 손끝이 화로 타오를 듯하다.

"제가 하나하나 따져 볼까요? 먼저 황 책사, 본인의 일은 삼도천에 갓 당도한 망자를 2지옥으로 이관하는 것 아닙니까? 왜 제 귀에 감 책사와 형벌의 장에서 노닥거린다는 말이 나오죠? 그것도 하루 이틀이 아니었는데요. 이유 없는 근무지 이탈은 징계 대상에 들어갑니다."

"아니, 그거는!"

"그리고 감 책사도 형벌의 장에서 들리는 말이 많습니다. 은근슬쩍 벌 받는 망자를 빼돌린다는 말이 있어요. 그 망자들은 죗값을 받는 중입니다. 감 책사가 뭔데 왜 멋대로 망자를 가려냅니까? 이전에는 변성왕이 시켰다고 칩시다. 근데 죽었잖아요. 그 시절이 아니라고요. 현재

기준으로 알려 드려요? 감 책사의 행동은 징계를 받다 못해 저 형벌의 장에서 같이 뛰어다녀도 모자라단 말입니다."

"야! 가만히 듣고 있으려니까 김 책사 너 진짜 말이 심하다?! 변성왕? 대왕님이 네 벗이냐?! 너 그러다 천벌 받는 수가 있어!"

"그리고 뭐? 모함? 이게 영천왕 믿고 나댈 때부터 알아봤어야 하는데, 그래~ 영천왕의 싹퉁머리가 어딜 가겠냐. 너희한테로 고스란히 이어졌겠지!"

다른 건 몰라도 영천왕을 욕보이는 건 못 참는다. 김석호의 커다란 돌주먹이 상을 쾅 내려치자 우지끈, 상다리가 부서져 무너졌다. 책사들이 기겁해 당황한 외침을 쏟아냈다.

"흐, 흐억! 미, 미친놈!"

"이, 이놈이 진정 돌았는가! 야! 김 책사!"

"감히 어느 안전이라고 대왕님을 욕보이십니까! 죽고 싶냐 이것들아?!"

어머나. 처음 보는 김석호의 박력과 분노에 깜짝 놀란 이차남은 부서진 상의 잔재가 옷에 묻을까 물러났다. 남의 일인 양 부채를 팔랑거리고 구경하려니 김석호는 분이 안 풀리는지 상다리를 든 채 누구부터 매로 다스려 줄까 소리를 고래고래 질렀다. 어이쿠야. 터질 때가 되긴 했다만. 참다 참다 폭발한 김석호를 말릴 수 있는 자가 어디 있으려나.

회의장을 지나가다가 소란스러움에 멈춘 무사 둘이 눈을 껌뻑거렸다. 차민혁을 만나러 가던 와중에 뚝 떨어진 떡밥이었다. 뭐냐, 뭐냐. 뭔 일이냐. 게다가 소란의 주인공은 매사 친절하고 얌전한 덩치 큰 책사 아니던가! 그런 그가 분노로 뒤집어졌으니 생에 한 번 겨우 볼까 싶은 재미있는 구경거리인 것이라. 무사들은 창문에 바싹 달라붙어 눈을 휘둥그레 떴다.

"워, 대박."

"샌님들 싸움질이라니. 재밌다, 야."

깽판을 목격한 무사들이 차민혁을 찾아가 이 사태를 줄줄이 이르자 코 평수를 넓힌 무사 대장은 콧김을 내뿜으며 영천왕에게 보고하였다. 그리고 평등왕과 업무 간소화에 대한 논의를 나누던 영천왕은 그것을 듣고 넌 꺼지라 이르렀으니 개판 난 현장에 친히 당도하셨다.

서로 머리를 쥐어뜯고 싸우기라도 했는지 산발이 된 책사들과 화를 주체하지 못하고 이글이글 타오른 김석호가 영천왕을 보자마자 냅다 엎드렸다.

회의장이 엉망진창이다. 실컷 깨부수고 내던지고 염병 떤 흔적이 만연하다.

눈치를 살살 보던 이차남이 살금살금 깨금발로 회의장을 빠져나간다. 나가거나 말거나 그리론 눈길 하나 주지 않았다.

영천왕은 말없이 그저 한심한 꼬락서니를 훑어보기만 하였다. 침묵이 더욱 두려운 법이라.

납작 엎드린 책사들이 김석호와는 비교조차 불가능한 압도적인 힘에 흙먼지를 퍼먹으면서도 덜덜 떨었다.

"대, 대왕님……."

엎드려 있던 책사 하나가 용기 내어 부르자 영천왕의 살기등등한 눈빛이 그에게 쏟아졌다. 시선을 받은 등에 불꽃이 팍 튀어 크기를 부풀려 하자 감히 영천왕을 부른 책사가 기겁하여 몸부림쳤다.

"으악! 으아악! 앗뜨, 뜨겁, 으악!"

"대왕님!"

당황한 김석호가 벌떡 일어나 이런 와중에도 예를 차렸다. 영천왕의 매서운 눈길이 직격으로 꽂혔다.

"제 탓입니다. 저를 벌해 주세요."

"네 탓이라고."

이곳에 당도해 첫 마디가 느릿느릿하게 흘러나갔다. 김석호는 속상함과 비장함이 마구잡이로 뒤섞인 얼굴이었다.

"예. 제 탓입니다. 제가 책사 대장씩이나 되어서 이들을 적절히 다루지 못해 벌어진 불찰입니다."

"네 자질 문제로 돌린다면 목을 내놓겠다는 말이나 다름없어. 그건 알고 지껄였겠지."

엉덩이까지 불이 붙어 이승까지 뛰어 올라갈 기세로 펄쩍펄쩍 뛰던 책사가 화염을 잡으려 먼지 구덩이를 데굴데굴 굴러다녔다. 흙먼지가 부옇게 피어오른다. 나머지 책사들이 겁에 질린 숨을 흡 들이켰다. 김석호는 억울하다고 한바탕 서러워할 만도 한데 묵묵히 고개를 숙였다.

"죄송합니다."

자질구레한 변명 없이 뚝심 있는 성격은 영천왕이 마음에 들어 하는 김석호의 장점 중 하나였다. 그래서 영천왕은 김석호를 처벌하는 대신에 부들부들 떠는 나부랭이들을 무심하게 훑었다.

"내가 직접 앉힌 책사 대장의 위신을 개떡같이 여겼으니 이는 곧 나에 대한 반기라고 봐도 무방하겠고."

"아, 아닙니다! 아닙니다, 대왕님!"

"저희, 저희가, 저희가 시정 하, 하겠, 시정 하겠습니다."

"그게 아닙니다, 아닙니다, 대왕님! 김 책사는 늘 저희를 우선적으로 여겼, 여겼으며 대화로 풀어나가, 나가고자 하였……."

"입 닥쳐."

이제 와 떠들면 뭐 하나. 권태롭게 그들을 훑은 영천왕이 김석호에게 대고 턱짓했다.

"따라 나와."

"대, 대왕님!"

"대왕님, 대왕님!"

"대왕님 통촉하여 주시옵소서!"

혹여 영천왕이 김석호를 죽이기라도 할까 다급한 외침이 따라붙었다. 정작 김석호는 어떠한 벌도 달게 받겠다는 듯이 영천왕을 따라 회의장 밖으로 나갔다.

회의장을 나설 때 영천왕이 손가락을 치자 활활 불타던 책사의 불길이 금세 멎어들었고, 그의 몸에서 시커먼 김이 피어올라 매캐한 냄새를 풍겼다. 그나마 다행이라면 목숨은 붙어 있었다. 본보기를 보여 주었으니 저들은 김석호에게 다시는 기어오르지 못할 것이다.

창문에 딱 달라붙어 상황을 구경하던 차민혁과 무사들이 영천왕의 서슬 퍼런 시선에 넙죽 허리를 숙인 채로 뒷걸음질 쳐 후다닥 멀어졌다.

"염려 끼쳐드려 죄송합니다."

그들이 일으킨 모래바람이 가실 즈음에 김석호가 뒷목을 벅벅 긁으며 사죄했다. 영천왕은 담배 연기를 뭉근히 뱉어 냈다. 명부의 연초는 진심으로 맛이 좆도 없었다.

"진작 뒤집어엎을 것이지 왜 질질 끌다가 이제야 칼춤을 춰."

"아니, 대왕님 그게요……."

"시끄럽고 내가 여기 다시 오는 날이면 저것들 목부터 날릴 거야. 그 꼴 보기 싫으면 알아서 해결해."

"……옙."

"그만 귀찮게 만들어."

"알겠습니다."

그러나 영천왕께서는 본인의 행차만으로도 저들의 기가 풀썩 꺾일 걸 스스로 제일 잘 알고 계실 분이다. 말이야 싸늘하게 툭툭 뱉으셔도 책사들의 지지부진한 기 싸움을 종결하기 위해 오신 것이다. 다른 말론 김석호를 기다리다가 짜증이 나 직접 나선 것일 테고.

이러지 않으셔도 되는데. 성은이 망극하여 뒤늦게 닭살이 돋았다. 멋쩍어진 김석호가 멀어지는 영천왕의 등에 대고 예의를 지켰다.

"아."

영천왕이 연기를 뱉으며 뒤돌았다. 김석호는 허리를 굽힌 그대로 말씀하세요, 하고 주군의 명령을 기다렸다.

"올라가면 계수복한테 퇴마사 명단 받아서 괜찮은 놈들로 추려서 민혁이 줘. 잡귀 처리는 걔들한테 넘기고 사자 절반은 명부에 내려 보낼 거니까. 여기저기서 손 달린다고 성화 질이니 곳곳에 박아 놔."

"옙. 명단은 내일 오전 중에 준비하겠습니다. 바로 올라가시나요?"

"늦었잖아. 은규 기다려."

……괜히 물어봤다.

미련 없이 사라지는 영천왕의 뒷모습을 오래 지키고 있던 김석호가 허리를 펴며 눈 속에 다짐을 불끈 새겼다. 대왕님의 도움까지 빌리게 되었으니 더는 호구처럼 참지 않겠어! 엉망이 된 회의장 안으로 위풍당당 들어가는 다리에 근육이 우락부락하게 돋아났다.

"대왕, 아니 대표님. 근데요."

먼저 결계 밖으로 쑤욱 튀어나온 차민혁이 검을 빼어들며 뒤이어 나오는 안대영을 보필했다. 정은규가 승천하면서 죽음의 땅이 된 무광산에 적이 나타날 리 만무했건만, 무사 대장이자 영천왕의 호위무사다운 늠름한 행동이었다. 안대영은 옷깃을 툭툭 털며 대답했다.

"뭐."

"김 책사 쟤 말입니다."

"뭐 새끼야."

"힘이 좀 생긴 것 같지 않으세요? 쟤 원래 완전 찐따였잖아요. 지렁이도 밟으면 꿈틀한다더니 딱 그 짝이긴 하지만 전보다 확실히…… 예,

전투력이 새 발의 피만큼 올랐어요. 그쵸."

드높게 세워진 철조망을 훌쩍 뛰어넘는다. 가뿐히 착지한 안대영이 셔츠 단추를 툭, 툭, 풀었다. 선선하게 부는 가을바람이 그의 머리칼을 흐트러뜨렸다.

"민혁아."

"예?"

"석호랑 섹스 한 거 아니면 신경 꺼."

차민혁은 단숨에 토기가 쏠린 얼굴이 되었다. 차라리 쌍욕이 나은 수준이다.

"와. 어떻게 그런 비위 상하는 말씀을 아무렇지도 않게 하십니까? 와, 씨. 이건 진짜 말씀 심하셨다는 거 인정하십쇼."

"신경 끄면 되겠네. 보고서 올리고 퇴근해."

"아이, 대표님. 제가 감이 좀 좋습니까? 저번 명부에서 있었던 전투가 각성의 순간이었다고 자신합니다. 쟤가 아무리 빡쳐도 회의장을 초토화 시킬 간 큰 놈은 못 되거든요?"

"소설 그만 쓰라고 새끼야."

뒤를 돌아보고 일갈하자 내일 없이 깐족거리던 차민혁은 합죽이가 되었다. 제대로 알지도 못하면서 떠드는 개소리를 들어 줄 인내심이 있었다면 체제 개혁을 일으키지도 않았을 것이다.

사무실에 도착해 탈의한 안대영이 김석호의 책상에 앉아 독수리 타법으로 보고서를 작성하는 중인 차민혁을 돌아보았다.

"내일 석호가 퇴마사 명단 추려 주면 네가 만나 봐."

"알겠습니다. 뭐 시키면 될까요?"

하나…… 무기 저엉비 및 정도온…… 입으로 읊으며 키보드를 찾아 톡톡 느리게도 누른다. 저 속도면 고작 업무 일지 하나 쓰는 데 몇 시간은 잡아먹을 테다. 차민혁은 해를 거듭해도 전자기기와 친해지지 못하는 자신을 전자파의 저주에 걸려 있다고 자부하였다.

"앞으로 1년 간 전국 쏘다니며 사사로운 잡귀들 처리하라고 일러. 보수는 적정한 선에서 맞추고. 하는 거 봐서 괜찮으면 계약 기간 연장해. 나중에 무사가 되면 네 밑으로 들어올 놈들이니까 잘 지켜보고."

"예이."

차민혁이 전라의 안대영을 흘긋 보고 다시 키보드에 고개를 박는다. 주군의 전라 정도야 하도 봐서 놀랄 일이 없었다. 세월아 네월아 키보드와 씨름하는 차민혁을 두고 멀끔히 샤워하고 나온 안대영이 방에 들어가 옷장을 열었다. 사이즈별로 구비되어 있는 옷은 칼 각이 잡혀 색깔대로 걸려 있었다.

'사무실에 있는 옷 사이즈도 왜 여러 벌인지 알려 줘요. 대영 씨는 물론이고 직원 분들도 안 맞을 작은 사이즈까지 있던데요.'

정은규의 질투를 떠올리자마자 웃음이 픽 튀어나간다. 아, 진짜 귀엽다니까.

수많은 셔츠와 슬랙스는 건너뛰고 무지 반팔과 편안한 후드를 꺼낸 안대영이 목을 쑥 집어넣었다. 다리 선을 예쁘게 드러내는 트랙팬츠를 입고 젖은 머리 그대로 나왔을 때 차민혁은 아직도 키보드와 싸우고 있었다. 차 키와 꺼진 핸드폰을 챙긴 안대영이 신발장에서 러닝화를 꺼내 발뒤꿈치에 딱 맞게 신는다. 생각의 정리가 필요할 때면 이 신발을 신고 한강 둔치를 달려서인지 스크래치가 꽤 많았다.

"들어가십쇼. 전 오늘 그냥 사무실에서 자겠슴다."

"그러든지."

꺼 둔 핸드폰의 전원 버튼을 꾸욱 누르는 것과 중문이 쿠웅 닫히는 타이밍이 같았다. 매일 청소해 깨끗한 계단을 러닝화 신은 발이 착착 밟고 내려갔다.

유리문을 열고 나오자마자 바람이 젖은 머리칼을 말려 줄 듯이 후욱 불었다. 담배를 빼물고 차에 걸린 록을 푼 안대영이 불을 붙이기 전 눈가를 미세하게 찡그렸다.

위대한 영천왕이시여.

사붓 들려온 온화한 목소리는 정은규를 승천시키면서 하늘로 다시 올라가 바람이 되었다던 그의 어미였다.

누군가 했더니.

제 자식을 지키려 영천왕에게 눈알을 빼어 바치고, 무당으로 환생해서도 두 번의 죽음을 불사하였던 가륵한 모정을 가진 이였으니 짧은 아량을 베풀어 줄까.

은규를 살려 주셔서 감사합니다. 언제고 기회가 된다면 꼭 인사드리고 싶었습니다.

안대영의 무미건조한 눈길이 형상 없는 바람에 가 닿았다. 담배 끝에 불이 붙었다. 바람은 담배 연기가 흩어지는 방향을 따라 조곤조곤히 불었다. 그는 바람의 감사 인사에 나지막이 대답했다.

"인사는 한 번으로 족해."

기다랗게 매달린 담뱃재가 툭 떨어졌다. 담배를 손가락 사이로 옮긴 안대영이 천천히 연기를 뱉어내었다.

"겁도 없이 나타나지 마라. 더는 네게 베풀 관용이 없다는 걸 기억해 둬."

목소리를 잠재운 바람이 그쳤다. 어느덧 스쳐지나갔던 목소리는 찰나의 흐름이 되었다. 안대영은 꽁초가 된 담배를 짓이긴 후 운전석에 올라탔다. 젖은 머리는 모두 말라 있었다.

* * *

정은규는 울창한 숲의 한가운데에 서 있었다.

널찍한 간격을 두고 심어진 나무의 키가 커다랗다. 여름엔 싱그러운 초록빛으로 빛났을 나뭇잎들이 울긋불긋한 옷으로 갈아입었다. 아름답다.

몸집이 꼭 단풍 같은 색깔의 새가 푸드덕 날아오르며 지른 울음이 숲에 메아리쳤다. 발목에 거치적거리는 낙엽을 밟으며 숨을 크게 들이쉬었다.

꿈인가. 홀로 이런 숲에 있으니 꿈이겠지.

바스락, 바스락, 낙엽이 밟혔다. 정은규의 시선이 그루터기에 닿는다. 단면이 깨끗하게 잘린 그루터기는 길을 잃은 행인이 잠시나마 머물 수 있도록 묵묵히 뿌리를 내리고 있었다. 수분이 모조리 말라 딱딱한 그루터기에 털썩 앉아 가지들로 얼기설기 가려진 하늘을 올려다보았다.

이 숲에 밤이 찾아오기 전 꿈에서 깨어나면 좋으련만.

승천한 후 하늘의 출구를 찾으려 끝도 없이 걸었던 때를 떠올려 보면 여기도 마찬가지일 것이다. 마리아처럼 이 숲에도 주인이 있겠지. 고로 출구 역시 주인만 열 수 있으리라.

어차피 깰 꿈이라면 마음이라도 편하게 있으련다. 살포시 눈을 감자 여러 소리가 들렸다. 사락거리는 바람, 그 바람에 떨어지는 낙엽의 부스럼, 툭 떨어지는 나무 열매, 비명 같은 새의 울음, 누군가의 발걸음.

'왜 혼자야.'

아무개가 말을 걸었다. 정은규는 눈을 뜨고 제 앞에 데굴데굴 굴러온 열매를 집어 들었다. 석류처럼 빨갛고 둥그런 과실이 먹음직스럽다. 하늘의 마리아가 내밀었던 사과는 먹고 싶은 생각이 들지 않는데, 이 과실은 보는 것만으로도 입 안에 침이 고였다. 먹으면 죽으려나.

'먹지 마. 그딴 거 먹으면 몸 썩어.'

과실에서 눈을 떼어 고개를 들었다. 목소리와 발걸음을 가진 자는 형태가 없었다. 오른쪽으로 고개를 돌리자 그곳엔 놀랍게도 호수가 있었다. 잔잔한 수면이 꼭 제 마음처럼 고른 물결을 만들어 냈다.

정은규는 홀린 듯이 과실을 한 입 깨물었다. 쯧, 하고 어디선가 혀를 찼다. 맛있어. 아삭아삭하고 새콤달콤한 과육을 우물우물 씹어 삼키는 동안 호수에서 눈을 떼지 못하였다.

대낮에도 보름달이 뜬 호수는 아름다운 지옥이었다.

'저 안에서 지겹게 갇혀 있었는데, 그래도 보기 좋아?'

형체 없던 목소리에 어느새 온기가 생겨 인기척이 났다. 바로 옆이다. 정은규는 커다란 손에 얼굴의 절반이 가려져 암흑이 찾아오자 잇자국이 난 과실을 떨어트렸다. 툭, 데구르르. 몇 바퀴 굴러간 과실이 눈을 가린 사내에게 밟혀 산산조각이 났다.

'맛있어서 드리고 싶었습니다. 이왕이면 예쁜 모양으로요.'

정은규의 목소리는 초연하게 흘러나갔다. 그의 눈을 가린 사내가 쿡쿡 웃었다.

'난 저거 싫어해.'

'제가 드려도 싫어할 겁니까?'

'싫어하면서도 먹긴 먹겠지. 난 너한테 항상 약하잖아.'

화아악—! 순간 숲에 불길이 일어 정은규의 양 귀가 쫑긋 솟았다. 맥없이 불길에 휩싸인 나무가 하나둘 지워진다. 타닥, 타닥, 그가 밟고 온 낙엽들이 사라진다. 눈이 가려진 상태에서도 의연하게 받아들일 수 있는 건 이것이 꿈이기 때문이다.

정은규는 제 눈을 가린 팔을 양손으로 붙잡았다.

'영 님…….'

그 부름에 사내의 입술이 귓불 아래를 지그시 누르듯 뭉개졌다.

'그래, 우리 은규. 나의 영원.'

'제가 영 님의 영원입니까.'

'네가 아니면 난 그저 허상에 불과해져. 언젠가부터 그렇게 됐어.'

그러니 넌 내게 영원이나 다름없어. 나는 네가 있어야 완벽해지니까. 끝으로 갈수록 힘이 실린 목소리였지만, 이상하게 의식이 흐려졌다. 영 님, 영 님⋯⋯. 떠듬거리며 사내를 찾던 정은규의 손에 부드러운 시트가 감겼다.

⋯⋯어, 시트?

목석처럼 누워 있던 정은규가 천천히 눈을 떴다. 창문에서 쏟아지는 아침과 흰 천장, 그리고 침대 등에 기대 앉아 머리를 쓰다듬어 주는 손이 차례대로 느껴졌다.

아, 정말 꿈이었구나. 정은규는 스륵 몸을 반쯤 일으켜 안대영의 허리를 포옥 그러안은 채 허벅지에 얼굴을 편히 기대었다. 다정한 쓰다듬이 연이어졌다.

"꿈 꿨어? 나 계속 부르던데."

"응⋯⋯."

"깨우지 말걸 그랬나."

"대영 씨가 깨운 겁니까."

"내가 옆에 있는데 꿈속에서 날 찾으니까 배알이 꼴려서. 무슨 꿈이었던 거야?"

"숲에 내가 혼자 있었는데⋯⋯ 목소리가 들렸고, 과일을 먹었고, 호수도 보였어요⋯⋯. 그리고 당신도 만났고요. 뭐가 많았네⋯⋯."

아마도 숲은 도리천일 것이고, 목소리는 나일 것이며, 과일은 이무기 시절 식사 대용으로 챙겼던 그 좋도 맛없는 열매일 테고, 호수는 네가 990년을 넘게 갇혀 있었던 못이겠지.

그러나 안대영은 구태여 풀어 주지 않았다. 이제 와 과거가 된 이야기를 굳이 드러내 마음은 없다. 단지 정은규의 머리칼과 볼, 목선을 쓰다듬으며 '더 자.' 하고 안정을 취하도록 도와줄 뿐이었다.

안락함에 빠져 다시 까무룩 잠든 정은규는 그로부터 30분 후에 직전의 꿈을 잊어버린 채로 눈을 떴다.

모처럼 개운한 기상이었다.

출근 준비를 마친 정은규가 식탁에 앉아 노트북을 들여다보는 안대영의 뒤에 가 섰다. 마우스를 감싼 손 옆에 놓인 커피는 조금도 줄지 않은 채였다. 목이 파인 검정색 니트를 입은 안대영의 어깨가 더욱 넓어 보인다. 마우스 버튼을 딸각거리고 휠을 굴릴 때마다 흰 손등에 힘줄이 드러났다가 사라지길 반복했다. 크기도 크기지만 워낙에 예쁜 손이다.

"뭘 보는 거야?"

뒤돌아본 안대영이 정은규의 턱을 끌어당겨 입술에 쪽, 키스하고 묻는다. 구경꾼 정 씨는 날이 선선해지자 트기 시작하는 입술을 감지하고 립밤을 꺼냈다.

"대영 씨 일하는 거 구경했죠."

립밤을 바른 입술이 매끈해진다. 정은규는 안대영의 얼굴을 감싸고 입술을 뭉근히 비벼 제가 가진 미끈한 바닐라를 연인에게 옮겼다. 쪽, 쪽, 입술이 차지게 들러붙는다.

"선물 있어요."

인사 같던 키스가 깊어지려던 찰나 정은규는 슬쩍 입술을 떼어 내며 속삭였다. 나른한 시선이 곧장 달라붙었다.

"또 내 거 샀어?"

웃음기 서린 목소리가 낮게 깔려 더럽게 섹시하다. 하마터면 출근을 뒤로 미뤄 두고 갖춰 입은 옷부터 벗어 버릴 뻔했다. 아, 일부러 이러나.

"이제는 대영 씨 선물을 거르면 허전하더라고요."

"자기한테 매번 받기만 해서 어떡하지."

"말했지만 보답하려고 들지 마세요. 내 개인적인 즐거움을 뺏어가는 겁니다."

단단히 일러두어도 코웃음만 치고 말아 전투 의지가 폭삭 꺾였다. 정은규는 포장된 넥타이를 들고 와 식탁 의자를 빼어 앉았다. 곧장 안대영이 그 손을 끌어 잡고 깍지를 가닥가닥 껴 장난을 친다. 서로의 손가락이 간지럽게 비벼졌다.

"오늘은 니트 입었으니까 내일 매 줄게요."

"갈아입을게."

"그대로 출근하는 것 아닙니까?"

"정 교수 출근해서도 넥타이 생각만 할 거 뻔한데 일찍 소원 성취 해 드리려고."

"그 정돈 아닙니다."

"응응. 그래서 자기야, 나 옷 갈아입으면 되지?"

"……예."

저 애 달래는 듯한 말투는 영 적응이 안 된다니까. 그렇다고 대거리를 해 버리기는 싫고.

작은 방에서 셔츠를 걸치고 나온 안대영이 아래에서부터 단추를 채운다. 탄탄한 복근에 새겨진 흉터가 단추를 채우며 감춰지고 섹스 할 때마다 입술을 묻었던 가슴도 흰 셔츠 안에 잠겼다. 맨 위 단추까지 채운 안대영이 벗어 두었던 시계를 가져와 손목에 끼워 똑, 똑, 체인을 맞추어 잠그며 정은규를 내려다본다. 정은규의 손에는 포장된 넥타이 상자가 들려 있었다.

"항상 포장까지 해 온단 말이야. 어차피 찢어 버릴 건데."

"선물이니까요. 원래 보기 좋은 떡이 맛도 좋다고 하잖아요."

"자기야, 떡 얘기는 꺼내지 마. 단어만 들어도 지겹다."

이 순간 떡집에서 열심히 일하고 있을 도깨비들의 귀가 간지럽지 않았을까.

안대영은 귀찮아 죽겠다는 표정과 다르게 포장지를 뜯는 손길이 대단히 섬세했다. 손끝으로 테이프를 살짝살짝 긁어 종이가 찢기지 않도록 조심히 떼어 낸다. 덕분에 포장지는 어느 한 곳 찢어지지 않고 겉옷처럼 벗겨졌다. 안대영은 형태가 고스란히 남은 포장지를 식탁에 아무렇게나 던졌다. 섬세하게 뜯을 때의 행동과는 정 반대였다.

"네 옷 벗길 때가 더 재밌네."

말만 그렇게 한다니까. 푸스스 웃은 정은규가 상자를 열어 넥타이를 꺼냈다. 키 차이에 정은규의 팔이 아플까 싶었던 안대영이 다리 넓이를 벌려 섰다.

정은규는 포장지가 벗겨진 넥타이를 빼 들고 그의 앞에 서서 얌전히 내려온 칼라 깃을 세웠다. 실크 넥타이가 목 뒤로 차르르 둘러졌다.

넥타이의 양 끝 길이를 맞추어 능숙하게 매듭짓고 한쪽을 지지대 삼아 주욱 끌어올린다. 목에 조이지 않을 만큼 올라간 넥타이를 정돈하고 칼라 깃을 내려 가슴을 탁탁 쳐 주었다. 두어 발자국 떨어져 찬찬히 안대영을 훑는 정은규의 눈에 뿌듯함이 서렸다.

"잘 어울려요."

피식 웃으며 슈트 재킷을 집어든 안대영이 다른 손으로 정은규의 뒷머리를 붙잡아 끌어당겼다. 얼떨결에 끌려간 정은규는 그의 품에 답삭 안기는 꼴이 되었다. 달달한 체향이 콧속에 스며든다.

"나야말로 자기 퇴근만 온종일 기다리게 생겼다."

"왜요."

"음. 내 식대로 보답해 주고 싶어서?"

"……설마 넥타이로 내 손목 묶으려는 거라면."

"왜애. 자기야, 싫어?"

몸을 떼어 내고 고개를 삐딱하게 틀어 뚱한 표정을 짓는다. 이거 놀리려는 건데. 정은규는 엄한 표정을 지으며 다가오는 입술을 밀어냈다.

"싫죠. 그러니까 개소리 집어 치우고 가요."

"개소리라니. 험한 말이 날로 느는데?"

"내가 험한 말을 해 봐야 대영 씨만 하겠습니까."

"난 잘 모르겠다. 자기야, 나처럼 마음 여리기도 힘들어."

"마음 여린 거랑 말투가 무슨 상관이고, 잠깐. 여리다고요? 지금 대체 무슨 말을……."

무심코 받아치다가 멈칫했다. 웃고 있는 안대영의 표정에 행복이랄게 스며들어 반짝반짝 빛이 나고 있었기 때문이다. 그가 저와 있을 때얼마나 안정을 얻고 편안해하는지 단박에 와닿았다.

넋을 놓은 정은규는 안대영이 늦겠다며 이끌 때까지도 그의 얼굴을빤히 들여다보기만 하였다.

몇 번을 깨우치고 배워도 어려운 감정이 마침내 도착 지점에 다다라폭죽을 터뜨렸다. 아니다. 돌이켜보면 이 지점을 수없이 많이 통과했었다. 지금처럼 정은규는 안대영과 연애하는 내내 달리고, 달리다가, 도착지점을 통과하고, 다시 달릴 것이다. 오로지 그에게만 유일한 애정을 퍼붓는 마라토너가 되리라.

드문드문 연애를 깨우치는 순간이 찾아올 때마다 살갗이 흐물흐물녹는 기분이다. 속이 미친 듯이 간지럽다. 심장을 꺼내서 지금의 상태가어떤지 낱낱이 알려주고 싶었다.

"그만 좀 예뻐요."

"뭐?"

난데없는 외모 칭찬을 들은 안대영은 '얘가 이상한 걸 먹었나' 싶은얼굴을 하다가 무슨 뜻에선지 피식 웃고 만다.

정은규는 그 얼굴을 단 하나도 빼놓지 않겠다는 듯 뚫어져라 바라본다.

이봐요. 당신은 기가 차서 황당해하는 웃음조차 예쁘다고. 이런 말은 차마 꺼낼 수 없으니 펄떡이는 심장에 모조리 새겨놓았다.

하아. 이것이야말로 목을 조르는 달콤한 사랑이지 않은가.

* * *

"야, 은규야. 형님 품절남 되신다."

그러면서 김현수가 꺼내든 건 청첩장 샘플이었다. 막 김현수의 음료까지 받아온 터라 남는 손이 없어 꽃 그림으로 범벅인 청첩장을 물끄러미 보고 있었더란다. 정은규가 뜨뜻미지근한 반응을 보이자 김현수는 우이씨, 하며 그의 손에서 잔 하나를 빼앗아갔다.

"보라고 인마. 디자인 괜찮은지."

"결혼? 저번에 그 분이랑?"

"그래. 아, 뭘 꼬치꼬치 물어. 나한테 여자가 또 있냐?"

부끄러운 기색이 만연해 톡톡 쏘는 말투였다. 사람들이 득시글거리는 식당가를 벗어나 쉼터로 걷는 내내 정은규는 상아색 종이에 인쇄된 꽃 그림과 문구를 물끄러미 바라보았다.

[우리 결혼합니다.]

신기하네. 올해 결혼수가 있다더니 그 무당이 사기꾼은 아니었나 보다. 식장 약도와 상세 내용은 대강 훑고 청첩장을 돌려주자 김현수는 바짝 붙어 어깨를 툭툭 쳤다.

"어때? 디자인 괜찮냐?"

"그냥 흔한 청첩장이잖아. 무난해요."

"무난하면 안 되는데?!"

"어차피 병원엔 모바일 청첩장으로 돌릴 거면서 실물이 그렇게 중요합니까."

"인생에 한 번뿐인 결혼이라 모든 걸 화려하게 하고 싶어서 그런다, 왜 새끼야."

"그럼 상대를 잘못 골랐는데. 나 디자인 보는 눈 없어요."

"에이씨. 도움 안 되는 놈."

초량이 만든 묵주 하나로 귀신의 늪에서 벗어난 김현수는 이제 결혼 준비에 시달렸다. 결혼 허락부터 난관이었다고 한다. 장모님은 그동안 뿌린 축의금을 거두어야 한다며 열의를 불태우셔서 식장 잡는 데만 2주 넘게 걸렸고, 장인어른 되실 분은 산속에 혼자 사시는 터라 찾아 뵐 때 40분이나 등산했다며 열변을 토하기에 들어주다가 끝이 없어서 한 귀로 흘렸다.

"복잡하네요."

중간에 말을 끊자 입에 모터 단 듯이 고충을 토해내던 김현수가 정은규를 바락 흘겼다.

"이런 씨, 이 자식은 선배가 말하는데 말을 뚝 끊어."

"그냥 두면 한도 끝도 없이 말할 거잖아요. 어쨌든 축하합니다."

"참나. 고오맙다~ 그래. 그나저나 넌 연애 잘되어 가나? 첼리스트라며. 어떻게 나한테까지 숨기냐."

"그 소문 아직도 돌아요?"

"여자 쪽이 부담스러워 해서 스몰 웨딩 한다는 소문까지 나왔걸랑."

"하아."

남의 이야기를 떠들 거면 사실만 나불거리든가. 이제 와 정정하기도 귀찮아진 정은규가 라테를 마셨다. 그나마 강 교수나 김현수는 본인 확인이라도 하지, 소문을 만들어 낸 당사자들은 꽁꽁 숨어 정은규의 앞에서 티조차 내지 않았다. 됐어. 그냥 그렇게 살다 죽어 버리라지.

"나는 네가 나이를 이만큼 먹고도 아직까지 공부벌레라서 연애로 호박씨 깔 거라곤 생각도 못 했다. 누굴 만나긴 만나는 거지?"

"예. 만납니다."

"누군데."

"선배가 몰라도 되는 사람."

정확히 말하자면 한때 사람 같지 않은 사람으로 살긴 했었다.

"……얘 진짜 첼리스트 만나는 거 아냐? 알고 보면 소문이 전부 사실이고 막 그러냐?"

"뭐래, 진짜. 나 먼저 갑니다."

말꼬리를 물고 늘어지기 전에 맥을 끊어 버렸다. 저저, 차가운 새끼. 김현수가 커피를 쭉쭉 빨며 정 따까리의 연애 상대를 꼬치꼬치 캐물었다. 대답을 듣기 전까진 절대 물러날 기세가 없었다. 김현수가 떠들거나 말거나 깨끗하게 무시하며 걸음을 옮기던 정은규는 입구에 서 있는 장신의 남자를 발견하고 우뚝 멈췄다.

남자의 손가락에 걸린 비닐 안은 막 포장해 온 신선한 샐러드와 샌드위치, 보틀 주스가 들어 있었다. 가을바람이 남자의 생머리를 훑어 예쁜 이마가 잠깐 드러났다. 바람에 흐트러진 머리칼이 제멋대로 가라앉아도 손대지 않는다. 저 남자는 머리에 젤이며 왁스 따위를 묻히기 싫어했고 습관적으로 머리칼을 쓸어 넘기는 버릇이 있다. 라테 컵에서 뿜어져 나오는 뜨끈한 온도가 손바닥을 데웠다.

"몇 살인데. 하는 일은 뭐고. 형제 관계는 어떻게 되는데? 너는 외동인 데다 독고다이로 커서 형제 많은 사람을 만나야 돼. 그리고 부모님은 뭐 하시는 분인……."

"선배 들어가요."

"너도 들어간다며?"

"아니, 선배 들어가라고."

정은규가 한 곳을 응시하며 말하자 김현수는 주위를 둘러보다가 버르장머리 없는 후배의 시선을 따랐다. 그리고 마주쳐서 안 되는 사람을 발견하자 지레 놀란 기색을 드러냈다.

"뭐야? 누구 왔, 헉."

그러나 정은규는 김현수를 내버려둔 채 진작 발걸음을 옮겨 서 있던 남자에게 다가간 후였다. 시종일관 냉기를 뿜어내던 남자가 정은규를 보자마자 경계를 몽땅 무너뜨린다. 손을 들어올리기에 설마 정은규를 때리면 어쩌나 싶어 핸드폰에 보안 팀 번호를 찍어 둔 채 통화 버튼을 누르려던 김현수의 표정이 곧 해괴하게 변했다.

때리는 게 아니라…… 쓰다듬어? 내가 아는 정 교수는 머리 세팅에 공들이는 편이라 누가 건드는 거 싫어하는데. 쟤는 그걸 뿌리치지도 않고 쓰다듬을 받고 있겠다……?

그와 동시에 예전 저 남자가 했던 경고가 뽕 떠올랐다.

'지금 있었던 일 정은규 앞에서 토씨 하나 흘리지 마.'

……그날 내가 왜 기절했었더라? 그리고 왜 깨어나자마자 저 남자를 봤지? 무엇보다 있었던 일을 왜 정 교수에게 털어놓지 말라고 그랬을까. 저 남자, 정 교수가 귀한 보물이라도 된 양 쳐다보고 만지는 것으로 보아 보통 아끼는 게 아닌 듯한데.

대체 은규 저 놈은 왜 저딴 무뢰한에게 답지도 않게 방긋방긋 웃고 있는 거고.

잠깐만. 김현수의 머리에 사이렌이 위잉위잉 울린다. 경고 발생. 경고 발생. 곧 죽는다고 해도 본인의 애인을 절대 보여 주지 않으려는 행동에 의심을 가져 본다. 사실은 정은규의 애인이 여자가 아니라면? 더 나아가 아주 콩알만큼의 가능성으로 애인이 저 남자일 경우.

"……아, 설마. 저 자식 저거."

불현듯 스쳐지나간 그림을 벅벅 지워 버린 김현수가 선선한 날씨에 든 오한으로 몸을 떨었다. 어휴, 내가 무슨 말도 안 되는 망상을. 아무리 따까리 자식 성격이 독특하다고 해도 그렇지 남자를 만날 리가 있나. 아무리 열린 세상이라지만 쟤는 꽉 닫혀 있는 놈이라고.

청첩장 모서리로 목을 갉작갉작 긁은 김현수가 께름칙한 기분을 털어내려 스스로에게 미친놈, 미친 새끼, 하고 욕설을 퍼부었다.

그리고 김현수는 몇 시간 후에 벌어질 일을 미처 알지 못했다. 저 무뢰한이 찾아와 방금 목도한 광경을 깨끗하게 지워 버린 후 '할 말은 가려서 나불거려.'라며 새로운 협박을 얹을 미래를 말이다.

"왜 그럽니까."

혼자 난리굿을 피우고 사라진 김현수에게서 시선을 뗀 안대영이 의아해하는 정은규의 어깨를 감쌌다.

"아무것도 아니야. 오늘 당직이라며. 저녁 챙겨 먹어."

비닐이 정은규의 손에 들렸다. 정은규는 툭툭, 어깨 끝을 가만히 두드려 주는 손의 온기를 소중히 여기며 비닐 안을 들여다보았다.

"이거 주려고 여기까지 온 겁니까?"

"일종의 아부야. 원래 목적은 너 보는 거고. 새벽에 데리러 올게."

"피곤하잖아. 집에서 편히 쉬어요."

"너만 하겠나. 간다."

점차 멀어지는 안대영의 재킷이 시원한 바람에 팔락인다. 정은규는 그의 뒷모습이 완전히 사라질 때까지 걸음을 옮기지 못했다. 사실은 이기적인 마음으로 가지 말라며 잡고 싶었다.

* * *

"날씨가~ 등산 가기~ 딱~ 좋구만~ 천고마비의 계절은 짧아서 아쉽단 말이지~"

떡 상자를 어깨에 짊어진 초량이 정체 모를 노랫말을 흥얼거리며 중문을 벌컥 열고 들어섰다.

"야, 이놈들아! 위대하신 초량 대왕께서 오셨도다! 어서 버선발로 뛰어나오지 않고 뭣들 하느냐!"

우렁찬 외침에 쪼그려 앉아 PC 메인보드를 교체하던 김석호가 불쑥 일어섰다. 초량은 제 집인 양 떡 상자를 탁자에 올려 두고 소파에 눕듯이 앉아 거드름을 피웠다.

"귀한 손님에게 차나 한 잔 주시겠소?"

김석호는 들은 체도 안 하며 다시 쪼그려 앉았다. 차는 결국 초량이 직접 우려내 마셨다.

"왕 새끼는 어딜 가고?"

찻잔을 든 채 근육 덩어리가 꼼질거리는 일을 구경하며 묻자, 사무실의 능력자 김석호는 본체 케이스를 덮고 나사를 구멍에 끼우면서 대답했다.

"오시는 중이야. 넌 왜 온 건데?"

"월세 내러 왔다, 이 빌어먹을 악덕 건물주와 똘마니들아."

"몇 달 째 똑같은 말하는데 이승에는 인터넷 뱅킹이라는 게 있어."

"흥. 나도 몇 달째 똑같이 대답하는데 너희의 뭘 믿고 그걸 쓰냐? 그리고 사기꾼이 얼마나 많은데, 이체할 동안 악귀같이 돈을 쏘옥 빼 간다면 네가 책임질 테야?!"

"……말을 말자."

"이 놈도 어지간히 또라이구먼. 말을 어떻게 돌돌 만담?"

김석호는 익숙하게 못 들은 척을 하며 완성된 본체를 번쩍 들어 책상에 올렸다. 능숙하게 여러 라인을 연결하고 부팅시키자 죽었던 데스크톱이 기계의 무덤에서 부활한 양 화면을 띄웠다.

"그거 그만 뚝딱거리고 떡이나 먹어라. 십오량이 낸 신제품인데 맛이 아주 좋아."

"저번 달에 먹었던 딸기 절편 정말 엉망이었던 거 기억하지? 대표님이 입에 넣자마자 뱉었다고. 그 이후로 네가 가져오는 신제품은 절대 받지 말라고 하셨어."

"이런 싸가지라곤 코빼기도 없는 육시럴 망할놈 같으니. 하지만 그 절편에 대한 평가는 나도 어느 정도 동의를 한다만. 흠흠. 아무튼! 이건 진짜 맛있다. 꿀 고구마만 엄선해 쪄서 앙금을 만들었는데 속을 준비하는 데만……."

세 가지의 도어 록이 삐빅, 삐빅, 삐빅, 재빠르게 열린다. 지문을 순식간에 찍는 것과 반대로 느긋하게 중문을 열고 들어온 안대영이 소파를 전세 내고 앉은 초량은 거들떠도 보지 않고 윈도우를 설치 중인 김석호에게 턱짓했다.

"보고 들어온 건."

"아직입니다. 데스크톱이 갑자기 뻗어서요……. 교체하느라 약간 지체됐는데 금방 됩니다."

"넌 뭐야."

초량은 드디어 다정한 인사를 건네는 안대영을 째려보며 김석호에게 대답한 그대로 붙여 넣었다.

"월세 내러 왔다, 이 빌어먹을 악덕 건물주야."

"내고 꺼져."

"이놈의 왕 새끼는 진짜 싸가지가 하늘에 가서 붙었다니까? 손님이 왔으면 엉?! 차는 셀프로 타다 마셔도 형식적인 안부 정도는 묻고 대화라는 걸 이어야지! 얼굴 보자마자 가라도 아니고 꺼져어? 꺼~우져?!"

"너랑 내가 얼굴 맞대고 떠들 얘기가 뭐가 있어. 아, 꺼질 때 저 떡도 가져가라. 보나마나 쓰레기 가져왔을 텐데."

"이번엔 다르다고! 꿀 고구마 앙금으로 속을 채워 넣어 둥글게 말아서 콩고물 묻힌 인절미란 말이다!"

"너나 실컷 쳐드세요."

"야! 이 쌍놈아! 오늘이야말로 존나게 싸워 보자 이거냐?!"

초량이 울컥해서 사자후를 내지르든 말든, 담배를 빼 물고 담뱃갑을 탁자에 내던진 안대영이 고개를 소파 끝에 젖힌 채 기대어 연기를 내뿜었다. 육감적인 목울대가 울렁인다. 천장을 향해 피어오르다 퍼지는 담배 연기가 뿌옜다.

"보고 자료 여기요. 차 이사가 그쪽 어르신은 치매가 와서 못 뵙고 후계자를 만나 봤는데 가격을 좀 세게 불렀다고 합니다. 생존 수당을 거론하면서요. 잡귀 처리하다가 죽으면 책임지겠다는 서약서도 원한다고 했는데…… 어차피 퇴마사가 죽으면 무사로 차출되지 않습니까. 이걸 아직 인간인 그들에게 일일이 설명할 수 없는 노릇이라 차 이사가 성격대로 자르긴 했답니다."

김석호가 곁에 서서 파일철을 내밀자 젖혔던 고개를 도로 내리며 받아든다. 견적서에 적힌 0이 열 개였다. 계수복을 보냈다면 재주껏 협상을 유도했겠지만, 차민혁은 그 정도의 융통성을 가진 무사가 못 되었다.

"맞춰 줘. 도중에 일처리 개떡 같으면 계약 해지하겠다는 조항 넣고. 이때 을의 위약금은 계약금의 10배로 하되 이상한 짓하다 걸리면 나한테 먼저 알려."

"옙. 전달하겠습니다."

"앞으로 1년이면 명부도 안정화 될 거야. 그 기간 동안 시험 삼아 써 보는 거니까 민혁이한테 감시 잘하라고 일러 둬."

"알겠습니다."

"세세한 계약 내용은 네가 짜고. 그중에 하나라도 따지고 들면 아쉬울 것 없으니 물려."

"옙."

안대영은 재떨이에 담배를 짓이겨 껐다. 흐음, 초량이 턱 가를 문질렀다. 영천왕은 기존의 시왕과 다르게 다방면으로 손을 뻗었다. 명부는 새로운 환경에 맞춰 전에 없이 빠르게 자리 잡고 있는데도 시간을 질질 끈다고 생각하는 모양이다. 저놈 성질머리에 오래 참아 주긴 했지. 하지만 언제나 새로운 시도에는 우려가 따르는 법이다.

"굳이 인간을 끌어들이는 이유가 뭐냐? 명부의 일꾼이 부족하다고는 소리는 나도 자주 들었어. 그놈들이 훌륭한 예비 무사의 재질이긴 하나, 자칫하면 귀찮은 일이 벌어질 수 있단 말이야. 인간의 눈치가 보통 빠른 줄 알아? 머리 좀 크면 이곳에 대해서 파고들려고 할 텐데."

가만히 듣고 있던 초량이 전자담배를 깊게 빨아들이며 물었다. 질문할 때 코와 입에서 연기가 뭉게뭉게 흘러나왔다. 대답은 김석호에게서 들을 수 있었다.

"그러지 말라고 일부러 차 이사한테 감시 맡긴 거잖아. 그리고 퇴마사들이 의외로 일처리는 깔끔해. 여름에 대표님 부산 가셨을 때도 선 작업을 시켰었는데 결과물이 꽤 만족스러웠어. 무엇보다 눈이 떠진 자들이니 이에 관한 리스크는 없다고 보면 돼. 설사 일이 터진다 해도 기억을 지우면 그만이야. 종합하자면 뭐든 발전을 위한 시도는 나쁘지 않다, 가 우리의 의견인 셈이고."

"으흠. 그럼 뭐 나도 더는 토 달지 않으마. 아, 필요하면 말해라. 내가 지황산의 무당으로 변장해서 그놈들 앞에 나타나 너희 말을 듣지 않으면 파란이 불어 닥칠 것이라 으름장을 놓아 줄 테니. 한 달 월세 변제 정도면 충분히 해 줄 수 있지~"

이번엔 안대영이 대답했다.

"필요 없으니까 월세나 재깍재깍 내."

"이 씨불⋯⋯!"

으르렁거리는 초량을 무시하고 고개를 김석호 쪽으로 꺾는다.

"방 비었지."

"네? 네. 아무도 없습니다. 침구 세탁도 어제 했어요."

"좀 잘 테니까 두 시간 후에 깨워."

"옙."

일어난 안대영이 넥타이를 느슨하게 풀다 말고 늘어진 꼬리를 집어 든다. 정 교수, 내 목에 이걸 채워 놓고 정작 넌 당직이라는 게 말이 돼? 씨발 개 같은 병원, 죄다 불태워 버릴 수도 없고. 어느새 공중을 떠돌던 짜증이 몸 위로 덕지덕지 달라붙는다. 혀를 찬 안대영이 재킷을 벗어 소파에 던졌다.

"너 갈 때 떡 가져가. 남겨 봤자 버려."

초량은 입을 벙긋했다가 어디로든 화풀이를 할 기세인 안대영을 보고 속으로만 분을 삼켰다. 저 죽일 놈의 싸가지 없는 놈.

쾅, 하고 숙직실 문이 닫혔다. 김석호는 음악을 작게 틀어놓으며 초량이 야심차게 내놓은 십오량의 신제품을 우물우물 씹었다. 그래 봤자 딸기 절편 급이겠지, 심드렁하던 표정이 맛볼수록 놀라움으로 바뀐다.

"……어? 이건 괜찮은데?"

"거 봐라! 맛있다니까? 이놈들이 도깨비 말을 못 믿어! 에헴!"

"잘 팔리겠다. 맛있어! 웬일이래? 이렇게 만들 줄 알았으면서 그동안 은 왜 그랬대."

"실패는 성공의 어머니라는 말도 모르냐, 우라질 근육 놈아. 도로 안 가져가도 되겠구먼. 좋았어, 좋았어. 왕 새끼도 먹고 눈이 크게 떠질 맛 이렷다."

금세 의기양양해진 초량이 가슴을 쭉 폈다. 그리고 미리 준비해 온 위생 장갑과 접시를 스윽 꺼내 누구보다 빠르게 떡을 분배해 옮겨 담았 다. 제일 예쁘게 담은 접시는 교수님과 북산의 귀염둥이에게 선물해야겠다. 그러려면 둘 다 저 놈 몰래 회동을 해야지.

룰루랄라 콧노래를 부르고 있는데 닫혔던 방문이 확 열렸다. 잠든 줄 알았던 안대영이 흐트러진 기색 없이 나와 소파에 널브러진 재킷을 채 갔다. 초량과 김석호가 거침없이 중문을 열고 나가는 안대영을 의뭉스럽게 바라보았다.

"방금 자러 들어간 놈이 갑자기 어딜 나간담?"

"대표님! 어디 가세요! 주무시지 않고요?"

김석호가 콩고물 묻은 손을 털며 묻자 짤막한 대답이 계단을 내려가는 발걸음과 함께 들려왔다.

"의뢰."

오잉? 10번 핸드폰은 잠잠한데……? 갸웃거리며 의뢰 목록 파일을 훑어보던 김석호가 비공식 의뢰인가 보다, 하고 떡을 우물우물 씹었다. 나중에 말씀해 주시겠지.

쾅, 중문이 닫혔다.

"쯧. 저런 또라이를 보았나."

비닐 장갑 낀 검지를 머리 옆에 뱅뱅 돌린 초량이 다시금 콧노래를 흥얼거리며 포장을 이었다.

* * *

찬바람이 부는 계절이 다가올수록 해가 짧아졌다. 정은규는 창문 앞에 서서 해가 뉘엿뉘엿 지는 하늘을 바라보고 있었다. 진료실 창문을 통과하고 쏟아진 노을이 모니터와 바닥을 붉게 물들인다. 하늘에 수놓아진 노을이 구름과 뒤섞여 장관이다. 수많은 사람들이 저 아름다운 노을을 만나기 위해 또 하루를 살리라.

저 멀리서부터 밀려오는 어둠에 잠기면 달이 뜰 테고, 곧 밤하늘을 올려다보며 퇴근하는 익숙한 계절이 찾아올 것이다.

어떤 반복은 때로 안정을 불러일으켰다. 태양이 지고 달이 뜨는 밤이나, 어둠이 몰려간 후 살그머니 고개를 드는 태양 같은 것들이.

매일이 소중하다. 흔히 천국이라 칭하는 동산에서 머물렀다가 내려와 인간과 신의 어중간한 경계에서 살아가는 날부터 정은규에게 가장 소중한 것은 매일이었다. 오늘도 그 '매일' 중의 하루였고.

들고 있는 보틀 주스도 붉은 색이라 일부러 짜 맞춘 듯한 색감이다. 유기농 비트와 사과만 넣고 갈았다더니 재료 본연의 맛에 충실한 주스였다. 맛은 글쎄…… 건강해지는 맛? 솔직하게 안대영이 주지 않았더라면 이만큼 먹지 않았을 것이다.

똑똑. 진료실 문을 두드린 후 고개를 빠끔히 내미는 사람은 올해 갓 들어온 레지던트 막내다. 이제 막 전공의 과정을 밟게 된 햇병아리의 몰골은 제대로 씻지도 못하고 이리저리 불려 다녀 눈 밑에 다크서클이 새까맣게 내려와 퀭했다. 막내 교수도 자다가 콜 받고 일어나 달려오는 판국에 레지던트 막내라면 말 다했지.

하지만 안쓰러운 마음은 들지 않았다. 이 시간을 버티면 경력이 따라붙을 것이고, 못 버티면 나간다. 정은규는 냉정한 사회에 완벽히 적응한 부류였다.

"교수님. 식사 준비됐습니다."

"너희끼리 먹어. 난 먹었어."

막내가 난처하게 콧잔등을 긁는다.

"그게요……. 효준 선배가 떡볶이에 중국당면이랑 분모자 추가해서 저 세상 맛이니까 교수님도 꼭 드셔 보셔야 한다고 전달하라 했습니다……. 그리고 치킨도 시켰어요. 허니 콤보요."

저 세상 맛은 뭐야. 떡볶이가 맛있어 봐야 거기서 거기지. 정은규는 손을 휘휘 저었다.

"먹다 배부르면 덮어 놔. 이따 애들 와서 배고프면 먹겠지."

"네에."

눈치를 보던 막내가 진료실 문을 조심스럽게 닫았다. 그 사이에 하늘의 절반이 어둠으로 뒤덮였다. 보틀을 깨끗이 씻어 분리수거하고 오자 책상 위 핸드폰이 울고 있었다. 액정에 쓰인 발신자는 '대영 씨♥'였다. 하늘의 붉음이 사라지고 있으니 붉은 오라를 가진 자가 연락을 한다. 타이밍이 꽤 흥미롭게 맞물렸다.

"예. 대영 씨."

-날이 좋네. 바람도 적당히 선선하게 불고.

"밖입니까?"

-응. 집 앞이야. 자기 저녁은?

"대영 씨가 준 것 먹었죠. 맛있던데 어디서 샀습니까."

안대영은 맛에 민감하다. 배달 음식과 인스턴트에 절여지다시피 한 저와 달리 웬만하면 직접 요리를 했으며 외부 음식은 깐깐하게 가렸다.

-병원에서 좀 멀어. 그 주변 갈 일 있으면 또 사다 줄게.

"아, 그러면 일부러 갈 필요 없어요. 번거롭게 그러지 마요."

-차 끌고 가는데 뭐가 번거로워.

수화기너머로 비밀번호가 삑삑 눌린다. 철컥, 현관문이 열렸다가 금세 쿠웅, 닫혔다. 도어 록이 잠겼다.

"대영 씨, 저녁은 먹었습니까."

-별로 먹고 싶은 생각이 안 들어. 아, 자기야, 빨래 이거 뭐야?

"빨래? 건조기요?"

-어. 건조기. 카디건도 여기에 돌렸어? 줄어들어서 완전 애새끼 옷 됐는데.

"……카디건이면."

며칠 전 쇼핑한 새 옷이 아니던가. 물세탁 가능이라고 해서 건조기까지 돌렸는데 기계 안에 뜨거운 바람이 불면서 원단이 오그라들었나 보다. 아이씨. 개시도 못했는데. 정은규가 반사적으로 성을 내자 수화기너머의 남자가 숨을 낮게 끈다.

─손대는 족족 망가뜨리고 깨부수더니 이젠 옷까지 버리네. 다음엔 뭘 조져 놓을래?

뻔히 놀리는 말투에 약이 바짝 오른다. 정은규는 무척 오랜만에 억울하다는 감정이 들어 불퉁하게 중얼거렸다.

"택에 분명히 물세탁 가능이라고 쓰여 있었단 말입니다."

─건조기 가능은 안 쓰여 있나 보지. 옷은 어떻게 할까.

"그냥 둬요. 못 입을 정도면 버리고 새로 사게. 근데 어딜 다녀오던 길인데 이제 집에 들어갑니까. 사무실에 있었어요?"

─음, 아니. 병원.

병원이라는 소리에 금세 억울한 기색을 날려 버린 정은규가 눈을 휘둥그레 떴다.

"……병원이요?! 어디 아파요? 어디가 어떻게 아픈데요. 옷을 워낙 얇게 입고 다녀서 환절기 감기 왔을 수도 있어요. 열은 안 납니까. 속이 울렁거리진 않고요? 식욕이 없는 것도 아파서 그런 거라면 진찰을 받아야 합니다."

걱정의 걱정이 꼬리를 물어 각종 증세를 모두 나열할 기세인 의사 양반이 어지간히 웃긴 모양인지, 전화 필터로 걸러진 목소리가 나직한 웃음을 터트린다.

─진정해.

"병원 갔다며. 일 때문인 거면 나한테 미리 말하지 않습니까."

─일은 일이었어. 사적인 일이라 그렇지.

"그럼 안 물어볼 테니 하나만 대답해요. 정말로 아픈 데 없는 거죠."

─안 아파. 그리고 자기야, 내가 감기 걸리면 그거야말로 코미디

아닐까 싶은데…….

　……하긴. 과민 반응이었다. 뒤늦게 민망함이 들어찬 정은규가 괜히 의자에 털썩 앉아 등을 기댔다. 하늘이 새카맸다.

　-너 있는 병원에 갔었어. 아까 병원 입구에서 우리 사이를 눈치 깐 놈이 있었거든. 그 새끼 기억 지우느라 잠깐 갔지. 자기는 그때 수술실에 있어서 그냥 왔고.

　"사적인 일이라면서 이렇게 말해 줘도 됩니까."

　-너한테 말해 줘도 문제없을 이야기니까?

　"그래요. 그럼 됐어요."

　아프거나 다치지만 않으면 되었다. 정은규가 안대영에게 연인으로서 바라는 건 딱 저 두 가지뿐이었다. 그중에서도 순위를 매기라면 단연코 '다치지 말라'가 최우선이었고.

　-존나 귀엽네. 왜 날이 갈수록 귀여워져.

　"끊습니다."

　-매정함도 깜찍함에 비례해서 늘었어.

　"밥 먹어요. 굶지 말고."

　-이야. 말 돌리는 눈치까지?

　이러다 콜이 올 때까지 말씨름하게 생겼다. 정은규는 이를 악문 채 음절마다 힘을 주어 발음했다.

　"말꼬리 좀 그만 잡죠."

　유쾌한 웃음이 기분 좋게 울려 귀를 자극한다.

　-하하, 그래. 새벽에 봐.

　문득 그가 보고 싶어져 주먹을 꽉 쥐었다. 짧게 깎은 손톱이 손바닥을 파고든다. 뿐만 아니라 의사 가운을 입으면서 처음으로 당직이 싫어졌다. 그 집에 왜 당신을 혼자 두어야 하지. 왜 당신 곁에 내가 없는 거야.

"하아……."

미쳤나 봐. 대영 씨를 사랑하는 마음이 조금 더 진화하면 이성의 잣대도 망가지겠구나.

당신은 내가 제일 어렵다고 했었지만, 난 당신에게 마음껏 휘둘리고 있어. 알고 보면 내가 당신에게 제일 쉬운 존재야. 왜 몰라. 탄식한 정은규가 손바닥으로 이마를 턱 덮었다.

* * *

일요일은 콜이 오지 않는 한 피로를 풀 수 있는 유일한 휴일이다. 정은규는 안대영을 만나기 전까지 집에 콕 틀어박혀 침대와 한 몸이 되는 단순한 휴일을 즐겼는데, 다행히 성향이 비슷한 제 연인 역시 일요일에는 정사고 나발이고 해가 중천에 뜰 때까지 눈을 뜨지 않았다.

한때 불면의 밤이 찾아와 잠든 정은규의 옆에서 뜬 눈으로 동이 틀 때까지 버텼던 안대영은 사라지고 잠꾸러기만 남았다. 잠꾸러기라는 호칭이 무색하게 그 흔한 잠버릇 하나 없이 곤히 잤지만 말이다. 안대영은 자다가 이불을 걷어차는 일도 없었고, 품 안에 정은규를 가두거나, 혹은 제가 정은규의 품에 안겨 잠든 채로도 몸부림 한번 없이 아침을 맞이했다.

그의 잠 안에는 악몽도 길몽도 없었다. 오로지 눈을 감았다가 깨는 시간만이 존재하는 숙면이었다. 정은규 역시 불안에 시달리는 불면의 밤을 익히 겪어 보았으므로 편안하게 잠든 그를 보며 안정감을 느꼈다. 이런 안대영이 매사 사랑스러웠다.

지금도 안대영은 오전 열한 시가 넘어가는데 한밤중처럼 잠들어 깰 기색이 없었다. 먼저 일어난 정은규는 오래 자서 퉁퉁 부어 버린 눈꺼풀을 만지작거리다 독사과를 먹고 잠든 공주처럼 미동 없는 안대영을 내려다보았다.

식상한 묘사이긴 한데 자는 얼굴은 정말 천사라니까.

이러다가도 잠든 적 없던 것처럼 눈을 뜨는 경우가 빈번해 침대에서 내려올 때는 조심조심 움직이는 습관을 들였다. 발뒤꿈치를 든 채 살금살금 방에서 나온 정은규는 경첩 맞는 소리가 나지 않도록 문고리를 서서히 느릿느릿 놓은 후에야 숨을 크게 내쉬었다.

쉬는 날을 제외하고 시간마다 꼬박꼬박 식사를 챙겨 주려 노력하는 연인 덕분에 살이 좀 붙었다. 정확히 말하자면 체중은 변함이 없는데 외형의 변화가 탄탄해지는 쪽으로 발전했다. 애매하게 헐렁했던 셔츠가 딱 어울리는 맵시를 드러낸다던가, 같은 바지를 입어도 전보다 태가 난다거나 하는 결과물들.

안대영은 체크하는 척 정은규의 온몸을 농밀하게 만지며 아니라고 단언했으나 원래 내 몸은 내가 제일 잘 아는 법이다. 섹스 도중에 삽입한 성기 윤곽이 불룩 튀어나온 마른 배를 어루만지게 하며 '이것 봐, 내 자지 잘 만져지잖아. 하나도 안 쪘어.'라고 했던 안대영이 떠올라 고개를 절레절레 저었다.

……음. 어쩌면 몇 달 전부터 타인에게 수도 없이 받아 온 외모 칭찬과 결혼에 관한 염문설도 전보다 잘 챙겨 먹어서 혈색이 돈 얼굴과 관련되어 있을 수도 있겠다. 시간 날 때 영양 의학에 관한 책이나 논문을 찾아보아야겠어.

제법 규칙적으로 무얼 씹어 삼키는 행동을 반복하자 이것이 일에도 영향이 끼쳐서 식사 시간이 되면 뭐라도 입에 넣어야 머리가 제대로 돌아갔다. 인생 34년 만에 겨우 올바른 식습관을 들이게 되었지만 역시 먹는 행위 자체가 귀찮긴 해서 정은규는 식탁을 짚고 잠시 멍하니 서 있었다.

뭐부터 하지. 아, 그래, 커피.

커피 머신을 켠 뒤 냉장고를 열어 돼지고기 안심과 채소를 꺼내 식탁에 놓았다. 양파, 감자, 호박, 파 등등. 껍질을 벗겨 먹기 좋은 크기로 썰어 보관한 채소는 냉장고 공간 차지를 줄여 줄 뿐만 아니라 현업을 제외한 모든 것에 초보인 정은규가 사용하기에 안성맞춤이었다.

이 재료들로 내가 할 수 있는 요리가 있긴 할까. 핸드폰을 심각하게 들여다보며 액정을 휙휙 밀었다. 찌개, 카레, 짜장, 볶음밥……. 찌개는 저번에 간을 못 맞춰서 국이 된 적이 있기에 패스. 볶음밥은 내가 먹어도 맛이 더럽게 없었으니 이것도 패스. 그렇다면 카레나 짜장인데……. 버석한 발걸음이 다섯 발자국 내디뎌진다.

냉동실을 열어 유리병에 담긴 황색 가루를 꺼내 맛을 보자 진한 강황 맛이 났다. 그럼 이게 카레 가루겠고. 짜장은 없으니 메뉴는 자연스럽게 카레로 정해졌다.

카레 레시피. 쉬운 카레 레시피. 초보 카레. 온갖 단어로 검색해 도출해 낸 페이지는 '요리 고자도 손쉽게 만들 수 있는 카레'라는 제목을 달고 있었다. 정은규는 5분씩이나 액정을 노려보며 레시피를 토씨 하나 빼놓지 않고 완벽하게 외웠다. 요약하자면 고기와 채소를 한데 볶다가 물을 붓고 뭉근하게 끓이다가 카레 가루를 넣어서 잘 저어 주기만 하면 완성.

"쉽네."

사실 제일 쉬운 카레 레시피란 널리고 널린 레토르트 카레를 사서 전자레인지에 데우기만 하면 된다. 잘 알고 있지만 일단 나가기 귀찮았고, 이 정도면 못할 건 없다는 자신감이 불쑥 치솟아 도전해 보기로 했다. 하다가 망치면 버리고 식빵이나 구우면 되지.

썰어놓은 채소를 팬에 붓고 기름을 넉넉히 둘렀다. 인덕션에 빨간 불빛이 들어오면서 기름과 섞인 채소가 자글자글 끓듯이 튀겨졌다. 어? 튀겨져? 볶아야 되는 건데. 정은규는 그제야 기름의 양이 너무 많았나 싫어 뒤늦게 고기를 투하했다.

그러나 기름은 고기와 채소에 한껏 번들번들 묻고도 남아돌았다. 아, 기름 양은 레시피에 안 쓰여 있어서 내 마음대로 부어 버렸네. 뭐, 일단은 볶다 보면 답이 생기겠지.

침착하게 레시피대로 후추와 소금을 계량해 간을 하고 재료를 볶자 채소에서 수분이 빠져나오며 점차 기름 국 같은 모양새로 변해갔다.

이게 맞는 건가.

뒤섞은 재료의 아랫면이 황갈색이라 불을 조절하고 감자를 하나 건져 먹었다. 노릇노릇한 겉면과 달리 식감은 딱딱하다. 레시피에서는 감자가 익었을 때 물을 부어야 한다고 했으니 한참을 더 볶아야 한다.

기름 냄새가 주방에 진동을 해 뒤늦게 레인지 후드 스위치를 눌렀다. 시작부터 망한 카레는 어서 차라리 노란색을 입히라며 아우성쳤다. 엉망진창이었다. 기름을 두르기 전으로 돌아가고 싶었다. 버리고 다시 할까 싶었던 그때.

"또 쓰레기 만들지."

안방이 열리고 하품하며 나온 안대영이 안 봐도 알겠다는 듯 끄응, 하며 기지개를 쭉 폈다. 정은규는 팬 안을 볶던 숟가락을 든 채 일어났냐는 인사에 앞서 본인의 변호부터 했다.

"잘하고 있습니다. 레시피대로예요."

"대체 뭘 만드는 거야. 독살이 목적이라면 맛있는 거로 하든가. 난 쓰레기 먹고 뒤지긴 싫어."

"……독살하려고 든 적 없습니다. 그리고 카레 만들고 있었어요."

"나와 봐."

그리고 안대영은 팬 안을 보자마자 혀를 찼다. 그럼 그렇지, 하는 표정으로 팬을 들어 싱크대로 가져간다. 버리고 새로 하려는 건가……? 정은규가 계면쩍게 뒷목을 긁적이자 조심스럽게 기름만 쭉 따라 버리곤 다시 인덕션 위에 올린다. 불을 최대로 키운 안대영이 능숙하게 팬을 다루다가 간을 보고 표정을 사정없이 구겼다.

"아, 씨발. 존나 짜."

소태가 따로 없었다. 거기다 후추를 얼마나 뿌렸는지 짠맛 뒤에 후추 향으로 코가 매웠다. 비염 환자도 이거 한 입이면 코가 뚫릴 맛이다. 그러나 정은규는 자신이 반드시 옳았을 거라는 확신에 차서 태연하게 대답했다.

"레시피대로 넣었어요. 소금 한 스푼. 근데 내가 간 봤을 땐 괜찮던데요."

"한 스푼이 자기야…… 이 숟가락 기준이 아니라고. 그리고 어차피 카레 가루 덮어쓸 건데 굳이 간 안 해도 돼."

"아."

그제야 탄성을 터트린다. 안대영은 이딴 쓰레기를 보고 있자니 급격하게 담배가 말려 한 손으로 마른세수를 했다.

"앉아서 커피나 마셔. 살려 보려고 했는데 도저히 안 된다, 이건."

"요리는 해도 해도 안 느나 봅니다. 레시피 완벽하게 외웠거든요. 카레 정도야 초보도 껌이라고 해서 도전했던 건데 안 되는 놈은 역시 안 돼요."

"다시 말하는데 아무것도 하지 마. 넌 너 잘하는 것만 해."

"알았어요."

그냥 거기에 물 붓고 카레 가루 넣으면 최악은 아닐 것 같은데. 쓰레기통에 쏟아진 재료를 아깝게 쳐다본 정은규가 커피 두 잔을 내려 한 잔은 안대영을 주고 요리가 완성될 동안 청소기를 돌렸다. 집안일 중에 유일하게 소질을 보이는 데는 청소였던지라 눈에 안 보이는 곳까지 구석구석 청소기를 돌리고 걸레질했다. 이는 더러운 걸 못 참는 깔끔한 성격이 한 몫을 한 것이리라.

미지근한 커피를 마시며 새로 완성된 카레라이스로 아침 겸 점심을 해결했다. 안대영은 요리하면서도 뒷정리까지 깔끔히 마친 상태라 주방은 어수선함을 찾아볼 수 없었다. 정은규는 설거지하는 안대영의 뒤태를 구경하며 사진 몇 장을 남겼다.

나란히 서서 양치를 한 뒤에는 소파에 붙어 앉아 철 지난 로맨스 영화를 보았고, 키스 신 장면에서는 정은규가 먼저 안대영에게 달려들어 그의 입술을 빨아 먹을 듯이 깨물었다.

키스가 섹스가 되는 건 순식간이었다. 한바탕 몸을 섞고 함께 샤워하면서 욕실을 또 다른 섹스 장소로 쓰고 나왔을 때는 벌써 오후 다섯 시였다.

시계 초침에 발이라도 달린 양 시간이 빨리 달리는 것으로 보아 과연 휴일은 휴일이었다.

"날씨도 좋은데 나가서 바람이나 쐴까."

안대영의 제안에 정은규는 그의 어깨에 머리를 비비적거리며 대답했다. 좋아요.

집에서 멀지 않은 카페는 아기자기한 인테리어에 테이블이 세 개로 개인이 운영하는 곳이었다. 밤 산책을 나왔다가 반짝반짝한 외관에 이끌려 충동적으로 들어가 음료를 시킨 후였다. 볼캡을 눌러 쓴 안대영은 쇼케이스 안의 마카롱 따위를 무심히 쳐다보고 있었다.

"사 줄까요?"

"아니."

"여긴 디저트용 초콜릿이 없네요."

조깅할 때처럼 편안한 안대영의 옷차림과 달리 정은규는 셔츠와 슬랙스 차림으로 구두까지 신고 있었다. 운동화보다 구두가 편하단다.

소매를 두 번 접어 올려 드러난 손목뼈가 도드라졌다. 셔츠 밑단을 바지 속에 예쁘게 넣어 마른 허리선이 몇 시간 전의 정사를 떠올리게 했다. 확실히 승천한 이후 체력이 많이 늘었다. 지칠 때까지 밀어붙여도 잘만 걸어 다녔으니까. 그전엔 시체 꼴로 출근하더니 발전했다. 잘 먹여 놨더니 결과물이 기특한데. 안대영은 괜히 정은규의 볼을 검지로 쿡 찔렀다.

"왜 그럽니까."

"그냥."

정은규는 저도 괜히 안대영의 볼을 콕 찍어 보았다. 이유 또한 바로 이어졌다.

"저도 그냥이었습니다."

볼캡 아래로 드러난 입술이 호선을 그렸다. 사장이 음료 두 잔을 내왔다.

"주문하신 음료 나왔습니다. 아, 저희 가게 처음이시면 스탬프 카드 만들어 드릴까요? 열 개 모으면 아메리카노 한 잔이 서비스예요."

"예. 한 장만 주세요."

오늘처럼 밤 산책을 하다가 종종 들를 것 같아 끄덕거리자 사장이 카드에 도장 두 개를 꾹꾹 찍어 펜과 함께 내밀었다.

"저쪽 벽에 보시면 성씨 구분해서 담아 놓는 통 있거든요. 매번 가지고 다니기 귀찮으시면 넣어 두셨다가 오실 때마다 찾으시면 돼요."

"예."

도장은 고양이 그림이었다. 귀여운 고양이가 분홍색으로 야옹야옹 우는 듯했다. 펜을 가볍게 쥔 손이 이름 석 자를 적어 내려갔다. 정은규의 글씨체는 말 그대로 '어른스러운 글씨'의 표본으로 필체에서 성격이 그대로 묻어났다.

벽에 가 'ㅈ'이 붙어 있는 곳에 카드를 넣고 돌아온 정은규가 가죠, 하고 안대영과 카페를 나섰다. "안녕히 가세요." 문이 닫히기 전 사장의 발랄한 목소리가 어렴풋이 들렸다.

집 근처 근린공원은 시원한 날씨 덕분에 운동을 나온 사람들이 많았다. 농구 코트에서 뛰는 청년들, 왁자지껄하게 떠들며 족구 하는 아저씨들, 배드민턴을 치는 가족, 팔짱 낀 채 도란도란 이야기를 나누며 걷는 친구들, 신이 나서 꼬리를 흔들며 산책하는 강아지들까지. 각자의 시간을 보내며 뿜어져 나오는 소음이 계절과 맞물려 포근하게 들렸다.

가을은 가을만의 냄새가 있다. 높은 하늘을 맴도는 청명한 공기가 내뿜는 냄새, 서서히 색을 잃어 가 헐벗기 시작하는 나무의 냄새, 길바닥에 나뒹굴다가 발밑에서 부서지는 낙엽의 냄새. 이것들이 마구 뒤섞이다 보면 쓸쓸함으로 완성되어 계절의 숨결처럼 콧속을 파고들었다. 미묘한 찬바람이 서서히 불어오기 시작하면 가을은 짧게 머물렀던 세상에서 비켜나 다음 해를 기다렸다.

우리는 이 계절을 함께하고 있다. 몇 년, 몇 십 년이 지나도 감명 깊을 시간의 기록들이 매 순간 새겨진다.

"대영 씨와 다시 만났을 때, 나는 우리가 이렇게까지 평온할 줄 몰랐습니다."

안대영의 왼손이 정은규의 오른손을 그러잡는다.

"내가 제일 바랐던 거야."

"막상 실현되니까 처음엔 또 다른 위기가 닥쳐올까 봐 두려운 날도 있었습니다. 하지만 그것도 시간이 약이라고, 이런 날이 매일 이어지니까 당연한 것처럼 받아들이게 되네요."

"그것 역시 내가 바랐던 거고."

짧은 대답에서 묻어난 진심이 맞잡은 손에 스며들었다. 정은규는 이마를 덮은 머리칼이 바람결대로 흩날리게 두었다.

"아까 영화 볼 때 말입니다."

"응."

"난 그동안 영화든, 드라마든 사랑 얘기는 더럽게 유치하다고만 생각했었어요."

이를 테면 설렘을 유도하는 행동이라던가, 긴장해서 건네는 고백, 설탕을 버무린 듯 달콤한 속삭임 같은 것들. 이런 대본을 쓴 작가의 상상력이 대단하다고 느낀 적은 있었지만, 주인공의 감정선을 따라 이입한 적은 한 번도 없었다.

"그런데 이제 이해는 가더라고요. 뭐, 공감한다거나 덩달아 설렌다는 건 아니고 주인공이 왜 그랬는지 정도?"

모든 사랑에는 이유가 없었다. 정신 차리고 보니 가랑비에 옷 젖듯 푹 빠져 있거나, 운명과 필연이 둘을 엮고 있다거나. 사랑을 다룬 드라마는 반드시 묶일 수밖에 없는 사이를 구구절절 긴 호흡으로 풀어내고 있었다. 그 과정에는 헤어짐과 재회, 혹은 영원한 안녕까지 포함되어 작품을 완성시켰다.

당장 안대영과 정은규도 그 '흔한' 사랑에 수록되지 않았던가. 당장의 해피 엔딩을 맞이하기까지 사건의 파도에 갇혀 쉴 새 없이 휩쓸렸었지만, 과거를 닫아 놓고 연애만 두고 본다면 우리 역시 유별날 것 없었다.

"대영 씨, 그거 압니까. 나 두통약 안 먹은 지 반 년이 넘었어요. 그전엔 약 맛을 느끼지 못할 정도로 두통이 심해 알약을 씹어 먹기까지 했었는데…… 이제는 쳐다보지도 않습니다."

"잘됐네. 약 안 먹겠다고 머리 쥐어뜯던 때가 어제 같은데."

안대영의 짤막한 소감 안에는 안도가 포함되었고 칭찬까지 살포시 담겨 있었다. 그러고도 말투는 덤덤했다. 이 남자의 말투가 다정함을 묻힐 때는 이런 식이었다.

"내가 이렇게 변할 동안 당신은 한결같다고 느꼈습니다. 솔직히 말해 봐요, 나 때문에 피해 본 적 많았죠."

정은규는 진지하게 물었다. 그래서 안대영도 웃지 않고 흥미로운 시선을 던졌다.

"있다면 보상이라도 해 주려고?"

"대영 씨 마음에 차도록 최대한 노력해 보겠습니다."

그래도 받아치는 말에는 농담이 묻었다. 정은규는 전과 달리 민감할 수 있는 주제로 대화를 나누어도 더는 땅굴을 파지 않았다. 그를 내리찍었던 억겁의 시간이 벗겨져 나가고 있는 것이다. 잘된 일이다.

안대영의 눈길이 메마른 나뭇가지에 닿았다가 떨어졌다.

피해라……. 기억이 조작된 채 명부에서 쫓겨나 살의 욕구를 뒤집어쓰고도 이무기를 찾지 않으려 발버둥 치며 닥치는 대로 악귀를 사냥했던 과거, 그러나 심장의 본능을 숨기지 못해 간혹 누군가를 잡고 제가 아는 이무기일지 확인했던 시간들이 피해라면 피해일까.

아니. 이건 도리어 정은규가 피해자였다. 다시 만나자마자 기억을 되찾았을 줄 알았다면 너를 조금 더 빨리 찾았어야 했다는 나의 불찰이다. 네가 그때보다 한 살이라도 어릴 때 찾았다면, 너는 적어도 1년을 더 편하게 지낼 수 있었다.

이걸 피해라고 할 수 있나. 차라리 분노에 어울리겠다. 지난 과거는 때때로 송곳이 되어 차가운 이성을 내리찍었다.

"은규야. 인간도, 신도 아닌 상태에서 사는 건 어때."

나지막한 물음에 정은규가 숨을 크게 들이쉬었다가 천천히 내쉬었다.

"크게 다른 건 모르겠습니다. 눈동자 색과 비를 제어하는 방법을 모를 때 혼란스러웠던 적은 있어도 그 외는 똑같은 일상이에요. 먹고, 자고, 출근하고. 대영 씨도 작년까지 이렇게 살아서 알잖아요."

"그랬지. 하지만 지금은 달라."

"어떤 부분에서죠."

"그때는 너만 지키면 됐었거든. 어떻게든 네 기억을 되돌려서 다시 내게 빠지게 만든 다음 영원히 내게서 벗어나지 못하게 묶어 두는 것에만 치중했고."

"내가 당신 손을 잡고 있으니 그 계획은 성공했고요."

"그거야 당연한 결과잖아. 내가 실패할 리가 있나."

조그마한 강아지가 폴짝폴짝 뛰었다. 작은 놈이 어찌나 힘이 센지 견주는 끌려가다시피 빠른 걸음으로 그들을 지나쳤다.

"자화자찬입니까?"

"알아서 걸러 들어. 아무튼 널 살리고 나니까 별의별 게 다 따라붙더군. 한데 뭉뚱그리자면 책임감이라고 해야 할까……. 나는 사실 너 외에는 모든 걸 계산하고 따지는 쪽이라 손해는 절대 보기 싫거든."

"그러면서 여름에 부산에서는 누군지도 모를 사람한테 한번 져 줬습니까. 아, 사람이 아니라고 했던가요."

"거기서 져 주지 않았으면 너 보러 가는 시간이 늦어져서 그랬다니까. 왜 지난 얘길 꺼내, 또. 뒤끝 길다고 자랑해?"

"농담이에요. 대영 씨 놀려 본 겁니다."

"왜, 그냥 내 머리 꼭대기 위에 앉아서 놀리지."

"그래도 됩니까. 하긴, 대영 씨가 나 놀린 거에 비하면 이 정도는 아무것도 아니긴 해요."

말하면서 부스스 웃는 볼을 톡 쳤다. 정은규는 무표정일 때 냉한 인상이었다가 웃으면 차가움이 사르르 녹았다. 그리고 이 웃음은 유일하게 안대영의 앞에서만 지어 보였다.

"원하는 걸 얻기 위해 그 정도 양보하는 건 피해가 아냐. 실리지. 앞으로도 그럴 거니까 시답잖은 생각 하지 마."

"그렇다면 다행이고요."

"또 궁금한 거 있으면 물어봐. 집 들어가기 전에 모조리 해결하자고."

둘의 걸음이 박자가 맞았다가, 엇박이었다가, 다시 맞았다가, 엇박이
길 반복했다. 정은규의 질문은 엇박일 때에 담담히 던져졌다.

"……나를 믿어요?"

정은규에게 줄곧 날 믿으라고 말하기만 했지, 도리어 그 말을 제가
들을 줄은 몰랐다. 안대영은 공원을 벗어나 집으로 가는 인도에 다다르
자 쓰레기통에 컵을 버린 후 정은규와 자리를 바꾸어 차도 쪽에서 걸었
다. 다시 손이 맞잡혔다. 속도를 높여 달리는 자동차 도로와 가로수가
늘어진 인도에 바람이 휘잉— 찬 소리를 싣고 왔다.

"믿어."

그 가운데 믿음을 약속하는 음성이 또렷했다. 정은규는 무거운 한숨
을 쉬었다. 대답은 한참 후에나 할 수 있었다.

"당신이 왜 그토록 믿어 달라고 했는지…… 그 기분을 이제야 알 것
같습니다."

그리 말하는 정은규의 입술이 미약하게 떨리고 있었다.

안대영은 말없이 차오르는 감격에 도리어 슬퍼하는 정은규를 바라보
다가 쓰고 있던 볼캡을 벗어 그의 머리 위에 씌웠다. 그리고 작은 얼굴
을 감싸며 고개를 비틀어 비스듬히 입을 맞추었다. 이로 아랫입술을 잘
근 깨물었을 때 어서 들어오라는 듯이 틈이 벌어져 기꺼이 달콤한 동굴
을 파고들었다.

팔을 뒤로 뻗어 안대영의 목을 그러안은 정은규의 발뒤꿈치가 붕 떴
다. 발끝을 세운 채 입술을 짓누르듯이 뭉개며 뜨겁고 도톰한 혀를 제
입 안에 가두고 허겁지겁 얽었다.

"흐읍."

안대영의 팔이 정은규의 허리를 확 이끌어 휘감자 발뒤꿈치가 바닥
에 닿기도 전에 운동화 위로 구둣발이 올라섰다. 그 바람에 정은규가
쓰고 있던 볼캡이 정수리까지 휙 넘어가 아슬아슬하게 매달렸다가 바닥

에 툭 떨어져 굴렀다.

4차선 도로에 라이트를 환히 켠 자동차 여러 대가 쌩쌩 달렸다.

타액으로 축축해진 입술이 격정적으로 맞부딪칠수록 통통하게 부어올라 폭신폭신한 감각이 뇌로 와르르 쏟아진다.

"하아, 하……. 하아, 읍!"

숨이 모자라 잠시 떼려고 하면 곧장 다시금 집어 삼키는 안대영에게 매달리다시피 그를 끌어안은 정은규의 목울대가 일렁였다.

좋다. 이 키스가 미치도록 좋았다.

점막을 샅샅이 핥고 혀 아래를 간질이다가 엉켜 버리는 두 살덩이가 왜 이리 좋은지, 가끔은 길바닥에서 이럴 만큼 그를 사랑하고 있다는 감정을 감출 수 없었다.

계절은 솔솔 부는 바람처럼 숱하게 지나가며 바뀔 것이다.

살이 에일 듯 추운 계절에도, 꽃이 싹을 틔우는 계절에도, 땡볕 아래 타들어갈 것 같은 계절에도 당신과 키스할 수 있다는 사실이…… 이 별것도 아닌 행복에 속이 저릿해진다.

애타게 떠는 몸을 단단히 끌어안고 애정을 속삭여 주는 입술, 목소리, 숨결이 전부 글씨가 되어 마음에 새겨진다.

안대영은 오늘도 내일도, 항상 계절이 바뀌는 내내 정은규의 곁에 있으리라.

그가 하는 사랑의 방식은 상투적인 말 한마디보다 손이 시리지 않도록 잡아 주고 품 안에 이끄는 든든함을 기반에 두고 있었다. 서로의 고동이 둔중하게 느껴지는 바로 지금처럼.

이럴 때면 도저히 말하지 않고는 못 배겼다. 정은규는 안대영에게 가둬진 채로 그의 마음에도 절절한 글씨를 새겨 넣었다.

"……사랑합니다. 사랑해요. 사랑해."

머리 위에서, 그리고 안은 몸에서 웃음으로 인한 진동이 미세하게 울린다. 흘러넘친 고백이 길가에 넘실거렸다. 정은규의 뒷머리를 쓰다듬던 안대영의 입술이 귓바퀴까지 내려가 귓속에 대답을 흘려보냈다.

"그래, 사랑하는 우리 은규. 난 너 하나면 돼."

사랑에는 연인이 주는 안락함도 포함되었다. 둘은 시끄러운 도로가 휑해질 때까지 안고, 끌어안고, 키스하며, 때로는 눈을 마주치고 웃었다.

외전 4. 따뜻한 겨울

안대영은 잠옷 차림으로 어슬렁어슬렁 나와 분리수거를 하고 있었다. 물로 깨끗이 헹군 와인 병과 맥주 캔이 던지는 족족 자루 안으로 쏙쏙 들어갔다. 겹쳐 쌓은 플라스틱 컵을 던지는 손길에서 성의라곤 코빼기도 찾을 수 없었다. 채소가 담겼던 스티로폼까지 버리고 나니 바구니가 텅 비어 끝이 났음을 알렸다.

한 손에 바구니를 든 채 다른 손은 담뱃갑을 흔들어 솟아오른 담배를 빼 물었다. 흡연구역으로 가는 발걸음은 이곳에 올 때처럼 어슬렁어슬렁 늘어졌다.

사람이 있었기에 라이터를 꺼내 불을 붙였다. 필터를 깊게 빨아들이자 연기가 벌어진 입술 틈으로 부옇게 흘러나왔다.

하늘에서 자잘한 눈송이가 폴폴 내린다. 손톱보다 작은 눈송이는 땅바닥에 앉자마자 녹아 버려 자국을 남겼다. 그것을 흥미 없이 보고 있으려니 어젯밤의 뉴스가 떠오른다. 기상캐스터가 올해는 화이트 크리스마스일 것이라며 눈 쌓인 지도를 가리켰었지.

오늘은 12월 24일이다. 다른 말로는 크리스마스이브. 정은규의 생일 하루 전.

도톰한 입술에서 눈 색깔과 닮은 연기가 흘러나와 찬 기운에 퍼졌다. 느슨하게 문 담배 끝에 재가 아슬아슬하게 매달려 있었다. 손을 쓰지 않고 입술로만 필터를 물고 있으려니 결국 재는 짙은 색으로 물든 땅에 뚝 떨어지고 말았다. 바지 주머니 안에 넣어 둔 핸드폰이 띠링 울렸다.

기껏해야 '네 돈 주고 산 거 왔으니까 찾아가라'는 문자나 왔겠지. 꺼내 보기 귀찮다.

금세 짧아진 담배를 재떨이에 처박았다. 꼴에 차양이라고 달려 있는 지붕 밑에서 한 걸음 내디뎠을 뿐인데 차가운 눈송이가 머리와 어깨에 떨어졌다.

정은규는 눈 오는 날이면 어김없이 차가 막힌다며 40분이나 일찍 출근해 집은 온기만 남기고 비어 있었다. 웬일로 출근길에 따라나서지 않은 안대영이 바구니를 두고 와서 소파에 털썩 앉았다.

그의 시선이 거실장 끝에 놓여 있는 트리에 닿는다. 한 손에 쥐면 다 들어올 작은 트리는 어제 정은규가 사 온 것이었다. 높이로 따지면 20㎝쯤 되려나.

퇴근하고 귀가한 안대영은 애들 장난감 같은 게 거실 장에 놓여 처음엔 저게 뭔가 싶어 보고 있었더란다. 저딴 줘도 안 받을 쓰레기는 뭐지. 넥타이를 풀면서 쳐다보고 있었더니 뒷짐 진 정은규가 다가와 고해성사처럼 털어놓았다.

'태어나서 처음으로 제 돈 주고 산 크리스마스트립니다. 진료실에도 두려고 두 개 샀어요.'

그때의 느낌은 어땠더라. 출퇴근 시간대 도로를 주차장으로 만든 차들을 날려 버리는 희열 같았을까. 안대영은 웃을 듯 말 듯한 애매한 표정으로 대답하였다.

'큰 거 사지 그랬어.'

이왕 살 거면 욕심껏 네 키만 한 걸 사 오지. 커다란 트리를 세워 애새끼들처럼 알전구며 선물 모양 따위를 둘러놓고 반짝반짝한 조명을 켜도 나쁘지 않았겠다고 덧붙이려 했는데, 대답을 들은 정은규의 낯이 붉었다.

'왜 그래?'

'돈 주고 쓰레기 사 왔다고 할 줄 알았거든요.'

'하하, 뭐라는 거야. 내가 왜 그런 말을 해.'

생각만 했다. 생각만.

'지나가다가 눈에 들어와서 홀린 것처럼 집었습니다. 사면서도 오번가 싶었는데 이제는 크리스마스 기분을 내도 괜찮을 것 같더라고요.'

부끄러웠나 보다. 민망해하면서 뭉개지는 발음으로 변명하는 모습이 귀여워 일부러 빤히 쳐다봐주었더니 그렇게 보지 말라며 입술을 깨물더라. 하지 말라면 더 하고 싶어지는 게 인지상정이라 끝까지 집요하게 눈길을 따라잡으며 고개를 틀었다가 결국 제 얼굴을 가려버리는 정은규의 손등 위에 입 맞춰 주었다.

안대영은 진심으로 기뻤다. 물론 쓰레기야 쓰레기지. 하지만 '크리스마스트리'라는 특별한 날의 소품은 별것 아닌 것처럼 보여도 상징적인 의미가 컸다.

매해 생일이 되면 뱀과 귀신에 시달려 잠조차 건너뛰었던 정은규가 제 돈으로 트리를 두 개나 샀다. 이는 쓰라린 과거를 전부 내던졌다는 뜻이었다. 트리가 아니라 어디서 산타를 납치해 와도 잘했다고 칭찬해 줄 것이다.

깜빡, 깜빡, 눈을 감았다 떴다. 시계 초침이 째깍째깍 규칙적으로 움직였다.

크리스마스는 엄연히 따져 하늘의 축제였기에 명부의 일원이 휩쓸리는 일은 없었다. 뭐, 하늘보다 이승의 인간들이 제일 신이 나 보였지만······.

다른 누구도 아닌 명부의 영천왕이 1년 중 크리스마스에 가장 큰 의미를 두었다는 것을 알면 마리아도 헛웃음을 터트릴 테였다. 정확하게 말하면 크리스마스에 초점을 두기보다는 그날이 정은규의 하루뿐인 생일이기에 중요하다는 표현이 옳다. 여전히 크리스마스라는 공휴일은 관심 밖의 일이었다.

매년 12월 24일이 되기 전부터 잔뜩 스트레스를 받고 예민해졌을 정은규는 온데간데없이 저런 말랑한 소품을 사 오고 아무렇지 않게 캐럴을 들을 수 있게 된 것이다. 그러니 기쁠 수밖에.

편하게 누워 다리를 죽 뻗은 안대영이 손으로 이마와 눈가를 덮고 있다가 들린 벨소리에 핸드폰을 집어 들었다. 김석호에게서 걸려 온 전화다. 전화를 받으며 큰 숨을 쉬자 누운 가슴이 들썩거렸다.

"왜."

-대표님, 예약 관련해서 전화 드렸어요. 케이크는 작년과 동일하게 딸기 콤포트가 올라간 치즈 케이크 1호로 예약해 두었습니다. 와인이나 샴페인은 대표님께서 준비한다고 하셨으니 제외했고요.

"잘했네."

-어라? 목소리가 많이 가라앉으셨네요? 일어나신 지 얼마 안 되셨습니까? 혹시 제가 깨운 거라면 죄송해지는데요.

거 봐, 은규야. 이 새끼들은 내가 아프거나 다쳤을 거라는 생각 자체를 안 해. 보기에도 없어. 내 건강에 대한 걱정은 오로지 너 하나만 한다고. 바람 빠지는 웃음이 입매에 걸렸다.

"쓸데없는 소리는 치우고, 오늘 내일 중요한 일 없지."

-옙. 있더라도 모두 제 선에서 해결 가능합니다.

"됐어, 그럼."

-걱정 마세요. 아 참, 전화 드린 김에 간략하게 보고 드리는데 퇴마사

쪽은 조용조용히 잘 다니고 있답니다. 그쪽도 나름 조를 편성해서 체계적으로 운영하는 모양인지 차 이사가 지켜보기 심심하다고 하더라고요.

'굳이 인간을 끌어들이는 이유가 뭐냐? 명부의 일꾼이 부족하다고는 소리는 나도 자주 들었어. 그놈들이 훌륭한 예비 무사의 재질이긴 하나, 자칫하면 귀찮은 일이 벌어질 수 있단 말이야. 인간의 눈치가 보통 빠른 줄 알아? 머리 좀 크면 이곳에 대해서 파고들려고 할 텐데.'

초량의 우려와 다르게 퇴마사들은 돈값을 제법 잘 해내고 있었다. 오히려 일처리 속도로 따지자면 사자 새끼들보다 훨씬 나았다. 차민혁은 저들이 죽어 무사의 자격으로 재탄생된다면 든든한 아군이 될 것이라고 자부하였지만, 그 말을 들은 안대영이 코웃음 치며 '시끄러워. 그때 가 봐야 아는 거니까 입 털고 다니지 마.'라고 차민혁의 망상을 딱 잘라 버렸다.

그들은 그저 눈썹 휘날리게 바쁜 자신들을 대신해 돈 주고 고용한 쓰레기 처리반일 뿐이다. 이승은 재력으로 움직이는 세상이다. 때 묻은 돈은 있을지언정 돈 자체는 거짓말하지 않는다.

그러니 애초 초량의 우려 따위야 쓸모없는 선생질이나 다름없다는 걸, 그때 그 자리에서 못 박지 않았던 건 단순히 귀찮아서였다. 그의 선택은 단 한 번도 틀린 적이 없었다.

─보자보자…… 계약한 지 석 달 정도 지났으니 이제는 일일 감시보다 불시에 때리는 편이 나을 것 같습니다. 차 이사도 슬슬 무사들 둘러보아야 하고요.

"그렇게 해. 더 할 말은."

─없습니다. 어차피 자세한 보고는 26일에 드릴 테니 그때 뵙고 말씀드리겠습니다.

대답하지 않고 통화를 끊었다. 핸드폰을 손가락 사이에 종잇장처럼 끼운 채 손목을 까딱거리던 안대영이 몸을 일으켰다. 가죽 특유의 삐거덕거리는 마찰음이 곧장 따라붙는다. 그도 오늘 바삐 돌아다녀야 했으므로 슬슬 준비하고 나가야 했다.

핸드폰을 비어 버린 소파에 던진 채 팔을 교차시켜 티셔츠를 벗고 화장실 불을 켠다. 백색 전등이 전라가 된 몸을 희게 비추었다. 거울 앞에 서서 꽤 자란 머리카락을 쓸어 넘긴 안대영이 한숨 같은 긴 숨을 쉬었다.

표정을 찾아볼 수 없어 싸늘하기 짝이 없는 인상이다. 정은규는 이 얼굴의 어디가 예쁘다고 좋아하는 건지.

"⋯⋯."

입술에서 피식하는 바람이 샜다.

더없이 한가로운 상념이지 않은가. 팔자가 존나게 늘어졌지, 아주.

거울 앞을 벗어나 열려 있는 욕실 문을 검지로 톡 밀었다. 힘주어 밀지도 않았는데 철컥 닫힌 문이 이후의 일정을 상기시켜 주는 듯했다.

쏟아지는 물줄기를 맞으며 어디부터 들러야 하나 동선을 짤 동안에도 시간은 잘도 째깍째깍 흘렀다. 안대영은 문득 이런 일로 정사를 볼 때처럼 시간 분배를 하는 제 모습이 우스워 물에 푹 젖은 머리칼을 넘겼다. 그냥 밟으면 어떻게든 갈 텐데, 도로 상황이며 빠른 길을 탐색하려는 게 인간과 다를 바 없었다.

⋯⋯뭐, 이런 삶도 재미있긴 해.

한참 일터에서 뛰어다니고 있을 연인이 보고 싶어졌다. 둘만 있을 때는 시간이 죽었으면 싶은데, 떨어져 있으니까 시계 초침이 그렇게 굼떠 보일 수가 없었다.

거품 묻은 몸에 물줄기가 다시금 쏟아졌다. 바디 클렌저가 씻겨 내려가면서 콧속에 시원한 향기가 스며들었다. 아침에 정은규의 목에 코를 박고 맡았던 냄새였다. 이러니까 더 보고 싶어지잖아. 아, 씨발. 그냥 출근 시켜 주는 거였는데.

또 안대영의 후회는 정은규로부터 만들어졌다. 티끌보다 작은 후회를 모른 척하는 물줄기만이 쏴아아— 하고 거품을 씻겨 내릴 뿐이었다.

* * *

　지난 일주일간 신혼여행으로 자리를 비운 김현수를 대신해 발바닥에 불이 나도록 뛰어다닌 정은규는 돌아온 새신랑으로부터 머플러와 바디로션 세트를 답례품으로 받았다. 부들부들한 머플러는 정은규가 평소 자주 구입하는 브랜드의 제품이었다.

　안 그래도 오늘 백화점 가서 대영 씨 거랑 같이 사려고 했는데……. 생각에 잠겨 자수로 박혀 있는 상표를 손가락으로 쓸어 보았더니 김현수는 짝짝이 눈을 뜨고 엄한 목소리를 냈다.

　"얌마. 그거 찐이다? 짭 아니거덩?"

　정은규는 손을 떼며 대답했다.

　"의심 안 합니다. 촉감이 좋아서 만져 본 거지."

　"머플러는 축의금 많이 낸 사람들 것만 샀어. 너도 그중에 하나야. 야, 말 나온 김에 물어보는 건데 넌 뭘 그렇게 많이 냈냐? 사람 부담스럽게시리."

　"별 뜻 없어요. 선배랑 친하니까 그만큼 낸 거고."

　"친해도 은규야……. 적정한 선이 있지, 친인척도 너만큼은 안 냈어. 난 얘가 사직서라도 썼나 했네."

　"선배 내년에 아빠 된다면서. 육아 용품 사는 데 보태요. 그때는 선물 안 줄 거야."

　"얼씨구, 달란 말도 안 합니다. 어쨌든 고맙다. 너 장가갈 때 받은 만큼 고대로 돌려줄게."

　김현수를 비롯해 언제쯤 정 교수한테 국수 얻어먹을 수 있느냐고 찔러 보는 이들이 여기저기에 있었다. 거기다 대고 '요즘도 국수 먹습니까? 뷔페 아니고요?'라는 농담은 차마 나오지 않았다. 진심으로 안대영과 식을 올리면 다들 까무러칠 거면서. 민 교수에게 불려가 대한민국 사회 인식에 대한 잔소리를 지겹게 듣고 재수 없으면 권고사직까지 당할 수도 있겠지.

근데 뭐, 내가 언제부터 그런 걸 신경 쓰고 살았나. 성가신 일이 벌어지는 게 싫어서 저지르지 않을 뿐이다. 정은규는 타인이 뭐라고 떠들든 간에 귀를 닫고 사는 쪽이었지만, 제 연인만큼은 하찮은 사람들의 입방아에 오르지 않길 바랐다. 설사 결혼식을 올리더라도 직장 동료에게 안대영을 정식으로 공개하는 일은 절대 없을 것이다.

그리고 설마 나중에 회수할 의도로 축의금을 그만큼 내었겠는가. 김현수는 말 그대로 이 병원 안에서 제일 친한 동료이자 선배이고, 멋모르고 쏘다니던 햇병아리 시절부터 챙겨 준 감사 표시를 이제 와 했을 뿐이다. 그러니까 이런 머플러랑 바디 로션 세트는 안 줘도 되는데.

그런데 김현수는 그것에서 끝나지 않고 쇼핑백 하나를 더 꺼냈다.

"그리고 이건 짜샤, 생일 선물이다."

"예?"

인상을 찡그린 채 받아든 정은규가 검지에 쇼핑백 끈을 애매하게 걸고 쳐다보았다. 손바닥만 한 쇼핑백은 정은규도 익히 알고 있는 시계 브랜드였다. 김현수는 당장 거절할 기세인 정은규에게 단호한 표정으로 삿대질했다.

"거절 금지. 안 받아 준다."

"아, 왜……."

"너 만날 생일 때마다 죽상이었잖냐. 잠 한숨 못 자서 비리비리한 꼴로 귀신마냥 뛰어다니고. 쓰읍, 근데 올해는 달라. 나 없을 때 뺑이 치고도 안색이 괜찮잖아. 새끼 이거 진짜 제대로 된 짝 만나서 얼굴 폈나 싶네. 어쨌든 그 기념으로 받아 둬. 나도 내년부터는 네 생일선물 안 줄 거야."

"늘어놓은 말에 두서가 하나도 없다는 거 선배도 알죠."

"어이, 정 따까리. 감히 선배의 정곡을 찌르지 마라. 아 참, 너 퇴근 준비하던 거 아니었냐? 시간 오래 붙잡고 있었네. 빨랑 가. 빨랑 병원 밖으로 꺼져."

레지던트 때야 오프가 무슨 소용이 있었나 싶고, 펠로우 시절은 물론이며, 교수인 지금까지 정은규는 크리스마스마다 당직이었다. 그러니 올해라고 다를 건 없었다. 오늘은 그나마 오전 진료로 끝이어서 일찍 퇴근하는 편인데 재작년까지는 근무 시간을 꽉 채워 퇴근하고 잠을 자는 둥 마는 둥 밤을 샌 뒤 출근해 당직까지 섰다. 일하는 내내 귀신과 뱀에게 시달렸음은 말할 것도 없었다.

돌이켜 보면 어떻게 살았는지 몰라. 적나라하게 말해 더럽게 빡센 인생이었다.

그 시절 없었던 여유는 똑같이 바쁜 현재에 물들어 숨구멍을 틔웠다. 어떻게 보면 기록적인 인생이지 않은가.

책상 위에는 오늘 가져다 둔 트리가 가지런히 놓여 있었다. 모형 트리에 매달린 장신구가 제법 크리스마스 분위기를 내었다. 이런 걸 내 돈 주고 사는 날이 오게 될 줄이야. 작년까지만 해도 절대 몰랐지.

신용카드를 내밀 때까지만 해도 머뭇거렸었다. 기껏 트리까지 사 놨는데 새로운 사건이 우리를 덮치면 어쩌나 싶어서.

시간이 약이라는 말을 되새김질하며 살아왔다. 그러나 여섯 살 꼬맹이 시절부터 겪어온 파란만장한 일이 단숨에 없어진다는 건 말도 안 되는 이야기였다. 든든한 연인 덕분에 제 손으로 트리를 고르고, 캐럴을 흥얼거릴 수 있는 단계까지 발전했지만…… 어쩔 수 없는 트라우마의 잔재가 기도로 쑤욱 넘어가 응어리를 남겼다.

아니야. 아무 일도 없을 거야. 정은규는 의자를 빙 돌려 눈이 펑펑 내리는 창밖을 물끄러미 바라보며 차분하게 마음을 가다듬었다. 1년 내내 아무 일도 없었어. 괜찮아. 다시는 그런 일 안 일어나. 우리는 오늘도 내일도, 그 다음 날도 괜찮다.

"하아……."

몸속에서 불씨를 틔우려던 불안함이 한숨과 함께 입 밖으로 배출되었다. 가라앉은 마음이 조금 전보다 훨씬 평온해졌다.

들를 데도 많은데 퇴근이나 해야겠어.

가운을 벗어 걸어 두고 일하는 내내 얌전히 자리를 지키고 있던 단도를 잘 챙겼다. 김현수가 준 선물만 쇼핑백이 세 개다. 한 손에 모두 들고 진료실을 나온 정은규가 3번 진료실을 똑똑 노크했다. 네. 안에서 김현수의 심드렁한 대답이 들려 문을 살짝 열고 고개를 들이밀었다.

"잘 쓸게요. 고맙습니다."

쇼핑백 세 개를 쥔 손을 들어 보이자 김현수가 껄껄 웃었다.

"가라 얼렁."

"바쁘면 전화해요."

"오냐."

문이 닫혔다. 복도를 걷는 내내 마주치는 간호사들과 가볍게 묵례하고 지나치다 보니 벌써 로비에 다다랐다. 정은규는 의료진과 환우로 북적이는 로비를 가로지르다가 문득 이상한 낌새를 느끼고 멈추었다.

관계자들은 올해도 로비에 거대한 트리를 마련해 놓고 소원 수리함을 만들어 놓았다. 트리에 주렁주렁 걸린 소원의 내용은 작년과 크게 다르지 않았다. 은은한 캐럴이 로비에 감돌고 있다.

캐럴을 흘려들으며 이 찜찜한 기분은 무엇일까 주변을 샅샅이 훑던 정은규가 혀끝으로 입천장을 딱, 쳤다.

이유를 찾았다.

귀신이 한 마리도 없었다. 원래대로라면 적어도 한두 마리는 보여야 하는데 귀신의 흔적은 씻겨나간 것처럼 깨끗하게 사라져 있었다.

무슨 일이지? 선일 행정사 사무소에서 출장이라도 나왔던 걸까. 아무리 그래도 그들은 정당한 대가를 받지 않는 이상 귀신을 굳이 죽이려 들지 않았다. 특히 안대영은 눈엣가시가 아닌 이상 저딴 것들 따윈 벌레만도 못하다며 줄곧 무시하곤 했었다.

곰곰이 떠올려 보니 최근에 벌어진 일은 아닌 듯하다. 올해 봄, 병원으로 복귀해 노부부의 등에 달라붙은 귀신을 잡아 없앴을 때 헐레벌떡 달려왔던 사자들이 저쪽에 있었다.

'하. 하늘분께서 이러시면 안 됩니다. 이승의 영들은 명부의 권한입니다. 간섭하지 마십시오.'

그 이후로도 귀신은 계속 보였고, 저승사자의 눈을 피해 노인과 아이에게 붙어 못살게 구는 귀신들만 손을 봐주었었다. 또렷하게 기억한다.

그것들이 안 보이게 된 지 석 달 즈음 됐나. 잊고 살아서 없어진 것도 이제야 깨달았다. 정은규는 구석에서 저들끼리 이야기를 나누는 저승사자 셋에게 눈길을 두었다.

그러고 보니 저승사자의 수도 줄었다. 전에는 일고여덟은 되었던 것 같은데. 항상 바쁘게 움직였던 과거와 달리 그들은 설렁설렁 돌아다녔다.

이유가 궁금했지만 공연히 말을 걸고 싶지 않아 눈길을 거두었다. 똑같은 질문을 던져도 안대영에게 묻고 말지, 오지랖 부릴 입장도 아니었기에 신경을 끄고 지하주차장으로 향했다.

걷는 내내 캐럴이 미미하게 들렸다. 그것을 배경음 삼아 언뜻 본 밖은 제설 작업이 한창이었다. 눈이 저 정도 쌓였으면 백화점까지 길 많이 막히겠네. 정은규의 걸음이 빨라졌다.

* * *

"아버지를 독살한 게 당신이었나? 어디까지 하려고 했어. 내가 죽으면 다음 차례는 셀린이었겠군. 하아, 어때. 뜻대로 되지 않아 슬픈가? 가만히 죽어 주었어야 했는데 그러지 않아서 실망했어?"

"앤드류. 당신은 착각을 하고 있어요. 내가, 내가 어떻게 그러겠어!"

"손 치워! 이 달콤한 사과에 독을 타서 내가 베어 물기만을 기다렸겠지. 나의 가족을 죽인 것처럼!"

"아니야, 아니야, 아니야—!"

째진 비명과 함께 일순 무대를 비친 조명이 꺼졌다. 어둠 속에 열연하는 배우들의 숨소리가 가득하다. 이어 팟, 하고 핀 조명이 내린 곳은 믿었던 연인에게 배신을 당해 분노로 일그러진 앤드류의 머리 위였다.

오케스트라의 현악기 연주가 흐르자 독백을 담은 노랫말이 그의 입술에서 흐른다. 아름다운 현악기의 선율 위로 깊고 풍부한 목소리가 얹어져 대극장 안을 휘감았다. 숨죽인 관객들이 무대 중앙으로 나와 팔을 뻗고 절망과 배신을 노래하는 남자를 응시한다.

앤드류의 솔로곡이 끝나자 관객석에서 터진 박수와 함께 또다시 암전이 되었다. 잠시 후 밝아진 무대 위는 세트가 감쪽같이 바뀌어 있었다.

"자네, 들었는가? 셀린이 강가의 변사체로 발견되었다는 소식 말이야. 시신이 훼손되어 최초 발견자가 토악질을 했다더군."

"저런. 어쩌다 볼텐의 귀한 막내딸까지 그런 변고를 당했나."

"딸의 시체를 본 볼텐이 난동을 부리다 못해 형사 멱살까지 잡았다던데. 아무래도 정신을 놓아버린 모양이야."

"놀랍지도 않군. 나라도 그러겠어."

작년에 보았던 뮤지컬이 사랑을 노래했다면, 오늘 예매한 공연의 장르는 한 가문에 일어난 연쇄 살인 사건을 다룬 범죄추리물이었다. 앤드류가 범인을 자신의 부인이라고 의심하는 가운데 백발 가발을 쓴 남자 둘은 태평한 대화를 나누었다.

정은규는 확신했다. 범인은 부인이 아니라 저 둘 중 하나라고. 그도 그럴 것이 책상에 앉아 있는 남자는 태연한 말투에 비해 손톱 거스러미를 신경질적으로 뜯고 있었다. 몰입해 보고 있으려니 제 손까지 간지러워져서 허벅지에 슥슥 문댔다.

옆자리에 앉아 그런 정은규를 훑어본 안대영의 입술이 호선을 그린다. 작년에 봤던 뮤지컬은 반응이 영 시큰둥하더니 지금은 극에 푹 빠져 열혈 관람객이 따로 없었다.

자꾸 허벅지에 문지르는 손을 휙 낚아채 가자 정은규의 집중이 뚝 끊겼다. 줄곧 무대에 고정되어 있던 고개가 안대영에게 돌아갔다.

안대영의 무미건조한 눈길은 무대에, 손은 정은규의 손을 그러잡은 채 손등을 엄지로 어루만졌다. 살살, 마치 비단결을 훑듯이. 그가 손을 잡았을 뿐인데 조금 전까지 몰입했던 남자들의 대화가 외부 소음처럼 멀어졌다.

정은규는 날카로운 턱 선에서 눈을 떼지 못하며 따분해 보이는 안대영을 빤히 쳐다보았다. 감흥 없이 무대를 지켜보던 시선이 정은규에게 닿았을 때는 열기를 띠고 있었다. 도톰한 입술이 느릿느릿 움직였다.

재밌어?

입모양으로만 벙긋거린다. 정은규는 망설이다가 고개를 주억거렸다. 안대영은 씩 웃더니 무대를 턱짓했다.

다행이네. 계속 봐.

정은규는 주문이라도 걸린 것처럼 고개를 삐거덕 돌려 무대를 바라보았다. 여전히 안대영의 엄지는 정은규가 무척 소중하다는 듯 손등을 찬찬히 어루만지고 있었다.

지문 하나하나가 손등에 자국을 남기는 듯하다. 그 감각에 집중하느라 배우들의 또렷한 발음이 흐리게 들렸다. 집중하긴 틀려먹은 것 같은데요, 대영 씨.

화장실에서 나온 정은규가 손의 물기를 털며 저쪽에 짝 다리를 짚고

서 있는 안대영을 발견했다. 늘 말도 못 붙일 만큼 싸늘한 표정을 짓고 시니컬한 말투를 구사해서인지 이리도 사람이 많은데 그의 주변엔 아무도 없었다.

그러나 풍기는 오라로 인해 쉽사리 다가가지 못할 뿐이지, 어쩌다 안대영의 얼굴을 훑어본 사람들은 반드시 다시 한 번 뒤를 돌아 그의 미모를 눈에 담았다. 타고난 외모는 이목을 끌기 마련이다. 조금 전에도 여자화장실에서 나온 이들이 안대영을 보고 자기들끼리 쑥덕거리며 지나갔으니까. ……음, 그럴 만도 하지. 충분히 이해하는 바다.

정은규의 구둣발이 뚜벅뚜벅 그에게로 다가갔다.

"가죠."

허리춤에 물기를 마저 닦아 내고 손을 뻗자 맡겨 놓은 팸플릿 대신에 커튼콜 때까지 잡고 있었던 커다란 손이 감겼다. 정은규는 제 손을 포옥 감싼 안대영의 매끈한 손을 내려다보았다. 이 손은 자세히 들여다보면 크고 작은 흉터가 흔적처럼 그어져 있었다.

"왜."

잡은 손을 이끌며 안대영이 물었다. 정은규는 그의 옆구리에 끼어 있던 팸플릿을 쏙 빼며 대답했다.

"작년이랑 똑같아서요."

"뭐가?"

"똑같은 날짜에 뮤지컬 보고, 손잡고 라운지로 가는 길이 말입니다."

"상황은 달라졌잖아."

그러게. 그때와 똑같이 10시 가까이 되어 끝난 공연과, 라운지와 연결되어 있는 구름다리 앞에 걸려있는 출입 금지 팻말까지 그대로인데 이후 상황은 완전히 뒤바뀌었다. 라운지에서 식사를 끝내면 산이 아니라 '우리 집'으로 귀가한다. 그리고 내일의 해가 잠든 우리를 비출 테지.

넘어뜨린 팻말을 밟고 지나가는 안대영을 따랐다. CCTV는 손가락 스냅 한 번에 그날처럼 빨간 불을 꺼트렸다.

기분이 이상하다. 이상한데 티를 내기는 싫었다. 정은규는 묵묵히 따르다가 구름다리 중간까지 가서 발걸음을 멈추고 말았다.

작년을 그대로 복사 붙여넣기 한 듯 똑같다. 알록달록 휘황찬란한 야경하며 시청 광장에 설치된 초대형 트리의 반짝임까지. 저 밖에서는 병원 로비에서 들었던 캐럴과 다름없는 노래들이 미디 음으로 흐르고 있을 것이다.

처음이었다. 잠을 잘 잤다. 귀신은 물론이고 뱀도 보이지 않았다.

불과 작년에 겪었던 험악한 일을 꿈이나 망상이라고 치부한다면 그런 대로 믿어질 수준이다.

오늘을 위해서 악바리로 살아남았고 죽어라 버텼다.

이상하다. 얼마나 이상했냐면 눈시울이 뜨거워질 만큼 달아오르고 환희보다 앞선 설움이 목구멍을 툭 쳤다.

'정은규'라는 이름 석 자 뒤에 악귀처럼 따라붙던 외로움과 괴로움이 연기조차 남기지 않고 소멸해 버렸다. 몸을 짓누르던 감정을 훌훌 털어 내고 처음으로 맞는 생일이 이렇게나 감격적이었다니, 이상한 기분 속에서도 낯설어 어떻게 반응해야 할지 어렵다.

"모르겠어요."

"……."

"내가 이 자리에 다시 서 있다는 게 기분이 정말로 이상해서…… 모르겠어."

코까지 매워진다. 이러다 울겠다 싶어 코를 킁, 들이켜고 붉어진 눈가를 애써 벅벅 닦아 냈다. 정은규가 감정을 추스르는 동안 안대영은 그저 그를 바라보고 있다가 마음 한 톨을 툭 뱉어냈다.

"안아 줄까?"

"……아니요. 괜찮습니다."

저 품에 안기면 기필코 울게 되겠지. 추한 모습을 보여 주고 싶지 않아서 거절하고 양손으로 애꿎은 얼굴을 벅벅 닦았다.

안대영은 눈을 가느스름하게 떴다. 필사적으로 눈물을 보이지 않겠다는 의지는 칭찬해 주겠는데, 그러다 짧은 손톱이 얼굴에 상처라도 내면 어떡하려고 저러나 싶다.

"왜 버텨? 그냥 울지."

정은규는 가슴을 진정시키며 대답했다.

"좋은 날인데 눈물 보이는 거 싫어서요."

"뻐기기는."

"바깥 풍경은 작년이랑 변한 거 하나 없는데 식사하고 헤어지는 수순이 아니라 함께 집으로 간다는 게 감격적이었나 봅니다. 그래서 나도 모르게 잠깐 감성적으로 굴었네요. 가요."

눈가와 코끝은 빨갛게 물들여 놓고 말투만 침착하면 뭐 하나. 안대영은 제 옷깃을 잡고 이끄는 정은규를 붙잡은 채 코트 주머니에서 작은 상자를 꺼냈다.

"그건 뭐……."

반사적으로 내용물을 물어보려던 코맹맹이 정 교수의 미간이 흠칫 떨렸다. 이어 아찔한 감각이 발끝에서부터 올라와 아무 말도 할 수 없었다.

반지다. 백금으로 만들어진 링 가운데 작은 보석이 박혀 반짝거리는 반지.

일시적으로 현기증이 핑 일고 목구멍에 모래알이 달라붙은 듯 칼칼해졌다. 그와 반대로 심장은 그 어느 때보다 빨리 뛰고 손바닥에 열기가 고여 화끈거린다. 귀 전체가 타오를 듯 달아올랐다.

이건 반칙 아닙니까.

나는 생각지도 못했어요. 당신에게 이런 선물을 받을 줄이야.

"손 좀 빌린다."

길고 예쁜 손가락이 반지를 쑥 빼어 얼굴을 마구잡이로 닦은 손을 가져간다. 정은규는 왼손 약지에 끼워지는 반지를 멍하게 내려다보았다.

"있는 대로 개폼 잡고 멋있는 척하며 주려고 했는데 그것도 아무나 하는 지랄이 아니야. 그치."

머리 위에서 안대영의 목소리가 들렸다. 점차 정은규의 안면근육이 의지와 다르게 일그러진다. 기껏 참았던 눈물이 손등에 툭툭 떨어졌다.

울기 싫은데. 아, 진짜 울기 싫은데 내가 왜 울고 있지. 울면서 하는 소리는 왜 이따위인지도 모르겠고 징징거리는 건 더 싫다. 아랫입술을 깨물고 터져 나오려는 울음을 꾹 참았다.

"……미안하지만 수술할 때는 못 낍니다."

"뭐가 문제야? 잠깐 빼 두면 되지. 실수로 잃어버리면 이까짓 거 다시 맞추면 되고."

"……."

"은규야."

"아 씨, 진짜……."

못 참고 울음이 꼴사납게 터졌다. 깨문 입술이 덜덜 떨릴 정도로 참으면 뭐 하나, 눈이 말을 안 듣는 걸.

안대영은 우는 얼굴을 보여 주고 싶지 않아 고개를 숙이다 못해 돌려 버린 정은규를 보려고 허리를 숙여 집요하게 따라붙었다.

"울 정도로 좋은 거야? 자기가 우니까 나도 울고 싶어지잖아."

"놀리지, 흑, 말라고."

"섭섭한데…… 놀리는 거라니, 나 봐봐. 눈물 맺혔어."

거짓말인 줄 알면서도 안대영의 말이라면 속아 주는 게 정은규였다. 고개를 들자 울긴커녕 웃음이 만연한 연인이 푹 젖은 얼굴을 빤히 본다. 이럴 줄 알았어.

"존나 예쁘네. 우는 건 좀 못생겨도 용서 되는데 넌 왜 이런 얼굴까지 예뻐."

감상평이 상당히 가볍다. 그러나 이것은 연인이 자신을 위로하는 방식이다. 일부러 말장난을 치고 볼을 매만져 주다가 끌어안는 행위까지.

가슴이 속절없이 떨렸다.

작년, 사이가 서먹할 때 안대영이 그랬었다. 본인이 상당히 예민한 타입인 거 아느냐고. 스스로 되게 건조한 줄 아나 본데 넌 고집도 엄청 세고 예민하다며 정은규를 정의했었다.

당시엔 완전히 동의하지 못했는데 사람답게 살다 보니 내가 어떤지 조금은 알겠다. 껍데기 같은 인생이 안대영의 앞에서는 알맹이가 드러나 나도 몰랐던 본모습이 보였다. 예민함은 물론이고 여러 방면에서 서툰 데다 덤벙대기까지.

그러나 안대영은 정은규의 이런 모습까지 사랑하고 있었다. 한때는 정나미가 뚝뚝 떨어진다고 여겼던 말투에 배려와 애정이 실렸고, 정은규와 관련된 일이라면 짧기만 한 인내심이 무한대로 길어졌다.

빌어먹을 사랑이 바꿔 놓은 결과였다. 나뿐만 아니라 대영 씨까지 물들어 버렸다.

정은규 역시 제멋대로 롤러코스터를 타는 감정은 이 남자에 한해 발현된다. 웃다가, 울다가, 심장이 마구 떨렸다가⋯⋯. 이런 감정 또한 시간이 되어 하루를 안대영의 생각으로 꽉 채우게 되는 것이다.

소매로 눈물을 모조리 닦아낸 정은규가 어질러진 설움을 갈무리하기 위해 숨을 크게 들이마셨다. 그리고 남은 반지 하나를 꺼내 안대영의 왼손을 끌어와 약지에 신중히 껴 주었다. 가운데 박힌 작은 보석이 제대로 보이는 각도로.

그리고 정은규는 청혼이라도 하는 것처럼 안대영의 약지에 입을 맞추었다.

"내가 책임질게요."

"응?"

"내가 잘하고 말고를 떠나서 대영 씨 하나는 무조건 책임질 겁니다. 그러니까 나랑 평생 살아요."

청혼은 청혼인데 글쎄. 여기서 밀고 당기기라도 하면 잘 다듬은 발톱을 드러내 할퀼 기세였다. 고작 이런 돌덩이 박힌 반지 하나로 얻어내는 소득이 이토록 커다랄 줄이야. 미리 알았다면 심심할 때마다 사서 껴 주는 건데.

"음. 그러지 뭐. 못 들어줄 소원도 아니고. 질리도록 네 옆에 있을 테니까 나 꼭 책임져. 나중에 가서 딴소리 하면 묶어 놓고 섹스 할 거야."

"딴소리 할 일 없습니다."

"하하. 손 묶이는 게 그렇게 싫어?"

"싫긴 하지만, 아니 그게 아니라."

서둘러 말꼬리를 붙잡는 것보다 상대의 대답이 빠르게 들렸다.

"농담이야. 네 뜻 정확히 알아들었어."

안대영의 볼에 예쁜 우물이 패였다. 아직도 빨갛게 물든 정은규의 귓바퀴와 귓불에 손을 대어 보들보들한 촉감을 느끼다가 손가락을 스르르 미끄러트려 턱 끝을 치켜든다. 사이가 가까워졌다.

"난 잊고 산 것들이 많았어. 대상이 누군지 찾지도 못했으면서 오로지 죽이고 싶다, 반드시 찾아내서 사지를 찢어 버리겠다는 분노만 점철되었거든. 그래서 차라리 외면하고 살았지."

"……."

"널 조금 더 빨리 만났으면 좋았을 거라는 생각과, 아니……, 오히려 그때 본능대로 찾지 않아서 다행이라는 생각이 아주 가끔 충돌해."

말할 때마다 고의적으로 스치는 입술 감각이 애를 바짝바짝 태운다. 턱 끝에 머무른 손가락이 주욱 미끄러져 툭 불거진 목젖을 둥글게 맴돌았다. 이대로 당장 손을 펼쳐 목을 졸라 부러뜨린다 하여도 정은규는 그를 원망하지 않을 것이다.

"하지만 은규야."

그러나 목을 조르는 대신 들려온 목소리는 뜻밖에도 애달픔을 담고 있었다. 당신이 다시 지어준 나의 이름에 높은 온도가 담긴다.

"그래도 널 사랑하는 건 그때나 지금이나 변함없어."

결국 참지 못하고 먼저 목을 끌어안아 오며 키스하는 정은규의 허리를 단단한 팔뚝이 받쳤다. 떠도는 이 하나 없이 고요한 구름다리 위에서 나누는 키스가 다디달았다.

* * *

라운지에서 식사를 끝내고 귀가한 둘은 엘리베이터에서 내리자마자 현관문을 막고 있는 커다란 선물 꾸러미에 오도가도 못 하는 꼴이 되었다. 상자를 열어 보지도 않았는데 대문짝만하게 붙어 있는 [교.수.님. 게!]를 보자마자 누가 보냈는지 금세 알 수 있었다. 씨발 도깨비 새끼들. 안대영이 욕설을 뱉으며 선물을 발로 걷어찼다.

선물 상자 크기는 사람이 들어 있어도 놀라지 않을 만큼 컸다. 정은규는 이삿짐보다 커다란 상자를 어떻게 처리해야 할지 난감해져 도어록 비밀번호를 누르는 안대영의 어깨를 콕 찔렀다.

"들고 가야 하지 않을까요."

그러나 안대영은 무심하게 답했다.

"버려. 저 안에 뭘 넣었을 줄 알고 집에 들여."

"내일 돌려보내도 일단 안에 들여놔야죠. 문 좀 활짝 열어 줘요, 내가 들겠습니다."

"아, 씨발 그딴 걸 왜."

라운지에서까지 분위기 좋았잖아, 자기야. 짜증 묻은 눈이 대신 말하고 있었다. 그러나 여기까지 이 큰 상자를 지고 온 도깨비들의 성의를 무시할 순 없는 노릇이다.

정은규가 상체를 숙여 웃차, 하고 선물을 있는 힘껏 들자 보다 못한 안대영이 빼앗아 집안에 내동댕이쳤다. 뭐가 들은 건지 굉장히 묵직한 무게감이라 넘어질 때도 쿠웅, 하고 쓰러졌다.

등 뒤로 현관문이 쾅 닫혔다.

"무겁네요."

정은규가 소감을 뱉어내거나 말거나 안대영은 주황빛 센서 등이 꺼지기 전에 거실 불을 켰다. 나동그라진 선물 앞에 쪼그려 앉은 정은규가 이걸 열어야 하나, 말아야 하나 고민한다.

"어차피 집까지 들인 거 열어 봐. 뭐 얼마나 대단해서 남의 집 앞에 염병을 떨어 놨는지 구경이나 하게."

안대영은 갈팡질팡하는 정은규에게 대꾸하면서 냉장고에 처박아 두었던 케이크를 꺼냈다. 작년엔 악귀가 개지랄을 떠는 바람에 애새끼가 토한 꼴로 변해 빈말로도 못 먹을 쓰레기였는데, 원래 모양은 아기자기하고 예뻤다. 윤기 나는 딸기 콤포트가 차르르 올라간 모습이 먹음직스럽다. 그래 씨발, 케이크가 이래야지.

작년, 정은규가 내리는 성수에 맞아 찢겨져 쓰지 못했던 종이 고깔도 오늘은 멀쩡했다. 오늘은 무조건 저 작달막한 머리에 이걸 씌우고 말리라.

"……아니요. 그대로 돌려드려야겠습니다. 부담스러워요."

무슨 소린가 했는데 아직까지 고민하고 있었나 보다. 정은규는 끙차, 누워 있는 선물 상자를 바로 세우고 핸드폰을 한동안 만지작거렸다. 기다리다 못한 안대영이 정은규의 등을 안고 물었다.

"뭐 해."

"저번에 도토리묵이랑 등심 보냈을 때 그분들 반응이 괜찮아서요. 감사의 의미로 한 번 더 보내드리려고 합니다."

"저거 안 받는다면서 왜 줘."

"성의 표시죠. 아, 그런데 동화나 설화에 보면 도깨비는 메밀묵을 먹지 않습니까. 초량 씨는 꼭 도토리묵을 드시던데. 기록이 잘못된 건가요?"

"아아, 그거."

손이 마른 배와 살집 있는 가슴을 애무하듯이 만지작거리다 옷 안으로 들어간다. 정은규는 뒷목이 깨물리고 젖꼭지를 꼬집혀도 묵묵히 대답을 기다렸다. 심술 난 연인이 엄지와 검지 사이에 낀 젖꼭지를 터트릴 듯이 쥐었다가 손톱으로 긁기 전까지는.

"읏! 아파요."

"초량이 새끼가 걸핏하면 이승에서 메밀묵을 공수했던 때가 있었지. 그때만 해도 그 새끼들 주식이 메밀묵이긴 했어."

도톰하게 솟은 유두를 만지작거리다 가슴을 움켜쥐었다. 슬슬 달구어지는 아랫도리 사정에 정은규가 마른침을 삼켰다.

"그런데 그 꼴을 좆같이 여겼던 시왕 몇몇이 묵에 독을 탔거든. 모르고 처먹은 셋이 뒈졌고."

"……아."

"자유 협약을 맺으려 나서기 시작한 때도 그때부터야. 동화나 설화는 그래 봤자 인간들 대가리 속에서 창작되어 입으로 이어지는 건데 속사정을 알 리 없잖아."

"읏, 아, 젖꼭지 아파."

"미안. 자기가 다른 새끼한테 신경 쓰는 게 좆같아서 그만."

그러나 전혀 미안한 기색 없이 뻔뻔함으로 무장한 안대영은 언젠가처럼 유두를 괴롭힌 손가락을 비벼 보이기만 했다. 정은규가 그 손을 잡으며 뒤돌아 마주보았다.

"질투할 필요 없습니다. 나는 대영 씨밖에 몰라요."

"그래서 이 정도만 한다는 생각은 안 들어?"

"몰랐는데요. 그리고 그런 거라면 마음 풀릴 때까지 만져요. 단, 아픈 건 싫습니다."

"그건 이따 침대에서 은밀하게 이야기하고. 이리 와, 생일인데 촛불은 켜져야지."

라이터나 성냥불이 아니라 손가락 스냅을 친다. 'HAPPY BIRTHDAY!'라고 쓰여 있는 토퍼 위로 다섯 개의 촛불이 후두둑 붙었다. 정은규는 일렁이는 촛불에 흘려 식탁 의자를 빼 앉았다.

"……케이크는 언제 또 준비했습니까."

"나 오늘 자기 출근길 안 따라갔잖아. 케이크 사고, 반지 찾아오고, 뭐 많았어."

"예쁘네요."

"작년에 샀던 거랑 똑같은 거야. 기억 속에 있는 생김새랑 꽤 다르지?"

"예. 작년에 그건 좀…… 그랬죠. 그래도 맛은 있었습니다."

착실하게 대답하던 정은규가 안대영의 손에 들린 고깔을 보고 주춤한다. 제 앞에서 고깔 고무줄을 손가락에 걸고 뻔뻔하게 내려다보는 안대영은 '이걸 쓰지 않으면 촛불도 못 끄게 할 것'이라는 완강한 태도를 취하고 있었다. 아, 제기랄. 정은규는 어차피 체념하게 되겠지만, 발악이라는 걸 한번 해 보았다.

"그거요. 제 취향 진짜 아닙니다."

안대영의 손가락에 걸려 있는 고깔이 공중에서 빙빙 돌았다.

"이제 와서 네 취향 따위를 내가 알 게 뭐야. 난 그런 거 몰라."

벽이다, 벽. 내다 버린 싸가지가 요만큼의 가루만 묻힌 유들유들한 벽. 정은규는 본인의 예상대로 체념하며 먼저 머리를 내밀었다. 크게 원을 그리며 돌던 고깔이 멈춘다. 안대영은 고무줄의 탄성을 가늠해 보더니 직직 늘렸다.

정은규의 턱 아래에 아프지 않게 고무줄을 장착하고 고깔을 머리 위에 얹는다. 공들여 세팅한 머리 모양을 살짝 짓누르는 고깔의 느낌에 정은규는 허탈하게 웃었다.

"마음에 듭니까."

목소리까지 체념조로 흘렀다. 안대영은 정은규에게서 시선을 떼지 못하며 키득키득 웃었다.

"생일 파티 하기 싫은데 부모 욕심에 억지로 하는 애 같아."

이쯤 되면 곯려 주려고 이러는 건가 의심이 든다.

"그 정도는 아닐 텐데……. 그리고 나 애 아닙니다."

"척하면 척으로 알아들어 자기야. 아무튼 귀엽다. 계속 그러고 있어 줘."

"이거 말고 또 원하는 거 있어요? 시작한 김에 다 들어줄 테니까 가지고 와요."

마음을 내려놓으니 상당히 관대해졌다. 그러나 안대영은 더한 걸 요구하는 대신에 와인 냉장고에서 레드 와인을 꺼내 코르크 마개를 땄다. 당도를 최소화하고 풍부한 바디감을 살려 애호가들 사이에서 정평이 난 드라이 와인이다. 와인 잔 다리를 붙잡은 정은규가 안대영의 움직임을 하나도 빼놓지 않고 눈에 담는다.

챙, 하고 와인 잔이 부딪쳤다. 안대영은 잔을 내려놓고 식탁에 팔꿈치를 기댄 채 턱을 괴었다. 검지로는 제 볼과 귀 사이를 두드리면서.

"생일 축하해. 나를 사랑하는 우리 은규."

담백한 축하를 건넸다.

"고마워요."

정은규 역시 담백하게 대답하며 와인을 한 모금 머금었다. 진한 풍미

와 적절한 산미가 어우러져 고급스러운 맛을 내는 와인보다, 저 멋없는 축하가 가장 맛있게 들린다면 갈 데까지 간 걸까.

이어 훅, 하고 토퍼에 붙었던 촛불을 불었다. 여태 들고 있던 와인 잔도 내려놓았다. 불 꺼진 토퍼에서 솔솔 흩어지는 연기를 가운데 둔 채 무겁지 않은 적막이 흘렀다.

"내 인생에서 생일 날 촛불 부는 건 병원에서만 있던 일이었습니다. 당직 서다 보면 애들이 잊지도 않고 챙겨 줬거든요."

그 적막을 깨트린 자는 정은규였다. 안대영은 고깔을 쓰고 바른 자세로 앉아 지난날을 더듬어보는 정은규를 응시한다.

"촛불 불기 전에 소원을 빌어야 한다고 해서 매해 같은 소원을 빌었습니다. 내년에는 크리스마스가 없었으면 좋겠다고. 진짜 그놈의 뱀이랑 귀신이 지겨워서."

"……."

"그런데 방금은 소원을 빌어야겠다는 생각조차 못하고 껐네요. 어쩌죠."

진심으로 난감해하는 기색이 역력했다.

"따지고 보면 내 소원은 대영 씨 덕분에 이뤄진 것 아닙니까. 그리고 작년 생일 선물로 해피 엔딩까지 받았고요. 그거면 된 건데, 뭘 또 빌어야할지 도무지 안 떠올라요."

똑, 똑, 똑, 그러쥔 주먹이 식탁을 톡톡 친다. 가만히 지켜보고 있던 안대영이 숙였던 상체를 펴고 깍지 낀 손을 위로 쭉 뻗어 기지개를 켰다.

"빌 거 없으면 내 소원이나 들어주든가."

"말해 줘요. 다 들어줄 수 있습니다."

"앞으로 자기라고 부르기. 섹스 할 때도, 평소에도."

"……."

"왜 그렇게 봐. 다 들어준다며?"

차라리 섹스 시 기상천외한 체위 요구가 낫겠다.

정은규는 턱 아래 감긴 고무줄을 긁적였다. '자기'라니. 못 부를 이유
는 없지만, 자기 소리를 왜 이렇게 좋아하는 걸까. 입 안에서 단어를 굴
리는 와중에도 간지러워 박박 몸을 긁고 싶어지는 호칭을 굳이 원하는
이유가 뭐란 말인가.

아니다. '여보'보단 낫다. 그건 생각만으로도 솜털이 바짝 솟았다. 정
은규는 떨떠름하게 물었다.

"정말 그거면 됩니까."

"정말 그거면 됩니다."

"이럴 때만 존댓말을 하는군요."

"간절함이라고 쳐. 불러 봐."

입술이 떠듬, 떠듬, 떠듬. 젠장. 귓바퀴로 열이 확 쏠렸다. 굉장히 오
랜만에 꺼내 보는 호칭이었다. 기억을 더듬어 보면 몇 달 만인데…….
그래서인지 목구멍에 돌처럼 걸린 단어는 한참 후에야 겨우 전달할 수
있었다.

"……자기야, 사랑해."

또 놀릴 줄 알았던 안대영은 뜻밖에도 표정이 사라져 있었다. 완벽
한 무표정을 그린 얼굴에 새로이 솟은 감정은 분명한 성욕이라, 정은
규는 그가 욕설을 짓이기며 위압적으로 다가와 어깨에 둘러메는 것처
럼 번쩍 안아들자 놀라서 눈을 껌뻑이기만 했다. 고깔이 벗겨져 바닥
에 나뒹군다. 안대영은 고깔을 써 달라고 할 땐 언제고 아무렇게나 밟
고 지나갔다.

종착지는 침대 위였다. 정은규는 침대에 풀썩 누워 커다란 몸이 위로
올라타자 마른침을 꿀꺽 삼켰다.

"왜, 왜 이러는……."

"왜 이러냐고?"

넥타이를 우악스럽게 잡아 빼 던진다.

"지금부터 알려 줄게. 내가 왜 이러는지."

안대영과 무수히 많은 섹스를 해 왔지만, 이런 날것의 흥분은 처음이라 고양감이 재빠르게 치솟았다.

제 위에 올라탄 야수는 손톱으로 셔츠 단추를 튕기듯이 열다가 냅다 벗어 던져 버리고 그대로 상체를 숙였다. 잘 달려 있던 단추 두 개가 날아가는 것을 마지막으로, 정은규는 숨 막히게 입맞춤을 퍼붓는 야수를 힘껏 끌어안았다.

온몸이 뜨겁다. 안대영은 몸의 어느 한 곳도 달아오르지 않은 곳이 없었다. 정은규는 침대에 무릎을 세우고 엎드려 삽입을 받아 내면서 자꾸만 무너지려는 중심을 잡으려 애를 썼으나 역부족이었다. 팔꿈치가 풀썩 꺾여 엉덩이만 치켜든 채로 엎어지는 바람에 턱 끝이 시트 위로 쓸려 하마터면 혀를 깨물 뻔했다.

"아! 아읔! 아, 천, 천히! 읏!"

가까스로 침대 헤드를 쥐고 상체를 일으켰지만, 그것도 찰나일 뿐이었다. 안대영이 제 허리를 잡고 무자비하게 추삽질하자마자 손을 놓쳐 버린 정은규가 도로 납작하게 엎어져 시트를 바짝 끌어 모아 쥐었다.

정신이 나갈 것 같다. 사타구니와 볼기가 차지게 맞부딪칠 때마다 격한 숨소리가 여과 없이 터졌다. 오로지 박고 흔들고 싸는 데 집중해 절정으로 다다르기만을 바라는 짐승이 된 것만 같았다.

"후으, 후⋯⋯."

안대영은 잇새로 달아오른 숨을 내뱉으며 상체를 숙여 땀으로 미끈히 젖은 정은규의 등허리 선을 게걸스럽게 핥아 내렸다. 움푹하게 파인 등골과 툭 불거진 견갑골은 혀가 아니라 이를 써서 한 움큼 깨물

었다. 달다. 맛있어서 돌겠다, 씨발. 손에 가득 잡히는 엉덩이를 마음
껏 주무르며 박다가 철썩, 하고 세게 내려치자 정은규는 비명 같은 신
음을 질렀다.

"아흑!"

몰랐지. 고작 '자기야 사랑해' 한마디에 눈깔이 이렇게 돌아 버릴
줄은.

제발 그만 하라고 할 때까지 구멍과 그 주변을 샅샅이 핥고 손가락으
로 녹진하게 풀어 준 덕분인지, 정은규는 거친 움직임에도 아프다는 말
이 없었다. 손자국이 빨갛게 물든 엉덩이를 찰싹 올려치고 손에 넘치도
록 주무르면서 양옆으로 벌린다. 손자국보다 더 빨갛게 물든 구멍은 성
기를 맛있게 빨아들이고 있었다.

정은규는 이제 완전히 엎드려 엉덩이만 봉긋하게 치켜든 채로 안대
영을 겨우 받아내고 있었다. 모양 좋은 자지가 내벽을 쑤실 때마다 두
툼한 귀두와 불거진 혈관 따위가 고스란히 느껴지는 듯해 이런 와중에
도 사정감이 들었다. 근육이 바짝 선 허벅지가 무너지지 못하고 잘게
떨렸다.

거친 움직임에 매트리스가 삐걱, 삐걱 운다. 안대영은 혀로 입술을
사악 훑으며 쿠퍼액을 뚝뚝 흘리는 정은규의 성기를 감쌌다. 조금 전에
사정해 시트를 더럽혀 놓고도 발딱 서 버린 자지는 금세 또 한 번의 분
출을 앞두고 있었다.

퍽, 퍽, 박던 움직임이 점차 느긋해지자 거칠었던 마찰음이 찔꺽거리
며 축축하게 변했다. 정은규가 안쪽 성감대를 귀두로 꾸욱 비비듯이 찍
어 내리는 안대영을 돌아보았다.

"영 님 얼굴 보고…… 하고 싶은데."

묻는 얼굴도 흥분으로 온통 붉었으며 입술은 얼마나 빨아 댔는지 퉁
퉁 부어 겨우 참고 있는 가학심을 불러일으켰다. 돌연 구멍에서 자지를

빼낸 안대영이 정은규의 몸을 손바닥 뒤집듯이 돌려 마주보았다. 얼굴이 온통 눈물로 젖어 있었다.

"누가 우리 은규 울렸어."

정은규는 다리를 벌리며 힘없이 대답했다.

"누가 울렸는지 본인만 모르나 보죠."

"아, 난가?"

"하아."

안대영이 능청스럽게 대꾸하면서 기꺼이 벌린 다리 사이에 자리 잡는다. 기둥을 붙잡아 구멍에 맞추어 밀어 넣자 정은규는 압박감을 견디다 못해 고개를 뒤로 꺾었다. 턱이 바들바들 떨린다. 잔뜩 예민해진 몸이 있는 대로 그의 좆을 원하고 있었다. 감각이 주문을 내린다. 박아 줘. 박고, 안에 세게 쑤셔 줘. 조금 더 거칠게, 사실은 아주 많이 거칠어도 되니까······.

"······움직여. 싸고 싶어."

무방비하게 벌어진 몸을 하고 한숨처럼 뱉은 말이 짜릿한 시동을 걸었다. 자제의 불이 깜빡 꺼진 안대영은 그대로 정은규의 입술을 물어뜯듯이 삼키며 난폭하게 쑤셔 박았다.

"으읍, 흡!"

퍽, 퍼억, 퍽, 깊고 빠른 삽입이 흥분의 꼭대기까지 치솟는다. 안쪽의 자극점이 너덜거리다 못해 닳아 없어지는 기분이었다. 안대영의 허리에 다리를 휘감고 매달리다시피 한 정은규가 숨이 모자라 입술을 떼고 할딱였다.

고지가 코앞이다. 조금만, 조금만 더······!

"아! 아아!"

"하아, 아, 씨발······!"

극한의 흥분에 치달아 터져 버린 욕설을 들으며 정은규는 울컥울컥

사정했다. 오르가즘을 뒤집어쓴 몸이 부르르 떨리고 아무렇게나 튄 정
액이 안대영의 목까지 가 진득한 방울을 남겼다. 제가 싸고 있을 때 구
멍 안에 쏟아지는 정액의 느낌도 전부 느껴져서 떨리는 몸을 쉽사리 진
정시키지 못했다. 눈을 가린 채 숨을 고르던 정은규는 코앞에 다가온
안대영이 손목뼈를 잘근잘근 씹자 팔을 치우고 그와 마주보았다.

정은규의 눈동자는 호박색으로 물들었다가 서서히 다갈색으로 변하
고 있었다. 눈동자가 변할 만큼 정신을 놓고 흥분해 있었다는 뜻이다.
게다가 몸엔 열꽃이 피어 얼룩덜룩했다. 열꽃 자국이야 곧 사라지겠지
만…… 내가 돌아 버리긴 했나 보군.

하긴 둘 다 미친놈들처럼 박고 박혔다. 간만에 요란한 섹스가 무척
만족스러웠다. 안대영은 땀범벅인 정은규의 머리칼을 넘겨주며 드러난
피부 곳곳에 입술을 찍었다.

"이제…… 얘기해요."

"뭘."

"내가 단지 자기라고 불러서 이 사달을 낸 거라고 변명할 겁니까."

"변명을 왜 해. 네 말이 맞아. '자기야 사랑해' 듣는 순간 확 돌던데?"

"대체 그게 뭐라고……."

"그러니까 자주 그렇게 불러. 섹스 할 때 더 흥분되고 좋잖아."

정신 나간 새끼처럼 박을 땐 언제고 조심스럽게 몸 안에서 성기를 빼
낸다. 정은규는 옆에 누워 팔베개를 내어주는 안대영에게 반쯤 안겨 고
른 숨을 퍼트렸다. 잘 닫혀 있을 구멍이 아직까지 열린 것처럼 얼얼하
고 화끈거리는 데다 계속 벌리고 있었던 허벅지까지 뻐근했다.

"시트가 축축해요."

"넌 자. 내가 알아서 할 테니까."

"지금 몇 시죠."

"글쎄. 자기가 눈 감았다 뜨면 출근해야 할 시간 즈음 됐겠지."

"하아……. 진짜 피곤한데 자기 싫은 기분 압니까……."

"한 번 더 할래? 거칠게 안 할게."

그러면서 팔을 뻗어 던져 버린 넥타이를 가지고 온다. 정은규의 머리가 딱딱한 팔에서 푹신한 베개로 옮겨졌고, 이내 두 손이 넥타이에 둘둘 감겨 매듭졌다. 묶지 말라며 반항할 힘도 없었다.

"말이랑 행동이 다르잖아요. 거칠게 안 한다면서 손목은 왜 묶습니까."

"너 잘 자라고."

"앞뒤가 안 맞잖아……. 이 꼴로 어떻게 자."

안대영은 얼기설기 묶은 손목을 머리 위로 올렸다. 가만히 있어. 팔 안쪽을 살짝 깨문 입술이 아래로 타고 내려와 유륜을 머금었다.

정은규는 직전과 다른 질척하고 부드러운 애무에 눈을 감았다. 까슬까슬한 혓바닥에 비벼진 젖꼭지가 가뜩이나 단단히 서 있었는데 아릿해졌다. 묶인 손을 머리 위에 둔 그대로 입안에서 굴려지는 유두와 배 아래에서 느껴지는 간질간질한 감각이 다시금 불씨를 틔운다.

"하아."

나도 만지고 싶은데 손이 묶여 있으니 답답해. 자극이 주어질 때마다 애꿎은 팔뚝이 흠칫흠칫 경련해 결국 정은규는 애무에 몰두한 연인을 부르고 말았다.

"대영 씨……. 하아, 영 님……."

"말해."

곧추선 성기를 잡아 혀 전체로 귀두를 훑으며 눈을 치켜뜨고 대답한다. 정은규는 버티다 못해 팔을 내려 양손으로 안대영의 머리카락을 붙잡았다. 자지 뿌리까지 뜨거운 입 안에 갇혔다. 귀두가 안대영의 입천장을 긁고 목울대를 넘어가 조이자 정은규는 아랫입술을 질끈 깨물며 다리를 세웠다. 힘주어 깨문 탓에 핏방울이 톡 터져 버린 비린 맛이 났다. 전신에 쾌감이 맴돌아 발가락이 곱아들었다.

"읏!"

구음에 집중하면서도 매서운 눈길이 정은규를 집요하게 훑는다. 그것은 명백히 어두운 소유욕을 드러내고 있었다. 정은규의 사타구니 주변까지 붉게 달아오른다. 입 안에서 굴려지던 좆이 뽁, 하고 밖으로 나오자 젖은 피부에 찬 공기가 다닥다닥 들러붙는다. 정은규는 몸서리쳤다.

"말하라니까. 왜 불렀어."

"나도 만지고 싶, 흣."

기둥을 움켜쥐고 빠르게 흔드는 악력이 거세다. 정은규는 자지를 터트리기라도 할 것처럼 압박하는 손아귀에 삽입이라도 하듯이 허리를 움직였다. 시트가 격한 움직임에 휩쓸려 여기저기 구겨졌다 펴지길 반복하며 요동쳤다.

"만지게 해 줄까?"

"응, 응. 아, 빨리."

스르륵, 거구가 몸 위를 그림자처럼 덮는다. 피가 터진 아랫입술을 쪽쪽 빨아들이고는 혀를 비집어 넣으며 묶인 손을 배에 올라붙은 좆으로 이끈다. 정은규는 손목 틈을 벌리려 꿈지럭거리다가 가까스로 터질 것 같은 두 개의 좆을 감싸고 재빠르게 흔들었다. 그 손에 속도를 맞추어 안대영이 하체를 움직인다.

생리적인 소름과 열기가 온몸에 화다닥 돋는다.

"읍, 흐읍."

입 안에서 맴돌던 신음이 그의 혀로 옮겨가 절정을 이끌어 낸다. 멀지 않은 어딘가에서 해일 같은 절정이 밀려오고 있었다. 무아지경으로 허리를 흔들던 정은규는 일순간 눈앞에 섬광이 터진 듯 하얘져 잡은 성기를 꽈악 쥐었다. 그러자 키스하고 있던 안대영 역시 자지가 터질 듯한 조임에 입술을 떼고 이를 악물었다.

"아!"

정은규는 사정하면서도 팔이 부러져라 자지를 흔들었다. 안대영은 제 좆에 정은규의 정액을 몽땅 뒤집어쓴 채로 쏟아지는 묽은 액을 내려다본다. 역시 오르가즘을 맞은 그의 가슴이 가파르게 들썩였다.

"하아……. 자기 손맛 죽이는데."

제가 싼 정액이 정은규의 상체 아무 곳에 튀어 열꽃이 만연한 몸과 짙은 분홍으로 물든 젖꼭지를 옴팡지게 더럽혀 놓았다. 이런, 근사한 화폭이 따로 없군. 나 때문에 흥분하고 강렬한 쾌락을 느끼다 못해 잠겨서 헐떡거리는 모습까지……. 만족감이 이루어 말할 수 없었다.

"풀어 줘."

정은규가 맥없이 묶인 손을 내밀었다. 안대영은 매듭의 끝부분을 살짝 쥐었다.

"단어 하나가 빠졌잖아?"

기진맥진한 정은규는 눈을 감고 덧붙였다. 도저히 눈꺼풀이 무거워서 들어 올릴 수가 없었다.

"자기야…… 풀어 줘."

목소리가 땅으로 꺼질 듯했다. 머뭇거림 없이 바로 내뱉는 걸 보면 어지간히 피곤한 모양이지. 안대영은 피식 웃으며 잡아당김 한 번에 손목을 구속했던 넥타이를 풀고 부어오른 손목을 보드랍게 매만졌다. 그의 손에서 스르륵, 용의 형태를 띤 붉은 오라가 빠져나온다.

오라는 정은규의 손목을 감싸 묶었던 흔적을 거두고 아래로 내려가 다리 안쪽까지 파고들었다. 아침에 일어나면 부기는 물론이고 미진한 통증도 모조리 사라져 있을 것이다.

"싫었어?"

부러 약한 척하며 묻자, 정은규는 잠의 수마에 이끌려 웅얼거렸다.

"싫었으면 밀어냈죠."

대답을 끝으로 정은규는 숙면에 빠져들었다. 죽은 듯이 자는 정은규의 코 밑에 손가락을 가져다 대 본 안대영이 조심스럽게 머리카락을 넘겨 주었다. 잡티 하나 없이 깨끗한 이마와 정갈한 눈썹이 드러난다. 안대영이 그 중간에 입술을 가져다 대고 누르며 속삭였다.

"생일 축하해, 우리 은규."

좋은 꿈 꿔. 오늘만큼은 네 삶에서 가장 아름다운 꿈을 선물할게.

초옥, 입술을 떼어 낸다. 안대영은 한참 동안 정은규의 머리칼을 쓰다듬어 주었다. 제가 만든 행복한 꿈 안에서 충분히 헤엄칠 수 있도록.

이윽고 겨울밤이 가득 내려앉은 침실에 고요가 밀려들어왔다.

에필로그

    이효준은 올해로 신경외과 전공의 3년 차였다. 외과 3대장 중 하나인 신경외과를 자기 손으로 선택해 저 새끼 미쳤다는 감탄사를 매일같이 들으며 별종 취급을 받은 지도 어느덧 3년이 훌쩍 흘렀다.

    시간을 돌릴 수만 있다면 절대로, 절대로! 절대로 NS만큼은 피하리라 다짐하면서도 성실하게 찌들어 있는 이효준은 어제 수술실에서 밤을 꼴딱 새우고 날이 밝자마자 병동에 와 있었다.

    NS는 저 멀리에서 봐도 티가 난다더니, 사흘간 감지 못한 머리하며 좀비도 놀라 도망갈 꼴로 환자의 컨디션을 묻는 이효준을 보고도 간호사는 태연하게 대답해 주었다. 외과 병동에 들락날락하는 NS 인간들 꼴은 거기서 거기인지라 놀랄 것도 없었다. 가끔 힘내라며 파이팅 해 주면 그만이었고.

    "효준 쌤. 애기 교수님 손에 반지 껴진 거 봤어요?"

    그런데 어쩐지 오늘은 파이팅이 아니라 듣도 보도 못한 소리를 한다.

이효준은 오더를 넣다 말고 다크서클이 진하게 내려온 눈을 휘둥그레 떴다.

'애기 교수님'은 정은규 교수의 별명이다. 이 깜찍한 별명은 병원에서 제일 나이가 어린 교수이자, 최연소 교수라는 타이틀로 인해 붙여졌으며 차마 본인 앞에선 절대로 꺼내지 못한다. 아무튼 간에 정 교수님이 뭘 꼈다고?

"엥? 반지요?"

"응! 회진 도는데 애기 교수님 왼손에 반지가 껴 있더라고요. 교수님 진짜 결혼하나 봐."

"와 대박."

근데 정 교수님 결혼하시면 그 빈자리는 누가 채우지…… 놀람에 앞서 빡히 그려지는 앞날에 이효준의 안색이 팥죽처럼 까매졌다. 김 교수님 신혼여행 가셨을 때도 죽는 줄 알았는데…….

"쌤? 쌤 울어요?"

"안 울어요……."

"아닌데? 우는데?"

"안 운다니까요……."

털레털레 병동을 벗어나 로비로 내려온 이효준이 이 사실을 치프에게 알려야 하나 고민하던 차, 늘 손에 쥐고 있는 핸드폰이 띠링띠링 울렸다. 어김없이 응급실에서 걸려온 콜이었다. 그나마 아침은 챙겨먹어서 뛸 기력이 있는 게 다행이야. 아이고, 내 인생아.

고무 슬리퍼를 신은 발에 부스터가 장착되어 응급실로 막 뛰기 직전, 이효준은 로비 카페테리아에 앉아 실랑이를 나누는 두 남자를 발견했다. 한쪽은 '애기 교수님'이라고 불리는 정 교수였고, 다른 쪽은 앉은키가 엄청 크고 무척 잘생긴 남자였다. 어라, 저 남자 어디서 봤는데?

"아니이! 교수님, 이건 아니지이!"

"뭐가 아닙니까."

"우리는 선물을 한 거지, 교수님 뜯어 먹으려고 작정한 게 아니라니까요? 이러기 있어? 잉?! 말도 없이 그 많은 소고기랑 도토리묵을 지황산 산자락만큼 보내면 어쩌자고오오오!"

"초량 씨가 준 선물에 성의 표시를 했을 뿐입니다. 안마 의자 비싸잖아요."

"우리한텐 푼돈이야! 푼돈!"

아아, 정 교수님 교통사고 났을 때 왔던 보호자분. 부리부리한 눈매를 보자마자 퍼뜩 떠올랐다. 그때 병원 사람들이 정 교수님한테 친구도 있었느냐며 신기해했었지. 흠흠, 나도 그랬고.

"저도 그렇게 돈 많이 안 썼습니다."

"거짓말하지 말아요! 교수 월급 그거 얼마나 된다고!"

……아닌데. 저번에 김 교수님이 하신 말씀으로는 교수 급이면 짱짱하게 받으신다고 했다. 그러니까 너희도 도망갈 생각일랑 접고 펠로우까지는 무조건 버티라고 하셨다. 그래서 저들의 대화가 잘 이해되지 않았다. 교수님은 도대체 소고기랑 도토리묵을 얼마나 사셨기에 친구분이 저런 반응을 보이는 걸까? 어서 응급실로 뛰어가야 하는데 저 둘의 대화에서 좀처럼 관심을 끌 수가 없다. 이효준은 더벅머리를 벅벅 긁었다.

"넘기죠. 저도 안마 의자 돌려 드리려고 했는데 잘 쓰기로 했지 않습니까. 그러니까 초량 씨와 도…… 아니, 친구분들도 맛있게 드셔 주세요. 늦었지만 선물 고맙습니다."

"이씨, 이렇게 말하면 나도 고맙다고 할 수밖에 없지. 아무튼! 다음부터는 그러면 안 돼요. 저~얼대 안 돼. 교수님 안 뜯어먹을 거야."

"알았어요."

"근데 교수님, 나 아까부터 묻고 싶었는데 그 손에 반지는 뭐예요? 흐음…… 설마 안 대표 그 싸가지 바가지 또라이가 준 거?"

헉, 반지 얘기. 이효준은 발을 동동 굴렀다. 중요한 대목인데 응급실에서 다시금 콜이 울렸기 때문이었다. 정 교수가 수줍어하며 왼손 약지에 낀 반지를 만지작거린다.

잠깐만. 수줍어하신다고? 작은 실수 하나에도 연차 가리지 않고 무섭게 혼내시는 정 교수님이? 이효준은 잠을 너무 못 자서 헛것이 보이나 눈을 비벼 보았다.

"……예. 예쁘죠."

"미친놈. 인간도 아닌 새끼가 아주 인간 구실은 다 처하고 자빠졌네."

"하루에 수십 번씩 보는데 정말 예뻐서 수술할 때 몇 시간 빼는 것도 싫더라고요. 단도와 더불어서 제 보물입니다. 물론 이것들을 앞서서 가장 소중한 건 대영 씨고요."

"하이고오. 내가 뭘 들은 거람. 우리 교수님이 어쩌다 그 육시럴 새끼한테 걸려서 중립도 잃고 이렇게 됐는지……."

첼리스트 이름이 안대영인 모양이다. 여자 이름이라기엔 살짝 의문이 들긴 했지만, 유니섹스가 대세인 세상에 없을 이름도 아니지. 그런데 '대영 씨'라고 말씀하시니까 왠지 자주 들어 본 것처럼 친근하고, 어떻게 생겼는지 생김새도 그려진다. 매일 교수님 뵈러 찾아온 남자더러 '대영 씨'라고 부르시지 않았나?

……진짜, 진짜 잠깐만. 이효준은 점점 경악을 그려 냈다.

불길하다. 사이렌이 삐용삐용 울렸다. 저 대화를 엿들어서는 결코 안 됐어. 응급실, 응급실이나 가자. 응급실에서 찾고 난리가 났는데 이럴 시간 없잖아, 그래. 애꿎은 양 귀를 팍팍 내려쳤다.

"야."

그리고 이효준은 뒤를 돌자마자 기절할 뻔했다. 저보다 한참 키가 큰 남자가 무표정으로 내려다보고 있어서였다. '야'라고 한마디를 들었을 뿐인데 다리가 사시나무 떨듯 덜덜 떨리고 심장이 질주할 것처럼 뛰었다.

남자는 몹시 아름다운 얼굴과 넓은 어깨, 긴 다리를 가졌고 분위기는 태생부터 고압적인 면모를 가진 듯 위험했다.

남자의 눈이 이효준의 어깨너머 정 교수와 친구에게 닿았다. 이효준은 몸을 한껏 옹송그린 채 졸아붙어 눈치를 살폈다. 차라리 삥이라도 뜯어 가면 모를까, 남자는 제 사지를 찢어 버릴 기세로 훑어보고 있었다. 그러다가 제 쪽으로 손을 뻗기에 반사적으로 머리부터 가렸는데.

……어라?

이효준은 엉거주춤한 자세로 눈을 끔뻑였다.

……내가 왜 이런 멍청한 자세로 서 있지? 혹시 스테이션에 뭐 두고 온 게 있나?

그런데 낯선 남자가 손을 거두며 저를 귀찮다는 표정으로 내려다보고 있었다. 눈이 마주치자 이효준은 파드득 놀라 뒷걸음질 쳤다.

뭐지, 뭐야. 머릿속이 지워진 것처럼 텅 비었다. 내가 뭘 하려고 했었지.

"누, 누구세요? 안내 데스크를 찾으시는 거라면 이쪽이 아닌데요."

일단 제 앞을 가로막은 남자를 힐끔 보며 소심하게 물었다. 남자의 등 뒤에 정 교수와 친구로 보이는 남자가 앉아 있었지만, 이효준은 조금 전의 대화를 까무룩 잊어버린 채로 여전히 내가 이곳에 왜 서 있나 고개를 갸웃거렸다. 그때, 남자의 싸늘한 말투가 정수리에 내리꽂혔다.

"가던 길로 꺼져. 바빠 뒤진다잖아."

"아. 응급실, 맞다."

진동이 울리다 못해 핸드폰을 터트릴 기세였기에 이효준은 부리나케 응급실 방향으로 뛰어갔다. 구겨진 가운에 의심이라곤 전혀 묻어 있지 않았다.

"……."

조금 전 이효준의 머릿속에 파고든 정은규에 대한 기억을 들어내 버린 안대영이 또 어떤 미꾸라지가 설칠까 주위를 둘러본 후에야 초량과 정은규 쪽으로 뚜벅뚜벅 걸어갔다.

오른손은 바지 주머니에, 왼손은 걸어갈 때마다 자연스럽게 흔들렸다. 그의 약지에도 정은규와 같은 모양의 반지가 얌전히 껴 있었다.

"그래. 대화를 엿듣던 저 의사 놈 기억은 잘 지우고 왔나?"

초량은 인사를 건네며 안대영의 왼손을 보고 치를 떨었다. 하다 하다 가락지까지 나눠 끼다니, 저게 진심 돌아 버린 게지. 미친놈. 순진한 교수님을 따먹다 못해 이제는 이승식으로 묶어 놓았겠다? 내가 명부에 가자마자 벽보를 붙여 버릴 테다.

"누가 엿들었습니까?"

"신경 쓸 것 없어."

"예. 아, 대영 씨가 언제 올지 몰라서 음료 안 시켰는데."

"괜찮아. 잠깐 네 얼굴 보러 온 거라 다시 가야 돼."

그러면서 정은규의 라테를 가져가 한 모금 마시고 내려놓는다. 표정으로 욕 다발을 우두두 쏟아내는 초량을 무시한 안대영이 정은규의 어깨를 감싸고 허리를 숙였다. 반지뿐만 아니라 정은규가 사 준 머플러 또한 목에 얌전히 걸려 있었다.

"퇴근하고 데이트할까. 야경이 예쁜 곳을 찾았는데 자기도 좋아할 거야."

정은규는 어깨를 간질이는 머플러의 끝을 조심스럽게 만지작거리며 대답했다. 무척 마음에 든 기색이었다.

"좋아요. 기대 되네요."

"자기가 얼마나 좋아할지 나도 기대돼."

"야! 나도 데려가! 아니면 장소만 소개시켜 주든지. 흠, 흠! 얼마나 야경이 예쁜지 나의 귀염둥이와 같이 가 보고 싶으니까!"

바락 소리친 초량을 무시한 안대영은 정은규의 귓불을 슬쩍 문질렀다. 빤히 올려다보는 얼굴을 감싸 키스해 주고 싶었지만, 정은규 교수의 사회

적 위치를 생각해 한쪽 눈을 찡끗 감았다가 뜨는 것으로 인사를 건넸다.

"이따 전화할게."

정은규는 끄덕거리며 안대영이 병원 밖으로 사라질 때까지 바라보았다. 초량이 으이구, 으이구 하며 연인의 애정 행각을 신랄하게 비난했으나 정은규는 적당히 식은 라테를 마시며 담담하게 대꾸했다.

"그냥, 사는 게 다 이런 거죠."

안대영이 입술을 대었던 곳에 온기가 남은 착각이 인다. 정은규의 눈길이 창밖으로 향한다.

로비는 여전히 시끌벅적한 소음으로 가득 차 있었고 창밖엔 눈이 내렸다.

꽃잎이 흩날리는 봄, 태양이 살갗을 태우는 여름, 쓸쓸한 운치를 묻힌 가을, 그리고 시리도록 추운 겨울까지 연인과 함께라면 더 이상 어느 하나 싫은 계절이 없었다.

사랑이라는 건 특별하지 않은 보통의 일상에 묻어 있는 시간의 조각들이었다. 살다 보면 때론 눈물짓고 언성을 높이는 날이 있을 수도 있겠지. 그러나 그토록 해피 엔딩을 바랐던 만큼, 우리는 언제나 이 시간의 연속을 기쁘게 보낼 것이다.

내일도, 모레도, 앞으로도.

행복하게, 당신과 함께.